OBRAS MAESTRAS DEL MARQUÉS DE SADE

Tomo segundo

FILOSOFÍA EN EL TOCADOR O LOS INSTRUCTORES INMORALES

HISTORIA DE ALINE Y VALCOUR O LA NOVELA FILOSÓFICA

Títulos:
- Filosofía en el tocador o los instructores inmorales
- Historia de Aline y Valcour o la novela filosófica

Títulos originales:
- *La Philosophie dans le boudoir ou Les instituteurs immoraux*
- *Aline et Valcour, ou le Roman philosophique*

Autor: Marqués de Sade

C/ Primavera, 10, nave 35
28500 Arganda del Rey
Madrid-España
www.edimat.es

Traducción:
- Filosofía en el tocador o los instructores inmorales: Beatriz Vitar Mukdsi
- Historia de Aline y Valcour o la novela filosófica: Fernando Montes de Santiago

Diseño e ilustraciones de cubierta: Karakachoff estudio

ISBN: 978-84-9794-634-6
Depósito Legal: M-16832-2024

INTRODUCCIÓN

Donatien Alphonse François de Sade nació en París en el año 1740. Descendía de dos familias de rancio abolengo procedentes de Provenza. Incluso una tradición de Avignon decía que Laura de Noves, el amor y la musa de Petrarca, estaba emparentada con la familia Sade. Según su propio testimonio en una carta dirigida a una persona ficticia, su infancia le hizo «travieso, tiránico e irascible; le parecía que todo tenía que ceder ante su voluntad, que el mundo entero tenía que satisfacer sus caprichos, correspondiéndole a él simplemente planearlos y pedirlos». Se crio cerca de la casa real de París y pudo más el ambiente licencioso que conoció desde niño que la disciplina del liceo Louis-le-Grand, el prestigioso centro cuyo tránsito sólo le deparó un primer conocimiento de la buena literatura francesa. Por liberarse quizás del yugo escolar se enroló muy joven en la caballería ligera, llegando a ser capitán del regimiento del rey, a quien realmente admiró, pese a sus ideas republicanas posteriores. Pronto cobró fama de libertino, término muy usado en sus tiempos sedientos de libertad para designar a quien hacía un mal uso de ella, esto es, a quien se entregaba a sus deseos más extravagantes y singulares principalmente en el terreno de la sensualidad y de la sexualidad. Semejante vida le enfrentó a estrecheces económicas que sus propiedades en el sur de Francia e incluso sus contactos con personas poderosas no pudieron paliar. Para salir de sus apuros financieros contrajo matrimonio a los veintitrés años con Renée-Pelagie Cordier, hija del presidente del Tribunal Central de Hacienda, pese a estar enamorado de la hermana de ésta. Los dos hijos y la hija que tuvo de su matrimonio no le impidieron gastar grandes cantidades de dinero en locales de prostitución y frecuentar el trato con actrices que acabaron dilapidando su pequeña fortuna. Por haber maltratado a unas mujeres pasó tres semanas en la cárcel de Saumur.

Tenía treinta y cinco años cuando se hubo de enfrentar a una acusación de intento de envenenamiento y de maltrato y vejaciones por parte de unas rameras. Esta vez no esperó a que le condenaran a una cárcel segura: raptó a la hermana de su mujer del convento donde se había recluido y se fugó a Italia.

Engañado por unas personas que consideraba amigas, regresó a su país, donde fue inmediatamente apresado por la Policía y encarcelado en Vincennes. No es de descartar que detrás de esta celada se encontrase el ansia de venganza de su suegra, pero en las actas del proceso judicial al que fue sometido se hacía referencia a delitos cometidos en París, Arcueil, Marsella e incluso en su castillo de La Coste, cercano a esta última ciudad. Sade era acusado de tres delitos: la sodomía homosexual y heterosexual (juzgada muy grave en su época), la corrupción de jóvenes y el sometimiento de mujeres a diversas torturas con látigos e instrumentos cortantes. Desde este momento la vida de Sade es una aventura interminable de períodos de cárcel y de libertad donde las constantes afrentas le acarrean pistoletazos, condenas a muerte, quema pública de su «efigie» y detenciones mediante *lettres de cachet,* es decir, órdenes de prisión con el sello real que expresaban la potestad del monarca de encarcelar a cualquiera de sus súbditos sin mediar juicio alguno.

Mal podía acomodarse un espíritu tan inquieto a las soledades y privaciones carcelarias. «Mi sangre es excepcionalmente caliente para soportar un daño tan horrible», escribió entre amenazas histéricas de suicidio y confesiones de que su cerebro le impulsaba a imaginar conductas sexuales extravagantes y obsesivas donde el dolor de otros encendía el placer compulsivo del verdugo.

Tras unos meses en un encierro solitario en Vincennes, las autoridades dulcificaron su condena. Pudo releer a los autores que le habían encantado en sus años de estudiante: Cervantes, Rousseau, Voltaire, Prévost, Marivaux, Laclos, Richardson y sobre todo Bocaccio, cuyo *Decamerón* le llevó a concebirse como su imitador francés, rivalizando con el autor italiano en el elevado tono erótico de sus cuentos, aunque en su caso la comicidad cediera el puesto a la truculencia, manteniéndose en ambos la misma sátira anticlerical. A partir de 1780 Sade llevó a cabo una intensa labor de escritor que continuó luego en la cárcel de la Bastilla. Muchas de estas narraciones fueron escritas en papel de empaquetar y sacadas de la cárcel a escondidas por presuntos amigos que trataban sin éxito de encontrar a un editor que se atreviese a publicarlas. Hubo que esperar mucho tiempo para que las obras de Sade empezaran a circular por circuitos normales de distribución.

En estos años de encarcelamiento escribió Sade *Las 120 jornadas de Sodoma o la escuela de libertinaje,* un catálogo enciclopédico de situaciones eróticas trufadas por el dolor y el crimen, cuyo borrador fue quemado involuntariamente durante el asalto a la Bastilla. Más suerte tuvo con *Historia de Aline y Valcour o la novela filosófica,* novela picaresca y amorosa escrita en forma epistolar y con *Justine o los infortunios de la virtud,* cuya escabrosidad asustó al propio autor, que nunca la reconoció como obra suya. Estas dos obras se conservaron porque las había guardado su abnegada esposa, que siempre le perdonó sus extravíos hasta que recuperó la libertad, ocasión que aprovechó para solicitar la separación legal de su esposo. Tenía Sade cincuenta años. Mitigó su soledad con una actriz arruinada, Constance Quesnet, a quien su marido había abandonado con un hijo. Fue su compañera hasta su muerte veinticuatro años después, aunque los encarcelamientos del autor redujeron mucho los períodos de convivencia.

Es fácil comprender la delicada situación de Sade en los difíciles años que le tocó vivir, al margen de su conducta escandalosa y delictiva. Como aristócrata pertenecía a un orden político rígidamente jerárquico que moría en la guillotina con los reyes. Por sus costumbres licenciosas se mofaba, además, del moralismo sexual estricto que los revolucionarios radicales o jacobinos opusieron a la vida depravada de la corte real, lo que no excluía, como suele ocurrir en estos casos, la más fría de las crueldades. Sade, que se había proclamado ateo, republicano y partidario del progreso, aunque no de la democracia, vivió siempre en una cuerda floja que le forzaba a adoptar actitudes de ambigüedad y de disimulo en ocasiones grotescas. Por ejemplo, cuando los revolucionarios asaltaron la Bastilla en julio de 1789 creyendo que sus muros encerraban a los enemigos de la monarquía, los presos eran en su mayoría aristócratas que por sus conductas no merecían precisamente ser liberados en nombre del pueblo llano. Sade, consciente del malentendido, empezó a arengar a los asaltantes para que lo liberaran, alegando a gritos por un improvisado megáfono que los presos estaban siendo asesinados por los guardianes, cosa errónea. Cuando se deshizo el equívoco, los ánimos desatados de los asaltantes hicieron que su celda fuera incendiada haciendo desaparecer su biblioteca de seiscientos volúmenes y una considerable colección de manuscritos, algunos escondidos en los huecos de las paredes.

Encerrado en el manicomio de Charenton, sólo se vio en libertad cuando la Asamblea constituyente liberó, en nombre de la revolución, a todos los presos condenados sin juicio por mera voluntad del rey. Durante los sangrientos días del Terror que siguieron al regicidio, Sade colaboró con los revolucionarios en la sección de picas y escribió fervorosos panfletos contra el antiguo régimen y a favor del progreso. Condenó los crímenes terribles que se cometieron en nombre de la libertad e incluso se mostró humanitario y bienhechor, contrario a la pena capital. Hasta salvó a su familia política de una muerte segura.

Si tenemos en cuenta que todo aquel de quien se sospechaba que era poco ferviente para con la revolución se consideraba un enemigo, comprenderemos que Sade estuvo a punto de ser guillotinado. Sin embargo, los motivos de su último encarcelamiento importante no fueron políticos. Estaba ya en el poder Napoleón cuando Sade fue enviado a prisión sin juicio por el prefecto de París, como autor de «esa novela infame».

Los últimos trece años de su vida los pasó Sade en la cárcel y en el manicomio de Charenton, donde le permitieron montar obras teatrales con los enfermos. En estos tristes días, víctima de una obesidad patológica, le llegaron noticias del comportamiento valeroso de su hijo durante una de las campañas de Napoleón. Eso le animó a solicitar el indulto. Pero Napoleón, indignado porque le había ridiculizado en uno de sus escritos, se limitó a impedir que le llevaran a una cárcel como pretendían quienes le veían como un delincuente y no como un lunático. Abandonole, pues, a su suerte en el manicomio de Charenton donde estaba recluido y donde mantuvo relaciones sexuales con muchos jóvenes enfermos. Murió a los setenta y cuatro años de congestión pulmonar y de una «fiebre gangrenosa», como se hizo constar en el certificado de defunción.

Filosofía en el tocador o los instructores inmorales

La obra se centra en la educación libertina de una joven, a quien se instruye en los principios del hedonismo y la inmoralidad por una serie de personajes libertinos. A través de diálogos explícitos y descripciones detalladas, los personajes exploran y discuten una amplia gama de temas relacionados con la filosofía del placer, el ateísmo, la rebelión contra la moral tradicional y la crítica de las instituciones religiosas y políticas.

La obra está dividida en siete diálogos, cada uno abordando diferentes aspectos del pensamiento libertino y las prácticas sexuales. Sade utiliza estos diálogos no sólo para desafiar las normas sociales de su tiempo, sino también para exponer sus ideas sobre la libertad individual y la crítica a las estructuras de poder.

Sade presenta una visión del placer como el principal objetivo de la vida, proponiendo una moral basada en la satisfacción personal y el rechazo de las restricciones sociales y religiosas. A través de sus personajes, Sade critica duramente la religión y la moralidad tradicional, defendiendo un ateísmo militante y proponiendo una ética basada en la naturaleza humana y sus deseos.

La obra se centra en la educación sexual de Eugenia, promoviendo una visión del sexo como una actividad libre de culpa y restricciones, y como una parte integral de la libertad personal.

Sade también aborda la política, criticando las instituciones y los líderes de su tiempo, y abogando por una sociedad basada en la igualdad y la libertad absoluta.

Historia de Aline y Valcour o la novela filosófica

La novela está estructurada en forma de cartas intercambiadas entre los personajes principales, Aline y Valcour, junto con otras correspondencias entre personajes secundarios. La trama principal gira en torno al amor desafortunado entre Aline y Valcour, quienes se enfrentan a numerosos obstáculos para estar juntos, incluidos el secuestro y la oposición de sus familias.

La historia principal sigue a Valcour, que está enamorado de Aline. Sin embargo, Aline está atrapada en una situación familiar compleja y peligrosa, lo que lleva a Valcour a intentar rescatarla.

A lo largo de la novela, los personajes deben superar diversas pruebas y conflictos, lo que da lugar a reflexiones sobre la naturaleza del amor, la libertad y la moralidad.

Historia de Aline y Valcour es una obra compleja que va más allá de las meras descripciones libertinas para ofrecer una reflexión profunda sobre la naturaleza humana y las estructuras sociales. A través de su formato epistolar y su combinación de narrativas, Sade logra crear una obra rica en contenido filosófico y político, lo que la convierte en una lectura significativa para entender el pensamiento del autor y su crítica a la sociedad de su época.

FILOSOFÍA EN EL TOCADOR

O LOS INSTRUCTORES INMORALES

A LOS LIBERTINOS

Voluptuosos de todas las edades y de todos los sexos, es sólo a vosotros a quienes va dedicado este libro: nutríos de sus principios, que favorecen a vuestras pasiones; esas pasiones con las que fríos y anodinos moralistas os espantan, y que no son sino los medios que la naturaleza utiliza para que el hombre logre comprender los designios que ella ha trazado con respecto a él. Obedeced solamente a esas deliciosas pasiones, cuyo órgano es el único que os ha de conducir a la felicidad.

Mujeres lujuriosas, que la voluptuosa Saint-Ange sea vuestro modelo; despreciad, siguiendo su ejemplo, todo lo que sea contrario a las divinas leyes del placer a las que se encadenó por el resto de su vida.

Jóvenes reprimidas durante mucho tiempo por los absurdos y peligrosos lazos de una ilusa virtud y de una religión repulsiva, imitad a la ardiente Eugenia; destruid, pisotead con la misma rapidez que ella todos esos ridículos principios inculcados por unos padres imbéciles.

Y vosotros, amables libertinos, que desde vuestra juventud no tenéis otros frenos que vuestros deseos ni más leyes que vuestros caprichos, que el cínico Dolmancé os sirva de ejemplo; id tan lejos como él si queréis recorrer todos los caminos de flores que la lascivia os tiene reservados. Convenceos, a la luz de sus enseñanzas, de que sólo ampliando la esfera de sus gustos y de sus fantasías, y sacrificándolo todo a la voluptuosidad, es como el desgraciado individuo que se denomina hombre, arrojado a este triste mundo a pesar suyo, puede llegar a sembrar algunas rosas sobre las espinas de la vida.

DIÁLOGOS

Destinados a la educación de las jóvenes señoritas

Primer diálogo

Señora de Saint-Ange y el caballero de Mirvel

SEÑORA DE SAINT-ANGE: Buenos días, hermano. ¿Y el señor Dolmancé?

EL CABALLERO: Vendrá a las cuatro en punto; como hasta las siete no cenaremos... tenemos tiempo para charlar.

SEÑORA DE SAINT-ANGE: ¿Sabes que estoy un poco arrepentida de mi curiosidad y de todas esas obscenidades que se han planificado para hoy? En verdad, amigo mío, tú eres demasiado indulgente. Cuanto más razonable debería ser, mi maldita cabeza se trastorna y se vuelve libertina: y tú lo consientes todo, sólo lo haces para mimarme... A los veintiséis años, cuando ya debía ser devota, soy aún la más libertina de las mujeres... No tienes idea de lo que he llegado a concebir, amigo mío, de lo que quisiera hacer. Creía que al relacionarme sólo con mujeres llegaría a ser sensata..., que al concentrar mis deseos en mi sexo no sentiría inclinaciones hacia el vuestro. Ilusas pretensiones, amigo mío: los deseos de los que quisiera privarme se ofrecen con más ardor a mi espíritu, y he llegado a comprobar que cuando se ha nacido para el libertinaje, como es mi caso, es inútil pensar en imponerse frenos, ya que la fogosidad de los deseos no tarda en romperlos. En fin, querido, soy un animal anfibio; todo me gusta, todo me divierte, quiero reunir todos los géneros. Pero confiésalo, hermano, ¿no consideras una extravagancia de mi parte el querer conocer a ese singular Dolmancé, que, según dices, nunca en su vida ha intimado con una mujer conforme lo dicta la costumbre; que, sodomita por principio, no sólo idolatra a su sexo, sino que incluso no cede ante el nuestro, si no es bajo la expresa condición de que se le entreguen los preciados encantos con que acostumbra servirse entre los hombres? Verás, hermano, cuál es la curiosa fantasía que alimento con respecto a él: quiero ser la Ganimedes de ese nuevo Júpiter, quiero gozar con sus gustos, con sus perversiones... Quiero ser la víctima de sus excesos: hasta hoy, tú lo sabes, querido, sólo me he entregado así a ti por complacerte, o a alguno de los que me sirven, quienes, pagados para tratarme de esa manera, se prestan a ello nada más que por interés. Hoy no se trata ni de complacencia ni de capricho; es sólo por gusto... Creo que entre los comportamientos a los que me ha condenado esta particular manía y los que ahora van a sojuzgarme, hay una diferencia inconcebible, y quiero conocerla. Descríbeme a tu Dolmancé, te lo suplico, a fin de que tenga una idea ya hecha antes de que llegue; ya sabes que sólo lo conozco por haberle encontrado días pasados en una casa, pero apenas alcancé a compartir unos minutos con él.

El caballero: Dolmancé, hermana mía, acaba de cumplir treinta y seis años. Es alto, tiene un rostro muy bello, unos ojos muy vivaces e inteligentes y una dentadura perfecta; pero sus rasgos dejan entrever cierta dureza y malignidad. Toda su figura y su porte delatan cierta suavidad, sin duda debido a la costumbre de adoptar a menudo las poses y los gestos femeninos. Viste con una elegancia extrema, su voz tiene unos matices muy bonitos y es un hombre de grandes talentos, entre los que destaca especialmente su capacidad para el razonamiento filosófico.

Señora de Saint-Ange: No cree en Dios, espero.

El caballero: ¡Qué dices! Es el hombre más ateo e inmoral que conozco... ¡Ah, es el individuo más corrupto, maligno y pervertido del mundo!

Señora de Saint-Ange: ¡Cómo se enciende mi pasión con todo eso! Ese hombre va a enloquecerme. ¿Y sus gustos, hermano mío?

El caballero: Ya los conoces; las delicias de Sodoma son sus preferidas, tanto si actúa como sujeto activo como si cumple un papel pasivo. Para sus placeres sólo busca a los hombres y si algunas veces, no obstante, consiente en intentarlo con las mujeres es bajo la condición de que éstas sean lo bastante complacientes como para cambiar de sexo con él. Le hablé de ti y le puse al tanto de tus intenciones; él acepta y te advierte, a su vez, sobre las condiciones del trato. Te prevengo, hermana mía, que él te rechazará de plano si pretendes obligarlo a otra cosa: «Lo que he aceptado hacer con vuestra hermana es —pretende él— una licencia..., una extravagancia, con la que uno se mancilla muy raramente y con muchas precauciones.»

Señora de Saint-Ange: *¡Mancillarse!... ¡Precauciones!...* ¡Me gusta con locura el lenguaje de esas amables gentes! Entre nosotras las mujeres también se utilizan algunas palabras exclusivas, al igual que esas, para manifestar el profundo horror que se siente hacia todo lo que está fuera del culto admitido... ¡Y bien!, dime, querido: ¿él te ha poseído? ¡Con un rostro tan delicioso y tus veinte años, seguramente habrás cautivado a un hombre como él!

El caballero: No voy a ocultarte las extravagancias que he tenido con Dolmancé; eres demasiado lista como para reprobarlas. De hecho a mí me gustan las mujeres y sólo me entrego a esos caprichos cuando algún hombre agradable me empuja a ello; entonces, no hay nada que me niegue a hacer. Estoy muy lejos de esa ridícula altanería que hace creer a nuestros jóvenes mequetrefes que se debe responder con bastonazos a semejantes proposiciones. ¿Acaso el hombre no es dueño de hacer lo que le plazca? Hay que compadecerse de quienes tienen esos gustos tan singulares, pero no insultarlos nunca; su error no es culpa suya sino de la naturaleza. No fueron ellos quienes decidieron llegar al mundo con gustos diferentes, así como no somos nosotros quienes determinamos nacer patituertos o bien formados. ¿Por otra parte —dice él—, os desagrada que un hombre os exprese el deseo de gozar de vos? No, sin duda, es un halago que os hace; entonces, ¿por qué responder a su proposición con injurias o insultos? Sólo los idiotas pueden reaccionar así; un hombre sensato jamás hablará de un modo diferente al mío, pero el mundo está lleno de insulsos imbéciles que creen que les faltan al respeto cuando las encuentran aptos para esos placeres y que, consentidos por las mujeres y eternamente recelosos de quienes parecen atentar contra sus derechos, se consideran los Quijotes de esos vulgares derechos, tratando con crueldad a aquellos que no los reconocen en toda su medida.

Señora de Saint-Ange: ¡Ay, amigo mío, bésame! No serías mi hermano si pensaras de otro modo; pero te suplico que me des más detalles del físico de ese hombre y de los placeres que tuvo contigo.

El caballero: El señor Dolmancé fue instruido por uno de mis amigos acerca del magnífico miembro del que sabes que estoy provisto; a través del marqués de V... me invitó a cenar con él. Una vez allí fue necesario exhibir aquello de lo que era portador; al principio parecía que la curiosidad era el único motivo de su interés, pero cuando me ofreció su hermoso culo y me suplicó que gozara de él, no tardé en darme cuenta que sólo el gusto le había llevado a realizar aquel examen. Previne a Dolmancé sobre todas las dificultades que entrañaba la empresa, pero nada consiguió amedrentarlo. «Soy a prueba de ariete, me dice, ¡y ni siquiera tendréis la gloria de ser el más temible de los hombres que hayan perforado el trasero que os ofrezco!». El marqués asistía a este encuentro; nos daba ánimos manoseando, tocando y besando todo lo que Dolmancé y yo dejábamos al descubierto. Me dispongo..., pero al menos quiero ciertos preparativos: «¡Guardaos muy bien de realizarlos!», me dice el marqués, «privaríais a Dolmancé de la mitad de las sensaciones que espera de vos; él quiere que lo atraviesen... que lo desgarren.» «¡Quedará satisfecho!», me dije, lanzándome a ciegas al abismo... ¿Acaso crees, hermana mía, que me costó mucho esfuerzo?... Ni una palabra; mi enorme miembro desapareció casi sin darme cuenta y tocó el fondo de sus entrañas sin que al tipo se le moviese un pelo. Traté a Dolmancé como a un amigo; la gran voluptuosidad que lo embargaba, sus movimientos, sus deliciosas palabras... todo eso contribuyó a que yo mismo me sintiera feliz y lo inundé. Una vez que estuve fuera, Dolmancé se volvió hacia mí, despeinado y rojo como una bacante: «¿Has visto el estado en el que me has puesto, querido caballero?», me dijo, ofreciéndome un miembro duro y travieso, muy largo y con un espesor de no menos de seis pulgadas. «Dígnate, amor mío, a servirme de mujer del mismo modo en que fui tu amante y que pueda decir que en tus brazos he probado todos aquellos placeres que me hacen gozar con mayor intensidad.» Entendiendo que esto no debía ofrecer más dificultad que lo otro, me sometí a su deseo; el marqués, quitándose los calzones ante mi vista, me rogó que accediese a hacer también de hombre con él mientras me convertía en la mujer de su amigo. Le dispensé el mismo trato que a Dolmancé, quien, al devolverme centuplicadas todas las sacudidas que yo producía en nuestro tercero, muy pronto lanzó en el fondo de mi trasero ese licor encantador que por mi parte también derramé, casi al mismo tiempo, en el de V...

Señora de Saint-Ange: Debes haber sentido un enorme placer, hermano mío, al estar así entre dos; dicen que es encantador.

El caballero: Ciertamente, ángel mío, es el mejor puesto; pero a pesar de lo que dicen, todo eso son sólo extravagancias, que nunca cambiaría por el placer que me brindan las mujeres.

Señora de Saint-Ange: Pues bien, queridito, para recompensar la delicada complacencia que hoy has tenido para conmigo, entregaré a tus ardores a una muchacha virgen y más bella que el Amor.

El caballero: ¡Cómo! ¿Con Dolmancé... haces venir a una mujer a tu casa?

Señora de Saint-Ange: Se debe a razones educativas. Es una jovencita a la que conocí en el convento el pasado otoño, mientras mi marido estaba en los baños. Entonces nada pudimos hacer, no nos atrevimos a nada; había demasiadas miradas puestas sobre nosotras. Nos prometimos que nos veríamos en cuanto fuese posible. Obsesionada por ese deseo, y para satisfacerlo, conocí a su familia. Su padre es un libertino... al que logré seducir. Al fin la bella joven viene, la espero; pasaremos dos días juntas..., dos días deliciosos; la mayor parte de ese tiempo me ocuparé de educarla. Dolmancé y yo introduciremos en su tierna cabecita los más desenfrenados preceptos del libertinaje, la abrasaremos con nuestro fuego, la alimentaremos con nuestra filosofía, le inspiraremos nuestros deseos y, como quiero agregar un poco de práctica a la teoría, como deseo que se le demuestre prácticamente todo aquello de lo que se le hablará, te reservo a ti la cosecha de los mirtos de Citera, y a Dolmancé la de las rosas de Sodoma. Tendré dos placeres a la vez: el de gozar yo misma de esas criminales voluptuosidades y de enseñarlas, de inspirar los deseos en la amable inocente que ha caído entre mis redes. Y bien, caballero, ¿acaso no es un proyecto digno de mi pervertida imaginación?

EL CABALLERO: No pudo haber sido concebido por otra. Es divino, hermana mía, y te prometo que cumpliré de maravilla el encantador papel que me has destinado. ¡Ah, bribona, cómo vas a disfrutar educando a esa niña! ¡Qué delicioso será para ti corromperla, ahogar en ese tierno corazón todas las semillas de virtud y de religiosidad que sembraron en él sus institutrices! En verdad, todo eso es demasiado libertino para mí.

SEÑORA DE SAINT-ANGE: Ten por seguro que no omitiré nada que pueda pervertirla y degradarla, para aplastar en ella todos los falsos principios de moral con los que pudiesen haberla aturdido. Quiero que con dos lecciones se vuelva tan pervertida..., impía... y libertina como yo. Adviérteselo a Dolmancé, ponle al tanto en cuanto llegue, a fin de que el veneno de sus inmoralidades, una vez introducido en esa joven, cuyo corazón le entregaré, consiga arrancar de inmediato todas las semillas de virtud que podrían germinar en él si no intervenimos nosotros.

EL CABALLERO: Hubiese sido imposible encontrar un hombre más adecuado: la irreligiosidad, la impiedad, la inhumanidad y el libertinaje brotan en los labios de Dolmancé, como antaño la unción mística fluía en los del célebre arzobispo de Cambrai; es uno de los hombres más seductores, más corruptos y más peligrosos que conozco... ¡Ah!, mi querida amiga, si tu alumna sigue los consejos de su preceptor, te aseguro que pronto será tan pervertida como él.

SEÑORA DE SAINT-ANGE: No dudo que así será, atento a su buena predisposición...

EL CABALLERO: Pero dime, querida hermana, ¿no temes a sus padres? ¿Y si la joven llegase a hablar de todo esto cuando regrese a su casa?

SEÑORA DE SAINT-ANGE: Nada tengo que temer, he seducido a su padre... está bajo mi control. ¿Debo confesártelo? Me entregué a él para ponerle una venda sobre los ojos; él ignora cuáles son mis intenciones, pero jamás se atreverá a indagarlas... Lo tengo en mis manos.

EL CABALLERO: ¡Los medios que has empleado son espantosos!

SEÑORA DE SAINT-ANGE: Así es como deben ser para que sean seguros.

EL CABALLERO: ¡Oh!, dime, te lo ruego: ¿quién es esa jovencita?

SEÑORA DE SAINT-ANGE: La llaman Eugenia. Es hija de un tal Mistival, que tiene alrededor de unos treinta y seis años y es uno de los comerciantes más ricos de la capital; la madre no tendrá más de treinta y dos, y la niña quince. Mistival es tan libertino como devota es su mujer. Con respecto a Eugenia, sería en vano, amigo mío, que intentara hacer su retrato: está por encima de mis pinceles; te bastará con que te diga, para convencerte, que ni tú ni yo hemos visto jamás a alguien tan delicioso.

EL CABALLERO: Si no puedes pintarla, trata al menos de hacer un esbozo, a fin de que conozca algo más de la persona con quien voy a relacionarme; así mi imaginación se llenará más con ese ídolo en cuyo templo ha de realizarse el sacrificio.

Señora de Saint-Ange: Pues bien, amigo mío, sus cabellos castaños, algo escurridizos, descienden hasta más abajo de sus nalgas; su tez es de un blanco translúcido, su nariz un poco aguileña, sus ojos tienen la negrura del ébano y... ¡son tan fogosos!... ¡Ah!, amigo mío, es imposible no sentirse atraída por esos ojos... No puedes llegar a imaginar cuántas locuras me han hecho cometer... Si vieras las cejas tan bonitas que los coronan... ¡los párpados tan interesantes que los bordean!... Su boca es muy pequeña, sus dientes soberbios, ¡y toda ella exhala tanta frescura!... La manera tan elegante en que su cabeza se yergue sobre sus hombros y el gesto tan noble que realiza cuando la hace girar son sus mayores atractivos... Eugenia es bastante alta para su edad: podría parecer tener diecisiete años; su figura es un modelo de elegancia y de finura, su garganta deliciosa... ¡Y sus pechos son tan bonitos! Apenas si alcanzan a llenar la mano, pero ¡son tan suaves..., tan frescos..., tan blancos!... ¡Cuántas veces no habré perdido la cabeza al besarlos! ¡Y si vieras cómo reaccionaba ella ante mis caricias..., de qué manera sus expresivos ojos reflejaban el estado de su alma!... Amigo mío, no sé cómo es el resto. ¡Ah!, si debo juzgar por lo que ya conozco, puedo decirte que jamás el Olimpo tuvo una divinidad comparable a ella... Pero estará al llegar..., despidámonos; sal por el jardín, pues así no te la encontrarás, y acude puntual a la cita.

El caballero: Después de haberme hecho semejante cuadro, no te quepan dudas acerca de mi puntualidad... ¡Oh, cielos! Salir... ¡abandonarte ahora, en el estado en el que estoy!... Adiós, hermana mía... Un beso..., un solo beso, hermana mía, para contentarme al menos hasta que sea la hora. *(Ella le besa, acaricia su miembro a través del calzón y el joven sale precipitadamente.)*

Segundo diálogo

Señora de Saint-Ange, Eugenia

Señora de Saint-Ange: ¡Oh!, buenos días, preciosa; te esperaba con tal impaciencia que no te será difícil adivinar si lees en mi corazón.

Eugenia: ¡Ay, mi querida, tenía tanta prisa por estar entre tus brazos que pensé que nunca llegaría! Una hora antes de salir temí que todo se estropeara, pues mi madre se negó en redondo a que hiciera este delicioso viaje; pensaba que no era conveniente que una joven de mi edad fuese sola, pero anteayer mi padre la trató con tanta dureza que una sola de sus miradas bastó para aniquilar los argumentos de la señora de Mistival. De modo que acabó aceptando lo que mi padre había acordado, e inmediatamente me puse en marcha. Me dieron dos días de permiso; es preciso que pasado mañana regrese a casa en tu coche y acompañada por una de tus criadas.

SEÑORA DE SAINT-ANGE: ¡Qué visita tan corta, mi querido ángel! Apenas si podré, en tan escaso tiempo, expresarte todo lo que me inspiras... y por otra parte debemos charlar. ¿No sabes que en este encuentro he de iniciarte en los más secretos misterios de Venus? ¿Serán suficientes dos días?

EUGENIA: ¡Ah! Me quedaría hasta conocerlo todo... He venido aquí para instruirme y no me iré hasta que no lo sepa todo.

SEÑORA DE SAINT-ANGE *(Besándola.)*: ¡Oh, mi amor, cuántas cosas nos haremos y nos diremos ambas! A propósito, ¿quieres comer, mi reina? Es posible que la lección sea larga.

EUGENIA: Querida amiga, no tengo otra necesidad que la de escucharte. Hemos comido a una legua de aquí, de modo que hasta las ocho de la tarde no tendré la más mínima necesidad.

SEÑORA DE SAINT-ANGE: Pasemos entonces a mi tocador, allí estaremos más cómodas. Ya he prevenido a mis criados; puedes estar segura de que no van a interrumpirnos. *(Van hacia allí abrazadas.)*

Tercer diálogo

La escena se desarrolla en un delicioso tocador

Señora de Saint-Ange, Eugenia, Dolmancé

EUGENIA *(Muy sorprendida al ver en ese gabinete a un hombre con el cual no contaba.)*: ¡Oh, Dios! Mi querida amiga, ¡esto es una traición!

SEÑORA DE SAINT-ANGE *(Igualmente sorprendida.)*: ¿Vos aquí, señor? ¿Acaso no debíais venir a las cuatro?

DOLMANCÉ: He querido adelantarme para tener más pronto el placer de veros, señora. Me encontré con vuestro hermano y él ha creído conveniente que estuviese presente en las clases que debéis dar a la señorita; sabía que ésta sería el aula en la que se impartiría el curso. Me ha introducido en secreto, sin imaginar que vos lo desaprobaríais, y como sabe que las demostraciones no serán necesarias, sino después de las disertaciones, no aparecerá hasta entonces.

SEÑORA DE SAINT-ANGE: Ciertamente, Dolmancé, vaya ocurrencia...

EUGENIA: No pretendas engañarme, querida amiga; todo esto es obra tuya... Al menos deberías haberme consultado... Ya me ves..., la vergüenza que siento va a impedir que hagamos todo lo que habíamos planificado.

SEÑORA DE SAINT-ANGE: Te aseguro, Eugenia, que fue mi hermano el que tramó esta sorpresa. Pero no te asustes: Dolmancé, a quien considero un hombre muy amable, y que precisamente posee la preparación filosófica que necesitamos para tu instrucción, no podría ser más útil a nuestros proyectos. Respondo de su discreción como de la mía. Familiarízate entonces, mi querida, con el hombre más idóneo del mundo para formarte y conducirte por el camino de la felicidad y de los placeres que ambas deseamos recorrer juntas.

Eugenia *(Sonrojándose.)*: ¡Oh!, no puedo menos que sentirme muy confusa...

Dolmancé: Vamos, bella Eugenia, poneos cómoda... Con esos encantos vuestros, el pudor es una vieja virtud de la que debéis absteneros totalmente.

Eugenia: Pero la decencia...

Dolmancé: Otra costumbre gótica, a la que poco caso se hace hoy día. ¡Es tan contraria a la naturaleza! *(Dolmancé coge a Eugenia, la aprieta entre sus brazos y la besa.)*

Eugenia *(Defendiéndose.)*: ¡Basta, señor!... Ciertamente, ¡me tratáis sin ninguna contemplación!

Señora de Saint-Ange: Eugenia, créeme, dejémonos de ser mojigatas con un hombre tan encantador. No lo conozco más que tú. ¡Mira cómo me entrego a él! *(Lo besa lascivamente en la boca.)* Imítame.

Eugenia: ¡Oh! Sí que quiero hacerlo... ¿De quién podría tener mejor ejemplo? *(Se entrega a Dolmancé, que la besa con ardor, introduciendo la lengua en su boca.)*

Dolmancé: ¡Oh! ¡Qué criatura más amable y deliciosa!

Señora de Saint-Ange *(Besándola también.)*: ¿Te crees, pequeña bribona, que no me llegaría el turno? *(Entonces Dolmancé las toma a ambas entre sus brazos, las lame durante un cuarto de hora, y ellas hacen lo mismo entre sí y con él.)*

Dolmancé: ¡Ah, estos preliminares me enardecen de voluptuosidad! Señoras mías, ¿podéis creerme? Aquí hace un calor insoportable: pongámonos cómodos y así podremos hablar muchísimo mejor.

Señora de Saint-Ange: De acuerdo. Cubrámonos con estas túnicas de gasa; ellas solo servirán para velar aquella parte de nuestros encantos que es preciso ocultar al deseo.

Eugenia: De verdad, mi querida, ¡me hacéis hacer cada cosa!...

Señora de Saint-Ange *(Ayudándola a desvestirse.)*: Completamente ridículas, ¿no?

Eugenia: Por lo menos bien indecentes... ¡Ah! ¡Cómo me besas!

Señora de Saint-Ange: ¡Qué garganta más bonita! Es como una rosa que acaba de abrirse.

Dolmancé *(Mirando los pechos de Eugenia, sin tocarlos.)*: Ellos sí que prometen otros encantos... infinitamente más considerables.

Señora de Saint-Ange: ¿Más considerables?

DOLMANCÉ: ¡Oh, sí, francamente! *(Al decir esto, Dolmancé amaga con hacer girar a Eugenia para examinarla por atrás.)*

EUGENIA: ¡Oh, no, no! Os lo suplico.

SEÑORA DE SAINT-ANGE: No, Dolmancé..., no quiero que veáis aún... un objeto que al tener demasiado atractivo para vos os impedirá, una vez que se os haya metido en la cabeza, seguir razonando con sangre fría. Necesitamos vuestras lecciones, dádnoslas, y los mirtos que tanto deseáis recoger pasarán de inmediato a formar vuestra corona.

DOLMANCÉ: De acuerdo, pero para poder darle a esta bella niña las primeras lecciones de libertinaje es preciso que al menos vos, señora, tengáis la bondad de prestaros a una demostración.

SEÑORA DE SAINT-ANGE: ¡En buena hora!... Pues bien, aquí me tenéis, totalmente desnuda: ¡disertad sobre mí todo lo que queráis!

DOLMANCÉ: ¡Ah! ¡Qué cuerpo más bello!... ¡Es la misma Venus, embellecida por las Gracias!

EUGENIA: ¡Oh, querida amiga! ¡Qué encantos! Déjame recorrerlos a mi agrado, déjame cubrirlos de besos. *(Comienza a besarla.)*

DOLMANCÉ: ¡Qué buena predisposición! Un poco menos de ardor, bella Eugenia; sólo pido vuestra atención un momento.

EUGENIA: Vamos, escucho, escucho... ¡Es que es tan bella..., tan rolliza, tan fresca!... ¡Ah! Qué encantadora es mi amiga, ¿verdad, señor?

DOLMANCÉ: Ciertamente, es bella..., ya lo creo; pero estoy convencido que vos no os quedáis atrás... Vamos, escuchadme, bella alumnita, os advierto que, si no obedecéis, ejerceré ampliamente los derechos que me da el título de preceptor vuestro.

SEÑORA DE SAINT-ANGE: ¡Oh! Sí, sí, Dolmancé, os la entrego; hay que regañarla duramente si no se comporta.

DOLMANCÉ: Podría ser que no me conformase con una reprimenda.

EUGENIA: ¡Oh, santo cielo! Me asustáis... ¿Qué haríais entonces, señor?

DOLMANCÉ *(Balbuceando y besando a Eugenia en la boca.):* Algunos castigos..., correctivos, y este lindo culito bien podría responder por las faltas que cometa la memoria. *(Le da algunos golpes a través de la túnica con la que ahora está vestida Eugenia.)*

SEÑORA DE SAINT-ANGE: Sí, apruebo el proyecto pero no el resto. Comencemos nuestra lección o, de lo contrario, el poco tiempo que tenemos para gozar de Eugenia va a pasarse en preparativos, y la instrucción no se completará.

DOLMANCÉ *(A medida que va hablando, toca en la señora de Saint-Ange las partes que menciona.):* Comienzo. No hablaré de estos globos de carne: sabéis tanto como yo, Eugenia, que se los denomina de diferentes maneras: pechos, senos, tetas; su uso es altamente provechoso durante los actos de placer. Un amante goza mirándolos; los acaricia, los manosea.

Incluso hay quienes logran consumar allí su deseo; si colocan su miembro entre los dos montes de Venus, al ser encerrado y comprimido por un movimiento que hace la mujer, ciertos hombres consiguen, después de algunas sacudidas, derramar el delicioso bálsamo que hace feliz a los libertinos... Pero, ¿no sería conveniente dar a nuestra alumna una disertación acerca de este miembro sobre el cual habrá que hablar continuamente?

SEÑORA DE SAINT-ANGE: Eso creo.

DOLMANCÉ: Pues bien, señora, voy a extenderme sobre este canapé; os colocaréis cerca de mí, tomaréis el sujeto entre las manos y vos misma le explicaréis sus propiedades a nuestra joven alumna. *(Dolmancé se coloca sobre el canapé y la señora de Saint-Ange hace la demostración.)*

SEÑORA DE SAINT-ANGE: Este cetro de Venus que tienes ante tus ojos, Eugenia, es el principal agente de los placeres en el amor: se le llama miembro por excelencia; no hay una sola parte del cuerpo humano donde él no se introduzca. Siempre dócil a las pasiones de quien lo mueve y se introduce rápidamente ahí *(toca el sexo de Eugenia):* es el camino que sigue normalmente... el más usual, pero no el más agradable. En la búsqueda de un templo más misterioso, es a menudo aquí *(separa sus nalgas y muestra el orificio de su trasero)* donde el libertino goza; volveremos luego sobre este placer, el más delicioso de todos. La boca, los senos y las axilas se le ofrecen también como otros tantos altares en los que puede quemar su incienso, y cualquiera que sea el sitio que él elija, después de haberse agitado algunos instantes, consigue liberar un licor blanco y viscoso cuyo derramamiento sumerge al hombre en un éxtasis intenso, brindándole el más dulce de los placeres que haya podido esperar en su vida.

EUGENIA: ¡Oh! ¡Cómo me gustaría ver correr ese licor!

SEÑORA DE SAINT-ANGE: Eso se podría conseguir con la simple vibración de mi mano. ¡Mira cómo se excita a medida que lo sacudo! Este movimiento se denomina *masturbación* y, en la jerga de los libertinos, menear.

EUGENIA: ¡Oh, querida amiga, déjame menear ese hermoso miembro!

DOLMANCÉ: ¡No soporto más! Dejémosla hacer, señora, su ingenuidad me lo pone horriblemente rígido.

SEÑORA DE SAINT-ANGE: Me opongo a esta efervescencia. Dolmancé, comportaos; si permitimos que se derrame este semen, disminuiría la actividad de vuestros instintos animales y vuestras disertaciones serían mucho menos apasionadas.

EUGENIA *(Tocando los testículos de Dolmancé.):* ¡Oh, mi buena amiga, me disgusta que te opongas a mis deseos!... ¿Y estas bolas, para qué sirven, cómo se las llama?

SEÑORA DE SAINT-ANGE: La palabra técnica es *cojones,* mientras que la ciencia les da el nombre de testículos. Estas bolas guardan el receptáculo en el que se aloja esa simiente prolífica de la que acabo de hablarte, y cuya eyaculación en la matriz de la mujer da origen al ser humano; pero no vamos a detenernos en esos detalles, Eugenia, que interesan más a la medicina que al libertinaje. Una joven debe preocuparse más por *joder* que por *engendrar*. Pasaremos por alto todo lo que se refiere al vulgar mecanismo de la procreación para concentrarnos única y principalmente en las voluptuosidades libertinas, cuyo espíritu no es en absoluto procreador.

Eugenia: Pero, querida amiga, cuando ese miembro enorme, que apenas cabe en mi mano, penetra, como aseguras que puede ocurrir, en un orificio tan pequeño como el de atrás, eso debe ocasionar un terrible dolor a la mujer.

Señora de Saint-Ange: Ya sea que esta penetración se haga por delante o por detrás, cuando una mujer no está acostumbrada a esto siempre experimentará dolor. La naturaleza ha querido que sólo obtuviésemos el placer mediante el sufrimiento; pero, una vez vencida esta prueba, no hay placer mayor que ese, y el goce que se experimenta con la introducción de ese miembro en nuestros traseros es incuestionablemente mayor a todos los que pueden lograrse a través de la vagina. Por otra parte, ¡cuántos peligros puede evitar así una mujer! Hay menor riesgo para su salud y, lo que es más importante aún, de quedar embarazada. No voy a explayarme más sobre esta voluptuosidad; Dolmancé, nuestro maestro, pronto la analizará más detalladamente y, al unir la práctica a la teoría, espero que te convenza, mi querida, de que es el único placer que debas preferir.

Dolmancé: Daos prisa con vuestras demostraciones, señora, pues no puedo contenerme más. Voy a descargarme, muy a pesar mío, y este temible miembro, reducido a la nada, no podría ya servir para vuestras lecciones.

Eugenia: ¡Cómo! ¡Quedaría totalmente anulado, mi bien, si perdiese esa simiente de la que hablas!... ¡Oh!, déjame que se la haga perder, para que pueda ver lo que resulta... ¡Sentiría tanto placer al verla fluir!

Señora de Saint-Ange: No, no, Dolmancé, levantaos. Pensad que es el premio a vuestros trabajos y que no puedo dároslo antes de haberlo merecido.

Dolmancé: De acuerdo; pero para que Eugenia se convenza de todo lo que vamos a hablarle acerca del placer, ¿tendríais algún inconveniente de masturbarla en mi presencia, por ejemplo?

Señora de Saint-Ange: Ninguno, sin duda, y procederé a ello con muchísimo gusto, tanto más cuanto que podrá ayudarnos en nuestras lecciones. Colócate sobre este canapé, mi querida.

Eugenia: ¡Oh Dios! ¡Qué nido más delicioso! Pero... ¿por qué todos esos espejos?

Señora de Saint-Ange: Al reflejar las posturas y los gestos en mil sentidos diferentes, esos espejos multiplican infinitamente los goces de quienes los experimentan sobre esta otomana. De ese modo, nada queda oculto de uno y otro cuerpo: es necesario que se vea todo; son otros tantos grupos reunidos alrededor de aquellos a quienes el amor encadena, otros tantos imitadores de sus placeres, otros tantos cuadros deliciosos, cuya lubricidad los inflama y les ayuda incluso para lograr el éxtasis.

Eugenia: ¡Oh, qué deliciosa invención!

Señora de Saint-Ange: Dolmancé, desvestid vos mismo a la víctima.

Dolmancé: Eso es fácil; sólo hay que quitar esta gasa a fin de descubrir tan irresistibles encantos. *(La desnuda y de inmediato posa la mirada en su culo.)* ¡Voy a contemplar este precioso y divino trasero al que deseo con tanto ardor!... ¡Santo Dios! ¡Qué carnes!, ¡qué frescura!, ¡qué brillantez! y ¡qué elegancia!... Jamás he visto un culo más bello.

Señora de Saint-Ange: ¡Ah bribón! ¡De qué manera tus primeros homenajes revelan tus gustos y placeres!

Dolmancé: Pero... ¿hay en el mundo algo similar a ésto?... ¿Dónde podría encontrar el amor un altar más sublime que éste? Eugenia..., sublime Eugenia, ¡quisiera colmar ese culo con las más dulces caricias! *(Lo acaricia y lo besa con frenesí.)*

Señora de Saint-Ange: ¡Deteneos, libertino!... Olvidáis que Eugenia sólo me pertenece a mí y que es el único premio a las lecciones que de vos espera; una vez que las haya recibido, ella será vuestra recompensa. Controlad vuestros ardores o me enfadaré.

Dolmancé: ¡Ah bribona! Son vuestros celos... ¡Pues bien! Entregadme el vuestro: voy a rendirle los mismos homenajes. *(Levanta la túnica de la señora de Saint-Ange y acaricia su trasero.)* ¡Ah qué bello es, mi ángel..., también es delicioso! Quiero comparar... y admirar ambos a la vez: ¡a Ganimedes y a Venus! *(Los cubre a ambos de besos.)* A fin de no perder de vista el fascinante espectáculo de tanta belleza, ¿podríais, señora, enlazaros y ofrecer constantemente a mis ojos esos encantadores culos que idolatro?

Señora de Saint-Ange: ¡Maravilloso!... Tomad, ¿estáis satisfecho?... *(Ellas se abrazan, de modo tal que sus traseros quedan frente a Dolmancé.)*

Dolmancé: No podría estar mejor: es precisamente lo que quería; que el fuego de la lujuria agite ahora esos culos tan bellos. Que se acaricien y se muevan cadenciosamente, que se muevan según los inspire el placer... ¡Bien, bien, es delicioso!...

Eugenia: ¡Ah, mi bien, cuánto placer me das! ¿Cómo se llama esto que hacemos?

Señora de Saint-Ange: *Masturbarse,* amiga mía..., darse placer. Pero, espera... cambiemos de postura; examina mi coño..., así es como se le llama al templo de Venus. Examina bien este antro que la mano cubre;

voy a entreabrirlo. Esta elevación, a la que ves aquí coronada, se llama el *monte:* se cubre de vello hacia los catorce o quince años, cuando una joven comienza a tener su regla. Esta lengüeta, que está debajo, se denomina *clítoris;* es el punto más sensible de las mujeres y es ahí donde se concentra toda la sensibilidad. Es imposible que no me desmaye de placer cuando me acarician aquí. Pruébalo... ¡Ah, bribonzuela! ¡Cómo lo haces!... ¡Parecería que no has hecho otra cosa en tu vida!... ¡Detente!... ¡Detente!... No, no quiero entregarme aún... ¡Ah, contenedme, Dolmancé!... ¡Estoy a punto de perder la cabeza bajo las caricias de los encantadores dedos de esta niña!

DOLMANCÉ: ¡Pues bien! Para refrescar vuestras ideas, si se quiere, introduciendo alguna variante en ellas, masturbadla vos misma y que sólo ella se entregue... ¡Ahí, sí!... De ese modo; así su bonito culo quedará bajo mis manos. Voy a *masturbarla* ligeramente con un dedo... Entregaos, Eugenia, abandonaos con todos vuestros sentidos al placer; que éste sea el único dios que gobierne vuestra existencia. Sólo es a él a quien lo debe sacrificar todo una joven como vos; nada puede ser tan sagrado a sus ojos como el placer.

EUGENIA: ¡Ah! Nada al menos es tan delicioso como lo que siento ahora... Estoy fuera de mí... No sé qué es lo que digo ni lo que hago... ¡Una gran embriaguez se ha apoderado de mis sentidos!

DOLMANCÉ: ¡Cómo eyacula la bribonzuela!... Su ano se contrae hasta cortarme el dedo... ¡Qué delicioso sería penetrarla en este instante! *(Se levanta y coloca su miembro en su trasero.)*

SEÑORA DE SAINT-ANGE: Un poco más de paciencia. ¡Por ahora debemos ocuparnos de la educación de esta niña!... Es tan agradable instruirla...

DOLMANCÉ: ¡Bien! Ya lo ves, Eugenia; después de una masturbación más o menos larga, las glándulas seminales se hinchan y acaban liberando un licor cuyo flujo sumerge a la mujer en el más delicioso éxtasis. Eso se llama *correrse.* Cuando nuestra buena amiga lo quiera, te haré ver el modo más enérgico e imperioso en que se realiza esta misma operación entre los hombres.

SEÑORA DE SAINT-ANGE: Espera, Eugenia, voy a enseñarte ahora de qué otra manera se puede sumir a una mujer en la voluptuosidad más extrema. Separa bien tus muslos... Dolmancé, ya veis la forma en que la coloco, ¡os dejo su trasero! Chupádselo mientras mi lengua va a hacerlo con su sexo, de modo que entre ambos la hagamos desfallecer al menos tres o cuatro veces seguidas. Tu monte es encantador, Eugenia. ¡Cómo me gusta besar estos vellitos!... Tu clítoris, ahora puedo verlo mucho mejor, está poco formado pero es muy sensible... ¡Cómo te agitas!... Déjame que abra bien tus piernas... ¡Ah, sí que eres virgen, no cabe duda!... Dime lo que sientas cuando nuestras lenguas se introduzcan al mismo tiempo en tus dos orificios. *(Se ponen en acción.)*

Eugenia: ¡Oh querida, es delicioso, es una sensación imposible de describir! Me sería totalmente difícil decir cuál de vuestras lenguas me provoca mayor delirio.

Dolmancé: Por la postura en la que estoy, mi miembro está muy cerca de vuestras manos, señora; dignaos menearlo, os lo suplico, mientras yo succiono este culo divino. Hundid más vuestra lengua, señora, no os quedéis succionando su clítoris; haced penetrar esa voluptuosa lengua hasta la matriz: es la mejor manera de apresurar su eyaculación.

Eugenia *(Poniéndose rígida.)*: ¡Ah! ¡No puedo más, me muero! ¡No me abandonéis, amigos, estoy a punto de desmayarme!... *(Llega al orgasmo en medio de sus dos preceptores.)*

Señora de Saint-Ange: Bien, amiga mía, ¿cómo te encuentras luego del placer que te hemos dado?

Eugenia: ¡Estoy muerta, rota..., estoy aniquilada!... Pero, explicadme, os lo ruego, no comprendo lo que significan dos palabras que habéis pronunciado. En primer lugar, ¿qué significa *matriz?*

Señora de Saint-Ange: Es una especie de vaso, semejante a una botella, cuyo cuello abraza el miembro del hombre y que recibe la sustancia que produce la mujer por la secreción de las glándulas y en el hombre por la eyaculación que ahora te haremos ver. Al mezclarse ambos licores se forma la semilla de la que a su vez nacen los niños y niñas.

Eugenia: ¡Ah!, entiendo; esta definición me ayuda a comprender el término *semen,* que al principio no entendí muy bien. Y la unión de esas simientes, ¿es necesaria para la formación del feto?

Señora de Saint-Ange: Seguramente, aunque se ha probado, sin embargo, que la formación de ese feto se debe solamente al semen del hombre; no obstante, también es cierto que actuando solo, sin mezclarse con el de la mujer, no podría conseguirlo. Pero el que nosotras segregamos, lo único que hace es elaborarlo; no crea nada, sólo ayuda a la creación, sin ser su causa. Incluso muchos naturalistas modernos consideran que es inútil; de ahí que los moralistas, tras los descubrimientos de aquéllos, hayan concluido, con bastante acierto, que en ese caso el niño formado con la sangre del padre sólo debe sentir amor hacia éste. Esta aseveración no carece de verosimilitud y, a pesar de que soy mujer, no se me ocurriría combatirla.

Eugenia: En mi corazón está la prueba de todo eso que dices, mi querida, ya que amo a mi padre con locura y siento que detesto a mi madre.

Dolmancé: Nada tiene de sorprendente esa preferencia: yo pienso exactamente lo mismo. Aún no me he resignado a la muerte de mi padre, mientras que cuando perdí a mi madre, estallé de alegría... La detestaba cordialmente. Eugenia, asumid sin ningún temor esos sentimientos: están en la misma naturaleza. Al estar formados únicamente por la sangre de nuestros padres, nada debemos a nuestras madres; ellas no han hecho otra cosa que prestarse al acto cuando él lo requirió. En consecuencia, es el padre quien ha deseado nuestro nacimiento, mientras que la madre sólo lo ha consentido. ¡Esas diferencias marcan los sentimientos!

SEÑORA DE SAINT-ANGE: Hay mil razones más a tu favor, Eugenia. Si hay una madre en el mundo que deba ser detestada, ¡seguramente es la tuya! Sosa, supersticiosa, devota, gruñona... y de una gazmoñería insoportable; apostaría a que esa mojigata no ha dado un paso en falso en toda su vida... ¡Ah, mi querida, cómo detesto a las mujeres virtuosas!... Pero ya volveremos sobre esto.

DOLMANCÉ: ¿No creéis conveniente ahora que Eugenia, dirigida por mí, aprenda a devolveros lo que acabáis de darle y que os masturbe ante mis ojos?

SEÑORA DE SAINT-ANGE: Acepto, yo también lo creo útil, y sin duda querréis ver mi culo mientras se realiza la operación, ¿verdad?

DOLMANCÉ: ¿Acaso dudáis, señora, del placer con que le rendiré el más dulce homenaje?

SEÑORA DE SAINT-ANGE *(Presentándole las nalgas.)*: Pues... ¿así estoy bien?

DOLMANCÉ: ¡De maravilla! De este modo puedo prestaros los mismos servicios que tanto le gustaron a Eugenia. Ahora colocad bien, locuela, la cabeza entre las piernas de vuestra amiga, y brindadle, con vuestra bonita lengua, las mismas atenciones que acabáis de recibir. Pero entonces, en esa postura, podría poseer vuestros culos, acariciaré deliciosamente el de Eugenia mientras succiono el de su bella amiga. Ahí..., bien... Mirad cómo estamos los tres juntos.

SEÑORA DE SAINT-ANGE *(Desfalleciente.)*: ¡Me muero, santo Dios!... Dolmancé, ¡cómo me gusta tocar tu hermoso miembro mientras me corro!... ¡Quisiera que su semen me inundara!... ¡Masturbad!... ¡Chupadme, santo Dios!... ¡Ah! ¡Cómo me gusta actuar como una puta cuando mi esperma se derrama así!... Se terminó, no puedo más... Me habéis consumido entre los dos... Creo que jamás he gozado así en mi vida.

EUGENIA: ¡Cuánto me alegro de haber causado ese placer! Pero, querida amiga, hay una palabra que se te ha escapado y que no entiendo. ¿A qué te refieres cuando dices *puta?* Perdón, ¿lo sabes? Estoy aquí para instruirme.

SEÑORA DE SAINT-ANGE: Así se llama, preciosa, a las víctimas públicas del libertinaje de los hombres, siempre dispuestas a entregarse a su temperamento o a su interés; mujeres dichosas y respetables, a las que el mundo condena pero que la voluptuosidad corona, y que, mucho más necesarias para la sociedad que las mojigatas, tienen el valor de sacrificar, en su servicio, la consideración que injustamente les niega esta sociedad. ¡Vivan aquellas a quienes honra ese título! Ésas son las mujeres verdaderamente amables, las únicas que son realmente filósofas. En cuanto a mí, querida, que desde hace doce años trabajo para merecerlo, te aseguro que, lejos de molestarme, me divierte. Es más, me gusta que me llamen así cuando me joden; esa injuria me calienta la cabeza.

Eugenia: ¡Oh, lo imagino, querida! A mí tampoco me disgustaría que me llamasen así y, menos aún, merecer el título. Pero, ¿tan mala conducta no se opone a la virtud? ¿No la ofendemos al comportarnos como lo hacemos?

Dolmancé: ¡Ah, Eugenia! ¡Renuncia a las virtudes! ¿Acaso un solo sacrificio de los que se pueda hacer a esas falsas divinidades vale lo que un minuto de los placeres que se disfrutan ultrajándolas? ¡Vamos!, la virtud no es más que una quimera, cuyo culto se reduce a perpetuas inmolaciones e incontables rebeliones contra los instintos, las inspiraciones del temperamento. ¿Pueden ser naturales tales actitudes? ¿La naturaleza aconseja aquello que se ultraja? Que no os engañen, Eugenia, esas mujeres a las que llaman virtuosas. No obedecen, si quieres, a las mismas pasiones que nosotros, pero tienen otras que a menudo son mucho más despreciables... Su ambición, su orgullo, sus intereses particulares, y a menudo la sola frialdad de un temperamento que no les inspira nada. Pregunto: ¿les debemos algo a semejantes seres? ¿No es acaso el amor propio lo único que les sirve de guía? ¿Es entonces mejor, más razonable y más conveniente sacrificarse al egoísmo que a las pasiones? A mi modo de ver vale tanto lo uno como lo otro, y quien atiende sólo a este último mandato es sin duda mucho más razonable, puesto que es el órgano de la naturaleza, mientras que el otro es el de la estupidez y el de los prejuicios. Una sola gota de semen eyaculada por este miembro, Eugenia, es para mí mucho más valiosa que los más sublimes actos de una virtud que desprecio.

Eugenia *(Durante estas disertaciones se restableció en algo la calma. Las mujeres, recubiertas con sus túnicas, se han recostado en el canapé y Dolmancé está sentado cerca de ellas, en un gran sofá.):* Pero hay diferentes tipos de virtudes. ¿Qué pensáis de la piedad, por ejemplo?

Dolmancé: ¿Qué puede significar esa virtud para alguien que no cree en la religión? Veamos, Eugenia, vamos por orden: ¿llamáis religión al pacto por el cual el hombre se une a su Creador, que le obliga a testimoniarle, a través de un culto, el reconocimiento por la existencia que le ha sido otorgada por ese sublime Autor?

Eugenia: No podría estar mejor definido.

Dolmancé: ¡Pues bien! Si está probado que el hombre sólo debe su existencia a los inflexibles designios de la naturaleza; si está probado que al ser tan antiguo —según se ha demostrado— como la tierra misma y que, al igual que el roble, el león y los minerales que se encuentran en sus entrañas, no es más que un producto necesario para la existencia del planeta, y debe la suya a quienquiera que sea; si está demostrado que ese Dios, a quien los imbéciles consideran el único autor de todo lo que vemos, no es más que el *nec plus ultra* de la razón humana, el fantasma creado al instante donde la razón no ve más nada, a fin de ayudarle en sus operaciones; si está probado que es imposible la existencia de Dios, y que la naturaleza, que jamás suspende su movimiento, produce en sí misma todo aquello que los idiotas se complacen en atribuir gratuitamente a ese Dios; si es cierto que, suponiendo que ese ser inerte exista, seguramente sería el más ridículo de todos los seres, puesto que no habría servido más que un solo día y que, al cabo de millones de siglos, se hallaría en una despreciable inactividad; suponiendo que exista tal como nos lo pintan todas las religiones, sería el más detestable de los seres, puesto que permite el mal sobre la tierra cuando por su omnipotencia podría impedirlo; si, digo, todo eso estuviese probado, como indudablemente lo está, ¿seguiríais creyendo, Eugenia, que la piedad que uniese al hombre con ese Creador imbécil, ineficaz, feroz y despreciable, tuviese que ser una virtud inexcusable?

Eugenia *(A la señora de Saint-Ange.):* ¡Cómo! ¿Entonces, mi querida amiga, la existencia de Dios sería realmente una quimera?

Señora de Saint-Ange: Y de las más despreciables, sin duda.

Dolmancé: Habría que estar loco para creer en ello. Fruto del temor en unos y de la debilidad en otros, este abominable fantasma, Eugenia, es inútil para el orden terrenal. Sería además incuestionablemente perjudicial, ya que sus decisiones, que deberían ser justas, no podrían aliarse jamás con las injusticias que son esenciales a las leyes de la naturaleza; que continuamente debería querer ese bien, al que la naturaleza sólo debe aspirar para compensar el mal que sirve a sus leyes; que sería preciso que actuase siempre, y la naturaleza, una de cuyas leyes esenciales es el movimiento perpetuo, no podría convivir con ese creador sin estar en una abierta y continua oposición a él. Pero, con respecto a eso, podrá decirse que Dios y la naturaleza son la misma cosa. ¿No sería un absurdo? La cosa creada no puede ser igual al ser creador: ¿acaso el reloj es lo mismo que el relojero? Pues bien, dirían aún, la naturaleza no es nada y Dios lo es todo. ¡Otra tontería! En el universo hay necesariamente dos cosas: el agente creador y el individuo creado. Bien, ¿quién es ese agente creador? Ésta es la única dificultad que hay que resolver; la única pregunta que es preciso responder.

Si la materia actúa y se mueve, mediante combinaciones que desconocemos, si el movimiento es inherente a la materia, si, en fin, sólo ella puede, en razón de su energía, crear, producir, conservar y mantener suspendidos en la inmensa extensión del espacio todas esas esferas cuya visión nos sorprende, y cuyo movimiento uniforme e invariable nos llena de respeto y admiración, ¿qué necesidad tenemos de buscar en todo ello un agente exógeno, si esa propiedad activa se encuentra en la misma naturaleza, que no es otra cosa que la materia en movimiento? Vuestra endiosada quimera, ¿puede ayudar a esclarecer alguna cosa? Desafío a quien pueda probármelo. Suponiendo que me equivocase respecto de las propiedades intrínsecas de la materia, sólo me encontraría ante una dificultad. ¿Qué es lo que hacéis al ofrecerme vuestro Dios? Pues sumáis otra. ¿Cómo queréis que admita, por algo que no comprendo, una cosa que comprendo menos aún? ¿Será por medio de los dogmas de la religión cristiana que examinaré... como me representaré a vuestro espantoso Dios? Veamos cómo me lo pinta esa religión...

¿Qué otra cosa veré en el Dios de ese culto infame, si no es a un ser inconsecuente y bárbaro, que hoy crea el mundo y mañana se arrepiente de su creación? ¿Qué puedo ver en un ser débil que no puede lograr que el hombre responda como a él le gustaría? Esta criatura, aunque creada por él, lo domina: ¡puede ofenderlo y recibir por ello castigos eternos! ¡Qué ser más débil es ese Dios! ¡Cómo! Él ha podido crear todo lo que vemos, y le ha sido imposible formar al hombre a su modo. Pero, me responderéis, si lo hubiese creado así, el hombre no lo hubiese merecido. ¡Qué estupidez! ¿Qué necesidad hay de que el hombre merezca a su Dios? Si lo hubiese hecho completamente bueno, el hombre jamás hubiese podido hacer el mal, y de ese modo sería la digna obra de un dios. Ha tentado al hombre con la posibilidad de elegir y Dios, por su ilimitada presciencia, sabía muy bien lo que de ello resultaría. A partir de ahí, es el placer lo que pierde a la criatura que él mismo ha formado. ¡Qué horrible es ese Dios! ¡Qué monstruo! ¡Qué Dios más perverso, digno de nuestro odio y nuestra implacable venganza! Sin embargo, poco satisfecho con una tarea tan sublime, presiona al hombre para que se convierta; lo consume, lo maldice. Sin embargo, nada de eso logra cambiarle. Un ser mucho más poderoso que ese villano Dios, el *Diablo,* conservando siempre su imperio y desafiando continuamente a su autor, logra de continuo, mediante la seducción, pervertir al rebaño que el Eterno tenía reservado para sí. Nada puede vencer el dominio que ejerce ese demonio sobre nosotros. ¿Y qué piensa entonces, según vos, ese horrible Dios que predicáis? Sólo tiene un hijo, un hijo único, que tiene a causa de no sé qué tratos; puesto que el hombre tiene trato carnal, ha querido que su Dios también lo tuviese; arranca del cielo esa respetable porción de él mismo. Quizá pueda imaginarse que esta sublime criatura iba a aparecer a la vista de todo el universo sobre rayos celestes y en medio de un cortejo de ángeles... Pues no: ¡es en el seno de una prostituta judía, en un corral de cerdos, donde se anuncia al Dios que va a salvar el mundo! ¡Mirad el origen digno que pretenden atribuirle! Pero, ¿acaso su honorable misión va a resarcirnos? Sigamos por un instante la trayectoria del personaje. ¿Qué dice? ¿Qué hace? ¿Qué sublime misión ha venido a cumplir entre nosotros? ¿Qué misterio va a revelarnos? ¿Qué dogmas va a prescribirnos? ¿En qué hechos, en fin, hará relucir su grandeza?

Lo primero que veo es una infancia desconocida, algunos servicios, muy libertinos sin duda, prestados por ese granujilla a los sacerdotes del templo de Jerusalén. Luego desaparece durante quince años, durante los cuales el bribón se envenena con las quiméricas reflexiones de la escuela egipcia, que posteriormente llevará a Judea. En cuanto vuelve a poner el pie allí, su demencia le lleva a decir que él es hijo de Dios y hecho a su semejanza; agrega a esa alianza otro fantasma al que llama Espíritu Santo, y esas tres personas, asegura, ¡no son más que una! Cuanto más sorprende a la razón ese ridículo misterio, más se empecina el bribón en que se asuma y respete..., advirtiendo sobre los peligros que entraña el desconocerlo. Es para salvarnos a todos, asegura el imbécil, que se ha hecho carne, aunque sin dejar de ser *dios*, en el seno de una hija de los hombres, ¡y los resplandecientes milagros que él haga convencerán muy pronto a todo el universo! En efecto, durante una cena de borrachos, el tunante transforma, dicen, el agua en vino; en el desierto, alimenta a unos pervertidos con las provisiones que preparan sus secuaces a escondidas; uno de sus camaradas se hace el muerto y nuestro impostor lo resucita; se traslada a una montaña, y allí, ante la sola presencia de un par de amigos suyos, hace un juego de manos que haría ruborizar al peor de nuestros malabaristas.

Por otra parte, mientras maldice frenéticamente a todos aquellos que no creen en él, el bribón promete los cielos a todos los idiotas que le escuchan. No escribe nada, dada su ignorancia; habla muy poco, dada su estupidez; hace incluso menos, en razón de su debilidad, y, finalmente, al impacientar a los magistrados con sus discursos sediciosos, aunque escasos, el charlatán se hace crucificar, después de asegurar a los bribones que le siguen que cada vez que le invoquen él descenderá hacia ellos para convertirse en su alimento. Lo someten a suplicios, él se deja hacer. Su señor padre, ese Dios sublime, de quien se atreve a decir que proviene, no le dispensa el menor auxilio, y ahí tenéis al pillo, tratado como el último de los depravados, cuyo jefe estaba tan orgulloso de ser.

Sus ayudantes se reúnen: «Estamos perdidos —dicen—, todas nuestras esperanzas se habrán desvanecido si no conseguimos salvarnos por una proeza. Emborrachemos a los guardianes que custodian a Jesús; usurpemos su cuerpo, pregonemos que ha resucitado. El medio es seguro, y así, si conseguimos hacer creer esta bribonería, nuestra nueva religión se extenderá, se propagará, seducirá al mundo entero... ¡Manos a la obra!». Se ejecuta el golpe, con éxito. ¡A cuántos bribones no ha servido de ejemplo su audacia! Se apoderan del cuerpo; los tontos, las mujeres, los niños, gritan a viva voz el milagro, y mientras tanto, en esa ciudad en la que se acaba de producir algo tan maravilloso, en esa ciudad teñida con la sangre de Dios, no hay nadie que quiera creer en ese Dios; ninguna conversión se produce allí, y el hecho es tan poco digno de ser transmitido que incluso ningún historiador lo menciona. Solamente los discípulos de ese impostor piensan en sacar partido de semejante fraude, pero lo harán más adelante.

Este hecho merece una consideración especial, ya que ellos dejan pasar varios años antes de hacer uso de su insigne bribonada, erigiendo finalmente sobre ella el tambaleante edificio de su repugnante doctrina. Todo cambio es siempre bien acogido por los hombres. Cansados del despotismo de los emperadores, consideran que una revolución sería necesaria. Los bribones son escuchados, no tardan en lograr su objetivo y su éxito va en aumento; es la historia de todos los errores. Muy pronto los altares de Venus y de Marte son reemplazados por los de Jesús y María; se publica la vida del impostor, y esa irrelevante novela encuentra muchos ingenuos a quienes embaucar. Le hacen decir cosas que jamás ha pensado; algunos de sus descabellados argumentos se convierten en la base de su moral y, como esta novedad se predica ante los pobres, la caridad pasa a ser la principal virtud. Se establecen unos ritos extraños bajo el nombre de *sacramentos,* de los que el más indigno y abominable de todos es aquel por el cual un sacerdote, manchado de delitos, tiene no obstante el poder, por virtud de ciertas palabras mágicas, de hacer que Dios se haga presente en un trozo de pan.

No cabe duda; este indigno culto pudo haberse cortado de raíz desde el momento mismo en que nació, utilizando contra él nada más que las armas del desprecio que se merece. Pero sólo se preocuparon por perseguirlo y con esto sólo consiguieron que creciese; era inevitable. Si se persiste en el objetivo de ridiculizarlo, a la larga caerá. El astuto Voltaire jamás utilizó otras armas, y de todos los escritores es el único que puede jactarse de tener el mayor número de prosélitos. En una palabra, Eugenia, tal es la historia de Dios y de la religión; pensad qué consideración merecen semejantes patrañas y sacad vuestras propias conclusiones.

EUGENIA: Mi elección no me es embarazosa; desprecio todas esas repugnantes fantasías, y ese mismo Dios, en cuya fe me mantenía por debilidad o por ignorancia, sólo es algo horroroso para mí.

SEÑORA DE SAINT-ANGE: Júrame que no vas a pensar más en él, que jamás vas a ocuparte de él, que no lo invocarás bajo ninguna circunstancia y que no volverás a él en el resto de tu vida.

EUGENIA *(Arrojándose a los brazos de la señora de Saint-Ange.):* ¡Haré el juramento en tus brazos! Aún no consigo ver con claridad que todo lo que exiges es para mi bien y que deseas evitar que el recuerdo de mis antiguas creencias puedan turbar mi tranquilidad.

SEÑORA DE SAINT-ANGE: ¿Podría tener otro motivo?

EUGENIA: Pero, Dolmancé, ¿es el estudio de las virtudes lo que nos ha llevado al análisis de las religiones? Volvamos a lo primero. ¿Acaso no podrían existir en esta religión, por más ridícula que sea, algunas virtudes prescritas por ella, cuya práctica pueda contribuir a nuestro bienestar?

DOLMANCÉ: ¡Bien! Analicémoslo. ¿Acaso es la castidad alguna de esas virtudes, que vuestros ojos desmienten, aunque vos en conjunto la reflejáis? ¿Os parece honorable luchar contra todos los impulsos de la naturaleza? ¿Los sacrificaríais todos al vano y ridículo honor de no haber tenido jamás una debilidad? Sed justa y responded, mi bella amiga: ¿creéis que vais a encontrar en esa absurda y peligrosa pureza de alma todos los placeres que proporciona su contrario, que es el vicio?

EUGENIA: No, francamente, no quiero nada de eso; no siento la menor inclinación a ser casta, pero tampoco siento predisposición hacia el vicio contrario. Pero, Dolmancé, la caridad, la beneficencia, ¿no podrían estas virtudes hacer felices a las almas sensibles?

DOLMANCÉ: ¡Alejémonos, Eugenia, de las virtudes que sólo generan ingratos! Por otra parte, no te equivoques, encantadora amiga: la beneficencia, antes que una auténtica virtud del alma, es más bien un vicio del orgullo. Socorren a sus semejantes por ostentación, y nunca con el objetivo de hacer una buena acción; además, se disgustarían mucho si la limosna que acaban de dar no tuviese todo el eco posible. No pienses tampoco, Eugenia, que esta acción vaya a tener los buenos efectos que se esperan: por mi parte, la considero como la mayor de las trampas. Mediante la limosna, el pobre se acostumbra a recibir unos auxilios que a la larga deterioran su energía; a la espera de vuestra caridad deja de trabajar y cuando le falta esa limosna se convierte en un ladrón o en un asesino. En todas partes se reclama la supresión de la mendicidad, y lo único que se ha logrado durante este tiempo sólo ha sido multiplicarla. ¿Queréis que no haya moscas en vuestra habitación? Pues no derraméis azúcar para atraerlas. ¿Queréis que no existan pobres en Francia? No repartáis ninguna limosna y suprimid sobre todo vuestras casas de beneficencia. El individuo nacido en el infortunio, al verse entonces privado de esos peligrosos recursos, empleará toda su fuerza, todos los medios que la naturaleza ponga a su alcance, para salir del estado en el que se encuentra; no volverá a importunaros. Destruid, derribad sin piedad esas detestables casas donde tenéis la desfachatez de encubrir los frutos del libertinaje de ese pobre, espantosas cloacas que cada día vomitan a la sociedad un asqueroso enjambre de estas nuevas criaturas, que no tienen más esperanza que vuestro dinero. ¿De qué sirve, pregunto, que semejantes individuos sean mantenidos con tanto cuidado? ¿Se teme que Francia quede despoblada? ¡Ah, jamás debemos albergar ese temor!

Uno de los principales vicios de este gobierno consiste en una población demasiado numerosa, al considerar que esta superfluidad es una fuente de riquezas para el Estado. Esos seres supernumerarios son una especie de ramas parásitas que, al vivir a expensas del tronco, acaban extenuándolo indefectiblemente. Recordad que, cualquiera que sea el gobierno, si admite una población superior a los medios de existencia, ese gobierno languidecerá. Analizad bien el caso de Francia y veréis que esa es la situación que presenta. ¿Qué resulta de ello? Se ve muy claro. Los chinos, mucho más sensatos que nosotros, se cuidan muy bien de dejarse dominar así por una población demasiado numerosa. Nada de asilos para acoger los vergonzosos frutos de su libertinaje; abandonan esas horribles secuelas como si fuesen los productos de una digestión. Nada de residencias para pobres; en China son absolutamente desconocidas. Allí, todo el mundo trabaja; nada altera la energía del pobre y cada uno puede decir, como Nerón: *Quid est pauper?*

EUGENIA *(A la señora de Saint-Ange.):* Querida amiga, mi padre piensa exactamente igual que el señor: no hizo una buena acción en toda su vida. No deja de reñir a mi madre por las grandes sumas que gasta en tales prácticas. Ella era miembro de la *Sociedad Materna,* de la *Sociedad Filantrópica...* y no sé de qué otras asociaciones más... Mi padre la obligó a que las abandonase, asegurándole que reduciría su pensión al mínimo si volvía a cometer la misma estupidez.

SEÑORA DE SAINT-ANGE: No hay nada más ridículo y al mismo tiempo más peligroso, Eugenia, que todas esas asociaciones; es a causa de ellas, de las escuelas gratuitas y de las casas de caridad, por lo que nos encontramos en el horrible caos como el que ahora nos envuelve. Jamás des una limosna, querida, te lo suplico.

EUGENIA: No tenéis nada que temer; hace mucho tiempo que mi padre me ha exigido lo mismo, y muy poco me tienta la beneficencia como para desobedecer sus órdenes..., los impulsos de mi corazón y tus deseos.

DOLMANCÉ: No dividamos esa porción de sensibilidad que nos ha otorgado la naturaleza: si queremos extenderla, sólo habremos logrado aniquilarla. ¡Qué me importa a mí el mal de los otros! ¿No tengo ya bastante con los míos, para preocuparme por los ajenos? ¡Que el fuego de esta sensibilidad sólo alumbre nuestros placeres! Seamos sensibles a todo lo que los halague, y absolutamente inflexibles al resto. De este estado del alma resulta cierta crueldad, que nos proporciona a veces algunas delicias. No siempre se puede hacer el mal. Privados del placer que este nos da, compensamos al menos esta sensación con la pequeña y excitante maldad de no hacer el bien jamás.

EUGENIA: ¡Oh Dios! ¡Cómo me enardecen vuestras lecciones! ¡Ahora creo que antes tendrían que matarme si quisiera cometer una buena acción!

SEÑORA DE SAINT-ANGE: ¿Y si se te presentara una mala acción, estarías asimismo dispuesta a cometerla?

EUGENIA: Cállate, seductora; sólo contestaré a tu pregunta cuando hayas acabado mi instrucción. Después de todo lo que me habéis dicho, Dolmancé, me parece que nada hay más indiferente en el mundo que hacer el bien o el mal. ¿Sólo debemos respetar nuestros gustos y nuestro temperamento?

DOLMANCÉ: No lo dudéis, Eugenia, tanto el vicio como la virtud son términos que sólo reflejan conceptos muy relativos. No hay ninguna acción, por más singular que la consideréis, que sea verdaderamente criminal; ninguna que pueda realmente llamarse virtuosa. Todo está en función de nuestras costumbres y del punto geográfico en el que nos encontremos; lo que aquí es un delito, a menudo es considerado virtud unas cien leguas más abajo, y las virtudes de otro hemisferio bien podrían ser, por el contrario, un delito para nosotros. No hay horror que no haya sido divinizado; no hay virtud que no haya sido mancillada. De esas diferencias puramente geográficas se deriva la poca atención que debe merecernos la estima o el desprecio de los hombres, que son unos sentimientos ridículos y frívolos, es nuestro deber estar por encima de ellos, hasta el extremo, incluso, de preferir sin temor alguno su desprecio, por muy poca que sea la voluptuosidad que nos reporten algunas acciones.

EUGENIA: Pero me parece que hay acciones que son bastante peligrosas y malas en sí mismas, como para ser consideradas criminales y castigadas como tales de un extremo al otro del mundo.

SEÑORA DE SAINT-ANGE: Ninguna, mi amor, ninguna, ni siquiera el incesto, la violación, el asesinato o el parricidio.

EUGENIA: ¡Cómo! ¿Esos horrores pueden ser impunes en cualquier parte del mundo?

DOLMANCÉ: En algunos sitios han sido glorificados, coronados, considerados como excelentes acciones, mientras que en otros, la humanidad, el candor, la beneficencia, la castidad, en fin, todas nuestras virtudes, eran miradas como algo monstruoso.

EUGENIA: Os ruego que me expliquéis eso; es necesario que hagáis un breve análisis de cada uno de esos delitos y os suplico que comencéis por explicarme primeramente vuestra opinión acerca del libertinaje de las jóvenes, y luego sobre el adulterio entre las mujeres.

SEÑORA DE SAINT-ANGE: Escúchame, entonces, Eugenia. Es absurdo decir que tan pronto como una niña haya salido del vientre de su madre deba, desde entonces, ser la víctima de la voluntad de sus padres y continuar siéndolo por el resto de sus días. En una época en la que la ampliación de los derechos del hombre acaba de ser objeto de un examen cuidadoso, no puede permitirse que las jóvenes sigan considerándose como las esclavas de sus familias, mucho menos aún desde el momento en que consta que ese poder que ejercen sobre ellas es absolutamente quimérico. Escuchemos lo que nos dice la naturaleza en relación a un objeto tan interesante y que las leyes que rigen a los animales, que están tan próximos a ella, nos sirvan de ejemplo. Los deberes paternos, ¿van más allá de los primeros cuidados de orden físico? ¿Acaso no es justo que, quienes son el fruto del placer del macho y de la hembra, gocen de toda su libertad y de todos sus derechos? Una vez que han aprendido a andar y a alimentarse por sí mismos, ¿acaso se preocupan por conocerlos los autores de sus días? Y ellos, ¿creen que les deben algo a los que les dieron la vida? No, sin duda. ¿Con qué derechos los hijos deben ser constreñidos a cumplir otras obligaciones? ¿Acaso esos deberes no se basan en la ambición y en la avaricia de los padres? Ahora bien, pregunto si es justo que una joven que comienza a sentir y a razonar se someta a tales frenos. ¿Acaso no son los prejuicios los únicos que prolongan esas cadenas? ¿Hay algo más ridículo que ver a una joven de quince o dieciséis años, inflamada por unos deseos que está obligada a doblegar, esperar, en medio de unos tormentos peores que los del infierno, que a sus padres les plazca, después de haber ofrendado su desgraciada juventud, sacrificar aun su madurez, que inmolan a su pérfida codicia y al casarla a su pesar con un hombre que nada tiene para hacerse amar o que todo lo tiene para hacerse odiar?

¡Pues no! No, Eugenia, pronto se destruirán tales lazos. Es preciso que la joven se desprenda de la casa paterna desde que tiene uso de razón y que, después de haberle brindado la necesaria educación, se le permita, a los quince años, que disponga libremente de su vida. ¿Caerá en el vicio? Pues bien, ¿qué más da? Los servicios que pueda brindar una joven, consintiendo en hacer feliz a todos los que se dirigen a ella, ¿no son infinitamente más importantes que los que aisladamente pueda ofrecer a su esposo? El destino de la mujer es ser igual a la loba, a la perra: debe entregarse a todos aquellos que la desean. Encadenar a las mujeres por un lazo absurdo a un himeneo solitario significaría un visible ultraje al destino que la naturaleza le ha impuesto.

Esperemos que se abran los ojos y que, al garantizarse la libertad de todos los individuos, no se olvide la suerte de las infortunadas muchachas; pero si ellas consiguen que sus quejas sean atendidas, si ellas mismas aprenden a situarse por encima de las costumbres y de los prejuicios, si logran pisotear con audacia las vergonzosas cadenas con las que pretenden avasallarlas, pronto triunfarán sobre las costumbres y la opinión. El hombre, mucho más razonable desde el momento en que sea más libre, experimentará la injusticia que significa despreciar a las que así actúen, y la acción de ceder a los impulsos de la naturaleza, considerado como un delito en un pueblo cautivo, no podrá serlo más en un pueblo libre.

Parte de la legitimidad de esos principios, Eugenia, y rompe tus cadenas al precio que sea; desprecia las vanas amonestaciones de una madre imbécil, a quien, legítimamente, sólo le debes el odio y el desprecio. Si tu padre, que es un libertino, te desea, que sea en buena hora; que goce de ti, pero sin encadenarte. Libérate del yugo si quiere avasallarte; más de una joven ha actuado así con su padre. Folla, Eugenia, entrégate a la lujuria; es para eso para lo que has sido traída a este mundo; no debe haber límites para tus placeres, salvo el que pongan tus fuerzas y tu voluntad. Que no haya excepción de lugares, tiempo ni personas; todas las horas, todos los sitios, todos los hombres deben servir a tus voluptuosidades. La continencia es una virtud inaceptable, por la que la naturaleza, ultrajada en sus derechos, nos castiga inmediatamente con mil desgracias. Mientras las leyes sean como hasta hoy, usemos algunos velos; la sociedad nos constriñe a ello. Pero resarzámonos en silencio por esta cruel castidad a la que estamos obligadas a aparentar en público.

Que una joven trabaje para procurarse una buena amiga que, actuando con total libertad, le haga gustar secretamente de todos los placeres. Si no lo consiguiese, que trate, en su defecto, de seducir a los vigilantes que la rodean; que les suplique que la prostituyan, prometiéndoles todo el dinero que puedan obtener de su venta; o que esos mismos guardianes, o las mujeres que éstos encuentren, y que se denominan *celestinas,* coadyuven a cumplir los proyectos de la joven; que mantenga las apariencias ante todos los que la rodean: hermanos, primos, amigos, padres; que se libre de todos ellos, si es necesario, para ocultar su conducta; que ella misma, si así lo exige la situación, sacrifique sus gustos y afectos. Una intriga que ella ha debido mantener sin placer, pero que, por razones de diplomacia, no tardará en llevarla a una situación más agradable, y pronto se verá *lanzada.* Pero que no vuelva a los prejuicios de su infancia: amenazas, extorsiones, deberes, virtudes, religión, consejos..., todo eso debe pisotearse; que desprecie y reniegue con firmeza de todo aquello que pueda volver a encadenarla, de todo aquello que le impida, en una palabra, entregarse a la impudicia.

Es una extravagancia de nuestros padres predecir la desgracia si se sigue la vía del libertinaje. Hay espinas en todas partes, pero las rosas se encuentran por encima de ellas en el camino del vicio; la naturaleza jamás hace nacer rosas en los cenagosos senderos de la virtud. El único escollo que hay que vencer en el primero de esos caminos es la opinión de los hombres, pero ¿qué muchacha inteligente, con un poco de reflexión, no podrá superar esa despreciable opinión? Los placeres que otorga la estima, Eugenia, no son sino placeres morales, únicamente apreciados por ciertos espíritus; el placer de *follar* gusta a todos, y esos fascinantes placeres muy pronto compensan de ese ilusorio desprecio al que es difícil escapar cuando se desafía a la opinión pública, pero del que muchas mujeres sensatas se burlan, al punto de convertirlo en un placer más. Folla, Eugenia, folla entonces, mi querido ángel; tu cuerpo te pertenece, sólo a ti, y sólo tú tienes el derecho de gozarlo y hacerle gozar con todo aquel que te parezca.

Aprovecha la etapa más feliz de tu vida; ¡esos dichosos años de placer son muy cortos! Si somos lo suficientemente felices por haber gozado, tendremos deliciosos recuerdos que nos consolarán y divertirán en nuestra vejez. ¿Los hemos perdido?... Amargos pesares y espantosos remordimientos nos desgarrarán, sumándose a los tormentos de la edad, para llenar de lágrimas y de espinas el corto camino que nos queda hasta el sepulcro...

¿Tenías la locura de la inmortalidad? Pues bien, follando, mi querida, es como permanecerás en la memoria de los hombres. Muy pronto se ha olvidado a las Lucrecias, mientras que las Teodoras y las Mesalinas constituyen aún los más dulces y frecuentes temas de nuestras conversaciones. ¡Cómo, Eugenia, no abrazar entonces un partido que, coronándonos de flores en esta vida, nos deja aún la esperanza de un culto más allá de la muerte! ¿Cómo, digo, no preferir este partido a aquel otro que, al hacernos vegetar como imbéciles en la tierra, no nos promete otra cosa, después de nuestra existencia, que el desprecio y el olvido?

Eugenia: ¡Ah, querida! De qué manera esos discursos encienden mis sentidos y seducen mi alma. Me encuentro en un estado difícil de describir... Y dime: ¿podrás presentarme a algunas de esas mujeres... *(turbándose)* que me prostituirían si yo se lo pido?

Señora de Saint-Ange: De aquí hasta que hayas adquirido experiencia, eso me incumbe sólo a mí, Eugenia; déjame a mí esa tarea y las precauciones que sea preciso tomar para ocultar tus extravíos. Mi deseo es que mi hermano y este fiel amigo que te instruye sean los primeros a quienes te entregues; ya encontraremos otros después. No te preocupes, querida amiga: ¡te haré volar de placer en placer, te sumergiré en un mar de delicias, te colmaré, ángel mío, te saciaré!

Eugenia *(Arrojándose a los brazos de la señora de Saint-Ange.)*: ¡Oh querida, te adoro! Jamás tendrás una alumna más sumisa que yo; pero creo que tú me has hecho entender, en una de nuestras primeras conversaciones, que era difícil que una joven se abandonase al libertinaje sin que su futuro esposo no se percatase.

Señora de Saint-Ange: Eso es cierto, querida, pero hay unos medios secretos que reparan esas brechas. Te prometo que te los daré a conocer y, aunque hayas sido tan libidinosa como Antonieta, me encargaré de volverte tan virgen como el día en que llegaste al mundo.

Eugenia: ¡Ah, eres deliciosa! Vamos, continúa instruyéndome. Apresúrate entonces en ese caso a indicarme cuál debe ser la conducta de una mujer en el matrimonio.

Señora de Saint-Ange: Cualquiera sea el estado en que se encuentre una mujer, mi querida, sea niña, joven o viuda, jamás debe tener otra meta, otra ocupación y otro deseo que no sea el de hacerse follar de la mañana a la noche; con este único fin ha sido creada por la naturaleza. Pero, si para cumplir con este designio, exijo de ella pisotear todos los prejuicios de su infancia, si le prescribo la formal desobediencia a las órdenes de su familia, el desprecio más firme a los consejos de sus padres, deberás convenir, Eugenia, que, de todos los frenos que se han de romper, será el del matrimonio el que le aconseje destruir antes que ningún otro.

Imagínate, Eugenia, a una joven que acaba de salir de la casa paterna o de su pensión, sin conocer nada, sin ninguna experiencia, y se ve obligada a pasar súbitamente de allí a los brazos de un hombre que jamás ha visto, obligada a jurar a este hombre, al pie del altar, una obediencia y una fidelidad, tanto más injusta cuanto que en el fondo de su corazón lo único que desea es faltar a su palabra. ¿Hay en el mundo, Eugenia, peor suerte que esa? Sin embargo, ahí la tienes atada a su marido, le guste o no, sea tierno o cruel con ella; por su honor mantiene su juramento, su honor queda mancillado si ella lo rompe; es necesario que ella se pierda o que arrastre las cadenas, muriéndose de dolor. ¡Pues no, Eugenia, no! No hemos nacido con ese fin; esas leyes absurdas son obra de los hombres y no debemos someternos a ellas. ¿El divorcio acaso puede satisfacernos? No, sin duda. ¿Quién nos garantiza que en el segundo matrimonio vamos a encontrar la felicidad que no tuvimos en el primero? Resarzámonos en secreto, entonces, de los absurdos lazos que nos constriñen, convencidas de que nuestros desórdenes en este género, cualesquiera sean los excesos a los que nos conduzcan, lejos de ultrajar a la naturaleza, son el más sincero homenaje que le rendimos; es por obedecer a sus leyes por lo que nosotras nos entregamos a los deseos que ella misma nos ha inspirado, y sólo la ultrajamos si nos resistimos a ellos. El adulterio, considerado por los hombres como un delito, y por el que se atreven a castigarnos quitándonos la vida, el adulterio, Eugenia, no es otra cosa que la adquisición de un derecho que está en la naturaleza, y del que no lograrán sustraernos las fantasías de esos tiranos. Pero, ¿acaso no es horrible —dicen nuestros esposos— que debamos estar expuestas a querer, como si fuesen nuestros hijos y a abrazarlos como tales, a los frutos de vuestros desórdenes? Es esta la objeción presentada por Rousseau; estoy de acuerdo en que es la única razón aparente que se pueda oponer al adulterio. ¡Pues bien! ¿Acaso no es mucho más cómodo entregarse al libertinaje sin temor al embarazo? ¿Acaso no es más fácil destruirlo, si por imprudencia ello llegara a suceder? Pero, como luego volveremos sobre este tema, analicemos solamente el fondo de la cuestión; veremos entonces que el argumento, aunque en principio parezca contundente, es engañoso.

En primer lugar, mientras me acueste con mi marido y reciba su semen en el fondo de mi matriz y al mismo tiempo mantenga relaciones con otros diez hombres, aquél no tendrá modo de comprobar que ese niño que va a nacer no le pertenece; puede o no ser suyo, y en caso de duda jamás puede, ni debe tener, ningún escrúpulo en reconocer a esa criatura (puesto que ha contribuido a su existencia). Desde el momento en que puede ser suya la paternidad de ese nuevo ser, éste le pertenece, y todo hombre que viva infelizmente atormentado por la sospecha respecto de este tema, lo estaría igualmente si su esposa fuera una vestal, porque es imposible garantizar la conducta de una mujer, y bien puede ocurrir que aquélla que ha sido sensata durante diez años pueda dejar de serlo un buen día. En consecuencia, si este esposo es desconfiado, lo será en todos los casos; entonces jamás podrá estar seguro de que el niño que tiene en sus brazos sea realmente suyo. Bien, si puede desconfiar en todas las ocasiones que se le presenten, no hay inconveniente alguno en justificar sus sospechas algunas veces; ello no tendría ninguna incidencia en su estado de felicidad o de desdicha moral. Entonces, tanto más vale que así sea. Y ahí le ves, supongo, inmerso de lleno en el error, acariciando el fruto del libertinaje de su esposa: ¿Qué delito hay en eso? ¿Acaso no tenemos bienes en común? En tal caso, ¿qué mal puedo hacer en traer a la familia un niño que tiene derecho a una parte de esos bienes? Será la que a mí me corresponde; nada quitará a mi tierno esposo. Esa parte que va a disfrutar, la considero derivada de mi dote, por lo que ni el niño ni yo tomamos nada de lo que pertenece a mi marido. Y por lo mismo digo: ¿a título de qué, si ese niño fuese sólo suyo, tendría parte de mis bienes? Tendría derecho a ello si hubiese nacido de mí. Pues bien, ese niño va a gozar de esa parte, en virtud de la alianza íntima que lo une conmigo. Es en razón de que ese niño me pertenece por lo que le doy una parte de mis riquezas.

¿Qué podéis reprocharme? Disfruta esas riquezas.

—Pero engañáis a vuestro marido; esta falsedad es atroz.

—No, simplemente le pago con la misma moneda; yo fui la primera engañada al obligarme a contraer unos lazos: me vengo de ello, es todo, ¿hay algo más simple?

—Pero vuestra acción significa un claro ultraje al honor de vuestro marido.

—¡Esos son prejuicios! Mi libertinaje no afecta para nada a mi marido; mis faltas sólo me incumben a mí. Este presunto deshonor estaba bien hace un siglo; pero hoy estamos de vuelta de esa quimera, y mis desórdenes no han ultrajado a mi marido más de lo que a mí me mancillarían los suyos. ¡Podría follar con todo el mundo sin ocasionarle ni siquiera un rasguño! En consecuencia, esta pretendida lesión a su honor no es más que una fábula, cuya existencia es imposible. Pueden ocurrir dos cosas: que mi marido fuese una persona brutal y celosa, o bien un hombre delicado. En caso de ocurrir lo primero, lo mejor que puedo hacer es vengarme de su conducta; si fuese lo segundo, no le causaría ninguna aflicción, puesto que si disfruto con mis placeres, él estará feliz, si es un hombre honesto: no hay hombre delicado que no goce al ver disfrutar a la persona que adora.

—Si le amaseis, ¿os parecería bien que él hiciese lo mismo?

—¡Ah! ¡Desgraciada de aquélla a la que se le ocurra estar celosa de su marido! Si la mujer lo ama, debe contentarse con lo que él le da; pero que no intente constreñirlo; no sólo no tendrá éxito, sino que pronto hará que él la deteste. Si soy sensata, jamás me preocuparé por los excesos de mi marido. Que él haga lo mismo respecto a mí y la paz reinará en el hogar.

Resumamos: Cualesquiera que sean las consecuencias del adulterio, incluso la de introducir en la casa a hijos que no pertenecen al esposo, desde el momento en que esos niños son de la mujer, tienen un incuestionable derecho a una parte de su dote; el esposo, si está al tanto de la situación, debe considerarlos como hijos del primer matrimonio de su esposa; si no sabe nada, no podría ser desdichado, ya que es imposible serlo por un mal que se ignora. Si el adulterio no acarrease ninguna consecuencia, o fuese ignorado por el marido, ningún jurisconsulto podría probar, en tal caso, que se habría cometido un delito; desde ese momento, el adulterio no es más que una acción que debe ser absolutamente indiferente para el marido, que lo ignora, y completamente placentera para la mujer que con él se deleita. Si el marido descubre el adulterio, éste ya no es adulterio, pues hasta hace un momento no lo era y no puede haber cambiado de naturaleza. No existe otro mal que el descubrimiento que de él hace el marido; ahora bien, esa falta sólo le pertenece a él y para nada le incumbe a la mujer.

Antaño, los que castigaban el adulterio eran los verdugos, los tiranos y los celosos, quienes, llevados por su amor propio y por su orgullo, pensaban injustamente que era suficiente con ofenderlos para ser una criminal; como si una injuria personal debiese ser considerada como un delito, y como si en rigor se pudiese llamar crimen a una acción que, lejos de ultrajar a la naturaleza y a la sociedad, lo único que hace es servir a ambas.

Sin embargo, hay casos de adulterio que son fáciles de probar y que ponen a la mujer en una situación embarazosa, aunque no por ello sea más criminal; ocurre, por ejemplo, en caso de impotencia del esposo o cuando sus gustos son contrarios a la procreación. Como ella goza y su marido no lo hace jamás, indudablemente sus excesos son más ostensibles: pero, ¿debe ella preocuparse por eso? No, por cierto. La única precaución que debe tomar es la de evitar embarazos, o abortar en el caso de que hayan fallado tales precauciones. Si a causa de esas inclinaciones antinaturales la mujer se viese obligada a resarcirse de las negligencias de su marido, es preciso ante todo que ella satisfaga sin miramientos sus gustos, cualesquiera que fuesen estos. A continuación, ella debe hacerle comprender que tales complacencias merecen ciertas recompensas, y que reclama la más completa libertad en función de todo lo que se ha prestado a hacer. Puede ocurrir entonces que el marido se oponga o acepte; si consiente a ello, como lo ha hecho el mío, una podrá entregarse al libertinaje sin problemas, tratando de duplicar los cuidados y la condescendencia a sus caprichos; si se opone, se corre un tupido velo y se folla tranquilamente a su sombra. ¿Es impotente? Hay que divorciarse; pero en todos los casos hay que entregarse. En cualquier caso lo que hay que hacer es follar, mi querida, porque dado que hemos nacido para follar, al hacerlo cumplimos con las leyes de la naturaleza, y toda ley humana que se oponga a ella sólo merece el desprecio.

Está muy equivocada aquella mujer a quien unos lazos absurdos, como el de mantener intacto su himen, le impiden entregarse a sus deseos, la que teme el embarazo o los ultrajes a su esposo, o, lo que es más vano aún, ¡manchar su reputación! Acabas de verlo, Eugenia, sí, acabas de comprobar de qué modo esa mujer se engaña, cómo sacrifica tan bajamente su felicidad y todas las delicias de la vida a unos ridículos prejuicios. ¡Ah! ¡Debe gozar, disfrutar con total impunidad! ¿Acaso la recompensan por sus sacrificios cierta vanagloria o las falsas esperanzas que promete la religión? No, no, y la virtud, el vicio, todo se mezcla en la tumba. ¿Acaso la sociedad, al cabo de algunos años, exaltará a unos y condenará a otros? ¡Pues no! ¡No, una vez más no, no! Y la desgraciada que haya ahogado sus placeres muere, ¡ay!, sin ninguna recompensa.

EUGENIA: ¡Cómo me convences, ángel mío! ¡Cómo vences mis prejuicios! ¡Cómo destruyes los falsos principios que mi madre me inculcó! ¡Ah! Me gustaría casarme mañana mismo para poner en práctica tus consejos. ¡Qué seductores son!, ¡qué acertados!..., ¡cómo me gustan! De todo lo que acabas de decirme sólo hay una cosa que me preocupa, querida amiga, y como no entiendo absolutamente nada, te ruego que me lo expliques. Has dicho que tu marido, cuando goza contigo, se comporta de modo tal que no hay riesgo de procreación. Dime entonces qué es lo que te hace, te lo ruego.

SEÑORA DE SAINT-ANGE: Mi marido ya era viejo cuando me casé con él. Desde la misma noche de bodas me previno acerca de sus fantasías, asegurándome que jamás se molestaría por las mías. Le prometí que le obedecería y desde entonces ambos hemos vivido en la más deliciosa libertad. El placer de mi marido consiste en hacerse chupar, y he aquí el singular episodio que le gusta añadir: mientras que, inclinada sobre él y con mis nalgas encima de su cara, bombeo con ardor el semen de sus cojones, ¡debo defecar en su boca!... ¡Y lo traga!...

EUGENIA: ¡Qué extraordinaria fantasía!

DOLMANCÉ: Ninguna puede calificarse así, querida, todas son obra de la naturaleza. Al crear a los hombres, ella quiso diferenciar sus gustos, al igual que lo hacía con sus rostros, y no debemos asombrarnos por la diversidad que ha puesto tanto en nuestros rasgos como en nuestras inclinaciones. La fantasía a la que acaba de referirse vuestra amiga no podría ser más corriente; infinidad de hombres, especialmente los de cierta edad, son prodigiosamente afectos a esas prácticas. ¿Os negaríais a ello, Eugenia, si alguien os lo requiriese?

EUGENIA *(Ruborizándose.)*: Después de los principios que aquí me habéis inculcado, ¿podría negarme a algo? Sólo pido que me disculpéis por mi sorpresa; es la primera vez que oigo hablar de todas esas lubricidades. Antes que nada debo concebirlas. Creo que mis instructores pueden estar seguros que de la solución del problema a la ejecución del procedimiento, no habrá más distancia que la que ellos mismos exijan. Cualesquiera que esas fantasías sean, ¿es entonces complaciéndolas como conquistas tu libertad, querida?

SEÑORA DE SAINT-ANGE: La más completa libertad, Eugenia. Por mi parte, hice todo lo que quise, sin que encontrase ningún obstáculo a mis deseos, pero jamás tuve ningún amante; me gustaba demasiado el placer como para prestarme a ello. ¡Desgraciada la mujer que se comprometa a alguien! Sólo basta tener un amante para que la condenen, mientras que diez escenas de libertinaje, repetidas día a día, si ella quiere, se desvanecerán en el silencio de la noche, tan pronto como fuesen consumadas. Yo era rica; pagaba a unos jóvenes desconocidos para que me hicieran gozar. Me he rodeado de criados encantadores, a quienes aseguraba el goce de los más dulces placeres si eran discretos, amenazándolos con el despido si decían una sola palabra. No te imaginas, ángel mío, en qué torrente de delicias me sumergí de ese modo. Esa es la conducta que aconsejaría adoptar a todas las mujeres que quisieran imitarme. En mis doce años de matrimonio, quizá me han gozado más de diez o doce mil individuos... ¡y en los diversos ambientes que frecuento me creen una mujer honesta! Cualquier otra que tuviese un amante, estaría perdida de inmediato.

EUGENIA: Ésta es la máxima más segura; decididamente será la que yo adopte; es preciso que me case, como tú, con un hombre rico, sobre todo con un hombre que tenga ciertas inclinaciones... Pero, querida, tu marido, ¿estuvo siempre tan estrictamente apegado a sus gustos, que jamás se le ocurrió exigir otra cosa de ti?

SEÑORA DE SAINT-ANGE: Nunca, en estos doce años no ha contrariado sus gustos ni un solo día, salvo cuando tengo mis reglas. Una bellísima joven que él ha querido que yo tomase para mí, me reemplaza durante esos días, y las cosas no podrían ir mejor.

EUGENIA: Pero seguramente no le basta con eso, ¿recurre quizá a otros objetos que concurren exteriormente para diversificar sus placeres?

DOLMANCÉ: No cabe duda de ello, Eugenia; el marido de la señora es uno de los mayores libertinos de su tiempo. Gasta más de cien mil escudos anuales para procurarse esos obscenos placeres que vuestra amiga os ha descrito hace un momento.

SEÑORA DE SAINT-ANGE: A decir verdad, lo dudo, pero ¿qué pueden importarme a mí sus excesos, tanto menos cuanto que su multiplicidad legitima y encubre los míos?

EUGENIA: Prosigamos, te lo ruego, con los métodos a través de los cuales una joven, sea casada o no, puede preservarse del embarazo, ya que, debo confesártelo, esta posibilidad me produce un auténtico espanto, ya sea que me ocurra con mi esposo o en la carrera del libertinaje. Acabas de indicarme una de esas maneras al hablar de los gustos de tu marido, pero esa manera de gozar, que puede resultar agradable para el hombre, no me parece que lo sea para la mujer. Prefiero que me hables de aquellos placeres que podemos disfrutar sin riesgo.

Señora de Saint-Ange: Una joven sólo se expone al embarazo cuando deja que el miembro del hombre se introduzca en su vagina. Que trate de evitar esa manera de gozar; en su lugar, que ofrezca indistintamente su mano, su boca, sus pechos o su trasero. Por esta última vía obtendrá un enorme placer e incluso más que por los otros medios; a través de las otras vías será ella quien proporcione ese placer.

En cuanto a la primera de esas maneras, es decir a través de la mano, se procede tal como lo has visto hace un momento, Eugenia; la mujer debe sacudir el miembro de su amigo como si bombease y, después de algunos movimientos, el esperma es lanzado. El hombre os besa y os acaricia durante todo ese tiempo y cubre con este licor la parte de vuestro cuerpo que más le place. Si se quiere meterlo entre los pechos, la joven se tiende sobre el lecho, se coloca el miembro viril entre ambos senos, se los presiona y al cabo de algunas sacudidas el hombre derrama su licor de manera tal que os inunda los pechos y, en ocasiones, el rostro. Esta forma es la menos voluptuosa de todas, y sólo es aconsejable para aquellas mujeres cuyos pechos, a fuerza de acostumbrarlos a tales servicios, tienen la suficiente flexibilidad como para cerrarse en torno al miembro del hombre, comprimiéndolo. El placer que se obtiene a través de la boca es infinitamente más agradable, tanto para el hombre como para la mujer. Para un mayor disfrute, es conveniente que la mujer se extienda a la inversa del cuerpo de su compañero: él introduce su miembro en la boca, y como su cabeza viene a quedar entre vuestros muslos, os rinde los mismos servicios que vos le hacéis, introduciendo su lengua en vuestra vagina o en el clítoris; cuando se adopta esta postura, hay que acariciarse las nalgas y hacerse cosquillas en el orificio del trasero, acciones que son siempre necesarias como complemento a la voluptuosidad. Algunos amantes apasionados e imaginativos tragan entonces el líquido que se derrama en sus respectivas bocas, y de este modo gozan delicadamente del voluptuoso placer de sentir que penetra hasta sus entrañas este precioso licor, maliciosamente apartado de su destino habitual.

Dolmancé: Esta manera es deliciosa, Eugenia; os recomiendo que la practiquéis. Eliminar el riesgo de la procreación y contrariar de ese modo lo que los imbéciles llaman las leyes de la naturaleza, realmente es algo que está lleno de encantos. Algunas veces los muslos y las axilas sirven también de refugio al miembro del hombre, ofreciéndole unos reductos donde el semen puede derramarse sin riesgo de embarazo.

Señora de Saint-Ange: Hay mujeres que se introducen esponjas en el interior de la vagina, las que al recibir el esperma impiden que éste se arroje en el vaso donde lograría germinar; otras obligan a sus amantes a utilizar una bolsita de piel de Venecia, vulgarmente llamada *condón,* en la que se deposita el semen, sin riesgo de que alcance la meta. Pero de todos los medios, el del trasero es sin duda el mejor. Dolmancé: os cedo el sitio para oír vuestra disertación. ¿Quién mejor que vos para describir un placer por el que daríais la vida si os la exigieran por defenderlo?

DOLMANCÉ: Os confieso mi debilidad. No hay en el mundo, lo acepto, ningún placer que sea preferible a ese; adoro esa manera de gozar, con uno y otro sexo. Pero el culo de un muchacho joven, tengo que decirlo, enciende mi voluptuosidad mucho más que el de una joven. A los que se entregan a esta pasión se les llama *bujarrones;* ahora bien, cuando se es un bujarrón, Eugenia, hay que serlo enteramente. Practicarlo con las mujeres es serlo a medias: la naturaleza quiere que sea en el hombre en quien el bujarrón satisfaga esta fantasía, y ella nos ha dado esta inclinación para que lo hagamos especialmente con el hombre. Es absurdo decir que ésta manía la ultraja. ¿Puede acaso hacerlo, cuando es la naturaleza la que nos ha inspirado este gusto? ¿Puede ella disponer algo que la degrade? No, Eugenia, no; de esta manera se la sirve tanto como de cualquier otra, y hasta es posible que más puramente aún. La propagación es un acto de tolerancia de su parte. ¿Cómo podría ella haber prescrito por ley un acto que la priva de los derechos de su omnipotencia, atento a que la propagación de nuestra especie no es más que una consecuencia de sus primitivas intenciones y que nuevas obras, provenientes de su mano, si nuestra especie fuese completamente destruida, se convertirían en sus objetivos primordiales, cuya realización sería mucho más halagadora para su orgullo y su poder?

SEÑORA DE SAINT-ANGE: ¿Os dais cuenta, Dolmancé, que por ese medio, podríais llegar a probar que la extinción de la especie humana no es otra cosa que un servicio que se hace a la naturaleza?

DOLMANCÉ: ¿Quién podría dudarlo, señora?

SEÑORA DE SAINT-ANGE: ¡Oh, santo cielo! Las guerras, las pestes, las hambrunas, las muertes no serían más que accidentes necesarios en el orden de la naturaleza, y el hombre, agente activo o sujeto pasivo de esos efectos, ¿no sería más criminal en un caso que víctima en el otro?

DOLMANCÉ: Víctima lo es sin duda cuando cae abatido por los golpes del infortunio; pero criminal, jamás. Volveremos sobre todas estas cuestiones; analicemos mientras tanto, para la bella Eugenia, el placer sodomita, que en este momento es el objeto de nuestra conversación. La postura más usual para la mujer, cuando se goza de este tipo de placer, es acostarse boca abajo al borde del lecho, con las nalgas bien separadas y la cabeza lo más inclinada posible. El amante, después de entretenerse un rato en la contemplación de ese bello trasero que se le ofrece, y después de haberlo palmeado, acariciado, pellizcado —e incluso en ocasiones azotado— y mordido, humedece con su boca el pequeño y delicado orificio que va a perforar y prepara la penetración con la punta de su lengua; también moja con saliva o unta con una pomada su miembro y lo coloca suavemente en el orificio que desea horadar. Con una mano lo conduce y con la otra separa las nalgas a su placer; una vez que su miembro ha penetrado es necesario que empuje con firmeza, tratando especialmente de no perder terreno. A veces, si es virgen y joven, la mujer sufre en este momento; pero, sin hacer caso a ese dolor que pronto se convertirá en placer, el amante debe empujar con su miembro gradualmente, hasta alcanzar la meta, es decir, hasta sentir que el vello de su miembro frota exactamente los bordes del ano que es objeto de su operación. Entonces puede proseguir su ruta con rapidez, ya que las espinas han sido recogidas y todo lo que resta no es sino un camino de rosas. Para acabar de convertir en placer los vestigios de dolor que el objeto de su gozo aún experimenta, si es un jovencito, debe coger su miembro y masturbarlo, y si es una joven, acariciar su clítoris. Las titilaciones de placer que produce, al contraer prodigiosamente el ano del paciente, redoblan los placeres del agente, quien, colmado de satisfacción y de voluptuosidad, pronto arrojará en lo más hondo del objeto de su placer un esperma abundante y espeso, producido por los episodios tan lúbricos que le han precedido. Hay otros que no desean que el paciente goce; esto es lo que pronto vamos a explicar.

Señora de Saint-Ange: Permitid que por un instante sea yo la alumna y os pregunte, Dolmancé, ¿en qué estado debe estar el trasero del paciente para complementar los placeres del agente?

Dolmancé: Lleno, sin duda; es esencial que el individuo que cumple el papel pasivo sienta el más completo deseo de defecar, a fin de que el extremo del miembro del agente, alcanzando el mojón, se hunda, y deposite en un lugar más cálido y suave el semen que lo irrita y enciende.

Señora de Saint-Ange: Me temo que el paciente, en ese caso, gozaría mucho menos.

Dolmancé: ¡Es un error! Este placer es tal que es imposible que algo lo anule y que el objeto que lo procura no sea transportado a las alturas al disfrutarlo. No hay placer igual a éste, ninguno puede asimismo satisfacer de un modo tan completo a los individuos que se entregan a ello, y es muy difícil que aquellos que han gustado de este placer puedan buscarlo en otra cosa. Tales son, Eugenia, los mejores medios de gozar con un hombre sin correr los riesgos de un embarazo; de este modo se goza, estad bien segura de ello, no sólo ofreciendo el trasero a un hombre, tal como os he explicado, sino también chupándolo, masturbándolo, etcétera, y he conocido mujeres libertinas que a menudo ponían más encanto en esos actos que en los placeres reales. La imaginación es el aguijón de los placeres; en los de este tipo, ella lo dirige todo, es el móvil de todo; ahora bien, ¿acaso no es gracias a ella que disfrutamos? ¿No es a través de ella como experimentamos las más excitantes voluptuosidades?

Señora de Saint-Ange: De acuerdo, pero que Eugenia tome nota de ello; la imaginación sólo nos es útil cuando nuestra mente está libre de prejuicios; uno sólo de estos basta para enfriarla. Esta caprichosa porción de nuestro pensamiento es de un libertinaje que nada puede contener; su mayor triunfo, sus mayores delicias consisten en romper todos los frenos que se le oponen. Ella es enemiga de las normas, idolatra el desorden y todo aquello que tenga tinte de delito; de ahí viene la singular respuesta de una mujer con imaginación, que follaba fríamente con su marido:

—¿Por qué tanta frialdad? —le decía él.

—¡Bien! Verdaderamente —le respondió esta singular criatura—, *es que lo que me hacéis es demasiado simple.*

EUGENIA: Me gusta con locura esa respuesta... ¡Ah, querida! ¡Estoy enteramente dispuesta a conocer esos divinos arrebatos de una imaginación descontrolada! No podrías imaginarte, desde que estamos juntas..., sólo desde ese instante... No, no, querida, no podrías imaginarte cuántas ideas voluptuosas han acariciado mi mente... ¡Oh! ¡Cómo comprendo al mal! ¡Cuánto lo desea mi corazón!

SEÑORA DE SAINT-ANGE: No te asombres, pues, de los horrores, de los delitos más abominables, Eugenia; lo que es más sucio, infame y prohibido es lo que más excita nuestro pensamiento... Siempre es eso lo que nos hace eyacular del modo más delicioso.

EUGENIA: ¡A cuántos excesos increíbles os habréis entregado ambos! ¡Cómo me gustaría conocer los detalles!

DOLMANCÉ *(Besando y acariciando a la joven.):* Bella Eugenia, preferiría mil veces más veros experimentar todo lo que quisiese hacer antes que contaros lo que he hecho.

EUGENIA: No sé si sería conveniente para mí el prestarme a todo.

SEÑORA DE SAINT-ANGE: No te lo aconsejaría, Eugenia.

EUGENIA: ¡Pues bien! Eximo a Dolmancé de darme esos detalles; pero tú, mi buena amiga, dime, te lo ruego, ¿cuál es la cosa más extraordinaria que has hecho en tu vida?

SEÑORA DE SAINT-ANGE: Me he batido sola con quince hombres; fui gozada noventa veces en veinticuatro horas, tanto por delante como por detrás.

EUGENIA: Esos no han sido más que excesos, proezas: apuesto a que has hecho cosas más singulares.

SEÑORA DE SAINT-ANGE: Estuve en un burdel.

EUGENIA: ¿Qué significa ese nombre?

DOLMANCÉ: Se llama así a las casas públicas, en las que, mediante un precio convenido, un hombre busca a muchachos o a jóvenes bonitas que estén dispuestos a satisfacer sus placeres.

EUGENIA: ¿Tú te has entregado a ello, querida?

SEÑORA DE SAINT-ANGE: Sí, me comporté igual que una puta, y durante una semana entera satisfice las fantasías de muchos libertinos y tuve ocasión de ver allí gustos muy peculiares; siguiendo las reglas del libertinaje, como la célebre emperatriz Teodora, mujer de Justiniano, recogía mi pesca en las esquinas de las calles..., en los paseos públicos, e invertía en la lotería el dinero obtenido de mi prostitución.

Eugenia: Mi querida, conozco tu modo de pensar; seguro que has ido mucho más lejos.

Señora de Saint-Ange: ¿Lo crees?

Eugenia: ¡Sí, sí!, es así como lo concibo: ¿acaso no me has dicho que nuestras sensaciones más deliciosas provienen de nuestra imaginación?

Señora de Saint-Ange: Lo he dicho.

Eugenia: ¡Pues bien! Dejando vagar esa imaginación, dándole libertad para franquear las últimas barreras que podrían oponerle la religión, la decencia, la caridad, la virtud, en fin, nuestros supuestos deberes, ¿acaso no serían realmente prodigiosos esos desvaríos?

Señora de Saint-Ange: Sin duda.

Eugenia: Ahora bien, conocer de antemano que son infinitos esos excesos, ¿no nos excitará aún más?

Señora de Saint-Ange: Absolutamente cierto.

Eugenia: Si es así, querremos excitarnos más, desearemos emociones más violentas, y habrá que darle curso libre a nuestra imaginación, respecto de las cosas más inconvenientes; nuestro placer será mejor en razón del camino que haya hecho nuestro pensamiento, y...

Dolmancé *(Besando a Eugenia.)*: ¡Deliciosa!

Señora de Saint-Ange: ¡Cuántos progresos ha hecho la bribonzuela en tan poco tiempo! Pero, encanto, ¿sabes que se puede ir mucho más lejos en esa carrera que nos has trazado?

Eugenia: Así lo entiendo y, puesto que no me pongo ningún freno, ya ves hasta dónde supongo que se puede llegar.

Señora de Saint-Ange: A los crímenes, bribona, a los más perversos y espantosos crímenes.

Eugenia *(En voz baja y entrecortada.)*: Pero has dicho que el delito no existe..., que sólo se concibe para excitar el pensamiento; que no es ejecutado.

Dolmancé: Sin embargo, es tan dulce ejecutar lo que se ha concebido...

Eugenia *(Sonrojándose.)*: ¡Pues bien!, se ejecuta... ¿Acaso queréis persuadirme, queridos instructores, de que jamás habéis hecho lo que habéis concebido?

Señora de Saint-Ange: Me ha ocurrido algunas veces.

Eugenia: Ahí queríamos llegar.

Dolmancé: ¡Qué cabeza!

Eugenia *(Continuando.)*: Me gustaría saber lo que has concebido y lo que has hecho después.

SEÑORA DE SAINT-ANGE *(Titubeando.)*: Eugenia, algún día te contaré mi vida. Prosigamos con nuestra instrucción..., ya que me harías decir algunas cosas...

EUGENIA: Vamos, veo que no me quieres lo suficiente como para abrirme tu corazón hasta ese punto; esperaré a que llegue el momento; volvamos sobre los detalles. Dime, querida, ¿quién es el feliz mortal que ha gozado de tus primicias?

SEÑORA DE SAINT-ANGE: Mi hermano: me adoraba desde que éramos niños; desde nuestros más tiernos años, solíamos divertirnos pero sin llegar a consumar nada; le prometí que me entregaría a él cuando estuviese casada. Mantuve mi palabra y felizmente mi marido no había dañado nada, de modo que mi hermano lo recogió todo. Continuamos abandonados a esta intriga, pero sin molestarnos el uno al otro, y así ambos nos sumergimos, cada uno por su lado, en los más divinos excesos del libertinaje. Nos servimos mutuamente; yo le procuro mujeres y él me presenta hombres.

EUGENIA: ¡Qué delicioso pacto! Pero, ¿el incesto no es un delito?

DOLMANCÉ: ¿Podría considerarse como tal la más dulce alianza de la naturaleza, la que nos prescribe y aconseja como la mejor? Razonad un momento, Eugenia: después de los numerosos males que ha experimentado el mundo, ¿de qué otra manera, si no es por el incesto, puede reproducirse la especie humana? ¿Acaso no encontramos el ejemplo y la prueba misma en los libros sagrados del cristianismo? Las familias de Adán y de Noé, ¿podrían haberse perpetuado si no hubiesen recurrido a ese medio? Indagad, comparad las costumbres del universo; por todas partes veréis el incesto como algo legítimo, considerado como una ley sabia y la más indicada para cimentar los lazos familiares. En una palabra, si el amor nace de las semejanzas, ¿cabría hallar otro más perfecto que el que pueda existir entre un hermano y una hermana, entre el padre y una hija? Una política mal entendida, basada en el temor de que ciertas familias se vuelvan demasiado poderosas, estableció la prohibición del incesto en nuestras costumbres. Pero no nos excedamos tampoco al punto de tomar por ley de la naturaleza lo que sólo es dictado por el interés o por la ambición; debemos indagar en nuestro corazón y es siempre allí adonde remito a nuestros pedantes moralistas. Interroguemos a ese sagrado órgano y reconoceremos que no hay nada más delicado que la unión carnal de las familias; dejemos de engañarnos respecto de los sentimientos de un hermano hacia su hermana, de un padre hacia la hija. En vano unos y otros lo disfrazan bajo el velo de un legítimo sentimiento de ternura: el amor más apasionado es el único sentimiento que los inflama, es el único que la naturaleza ha puesto en sus corazones. Dupliquemos, tripliquemos entonces, sin temor a nada, esos deliciosos incestos, y convenzámonos de que cuanto más próximo a nosotros esté el objeto de nuestros deseos, mayores encantos encontraremos al gozarlo.

Uno de mis amigos vive habitualmente con la hija que él tuvo con su propia madre; no hace más de ocho días, desfloró a un muchacho de trece años, fruto de las relaciones con su hija. Dentro de unos años, ese joven desposará a su madre; esos son los deseos de mi amigo, a cuyo hijo le espera una suerte análoga a la suya, y sus intenciones, lo sé, son las de gozar aún de los frutos que nacerán de ese himeneo, aún es joven y puede esperar. Ya veis, Eugenia, qué cantidad de incestos y delitos habrían mancillado a ese honesto amigo, si hubiese algo de cierto en el prejuicio que nos hace admitir que esas uniones son delictivas. En una palabra, sobre todas las cosas, yo parto de un principio: si la naturaleza prohibiese los placeres sodomitas, los incestuosos, los de la masturbación, etcétera, ¿permitiría que encontrásemos placer en todos ellos? Es imposible que pudiese tolerar aquello que verdaderamente la ultraja.

Eugenia: Oh, mis divinos maestros, ahora veo con toda claridad, tras conocer vuestros principios, que existen muy pocas cosas que puedan considerarse delitos en este mundo, y que podemos entregarnos en paz a todos nuestros deseos, por más extravagantes que puedan parecer a los imbéciles que, ofendiéndose y alarmándose por todo, estúpidamente juzgan a las instituciones sociales como las divinas leyes de la naturaleza. Pero no obstante, amigos, ¿no admitís al menos que existen ciertas acciones absolutamente repugnantes y decididamente criminales, aunque hubiesen sido inspiradas por la naturaleza? Es mi intención convenir con vosotros que esta naturaleza, tan singular en las obras de su creación como variada en las inclinaciones que nos da, nos lleva a veces a cometer acciones crueles; pero si, entregándonos a esta depravación, cediéramos a los dictados de esta curiosa naturaleza, al punto de atentar, supongamos, contra la vida de nuestros semejantes, ¿estaríais de acuerdo conmigo, al menos en esto, que tal acción sería un crimen?

Dolmancé: Muy lejos estamos, Eugenia, de poder coincidir con vos en semejante cosa. Al ser la destrucción una de las primeras leyes de la naturaleza, nada de lo que destruye constituiría un crimen. ¿Cómo es posible que una acción que tanto sirve a la naturaleza pueda ultrajarla? Por otra parte esta destrucción, de la que tanto se valen muchos, no es más que una quimera. La muerte no es una destrucción; el que la comete no hace más que modificar las formas, devolviéndole a la naturaleza unos elementos de los que luego se servirá hábilmente para recompensar a otros seres. Ahora bien, como las obras no pueden ser sino placeres para quien se entrega a ellas, cuando el asesino comete una de las suyas lo que hace es abastecer a la naturaleza de materiales que ella va a utilizar sobre la marcha, y la acción que los idiotas han tenido la locura de condenar es en realidad un mérito a los ojos de este agente universal. Es nuestro orgullo el que se ocupa de erigir la muerte en crimen. Al considerarnos como las primeras criaturas del universo, hemos creído estúpidamente que toda lesión soportada por esta sublime criatura necesariamente debería considerarse como un gran delito; hemos creído que la naturaleza perecería si nuestra maravillosa especie desapareciese de la faz de la tierra, cuando en realidad la completa destrucción de esta especie, devolviéndole a la naturaleza la facultad creadora que ella nos cede, redundaría en una energía que le sustraemos en la medida en que nos propagamos. Pero, ¡qué inconsecuencia, Eugenia! Un soberano ambicioso podrá destruir a su antojo y sin el menor escrúpulo a cuantos intenten oponerse a sus proyectos de grandeza... Leyes crueles, arbitrarias e imperiosas podrán asimismo asesinar cada siglo a millones de personas... Y nosotros, débiles y desgraciados individuos, ¿ni siquiera podremos sacrificar un solo ser a nuestras venganzas o a nuestros caprichos? ¿Hay algo más bárbaro o más ridículamente extraño? ¿No deberíamos quizá, bajo el velo del más profundo misterio, vengarnos ampliamente de esta necedad?

EUGENIA: Seguramente... ¡Oh, qué seductores son vuestros principios!, ¡cómo me gustan!... Pero, contestadme a conciencia, Dolmancé, ¿alguna vez habéis dado satisfacción a vuestros deseos en este tipo de cosas?

DOLMANCÉ: No me obliguéis a desvelar mis faltas: su número y sus características me harían sonrojar demasiado. Quizá os las confiese algún día.

SEÑORA DE SAINT-ANGE: Dueño de la espada de la ley, este depravado se sirvió a menudo de ella para satisfacer sus pasiones.

DOLMANCÉ: Eso no es nada. ¡Otros serían los reproches que podría hacerme!

SEÑORA DE SAINT-ANGE *(Saltándole al cuello.)*: ¡Hombre divino!... ¡Os adoro!... ¡Hace falta tener un espíritu y un coraje como el vuestro para haber disfrutado de todos los placeres! ¡Sólo al hombre de genio le está reservado el honor de romper los frenos de la ignorancia y de la estupidez! ¡Besadme, sois encantador!

DOLMANCÉ: Sed sincera, Eugenia, ¿alguna vez habéis deseado la muerte a una persona?

EUGENIA: ¡Oh! Sí, sí, cada día tengo ante mis ojos a una abominable criatura que desde hace mucho tiempo quisiera ver en la tumba.

SEÑORA DE SAINT-ANGE: Te apuesto a que sé de quién se trata.

EUGENIA: ¿Quién supones que es?

SEÑORA DE SAINT-ANGE: Tu madre.

EUGENIA: ¡Ah! ¡Deja que esconda mi rubor en tu seno!

DOLMANCÉ: ¡Voluptuosa criatura! Voy a colmarte de caricias como premio a la fuerza de tu corazón y a tu deliciosa cabeza. *(Dolmancé la besa por todo el cuerpo y palmea ligeramente sus nalgas; se excita. La señora de Saint-Ange coge su miembro y lo sacude; de cuando en cuando sus manos se apartan y se posan sobre el trasero de la señora de Saint-An-*

ge, que se lo ofrece lascivamente. Tras recuperarse un poco, Dolmancé continúa.) Pero, ¿no podríamos ejecutar esa sublime idea?

EUGENIA: Me han faltado los medios.

SEÑORA DE SAINT-ANGE: Di el coraje.

EUGENIA: ¡Ay! ¡Era tan joven!...

DOLMANCÉ: Pero al presente, Eugenia, ¿qué haríais?

EUGENIA: Todo... ¡Que me faciliten los medios y verán!

DOLMANCÉ: Los tendréis, Eugenia, os lo prometo; pero con una condición.

EUGENIA: ¿Cuál? Mejor dicho, ¿cuál sería la que no esté dispuesta a aceptar?

DOLMANCÉ: Ven, depravada, ven a mis brazos: no puedo contenerme; es preciso que tu encantador trasero sea el precio a la ayuda que te prometo, ¡un delito debe pagarse con otro! ¡Ven!... o mejor, ¡venid ambas a apagar con olas de semen el divino fuego que nos inflama!

SEÑORA DE SAINT-ANGE: Pongamos, si os parece, un poco de orden en estas orgías; es necesario incluso en medio del delirio y de la infamia.

DOLMANCÉ: Nada más simple: el principal objetivo es que yo me desahogue, dándole a esta pequeña el mayor placer que pueda. Voy a introducir mi miembro en su trasero, mientras que, inclinada en vuestros brazos, la masturbaréis lentamente; de acuerdo a la postura en que os coloco, ella podrá hacer lo mismo con vos: os besaréis la una a la otra. Después de algunas incursiones en el culo de esta niña, modificaremos el cuadro. Voy a introducir mi miembro en vuestro trasero, señora; Eugenia, encima de vos y con vuestra cabeza entre sus piernas, ofrecerá su clítoris a mi boca: de este modo haré que segregue su semen una segunda vez. A continuación volveré a penetrarla por el ano y vos me ofreceréis el vuestro en lugar de la vagina que antes me ofrecía Eugenia, es decir que vos colocaréis, al igual que ella lo acaba de hacer, su cabeza entre vuestras piernas. Lameré el orificio de vuestro trasero, como antes lo habré hecho con su sexo, vos os desahogaréis y yo haré otro tanto, mientras que mi mano, tras recorrer el bonito cuerpo de esta encantadora novicia, se detendrá a acariciar su clítoris a fin de que ella también desfallezca de placer.

SEÑORA DE SAINT-ANGE: Bien, querido Dolmancé, pero os faltará algo.

DOLMANCÉ: ¿Un miembro en mi trasero? Tenéis razón, señora.

SEÑORA DE SAINT-ANGE: Dejémoslo ahora; lo haremos esta noche: mi hermano vendrá a ayudarnos y nos veremos colmados de placer. Manos a la obra.

DOLMANCÉ: Quisiera que Eugenia me masturbase un poco. *(Ella lo hace.)* Sí, así..., un poco más rápido, corazón... Mantened siempre descubierta esa cabeza rojiza, nunca debéis cubrirla... Cuanto más tenso pongáis el frenillo, mayor será la erección que provoquéis... No se debe volver a reencajar la cabeza del miembro que se masturba... ¡Bien! Así es como preparáis el miembro que os va a perforar... ¿Veis cómo se decide?... ¡Dadme vuestra lengua, bribona!... Posad vuestras nalgas sobre mi mano derecha, de modo que con la izquierda os acaricie el clítoris.

Señora de Saint-Ange: Eugenia, ¿quieres darle un placer mayor?

Eugenia: Claro... haré todo lo que sea para dárselo.

Señora de Saint-Ange: ¡Bien! Pon su miembro en tu boca y chúpalo un momento.

Eugenia *(Lo hace.)*: ¿Así?

Dolmancé: ¡Ah! ¡Qué boca tan deliciosa! ¡Qué cálida!... ¡Puede compararse con el mejor de los traseros!... Mujeres voluptuosas y hábiles, no neguéis jamás este placer a vuestros amantes: así los tendréis encadenados para siempre... ¡Ah! ¡Santo Dios!... ¡Jodido Dios!

Señora de Saint-Ange: ¡Cómo blasfemas, amigo mío!

Dolmancé: Dadme vuestro culo, señora... Sí, dádmelo, lo besaré mientras me chupan, y no os sorprendáis por mis blasfemias: uno de mis mayores placeres es blasfemar a Dios cuando la tengo rígida. Me parece entonces que mi espíritu, mil veces más excitado aún, aborrece y desprecia con mayor intensidad esa repugnante quimera. Quisiera encontrar el modo o las mejores invectivas para ultrajarlo más; cuando mis malditas reflexiones me llevan a la convicción de la nulidad de ese repulsivo objeto de mi odio, me excito, y en ese instante quisiera volver a dar forma a ese fantasma, para que mi rabia pueda al menos descargarse sobre alguna cosa. Imitadme, encantadora Eugenia, y veréis cómo se encienden vuestros sentidos con tales discursos. ¡Pero, jodido Dios!... Es preciso, creo, cualquiera sea mi placer, que abandone del todo esta boca divina... ¡Ahí voy a dejar mi semen!... Vamos, Eugenia, colocaos; ejecutemos el cuadro que he diseñado y sumerjámonos los tres en la más embriagante voluptuosidad. *(Reacomodan sus posturas.)*

Eugenia: Me temo, querido, que vuestros esfuerzos serán inútiles. La desproporción es notoria.

Dolmancé: Todos los días sodomizo jóvenes; ayer mismo, un niño de siete años fue desflorado con este miembro en menos de tres minutos... ¡Valor, Eugenia, valor!...

Eugenia: ¡Ay! ¡Me desgarráis!

Señora de Saint-Ange: Más cuidado, Dolmancé; pensad que respondo por ella.

Dolmancé: Masturbadla, señora, así sentirá menos el dolor. Por lo demás, ya está todo dicho; heme aquí hasta el pelo.

Eugenia: ¡Oh, cielos! No es poco lo que sufro... Mire el sudor que cubre mi frente, querido amigo... ¡Ah, Dios! ¡Jamás sentí un dolor tan intenso!...

SEÑORA DE SAINT-ANGE: Estás semidesflorada, querida; mírate ahora, has alcanzado el rango de mujer; esta gloria bien vale un poco de tormento. ¿Mis dedos no han conseguido aliviarte un poco, al menos?

EUGENIA: ¡No podría haber resistido sin ellos!... Acaríciame, mi ángel... Voy sintiendo, casi imperceptiblemente, que el dolor se transforma en placer... ¡Empujad!... ¡Empujad!... ¡Dolmancé..., me muero!...

DOLMANCÉ: ¡Ah! ¡Santo Dios! ¡Jodido Dios!... Cambiemos, no resistiría... Vuestro trasero, señora, os lo ruego, y colocaos pronto como os señalé hace un rato. *(La señora de Saint-Ange se coloca en la postura requerida y Dolmancé continúa.)* Aquí me cuesta menos... ¡Cómo penetra mi miembro!... ¡Este bello culo también es delicioso, señora!...

EUGENIA: ¿Estoy bien así, Dolmancé?

DOLMANCÉ: ¡De maravilla! Este bello coño virgen se me ofrece deliciosamente. Soy culpable, un infractor, lo sé... Estos encantos casi no están hechos para mis ojos, pero el deseo de darle a esta niña las primeras lecciones de voluptuosidad va más allá de cualquier consideración. Quiero hacer correr su semen... Quiero consumirla, si es posible... *(La lame.)*

EUGENIA: ¡Ah! Me hacéis morir de placer, ¡no puedo resistirlo!...

SEÑORA DE SAINT-ANGE: ¡Entonces blasfema, putita! ¡Blasfema, pues!...

EUGENIA: Bien, ¡santo Dios, me voy..., estoy en la más dulce embriaguez!

DOLMANCÉ: ¡A vuestro puesto, Eugenia!... ¡A vuestro puesto!... No me engañaréis con todos esos juegos de manos. *(Eugenia se reacomoda.)* ¡Ah, bien! Aquí me tenéis de regreso a mi primera morada... Mostradme el orificio de vuestro trasero, para que lo lama a mi gusto... ¡Cómo me gusta besar un culo en el que acabo de desahogarme!... ¡Ah! Dejadme que lo lama bien mientras dejo correr mi esperma hasta el fondo del de vuestra amiga... ¿Podéis creerlo, señora? ¡Esta vez he podido penetrarlo sin esfuerzo!... ¡Ah! ¡Joder! ¡Joder! No os podéis imaginar cómo encierra ella a mi miembro, ¡cómo lo comprime!... ¡Santo Dios, qué placer!... ¡Ah! Ya está hecho, no se resiste más... ¡Mi semen fluye!... ¡Estoy consumido!...

EUGENIA: A mí también me mata, te lo juro, querida...

SEÑORA DE SAINT-ANGE: ¡La bribona! ¡Qué pronto se habituará!

DOLMANCÉ: Conozco a una infinidad de jóvenes de su edad que por nada del mundo desearían gozar de otra manera. Sólo cuesta la primera vez; luego que ha probado esta manera, una mujer no quiere ya otra cosa... ¡Oh, estoy extenuado; dejadme recobrar aliento, al menos unos instantes!

SEÑORA DE SAINT-ANGE: Así son los hombres, querida; una vez que han satisfecho sus deseos, apenas si nos miran. Ese abatimiento los lleva al hastío y del hastío pasan muy pronto al desprecio.

DOLMANCÉ *(Fríamente.)*: ¡Ah! ¡Qué injuria, divina belleza! *(Abraza a ambas.)* Sólo estáis hechas para rendiros homenajes, no importa cuál sea el estado en que uno esté.

SEÑORA DE SAINT-ANGE: Consuélate al menos, Eugenia mía; ¡si ellos adquieren el derecho de descuidarnos porque se hallan satisfechos, igualmente nosotras tendremos el de despreciarlos, cuando su actitud nos obligue a ello! Así como Tiberio sacrificaba en Capri los objetos que acababan de servir a sus pasiones, Zingua, una reina africana, inmolaba a sus amantes.

DOLMANCÉ: Estos excesos, completamente sencillos y conocidos por mí, sin duda, jamás deben practicarse entre nosotros: «Los lobos no se comen entre sí», dice el proverbio, y, por muy trivial que sea, es acertado. Jamás debéis temer nada de mí, amigas mías; quizá os haga hacer muchísimo mal, pero jamás os lo haré a vosotras.

EUGENIA: ¡Oh! No, no, querida, me atrevo a responder por él: Dolmancé jamás abusará de los derechos que le demos; creo que posee la honestidad de los *libertinos,* es la más fiable. Pero dejémosle a nuestro instructor con sus principios y ocupémonos, os lo suplico, del gran proyecto que inflamaba nuestros pensamientos antes de que nos apaciguáramos.

SEÑORA DE SAINT-ANGE: ¡Cómo, bribona! ¡Aún piensas en ello! Creí que sólo era un producto de la efervescencia de tu cabeza.

EUGENIA: Es lo que me dicta el corazón y no estaré satisfecha hasta que no haya consumado ese delito.

SEÑORA DE SAINT-ANGE: ¡Oh! Bien, bien, perdónala, piensa que es tu madre.

EUGENIA: ¡Bello título!

DOLMANCÉ: Tiene razón; esa madre, ¿ha pensado en Eugenia cuando la trajo al mundo? La bribona se dejaba follar porque disfrutaba con ello, pero estaba muy lejos de desear a esta niña. Que actúe como quiera a este respecto; dejémosla en total libertad y contentémonos con decirle que cualquiera sea el exceso al que llegue en esta materia, jamás será culpable de ningún delito.

EUGENIA: La aborrezco, la detesto, hay mil razones que justifican mi odio; es preciso que la mate, ¡al precio que sea!

DOLMANCÉ: Bien, puesto que tu decisión es inquebrantable, serás satisfecha, Eugenia, te lo prometo; pero permíteme que te dé algunos consejos que son muy necesarios y que deberás tener en cuenta antes de actuar. Jamás debes compartir tu secreto y, sobre todo, actúa sola; no hay nada tan peligroso como los cómplices. Desconfiemos siempre, incluso de aquellos que creemos incondicionales: *Es preciso,* dice Maquiavelo, *no tener nunca cómplices o bien deshacerse de ellos una vez que nos han servido.* Esto no es todo: es indispensable fingir, Eugenia, disimular los proyectos que albergas en tu mente. Acércate como nunca a tu víctima antes de inmolarla; simula compadecerla o consolarla; mímala, comparte sus penas, júrale que la adoras y, más aún, persuádela de que es cierto, pero en este caso la falsedad no debe llegar muy lejos. Nerón acariciaba a Agripina en la misma barca en que iba a ahogarla; sigue este ejemplo, usa todas las artimañas, todas las imposturas que pueda inspirarte tu espíritu. Si las mujeres siempre necesitan de la mentira, esta se vuelve especialmente indispensable cuando quieren engañar a alguien.

Eugenia: Memorizaré estas lecciones y las llevaré a la práctica, sin duda. Pero profundicemos, os lo ruego, sobre esa falsedad que aconsejáis practicar a las mujeres: ¿creéis que es una materia esencial para desenvolverse en el mundo?

Dolmancé: Sin duda no conozco otra cosa que sea tan necesaria en la vida. Hay una verdad muy cierta que os probará cuán indispensable es la falsedad: todo el mundo recurre a ella. Os pregunto, de acuerdo con esto, ¿cómo no va a fracasar siempre el individuo que es sincero, si está inmerso en una sociedad falsa? Ahora bien, si es verdad, como pretenden, que las virtudes sean de alguna utilidad en la vida social, ¿cómo queréis que aquel que no tenga la voluntad, ni el poder, ni tampoco el don de ninguna virtud —lo que le ocurre a muchos—, cómo queréis, decía, que un ser tan desprovisto de medios no se vea obligado a fingir para obtener a su vez un poco de esa porción de felicidad que sus competidores le arrebatan? Y, de hecho, ¿es realmente la virtud, o su apariencia, lo que es verdaderamente necesario para el hombre en sociedad? No dudemos que sólo con la apariencia le basta: el que la posee ya tiene todo lo que necesita. Desde el momento en que viviendo en sociedad no hacemos otra cosa que rozarnos con los hombres, ¿no basta acaso con mostrarnos la corteza? Convenzámonos de que la práctica de la virtud sólo es útil para quien la posee: los demás sacamos tan poco provecho de ello que, con tal de que aquel con quien debamos vivir nos parezca virtuoso, nos da igual que lo sea efectivamente o no. Por otra parte, la falsedad es el medio más seguro para tener éxito; el que la ejercita, necesariamente se impone a aquel con quien comercia o que tiene alguna relación con él: al aturdirlo con falsas apariencias, lo persuade; desde ese momento, puede decirse que ha triunfado. Si advierto que me han engañado, sólo debo reprochármelo a mí mismo, y mi sobornador habrá ganado terreno tanto más cuanto que, por orgullo, no me quejaré; el dominio que ejerza sobre mí será cada vez más notorio; tendrá razón mientras que yo me habré equivocado; él progresará a la vez que yo no seré nadie; él se enriquecerá y yo estaré en la ruina; siendo, en fin, superior a mí, pronto seducirá a la opinión pública; una vez en esa posición, lo acusaré, pero no me escucharán. Entreguémonos siempre, pues, sin remordimientos, a la más insigne falsedad; considerémosla como la llave de todas las gracias, de todos los favores, de todas las reputaciones, de todas las riquezas, y ahoguemos tranquilamente la penilla de haber engañado para alcanzar el excitante placer de ser un bribón.

SEÑORA DE SAINT-ANGE: Con eso tenemos, pienso, mucho más de lo que se precisa saber en esta materia. Eugenia, ya convencida, debe apaciguarse y tener valor: ella actuará cuando lo desee. Pienso que ahora debemos continuar nuestras disertaciones sobre los diferentes caprichos de los hombres libertinos; ese campo debe ser muy vasto, recorrámoslo; acabamos de iniciar a nuestra alumna en los misterios de la práctica, no descuidemos la teoría.

DOLMANCÉ: Los detalles de las pasiones del libertino, señora, son poco susceptibles de ser materia de instrucción para una joven que, como en el caso de Eugenia, no está destinada a desempeñar el oficio de mujer pública. Ella se casará y, de ser así, se puede apostar diez contra uno que su marido no tendrá tales gustos; no obstante, si los tuviere, la conducta a seguir es fácil: mucha dulzura y complacencia con él. Por otra parte, mucha falsedad y compensaciones clandestinas; estas pocas palabras lo dicen todo. Si, a pesar de todo, vuestra Eugenia quisiese el análisis de los gustos del hombre durante los actos de libertinaje, a fin de examinarlos muy someramente, nos limitaremos a tres: *la sodomía, las fantasías sacrílegas* y *el gusto por la crueldad.* La primera pasión es hoy una práctica universal; agregaremos algunas reflexiones a lo que ya hemos dicho. Se la divide en dos clases, la activa y la pasiva: el hombre que penetra a una persona, ya sea a un joven o a una mujer, es sodomita activo; se es pasivo cuando uno es penetrado. A menudo se discute cuál de esas dos formas de sodomía es la más voluptuosa: sin duda es la pasiva, puesto que se goza al mismo tiempo de la sensación de adelante y de la de atrás; es tan dulce cambiar de sexo, tan delicioso actuar como una ramera, entregarse a un hombre que nos trata como a una mujer, llamar amante a ese hombre, confesarse su querida. ¡Ah, amigas mías, qué voluptuosidad! Pero, Eugenia, limitémonos aquí a ciertos detalles relativos a las mujeres que, actuando como hombres, quieren gozar al igual que nosotros con esos deliciosos placeres. Acabo de poneros al corriente de esos ataques de modo práctico. Eugenia, he visto lo suficiente como para estar seguro de que algún día haréis grandes progresos en esta carrera. Os animo a que lo recorráis como uno de los más deliciosos caminos de la isla de Citeres, totalmente convencido de que llevaréis a la práctica este consejo. Voy a limitarme a unas cuantas recomendaciones que son esenciales para la persona que esté decidida a no disfrutar más que de este tipo de placeres, o bien de aquellos que le son análogos. Debéis procurar siempre que os acaricien el clítoris cuando os sodomicen: no hay nada mejor que unir esos dos placeres; evitad el bidé o el frotamiento con paños luego de que hayáis sido penetrada de esa manera: es bueno que la brecha siga abierta; eso estimula el deseo y esas titilaciones de placer se apagan tan pronto como se procede a su limpieza; no se tiene idea hasta qué punto pueden prolongarse las sensaciones. Así, cuando estéis dispuesta a divertiros de esta manera, Eugenia, evitad los ácidos: estos inflaman las hemorroides y vuelven dolorosas las penetraciones; debéis oponeros a que varios hombres descarguen uno tras otro en vuestro trasero: esa mezcla de esperma, a pesar de todo lo voluptuosa que pueda ser para la imaginación, es a menudo peligrosa para la salud. Debéis eliminar todo vestigio de esas emisiones a medida que se realicen.

Eugenia: Pero si se hiciesen por delante, ¿podría considerarse un delito?

Señora de Saint-Ange: No pienses, locuela, que se haga el más mínimo mal al prestarse, sea del modo que fuere, a que el semen del hombre se aparte de su gran ruta habitual, puesto que de ningún modo la procreación es la meta de la naturaleza: la permite como un gesto de tolerancia, y cuando no nos aprovechamos de ella, mejor se cumplen sus intenciones. Eugenia, debes jurar enemistad a esta odiosa propagación y apartar siempre de su camino usual, incluso estando casada, ese pérfido licor cuya germinación no sirve más que para estropear nuestra figura, debilitar nuestra voluptuosidad, mancillarnos, envejecernos y perjudicar nuestra salud; obliga a tu marido a que se acostumbre a esas pérdidas; ofrécele todas las rutas que puedan alejar el homenaje del templo de la procreación; dile que detestas a los niños, suplícale que no te los haga. Presta atención a estos consejos, querida; tengo tanto horror a la propagación que, te lo confieso, dejaré de ser tu amiga desde el momento mismo en que me entere que has quedado embarazada. Si a pesar de todo te ocurriese esta desgracia, sin que fuese por tu culpa, házmelo saber dentro de las siete u ocho primeras semanas y haré que eso se desprenda suavemente. No temas el infanticidio: este crimen es imaginario; somos dueñas de todo lo que llevamos en nuestro seno, y no es mayor el mal que hacemos al destruir este tipo de materia que el que se realiza purgando al otro a través de medicamentos, cuando tenemos necesidad de ello.

Eugenia: ¿Y si el niño se encuentra a término?

Señora de Saint-Ange: Si ha venido al mundo, siempre seremos dueñas de destruirlo. No hay en el mundo un derecho más incuestionable que el que tiene la madre sobre sus hijos. No hay pueblo que no haya reconocido esta verdad: en principio, está basada en la razón.

Dolmancé: Ese derecho está en la naturaleza misma..., es indiscutible. La extravagancia del sistema divino ha sido la fuente de esos garrafales errores. Los imbéciles que creen en Dios, persuadidos de que sólo a él le debemos la existencia y de que, tan pronto como madura un embrión, Dios lo dota de un alma, esos estúpidos, digo, se empecinan en considerar como un crimen capital la destrucción de esa pequeña criatura, porque, según ellos, ya no pertenece a los hombres. Es la obra de Dios, y al ser de

Dios, ¿puede disponerse libremente de ella sin cometer un crimen? Pero después que la antorcha de la filosofía logró disipar todas estas imposturas, después de haber pisoteado la quimera divina y de haber profundizado en las leyes y secretos de la física, de desarrollar el principio de la generación y constatar que ese mecanismo material no es más extraordinario que la germinación de un grano de trigo, hemos recurrido a la naturaleza para aclarar los errores de los hombres. En la medida en que se han ampliado nuestros derechos, al fin hemos llegado a la conclusión de que éramos completamente libres de disponer de aquello que nos había sido dado contra nuestra voluntad o por azar, y que era imposible exigir a un individuo cualquiera que se convirtiese en padre o madre cuando no tenía ningún deseo de serlo; que el hecho de que hubiese una criatura más o menos en el mundo no acarreaba por lo demás mayores consecuencias y que con toda certeza nos convertíamos, en una palabra, en los dueños de ese trozo de carne, por más alma que tuviese, así como lo somos de las uñas que cortamos de nuestros dedos, de los tumores que extirpamos de nuestro cuerpo o de las digestiones que expulsamos de nuestros intestinos, porque tanto unos como otros son nuestros y somos nosotros los poseedores exclusivos de todo aquello que emana de nosotros. Al demostraros, Eugenia, la escasa importancia que tiene en el mundo el acto de matar, habréis podido ver igualmente la insignificante consecuencia que debe tener todo lo que se refiere al infanticidio, incluso si se comete contra una criatura que está en uso de razón. Bien, sería inútil, pues, volver sobre esto: vuestra inteligencia refrendará mis argumentos. El estudio de las costumbres de los diversos pueblos que habitan en la Tierra, al demostraros que esa práctica es universal, terminará de convenceros que habría que ser muy imbécil para considerar delictiva una acción tan indiferente.

Eugenia *(A Dolmancé.)*: No puedo expresar hasta qué punto me habéis convencido. *(Dirigiéndose luego a la señora de Saint-Ange.)* Pero, dime, querida, ¿alguna vez has recurrido a esos remedios que me ofreces para destruir el feto?

Señora de Saint-Ange: Dos veces, y ambas con el mayor éxito; pero debo confesarte que sólo los he probado en las primeras semanas. Sin embargo, dos conocidas lo aplicaron en la mitad de su embarazo y me aseguraron que les dio resultado. Cuenta conmigo entonces si se diera la ocasión, pero te aconsejo que nunca te expongas a situaciones que luego te obliguen a recurrir a esos remedios; evitarlas es lo más seguro. Continuemos ahora con los detalles lúbricos que le habíamos prometido a esta jovencita. Proseguid, Dolmancé, estábamos hablando de las fantasías sacrílegas.

Dolmancé: Supongo que Eugenia se encuentra ya suficientemente desengañada de la religión como para estar íntimamente convencida de que todo aquello que se refiera a jugar con los objetos de la devoción de los estúpidos no puede tener ningún tipo de consecuencia. Esas fantasías las tienen en tan mínimo grado que no deben, de hecho, sino calentar las cabezas de los más jóvenes, para quienes toda ruptura de frenos debe constituir un placer; es una especie de pequeña venganza que inflama la imaginación y que, sin duda, puede divertir algunos instantes. Pero esas voluptuosidades, creo, deben resultar insípidas y frías cuando no se ha tenido tiempo para instruirse y convencerse de la nulidad de los objetos a los que ridiculizamos a través de unos ídolos, que no son sino una endeble representación de los mismos. Profanar las reliquias, las imágenes de los santos, la hostia, el crucifijo, todo eso debe significar lo mismo, a los ojos del filósofo, que degradar una estatua pagana. Una vez que se ha condenado al desprecio a esas execrables fruslerías, es preciso que permanezcan así y despreocuparse de ellas; de todo eso, lo mejor es conservar la blasfemia, y no porque tenga más visos de realidad, puesto que desde el momento en que no existe Dios, ¿de qué serviría insultar su nombre? Pero sí es esencial pronunciar palabras fuertes o indecentes, cuando se está embriagado de placer, y es entonces cuando las blasfemias ayudan a excitar la imaginación. No hay que privarse de nada; hay que adornar esas palabras con lujo de expresiones, es preciso escandalizar lo más que se pueda, puesto que es grato escandalizar: ahí se obtiene un pequeño triunfo para el orgullo que no conviene desdeñar. Os lo confieso, señoras mías, es una de mis voluptuosidades secretas: hay pocas satisfacciones morales que exciten tanto mi imaginación. Ponedlo en práctica, Eugenia, y veréis que os da resultado. Cuando os encontréis con muchachas de vuestra edad que aún vegeten en las tinieblas de la superstición, debéis hacer alarde de una extrema impiedad; pregonad los excesos y el libertinaje, adoptad las poses de una *libertina,* dejadles ver vuestros pechos; si vais con ellas a lugares clandestinos, levantad vuestras vestimentas, dejadles ver con disimulo las partes más secretas de vuestro cuerpo y exigid lo mismo de ellas. Seducidlas, sermoneadlas, hacedles ver lo ridículo de sus prejuicios; ponedlas lo que se dice en un *estado lastimoso*; jurad como un hombre delante de ellas. Si son más jóvenes que vos, tomadlas por la fuerza, divertíos con ellas y corrompedlas, ya sea con el ejemplo o mediante consejos, o con todo aquello que consideréis, en una palabra, apto para pervertirlas. Sed incluso extremadamente libre con los hombres; haced alarde ante ellos de irreligiosidad e imprudencia; lejos de asustaros por las libertades que ellos se tomen, admitidles misteriosamente todo aquello que pueda divertirlos pero sin que os comprometa. Dejaos manosear por ellos, masturbadles y que os masturben ellos. Ofrecedles incluso vuestro trasero; pero, atenta a que el quimérico honor de las mujeres reside en las primicias que tiene por delante, hacedles difícil el camino para llegar hasta allí. Una vez casada, tomad lacayos y ningún amante; o bien sobornad a personas confiables: desde ese momento estáis a cubierto. Ya no debéis temer por vuestra reputación, y sin que nadie haya podido sospecharlo, habréis adquirido el arte de hacer todo lo que os plazca.

Prosigamos: Los placeres de la crueldad son los terceros que prometimos analizar. Ese tipo de placeres son hoy muy comunes entre los hombres y he aquí el argumento con el cual los legitiman. Queremos nuevos placeres —dicen—; es la meta de todo hombre que se entrega a la voluptuosidad, y queremos obtenerlos por los medios más intensos. Partiendo de ese punto, no se trata de saber si nuestros procedimientos gustarán o disgustarán al objeto que nos sirven, se trata sólo de sacudir nuestro sistema nervioso a través de los choques más violentos; ahora bien, como es indudable que se experimenta el dolor con mayor intensidad que el placer, los choques que sentimos a raíz del dolor que producimos en los demás tendrán esencialmente una vibración mucho más intensa, repercutirán en nosotros y pondrán violentamente en movimiento nuestros instintos animales que, conducidos a nuestras partes bajas por el movimiento de retrogradación que le es esencial, abrazarán de inmediato los órganos de la voluptuosidad, predisponiéndolos al placer. Los efectos del placer son siempre engañosos en las mujeres; por otro lado, es muy difícil que un hombre feo o viejo pueda producirlos. ¿Logran alcanzar esos placeres? Cuando lo obtienen, son débiles, y los choques mucho menos intensos. Es preciso entonces preferir el dolor, cuyos efectos no pueden engañar y cuyas vibraciones son más intensas. Pero a los hombres aferrados a estas manías se les objeta que este dolor afecta al prójimo: ¿es caritativo hacer daño a los otros para deleitarse uno mismo? Los pillos os responderán que, acostumbrados durante el acto de placer a pensar en sí mismos y no en los demás, están persuadidos de que es algo muy simple, de acuerdo con los impulsos de la naturaleza, preferir lo que ellos sienten a lo que no sienten en absoluto. ¿Qué nos importan —se atreven a decir— los dolores que provocamos en el prójimo? ¿Los acusamos nosotros? No, al contrario, acabamos de demostrar que al producirlos sentimos una deliciosa sensación. ¿A título de qué vamos a ser cuidadosos con un individuo que no nos interesa para nada? ¿A título de qué evitaremos un dolor que no nos costará ni siquiera una lágrima y que, por el contrario, va a provocar con toda seguridad un enorme placer para nosotros? ¿Alguna vez hemos experimentado un solo impulso de la naturaleza que nos aconsejase preferir al otro y no a nosotros? ¿Acaso en este mundo cada uno no debe ocuparse de sí mismo? Nos habláis de una ilusoria voz de esta naturaleza, que nos dice que no debemos hacer a los otros lo que no queremos que nos hagan, pero este absurdo consejo sólo puede venir de los hombres, de los hombres débiles. Un hombre poderoso se cuidaría muy bien de utilizar ese lenguaje. Fueron los primeros cristianos quienes, continuamente perseguidos por su imbécil sistema, gritaban a quien quisiera oírles: *¡No nos queméis!, ¡no nos desolléis! La naturaleza dice que no debemos hacer a los otros* *lo que no queremos que nos hagan.* ¡Imbéciles! ¿Acaso la naturaleza, que siempre nos aconseja disfrutar, que jamás nos mueve a otra cosa que no sea gozar, podría unos instantes después, por una inconsecuencia sin par, asegurarnos que no debemos, sin embargo, deleitarnos si eso puede causar dolor a los otros? ¡Ah! Creámosle, Eugenia, creámosle; la naturaleza, madre de todos nosotros, sólo nos habla a nosotros; nada es tan egoísta como su voz, y lo que con más claridad percibimos en ella es el inmutable y santo consejo de deleitarnos, no importa a expensas de quién. Pero los otros, os dicen, pueden vengarse de eso... En buena hora; sólo el más fuerte tendrá razón. Pues bien, hemos sido creados por ella para vivir en un estado permanente de guerra y destrucción, y sólo es en ese estado como mejor le servimos y de donde saca la naturaleza mayores ventajas.

Es así, mi querida Eugenia, cómo piensan esas gentes, y por mi parte debo agregar, según lo que me dicta la experiencia y el saber, que la crueldad, lejos de ser un vicio, es el principal sentimiento que nos inculca la naturaleza. El niño rompe su sonajero, muerde la teta de su nodriza y estrangula a su pájaro mucho antes de entrar en razón. La crueldad está impresa en los animales, entre los cuales, como creo haberos dicho, las leyes de la naturaleza se cumplen mucho más activamente que entre nosotros. La crueldad se encuentra también entre los salvajes, que están más próximos a la naturaleza que el hombre civilizado; sería entonces absurdo concluir que es una consecuencia de la depravación. Os repito que este sistema es falso. La crueldad está en la naturaleza; nacemos con una dosis de crueldad que sólo la educación modifica; pero la educación no está en la naturaleza, ella es tan perjudicial a los sagrados designios de la naturaleza como los cultivos lo son para los árboles. Comparad en vuestros huertos al árbol abandonado a los cuidados de la naturaleza con el que crece bajo vuestros cuidados, constriñéndolo; así podréis ver cuál es el más bello y comprobar cuál da mejores frutos. La crueldad no es otra cosa que la energía del hombre, a la que aún no ha corrompido la civilización: es pues una virtud y no un vicio. Sustraeros a vuestras leyes, vuestros castigos, vuestras costumbres, y la crueldad ya no tendrá efectos peligrosos, puesto que ella jamás podrá actuar sin que sea repelida por las mismas vías. Es en el estado de civilización donde se vuelve peligrosa, ya que la persona lesionada casi siempre carece de fuerza o de medios para responder a la injuria; pero también en la vida civilizada, cuando actúa sobre el fuerte, éste responderá de la misma manera y, si actúa sobre el débil, como no hace otra cosa que lesionar a un ser que se somete al más fuerte por las leyes de la naturaleza, no experimentará el más mínimo inconveniente.

No analizaremos la crueldad de los hombres durante sus actos lúbricos; dentro de poco veréis, Eugenia, los diferentes excesos a los que les lleva aquélla, y vuestra ardiente imaginación os debe bastar para comprender que para un alma firme y estoica no debe haber límites. Nerón, Tiberio y Heliogábalo inmolaban a niños para obtener erección; el mariscal de Retz, Charolais, el tío de Condé, también cometieron asesinatos, inspirados por su libertinaje; el primero confesó en su interrogatorio que ninguna otra voluptuosidad le producía tanto placer como el que obtenía a través de los tormentos infligidos por él y su capellán a niños de ambos sexos; en uno de sus castillos de Bretaña se encontraron los cadáveres de unos ochocientos de ellos que habían sido inmolados. Os acabo de probar que todo eso es posible. Nuestra constitución, nuestros órganos, el fluido de los licores, la energía de los espíritus animales, esas son las causas físicas que hacen surgir, al mismo tiempo, a los Titos o a los Nerones, a las Mesalinas o a las Chantales. No debemos enorgullecernos de la virtud ni arrepentirnos del vicio, y asimismo es preciso dejar de acusar a la naturaleza por habernos creado buenos o por habernos hecho nacer perversos; ella ha actuado de acuerdo a sus intenciones, sus planes y sus necesidades: sometámonos a ellos. Aquí me limitaré a analizar la crueldad de las mujeres, entre las que se da con mucha mayor intensidad que entre los hombres debido a la poderosa razón de la excesiva sensibilidad de sus órganos.

En general, distinguimos dos tipos de crueldad: la que nace de la estupidez y que, al no ser nunca producto de la razón y de la reflexión, asimila al individuo así nacido con el animal feroz; esa crueldad no procura ningún placer, puesto que quien es propenso a ella no está preparado para realizar ninguna indagación; las brutalidades que comete un ser de esas características son raramente peligrosas: es fácil ponerse siempre a salvo de ellas. El segundo tipo de crueldad, fruto de la suprema sensibilidad de los órganos, sólo lo experimentan por seres extremadamente delicados, y los excesos a los que ella les conduce no son sino refinamientos de su delicadeza. Esta delicadeza, que no tarda en debilitarse, debido a su excesiva finura, pone en práctica todos los recursos de la crueldad para salir de su embotamiento. ¡Hay muy pocas personas que entiendan esas diferencias!... ¡Qué pocas son las que las sienten! Pero es indudable que existen. Ahora bien, es a este segundo género de crueldad al que, por lo general, se inclinan las mujeres. Estudiadlos bien, y determinaréis si acaso no es el exceso de sensibilidad lo que las conduce a ello. Veréis si no es la intensa actividad de su imaginación, la fuerza de su espíritu, lo que las vuelve depravadas y feroces; también todas suelen ser encantadoras. Sin embargo, no hay una sola de estas crueldades que no haga volver la cabeza a quien la emprende; desgraciadamente la rigidez o más bien la absurdidad de nuestras costumbres les da poca ocasión de alimentar su crueldad; se ven obligadas a esconderse, a disimular y a disfrazar sus inclinaciones con ostensibles actos de caridad, que en el fondo de su alma detestan. Estas mujeres sólo pueden librarse de sus inclinaciones ocultándolas bajo el más tupido velo, adoptando todas las precauciones posibles y mediante la ayuda de amigos fiables, y, como hay muchísimas mujeres de esta condición, hay por tanto muchísimas desgraciadas. ¿Queréis conocerlas? Anunciadles un espectáculo cruel, un incendio, una batalla, un combate de gladiadores: veréis cómo acuden de inmediato. Pero no hay demasiadas ocasiones con las que alimentar su furor: deben reprimirla y sufren por ello.

Echemos una rápida ojeada a este tipo de mujeres. Zingua, una reina de Angola famosa por su extrema crueldad, sacrificaba a sus amantes una vez que habían gozado de ella. A menudo hacía combatir a los guerreros ante su presencia, siendo ella misma el premio otorgado al vencedor; para divertirse, hacía triturar en un mortero a todas las mujeres menores de treinta años que habían quedado embarazadas. Zoé, la esposa de un emperador chino, no disfrutaba de un placer mayor que el de ver ejecutar a los reos; o bien, en su defecto, hacía inmolar a algunos esclavos mientras se entregaba a la lascivia con su marido, y las gradaciones de su placer eran proporcionales a los tormentos que padecían aquellos desgraciados. Fue ella la que inventó, llevando al refinamiento más extremo los suplicios infligidos a sus víctimas, esa famosa columna de bronce hueca, que se ponía al rojo vivo después de haber encerrado en ella a la persona que iba a ser torturada. Teodora, la mujer de Justiniano, se divertía viendo cómo algunos hombres se convertían en eunucos, y Mesalina se masturbaba mientras veía a los hombres caer extenuados tras ser sometidos al mismo procedimiento. Las mujeres de Florida hacían crecer el miembro de su marido y colocaban sobre el glande unos pequeños insectos que les provocaban horribles dolores; para realizar esta operación los ataban y se reunían varias en torno a un solo hombre para un mejor cumplimiento de sus objetivos. Desde que aparecieron los conquistadores, ellas mismas los sujetaban mientras estos los asesinaban. La Voisin y la Brinvilliers envenenaban por el único placer de cometer un crimen. En una palabra, la historia nos ofrece miles de ejemplos acerca de la crueldad de las mujeres, y sería deseable que, en función de esa inclinación natural, se acostumbrasen a practicar activamente la flagelación, que es el medio por el cual los hombres crueles consiguen desahogarse. Algunas de ellas lo hacen, lo sé, pero su uso entre las mujeres aún no se ha extendido hasta el punto que considero óptimo. La sociedad se beneficiaría si las mujeres hiciesen un uso intensivo de este medio para desahogar su barbarie; pero al no poder descargar su maldad de esta manera recurren a otras, y al expandir su veneno en el mundo provocan la desesperación de sus esposos y demás familiares. La negativa a realizar una buena acción cuando la ocasión se presenta, como por ejemplo la de socorrer al infortunado, les brinda la oportunidad, si se quiere, de dar rienda suelta a esa ferocidad hacia la que se sienten naturalmente inclinadas; pero esto es insuficiente y está muy lejos de satisfacer la necesidad que tienen de hacer el mal. Sin duda habría otros medios por los cuales una mujer, sensible y feroz al mismo tiempo, pudiese calmar sus fogosas pasiones, pero son peligrosos, Eugenia, y no me atrevería a aconsejártelos... ¡Oh, cielos! ¿Qué os pasa, pues, querido ángel?... Señora, ¡mirad en qué estado está vuestra alumna!...

EUGENIA *(Masturbándose.):* ¡Ah! ¡Santo Dios! Me trastornáis la cabeza... ¡Estos son los resultados de vuestras depravadas lecciones!...

DOLMANCÉ: ¡Ayudémosla, señora, ayudémosla!... ¿Vamos a dejar que esta bella niña se corra sin ayuda alguna?

SEÑORA DE SAINT-ANGE: ¡Oh! ¡Sería injusto! *(La toma entre sus brazos.)* Adorable criatura, ¡jamás he visto una sensibilidad como la tuya, una cabeza tan deliciosa!

DOLMANCÉ: Atended a lo de adelante, señora; con mi lengua voy a lamer el pequeño orificio de su trasero, mientras doy unas leves palmadas a sus nalgas. Debe eyacular de esta manera en nuestras manos, siete u ocho veces al menos.

EUGENIA *(Fuera de sí.):* ¡Ah! ¡Joder! ¡No será difícil!

DOLMANCÉ: Por la postura en la que nos encontramos, señoras mías, noto que podríais succionar mi miembro por turno; excitado por este medio, tendré más energía para satisfacer los deseos de vuestra encantadora alumna.

EUGENIA: Querida mía, te disputo el honor de succionar este bello miembro. *(Lo coge.)*

DOLMANCÉ: ¡Ah! ¡Qué delicias!... ¡Qué calor más voluptuoso!... Pero, Eugenia, ¿os comportaréis bien cuando llegue a la culminación?

SEÑORA DE SAINT-ANGE: Tragará..., tragará, respondo por ella, y, por otra parte, si por infantilismo o por cualquier otra causa, ella descuidara los deberes que aquí le impone la lubricidad...

DOLMANCÉ *(Muy excitado.):* ¡No se lo perdonaría, señora, no se lo perdonaría!... Un castigo ejemplar... Os juro que será azotada... ¡hasta que le brote la sangre!... ¡Ah, santo Dios! Me corro... ¡Mi semen fluye!... Traga..., traga, Eugenia, y ¡que no se pierda ni una sola gota!... Y vos, señora, ocupaos de mi trasero: se ofrece a vos... ¿No veis cómo se abre mi jodido culo?... ¿Acaso no veis cómo necesita de vuestros dedos?... ¡Jodido Dios! Mi éxtasis es total... ¡Hundidlos hasta el puño! ¡Ah! Calmémonos, no puedo más... Esta encantadora niña me ha succionado como un ángel...

EUGENIA: Mi querido y adorado preceptor, no he dejado caer ni una sola gota. Bésame, querido amor, tu semen está ahora en el fondo de mis entrañas.

DOLMANCÉ: ¡Es deliciosa!... ¡Y cómo se ha descargado la bribona!...

SEÑORA DE SAINT-ANGE: ¡Está inundada!... ¡Oh, cielos! ¡Me parece oír algo!... Llaman. ¿Quién será el que viene a importunarnos?... Es mi hermano... ¡Qué imprudente!...

EUGENIA: Pero, querida, ¡esto es una traición!

Dolmancé: Sin par, ¿verdad? No temáis, Eugenia, sólo trabajamos para vuestros placeres.

Señora de Saint-Ange: ¡Ah! ¡Pronto vamos a convencerte! Acércate, hermano, y ríete de esta jovencita que se esconde para que no la veas.

Cuarto diálogo

Señora de Saint-Ange, Eugenia, Dolmancé, el caballero de Mirvel

El caballero: Nada debéis temer; os suplico que confiéis en mi discreción, bella Eugenia: es absoluta. Están aquí mi hermana y mi amigo, que pueden responder por mí.

Dolmancé: Sólo deseo terminar de una vez con este ridículo ceremonial. Vamos, caballero, instruyamos a esta bonita joven, enseñémosle todo lo que deba saber una señorita de su edad y, para una mejor instrucción, no dejaremos de unir la práctica a la teoría. Le falta la escena de un miembro que eyacule; ya que estamos en ello, ¿quieres darnos un ejemplo?

El caballero: Es una propuesta demasiado agradable como para rechazarla, y la señorita tiene los suficientes encantos como para que la lección tenga los efectos deseados.

Señora de Saint-Ange: ¡Pues bien!, vamos. ¡Manos a la obra!

Eugenia: ¡Oh, de verdad, es demasiado fuerte! Abusáis de mi juventud hasta un extremo... Pero, ¿por quién me va a tomar el señor?

El caballero: Por una encantadora joven, Eugenia... Por la criatura más adorable que he visto en mi vida. *(La besa y con sus manos recorre sus encantos.)* ¡Oh, Dios! ¡Qué atractivos tan frescos y graciosos!... ¡Qué encantos más seductores!...

Dolmancé: Hablemos menos, caballero, y actuemos más. Voy a dirigir el cuadro escénico, es mi derecho, con el objeto de mostrar a Eugenia el mecanismo de la eyaculación. Pero, como es difícil que pueda observar semejante fenómeno a sangre fría, vamos a colocarnos los cuatro de frente y muy cerca el uno del otro. Masturbaréis a vuestra amiga, señora; yo me encargaré del caballero. Cuando se trata de masturbar a un hombre, otro hombre lo hace infinitamente mejor que una mujer. Como sabe lo que le conviene, conoce perfectamente lo que hay que hacer a los otros... Vamos, coloquémonos. *(Se acomodan.)*

Señora de Saint-Ange: ¿No estamos demasiado juntos?

Dolmancé *(Apoderándose del caballero.)*: Nunca lo estaríamos demasiado, señora; es preciso que el pecho y el rostro de vuestra amiga queden inundados con las pruebas de la virilidad de vuestro hermano; debe arrojarle su semen lo que se dice en las narices. Como soy el maestro de la bomba, dirigiré las olas de tal modo que cubran a Eugenia por completo. Durante todo este tiempo debéis masturbarla minuciosamente en las partes más lúbricas de su cuerpo. Eugenia, librad por completo vuestra imaginación a los supremos extravíos del libertinaje; pensad que los más bellos misterios van a consumarse ante vuestros ojos. Pisotead vuestros prejuicios: el pudor nunca fue una virtud. Si la naturaleza hubiese querido que nos ocultásemos mutuamente algunas partes del cuerpo, ella misma hubiese tomado las debidas precauciones. Pero nos ha creado desnudos; en consecuencia, quiere que andemos desnudos, y si hacemos lo contrario, ultrajamos sus leyes. Los niños, que aún no tienen conciencia del placer, y en consecuencia de la necesidad de volverse recatado, cuando esos placeres son más intensos, muestran todo lo que llevan. A veces uno se encuentra con hechos aún más curiosos: hay países en los que el pudor en el vestir es un hábito, sin que exista la sobriedad en sus costumbres. En Otaití las jóvenes van vestidas, pero se arremangan las ropas cuando se les exige.

SEÑORA DE SAINT-ANGE: Lo que me gusta de Dolmancé es que no pierde el tiempo; sin dejar de disertar, mirad cómo actúa, cómo examina el soberbio culo de mi hermano, cómo masturba voluptuosamente el bello miembro de este joven... Vamos, Eugenia, ¡manos a la obra! El tubo de la bomba está en el aire; pronto va a inundarnos.

EUGENIA: ¡Ah, querida amiga, qué miembro tan monstruoso!... ¡Apenas puedo empuñarlo!... ¡Oh, Dios mío! ¿Todos son tan grandes como este?

DOLMANCÉ: Ya sabéis, Eugenia, que el mío es mucho más pequeño; tales artefactos producen un gran temor en una joven. No estáis desacertada al pensar que aquél os podría perforar con peligro.

EUGENIA *(Ya masturbada por la señora de Saint-Ange.)*: ¡Ah! ¡Desafiaría a quien fuese para gozarlo!...

DOLMANCÉ: Y haríais bien: una joven jamás debe asustarse por algo semejante; la naturaleza lo consiente y los torrentes de placer con los que os colmará pronto os recompensarán de los pequeños dolores que los preceden. He visto a muchachas más jóvenes que vos soportar un miembro más grande aún. Con valor y paciencia se superan los más grandes obstáculos. Es una locura pensar que se deba, en la medida de lo posible, desflorar a una jovencita con un miembro muy pequeño. A mí me parece, por el contrario, que una joven virgen debe entregarse a los artefactos más grandes que pueda encontrar, para que, una vez rotos los ligamentos del himen con mayor rapidez, puedan definirse rápidamente en ella las sensaciones de placer. Es cierto que una vez acostumbrada a este régimen le será difícil adaptarse a otro mediano; pero si la joven es rica, joven y bella, encontrará el tamaño que desee. Que se mantenga firme en ello; ahora bien, ¿qué ocurriría si se le presentase uno de menor tamaño y tuviese no obstante deseo de hacer uso de él? Que lo coloque entonces en su trasero.

SEÑORA DE SAINT-ANGE: Sin duda ella se servirá de ambos al mismo tiempo con el objeto de encontrar mayor placer aún; que las sacudidas voluptuosas con las que agitará al que la penetre por delante sirvan para precipitar al éxtasis a aquel que introduce el miembro en su trasero, y que, inundada por el semen de ambos, se muera de placer derramando el suyo.

DOLMANCÉ *(Es preciso resaltar que las masturbaciones se realizan mientras se dialoga.):* Me parece que en el cuadro que habéis diseñado, señora, deberían entrar dos o tres miembros más; la mujer que habéis colocado de la manera que acabáis de describir, ¿no podría acaso tener un miembro en la boca y uno en cada mano?

SEÑORA DE SAINT-ANGE: También podría tenerlos debajo de las axilas y entre los cabellos... Debería rodearse de unos treinta, si fuera posible; en ese caso, sólo tendría que tener, tocar y devorar los miembros que estén alrededor de ella, y ser inundada por todos en el preciso momento en que ella misma se corra. ¡Ah!, Eugenia, por más puta que seáis, os desafío a que me igualéis en estos deliciosos combates de la lujuria... En este género de cosas, hago todo lo que sea posible.

EUGENIA *(Sin dejar de ser masturbada por su amiga, al igual que el caballero lo es por Dolmancé.):* ¡Ah, querida... me trastornas la cabeza!... ¡Cómo podría entregarme... a muchísimos hombres!... ¡Oh, qué delicias!... ¡Cómo me masturbas, amiga mía!... ¡Eres la diosa misma del placer!... Y este hermoso miembro, ¡cómo se hincha!... ¡Cómo se hincha y se enrojece su majestuosa cabeza!...

DOLMANCÉ: Está a punto de descargarse.

EL CABALLERO: Eugenia..., hermana..., aproximaos... ¡Ah! ¡Qué pechos tan divinos!... ¡Qué muslos más suaves y rollizos!... Eyaculad ambas, ¡mi semen va a unirse con el vuestro!... ¡Me corro!... ¡Oh, santo Dios!... *(Mientras se produce este éxtasis, Dolmancé dirige las olas de esperma de su amigo hacia ambas mujeres, y principalmente hacia Eugenia, que acaba siendo inundada.)*

EUGENIA: ¡Qué hermoso espectáculo!... ¡Cuán noble y majestuoso es!... Me encuentro completamente cubierta... ¡Me ha saltado hasta en los ojos!...

SEÑORA DE SAINT-ANGE: Espera, vida mía, déjame recoger esas perlas preciosas; voy a frotar tu clítoris para que puedas correrte más pronto.

EUGENIA: ¡Oh, sí, querida! ¡Oh, sí! Es una idea deliciosa... Hazlo, voy corriendo a tus brazos.

SEÑORA DE SAINT-ANGE: ¡Divina criatura, bésame, una y mil veces!... Déjame succionar tu lengua... ¡Así puedo respirar tu voluptuoso aliento cuando está abrasado por el fuego del placer!... ¡Ah! ¡Joder, yo misma me estoy corriendo!... Hermano mío, ¡te lo ruego!...

DOLMANCÉ: Sí, caballero... Sí, masturbad a vuestra hermana.

EL CABALLERO: Me gusta más follarla; aún tengo erección.

Dolmancé: ¡Bien! Penetradla mientras me ofrecéis el trasero; os follaré durante este voluptuoso incesto. Eugenia va a penetrarme con este artefacto. Como está destinada a desempeñar todos los papeles de la lujuria, es preciso que se ejercite en su cumplimiento con las lecciones que aquí le damos.

Eugenia *(Colocándose el consolador.)*: ¡Oh, con mucho gusto! Tratándose de libertinaje, jamás me encontraréis en falta: ahora es mi único dios, la única regla para mi conducta, la base de todas mis acciones. *(Penetra a Dolmancé.)*. ¿Así, querido maestro?... ¿Lo hago bien?...

Dolmancé: ¡De maravilla!... De verdad, ¡la bribonzuela lo hace como un hombre!... ¡Bien! Me parece que los cuatro estamos bien enlazados; ahora debemos corrernos.

Señora de Saint-Ange: ¡Ah, me muero, caballero!... ¡No puedo resistir las deliciosas sacudidas de tu hermoso miembro!...

Dolmancé: ¡Santo Dios! ¡Qué placer me da este encantador culo!... ¡Ah, joder, joder, corrámonos los cuatro a la vez!... ¡Jodido Dios! ¡Me muero, me muero!... ¡Ah, en mi vida he eyaculado tan voluptuosamente! ¿Has perdido tu esperma, caballero?

El caballero: Mira qué embadurnado está este coño.

Dolmancé: ¡Ah, amigo mío, si pudiese tener otro tanto en mi trasero!

Señora de Saint-Ange: Descansemos, me muero.

Dolmancé *(Besando a Eugenia.)*: Esta encantadora niña me ha jodido como un dios.

Eugenia: De verdad, he sentido mucho placer al hacerlo.

Dolmancé: Cuando se es una libertina hay que entregarse a todos los excesos, y lo mejor que puede hacer una mujer es multiplicarlos, incluso más allá de lo posible.

Señora de Saint-Ange: He depositado quinientos luises en casa de un notario para el individuo que me introduzca en una pasión que no conozca y que pueda sumergir mis sentidos en una voluptuosidad de la que jamás haya gozado.

Dolmancé *(Aquí los interlocutores se reacomodan y se dedican a conversar.)*: Es una idea curiosa y podría adoptarla, pero dudo, señora, que ese deseo tan singular que perseguís pueda parecerse a los delicados placeres que acabáis de gustar.

Señora de Saint-Ange: ¿Cómo, pues?

Dolmancé: Para ser franco, no conozco nada más fastidioso que el goce del coño, y cuando se ha probado el placer del culo, como es vuestro caso, señora, no entiendo cómo se puede volver a los otros.

Señora de Saint-Ange: Son viejos hábitos. Cuando se piensa como yo, se desea gozar por todos los sitios, y cualquiera que sea la parte que un aparato perfore, siempre se es feliz al sentirlo. Sin embargo, tomo nota de vuestra recomendación, y aquí puedo asegurar a todas las mujeres voluptuosas que el placer que experimentarán siendo penetradas por el culo sobrepasará en mucho al que obtengan por la vagina. Que al respecto se remitan a la mujer europea que más lo ha hecho, de una y de otra manera: le certifico que no se puede hacer la menor comparación, y que les será muy difícil volver a hacerlo por delante cuando lo hayan experimentado por detrás.

El caballero: No pienso en absoluto lo mismo. Me presto a todo lo que sea, pero en realidad, para gozar con las mujeres, prefiero el altar que indica la naturaleza para rendirle homenaje.

Dolmancé: ¡Bien! ¡Pero es el culo! Jamás la naturaleza, mi querido caballero, si analizas detenidamente sus leyes, ha indicado otros altares para nuestros homenajes que no sea el orificio de atrás; permite lo demás, pero ha dispuesto que sea en el trasero. ¡Ah, santo Dios! Si no hubiese sido su intención que penetrásemos culos, ¿habría hecho tan proporcionado su orificio a nuestros miembros? ¿Acaso este orificio no es redondo como ellos? Sólo un insensato puede pensar que un agujero ovalado pueda haber sido creado por la naturaleza para ser penetrado por miembros redondos. Pueden leerse sus intenciones en esta deformidad; a través de ésta, la naturaleza nos hace ver con toda claridad que los sacrificios reiterados en esta parte le disgustarían terriblemente, al multiplicar la propagación que no es sino una licencia que nos concede. Pero prosigamos con nuestra instrucción. Eugenia acaba de ver con toda claridad el sublime misterio de la eyaculación; me gustaría ahora que aprendiese a dirigir las olas.

Señora de Saint-Ange: En el estado en el que os encontráis ambos, os costará no poco esfuerzo.

Dolmancé: De acuerdo, y por eso desearía que pudiésemos contar con algún joven robusto, ya sea de vuestra casa o de vuestros campos, para que nos sirva de modelo al impartir nuestras lecciones.

Señora de Saint-Ange: Tengo exactamente lo que necesitáis.

Dolmancé: ¿No será por casualidad un joven jardinero de rostro delicioso, de unos dieciocho o veinte años, que hace un momento vi trabajando en vuestro huerto?

Señora de Saint-Ange: ¡Agustín! Sí, precisamente Agustín. ¡Su miembro tiene trece pulgadas de largo y ocho y media de circunferencia!

Dolmancé: ¡Justo cielo! ¡Qué monstruo!... ¿Y eso eyacula?...

Señora de Saint-Ange: ¡Oh! ¡Como un torrente!... Voy a buscarlo.

Quinto diálogo

Dolmancé, el caballero, Agustín, Eugenia, señora de Saint-Ange

Señora de Saint-Ange *(Trayendo a Agustín.):* Este es el hombre de quien os hablé. Vamos, amigos, divirtámonos. ¿Qué sería de la vida sin el placer?... ¡Acércate, bendito Agustín!... ¡Oh, el idiota!... ¿Podréis creer que hace seis meses que trabajo para pulir a este gran cerdo y aún no he logrado acabar con ello?

AGUSTÍN: ¡Oh, señora! A pesar de que algunas veces me decís que empiezo a no ir tan mal, en cuanto se presenta un terreno baldío, siempre me lo dais a mí.

DOLMANCÉ: ¡Ah, encantador, encantador! El buen amigo es tan sincero como fresco... *(Mostrándole a Eugenia.)* Agustín, aquí tienes un banquete de flores silvestres; ¿quieres servirte de ellas?

AGUSTÍN: ¡Ah! ¡Diablos! Señor, tan deliciosos bocados no han sido hechos para mí.

DOLMANCÉ: Vamos, señorita.

EUGENIA *(Ruborizándose.)*: ¡Oh, cielos! ¡Qué vergüenza tengo!

DOLMANCÉ: Alejad de vos ese cobarde sentimiento; de todas nuestras acciones, y sobre todo las del libertinaje, al estar inspiradas por la naturaleza, no hay ninguna, cualquiera sea su especie, por la que debamos avergonzarnos. Vamos, Eugenia, compórtese como una puta con este hombre; pensad que toda provocación de una joven a un muchacho es una ofrenda a la naturaleza, y que vuestro sexo no tiene mejor manera de servirla que prostituirse al nuestro; en una palabra, habéis nacido para ser jodida, y la mujer que rechaza esa intención que la naturaleza tiene para con ella, no merece vivir. Bajad vos misma los calzones de este joven hasta la base de sus bellos muslos, enrollad su camisa debajo de su chaqueta, que lo que tiene por delante... y por detrás *(muy hermoso, por cierto)* quede a vuestra disposición... Que una de vuestras manos se apodere de este gran pedazo de carne, que pronto, lo veo, os va a espantar por su forma, y que la otra se pasee por sus nalgas y acaricie así el culo... Sí, así... *(Para mostrar a Eugenia de qué se trata, él mismo masturba a Agustín.)* Descubrid esa rubicunda cabeza, jamás la recubráis al masturbarla; mantenedla desnuda..., tensad el frenillo hasta romperlo... ¡Bien! ¿Habéis visto ya el efecto de mis lecciones?... Y tú, niño, te lo ruego, no te quedes de manos cruzadas, ¿acaso no tienes en qué ocuparlas?... Recorre con ellas esos bellos senos, esas hermosas nalgas...

AGUSTÍN: Señora, ¿podría besar a esta señorita que me proporciona tanto placer?

SEÑORA DE SAINT-ANGE: ¡Vaya! Bésala, imbécil, bésala todo lo que quieras. ¿Acaso no me besas cuando me acuesto contigo?

AGUSTÍN: ¡Ah! ¡Pardiez! ¡Hermosa boca!... ¡Qué fresca es!... ¡Es como si hubiese posado la nariz sobre las rosas de nuestro jardín! *(Mostrando su miembro rígido.)*: ¡Ya podéis ver, señor, el efecto que esto produce!

EUGENIA: ¡Oh, cielos!... ¡Cómo se alarga!...

DOLMANCÉ: Que vuestros movimientos sean ahora más ordenados, más enérgicos... Dejadme el lugar un momento y mirad bien cómo hago. *(Masturba a Agustín.)* ¿Veis cómo estos movimientos son más firmes y al mismo tiempo más suaves?... Ahí lo tenéis, continuad y, sobre todo, no la recubráis... ¡Bien! Ahí está en todo su esplendor, comprobemos ahora si es verdad que lo tiene más grande que el caballero.

EUGENIA: No lo dudéis; ya veis que no puedo empuñarlo.

DOLMANCÉ *(Mide.)*: Sí, tenéis razón: trece de largo sobre ocho y medio de circunferencia. Jamás he visto algo más grande. Esto es lo que se dice un soberbio miembro. ¿Os servís de él, señora?

SEÑORA DE SAINT-ANGE: Cuando estoy en estos campos, lo hago de modo regular todas las noches.

DOLMANCÉ: ¿Pero en el trasero, espero?

SEÑORA DE SAINT-ANGE: Más a menudo que en el coño.

DOLMANCÉ: ¡Ah! ¡Santo Dios! ¡Qué libertinaje!... Yo, para ser franco, no sé si lo soportaría.

SEÑORA DE SAINT-ANGE: No os hagáis el estrecho, Dolmancé; entrará en vuestro culo como en el mío.

DOLMANCÉ: Ya veremos; espero que Agustín me haga el honor de arrojarme un poco de semen en el trasero; se lo devolveré. Pero continuemos nuestra lección... Vamos, Eugenia, la serpiente va a vomitar su veneno; preparaos, fijad la mirada en la cabeza de este sublime miembro y, cuando le veáis hincharse y teñirse del más bello púrpura, señal de que está a punto de eyacular, que vuestros movimientos tengan la mayor energía posible; que los dedos que acaricien el ano se hundan lo más que puedan. Entregaos por entero al libertino que se divierte con vos; buscad su boca para chuparla y que vuestros encantos vuelen, por así decirlo, delante de sus manos... Eyacula, Eugenia, es el momento de vuestro triunfo.

AGUSTÍN: ¡Ay!, ¡ay!, ¡ay! Señorita, me muero, ¡me muero!... ¡No puedo más! Más fuerte, os lo ruego... ¡Ah! ¡Santo Dios! ¡Se me nubla la vista!...

DOLMANCÉ: ¡Seguid, Eugenia! ¡Más fuerte! No tengáis miramientos, hasta la embriaguez... ¡Ah, qué esperma más abundante!... ¡Con qué vigor es arrojado!... Mirad las huellas del primer lance: ha saltado a más de diez pies... ¡Jodido Dios! ¡La habitación está llena!... Jamás he visto una descarga como ésta, y él, señora, decid, ¿os ha jodido esta noche?

SEÑORA DE SAINT-ANGE: Ha dado nueve o diez golpes, creo: hace mucho tiempo que hemos dejado de contarlos.

EL CABALLERO: Bella Eugenia, estáis cubierta.

EUGENIA: Quisiera estar inundada. *(A Dolmancé.)*: Y bien, maestro, ¿estáis contento?

DOLMANCÉ: Está muy bien para ser la primera vez; pero habéis descuidado ciertos detalles.

SEÑORA DE SAINT-ANGE: Esperemos: no pueden ser sino fruto de la inexperiencia; por mi parte, lo confieso, estoy muy contenta de mi Eugenia. Muestra una gran predisposición, y creo que ahora debemos dejarla gozar con otro espectáculo. Hagámosle ver los efectos de un miembro en el culo. Dolmancé: os ofrezco el mío; me pondré en los brazos de mi hermano y él me penetrará por la vagina, vos entraréis por detrás, y será Eugenia quien prepare vuestro miembro, quien lo coloque en el trasero, quien dirigirá todos los movimientos y los estudie para que se familiarice con esta operación, a la que la someteremos después con la ayuda del enorme miembro de este hércules.

DOLMANCÉ: Eso me agrada, y este bonito trasero pronto será desgarrado ante nuestros ojos por las violentas sacudidas del bravo Agustín. Apruebo lo que proponéis, señora, pero, si queréis que os trate bien, permitidme introducir una cláusula: Agustín, a quien se lo pondré rígido en dos vueltas de puño, me penetrará por el trasero mientras os sodomizo.

SEÑORA DE SAINT-ANGE: Apruebo totalmente esa cláusula; salgo beneficiada con ella y mi alumna recibirá dos excelentes lecciones en vez de una.

DOLMANCÉ *(Apoderándose de Agustín.)*: Ven, muchachote, que voy a reanimarte... ¡Qué hermoso es!... Bésame, querido amigo... Aún estás mojado de semen y es eso lo que te pido... ¡Ah! ¡Santo Dios! Tengo que lamerle el trasero, ¡masturbarlo por completo!...

EL CABALLERO: Acércate, hermana mía. A fin de responder a los deseos de Dolmancé y a los tuyos, voy a extenderme sobre este lecho; te acostarás en mis brazos, ofreciéndole tus hermosas nalgas lo más separadas posible... Sí, así: podemos comenzar cuando queráis.

DOLMANCÉ: Todavía no, esperadme; primero debo metérselo a tu hermana, puesto que Agustín me lo sugiere... Luego os casaré: son mis dedos lo que deben uniros. No olvidemos dos principios: pensemos que una alumna nos está observando y que debemos ser exactos en nuestras lecciones. Eugenia, vais a masturbarme mientras hago que se decida el enorme artefacto de este mal sujeto. Mantened la erección de mi miembro, masturbándolo levemente sobre vuestras nalgas... *(Ella lo hace.)*

EUGENIA: ¿Lo hago bien?

DOLMANCÉ: Hay demasiada suavidad en vuestros movimientos; tenéis que apretar mucho más el miembro que masturbáis, Eugenia. Si la masturbación es más agradable sólo por el hecho de que con ella se comprime al miembro más que en el goce, es preciso entonces que la mano coopere, para que el artefacto que manipule se convierta en un sitio infinitamente más estrecho que ninguna otra parte del cuerpo... ¡Mejor así!... ¡Esto está mejor!... Separad el trasero un poco más, a fin de que con cada sacudida la cabeza de mi miembro toque el orificio de vuestro culo... Sí, ¡así!... Mientras tanto masturba a tu hermana, caballero: en un minuto estaremos contigo. ¡Ah, bien! Mi hombre lo tiene rígido... Vamos, preparaos, señora; abrid ese sublime culo a mi impúdico ardor. Conduce el dardo, Eugenia, es preciso que sea tu mano la que lo conduzca a la brecha, que sea ella la que lo haga penetrar; una vez que esté dentro, te ocuparás del miembro de Agustín, con el que llenarás mis entrañas. Son los deberes de una novicia; todo esto es muy instructivo, por eso te lo hago hacer.

SEÑORA DE SAINT-ANGE: ¿Mis nalgas están a tu alcance, Dolmancé? ¡Ah, mi ángel, si supieras cuánto te deseo! ¡Cuánto tiempo hace que deseo ser jodida por un bribón!

DOLMANCÉ: Vuestros deseos se verán cumplidos, señora; pero debéis esperar a que me detenga un momento ante los pies del ídolo; quiero festejarlo antes de introducirme en su santuario... ¡Qué culo tan divino!... ¡Debo besarlo!... ¡Lamerlo una y mil veces!... ¡Toma, aquí lo tienes, el miembro que deseabas!... ¿Lo sientes, bribona? Di, di, ¿sientes cómo penetra?...

SEÑORA DE SAINT-ANGE: ¡Ah, introdúcelo hasta mis entrañas!... ¡Oh, dulce voluptuosidad, cuánto dominio ejerces sobre mí!

DOLMANCÉ: ¡En mi vida he gozado un culo como éste! ¡Hasta es digno de Ganimedes! Vamos, Eugenia, ocúpate de que Agustín lo introduzca ahora mismo en mi trasero.

EUGENIA: Aquí está, os lo traigo. *(A Agustín.)*

AGUSTÍN: Lo veo bien... ¡señorita! ¡Ahí hay sitio!... Al menos ahí entraré mejor que en el vuestro, señorita. Besadme un poco que así entraré mejor.

EUGENIA *(Abrazándolo.)*: ¡Oh! Todo lo que quieras, ¡eres tan fresco!... ¡Empuja, entonces!... ¡Qué pronto ha sido engullida la cabeza!... ¡Ah...! Me parece que el resto no tardará...

DOLMANCÉ: Empuja, empuja, amigo mío... Desgárrame, si es preciso... Toma, mira cómo se presta mi culo... ¡Ah! ¡Santo Dios! ¡Qué maza!... Jamás he recibido algo parecido... ¿Cuántas pulgadas quedan afuera, Eugenia?

EUGENIA: ¡Apenas quedan dos!

DOLMANCÉ: ¡Entonces tengo once dentro de mi culo!... ¡Qué delicia!... ¡Me revienta, no puedo más!... Vamos, caballero, ¿estás listo?...

EL CABALLERO: Prueba y di lo que piensas.

DOLMANCÉ: Venid, hijos míos, que os case... Ayudaré con el mayor gusto a consumar este divino incesto. *(Introduce el miembro del caballero en la vagina de su hermana.)*

SEÑORA DE SAINT-ANGE: ¡Ah! Amigos, miradme, jodida por los dos lados... ¡Santo Dios! ¡Qué divino placer!... No hay nada parecido a esto en todo el mundo... ¡Ah! ¡Joder! ¡Compadezco a la mujer que no lo haya probado!... Sacúdeme, Dolmancé, sacúdeme... Fuérzame por la violencia de tus movimientos a precipitarme en la espada de mi hermano, y tú, Eugenia, contémplame. Ven a mirarme en el vicio; ven a aprender, con mi ejemplo, a gustarlo con delirio, a saborearlo con delicia... Mira, mi amor, mira todo lo que hago a la vez: ¡escándalo, seducción, mal ejemplo, incesto, adulterio, sodomía!... ¡Oh, Lucifer! ¡Solo y único Dios de mi alma, inspírame alguna cosa más, ofrece nuevos extravíos a mi corazón y verás cómo me lanzo a ellos!

DOLMANCÉ: ¡Voluptuosa criatura! ¡Cómo estimulas mi semen, cómo apresuras su descarga con tus palabras y el intenso calor de tu culo!... Todo me hará partir enseguida... Eugenia, enciende el coraje del que me penetra, aprieta sus flancos, abre sus nalgas; ya conoces el arte de reanimar unos deseos vacilantes... Con sólo acercarte darás fuerza al miembro que me penetra... Lo siento, sus sacudidas son cada vez más intensas... Bribona, debo cederte lo que no hubiese querido deber más que a mi culo... Caballero, me llevas, lo siento... ¡Esperadme!... ¡Esperadnos! ¡Oh, amigos, debemos corrernos juntos; es el mejor placer de la vida!...

SEÑORA DE SAINT-ANGE: ¡Ah! ¡Joder! ¡Joder! Disparad cuando queráis... por mí... ¡No puedo contenerme más! ¡Dos veces me jodo en Dios!... ¡Sagrado bribón de Dios! ¡Me corro!... Inundadme, amigos... Inundad a vuestra puta... Lanzad las olas de vuestro espumoso semen hasta el fondo de su alma abrasada: ¡sólo existe para recibirlos!... ¡Ah!, ¡ah!, ¡ah!, ¡joder!..., ¡joder!... ¡Qué increíble exceso de voluptuosidad!... ¡Me muero!... Eugenia, tengo que besarte, comerte, devorar tu semen mientras pierdo el mío... *(Agustín, Dolmancé y el caballero hacen coro; el temor a ser monótono nos impide reproducir unas expresiones que se parecen a todas las que se pronuncian en momentos como estos.)*

DOLMANCÉ: He aquí uno de los mayores placeres que haya tenido en mi vida. *(Mostrando a Agustín.)* ¡Este bribón me ha llenado de esperma!... ¡Pero os lo he devuelto con creces, señora!...

SEÑORA DE SAINT-ANGE: ¡Ah!, no me lo digáis; me habéis inundado.

EUGENIA: ¡No puedo decir lo mismo! *(Echándose juguetona en los brazos de su amiga.)* Si durante mucho tiempo como pan ahumado, seguro que no me indigestaré.

SEÑORA DE SAINT-ANGE *(Lanzando una carcajada.)*: ¡Qué criatura más divertida!

DOLMANCÉ: ¡Es encantadora!... Venid aquí, pequeña, que os azote. *(Le da unas palmadas en el culo.)* Besadme, pronto os llegará el turno.

SEÑORA DE SAINT-ANGE: En adelante, sólo debemos ocuparnos de ella, hermano mío; mírala, es tu presa. Examina esa encantadora virginidad, pronto será tuya.

EUGENIA: ¡Oh!, no por delante: me hará mucho daño. Podéis hacerlo por atrás todo lo que queráis, como me lo ha hecho Dolmancé hace un rato.

Señora de Saint-Ange: ¡Ingenua y deliciosa niña! ¡Os pide precisamente lo que con tanto esfuerzo se obtiene de otras!

Eugenia: ¡Oh! No sin algún remordimiento, puesto que no me habéis tranquilizado respecto del gran delito que había en ello, según lo que oí decir siempre y, sobre todo, el hacerlo entre hombres, como lo acaban de hacer Dolmancé y Agustín. Veamos, señor, veamos cómo explicáis con vuestra filosofía este tipo de delito. Es espantoso, ¿verdad?

Dolmancé: Debo comenzar diciéndote, Eugenia, que no hay nada que sea espantoso en el libertinaje, porque toda acción inducida por el libertinaje está a su vez inspirada por la naturaleza. Las acciones más extraordinarias, las más curiosas, aquellas que parecen chocar abiertamente contra todas las leyes y todas las instituciones sociales (puesto que de las divinas no hablo)..., pues bien, Eugenia, incluso éstas no son en absoluto espantosas y no hay ninguna de ellas que no se manifieste en la naturaleza. Es cierto que esta acción de la que me habláis es la misma a la que se refiere una singular fábula aparecida en la mediocre novela de las Sagradas Escrituras, esa pesada compilación realizada por un judío ignorante durante el cautiverio de Babilonia. Pero, fuera de toda semejanza, es falso que esas ciudades, o más bien aldeas, hayan perecido bajo el fuego en castigo a sus excesos; al estar enclavadas en los cráteres de antiguos volcanes, Sodoma y Gomorra desaparecieron del mismo modo que esas ciudades de Italia enterradas bajo las lavas del Vesubio. Este es todo el milagro, y, sin embargo, fue a raíz de este fenómeno absolutamente natural como se pergeñó ese bárbaro invento del suplicio del fuego, infligido a los desgraciados habitantes de una región de Europa por haberse entregado a una fantasía natural...

Eugenia: ¡Natural!...

Dolmancé: Sí, natural, lo sostengo; la naturaleza no tiene dos voces, de las cuales una tenga la misión de condenar diariamente lo que la otra inspira, y es muy cierto que es a través de su órgano como los hombres apegados a esas manías reciben los impulsos que los conducen hacia ellas. Aquellos que quieren proscribir o condenar este gusto pretenden que es contrario al crecimiento de la población. ¡Qué mediocres son, esos imbéciles que no tienen en la cabeza otra idea que no sea la de la población y que sólo ven el delito precisamente en todo lo que se aleja de él! ¿Acaso está demostrado que la naturaleza tenga esa gran necesidad de población como ellos quisieran hacernos creer? ¿Acaso es cierto que se la ultraja cada vez que evitamos esta estúpida propagación? Para convencernos, analicemos por un momento su funcionamiento y sus leyes. Si la naturaleza no tuviese otro fin que crear y jamás destruyese, se podría llegar a creer, junto a esos fastidiosos sofistas, que el más sublime de todos los actos sería trabajar sin descanso para producir, y les aceptaría, en consecuencia, que la negativa a hacerlo se convertiría necesariamente en un delito. Una rápida ojeada a las operaciones de la naturaleza, ¿no nos demuestra acaso que para sus planes las destrucciones son tan necesarias como las creaciones, que ambas operaciones se unen y se entrelazan tan estrechamente que es imposible que la una pueda actuar sin la otra? ¿Que nada nacería o se regeneraría sin una previa destrucción? La destrucción es, pues, como la creación, una de las leyes de la naturaleza.

Una vez admitido este principio, ¿cómo puedo ofender a la naturaleza al negarme a crear? Y, suponiendo que en esta acción hubiese delito, sin duda éste sería infinitamente menor al de destruir, el que, sin embargo, se encuentra en sus leyes, como acabo de demostrarlo. Si, por un lado, admito entonces que la naturaleza me inclina hacia esta perdición, y por otro veo que le es necesaria y que al entregarme a ella no hago sino acomodarme a sus designios, ¿dónde está entonces el delito?, os pregunto. Pero los estúpidos y los que están a favor de la procreación, que es lo mismo, os objetan que ese esperma procreador no puede ser desviado de su destino habitual para darle otro uso que no sea el de la propagación: apartarlo de ese fin constituye una ofensa. En primer lugar, acabo de demostrar que no, puesto que esta pérdida incluso no equivaldría a una destrucción y la destrucción, que es mucho más importante que la pérdida, tampoco sería un crimen. En segundo lugar, es falso que la naturaleza pretenda que este licor espermático esté absolutamente destinado a la procreación; si fuese así, no sólo no permitiría que este flujo se produjese en todos los casos, puesto que según nos demuestra la experiencia siempre lo perdemos, lo queramos o no, y de inmediato se opondría a que esas pérdidas se produjesen sin que hubiese coito, como ocurre también durante el sueño o el recuerdo. Escatimando un licor tan precioso, sólo permitiría que este se derramase en el receptáculo de la procreación. Seguramente no querría, cuando desviásemos el homenaje, que experimentásemos esta voluptuosidad con la que nos ha agraciado; puesto que no sería razonable suponer que consentiría incluso en nuestro placer desde el momento en que la colmaríamos de ultrajes. Vayamos más lejos: ¿qué ocurriría si, en el supuesto de que las mujeres sólo han nacido para procrear —lo que sería incuestionable si esta propagación fuese el supremo designio de la naturaleza—, y considerando el máximo de años de vida a los que pudiese llegar una mujer, sólo se encontrasen siete —hechas todas las deducciones— en los que esté en condiciones de dar la vida a un semejante? ¡Cómo! ¡La naturaleza está ávida de propagación; todo lo que lleve a alcanzar esta meta la ofende, y en cien años de vida el sexo destinado a procrear sólo podrá hacerlo durante siete años! ¡La naturaleza sólo quiere la procreación y la simiente que entrega al hombre para servir a esta propagación se pierde tanto como a él le place! ¡Encuentra el mismo placer en esta pérdida que en su utilidad, sin experimentar jamás el más mínimo inconveniente!

Dejémonos, amigos, dejémonos de creer en tales absurdos, que hacen temblar a la sensatez. ¡Ah! Debemos acabar de persuadirnos que, lejos de ultrajar a la naturaleza, el sodomita y la *tribade* la sirven, al negarse tenazmente a una cópula de la que resultaría una progenitura que la fastidia. Os lo dije, esta propagación nunca fue una de sus leyes sino una condescendencia de su parte. ¡Pues bien! ¡Qué le importa que la especie humana se extinga o desaparezca de la Tierra! ¡Se ríe del orgullo que nos lleva a convencernos que todo acabaría si esa desgracia llegase a ocurrir! ¿Acaso creen que no hay razas desaparecidas? Buffon ha contabilizado varias, y la naturaleza ha permanecido inmutable ante tan preciosa pérdida. Aunque desapareciese toda la especie, el aire no sería menos puro ni el astro brillaría menos, ni el funcionamiento del universo sería menos exacto. ¡Muy imbécil hay que ser, sin embargo, para creer que nuestra especie es tan útil al mundo que el que no trabaje para propagarla, o el que perturbe esa propagación, será necesariamente un criminal! Dejemos de cegarnos hasta ese punto, y que el ejemplo de los pueblos más razonables nos sirva de ejemplo para persuadirnos de nuestros errores. No hay un solo rincón en toda la tierra en el que ese pretendido crimen de sodomía no tenga templos y seguidores. Los griegos, que hicieron de ello una virtud, por así decirlo, le erigieron una estatua bajo el nombre de Venus Calípige; Roma imitó las leyes de Atenas e introdujo este placer de dioses.

¡Cuántos progresos no le hemos visto hacer bajo el imperio! Al amparo de las águilas romanas, se extendió de un extremo al otro del mundo; al destruirse el imperio, buscó refugio junto a la tiara, siguió a las artes en Italia y se implantó entre nosotros al civilizarnos. Descubrimos un hemisferio y encontramos allí la sodomía. Cook desembarca en el Nuevo Mundo: era la costumbre reinante. Si nuestros globos hubiesen llegado a la Luna, la encontrarían allí también. ¡Gusto delicioso, hijo de la naturaleza y del placer, debéis estar en todos los sitios en que habiten los hombres, y dondequiera que se os conozca, se os erigirán altares! ¡Oh, amigos! ¡Puede haber una extravagancia semejante a la de imaginar que un hombre deba ser un monstruo digno de perder la vida porque para gozar ha preferido el orificio de un trasero al de un coño, porque un joven que encuentra en aquél dos placeres, el de ser a la vez amante y querida, le ha parecido preferible a una joven, que no le promete más que un goce! ¡Va a ser un depravado, un monstruo, por haber querido representar el papel de un sexo que no es el suyo! ¡Bien! ¿Por qué la naturaleza lo ha creado sensible a ese placer?

Observad su conformación; veréis diferencias abismales con la de los hombres a quienes ese gusto no les tocó en gracia cuando se hizo el reparto. Sus nalgas serán más blancas y más rollizas; ni un pelo ensombrecerá el altar del placer, cuyo interior, recubierto por una membrana más fina, más sensual, más agradable, se encontrará similar al interior de la vagina de una mujer. El carácter de este hombre, también diferente al de los otros, será más suave, más flexible. En él encontraréis casi todos los vicios y todas las virtudes de las mujeres, e incluso también su debilidad; todos tendrán sus manías y, a veces, sus rasgos. ¿Sería posible entonces que la naturaleza, al asimilarlos de este modo a las mujeres, pudiese irritarse por tener estos gustos? ¿No está claro que es una clase de hombres diferentes a los otros, a los que la naturaleza creó así para disminuir esa procreación, cuya excesiva amplitud la aniquilaría irremediablemente?... Querida Eugenia, si supierais cuán deliciosamente se goza cuando un gran miembro nos penetra por detrás; cuando, hundido hasta los cojones, aletea allí dentro con ardor, ¡cuando, después de encerrarse hasta el prepucio, vuelve a hundirse hasta el pelo! No, no, no hay en todo el mundo un placer similar a ese: es el de los filósofos, el de los héroes, ¡y sería el de los dioses, si los órganos de este divino placer no fuesen en sí mismos los únicos dioses a los que debemos adorar en este mundo!

Eugenia *(Muy animada.):* ¡Oh, amigos, metédmela!... Tomad, aquí están mis nalgas... ¡Os las ofrezco!... ¡Folladme, me corro!... *(Al pronunciar estas palabras, cae en los brazos de la señora de Saint-Ange, que la aprieta, la besa y ofrece los lomos alzados de esta joven alumna de Dolmancé.)*

Señora de Saint-Ange: Divino instructor, ¿resistiréis esta proposición? ¿No os tienta este sublime trasero? ¡Mirad cómo bosteza y cómo se entreabre!

Dolmancé: Os pido perdón, bella Eugenia; no seré yo, si os parece bien, quien se encargue de apagar los fuegos que yo mismo enciendo. Querida niña, a mi modo de ver, habéis cometido el error de ser mujer. He querido dejar a un lado toda prevención para recoger vuestras primicias; tened a bien que no pase de ahí. El caballero se va a encargar de la tarea; la señora de Saint-Ange, armada con este consolador, dará los más formidables golpes en el culo de su hermano, y mientras le ofrece su trasero a Agustín yo lo penetraré por detrás, ya que, no voy a ocultaros, el culo de este muchacho me está tentando desde hace una hora y deseo fervientemente devolverle el homenaje que él me ha hecho.

Eugenia: Acepto el cambio; pero, de verdad, Dolmancé, la franqueza de vuestra confesión no os libra de la descortesía.

Dolmancé: Mil perdones, señorita; pero nosotros los bribones presumimos de franqueza y de fidelidad a nuestros principios.

Señora de Saint-Ange: La fama de francos no la tienen, sin embargo, aquellos que, como vos, están acostumbrados a tomar a las personas por detrás.

Dolmancé: Un poco traidor, sí, un poco falso, ¿lo creéis? Pues bien, señora, os he demostrado que este carácter es indispensable en la sociedad. Condenados a vivir con personas que están sumamente interesadas en ocultarse a nuestros ojos, en disfrazar sus vicios para ofrecernos unas virtudes que jamás homenajearíamos, nos expondríamos a un gran peligro si sólo nos comportásemos con franqueza ante ellos; estaría claro, entonces, que le daríamos todas las ventajas que ellos nos niegan, y el engaño sería manifiesto. El disimulo y la hipocresía son necesidades que la sociedad nos ha impuesto; entreguémonos a ellas. Permitidme que os ofrezca un ejemplo, señora: seguramente no hay en el mundo un ser tan corrupto como yo. Pues bien, mis coetáneos se equivocan; preguntadles lo que piensan de mí, y todos os dirán que soy un hombre honesto, ¡cuando no hay un solo delito con el que no me haya deleitado!

Señora de Saint-Ange: ¡Oh! Estoy convencida de que habréis cometido atrocidades.

Dolmancé: Atrocidades..., en verdad, señora, he hecho horrores.

Señora de Saint-Ange: Creo que sois como aquel que decía a su confesor: «Es inútil que me detenga en más detalles, señor; ¡salvo el asesinato y el robo, podéis estar seguro que lo he hecho todo!».

Dolmancé: Sí, señora, podría decir lo mismo, aunque con una excepción.

Señora de Saint-Ange: ¡Cómo! Libertino, ¿os habéis permitido...?

Dolmancé: Todo, señora, todo; ¿se puede rechazar algo con un temperamento y unos principios como los míos?

Señora de Saint-Ange: ¡Ah! ¡Follemos! ¡Follemos!... No puedo soportar esas palabras; ya volveremos sobre ello, Dolmancé; pero, para dar más fe a vuestras confesiones, quiero oírlas cuando tengáis la cabeza fresca. Cuando lo tenéis tieso, os gusta decir horrores, y quizá aquí nos deis como verdades las libertinas fantasías de vuestra inflamada imaginación. *(Se acomodan.)*

Dolmancé: Espera, caballero, espera: soy yo quien va a introducirlo; pero previamente debo pedir perdón a la bella Eugenia, es preciso que ella me permita azotarla para ponerla en forma. *(La azota.)*

Eugenia: Os repito que esta ceremonia es inútil... Confesad, Dolmancé, que sólo sirve para satisfacer vuestra lujuria; pero si os decidís a actuar así, tened la bondad de no hacérmelo a mí.

Dolmancé *(Sin dejar de azotar.)*: ¡Ah! ¡Pronto me diréis qué pensáis!... No conocéis el efecto de estos preliminares... ¡Vamos, vamos, bribonzuela, seréis fustigada!

Eugenia: ¡Oh, cielos! ¡Cómo lo hace!... ¡Mis nalgas están al rojo vivo!... ¡Me hacéis daño, de verdad!...

Dolmancé: De todo corazón, sólo le pido a Eugenia un favor, y es que acepte de buen grado que la azote tan fuerte, para que yo también lo desee; podéis ver que actúo de acuerdo con las leyes de la naturaleza. Pero, esperad, pongamos un poco de orden en esto: que Eugenia monte sobre vuestros lomos, señora, y se enganche a vuestro cuello, como esas madres que cargan los hijos a sus espaldas; de ese modo, tendré dos culos debajo de mi mano y zurraré a ambos al mismo tiempo. El caballero y Agustín me devolverán los azotes, dándome sobre mis nalgas los dos a la vez... ¡Oh, sí, así...! ¡Ah! ¡Así estamos bien!... ¡Qué delicia!

SEÑORA DE SAINT-ANGE: No escatiméis azotes a esta bribonzuela, os lo ruego, y así como no os pido ningún favor, desearía que tampoco se lo hagáis a ella.

EUGENIA: ¡Ay!, ¡ay!, ¡ay! De verdad, creo que me brota sangre.

SEÑORA DE SAINT-ANGE: Embellecerá tus nalgas al colorearlas... Valor, mi ángel, valor; recuerda que sólo a través del dolor se llega al placer.

EUGENIA: De verdad, no puedo más.

DOLMANCÉ *(Suspende un minuto los azotes para contemplar su obra; luego continúa.)*: Aún faltan unos sesenta, Eugenia; sí, sí, ¡unos sesenta en cada culo!... ¡Oh, bribonas! ¡Qué placer tendríais si follarais ahora mismo! *(Abandonan las posturas.)*

SEÑORA DE SAINT-ANGE *(Examinando las nalgas de Eugenia.)*: Pobre pequeña, ¡su trasero sangra!... Depravado, ¡qué placer sentiríais al besar las huellas de tu crueldad!

DOLMANCÉ *(Masturbándose.)*: Sí, no lo niego, y mis besos serían más ardientes si las huellas fuesen aún más sangrantes.

EUGENIA: ¡Ah! ¡Sois un monstruo!

DOLMANCÉ: ¡Lo acepto!

EL CABALLERO: ¡Hay buena fe, al menos!

DOLMANCÉ: Vamos, sodomízala, caballero.

EL CABALLERO: Sujeta sus lomos y en tres sacudidas estará.

EUGENIA: ¡Oh, cielos! ¡Lo tenéis más grande que Dolmancé!... Caballero, ¡me desgarráis!... ¡Tened cuidado, os lo ruego!...

EL CABALLERO: Eso es imposible, mi ángel. Debo llegar a la meta... Pensad que aquí estoy bajo la mirada de mi maestro: debo hacerme merecedor de sus enseñanzas.

DOLMANCÉ: ¡Ya está!... Me encanta ver el pelo de un miembro frotar las paredes de un ano... Vamos, señora, sodomizad a vuestro hermano... Aquí tenéis al miembro de Agustín listo para introducirse en vuestro trasero, y en lo que a mí respecta, os garantizo que no tendré miramientos con vuestro follador... ¡Ah, bien! Me parece que la cadena ya está formada; ahora no pensemos en otra cosa que no sea eyacular.

SEÑORA DE SAINT-ANGE: Mirad entonces cómo se agita esta pequeña cadena.

EUGENIA: ¿Es por mi culpa? ¡Me muero de placer!... Este castigo..., este enorme miembro... ¡y este amable caballero, que sigue jodiéndome!... Mi querida, mi querida... ¡no puedo más!...

SEÑORA DE SAINT-ANGE: ¡Santo Dios! Te entrego otro tanto, ¡me corro!...

Dolmancé: Con un poco de armonía, amigos; si tenéis a bien darme dos minutos, os alcanzaré pronto y nos iremos todos a la vez.

El caballero: No hay tiempo; mi semen discurre ya en el culo de la bella Eugenia... ¡Me muero!... ¡Ah! ¡Santo nombre de Dios! ¡Qué placer!...

Dolmancé: Os sigo, amigos..., os sigo... A mí también el semen me ciega.

Agustín: ¡Y a mí también!... ¡Y a mí también!...

Señora de Saint-Ange: ¡Qué escena! ¡Este bribón me ha inundado el culo!

El caballero: ¡Al bidé, señoras mías, al bidé!

Señora de Saint-Ange: No, de verdad, me gusta esto; a mí me gusta sentir el semen en mi trasero: cuando lo tengo ahí jamás lo elimino.

Eugenia: De verdad, no puedo más... Decidme ahora, amigos, ¿una mujer debe aceptar siempre la proposición de ser follada así como lo acabamos de hacer?

Señora de Saint-Ange: Siempre, querida, siempre; debe hacer aún más: como esta manera de follar es deliciosa, debe exigírselo a aquellos de quienes se sirva. Pero si ella depende del hombre con el cual se divierte, si al complacerlo espera obtener ciertos favores, regalos o algún servicio, que se haga valer, que se haga rogar; no hay hombre con esas inclinaciones que, en tales casos, no llegue a arruinarse por una mujer hábil que le rechace con el fin de inflamar más su deseo. Sacará de esto todo el provecho que quiera, si posee el suficiente arte como para no conceder lo que se le pide sin extraer de ello algún beneficio.

Dolmancé: Y bien, angelito, ¿estás convencida? ¿Vas a seguir pensando que la sodomía es un delito?

Eugenia: Y aunque lo fuera, ¿qué podría importarme? ¿Acaso no me habéis demostrado la inexistencia de esos delitos? Son muy pocas las acciones que ahora se presentan como criminales ante mis ojos.

Dolmancé: En este mundo no hay nada criminal, querida niña, no importa de lo que se trate: la más monstruosa de las acciones, ¿no tiene acaso para nosotros una faceta que nos es propicia?

Eugenia: ¿Quién lo duda?

Dolmancé: Pues bien, desde ese momento deja de ser un crimen; porque para que fuese un crimen aquello que a uno le sirve mientras al otro le perjudica, habría que demostrar que el ser dañado es más valioso a la naturaleza que el ser favorecido. Ahora bien, esta predilección es imposible, pues todos los individuos son iguales ante los ojos de la naturaleza; en consecuencia, la acción que beneficia a unos y perjudica a otros, le es completamente indiferente.

EUGENIA: Pero si tal acción perjudicase a un número muy grande de individuos y a nosotros no nos reportase más que una leve dosis de placer, ¿no sería entonces espantoso entregarse a ella?

DOLMANCÉ: De ningún modo, puesto que no puede compararse lo que experimentan los otros con lo que nosotros sentimos; la más fuerte dosis de dolor en los otros no nos debe afectar en absoluto mientras experimentemos el más leve cosquilleo de placer, en consecuencia, debemos, al precio que sea, preferir este ligero cosquilleo que nos deleita a esa inmensa suma de males que afligen al prójimo, que no debería afectarnos. Pero si, por el contrario, ocurre que por la singularidad de nuestros órganos y por las particularidades de nuestra estructura los dolores ajenos se convierten en algo agradable —como sucede a menudo—, ¿quién duda entonces que indiscutiblemente debamos preferir este dolor al otro que nos divierte, a su ausencia, que se convertiría en una privación para nosotros? La fuente de todos nuestros errores morales es la ridícula aceptación de ese lazo de fraternidad que inventaron los cristianos en una época de infortunio y de miseria. Obligados a mendigar la piedad de los otros, no estuvieron desacertados al decir que todos eran hermanos. Ante tales argumentos, ¿cómo negarse a socorrer? Pero es imposible admitir esta doctrina. ¿Acaso al nacer no estamos completamente solos? Y más aún, siendo enemigos los unos de los otros, ¿no vivimos acaso en un estado de guerra recípocra y permanente? Ahora bien, os pregunto si esto ocurriría en el supuesto de que las virtudes exigidas por ese pretendido lazo de fraternidad estuviesen realmente en la naturaleza. Si su voz inclinase a los hombres hacia ella, lo experimentarían desde el momento mismo de su nacimiento. Entonces, la piedad, la caridad y la humanidad serían virtudes naturales a las que sería imposible escapar, y el estado primitivo del hombre salvaje sería completamente distinto al que vemos.

EUGENIA: Pero si, como decís, la naturaleza hace nacer a los hombres en el más completo aislamiento, y absolutamente independientes los unos de los otros, al menos me aceptaréis que las necesidades, al acercarlos, habrán de establecer necesariamente ciertos lazos entre ellos, o sea, los de la sangre, nacidos de su recíproca alianza, los del amor, los de la amistad, los de la gratitud. ¿Me concederéis eso al menos, espero?

DOLMANCÉ: No más que los otros, en verdad; pero me gustaría que lo analizásemos: una rápida ojeada a cada uno de ellos, Eugenia. ¿Diréis, por ejemplo, que la necesidad de casarme, ya sea para propagar mi especie o para mejorar mi fortuna, debe establecer unos lazos indisolubles o sagrados con el objeto al cual me uno? ¿No sería un disparate, os lo pregunto, sostener esto? Mientras dura el acto del coito, puedo, sin duda, tener necesidad de ese objeto para realizarlo; pero tan pronto como se haya consumado, ¿qué es lo que queda, os ruego que me digáis, entre ese objeto y yo? ¿Qué obligaciones reales entrañará después para él o para mí ese coito? Este tipo de lazos son el fruto del temor de los padres a ser abandonados en su vejez, y los interesados cuidados que nos brindaron de niños sólo tenían el fin de hacer méritos para que en sus últimos años les devolviésemos las mismas atenciones. Dejemos de engañarnos con todo esto: no les debemos nada a nuestros padres..., ni la más mínima cosa, Eugenia, y, como trabajan mucho más por ellos que por nosotros, nos está permitido detestarlos, e incluso deshacernos de ellos si su comportamiento nos irrita. Sólo debemos amarlos si actúan bien con nosotros, y en este caso no deberíamos sentir por ellos más ternura que la que sentimos por otros amigos, puesto que los derechos del nacimiento no obligan ni fundamentan nada, y si los analizamos con sensatez y detenimiento, seguramente solo encontraremos motivos para odiar a aquellos que, sin pensar en otra cosa que no sea su placer, nos han dado una existencia desgraciada o malsana.

Me habláis de los lazos del amor, Eugenia. ¡Ojalá nunca lleguéis a conocerlos! ¡Ah! ¡Ojalá que, por la felicidad que os deseo, nunca se aproxime a vuestro corazón un sentimiento como ese! ¿Qué es el amor? Creo que sólo puede considerárselo como los efectos que producen en nosotros las cualidades de un objeto hermoso; estos efectos nos producen un estado de arrobamiento, nos excitan. Si poseemos ese objeto, nos sentimos contentos; si es imposible poseerlo, nos desesperamos. Pero, ¿cuál es la base de ese sentimiento?... El deseo. ¿Cuáles son las consecuencias de ese sentimiento?... La locura. Entonces tengamos en cuenta el motivo y protejámonos de sus efectos. El motivo es poseer el objeto. Pues bien, tratemos de conseguirlo, pero con sensatez; gocémoslo una vez que lo poseamos. De lo contrario, consolémonos: otros mil objetos similares, y a menudo mejores, nos compensarán de la pérdida de aquél. Todos los hombres y todas las mujeres se parecen: no hay amor que se resista a los efectos de una sana reflexión. ¡Oh, qué engañosa es esa ebriedad, que, al absorbernos los sentidos, nos sumerge en un estado tal que no vemos nada más, que sólo vivimos para ese objeto, al que adoramos locamente! ¿Acaso eso es vida? O mejor dicho, ¿no es privarse voluntariamente de todas las dulzuras de la vida? ¿No es desear permanecer en una fiebre abrasadora que nos consume y nos devora, sin dejarnos otra felicidad que los goces metafísicos, tan parecidos a los efectos de la locura? Si tuviésemos que amar eternamente a ese objeto adorable, si fuese cierto que no debiésemos abandonarlo nunca, aunque no dejaría de ser una extravagancia, al menos sería perdonable. ¿Eso ocurre? ¿Se tienen muchos ejemplos de esas uniones eternas que jamás han sido desmentidas? Cuando, tras unos meses de goce, el objeto vuelve a ser colocado de inmediato en su sitio, nos ruborizamos por los inciensos que hemos quemado en sus altares y a menudo llegamos incluso a no poder concebir que haya podido seducirnos hasta ese extremo.

¡Oh, jóvenes voluptuosas, entregadnos vuestro cuerpo todo lo que podáis! Follad, divertíos, esto es lo esencial; pero huid afanosamente del amor. Sólo tiene de bueno lo físico, decía el naturalista Buffon, y éstos no fueron los únicos temas sobre los que reflexionó con tanto acierto este buen filósofo. Os lo repito: divertíos, pero sin amar en absoluto. No os preocupéis por amar: acabaréis cansadas de lamentos, suspiros, miradas, esquelas amorosas; es vuestro deber follar, multiplicar y cambiar el objeto del placer, oponerse firmemente a que sólo sea uno el que os cautive, porque el objetivo de ese amor único sería, atándoos a él, impedir que os entreguéis a otro, cruel egoísmo que se convertirá en algo fatal para vuestros placeres. Las mujeres no están hechas para un solo hombre: la naturaleza las ha creado para ser de todos. Siendo siempre putas y jamás amantes, huyendo del amor y adorando el placer, así es como no cosecharán más que rosas en la carrera de la vida. ¡Sólo nos prodigarán flores! Preguntad, Eugenia, preguntad a la encantadora mujer que acaba de hacerse cargo de vuestra educación el caso que hay que hacer a un hombre una vez que se ha gozado de él. *(Habla muy bajo para no ser oído por Agustín.)* Preguntadle si daría un sólo paso para conservar a este Agustín que hoy hace sus delicias. En el supuesto de que se lo quisieran arrebatar, tomaría otro, no pensaría más en él, y en cuanto se cansase del nuevo, no dudaría en inmolarlo en un par de meses, si de ese sacrificio pudiesen nacer nuevos goces.

SEÑORA DE SAINT-ANGE: Mi querida Eugenia debe estar bien segura de que Dolmancé ha expresado aquí lo que verdaderamente sentimos todas las mujeres, como si hubiese leído en los recovecos de nuestro corazón.

DOLMANCÉ: La última parte de mi análisis nos lleva entonces a los lazos de la amistad y los del reconocimiento. Respetemos los primeros, de acuerdo, en tanto que nos sean útiles. Conservemos a nuestros amigos en la medida en que nos sirvan; olvidémonos de ellos en cuanto no saquemos nada. Al amar a las personas, sólo debemos pensar en nosotros mismos; amarlos por ellos es un engaño. No está en la naturaleza inspirar a los hombres otros movimientos, otros sentimientos, que no sirvan sino para obtener alguna cosa; nadie es tan egoísta como la naturaleza. Pensemos también en esto, si queremos cumplir sus leyes. En cuanto al reconocimiento, Eugenia, éste es sin duda el más débil de los lazos. ¿Es por nosotros por lo que los hombres nos obligan a ello? No lo creáis en absoluto, querida; es por orgullo, por ostentación. ¿No es pues humillante convertirse en el juguete del amor propio de los otros? ¿No lo es aún más el vernos obligados a agradecerles algo? No hay carga más pesada que la de un favor recibido. No hay punto intermedio: hay que devolverlo o envilecerse. Las almas altivas no pueden arrojarse a los pies del beneficio: su peso cae sobre ellas con tanta violencia que sólo pueden expresar odio hacia su benefactor. ¿Cuáles son, entonces, a vuestro criterio, los lazos que suplantan al aislamiento en el que hemos sido creados? ¿Cuáles son los que deben relacionar a los hombres? ¿A título de qué los querríamos y los preferiríamos a nosotros mismos? ¿Con qué derecho nos veremos obligados a aliviar su infortunio? ¿En qué parte de nuestras almas anidan vuestras bellas e inútiles virtudes de la beneficencia, de la caridad y de la humanidad, señaladas en el código absurdo de algunas estúpidas religiones que, predicadas por impostores y mendigos, sólo viven para aconsejarnos todo lo que pueda contribuir a sostenerlas y tolerarlas? Bien, Eugenia, ¿aún admitís que hay alguna cosa sagrada entre los hombres? ¿Tenéis algunas razones para que no debamos siempre preferirnos a ellos?

EUGENIA: Estas lecciones, a las que mi corazón se adelanta, me gustan demasiado como para que mi espíritu las rechace.

SEÑORA DE SAINT-ANGE: Están en la naturaleza, Eugenia; el solo hecho de que las apruebes lo demuestra; apenas salida de su seno, ¿cómo podría ser fruto de la corrupción lo que sientes?

EUGENIA: Pero si todos los errores que preconizáis están en la naturaleza, ¿por qué las leyes se oponen a ellos?

DOLMANCÉ: Porque las leyes no están hechas para el individuo, y por lo general, eso es lo que las pone en una permanente contradicción con el interés, dando por sentado que el interés personal siempre concuerda con el interés general. Pero las leyes, que son buenas para la sociedad, son muy nocivas para el individuo que forma parte de ella; puesto que, para una vez que lo protegen o lo salvaguardan, le molestan y encadenan durante las tres cuartas partes de su vida. El hombre sensato, a pesar de su absoluto desprecio por ellas, también las tolera, como lo hace con las serpientes y las víboras, las que, si bien lo hieren o lo envenenan, algunas veces pueden ser útiles a la medicina. Él se cuidará de las leyes como lo hará frente a esos animales venenosos; se pondrá a salvo de ellas con precauciones, ocultamientos y con toda una serie de recursos que le brindan la sensatez y la prudencia. Que la fantasía de algunos crímenes inflame vuestra alma, Eugenia, en la certeza de que entre nosotros podréis cometerlos en paz.

EUGENIA: ¡Ah! ¡Esa fantasía ya está en mi corazón!

SEÑORA DE SAINT-ANGE: ¿Qué capricho te inquieta, Eugenia? Dínoslo con confianza.

EUGENIA *(Como extraviada.)*: Quisiera una víctima.

SEÑORA DE SAINT-ANGE: ¿De qué sexo?

EUGENIA: ¡Del mío!

DOLMANCÉ: Bien, señora, ¿estáis contenta de vuestra alumna? ¿No ha progresado bastante?

EUGENIA *(Permaneciendo en el mismo estado.)*: ¡Una víctima, querida, una víctima!... ¡Oh, dioses! ¡Sería la mayor felicidad de mi vida!...

SEÑORA DE SAINT-ANGE: ¿Y qué le harías?

EUGENIA: ¡Todo!... ¡Todo!... Todo lo que pudiera convertirla en la más desgraciada de las criaturas. ¡Oh, querida, querida, ten piedad de mí, no puedo más!...

DOLMANCÉ: ¡Santo Dios! ¡Qué imaginación!... ¡Ven, Eugenia, eres deliciosa!... ¡Ven que te bese, una y mil veces! *(La toma en sus brazos.)* Aquí tenéis, señora, mirad a esta libertina, cómo se desahoga de cabeza, sin haberla tocado siquiera... ¡Es absolutamente necesario que vuelva a penetrarla por detrás!

EUGENIA: ¿Tendré luego lo que pido?

DOLMANCÉ: ¡Sí, loca!... Sí, ¡te lo garantizo!

EUGENIA: ¡Oh, amigo, aquí está mi culo!... ¡Haced en él lo que queráis!

DOLMANCÉ: Esperad, que organice este goce algo lujuriosamente. *(Todo se realiza a medida que Dolmancé lo va indicando.)* Agustín, tiéndete al borde de esta cama; que Eugenia se acueste en tus brazos. La sodomizaré mientras la masturbo en el clítoris con la soberbia cabeza del miembro de Agustín, quien, escatimando su semen, tendrá mucho cuidado de eyacular; el querido caballero, que, sin decir ni una palabra, se masturba despaciosamente mientras hablamos, tendrá a bien tenderse sobre los hombros de Eugenia, exponiendo sus bellas nalgas a mis besos: lo masturbaré por debajo. De modo que con mi aparato dentro de un trasero, masturbaré un miembro con cada mano, y en cuanto a vos, señora, deseo que seáis mi marido después de haberlo sido el vuestro. ¡Colocaos el más grande de esos consoladores! *(La señora de Saint-Ange abre una cajita llena de este tipo de aparatos y nuestro héroe elige el más terrible.)* ¡Bien!, dicho en números, este tiene catorce pulgadas de largo y diez de grosor; poneos esto alrededor de vuestros lomos, señora, y comenzad a darme las más terribles embestidas.

SEÑORA DE SAINT-ANGE: De verdad, Dolmancé, estáis loco, os voy a estropear con esto.

DOLMANCÉ: No temáis: empujad, penetrad, mi ángel: ¡sólo penetraré el trasero de Eugenia cuando vuestro enorme miembro se haya introducido en el mío!... ¡Ya está dentro! ¡Ahí está, santo Dios!... ¡Ah! ¡Me has transportado a las nubes!... ¡Sin piedad, mi bella!... Te lo confieso que voy a penetrarte sin preparativo alguno... ¡Ah! ¡Santo Dios! ¡El bello trasero!...

EUGENIA: ¡Oh, amigo, me desgarras...! Al menos prepara el camino.

DOLMANCÉ: ¡Pues claro! Me cuidaré muy bien de hacerlo: se pierde la mitad del placer en esos estúpidos preparativos. Piensa en nuestros principios, Eugenia; trabajo para mí; por el momento eres la víctima, mi ángel, y pronto serás el verdugo... ¡Ah, santo Dios! ¡Entra!...

EUGENIA: ¡Me matas!...

DOLMANCÉ: ¡Oh, jodido Dios! ¡Estoy llegando a la meta!...

EUGENIA: ¡Ah! Ahora haz lo que quieras, ya está ahí... ¡No siento más que placer!...

DOLMANCÉ: ¡Cómo me gusta menear este enorme miembro en el clítoris de una virgen!... Caballero, dadme vuestro bello culo... ¿Te masturbo bien, libertino?... Y vos, señora, folladme, follad a vuestra zorra... Sí, lo soy y quiero serlo... Eugenia, eyacula, mi ángel, sí ¡eyacula!... Agustín, a pesar suyo, me ha llenado de semen... Recibo el del caballero, se suma el mío... No resisto más... Eugenia, mueve esas nalgas, que tu ano apriete mi miembro: ¡voy a lanzar al fondo de tus entrañas el semen abrasador que se desprende!... ¡Ah! ¡Jodido bribón de Dios! ¡Me muero! *(Se retira y todos abandonan su postura.)* Tomad, señora, ahí tenéis a vuestra pequeña libertina llena de semen todavía; la entrada de su vagina está inundada. Masturbadla, sacudid vigorosamente su clítoris completamente mojado de esperma: es la cosa más deliciosa que pueda hacerse.

Eugenia *(Palpitante.):* ¡Oh, amiga, qué placer me darás!... ¡Ah, mi amor, la lubricidad me abrasa! *(Se coloca en la postura adecuada.)*

Dolmancé: Caballero, como eres tú quien va a desflorar a esta bella niña, une tus socorros a los de tu hermana para que se desmaye en tus brazos y colócate de tal manera que me ofrezcas tus nalgas: voy a follarte mientras Agustín lo haga conmigo. *(Se acomodan.)*

El caballero: ¿Estoy bien de esta manera?

Dolmancé: Que el culo esté un poco más alto, mi amor; ahí, bien... sin preparativos, caballero...

El caballero: ¡A fe mía! Como quieras. ¿Acaso puedo sentir otra cosa que no sea placer en el seno de esta deliciosa joven? *(La besa y la masturba, hundiendo suavemente un dedo en la vagina de Eugenia, mientras que la señora de Saint-Ange acaricia su clítoris.)*

Dolmancé: En cuanto a mí, querido, puedes estar seguro de que el placer que tengo contigo es mayor que el que pueda obtener con Eugenia. ¡Hay tanta diferencia entre el culo de un joven y el de una muchacha!... ¡Fóllame, Agustín! ¡Cuánto trabajo te cuesta decidirte!

Agustín: Vaya, señor, es que acaba de desahogarse junto a la cosa de esta graciosa tortolita, y ahora pretendéis que esto se dirija de inmediato hacia vuestro culo, que por cierto no es tan bonito, ¡vaya!

Dolmancé: ¡El imbécil! Pero, ¿por qué quejarse? Es la naturaleza: cada cual barre para su patio. Vamos, vamos, no dejes de penetrar, francote. Y cuando tengas un poco más de experiencia, podrás decirme si los culos no son mejores que los coños... Eugenia, devuelve al caballero lo que te ha hecho; no te ocupes más que de ti. Tienes razón, libertina; pero en función de tu propio placer, mastúrbale, puesto que va a recoger tus primicias.

Eugenia: Bien, lo masturbo, lo beso, pierdo la cabeza... ¡Ay!, ¡ay!, ¡ay!, amigos, ¡no puedo más!... Tened piedad de mi estado... Me muero... ¡Me corro!... ¡Santo Dios! ¡Estoy fuera de mí!...

Dolmancé: En lo que a mí respecta, ¡seré cuidadoso! Sólo quisiera ponerme en forma dentro de este bello culo, y reservar para la señora de Saint-Ange el semen que se ha encendido; nada me divierte tanto como comenzar la operación en un culo y terminarla en otro. Bien, caballero, te veo en forma... ¿desfloramos?...

EUGENIA: ¡Oh, cielos! No, no quiero que él lo haga; el vuestro es más pequeño, Dolmancé: ¡os ruego que seáis vos quien haga esta operación!

DOLMANCÉ: Eso es imposible, angelito, ¡en mi vida he follado un coño! No permitiréis que comience a esta edad. Vuestras primicias pertenecen al caballero; aquí es el único que merece recogerlas: respetemos sus derechos.

SEÑORA DE SAINT-ANGE: ¡Rechazar una virginidad... tan fresca, tan bonita como esta...! Pues desafío a quien diga que mi Eugenia no es la joven más bella de París, ¡oh, señor!, de verdad. ¡Eso es lo que se dice estar casi demasiado atenido a unos principios!

DOLMANCÉ: No tanto como debería, señora, puesto que muchísimos de mis colegas ni siquiera os hubieran penetrado por detrás, seguramente... Yo lo hice y volveré a hacerlo; esto no es entonces, como suponéis, llevar mi culto hasta el fanatismo.

SEÑORA DE SAINT-ANGE: ¡Vamos, pues, caballero! Pero trátala con cuidado; observa la pequeñez del estrecho que vais a atravesar: ¿hay alguna proporción entre el contenido y el continente?

EUGENIA: ¡Oh, moriré, es inevitable...! Pero el ardiente deseo que tengo de ser follada hará que me exponga a ello sin temor... Vamos, penetra, querido, me entrego a ti.

EL CABALLERO *(Sosteniendo a manos llenas su miembro rígido.)*: ¡Sí, follar! Es preciso que penetre... Hermana, Dolmancé, sujetad sus piernas... ¡Ah! ¡Santo Dios! ¡Qué faena!... ¡Sí, sí, aunque tenga que atravesarla, desgarrarla, es necesario que entre!

EUGENIA: Con suavidad, con suavidad, no puedo soportarlo... *(Grita, las lágrimas corren sobre sus mejillas.)* ¡Socorro, buena amiga!... *(Se retuerce.)* ¡No, no quiero que entre!... ¡Gritaré hasta más no poder, si insistís!...

EL CABALLERO: Grita todo lo que quieras, bribonzuela, digo que debe entrar ¡aunque revientes mil veces!

EUGENIA: ¡Qué barbaridad!

DOLMANCÉ: ¡Ah, joder! ¿Se puede ser delicado cuando se lo tiene tieso?

EL CABALLERO: Sujetadla. ¡Ya está!... ¡Entró, santo Dios!... ¡Joder! ¡Qué endemoniada virginidad! ¡Mirad cómo corre su sangre!

EUGENIA: ¡Vamos, tigre!... ¡Vamos, desgárrame si quieres ahora, me río de ello!... ¡Bésame, verdugo, bésame, te adoro!... ¡Ah! Esto no es nada una vez que está dentro: se olvidan todos los dolores... ¡Ay de las jóvenes que se asusten ante semejante ataque!... ¡Qué grandes placeres perderán por tan poco dolor!... ¡Empuja, empuja, caballero, me corro!... Riega con tu semen las llagas con las que me has cubierto..., empújalo hasta el fondo de mi matriz... ¡Ah! El dolor cede al placer... ¡Voy a desmayarme...! *(El caballero se corre; mientras follaba, Dolmancé lo masturbaba con caricias en el trasero y en sus muslos, y la señora de Saint-Ange acariciaba el clítoris de Eugenia. Abandonan sus posturas.)*

DOLMANCÉ: Recomendaría que, aprovechando que está expedito el camino, la bribonzuela fuese follada ahora por Agustín.

EUGENIA: ¡Por Agustín!... ¡Un miembro de ese tamaño!... ¡Ah! ¡Enseguida!... ¡Si aún estoy sangrando!... ¿Queréis matarme?

SEÑORA DE SAINT-ANGE: Amor, bésame... Te compadezco... pero la sentencia ha sido pronunciada; no hay recurso posible: es preciso que la cumplas.

AGUSTÍN: ¡Ah, jardinero, estoy listo! Tratándose de atravesar a esta pequeña, vendría caminando de Roma, ¡pues claro!

EL CABALLERO *(Empuñando el enorme miembro de Agustín.)*: Toma, Eugenia, mira qué tieso está... ¡Cuán digno es de reemplazarme!

EUGENIA: ¡Ah! ¡Justo cielo, qué arma!... ¡Oh, queréis matarme, está claro!

AGUSTÍN *(Apoderándose de Eugenia.)*: ¡Oh, no, señorita: jamás he matado a nadie!

DOLMANCÉ: Un momento, muchachito, un momento: ella debe ofrecerme el culo mientras tú la follas... Sí, así, acercaos, señora de Saint-Ange: os he prometido follaros por detrás y mantendré mi palabra. Pero colocaos de manera que, cuando os penetre, pueda azotar a Eugenia. Que a su vez el caballero me azote durante ese tiempo. *(Se acomodan.)*

EUGENIA: ¡Ah, joder! ¡Me revienta!... ¡Ve con suavidad, so ganso!... ¡Ah, el bribón! ¡Lo ha enterrado!... ¡Ahí está, el mamarracho!... ¡Ha entrado todo hasta el fondo!... ¡Me muero!... ¡Oh, Dolmancé, cómo me golpeáis!... Me atizáis por ambos lados; me habéis puesto las nalgas al rojo vivo.

DOLMANCÉ *(Azotando con todas sus fuerzas.)*: ¡Lo tendrás, lo tendrás, bribonzuela!... Eyacularás deliciosamente. ¡Cómo la masturbáis, Saint-Ange!..., ¡cómo debe atenuar ese ágil dedo el mal que Agustín y yo le ocasionamos!... Pero vuestro ano se contrae... Lo veo, señora, vamos a eyacular juntos... ¡Ah! ¡Es divino estar así, entre ambos hermanos!

SEÑORA DE SAINT-ANGE *(A Dolmancé.)*: ¡Folla!, mi sol, ¡folla!... ¡Creo que jamás tuve tanto placer!

EL CABALLERO: Dolmancé, cambiemos de mano; pasa rápidamente del culo de mi hermana al de Eugenia, para hacerle conocer los placeres de estar entre dos, y yo penetraré por detrás a mi hermana, quien, a su vez, te devolverá los latigazos con los que acabas de ensangrentar las nalgas de Eugenia.

DOLMANCÉ *(Poniendo manos a la obra.)*: Acepto... Toma, amigo, ¿puede hacerse un cambio tan rápido como éste?

EUGENIA: ¡Cómo! Los dos encima mí. ¡Justo cielo!... No sé a quién atender, ¡ya tenía bastante con este ganso!... ¡Ah, cuánto semen me va a costar este goce doble!... Ya fluye. Sin esta sensual eyaculación, creo que estaría muerta... Y qué, querida, ¿no me imitas?... ¡Oh, cómo jura, la bribona!... Dolmancé, eyacula...; eyacula, mi amor... Este tosco campesino me inunda: me lo arroja hasta el fondo de mis entrañas... ¡Ah! Mis folladores. ¡Cómo! Los dos a la vez. ¡Santo Dios!... Amigos, recibid mi semen: va a unirse al vuestro... Estoy aniquilada... *(Abandonan sus posturas.)* Bien, querida, ¿estás contenta con tu alumna?... ¿Soy lo bastante puta ahora?... Pero me habéis puesto en un estado..., en una excitación... ¡Oh, sí, juro que, en el estado de ebriedad en el que me veo, iría, si fuese preciso, a hacerme follar en medio de las calles!...

DOLMANCÉ: ¡Qué hermosa estás así!

EUGENIA: ¡Os detesto, me habéis rechazado!...

DOLMANCÉ: ¿Podría ir en contra de mis dogmas?

EUGENIA: Está bien, os perdono; debo respetar los principios que conducen a los extravíos. ¿Cómo no voy a adoptarlos yo, que no deseo otra cosa que vivir en el crimen? Sentémonos y charlemos un rato; no puedo más. Continuad mi instrucción, Dolmancé, y decidme alguna cosa para consolarme por los excesos a los que me habéis visto entregada; apagad mis remordimientos, dadme valor.

SEÑORA DE SAINT-ANGE: Lo veo justo; un poco de teoría debe seguir a la práctica. Es el modo de hacer de ti una alumna perfecta.

DOLMANCÉ: ¡Pues bien! ¿De qué cosa queréis que se os hable?

EUGENIA: Quisiera saber si las buenas costumbres son verdaderamente necesarias en un gobierno, si su influencia tiene algún peso sobre el carácter de una nación.

DOLMANCÉ: ¡Vaya! Al salir esta mañana, compré en el palacio de la Igualdad un folleto que, si nos atenemos al título, debe responder necesariamente a vuestra pregunta... Acaba de salir de la imprenta.

SEÑORA DE SAINT-ANGE: Veamos. *(Lee.) «Franceses, un esfuerzo más si queréis ser republicanos.»* Os digo, bajo mi palabra, que es un título curioso; es prometedor. Caballero, tú que tienes una bonita voz, léenos esto.

DOLMANCÉ: O me equivoco, o eso debe responder exactamente a la pregunta de Eugenia.

EUGENIA: ¡Seguramente!

SEÑORA DE SAINT-ANGE: Sal, Agustín; esto no es para ti. Pero no te alejes; te llamaremos cuando nos seas necesario.

EL CABALLERO: Comienzo.

Franceses, un esfuerzo más si queréis ser republicanos

La religión

Acabo de ofrecer grandes ideas: deben oírlas y reflexionar sobre ellas; espero que al menos algunas agraden; quedaré satisfecho de haber contribuido al progreso de las luces. No niego que veo con pesar la lentitud con la que nos encaminamos hacia la meta; me inquieta sentir que estamos en vísperas de echarlo todo a perder una vez más. ¿Creen que se llegará a la meta cuando nos hayan dado unas leyes? Ni pensarlo. ¿Qué haríamos con las leyes y sin religión? Necesitamos un culto, y un culto propio de la condición de republicano, que se aleje para siempre de la posibilidad de readoptar el de Roma. En un siglo en el que estamos plenamente convencidos de que la religión debe apoyarse en la moral y no a la inversa, es necesaria una religión que se adapte a las costumbres y a su progreso, como una consecuencia necesaria, y que eleve el alma manteniéndola a la altura de esta preciosa libertad, a la que hoy reconoce como su único ídolo. Ahora bien, pregunto: ¿se puede admitir que la religión de un esclavo de Tito, la de un vil farsante de Judea, sea la conveniente para una nación libre y guerrera que acaba de regenerarse? No, compatriotas, no, no lo creáis. Si para su desgracia el francés quedase sepultado en las tinieblas del cristianismo, por un lado el orgullo, la tiranía, el despotismo de los sacerdotes (vicios estos que siempre acompañan a esta horda impura), y, por otro, la bajeza, la estrechez de miras, la banalidad de los dogmas y de los misterios de esta religión indigna y fabuladora, al debilitar el orgullo del alma republicana, pronto la harían caer nuevamente bajo el yugo que con firmeza acaba de romper.

No perdamos de vista que esta pueril religión era una de las mejores armas en poder de nuestros tiranos: uno de sus primeros dogmas era *Dar al César lo que es del César;* pero hemos destronado al César y no queremos darle nada más. Franceses, sería en vano que os vanagloriarais de que el espíritu de un clero juramentado no sea ya más el de un clero rebelde; hay vicios de Estado que no se corrigen más. Diez años antes, por medio de la religión cristiana, de su superstición y de sus prejuicios, vuestros sacerdotes, a pesar de sus juramentos y de sus votos de pobreza, hubiesen restablecido su dominio sobre las almas que habían invadido; ellos os reencadenarían a los reyes, porque el poder de estos siempre se sostiene en el de aquéllos, y vuestro edificio republicano se derrumbaría al faltarle las bases.

¡Oh!, vosotros que tenéis la guadaña en la mano, asestad el último golpe al árbol de la superstición; no os contentéis con podar sus ramas: cortad de raíz una planta cuyos efectos son tan contagiosos. Estad plenamente convencidos de que, al oponerse tan abiertamente vuestro sistema de libertad y de igualdad a los ministros de los altares de Cristo, no habrá jamás uno solo de ellos que lo adopte de buena fe o que no busque quebrantarlo, si dicho sistema llegase a recuperar algún dominio sobre las conciencias. ¿Qué sacerdote, al comparar el estado al que acaban de reducirlo con el que disfrutaba antaño, no hará todo lo que esté en sus manos para recobrar la confianza y la autoridad que le arrebataron? ¡Y cuántos seres débiles y pusilánimes pronto volverán a ser los esclavos de esos ambiciosos tonsurados! ¿Por qué no piensan que los inconvenientes que han existido en el pasado puedan aún reaparecer? ¿Acaso en los primeros tiempos de la Iglesia cristiana los sacerdotes no eran iguales a los de hoy? Habéis visto hasta dónde habían llegado; sin embargo, ¿quiénes los llevaron hasta allí? ¿Acaso no fueron los mismos medios que les proporcionaba la religión? Ahora bien, si no prohibís absolutamente esta religión, los que la predican, utilizando similares medios, pronto volverán a alcanzar la misma meta.

Aniquilad para siempre todo eso que algún día puede destruir vuestra obra. Pensad que, al ser vuestros nietos quienes recogerán el fruto de vuestros trabajos, es vuestro deber, por honestidad, no dejarles ninguno de esos gérmenes que podrían relanzarlos al caos del que apenas acabamos de salir. Nuestros prejuicios han comenzado a disiparse, el pueblo abjura de los disparates de la religión católica; ya ha suprimido los templos, ha derribado los ídolos, ha decidido que el matrimonio no es más que un acto civil. Los confesionarios destruidos sirven de hogares públicos; los supuestos fieles, abandonando el banquete apostólico, dejan los dioses de harina a los ratones. Franceses, que nada os detenga: Europa entera, ya con una mano en la venda que cubre sus ojos, espera vuestra ayuda para arrancarla de su frente. Apresuraos: no le deis tiempo a la santa Roma de que se mueva en todas direcciones para reprimir vuestro empuje e intentar conservar aún algunos prosélitos. Golpead sin miramientos su altiva y temblorosa cabeza, y que en dos meses el árbol de la libertad arroje sombras sobre las ruinas de la Iglesia de san Pedro, cubra con el peso de sus ramas victoriosas todos esos despreciables ídolos del cristianismo, descaradamente erigidos sobre las cenizas de los Catones y de los Brutos.

Franceses, os lo repito, Europa espera que vosotros la libréis del cetro y del incensario al mismo tiempo. Pensad que os será imposible liberarla de la tiranía de los reyes, sin hacerles romper las cadenas de la superstición religiosa: ambas están unidas por lazos tan estrechos que, si dejáis que una de ellas subsista, volveréis a caer bajo el dominio de aquélla cuya disolución habéis descuidado. Un republicano no debe humillarse más arrodillándose ante un ser imaginario ni ante un vil impostor; sus únicos dioses deben ser ahora la valentía y la libertad. Roma desapareció desde que se comenzó a predicar allí el cristianismo y Francia también desaparecerá si sigue soñando con él.

Que se examinen con atención los dogmas absurdos, los horrorosos misterios, las ceremonias monstruosas, la inaceptable moral de esta repugnante religión, y podrá determinarse si ella conviene a un estado republicano. ¿Creéis de buena fe que me dejaría dominar por la opinión de un hombre que acabase de ver a los pies del imbécil sacerdote de Jesús? ¡No, no, por cierto que no! Este hombre vil sostendrá siempre, por la bajeza de sus designios, las atrocidades del antiguo régimen; desde el momento en que pudo someterse a las estupideces de una religión tan mediocre como la que tuvimos la locura de admitir, no puede seguir dictándome leyes ni transmitirme las luces; sólo lo veo como un esclavo de los prejuicios y de la superstición.

Para convencernos de esta verdad, echemos un vistazo sobre los escasos individuos que permanecen fieles al insensato culto de nuestros padres; veremos si no son enemigos irreconciliables del sistema actual, veremos si en su conjunto no integran la totalidad de esa casta, tan justamente despreciada, de los monárquicos y los aristócratas. Que el esclavo de un bandolero coronado se humille, si quiere, a los pies de un ídolo de madera, un objeto que está hecho para su alma de barro. ¡Quien sirve a los reyes debe adorar a los dioses! Pero nosotros, franceses, compatriotas, nosotros, ¿vamos a seguir reptando bajo unos frenos tan despreciables? ¡Antes mejor morir mil veces que permitir que vuelvan a avasallarnos! Puesto que juzgamos necesario tener un culto, imitemos el de los romanos: las acciones, las pasiones, los héroes eran para ellos objetos respetables. Tales ídolos elevaban el alma, la electrizaban, y aun hacían más: le comunicaban sus virtudes al ser que los veneraba. El adorador de Minerva quería ser prudente; el valor estaba en el corazón de aquel que se veía arrodillado a los pies de Marte. Ni un solo dios de esos grandes hombres estaba privado de energía; todos contagiaban su propio fuego al alma de quien los veneraba y, como se tenía, la esperanza de llegar a ser adorado algún día, se aspiraba al menos a ser tan grande como aquel que les servía de modelo. Pero, por el contrario, ¿qué encontramos en los vanos dioses del cristianismo? ¿El mediocre impostor de Nazaret os ha inspirado grandes ideas? ¿Qué os ofrece, os lo pregunto, esta estúpida religión? ¿Os transmite algunas virtudes su sucia y repulsiva madre, la impúdica María? ¿Encontráis en los santos que adornan su Elíseo algún ejemplo de grandeza, de heroísmo o de virtud? Es verdad que esta estúpida religión no ayuda a las grandes ideas, que ningún artista puede, dentro de ella, plasmar los atributos en los monumentos que erige; en la misma Roma, la mayor parte de los adornos y decoraciones del palacio de los papas tienen su modelo en el paganismo, y mientras exista el mundo sólo él estimulará la imaginación de los grandes hombres.

¿Será en el teísmo puro donde encontraremos mayores motivos de grandeza y elevación? ¿Será la adopción de una quimera que, proporcionando a nuestra alma ese grado de energía esencial a las virtudes republicanas, lo que llevará al hombre a amarlas y practicarlas? Ni lo penséis; acabamos de desprendernos de este fantasma, y el ateísmo es el único sistema que defienden actualmente las personas razonables. A medida que se han ido esclareciendo varias cuestiones, se ha experimentado que, al ser el movimiento inherente a la materia, el agente necesario para imprimir ese movimiento se convertía en un ser ilusorio, y que el motor era inútil, ya que todo lo que existía estaba por esencia en movimiento; se ha experimentado que ese dios quimérico, prudentemente inventado por los primeros legisladores, no fue en sus manos sino otro medio para encadenarnos, y que, al reservarse el derecho de hacer hablar sólo a este fantasma, se cuidarían bien de hacerle decir únicamente lo que sirviese para apoyar las ridículas leyes por las que pretendían avasallarnos. Licurgo, Numa, Moisés, Jesucristo, Mahoma, todos esos grandes bribones, esos grandes déspotas de nuestras ideas, supieron asociar las divinidades que ellos fabricaban a su ambición desmesurada, y, seguros de cautivar a los pueblos con la aprobación de esos dioses, siempre cuidaban, como se sabe, o de no interrogarlos más que en ciertos casos, o de hacerlos responder lo que ellos creían que les podía servir.

Mantengámonos hoy en el mismo desprecio hacia ese dios vano predicado por unos impostores y todas las sutilezas religiosas que se desprenden de su ridícula adopción; ya no se puede entretener con esa futilidad a los hombres libres. Que la extinción total de los cultos se incluya entre los principios que propaguemos en toda Europa. No nos contentemos con romper los cetros; pulvericemos para siempre sus ídolos; siempre es un paso lo que separa a la superstición de la monarquía. Esto es inevitable, sin duda, puesto que uno de los principales artículos de la consagración de los reyes fue siempre la conservación de la religión dominante, como una de las bases políticas que mejor podían sostener su trono. Pero desde que fue abolida la realeza, felizmente para siempre, no temamos extirpar incluso a quienes constituyeron sus soportes.

Sí, ciudadanos, la religión no es coherente con el sistema de libertades; ya lo habéis experimentado. El hombre libre no se inclinará jamás ante los dioses del cristianismo; sus dogmas, sus ritos y sus misterios jamás le convendrán a un republicano. Un esfuerzo más; puesto que trabajáis para destruir los prejuicios, no dejéis que ninguno subsista, pues basta con uno para que se restablezcan todos. ¡Cuán seguros debemos estar de su retorno si ese que dejáis vivir es a ciencia cierta la cuna de todos los otros! Dejemos de creer que la religión pueda ser útil a los hombres. Tengamos buenas leyes y sabremos prescindir de la religión. Pero el pueblo necesita tener alguna, dicen; lo entretiene, lo contiene. ¡En buena hora! Otorguémonos, en ese caso, la que convenga a los hombres libres. Volvamos a los dioses del paganismo. Adoraremos con gusto a Júpiter, Hércules o Palas Atenea; pero ya no queremos a ese fabuloso autor del universo que se mueve por sí mismo; ya no queremos a un dios sin amplitud y que, sin embargo, lo llena todo con su inmensidad, un dios todopoderoso y que actúa exclusivamente según su voluntad, un ser extremadamente bueno y que sólo produce insatisfacción, un ser amigo del orden y bajo cuyo gobierno todo está en desorden. No, ya no queremos a un dios que perturba a la naturaleza, que es el padre de la confusión, que anima al hombre cuando se entrega a los horrores; un dios así nos hace temblar de indignación y lo enterramos para siempre en el olvido, de donde ha querido sacarlo el infame Robespierre.

Franceses, sustituyamos a este indigno fantasma por los imponentes simulacros que hicieron de Roma la dueña del mundo; tratemos a todos los ídolos cristianos como tratamos a los de nuestros reyes. Hemos restablecido los emblemas de la libertad sobre las bases que antaño sostenían a los tiranos; reedifiquemos incluso las efigies de los grandes hombres sobre los pedestales de esos bribonzuelos adorados por el cristianismo. Dejemos de temer el efecto del ateísmo en nuestros campos; ¿acaso los campesinos no han experimentado la necesidad del aniquilamiento del culto católico, tan contrario a los verdaderos principios de la libertad? ¿Acaso no han visto cómo se derribaban sus altares y derrocaban a sus presbíteros sin esfuerzo y sin dolor? ¡Ah! Creed que ellos mismos renunciarán a su ridículo dios. Las estatuas de Marte, de Minerva y de la Libertad se colocarán en los lugares más notorios de sus viviendas; celebrarán una fiesta anual y en ella le será entregada la corona cívica al ciudadano que se haya hecho merecedor de ella por sus servicios a la patria. Erigidos bajo un templo agreste a la entrada de un bosque solitario, Venus, el Himeneo y el Amor recibirán el homenaje de los amantes, y allí las manos de las Gracias harán que la belleza corone a la constancia. Para hacerse digno de esta corona no bastará sólo con amar, será preciso merecerla: el heroísmo, los talentos, la humanidad, la grandeza de alma, un civismo a toda prueba, he aquí los méritos que el amante estará obligado a poner a los pies de su amada, y estos equivaldrán a los del nacimiento y la riqueza, que antaño eran los que se exigían por un estúpido orgullo. Al menos algunas virtudes nacerán de este culto, mientras que de aquel que hemos tenido la debilidad de profesar no han brotado sino crímenes. Este culto se aliará con la libertad a la que servimos; la estimulará, la conservará, la abrazará, mientras que el teísmo es, por esencia y por naturaleza, el enemigo mortal de la libertad a la que servimos. ¿Se derramó alguna gota de sangre cuando los ídolos paganos fueron destruidos en la época del Bajo Imperio? La revolución, preparada por la estupidez de un pueblo que volvía a ser esclavo, se realizó sin el menor obstáculo. ¿Cómo podríamos temer que la obra de la filosofía sea más temible que la del despotismo? Los sacerdotes son los únicos que aún mantienen cautivo a los pies de su quimérico dios a ese pueblo que tanto teméis instruir; alejadlo de él y la venda que cubre sus ojos caerá de modo natural. Creed que ese pueblo, más sensato de lo que imagináis, liberado de las cadenas de la tiranía, lo estará muy pronto de las de la superstición. Os parece temible sin este freno: ¡qué extravagancia! Creedlo, ciudadanos, aquél a quien la espada material de las leyes no logra en absoluto detener, no lo será más por el temor moral a los suplicios del infierno, del que se burla desde su infancia. Vuestro teísmo, en una palabra, ha hecho cometer muchos crímenes, pero jamás ha conseguido evitar uno sólo siquiera. Si es verdad que las pasiones ciegan, que su efecto sea el de levantar ante nuestros ojos una nube que nos oculta los peligros que las rodean, ¿cómo podemos suponer que aquellos que están lejos de nosotros, como lo están los castigos anunciados por vuestro dios, puedan disipar esa nube si no puede disolver la espada misma de las leyes, permanentemente suspendida sobre las pasiones? Si en consecuencia está probado que son inútiles estos frenos suplementarios impuestos por la idea de un dios, si está demostrado que es peligroso por sus otros efectos, pregunto para qué podría servir y en qué motivos nos apoyaríamos para prolongar su existencia. ¿Me dirán que todavía no hemos madurado lo suficiente como para consolidar nuestra revolución de una manera tan estrepitosa? ¡Ah!, ciudadanos, el camino que hemos recorrido desde 1789 era mucho más difícil que el que nos queda por hacer, y nos costará mucho menos trabajo convencer a la opinión pública sobre esto que os propongo, que el que tuvimos que padecer en todos los sentidos en el tiempo que siguió a la toma de la Bastilla. Creamos que un pueblo que ha sido lo suficientemente sensato y valiente como para conducir a un monarca desvergonzado desde la cima del poder a los pies del cadalso, y que en pocos años supo vencer tantos prejuicios y romper tantos frenos ridículos, lo será también como para inmolar al bien y a la prosperidad de la república, un fantasma mucho más quimérico aún de lo que podría ser el de un rey.

Franceses, asestad los primeros golpes: vuestra educación común hará el resto. Pero lanzaos pronto a esta tarea; que sea para vosotros uno de vuestros mayores empeños; que, sobre todo, tenga por base esta moral esencial, tan descuidada por la moral religiosa. Reemplazad por unos excelentes principios sociales las estupideces deíficas con las que agobiáis los jóvenes corazones de vuestros niños; que en lugar de aprender a recitar inútiles rezos, se vanaglorien de haberlos olvidado desde que tengan dieciséis años, que se instruyan de sus deberes en la sociedad. Enseñadles a querer esas virtudes de las que apenas les habréis hablado en el pasado y que, sin vuestras fábulas religiosas, son suficientes para su felicidad individual. Hacedles sentir que esa felicidad consiste en hacer a los otros tan afortunados como nosotros mismos desearíamos serlo. Si fundamentáis estas verdades en las virtudes cristianas, como habéis cometido la locura de hacer antaño, apenas vuestros alumnos hayan reconocido la futilidad de las bases, harán que el edificio se desplome y seguramente se volverán depravados, sólo por creer que la religión que han derribado les prohibía serlo. Al hacerles sentir, por el contrario, la necesidad de la virtud únicamente porque su propia felicidad depende de ella, su interés particular los llevará a ser ciudadanos honestos, y esta ley que siempre rigió a todos los hombres será, sin duda, la más segura. Que se ponga el mayor empeño en evitar que ninguna fábula religiosa se introduzca en esta educación nacional. No perdamos jamás de vista que lo que deseamos formar son hombres libres y no viles adoradores de un dios. Que un filósofo instruya rudimentariamente a estos nuevos alumnos acerca de las incomprensibles sublimidades de la naturaleza; que les demuestre que el conocimiento de un dios, a menudo peligroso para los hombres, jamás servirá a su felicidad, y que no serán más felices por admitir, como causa de algo que no comprenden, una cosa menos comprensible aún. Que es mucho menos esencial entender la naturaleza que gozarla y respetar sus leyes; que estas leyes son tan sensatas como simples; que están escritas en el corazón de todos los hombres y que sólo es necesario interrogar a ese corazón para discernir sus impulsos. Si por todos los medios quisiesen que les hablaseis de un creador, responded que al haber sido siempre las cosas como son, al no tener comienzo ni deber tener nunca un final, al hombre le resulta tan inútil como imposible poder remontarse a un origen imaginario, que no explicaría ni permitiría avanzar en nada. Decidles que a los hombres les es imposible tener ideas ciertas acerca de un dios que no opera sobre ninguno de nuestros sentidos.

Todas nuestras ideas son representaciones de los objetos que nos golpean; ¿qué otra cosa puede representarnos la idea de Dios que no sea manifiestamente una idea sin objeto? Una idea semejante, agregaréis, ¿no es tan imposible como los efectos sin causa? ¿Acaso no es sino una quimera una idea sin prototipo? Algunos doctores, proseguiréis, aseguran que la idea de Dios es innata, y que los hombres poseen esta idea desde que están en el vientre de su madre. Pero esto es falso, agregaréis vosotros; todo principio es un juicio, todo juicio es resultado de la experiencia, y la experiencia sólo se adquiere a través del ejercicio de los sentidos; de donde sigue que los principios religiosos no nos llevan a demostrar nada y no son en absoluto innatos. ¿Cómo, proseguiréis, han podido persuadir a seres razonables que la cosa más difícil de comprender era la más esencial para ellos? Esto es lo que les ha asustado en exceso, y es que cuando se tiene miedo, se deja de razonar; es, sobre todo, el miedo lo que les lleva a defenderse de su razón y, cuando los sesos tiemblan, se cree todo y no se analiza nada. La ignorancia y el miedo, le seguiréis diciendo, son la base de las religiones. La incertidumbre en la que el hombre se encuentra en relación a su Dios es precisamente el motivo que lo mantiene unido a su religión. El hombre tiene miedo de estar en las tinieblas, ya sea la material o la moral; el miedo se vuelve un hábito en él y se convierte en una necesidad: cree que le faltaría algo si no tuviese nada que esperar o que temer. Volved enseguida a la utilidad de la moral: dadles sobre este objeto más ejemplos que lecciones, más pruebas que libros, y haréis de ellos buenos ciudadanos, buenos soldados, buenos padres y buenos esposos. Haréis de ellos unos hombres tan apegados a la libertad de su país que ninguna idea de servidumbre podrá acudir a su espíritu y ningún terror religioso vendrá a turbar su pensamiento. Entonces, el verdadero patriotismo estallará en todas las almas; reinará en ellas con toda su fuerza y su pureza, porque será el único sentimiento dominante, y ninguna idea peregrina logrará entibiar su energía. Entonces, vuestros descendientes estarán seguros y vuestra obra, consolidada por ellos, se convertirá en ley universal. Pero si, por temor o cobardía, no se siguen estos consejos, si se conservan las bases de un edificio que se creyó destruir, ¿qué ocurrirá? Se reedificará sobre estas bases y se colocarán los mismos colosos, con la cruel diferencia de que esta vez estarán cimentados con tanta fuerza que ni vuestra generación ni las venideras lograrán derribarlos.

Que no se dude que las religiones son la cuna del despotismo. El primer déspota fue un sacerdote; el primer rey y el primer emperador de Roma, Numa y Augusto, respectivamente, se asociaron al sacerdocio. Antes de ser soberanos, Constantino y Clodoveo fueron abades; Heliogábalo fue sacerdote del Sol. En todos los tiempos y en todos los siglos, hubo tal conexión entre el despotismo y la religión, que está más que demostrado que al destruir uno se debe socavar el otro, por la poderosa razón de que el primero siempre servirá de ley al segundo. Sin embargo, no propongo masacres ni deportaciones; todos estos horrores están demasiado lejos de mi espíritu como para osar concebirlos por un instante. No, no asesinéis, no deportéis: esas atrocidades son propias de los reyes o de los depravados que los imitaron; no es obrando como ellos como obligaréis a tomar horror hacia quienes fueron adictos a estas prácticas. No empleemos la fuerza más que con los ídolos; sólo es preciso ridiculizar a quienes los sirven; los sarcasmos de Julián harían más daño a la religión cristiana que todos los castigos de Nerón. Sí, destruyamos para siempre toda idea de Dios y de sus sacerdotes hagamos soldados. Algunos lo son ya; que se mantengan en este oficio tan noble para un republicano, pero que ya no nos hablen de su ser quimérico ni de su fabulosa religión, único objeto de nuestro desprecio. Condenamos a que sea escarnecido, ridiculizado y cubierto de lodo, en las tribunas de todas las ciudades de Francia, al primero de esos benditos charlatanes que todavía venga a hablarnos o de Dios o de la religión; la prisión perpetua será el castigo para el que cometa dos veces las mismas faltas. Que las blasfemias más insultantes, las obras más ateas, sean seguidamente autorizadas en su totalidad, a fin de acabar de extirpar del corazón y de la memoria de los hombres esos espantosos entretenimientos de nuestra infancia; que pongan a concurso la obra que esté más capacitada, en fin, para instruir a los europeos acerca de una materia tan importante, y que un premio considerable y concedido por la nación sea la recompensa a quien, habiendo dicho y demostrado todo lo relativo a esta materia, brinde a sus compatriotas una guadaña para derribar a todos estos fantasmas y una conciencia recta para odiarlos. En seis meses, todo habrá acabado. Vuestro infame Dios será reducido a la nada, y todo esto sin dejar de ser justo y celoso de la estima de los otros, sin dejar de temer la espada de las leyes y de ser un hombre honesto, porque se habrá experimentado que el verdadero amigo de la patria no debe en absoluto dejarse llevar por las quimeras, como les ocurre a los esclavos de los reyes. Que no es, en una palabra, la frívola esperanza en un mundo mejor ni el temor a otros males mayores a los que nos envía la naturaleza, lo que debe conducir a un republicano, cuya sola guía es la virtud y su único freno el remordimiento.

Las costumbres

Después de haber demostrado que el teísmo no conviene en absoluto a un gobierno republicano, me parece necesario probar que tampoco convendría a las costumbres francesas. Este punto es tanto más esencial cuanto que son las costumbres las que servirán de motivo a las leyes que se promulgarán.

Franceses, estáis bastante instruidos como para no sentir que un nuevo gobierno va a necesitar nuevas costumbres. Es imposible que el ciudadano de un Estado libre se comporte como el esclavo de un rey déspota; ésta diferencia de intereses, de deberes, de relaciones con su gobierno y sus compatriotas, determina esencialmente una manera completamente distinta de conducirse en el mundo. Una multitud de pequeños errores, de pequeños delitos sociales, absolutamente esenciales bajo el gobierno de los reyes —que tanto más debían exigir cuanto que tenían mayor necesidad de imponer unos frenos para volverse más respetables o inaccesibles a sus súbditos—, aquí serán nulos. Otros crímenes, conocidos con el nombre de regicidio o sacrilegio, no deben existir en un gobierno que no conoce más reyes ni religiones, ni tampoco dentro de un Estado republicano. Al haber acordado la libertad de conciencia y la de prensa, pensad, ciudadanos, que no ha de faltar mucho para que se acuerde la de acción, y que, salvo que esta estuviese directamente en contra de las bases del gobierno, lo que os quede no serían menos crímenes sin castigo, ya que, de hecho, hay muy pocas acciones criminales en una sociedad en la que la libertad y la igualdad constituyen las bases, y que al sopesar y analizar a fondo las cosas, sólo es verdaderamente criminal aquello que reprueba la ley. Y puesto que la naturaleza, al inspirarnos por igual los vicios y las virtudes, en razón de nuestra organización o, planteándolo más filosóficamente aún, en razón de la necesidad que tiene tanto de uno como de otro, lo que nos dicte constituirá una medida muy inexacta para determinar con precisión lo que está bien y lo que está mal. Pero, para poder desarrollar mejor mis ideas respecto de un objeto tan esencial, vamos a clasificar las diferentes acciones de la vida del hombre, que hasta el presente se ha convenido en calificar como criminales, y las mediremos de acuerdo a lo que deben ser los verdaderos deberes de un republicano.

En todas las épocas, los deberes del hombre se han considerado bajo los siguientes apartados:

1. Los que su conciencia y su creencia le imponen hacia el Ser Supremo.
2. Los que está obligado a cumplir con sus hermanos.
3. Finalmente, los que están relacionados consigo mismo.

La certeza que debemos tener respecto de que ningún dios se ha confundido con nosotros y que, siendo criaturas que la naturaleza necesita, como las plantas o los animales, estamos aquí porque era imposible que nos fusionásemos en ella, esta certeza, sin duda, anula de un golpe, como se ve, la primera parte de sus deberes, es decir, aquellos por los que falsamente nos creemos responsables hacia la divinidad; con ellos desaparecen todos los deberes religiosos, conocidos bajo los vagos e imprecisos nombres de *impiedad, sacrilegio, blasfemia, ateísmo,* etc., todos aquellos, en una palabra, que Atenas castigó tan injustamente en Alcibíades, y Francia en el infortunado La Barre. Si en el mundo hay algo extravagante, es precisamente el ver a unos hombres que no conocen a su dios —y lo que puede exigir este dios a partir de sus limitadas ideas—, querer, sin embargo, determinar lo que le agrada o le molesta de la naturaleza a ese ridículo fantasma de su imaginación. No sería entonces mi deseo de que se limitasen a permitir indistintamente todos los cultos; querría que hubiese libertad para reírse o burlarse de todos. Querría que los hombres, reunidos en un templo cualquiera para invocar al Eterno a su manera, fuesen vistos como los comediantes en un teatro, ante cuyas representaciones cada cual será dueño de reírse todo lo que le apetezca. Si no veis las religiones bajo este punto de vista, ellas readoptarán la seriedad que las vuelve importantes, pronto protegerán el pensamiento y no será mucho después de que se discuta sobre las religiones cuando se vuelva a combatir por ellas. La igualdad destruida por la preferencia o la protección acordada a una de ellas pronto hará desaparecer al gobierno, y de la *teocracia* reedificada renacerá rápidamente la *aristocracia.* No me cansaría entonces de repetirlo demasiado: no más dioses, franceses, no más dioses, si no queréis que su funesto dominio os sumerja nuevamente en los horrores del despotismo. Pero no es sino burlándoos de ellos como los destruiréis; todos los peligros que entrañan de inmediato renacerán en masa si les dais cabida e importancia. No derribéis sus ídolos movidos por la cólera; pulverizadlos como si estuvierais jugando, y la idea caerá por sí misma.

Esto es suficiente, espero, para demostrar que no debe ser promulgada ninguna ley contra los delitos religiosos, puesto que quien ofende a una quimera no ofende a nada, y que la mayor inconsecuencia sería castigar a aquellos que ultrajan o que desprecian un culto, respecto del cual nada os demuestra con evidencias su prioridad sobre los otros; esto significaría necesariamente adoptar un partido e inclinar entonces la balanza de la igualdad, la primera y principal ley de vuestro nuevo gobierno.

Pasemos a los segundos deberes del hombre, los que le obligan para con sus semejantes; ésta clase es la más extensa, sin duda.

La moral cristiana, demasiado imprecisa en cuanto a las relaciones del hombre con sus semejantes, sienta unas bases tan llenas de sofismas, que nos es imposible admitirlas, puesto que, cuando se quiere edificar sobre unos principios, hay que cuidarse muy bien de darle unos sofismas por base. Ésta absurda moral nos dice que amemos a nuestro prójimo como a nosotros mismos. Seguramente nada sería más sublime si fuese posible que el que es falso jamás pudiese llevar los rasgos de la belleza. No se trata de amar a sus semejantes como a sí mismo, puesto que eso va en contra de las leyes de la naturaleza, cuyo órgano debe dirigir todas las acciones de nuestra vida; no es cuestión de amar a nuestros semejantes como a los hermanos y como a los amigos que la naturaleza nos da, y con los cuales debemos vivir tanto mejor en un estado republicano cuanto que la desaparición de las distancias debe necesariamente reafirmar los lazos.

Que la humanidad, la fraternidad y la beneficencia nos prescriban a partir de esto nuestros deberes recíprocos, y cumplámoslos individualmente de acuerdo al simple grado de energía que sobre este punto nos ha dado la naturaleza, sin reprobar y, sobre todo, sin castigar a los que, más fríos o más atrabiliarios, no experimenten con esos lazos, a pesar de ser conmovedores, las mismas dulzuras que otros encuentren en ellos. Puesto que, se convendrá, sería una absurdidad palpable querer prescribir aquí unas leyes universales; este proceder sería tan ridículo como el de un general del ejército que quisiese que todos sus soldados llevasen un uniforme hecho a la misma medida. Es una espantosa injusticia exigir que los hombres con caracteres diferentes se plieguen ante iguales leyes: lo que le va a uno, al otro no le conviene en absoluto.

Estoy de acuerdo en que no se pueden hacer tantas leyes como hombres haya; pero las leyes pueden ser más suaves, y en tan pequeño número que todos los hombres, cualquiera sea su carácter, puedan plegarse fácilmente a ellas. Aun más, exigiría que ese pequeño número de leyes fuese de una índole tal que permitiese adaptarlas indistintamente a los diversos caracteres; el espíritu que las gobierne sería el que ellas afecten en mayor o menor medida, según el carácter del individuo al que deba regir. Está demostrado que hay determinadas virtudes cuya práctica es imposible a ciertos hombres, así como hay determinadas medicinas que no convendrían a ciertos organismos. Ahora bien, ¡de qué manera colmaréis vuestra injusticia si aplicáis la ley a quien le resulte imposible plegarse a ella! La iniquidad que cometeríais haciendo esto, ¿no sería similar a la que os volvería culpables por obligar a un ciego a distinguir los colores? De estos primeros principios se desprende, como es notorio, la necesidad de hacer leyes suaves, contemplativas, y, sobre todo, de abolir definitivamente la pena de muerte, puesto que la ley que atenta contra la vida de un hombre es inaplicable, injusta e inadmisible. Esto no significa, como diré a continuación, que no exista una infinidad de casos en los que, sin ultrajar a la naturaleza *(según lo demostraré),* los hombres no hayan recibido de esta madre común la absoluta libertad de atentar contra la vida de unos y otros, pero es imposible que la ley pueda obtener el mismo privilegio, puesto que la ley, fría en sí misma, no podría dar cabida a las pasiones que pueden legitimar en el hombre la cruel acción del asesinato; el hombre recibe de la naturaleza los impulsos que pueden perdonarle esta acción, y la ley, por el contrario, al estar permanentemente en contradicción con la naturaleza, y al no recibir nada de ella, no puede permitirse estos mismos excesos: al no tener las mismas motivaciones, es imposible que tenga los mismos derechos. Éstas son las distinciones sabias y sutiles que escapan a muchas personas, ya que son muy pocas las que reflexionan; pero serán acogidas por las personas instruidas, hacia quienes va dirigida, e influirán, espero, en el nuevo código que se nos prepara.

La segunda razón, por la cual se debe abolir la pena de muerte, es que ésta jamás ha conseguido reprimir el crimen, puesto que día a día vuelven a cometerse a los pies del cadalso. Se debe suprimir esta pena, en una palabra, puesto que no hay peor castigo que el de matar a un hombre por haber asesinado a otro, porque este procedimiento pone en evidencia que, en lugar de uno, se eliminan dos hombres de una vez, y que no hay verdugos o estúpidos a quienes este tipo de aritmética le resulte familiar.

De cualquier modo, los delitos que podemos cometer contra nuestros hermanos se reducen principalmente a cuatro: la *calumnia,* el *robo,* los delitos que, ocasionados por la *impureza*, pueden afectar ofensivamente a los otros y el *asesinato.* Todas estas acciones, consideradas como delitos capitales bajo un gobierno monárquico, ¿son asimismo graves en un Estado republicano? Es lo que analizaremos con la antorcha de la filosofía, puesto que un examen como éste sólo puede realizarse a su luz. Que no se me tache en absoluto de ser un innovador peligroso; que no se diga que quizá estos escritos puedan entrañar el riesgo de debilitar los remordimientos en el alma de los malhechores; que sería el mayor de los males que la flexibilidad de mi moral aumentase en esos malhechores su inclinación, hacia los crímenes. Declaro aquí formalmente no tener ninguno de esos perversos propósitos; expongo las ideas con las que me identifico desde la edad de la razón, y a las que se ha opuesto el infame despotismo de los tiranos durante tantos siglos. ¡Tanto peor para los que sostienen que esas grandes ideas corrompen!, ¡tanto peor para los que sólo captan el mal en las opiniones filosóficas, y son susceptibles de corromperse con todo! ¿Quién sabe si no se gangrenarían con las lecturas de Séneca y de Charron? No es a ellos a quienes hablo: me dirijo únicamente a las personas capaces de entenderme y a quienes me leerán sin temor.

Confieso, con la más extrema franqueza, que jamás he creído que la calumnia fuese un mal, y especialmente en un gobierno como el nuestro, en el que los hombres, más unidos, más próximos, tienen evidentemente mayor interés en conocerse a fondo. Una de dos: o la calumnia se dirige hacia un hombre verdaderamente perverso, o cae sobre un hombre virtuoso. Se convendrá que en el primer caso, casi resulta indiferente que se hable un poco mal de un hombre que es conocido por hacer el mal en grado sumo; puede ser incluso que el mal que no existe nos haga ver el que sí existe, y en ese caso se conocería mejor al malhechor.

Suponiendo que reinase un ambiente malsano en Hannover, y no corriese más riesgo que un acceso de fiebre al exponerme a esta inclemencia del aire, ¿podría no agradecer al hombre que, para impedir que fuese allí, me hubiese dicho que moriría en cuanto llegase? No, sin duda, puesto que el haber temido un gran mal me ha impedido experimentar uno pequeño. ¿La calumnia se dirige por el contrario hacia un hombre virtuoso? Que no se alarme: que se muestre y todo el veneno del calumniador recaerá muy pronto sobre él mismo. La calumnia, para tales personas, no es más que un escrutinio depuratorio del que la virtud saldrá fortalecida. Incluso resulta de gran provecho para el conjunto de las virtudes republicanas, puesto que este hombre virtuoso y sensible, molesto por la injusticia que acaba de experimentar, se empeñará aún más en hacer el bien; querrá vencer esta calumnia, de la que se creía a salvo, y sus buenas acciones se intensificarán. Así, en el primer caso, el calumniador habrá producido un buen efecto, al resaltar los vicios del hombre peligroso; en el segundo, habrá producido excelentes resultados, al obligar al virtuoso a volcarse por entero al prójimo. Ahora bien, pregunto: ¿desde qué punto de vista el calumniador podrá pareceros digno de temer, especialmente en un gobierno en el que es fundamental conocer a los malos para incrementar la energía de los buenos? En consecuencia, hay que cuidarse muy bien de castigar la calumnia; considerémosla en su doble carácter de vigía y de estímulo, y en todos los casos, como algo muy beneficioso. El legislador, cuyas ideas deben estar a la altura de la obra que desarrolla, nunca puede limitarse a estudiar los efectos individuales de un delito; sólo ha de examinar su repercusión en el conjunto de la sociedad y, cuando de este modo llegue a observar los efectos que resulten de la calumnia, desafío a quien sea que no encontrará nada punible en ellos; desafío al que pueda encontrar una sombra de justicia en la ley que va a castigarla. Por el contrario, si la favorece o recompensa se convertirá en el hombre más justo y más íntegro.

El robo es el segundo de los delitos morales cuyo análisis proponemos.

Si nos remontamos a la antigüedad, veremos, por ejemplo, que el robo estaba permitido y era objeto de recompensas en todas las ciudades griegas; Esparta o Lacedemonia lo favorecía abiertamente, y otros pueblos lo consideraban como una virtud de los pueblos guerreros. Es cierto que a través de él se manifiesta el valor, la fuerza, la habilidad, todas las virtudes, en suma, que son útiles para un gobierno republicano y, por consiguiente, para el nuestro. Me atrevería a preguntar, objetivamente, si el robo, cuyo efecto es igualar las riquezas, puede ser considerado como un gran mal en un gobierno cuya meta es la igualdad. No, sin duda; puesto que, por un lado, promueve la igualdad y, por otro, consolida sus efectos positivos. Hubo un pueblo que en lugar de castigar al ladrón, castigaba al que se dejaba robar para que aprendiese a cuidar de sus bienes. Esta anécdota nos lleva a reflexiones más profundas.

No es que desee atacar o destruir el juramento de respeto a las propiedades que la nación acaba de sancionar, ¡no lo quiera Dios!, pero, ¿se me permitirán algunas ideas respecto a la injusticia de tal juramento? ¿Cuál es el espíritu de un juramento hecho por todos los individuos de una nación? ¿Acaso no es mantener una perfecta igualdad entre los ciudadanos, someterlos por igual a la ley que protege las propiedades de todos? ¿Cuáles son los elementos del pacto social? ¿No consiste acaso en ceder parte de su libertad y de sus propiedades para asegurar y mantener lo que se conserva de unos y otros?

Todas las leyes se asientan sobre estas bases y en ellas se fundamentan los castigos infligidos al que abusa de su libertad. Justifican también el establecimiento de impuestos; un individuo no protesta cuando se los exigen, porque sabe que, por medio de lo que da, se conserva el resto. Pero, una vez más, ¿con qué derecho el que no tiene nada se encadenará mediante un pacto que no le protege a él sino a los otros? Si bien obráis con equidad al proteger las propiedades del rico con ese juramento, ¿no cometéis una injusticia al exigir ese juramento al «conservador» que nada tiene? ¿Qué interés puede tener este en vuestro juramento? ¿Por qué queréis que prometa algo que sólo favorece a quien, por sus riquezas, está tan lejos de él? Seguramente no hay nada más injusto; una promesa debe tener el mismo efecto sobre los ciudadanos que la formulan; es imposible que pueda encadenar al que no tiene ningún interés en mantenerla, puesto que ya no sería el pacto de un pueblo libre: sería el arma del más fuerte contra el más débil, quien tendría siempre motivos para rebelarse contra ella. Ahora bien, esto es lo que ocurre con el juramento de respeto a la propiedad que acaba de exigir la nación; sólo sirve para que el pobre quede encadenado al rico, y sólo este tiene interés en el juramento que el pobre hace, sin detenerse a pensar que por medio de esta promesa arrancada a su buena fe quedará obligado a hacer algo que no se puede hacer con respecto a él.

Convencidos, como seguramente debéis estarlo, de esta bárbara desigualdad, ¿no agraváis vuestra injusticia al castigar al que, no teniendo nada, se atreviese a robar a quien lo tiene todo? Vuestro no equitativo juramento le da más derecho que nunca. Obligándolo a cometer perjurio por ese juramento que a él le resulta absurdo, legitimáis todos los crímenes a los que lo conducirá ese perjurio; no os corresponde entonces castigar un crimen que vosotros mismos habréis provocado. Agregaré algo más, a fin de que podáis comprobar la horrible crueldad que se comete al castigar a los ladrones. Imitad la sensata ley del pueblo del que os he hablado; castigad al hombre que ha cometido la negligencia de dejarse robar, pero no sancionéis ningún tipo de castigo contra el que roba. Pensad que vuestro juramento lo autoriza a realizar esta acción y que, al entregarse a ella, no ha hecho sino obedecer al más sabio de los movimientos de la naturaleza, cual es el de conservar su propia existencia, no importa a expensas de quién.

Los delitos que debemos analizar en esta segunda clase de los deberes del hombre para con sus semejantes, son acciones inspiradas por el libertinaje, entre las cuales se distinguen particularmente aquellas que se consideran atentatorias contra lo que cada uno debe a los otros, vale decir la *prostitución,* el *adulterio,* el *incesto,* la *violación* y la *sodomía.* Ciertamente, no debemos dudar ni un instante de que todo lo que se denomina delito moral, o sea todas las acciones del tipo de aquellas que acabamos de citar, no sean totalmente indiferentes bajo un gobierno cuyo único fin es conservar por todos los medios posibles, la forma esencial de su mantenimiento: he ahí la única moral de un gobierno republicano. Ahora bien, puesto que siempre tiene la oposición de los déspotas que lo rodean, no sería razonable pensar que esos medios de conservación puedan ser *medios morales,* ya que sólo podría conservarse por la guerra, y nada es más inmoral que la guerra. Ahora pregunto cómo se llegará a demostrar que en un Estado obligado a ser *inmoral* para mantenerse, los individuos deban ser *morales.* Y más aún: es bueno que no lo sean. Los legisladores de Grecia comprobaron a fondo la enorme necesidad de gangrenar los miembros, a fin de que, una vez que la disolución moral afectase a la parte útil de la máquina, resultase de ello un estado de insurrección siempre indispensable para un gobierno que, tan perfectamente feliz como el republicano, necesariamente debe excitar el odio y el celo en todo lo que lo rodea. La insurrección, pensaban esos sabios legisladores, no es en absoluto un estado *moral,* sin embargo, debe ser el estado permanente de una república. Sería entonces tan absurdo como peligroso exigir que quienes deban mantener la perpetua sacudida *inmoral* de la máquina fuesen, en sí mismos, seres *morales,* puesto que el estado *moral* de un hombre es un estado de paz y tranquilidad, mientras que su estado *inmoral* es un estado de movimiento permanente que le acerca la necesaria insurrección, en la cual el republicano debe mantener siempre al gobierno del que es miembro.

Vamos por partes y comencemos por analizar el pudor, este movimiento cobarde, contrario a las aficiones impuras. Si estuviese en las intenciones de la naturaleza que el hombre fuese púdico, seguramente no lo habría hecho nacer desnudo. Una infinidad de pueblos, menos degradados que nosotros por la civilización, van desnudos sin sentir ninguna vergüenza; no debe dudarse que el uso de vestimenta no tenga como única base las inclemencias del clima y la coquetería de las mujeres. Éstas creyeron que pronto perderían los efectos del placer si en lugar de hacerlos nacer se anticipaban a ellos; pensaron que como la naturaleza no las había creado sin defectos, tenían mayores posibilidades de gustar si los ocultaban por medio de sus vestidos. De modo que el pudor, lejos de ser una virtud, no fue más que uno de los primeros efectos de la corrupción, una de las primeras formas en que se manifestó la coquetería de las mujeres. Licurgo y Solón, completamente persuadidos de que el impudor mantenía al ciudadano en el estado inmoral, esencial al espíritu del gobierno republicano, obligaron a las jóvenes a aparecer desnudas en el teatro. Roma imitó pronto este ejemplo: se bailaba desnudo en los juegos de Flora. La mayoría de los misterios paganos se celebraban así; la desnudez pasó incluso a ser una virtud entre ciertos pueblos. De cualquier modo, las inclinaciones lujuriosas nacen del impudor; esas inclinaciones constituyen los supuestos crímenes que analizamos, de los que la prostitución es uno de los principales. Ahora que hemos corregido, respecto a esto, la multitud de errores religiosos que nos atrapaban y que, más al estar más cercanos a la naturaleza tras haber erradicado una considerable cantidad de prejuicios, sólo escuchamos su voz, persuadidos de que, si hay algún delito en ello, más bien sería el de resistirnos a las inclinaciones que la naturaleza nos inspira antes que combatirlas, pues al estar seguros de que la lujuria es una consecuencia de esas inclinaciones, lo mejor sería tratar de regular los medios para satisfacerlas en paz que ocuparnos de apagar esta pasión. Debemos entonces dedicarnos a poner orden en este aspecto, a crear la seguridad necesaria para que el ciudadano, a quien la necesidad acerca a los objetos de la lujuria, pueda entregarse a estos objetos y a todo lo que le prescribe la lujuria, sin que jamás esté encadenado a nada, puesto que en el hombre no hay ninguna pasión que, como aquélla, requiera la más completa libertad. En todas las ciudades se erigirán establecimientos sanos, amplios, correctamente amueblados y seguros bajo todos los puntos de vista, y allí se ofrecerán al capricho de los libertinos que vayan a gozar, criaturas de todos los sexos y de todas las edades, y la más absoluta subordinación será la regla a la que deban sujetarse estos últimos; el más leve rechazo será castigado arbitrariamente por aquel que lo haya experimentado. Pero aún debo explicar esto, a fin de armonizarlo con las costumbres republicanas; he prometido que en todo aplicaría la misma lógica, de modo que mantendré mi palabra.

Si, como acabo de decir hace un rato, ninguna pasión tiene mayor necesidad de una completa libertad que la lujuria, ninguna es, sin duda, tan despótica a la vez; es aquí donde al hombre le gusta mandar y ser obedecido, rodearse de esclavas obligadas a satisfacerle. Ahora bien, cada vez que al hombre le neguéis los medios secretos para exhalar la dosis de despotismo que la naturaleza introduce en el fondo de su corazón, se arrojará sobre los objetos de su alrededor para ejercerlo, y el gobierno temblará. Permitid, si queréis evitar este peligro, que dé libre curso a estos deseos tiránicos que le atormentan permanentemente a pesar suyo; contento de poder ejercer su pequeña soberanía en medio del harén de *icoglanes* o de sultanas que vuestros cuidados y su dinero le proporcionan, quedará satisfecho y sin ningún deseo de hacer tambalear a un gobierno que le facilita tan complacientemente todos los medios para su concupiscencia. Ejerced, por el contrario, procedimientos diferentes, imponed sobre esos objetos de la lujuria pública las ridículas trabas antiguamente inventadas por la tiranía ministerial y por la lubricidad de nuestros sardanápalos: el hombre, que pronto se volverá tan agriado como su gobierno, celoso del despotismo que os verá ejercer de manera absoluta, se sacudirá el yugo que le imponéis y, cansado de vuestro modo de gobernarlo, lo cambiará, como acaba de hacerlo.

Mirad cómo trataban el libertinaje en Lacedemonia y en Atenas los legisladores griegos compenetrados con esas ideas; permitían al ciudadano embriagarse de goces en lugar de prohibírselos; ningún género de lubricidad le estaba denegado y Sócrates, declarado por el oráculo como el filósofo más sabio de la tierra, pasaba indistintamente de los brazos de Aspasia a los de Alcibíades, y no por ello dejó de ser la gloria de Grecia. Quiero ir más lejos, y aunque mis ideas sean algo contrarias a nuestras costumbres actuales, como mi objetivo es probar que debemos apresurarnos en cambiar estas costumbres si queremos conservar el gobierno que hemos adoptado, intentaré convenceros de que la prostitución de las mujeres reputadas por honestas no es más peligrosa que la de los hombres, y que no sólo debemos acostumbrarlas a las lujurias ejercidas en los sitios que antes señalé, sino que incluso los debemos erigir para ellas, para que en ellos sus caprichos y las necesidades de su temperamento, mucho más ardiente que el nuestro, puedan asimismo darse satisfacción con todos los sexos.

En primer lugar, ¿con qué derecho pretendéis que las mujeres deban estar exceptuadas de la ciega sumisión a los caprichos de los hombres, prescritos por la naturaleza? Y, después, ¿por qué otro derecho pretendéis someterlas a una continencia inaceptable para su físico y absolutamente inútil para su honor?

Voy a tratar separadamente ambas cuestiones.

Es cierto que, en el estado de naturaleza, las mujeres nacieron vulgívagas, es decir gozando de las ventajas que son propias de otros animales hembras y, al igual que éstas y sin ninguna excepción, con la particularidad de ser propiedad de los machos; tales fueron, sin ninguna duda, las primeras leyes de la naturaleza y las únicas instituciones que surgieron de las primeras agrupaciones humanas. El *interés,* el *egoísmo* y el *amor* degradaron estos primeros designios, tan simples y naturales. El hombre pensó que iba a enriquecerse al tomar una mujer y, con ella, los bienes de su familia; es así como por medio del matrimonio quedaban satisfechos los dos primeros sentimientos que acabo de señalar. Y, lo que era más frecuente, se tomaba incluso por la fuerza a esta mujer, atándose a ella; vemos aquí una acción motivada por el egoísmo y, de cualquier modo, injusta.

Jamás se puede ejercer la posesión sobre un ser libre; es tan injusto tener la propiedad exclusiva de una mujer como poseer esclavos. Todos los hombres son libres, todos tienen los mismos derechos: nunca perdamos de vista estos principios. Luego no puede entonces otorgarse a uno de los sexos el legítimo derecho de apoderarse exclusivamente del otro; ninguno de los sexos, como tampoco ninguna de las clases sociales, puede poseer arbitrariamente al otro. Incluso una mujer, dentro del estado de pureza de la naturaleza, jamás puede alegar el amor que siente por otro para justificar el rechazo hacia quien la desea, puesto que ese motivo es excluyente y que ningún hombre puede estar excluido de la posesión de una mujer, desde el momento en que está claro que pertenece absolutamente a todos los hombres. El acto de posesión sólo puede ser ejercido sobre un inmueble o un animal, pero jamás sobre un individuo que es nuestro semejante; todos los lazos que pueden encadenar a una mujer con respecto a un hombre, cualquiera sea el tipo de ataduras que podáis imaginar, son tan injustos como quiméricos.

En consecuencia, es indudable que hemos recibido de la naturaleza el derecho de expresar indistintamente nuestros deseos a todas las mujeres, de lo que se deriva que tenemos también el de obligarla a someterse a dichos deseos, no exclusivamente —puesto que caería en una contradicción—, pero sí momentáneamente. Es incuestionable que tenemos el derecho de establecer leyes que la obliguen a ceder a las pasiones del que las desea; incluso podemos emplear legítimamente la violencia, por cuanto es una de las consecuencias de este derecho. ¡Pues bien! ¿Acaso la naturaleza no nos ha demostrado que tenemos este derecho al otorgarnos la fuerza necesaria para someterlas a nuestros deseos?

En vano será que las mujeres aleguen, en su defensa, el pudor o su apego a otros hombres. Estos medios quiméricos son nulos; hemos visto con anterioridad cómo el pudor era un sentimiento ficticio y despreciable. El amor, que puede denominarse como la *locura del alma,* no tiene otros títulos para legitimar su constancia; al satisfacer solamente a dos individuos, al amante y al amado, no puede servir a la felicidad de los otros, y es para la felicidad de todos y no para una felicidad egoísta y privilegiada que nos han sido otorgadas las mujeres. En consecuencia, todos los hombres tienen el mismo derecho de gozar con todas las mujeres; de acuerdo con las leyes de la naturaleza, no hay pues ningún hombre que pueda arrogarse el derecho exclusivo y personal sobre una mujer. La ley que las obligará a prostituirse, tanto como lo deseemos en las casas de libertinaje, de las que hablé anteriormente, en donde se las forzará si se resisten y se las castigará si no lo hacen, es en consecuencia una de las leyes más equitativas, y ante ella no se podrá oponer ninguna razón justa o legítima.

Un hombre que desee gozar de cualquier mujer o muchacha, podrá entonces, si las leyes que promulgáis son justas, obligarla a que asista a una de esas casas a las que me he referido, y allí, bajo la vigilancia de las matronas de esos templos de Venus, se entregará a los hombres para satisfacer, con humildad y sumisión, todos los caprichos que a él le plazca tener con ella, aunque fuesen algo extravagantes o irregulares, puesto que no hay ninguno de ellos que no esté en la naturaleza, ninguno que no haya sido concebido por ella. Sólo se trataría aquí de fijar límites de edad; ahora bien, que se haga, pero sin poner obstáculos a la libertad de aquel que desee gozar de una joven de tal o cual edad. El que tiene derecho a comer el fruto de un árbol puede seguramente cogerlo maduro o verde, de acuerdo con lo que su gusto le inspire. Pero, objetarán, hay una edad en que los procedimientos de los hombres afectarán, sin duda, la salud de una joven. Estas observaciones carecen de valor. Desde el momento en que acordáis el derecho de propiedad sobre el goce, este derecho es independiente de los efectos derivados del goce; en consecuencia, es indiferente que este goce sea ventajoso o perjudicial al objeto que deba someterse a él. ¿Acaso no se ha probado ya que es legítimo obligar a una mujer sobre este objeto, y que tan pronto como inspire el deseo de goce, deba someterse a este, eludiendo cualquier sentimiento de egoísmo? Lo mismo puede aplicarse en lo referente a su salud. Desde el momento en que las precauciones que se hubiesen tomado, de acuerdo con esta objeción, anulasen o disminuyesen el goce del que la desea y tiene el derecho a apropiarse de ella, esta consideración de la edad acaba siendo nula, puesto que aquí no se trata en absoluto de lo que puede experimentar el objeto condenado por la naturaleza y por la ley a complacer los derechos del otro; en este análisis sólo interesa lo que conviene al que la desea. Restauraremos el equilibrio.

Sí, lo restableceremos; sin duda es nuestro deber. Indudablemente debemos recompensar a estas mujeres, a las que hemos avasallado tan cruelmente, y en esto consistirá la respuesta a la segunda pregunta que me he planteado.

Si admitimos, tal como acabamos de hacer, que todas las mujeres deban someterse a nuestros deseos, seguramente podemos permitirles también que satisfagan ampliamente los suyos; nuestras leyes deben favorecer en este objeto su temperamento fogoso, y es absurdo haber puesto en su honor y en su virtud esa fuerza antinatural con la que rechazan las inclinaciones que han recibido de la naturaleza con mucha más profusión que nosotros. Esta injusticia de nuestras costumbres es tanto más flagrante cuanto que consentimos en vencerlas mediante la seducción y a la vez en castigarlas inmediatamente después que han cedido a todos los esfuerzos que hemos hecho para provocar su caída. Toda la absurdidad de nuestras costumbres se ve agravada, creo, por esta no equitativa atrocidad, cuya sola enunciación debería hacernos sentir la extrema necesidad que tenemos de cambiarlas por otras más puras. Así pues, las mujeres, al haber recibido unas inclinaciones mucho más violentas que nosotros a los placeres de la lujuria, podrán entregarse a ésta todo lo que les parezca, completamente liberadas de los lazos del himen, de los falsos prejuicios del pudor y absolutamente entregadas al estado de la naturaleza. Quiero que las leyes le permitan entregarse a todos los hombres que desee, que el goce de todos los sexos y de todas las partes de su cuerpo le sea permitido al igual que a los hombres, y, bajo la cláusula especial de entregarse a todos los que la deseen, es preciso que tengan igualmente la libertad de gozar de todos aquellos que consideren dignos de satisfacerlas.

¿Cuáles son, pregunto, las consecuencias de esta licencia? ¿Niños sin padres? ¡Pues bien! ¿Qué puede importar esto en una república en la que todos los individuos no deben tener otra madre que la patria, y en donde todos los que nacen son hijos de la patria? ¡Ah! ¡Cuánto más no la amarán los que, no habiendo conocido otra cosa que a ella, sabrán desde que nacen que no es sino de ella de quien deben esperarlo todo! No penséis que haréis buenos republicanos mientras mantengáis aislados en sus familias a unos hijos que sólo pertenecen a la república. Sólo con dar a algunos individuos la dosis de afecto que deben repartir entre todos sus hermanos, aquéllos adoptarán inevitablemente los prejuicios a menudo tan peligrosos en esos individuos; sus opiniones y sus ideas se forjan en el aislamiento, se particularizan y resulta imposible que lleguen a tener las virtudes de un hombre de Estado. Finalmente, una vez que han entregado por entero su corazón a quienes le dieron la vida, ya no encontrarán en ese corazón ningún afecto por el que deban vivir, conocer e instruirse, ¡como si estos otros beneficios no fuesen más importantes que los primeros! Si resulta un gran inconveniente el dejar que los hijos sean absorbidos en sus familias por intereses a menudo muy diferentes de los patrióticos, será entonces una gran ventaja separarlos de ellas. ¿Acaso no es más natural lograrlo por los medios que propongo, puesto que al destruir completamente todos los lazos del himen no nacen como frutos del placer de la mujer, sino unos hijos a los cuales el conocimiento de su padre les está absolutamente prohibido, y con esto se anulan los lazos que los hacen sentir que no pertenecen más que a una familia, en lugar de ser, como deben serlo, únicamente los hijos de la patria?

En consecuencia, habrá unas casas destinadas al libertinaje de las mujeres y, como las de los hombres, estarán bajo la protección del gobierno; ahí le serán proporcionados todos los individuos de uno y otro sexo que puedan desear, y cuanto más frecuenten esas casas, más estimadas serán. No hay nada tan ridículo y tan bárbaro como el de asociar la virtud y el honor de las mujeres con la resistencia que oponen a los deseos que ellas han recibido de la naturaleza y que irritan permanentemente a aquellos que cometen la brutalidad de reprobarlos. Desde la más tierna edad, una niña desprendida de los lazos paternos, al no tener ya que conservar el himen (completamente abolido por las sabias leyes que pretendo), superando los prejuicios que antaño encadenaron a su sexo podrá entonces entregarse a todo lo que le dicte su temperamento en las casas establecidas con ese fin; será recibida en ellas con respeto y ampliamente satisfecha; regresará a la sociedad, donde podrá hablar en público de los placeres como lo hace hoy de un baile o de un paseo. Sexo encantador, seréis libre; gozaréis como los hombres de todos los placeres que la naturaleza os impone como un deber; no debéis rechazar ninguno. ¿La parte más divina de la humanidad debe acaso encadenarse a la otra? ¡Ah! Romped esas cadenas, es la voluntad de la naturaleza; no tengáis otros frenos que vuestras inclinaciones, otras leyes que no sean vuestros deseos, otra moral que no sea la de la naturaleza. No languidezcáis por más tiempo en esos prejuicios bárbaros que marchitan vuestros encantos y ahogan los divinos impulsos de vuestro corazón. Sois tan libres como nosotros, y la carrera de los combates de Venus os espera al igual que a nosotros. No temáis absurdos reproches; la pedantería y la superstición son perjudiciales. Ya no se os verá ruborizaros por vuestros encantadores extravíos; coronadas de mirtos y de rosas, la estima que guardaremos hacia vosotras estará en directa relación a la mayor cantidad de concesiones que os permitiréis hacernos.

Lo que acabo de decir debería sin duda llevarnos a analizar el adulterio; echemos, sin embargo, una ojeada sobre esto, aunque, después de sancionar las leyes que aconsejo, tal delito no existe. Cuán ridículo era considerarlo como un crimen en nuestras antiguas instituciones. Si hay algo absurdo en el mundo, seguramente será la perpetuidad de los lazos conyugales; creo que constatar lo gravoso de estos lazos sería suficiente para dejar de ver como un delito la acción que lleva a cometerlo. En la medida en que la naturaleza, como acabamos de decir, dotó a las mujeres de un temperamento más ardiente y de una sensibilidad más profunda que la que poseen los individuos del otro sexo, el yugo de un himen intacto era mucho más pesado aún. Mujeres tiernas y abrasadas por el fuego del amor, recompensaos sin temor; convenceos de que no puede haber ningún mal en el hecho de seguir los impulsos de la naturaleza, que no es para un solo hombre para lo que habéis sido creadas, sino para daros indistintamente placer con todos. Que ningún freno os detenga. Imitad a las republicanas de Grecia; los legisladores que les dieron las leyes jamás pensaron en hacer un delito del adulterio, y casi todas permitían los excesos en las mujeres. Tomás Moro demuestra, en su *Utopía,* que para las mujeres es más ventajoso entregarse al libertinaje, y las ideas de ese gran hombre estaban muy lejos de ser quiméricas.

Entre los tártaros, cuanto más se prostituía una mujer más estimada era; llevaba públicamente en el cuello las marcas de su impudicia, y no por ello se la consideraba indecorosa. En Perú las familias mismas entregaban sus mujeres o sus hijas a los extranjeros que los visitaban: se las alquilaban a tanto por día, ¡como los caballos y los coches! Ni siquiera varios volúmenes bastarían para demostrar que la lujuria jamás fue considerada como delito entre ninguno de los pueblos sensatos que habitan la tierra. Todos los filósofos saben perfectamente que no es sino a los impostores cristianos a quienes debemos el que se haya transformado en un delito. Los sacerdotes tenían buenos motivos para prohibirnos la lujuria; esta recomendación, al reservarles el conocimiento y absolución de estos pecados secretos, les aseguraba un increíble dominio sobre las mujeres y les abría el camino hacia una lascivia sin límites. Es sabido cómo se aprovecharon de ello y cómo habrían abusado aún, si no fuese que con esto hubiesen perdido irremediablemente su reputación.

¿Acaso el incesto es más peligroso? No, sin duda; extiende los lazos familiares y en consecuencia intensifica el amor de los ciudadanos por su patria. Está comprobado que nos es dictado por las primeras leyes de la naturaleza y que el goce de los objetos que nos pertenecen nos parece siempre más delicioso. Las primeras instituciones favorecen el incesto; se encuentra en el origen de las sociedades. Está consagrado por todas las religiones y todas las leyes lo han fomentado. Si recorremos el mundo, veremos que el incesto existe en todas partes. Los negros de la Costa de la Pimienta y del río Gabón prostituyen a sus mujeres con sus propios hijos; en el reino de Judea, el mayor de los hijos debe desposar a la mujer de su padre. Los hombres de algunos pueblos de Chile se acuestan indistintamente con sus hermanas y sus hijas, y a menudo se casan con la madre y con la hija a la vez. Me atrevo a asegurar, en suma, que el incesto debería ser ley en todo gobierno que se fundamente en la fraternidad. ¡Cómo es posible que los hombres sensatos puedan llegar a la absurdidad de creer que el goce de la madre, de su hermana o de su hija pueda ser delito! ¿No es, pregunto, un abominable prejuicio que el hombre considere un delito preferir para su goce al objeto que por un sentimiento natural siente más próximo? ¡Equivaldría a decir que nos está prohibido amar en exceso a los individuos que la naturaleza nos prescribe amar más y que, cuanto más nos inclina hacia un objeto, al mismo tiempo más nos ordena alejarnos! Estas contradicciones son absurdas; sólo los pueblos embrutecidos por la superstición pueden creerlas o adoptarlas. Atento a que la comunidad de mujeres que he establecido trae aparejado el incesto, queda muy poco por decir acerca de este supuesto delito, cuya nulidad está suficientemente demostrada como para insistir más en ello. Pasaremos a la violación, que, de todos los excesos del libertinaje, a primer golpe de vista parece ser el que ocasiona un notorio y reconocido perjuicio, en razón del ultraje que parece ocasionar. Sin embargo, es cierto que la violación, una acción tan rara como difícil de probar, produce menos daño al prójimo que el robo, puesto que éste invade la propiedad mientras que aquél se conforma con deteriorarla. ¿Qué habréis de objetar al violador si os responde que, de hecho, el mal que ha cometido es insignificante, puesto que no ha hecho sino poner más tempranamente al objeto del que ha abusado en el mismo estado en el que pronto lo pondrían el himeneo o el amor?

Y la sodomía, este pretendido crimen que atrajo el fuego del cielo en las ciudades que se habían entregado a él, ¿no es un error monstruoso, cuyo castigo no habría sido lo bastante severo? Sin duda, es para nosotros muy doloroso tener que reprochar a nuestros antepasados las sentencias de muerte que han osado permitirse a este respecto. ¿Es posible ser tan bárbaro como para atreverse a condenar a muerte al infortunado individuo cuyo único crimen es no tener los mismos gustos que vosotros? Uno se estremece de sólo pensar que, no hace cuarenta años, los legisladores aún sostenían este absurdo. Consolaos, ciudadanos; tales absurdos ya no os alcanzarán: os lo garantiza la sensatez de vuestros legisladores. Completamente instruidos de esta debilidad de algunos hombres, hoy puede comprobarse que tal error no puede ser un delito, y que la naturaleza no ha dado al fluido que corre por nuestros lomos una importancia tal como para irritarse por el camino que nos plazca hacerle tomar a este licor cuando gozamos.

¿Cuál es el único delito que puede haber en ello? Seguramente no es por derramarlo en tal o cual sitio, a menos que no se quiera aceptar que todas las partes del cuerpo son absolutamente distintas, y que las hay puras y deshonestas; pero, como es imposible hacernos eco de estos disparates, lo único que podría justificar este supuesto delito sería la pérdida del semen. Ahora bien, pregunto si es verosímil que este semen sea tan precioso a la naturaleza que sea imposible perderlo sin cometer con ello un delito. Si fuese así, ¿permitiría que todos los días se produjesen estas pérdidas? ¿Acaso no los autoriza cuando los pierde en sueños o en el goce de una mujer embarazada? ¿Acaso se puede pensar que la naturaleza nos daría la posibilidad de cometer un delito que la ultrajaría? ¿Es posible que consienta que los hombres destruyan sus placeres y se vuelvan más fuertes que ella? ¡Es inaudito en qué abismo de disparates se puede caer cuando para razonar se abandona el auxilio de la antorcha de la razón! En consecuencia, estemos completamente seguros de que se puede gozar de una mujer, tanto de una manera como de otra, que es absolutamente indiferente gozar de una joven o de un muchacho y que, tan pronto como se constate que no pueden existir en nosotros otras inclinaciones que las que recibimos de la naturaleza, esta será lo suficientemente sensata y consecuente como para jamás inspirarnos algo que pueda ofenderla.

La inclinación a la sodomía es una consecuencia de la organización, a la que en nada contribuimos. Los niños muestran desde la edad más tierna este gusto, del que no se corrigen jamás. Algunas veces es fruto de la saciedad, pero, aun en este caso, ¿debe considerarse como menos natural? Desde todo punto de vista es obra de la naturaleza, y de cualquier modo lo que ella inspira debe ser respetado por los hombres. Si mediante un recuento exhaustivo se llegase a probar que este gusto produce infinitamente más afición que otro, que los placeres que de él resultan son más intensos y que en razón de esto sus seguidores son mil veces más numerosos que sus detractores, ¿no sería posible concluir entonces que, lejos de ultrajar a la naturaleza, este vicio ayudaría a sus planes y que defiende mucho menos la procreación de lo que nosotros insensatamente creemos? Ahora bien, al recorrer el mundo, ¡cuántos pueblos no vemos que desprecian a las mujeres! Los hay que sólo se sirven de ellas para tener los hijos que les sucederán. El hábito que los hombres tienen de vivir juntos en las repúblicas, harán este vicio más frecuente, pero no por ello peligroso. ¿Acaso los legisladores de Grecia lo habrían introducido en sus repúblicas si lo hubiesen creído así? Por el contrario, lo creían necesario para un pueblo guerrero. Plutarco nos habla con entusiasmo del batallón de amantes y amados; durante mucho tiempo fueron ellos solos quienes defendieron la libertad de Grecia. Este vicio reinó en las asociaciones de compañeros de armas, las cimentó; los más grandes hombres se sintieron inclinados hacia él. Cuando se descubrió América, en todas partes se encontró personas con esos gustos. En Luisiana, entre los illinois, indios vestidos como mujeres se prostituyen como si fueran cortesanas. Los negros de Bengala divierten en público a los hombres; casi todos los serrallos de Argelia están hoy poblados de muchachos. No contentos con tolerar este vicio, en Tebas se ordenaba el amor entre los jóvenes; el filósofo de Queronea lo prescribió para suavizar las costumbres de la juventud.

Sabemos hasta qué punto se instauró en Roma: allí existían lugares públicos en los que los jóvenes se prostituían vestidos como muchachas y las jovencitas con vestimenta masculina. Marcial, Cátulo, Tibulo, Horacio y Virgilio escribían a algunos hombres como si fueran sus amantes y, finalmente, leemos en Plutarco que las mujeres no deben tener parte alguna en el amor de los hombres. Antaño, los amasios de la isla de Creta raptaban jovencitos mediante unas ceremonias muy curiosas. Cuando les gustaba alguno, le comunicaban a sus padres el día en que el raptor deseaba llevarlo; el joven podía ofrecer alguna resistencia si su amante no le complacía, pero, en caso contrario, partía con él y el captor lo devolvía a su familia tan pronto como se había servido. Puesto que en esta pasión, como en la de las mujeres, desde que se tiene bastante, siempre se tiene demasiado. Estrabón nos dice que, en esta misma isla, sólo era con muchachos como se llenaban los serrallos: se los prostituía públicamente.

¿Se quiere la opinión de una última autoridad para demostrar cuán útil es este vicio para una república? Escuchemos a Jerónimo el Peripatético. El amor de los jóvenes, nos dice, se expandió en toda Grecia, puesto que proporcionaba fuerza y coraje, y servía para expulsar a los tiranos. Los conspiradores eran amantes, y se dejaban torturar antes que revelar el nombre de sus cómplices; el patriotismo lo sacrificaban todo a la prosperidad del Estado. Es cierto que esas relaciones afianzaban la república, se proclamaban abiertamente en contra de las mujeres y era una debilidad reservada a los tiranos el unirse a tales criaturas.

La pederastia siempre fue el vicio de los pueblos guerreros. César nos enseña que los galos eran extraordinariamente dados a estos vicios. Las guerras que debían sostener las repúblicas, al separar los dos sexos, propagaron este vicio, y, cuando se reconocieron en él unos efectos tan útiles para el Estado, pronto fue consagrado por la religión. Se sabe que los romanos santificaron los amores de Júpiter y de Ganimedes. Sexto Empírico nos asegura que esta fantasía estaba prescrita entre los persas. En fin, celosas y despreciadas, las mujeres ofrecieron a sus maridos el mismo servicio que recibían de los jovencitos; algunos lo intentaron y retomaron sus viejos hábitos, sin encontrar en ello ninguna ilusión.

Los turcos, con una fuerte inclinación hacia esta depravación que Mahoma consagró en el Corán, aseguran, sin embargo, que una muchacha virgen y muy joven bien puede reemplazar a un muchacho, y raramente las convierten en sus mujeres sin antes haberlas sometido a esta prueba. Sexto Quinto y Sánchez permitieron este exceso; este último se ocupó incluso de demostrar que era útil a la propagación, y que un niño concebido después de esta experiencia llegaba a estar infinitamente mejor constituido. Finalmente las mujeres acabaron por recompensarse entre ellas. Sin duda esta fantasía no tiene más inconvenientes que la otra, puesto que el resultado no es sino la negativa a procrear, y porque los medios que ostentan los que defienden la propagación son lo bastante poderosos como para que los adversarios puedan perjudicarla. Los griegos también apoyaron este extravío de las mujeres, basándose en razones de Estado. De ello resultó que, al satisfacerse entre ellas, la comunicación con los hombres se volvió menos frecuente, sin ocasionar de este modo ningún perjuicio a los intereses de la república. Luciano nos demuestra los progresos que hizo esta licencia y no es sin interés como la vemos en Safo.

No hay, en suma, ningún peligro en todas estas manías: aunque se las llevase incluso más lejos, practicándolas con monstruos o animales, tal como nos lo muestra el ejemplo de algunos pueblos, no habría en esas pamplinas el más mínimo inconveniente, puesto que la corrupción de las costumbres, a menudo muy útil para un gobierno, no sería perjudicial bajo ningún punto de vista, y debemos esperar de nuestros legisladores la suficiente prudencia y sensatez para estar bien seguros de que ninguna ley emanará de ellos para reprimir estas miserias, que, basadas completamente en la organización, jamás podrían volver a quien se inclina a ellas más culpable que el individuo a quien la naturaleza creó con deformidades.

En esta segunda clase de delitos del hombre hacia su semejante sólo nos queda por analizar el asesinato, después de lo cual pasaremos a examinar sus deberes con respecto a sí mismo. De todas las ofensas que el hombre puede hacer a sus semejantes, el asesinato es, sin lugar a dudas, la más cruel de todas, puesto que le arrebatan el único bien que ha recibido de la naturaleza, el único cuya pérdida es irreparable. Sin embargo, diversos interrogantes se plantean al respecto, abstracción hecha del daño que la muerte ocasiona a la víctima:

1. ¿Es verdaderamente criminal esta acción, de cara a las leyes de la naturaleza?
2. ¿Lo es en relación a las leyes de la política?
3. ¿Es perjudicial para la sociedad?
4. ¿Cómo debe ser considerada bajo un gobierno republicano?
5. Finalmente, ¿la muerte debe ser reprimida con la muerte?

Vamos a examinar separadamente cada una de estas cuestiones: el objeto es bastante esencial como para que se nos permita detenernos en él. Se encontrará, quizá, que nuestras ideas son un poco fuertes: ¿qué importa eso? ¿Acaso no hemos adquirido el derecho de decirlo todo? Expongamos las grandes verdades ante los hombres: lo esperan de nosotros; es tiempo de que el error desaparezca, es preciso que su venda caiga al lado de la de los reyes. ¿El asesinato es un crimen a los ojos de la naturaleza? Tal es la primera pregunta que se plantea.

Sin duda aquí vamos a ofender el orgullo de los hombres, rebajándolo al rango de todas las otras producciones de la naturaleza, pero la filosofía no consiente en absoluto las pequeñas vanidades del hombre; permanentemente movida por el ardiente deseo de perseguir la verdad, la extrae de la maraña de los estúpidos prejuicios del amor propio, la alcanza, la desarrolla y la presenta audazmente ante el asombro del mundo.

¿Qué es el hombre y cuál es la diferencia que hay entre él y las plantas, entre él y los otros animales de la naturaleza? Seguramente ninguna. Como ellos, ha sido puesto fortuitamente en el mundo y ha nacido como ellos. Se propaga, crece y disminuye al igual que ellos; llega a la vejez y cae, como ellos, en la nada después del plazo de tiempo que la naturaleza asigna a cada especie de animales, en razón de la constitución de sus órganos. Si las aproximaciones son tan exactas que al ojo crítico de la filosofía le resulta imposible distinguir alguna diferencia, habrá entonces tanto mal en matar a un animal como en matar a un hombre, o un poco menos en uno que en otro, y sólo en los prejuicios de nuestro orgullo podrá verse la diferencia. Pero nada es tan desgraciadamente absurdo como los prejuicios del orgullo. Exprimamos, sin embargo, la pregunta. Vosotros podréis disentir, sosteniendo que no es lo mismo destruir a un hombre que a un animal, pero, ¿acaso la destrucción de todo animal que ha vivido no es decididamente un mal, como lo creían los pitagóricos y como lo creen aún los que habitan en las riberas del Ganges? Antes de responder a esto, recordemos en primer lugar a los lectores que aquí sólo hemos examinado la cuestión en relación a la naturaleza; a continuación la abordaremos en relación a los hombres.

Ahora bien, pregunto qué valor tienen para la naturaleza unos individuos que no le exigen el menor esfuerzo ni el más mínimo cuidado. El obrero no aprecia su obra más que en relación al trabajo que le cuesta, al tiempo que emplea en crearla. En consecuencia, ¿le cuesta el hombre algún trabajo a la naturaleza? Y, suponiendo que le costase, ¿le cuesta más que un mono o que un elefante? Iré más lejos: ¿cuáles son las materias generadoras de la naturaleza? ¿De qué se componen los seres vivientes? ¿Acaso los elementos que los constituyen no son el resultado de la destrucción de nuestros cuerpos? Si todos los individuos fuesen eternos, ¿no se volvería imposible para la naturaleza crear otros nuevos? Si la eternidad de los seres es imposible que exista en la naturaleza, su destrucción es en consecuencia una de sus leyes. Ahora, si las destrucciones le son tan útiles, de modo que no pueda prescindir de ellas, y si no puede lograr sus creaciones sin extraer lo que necesita de estas masas de destrucción que le prepara la muerte, no será entonces real la idea de aniquilación que adjudicamos a la muerte. No habrá modo de constatar tal aniquilación; lo que llamamos el fin del animal que ha vivido, no será ya un fin real sino una simple transmutación, cuyo fundamento es el movimiento permanente, verdadera esencia de la materia que todos los filósofos modernos admiten como una de sus primeras leyes. A partir de esos principios irrefutables, la muerte no es, pues, más que un cambio de forma, un pasaje imperceptible de una vida a otra, que es lo que Pitágoras llama la metempsicosis.

Una vez admitidas estas verdades, pregunto si aún se podrá anticipar que la destrucción sea un crimen. ¿Osaréis decirme que la transmutación es una destrucción, en el afán de sostener vuestros absurdos prejuicios? No, sin duda; puesto que para eso habría que probar un instante de inacción en la materia, un momento de reposo. Ahora bien, jamás encontraréis ese momento. Los animales pequeños se forman en el mismo instante en que el animal grande expira, y la vida de esos pequeños animales no es más que uno de los efectos necesarios y determinados por el sueño momentáneo del grande. ¿Osaréis decir ahora que a la naturaleza le place uno más que otro? Para eso habría que probar algo imposible: que la forma larga o cuadrada es más útil y más agradable a la naturaleza que la forma oblonga o triangular; habría que probar que, en atención a los sublimes planes de la naturaleza, un holgazán que se ceba en la inactividad y en la indolencia es más útil que el caballo, cuyo servicio es esencial, o que el buey, cuyo cuerpo es tan apreciable que no hay ninguna parte de él que no nos sirva; habría que decir que la serpiente venenosa es más necesaria que el perro fiel.

Ahora bien, como todos estos sistemas son insostenibles, es pues, absolutamente necesario, disponerse a admitir nuestra imposibilidad de aniquilar las obras de la naturaleza, en vista de que la única cosa que hacemos, al entregarnos a la destrucción, no es sino producir una variación en las formas, pero de ningún modo apagar la vida, y está entonces muy por encima de las fuerzas humanas el probar que pueda existir ningún crimen en la pretendida destrucción de una criatura, de cualquier sexo o edad, y de la especie que os imaginéis. Llevados pues por una serie de efectos encadenados, habrá que convenir que, lejos de perjudicar a la naturaleza, la acción que cometéis, al variar las formas de sus diferentes obras, es ventajosa para ella, puesto que por esta acción le proporcionáis la materia prima para sus reconstrucciones, cuyo trabajo le resultaría impracticable si no lo destruyeseis. ¡Bien! Dejadla hacer. Seguramente quiso permitirlo, pero no son sino sus impulsos los que sigue el hombre cuando comete un homicidio; es la naturaleza quien le aconseja, y el hombre que destruye a su semejante es para la naturaleza lo que la peste o el hambre, que también son enviadas por su mano, la que se sirve de todos los medios posibles para obtener cuanto antes la materia prima de la destrucción, absolutamente esencial para sus obras.

Dignémonos por un instante iluminar nuestra alma con la antorcha de la filosofía; ¿qué otra voz si no es la de la naturaleza, la que nos inspira los odios personales, las venganzas, las guerras, en suma, todas ellas permanentes causas de muertes? Ahora bien, si ella nos lo aconseja, es porque lo necesita. ¿Cómo podemos entonces, después de esto, creernos culpables respecto a ella, cuando no hacemos otra cosa que cumplir con sus designios?

Pero es preciso algo más para convencer a todo lector esclarecido que es imposible que la muerte pueda ultrajar la naturaleza.

¿Es un crimen en política? Atrevámonos a confesar, por el contrario, que desgraciadamente es uno de los más grandes resortes de la política. ¿Acaso no fue a fuerza de asesinatos como Roma se convirtió en la dueña del mundo? ¿Acaso no ha sido a fuerza de asesinatos como Francia es hoy libre? Es inútil advertir aquí que sólo se habla de los muertos ocasionados por la guerra, y no de las atrocidades cometidas por los facciosos y los alteradores; éstos, expuestos a la execración pública, no necesitan sino ser recordados para excitar el horror y la indignación general. ¿Qué otra ciencia humana tiene mayor necesidad de apoyarse en la muerte que aquélla que no tiende más que a engañar, que no tiene más meta que el crecimiento de una nación a expensas de otra? Las guerras, únicos frutos de esta barbarie política, ¿acaso no son otra cosa que un medio para nutrirse, para fortalecerse y para extenderse? ¿Acaso la guerra no es la ciencia de la destrucción? ¡Extraña ceguera la del hombre que enseña públicamente el arte de matar, que recompensa al que mejor lo hace y que castiga al que, por motivos personales, se deshace de su enemigo! ¿No es hora de que se corrijan tan bárbaros errores?

Finalmente, ¿es el asesinato un crimen contra la sociedad? ¿Puede pensarlo alguien que sea sensato? ¡Ah! ¿Qué le importa a esta poblada sociedad tener un miembro de más o de menos? ¿Estarán viciadas sus leyes, su moral, sus costumbres? ¿Alguna vez ha influido la muerte sobre la sociedad en su conjunto? ¿Qué puede decirse después de perder la mayor de las batallas? Después de la extinción de la mitad del mundo o, si se quiere, de su totalidad, la pequeña porción de seres que lograse sobrevivir ¿experimentaría la más mínima alteración? ¡Ay, no! La naturaleza en su totalidad no sentiría nada, y el estúpido orgullo del hombre, que cree que todo está hecho para él, se sorprendería después de la total destrucción de la especie humana, si viese que nada cambia en la naturaleza y que ni siquiera se retrasa el curso de los astros. Prosigamos.

¿Cómo debe considerarse el asesinato en un Estado guerrero y republicano?

Seguramente sería muy peligroso desacreditarlo o castigarlo. El orgullo del republicano requiere algo de ferocidad; si se ablanda, si pierde su energía, pronto será subyugado. Aquí se impone una singular reflexión y, aunque parezca audaz, la expondré, puesto que es cierta. Una nación que comienza a gobernarse bajo un gobierno republicano, sólo se sostendrá por las virtudes, ya que para llegar a mucho es preciso empezar por poco; pero una nación ya vieja y corrupta, que sacuda valientemente el yugo de su monarquía para adoptar un gobierno republicano, no se mantendrá sino a través de muchos crímenes; porque ya está dentro del crimen, y si quiere pasar del crimen a la virtud, es decir de un estado violento a uno pacífico, caerá en una inercia cuyo resultado inmediato será ciertamente la ruina. ¿Qué sería del árbol que trasplantarais de un terreno fértil a uno arenoso y seco? Las ideas intelectuales se subordinan tanto a la física de la naturaleza, que los ejemplos proporcionados por la agricultura jamás nos engañarán en lo que respecta a la moral.

Los hombres más independientes, los más próximos a la naturaleza y los salvajes, cada día se entregan impunemente al asesinato. En Esparta, en Lacedemonia, se iba a la caza de los ilotas, como en Francia se va a la de las perdices. Los pueblos más libres son los que más lo toleran. En Mindanao, el que comete un asesinato es ascendido al rango de los valientes: se le condecora con un turbante. Entre los caraguos, es preciso matar a siete hombres para ser honrado con esta corona. Los habitantes de Borneo creen que todos aquellos que asesinan les servirán más allá de la muerte. Incluso los españoles devotos hacían votos a Santiago de Galicia de matar a doce americanos por día; en el reino de Tangut, se elegía a un joven fuerte y vigoroso al que en ciertos días del año se le permitía matar a todo el que encontrase. ¿Habría otro pueblo más amigo de la muerte que el de los judíos? Se la ve bajo todas las formas y en todas las páginas de su historia.

El emperador y los mandarines de China, de cuando en cuando, tomaban medidas para que el pueblo se rebelase, maniobras por las cuales obtenían el derecho de practicar una horrible carnicería. Que ese pueblo flojo y afeminado se libere del yugo de sus tiranos y tendrá a su vez razones suficientes para matarlos, y el asesinato, siempre necesario, no habrá hecho sino cambiar de víctimas; era la felicidad de unos y se convertirá en la dicha de otros.

Una infinidad de naciones toleran los asesinatos públicos: están totalmente permitidos en Génova, en Venecia, en Nápoles y en toda Albania. En Kachao, a las orillas del río de Santo Domingo, los asesinos, siguiendo una costumbre reconocida y aceptada, degüellan a vuestra orden y ante vuestros ojos al individuo que le indiquéis. Los indios toman opio para animarse a matar; a continuación se lanzan a las calles y masacran a todos los que encuentran a su paso. Algunos viajeros ingleses pudieron observar esta costumbre en Batavia.

¡Acaso hubo otro pueblo al mismo tiempo más grande y más cruel que los romanos, y otra nación que conservase durante tanto tiempo su esplendor y su libertad! El espectáculo de los gladiadores sostuvo su coraje; se volvió guerrero por el hábito de hacer de la muerte un juego. Doce o quince cientos de víctimas diarias llenaban el ruedo del circo, y allí las mujeres, más crueles que los hombres, se atrevían a exigir a los moribundos que cayesen con gracia y mantuviesen las formas incluso bajo las convulsiones de la muerte. Los romanos pasaron de esto al placer de ver cómo se degollaban los enanos entre sí, y cuando el culto cristiano, contaminando el mundo, vino a persuadir a los hombres que era malo matarse, este pueblo fue pronto sometido por los tiranos y los héroes del mundo se convirtieron rápidamente en monigotes.

En todas partes, en fin, se consideró con razón que el asesino, es decir, el hombre que ahoga su sensibilidad hasta el punto de matar a su semejante, y de desafiar a la venganza pública o privada, en todas partes, digo, se pensó que un hombre semejante no podía ser más peligroso y por consiguiente más valioso para un gobierno guerrero o republicano. Recorramos las naciones que, más feroces aún, no contentas con inmolar a los niños de otros pueblos sacrificaron muy a menudo a sus propios hijos, y veremos que estas acciones, universalmente practicadas, están incluso contempladas en las leyes. Diversos pueblos salvajes mataban a los recién nacidos. En las orillas del río Orinoco, las madres, convencidas de que a sus hijas sólo les esperaba la desventura, puesto que estaban destinadas a convertirse en las esposas de los salvajes de esas regiones, y que las mujeres no podían sufrir, las inmolaban tan pronto como las daban a luz. En Trapobana y en el reino de Sopit, los niños deformes eran sacrificados por sus propios padres. Las mujeres de Madagascar exponían a los animales salvajes a los niños nacidos en determinados días de la semana. En las repúblicas de Grecia, se examinaba cuidadosamente a los niños que llegaban al mundo y, si no eran encontrados aptos para defender a la República en el futuro, los sacrificaban rápidamente; en ellas, se consideraba que no era para mantener a esta vil escoria de la naturaleza humana para lo que se habían edificado casas tan ricamente dotadas. Hasta el traslado de la sede del imperio, todos los romanos que no querían criar a sus hijos los arrojaban a los vertederos. Los antiguos legisladores no tenían ningún escrúpulo en sacrificar a los niños, y ninguno de sus códigos jamás reprimió los derechos que un padre creía tener sobre su familia. Aristóteles aconsejaba el aborto, y esas antiguas republicanas, llenas de entusiasmo y de ardor patriótico, desconocían este sentimiento de conmiseración individual que se encuentra entre las naciones modernas; querían menos a sus hijos, pero amaban más a su país. En todas las ciudades de China, todas las mañanas se encuentran en las calles una considerable cantidad de niños abandonados; un sepulturero los recoge al despuntar el día y los echa a una fosa, y a menudo son las mismas parteras las que, tras desembarazarse de las madres, ahogan a sus niños en cubas de agua hirviente o en las aguas del río. En Pekín, se los mete en pequeñas cestas de junco y los abandonan en los canales; el famoso viajero Duhalde evaluó en más de treinta mil los niños que diariamente se recogen, tras espumar las aguas. No se puede negar que bajo un gobierno republicano sea extraordinariamente necesario dignificar a la población; es una medida extremadamente política. Con propósitos absolutamente diferentes, es preciso aumentar la población bajo una monarquía; en ésta, los tiranos seguramente necesitan hombres, por cuanto su riqueza está en función del número de esclavos que posean. Pero bajo un gobierno republicano, la abundancia de población, no lo dudemos, es realmente un vicio. Sin embargo, no es preciso degollar para que disminuya, como lo sostienen nuestros modernos magistrados; sólo se trata de privarles de los medios para que se propaguen más allá de los límites que les prescribe su bienestar. Guardaos de multiplicar un pueblo en el que cada ser es soberano, y estad bien seguros de que las revoluciones jamás son el efecto de una población demasiado numerosa. Si para el esplendor del Estado otorgáis a vuestros guerreros el derecho de destruir a los hombres, para la conservación de este mismo Estado, otorgad también a cada individuo, a fin de que lo ejerza todo lo que quiera —porque no ultraja a la naturaleza—, el derecho de deshacerse de los hijos que no puede alimentar o que no aportarán ningún beneficio al gobierno; otorgadle incluso el de deshacerse, por su cuenta y riesgo, de todos los enemigos que puedan perjudicarlo, porque el resultado de todas estas acciones, absolutamente nulas en sí mismas, será el de tener a vuestra población en un estado de moderación, y nunca lo bastante numerosa para levantarse contra vuestro gobierno. Dejad que los monárquicos digan que la grandeza de un Estado depende de una población numerosa: este Estado siempre será pobre si la población excede los medios de subsistencia, y será floreciente si, manteniéndose en sus límites, trafica con sus excedentes. ¿Acaso no podáis el árbol cuando tiene demasiadas ramas? ¿Acaso no cortáis las ramas para conservar el tronco? Todo sistema que se aparta de estos principios es una extravagancia, cuyos abusos pronto conducirían al derrumbe del edificio que con tanto esfuerzo acabamos de levantar. Pero para disminuir la población no es al hombre ya formado a quien hay que destruir: es injusto acabar con los días de un individuo bien conformado; se trata, digo, de impedir que nazca un ser que, ciertamente, será inútil para el mundo. La especie humana debe ser depurada desde la cuna; si prevéis que esa vida jamás podrá ser útil a la sociedad, es preciso cercenarla desde su seno. He aquí los únicos medios razonables de aminorar una población cuyo excesivo número, según acabamos de demostrarlo, es el más peligroso de los abusos.

Es tiempo de que resumamos.

¿La muerte debe ser castigada con la muerte? No, sin duda. Nunca impongamos al asesino otro castigo que aquel al que puede quedar expuesto por la venganza de los amigos o de la familia de su víctima. «Os concedo el perdón», decía Luis XV a Charolais, que acababa de matar a un hombre por diversión, «pero lo hago también con el que os matará». En estas sublimes palabras se encuentran las bases de la ley contra los asesinos.

En suma, el asesinato es un horror, pero un horror que a menudo es necesario, nunca criminal y esencialmente tolerable en un Estado republicano. He demostrado que en todo el mundo se encontraban ejemplos de ello; pero ¿es preciso considerarlo como una acción que puede castigarse con la muerte? Los que respondan al siguiente dilema habrán satisfecho la pregunta: ¿Es o no un crimen el asesinato? Si no hay en ello ningún delito, ¿por qué hacer leyes que lo castiguen? Y si lo hubiese, ¿por qué bárbara y estúpida inconsecuencia lo castigaréis con otro crimen?

Nos queda por hablar de los deberes de los hombres para consigo mismos. Como el filósofo no admite esos deberes si no coadyuvan a su placer o a su conservación, es completamente inútil recomendarle su práctica, y más inútil aún, imponerle castigos por no haberlos cumplido.

El único delito que el hombre podría cometer en este género es el suicidio. Me entretendré aquí en demostrar la imbecilidad de las personas que convierten esta acción en un crimen: remito a la famosa carta de Rousseau a los que aún tuviesen alguna duda con respecto a ésto. Casi todos los gobiernos antiguos autorizaban el suicidio por razones de política y religión. Los atenienses exponían ante el Areópago las razones que tenían para matarse: a continuación se apuñalaban. Todas las repúblicas de Grecia toleraban el suicidio, y éste era contemplado por los legisladores; los hombres se suicidaban en público, y se hacía de su muerte un aparatoso espectáculo. La República romana promovió el suicidio: los tan mentados sacrificios por la patria no eran sino suicidios encubiertos. Cuando Roma fue invadida por los galos, los más ilustres senadores se inmolaron; readoptando este mismo espíritu, cultivaremos las mismas virtudes. Un soldado se suicidó, durante la campaña de 1792, por la pena de no poder acompañar a sus camaradas en el combate de Jemmappes. Si nos mantenemos a la altura de estos orgullosos republicanos, pronto sobrepasaremos estas virtudes: es el gobierno el que hace al hombre. Tan largo hábito al despotismo había debilitado nuestro valor; había pervertido nuestras costumbres: hemos renacido y pronto se verá de cuántas acciones sublimes es capaz el genio francés, cuando es libre. Mantengamos, al precio de nuestra vida y nuestra fortuna, esta libertad que nos cuesta ya tantas víctimas; no lamentaremos ninguna si llegamos a la meta; ellas mismas se han inmolado voluntariamente: no volvamos inútil su sangre, pero mantengamos la unión... o perderemos los frutos de nuestros esfuerzos. Tratemos de tener excelentes leyes que garanticen las victorias que acabamos de conseguir; nuestros primeros legisladores, aún esclavos del déspota que finalmente hemos derrocado, no nos dieron sino leyes dignas de ese tirano, al que aún siguen adulando. Rechacemos su obra, pensemos que es para los republicanos y para los filósofos para quienes vamos finalmente a trabajar; que nuestras leyes sean tan tolerantes como el pueblo al que deban regir.

Al exponer aquí, como acabo de hacerlo, el escaso valor y la indiferencia de una infinidad de acciones que nuestros antepasados vieron como criminales bajo el influjo de una falsa religión, reduzco nuestro trabajo a algo muy insignificante. No se trata de multiplicar los frenos: sólo es cuestión de hacer indestructible el que se utilice. Que las leyes que promulgamos no tengan otro fin que la tranquilidad del ciudadano, su felicidad y el esplendor de la República. Pero después de haber expulsado al enemigo de vuestras tierras, franceses, desearía que la pasión que pongáis en propagar vuestros principios os lleve más lejos aún; no es sino a hierro y fuego como podréis llevarlos de un extremo al otro del mundo. Antes de cumplir estas resoluciones, recordad los infortunados sucesos de las Cruzadas. Cuando el enemigo esté al otro lado del Rin, creedme, resguardad vuestras fronteras y permaneced en vuestro país. Reactivad vuestro comercio, promoved y dad salida a vuestras mercancías, haced reflorecer vuestras artes; reanimad la agricultura, tan necesaria a un gobierno como el vuestro, cuyo espíritu debe ser el de poder abastecer a todo el mundo sin necesitar de nadie. Dejad que las monarquías de Europa se derrumben por sí mismas: vuestro ejemplo y vuestra prosperidad las derribarán, sin que tengáis necesidad de inmiscuiros en ellas.

Invencibles en vuestro país y modelo para todos los pueblos por vuestra organización y buenas leyes, no habrá gobierno en todo el mundo que no trabaje para imitaros, ni uno sólo que no se honre con vuestra alianza; pero si, por el vano orgullo de llevar vuestros principios más lejos, abandonáis el cuidado de vuestra propia felicidad, el despotismo que no está sino adormecido volverá a renacer, las divisiones internas os desgarrarán, habréis agotado vuestras finanzas y vuestros bienes, y todo esto por volver a besar las cadenas que os impusieron los tiranos, que os habrán subyugado durante vuestra ausencia. Todo lo que deseéis se podrá hacer sin que tengáis que abandonar vuestros hogares; que los otros pueblos os vean felices y correrán tras la felicidad siguiendo la misma ruta que le habéis trazado.

EUGENIA *(A Dolmancé.):* He aquí lo que dice un escrito sensato, el cual está tan de acuerdo con vuestros principios que estoy tentada de creeros el autor, al menos en muchos aspectos.

DOLMANCÉ: Es muy cierto que comparto una buena parte de esas reflexiones, y mis discursos, que ya los conocéis, dan a la lectura que acabamos de hacer toda la apariencia de ser una repetición...

EUGENIA *(Cortándole.):* No lo he advertido; nunca sería suficiente repetir las cosas buenas. No obstante, encuentro que algunos de esos principios son algo peligrosos.

DOLMANCÉ: No hay más peligros en el mundo que la piedad y la beneficencia; definitivamente, la bondad no es más que una debilidad, a través de la cual la ingratitud y la impertinencia de los débiles obligan a las personas honestas a arrepentirse. Que un buen observador se ocupe en evaluar los peligros de la piedad y que los compare con los de una firmeza sostenida: verá si los primeros no son los que predominan. Pero vamos más lejos, Eugenia; resumamos, a los efectos de vuestra instrucción, el mejor consejo que se pueda extraer de todo lo que se acaba de decir: jamás escuchéis a vuestro corazón, hija mía, es el guía más falso que hayamos recibido de la naturaleza; cerradlo con cuidado a los falaces acordes del infortunio. Es mucho mejor que rechacéis al que verdaderamente estaría hecho para interesaros y que corráis el riesgo de entregaros al depravado, al intrigante y al aventurero: uno sólo acarrea leves consecuencias, el otro los más grandes inconvenientes.

EL CABALLERO: Os ruego que me permitáis contestar y aniquilar, si puedo, los principios de Dolmancé. ¡Ah! ¡Qué diferentes serían estos, hombre cruel, si, privado de la inmensa fortuna con la que permanentemente encuentras los medios para satisfacer tus pasiones, pudieses languidecer algunos años en este agobiante infortunio, con el que tu feroz espíritu se atreve a ocasionar a los miserables! ¡Echa una ojeada de piedad sobre ellos y no cierres tu alma hasta el punto de endurecerla sin remedio ante los desgarradores gritos de necesidad! Cuando tu cuerpo, ya cansado de las voluptuosidades, repose lánguidamente sobre colchones de plumas, mira el suyo —abatido por los trabajos que a ti te proporcionan de qué vivir— recoger un poco de paja para preservarse del frescor de la tierra, en la que no tienen, como los animales, más que la fría superficie para tenderse; echa una mirada sobre ellos, cuando, rodeado de platos suculentos con los que veinte alumnas de Comus despiertan día a día tu sensualidad, esos desdichados disputan a los lobos en los bosques la raíz amarga de un suelo reseco; cuando los juegos, las gracias y las risas conducen a tu lecho impuro a los más conmovedores objetos del templo de Citeres, mira a ese miserable tendido al lado de su triste esposa, que, satisfecho con los placeres que cosecha en el seno de las lágrimas, ni siquiera sospecha que puedan existir otros; mírale, cuando no te privas de nada, cuando nadas en medio de lo superfluo; mírale también, te digo, faltarle siempre los medios para cubrir sus necesidades elementales; echa una ojeada sobre su desolada familia; mira a su trémula esposa repartirse con ternura entre los cuidados que debe a su marido, languideciendo junto a ella, y los que la naturaleza le manda con respecto a los retoños de su amor, privada de la posibilidad de cumplir con ninguno de esos deberes tan sagrados para un alma sensible. ¡Escúchala sin estremecerte, si puedes, reclamar junto a ti lo superfluo que tu crueldad le niega!

Bárbaro, ¿acaso no son hombres como tú? Si son semejantes a ti, ¿por qué debes gozar cuando ellos languidecen? Eugenia, Eugenia, jamás apaguéis en vuestra alma la voz sagrada de la naturaleza; es a través de la beneficencia como ella os conducirá, a pesar vuestro, cuando separéis su órgano del fuego de las pasiones que lo consume. Dejemos ahí los principios religiosos, de acuerdo; pero no abandonemos las virtudes que la sensibilidad nos inspira; es sólo practicándolas como gustaremos de los más dulces y deliciosos goces del alma. Todos los extravíos de vuestro espíritu serán redimidos por una buena obra; esta apagará en vos los remordimientos que vuestra conducta hará nacer en él, y, al formar en el fondo de vuestra conciencia un asilo sagrado, en el que vos misma os replegaréis algunas veces, allí encontraréis el consuelo a los excesos a los que os habrán arrastrado vuestros errores. Hermana, soy joven, libertino, impío y capaz de todos los excesos del espíritu, pero aún conservo el corazón, es puro y es con él, amigos, como me consuelo de los defectos propios de mi edad.

DOLMANCÉ: Sí, caballero, sois joven, vuestros discursos lo demuestran; os falta experiencia. Os espero hasta que ella os haga madurar; entonces, querido, ya no hablaréis tan bien de los hombres, porque los habréis conocido. Fue su ingratitud lo que secó mi corazón, su perfidia la que destruyó en mí esas virtudes funestas, para las cuales quizá había nacido, al igual que vos. Ahora bien, si los vicios de unos vuelven tan peligrosas esas virtudes en otros, ¿acaso no se rinde un servicio a la juventud al ahogarlas tempranamente? ¿De qué remordimientos me hablas, querido amigo? ¿Pueden existir en el alma de quien no reconoce el crimen en nada? Que vuestros principios los ahoguen, si teméis el aguijón: ¿os será posible arrepentiros de una acción de cuya indiferencia estaréis profundamente convencido? Desde que creáis que en nada existe el mal, ¿de qué mal os podréis arrepentir?

EL CABALLERO: Es en nuestro espíritu donde sentimos los remordimientos; no son sino los frutos del corazón, y los sofismas del pensamiento jamás apagarán los movimientos del alma.

DOLMANCÉ: Pero el corazón se engaña, puesto que no es sino la expresión de los falsos cálculos del espíritu; madurad esto, lo otro cederá pronto. Las falsas definiciones siempre nos desorientan cuando queremos razonar. No sé lo que es el corazón; así es como llamo a las debilidades del espíritu. Una sola y única llama se enciende en mí, pero, en la medida en que estoy sano y fuerte, jamás me perturba. ¿Acaso soy viejo, hipocondríaco o cobarde? Me equivoco; entonces me digo que soy sensible, aunque en el fondo no soy sino débil y tímido. Una vez más, Eugenia, que esta pérfida sensibilidad no abuse de vos; sólo es, estad bien segura, la debilidad del alma. Se llora cuando se tiene temor, y he ahí la razón de que los reyes sean tiranos. Rechazad, detestad los pérfidos consejos del caballero; al deciros que abráis vuestro corazón a todos los males imaginarios del infortunio, busca atormentaros con una suma de pesares que, no siendo vuestros, pronto os desgarrarán inútilmente. ¡Ah! Creed, Eugenia, creed que los placeres que nacen de la molicie valen tanto como los que os proporciona vuestra sensibilidad; estos no llegan más que en un sentido al corazón, mientras que los otros lo acarician y lo agitan por todas partes. Los goces permitidos, en una palabra, ¿pueden compararse a los goces que reúnen atractivos mucho más excitantes, aquellos que se derivan de la ruptura de los frenos sociales y del trastocamiento de todas las leyes?

Eugenia: ¡Tú triunfas, Dolmancé, tú ganas! ¡Los discursos del caballero sólo han rozado ligeramente mi alma, los tuyos la seducen, la arrastran! ¡Ah! Creedme, caballero, dirigíos más bien a las pasiones que a las virtudes cuando queráis persuadir a una mujer.

Señora de Saint-Ange *(Al caballero.):* Sí, amigo, fóllame bien, pero no nos sermonees: no conseguirás en absoluto convertirnos y podrías turbar el desarrollo de las lecciones en las que queremos hacer abrevar al alma y el espíritu de esta encantadora niña.

Eugenia: ¿Turbar? ¡Oh, no, no! Vuestra obra ha acabado; lo que los estúpidos llaman corrupción se ha arraigado bastante en mí como para que exista incluso alguna esperanza de retorno, y vuestros principios están lo suficientemente apuntalados en mi corazón como para que los sofismas del caballero lleguen a destruirlos.

Dolmancé: Tiene razón, no hablemos más de eso, caballero; cometeríais errores y lo único que deseamos es que procedáis.

El caballero: De acuerdo; estamos aquí con un objetivo muy diferente, lo sé, al que yo aspiro; vamos derecho hacia la meta, lo acepto. Guardaré mi moral para aquellos que, no tan ebrios como vosotros, estén en condiciones de escucharme.

Señora de Saint-Ange: Sí, hermano, sí, sí, aquí sólo queremos tu semen. Te perdonamos tu moral; es demasiado suave para unos libertinos como nosotros.

Eugenia: Mucho me temo, Dolmancé, que esta crueldad que pregonáis con tanto ardor algo influye en vuestros placeres; creo ya haberlo notado, sois duro cuando gozáis. Por mi parte, creo que también sentiría alguna predisposición hacia ese vicio. Para aclarar mis ideas con respecto a todo esto, decidme, os ruego, cómo veis al objeto que sirve a vuestros placeres.

Dolmancé: Como algo absolutamente nulo, querida; que comparta o no mis goces, que sienta o no satisfacción, apatía o incluso dolor, mientras yo sea feliz, lo demás no importa.

Eugenia: Es mejor que este objeto sienta dolor, ¿no?

Dolmancé: Seguramente, es mucho mejor; ya os lo dije; el impacto, mucho más intenso en nosotros, dirige entonces de un modo más enérgico y más rápido los instintos animales en la dirección que les es necesaria para la voluptuosidad. Abrid los serrallos de África, los de Asia, los de vuestra Europa meridional, y veréis cómo los jefes de esos famosos harenes se reprimen mucho, cuando se les pone tieso, de dar placer a los individuos que les sirven; ellos ordenan y los demás obedecen; gozan, y no se osa responderles; lo satisfacen, después se alejan. Entre ellos hay quienes castigan como una falta de respeto la audacia de compartir su goce. El rey de Achem hace cortar sin piedad la cabeza de la mujer que se ha atrevido a faltarle al respeto hasta el punto de gozar en su presencia, y a menudo es él mismo quien se la corta. Éste déspota, uno de los más singulares de Asia, está custodiado exclusivamente por mujeres, y sólo les comunica sus órdenes a través de señales; la muerte más cruel es el castigo para las que no lo entiendan, y los suplicios siempre se ejecutan o por sus propias manos o ante sus ojos.

Todo esto, querida Eugenia, está absolutamente basado en los principios que ya os he explicado. ¿Qué se desea cuando se goza? Que todos los que nos rodean se ocupen de nosotros, que no piensen más que en nosotros, que no cuiden sino de nosotros. Si los objetos que nos sirven gozan, desde ese momento se ocupan más bien de ellos que de nosotros, y, en consecuencia, alteran nuestro goce. No hay hombre que no quiera ser déspota cuando su miembro se pone rígido: se le ocurre que tendrá menos placer si los otros parecen sentirlo tanto como él. En ese momento, por un instintivo sentimiento de orgullo, desearía ser el único en el mundo capaz de experimentar lo que siente; la idea de ver a otro gozar como él lo lleva a una especie de igualdad que anula los indescriptibles encantos que le hace experimentar el *despotismo*. Por otra parte, es falso que haya placer en darlo a los otros; esto es servirles, y el hombre que está excitado se halla muy lejos del deseo de ser útil a los otros. Al hacer el mal, por el contrario, experimenta todos los encantos de que disfruta un individuo vigoroso que puede hacer uso de su fuerza; él es quien domina entonces, es el *tirano*. ¡Y cuánta diferencia hay para el amor propio! En ese caso no creemos que deba ocultarlo.

El acto de goce es una pasión que, lo acepto, somete a ella todas las otras, pero que las reúne al mismo tiempo. En este momento, el deseo de dominar es tan fuerte en la naturaleza que se encuentra incluso entre los animales. Observad si los que están en cautiverio procrean como los que están en libertad. El dromedario va más lejos: sólo engendra si no tiene testigos. Intentad sorprenderlo, y, en consecuencia, de demostrarle que puede tener un amo, y se separará de inmediato de su compañera y huirá. Si no hubiese sido intención de la naturaleza que el hombre tuviese esta superioridad, nos hubiese creado más débiles que a los seres que les destina en ese momento. Esta debilidad con la que la naturaleza condenó a las mujeres, muestra incuestionablemente que su intención es que el hombre, que entonces goza más que nunca de su potencia, la ejerza mediante toda la violencia que le parezca, incluso con suplicios, si lo desea. ¿Acaso la crisis de la voluptuosidad sería una especie de rabia si la intención de esta madre del género humano no hubiese sido que el tratamiento durante el coito fuese el mismo que se dispensa bajo los efectos de la cólera? ¿Quién es el hombre bien constituido, en una palabra, dotado de órganos vigorosos, que no deseará entonces, sea de una manera o de otra, maltratar durante su goce? Sé muy bien que una infinidad de estúpidos, que jamás se dan cuenta de sus sensaciones, comprenderán mal el sistema que establezco; pero ¿qué me importan los imbéciles? No es a ellos a quienes me dirijo. Vulgares adoradores de mujeres, los dejo, a los pies de su insolente Dulcinea, que alcancen el suspiro que les hará felices, y, vilmente esclavos del sexo al que deberían dominar, les abandono a los abyectos encantos de llevar cadenas a los que la naturaleza les da el derecho de aplastar a los otros. Que estos animales vegeten en la bajeza que los envilece: sería en vano que les predicásemos lo contrario. Pero que no denigren lo que no pueden comprender, y que se persuadan de que quienes en este tipo de materias deseen fundar sus principios en los arrebatos de un alma vigorosa y de una imaginación sin frenos, como lo hacemos nosotros, vos y yo, señora, ¡seremos los únicos que merezcan ser escuchados, los únicos que estarán capacitados para prescribirles las leyes y darles lecciones!...

¡Joder! ¡Lo tengo tieso!... Llamad a Agustín, os lo ruego. *(Llaman; Agustín entra.)* ¡Es inaudito cómo el soberbio culo de este hermoso muchacho me llena la cabeza desde que hablo! Todas mis ideas parecen conducirme involuntariamente a él... Pon ante mi vista esa obra maestra, Agustín..., ¡para que lo bese y lo acaricie durante un cuarto de hora! Ven, amor, ven, que me vuelva digno, en tu bello culo, de las llamas con las que Sodoma me abrasa. ¡Tiene las nalgas más bellas..., las más blancas! ¡Quisiera que Eugenia, de rodillas, le succionase el miembro durante ese tiempo! Mediante esa postura, ella expondrá su trasero al caballero, para que él lo penetre, y la señora de Saint-Ange, montada sobre los lomos de Agustín, me ofrecerá sus nalgas para besarlas; armada con un puñado de varillas, podrá, inclinándose un poco, me parece, azotar mejor al caballero, y realizará una estimulante ceremonia que nuestra alumna no debe olvidar. *(Arreglan su postura.)* Sí, es eso; en el mejor de los casos, amigos, en verdad, es un placer organizar los cuadros. ¡No hay en el mundo un artista capaz de ejecutarlo como vosotros!... ¡Este bribón tiene el culo de un estrecho!... Lo mejor que puedo hacer es alojarme allí... ¿Tendréis a bien, señora, permitirme morder y pellizcar vuestras hermosas carnes mientras follo?

Señora de Saint-Ange: Tanto como quieras, amigo; pero mi venganza está dispuesta, te lo advierto; juro que por cada vejación, te arrojaré un pedo en la boca.

Dolmancé: ¡Ah! ¡Santo Dios! ¡Qué amenaza!... Eso me apresura a ofenderte, querida. *(La muerde.)* ¡Veamos si mantienes tu palabra! *(Recibe un pedo.)* ¡Ah! ¡Joder! ¡Delicioso! ¡Delicioso!... *(La palmea y recibe de inmediato otro.)* ¡Oh! ¡Es divino, mi ángel! Guárdame algunos para el momento de la crisis... y puedes estar segura de que entonces te trataré con toda crueldad..., con toda la barbarie... ¡Joder!... No puedo más... ¡Me corro!... *(La muerde, la palmea y ella no deja de ventosear.)* ¡Mira cómo te trato, bribona!... ¡Cómo te domo!... Aún este... y ese... ¡y que el último insulto sea para el mismo ídolo al que ofrezco el sacrificio! *(Le muerde el orificio del trasero; abandonan la postura.)* Y vosotros, ¿qué habéis hecho, amigos?

EUGENIA *(Mostrando el semen que tiene en el trasero y en la boca.):* ¡Ay, maestro..., ya veis cómo me han puesto vuestros alumnos! Tengo el trasero y la boca llenos de semen, ¡vierto semen por todos los lados!

DOLMANCÉ *(Con firmeza.):* Esperad, deseo que me devolváis en la boca el semen que el caballero os ha introducido en el trasero.

EUGENIA *(Colocándose en la postura adecuada.):* ¡Qué extravagancia!

DOLMANCÉ: ¡Ah! ¡No hay nada mejor que el semen que sale de un buen trasero!... Es un plato digno de los dioses. *(Lo traga.)* Mirad el caso que le hago. *(Se dirige hacia el culo de Agustín y lo besa.)* Os pediré permiso, señoras, para pasar con este joven un momento al gabinete de al lado.

SEÑORA DE SAINT-ANGE: ¿No podéis hacer aquí con él lo que os plazca?

DOLMANCÉ *(En voz baja y misteriosamente.):* No, decididamente hay cosas que exigen velos.

EUGENIA: ¡Ah, pardiez! Cuéntanos de qué se trata, al menos.

SEÑORA DE SAINT-ANGE: No lo dejo salir si no lo hace.

DOLMANCÉ: ¿Queréis saberlo?

EUGENIA: ¡Totalmente!

DOLMANCÉ *(Arrastrando a Agustín.):* Pues bien, señoras, voy... pero, de verdad, eso no se puede decir.

SEÑORA DE SAINT-ANGE: ¿Hay acaso en el mundo alguna infamia que no seamos dignas de comprender o de realizar?

EL CABALLERO: Escucha, hermana, os lo voy a decir. *(Habla en voz baja a las dos mujeres).*

EUGENIA *(Haciendo un gesto de repugnancia.):* Tenéis razón, es horrible.

SEÑORA DE SAINT-ANGE: ¡Oh! Lo dudo.

DOLMANCÉ: Ya veis que debía ocultaros esta fantasía: ahora ya podéis pensar que para entregarse a semejantes infamias hay que estar solo y en la oscuridad.

EUGENIA: ¿Queréis que vaya con vos? Os masturbaré, mientras os divertís con Agustín.

DOLMANCÉ: No, no, esto es un asunto de honor y sólo debe hacerse entre hombres: una mujer nos estorbaría... En un momento estaré con vosotras, señoras. *(Sale, llevándose a Agustín.)*

Sexto diálogo

Señora de Saint-Ange, Eugenia, el caballero

Señora de Saint-Ange: En verdad, hermano, tu amigo es muy libertino.

El caballero: No me he equivocado al presentártelo como tal.

Eugenia: Estoy persuadida de que no hay otro igual en el mundo... ¡Oh, querida, es encantador! Veámoslo a menudo, te lo ruego.

Señora de Saint-Ange: Llaman... ¿Quién puede ser?... Ordené que no molestasen. Debe haber prisa... Mira de qué se trata, caballero, te lo suplico.

El caballero: Una carta que trae Lafleur; se ha marchado a toda prisa, diciendo que recordaba vuestras órdenes, pero que el asunto le había parecido tan importante como urgente.

Señora de Saint-Ange: ¡Ah! ¿Qué es esto?... ¡Es de vuestro padre, Eugenia!

Eugenia: ¡Mi padre!... ¡Ah! ¡Estamos perdidas!...

Señora de Saint-Ange: Leamos antes de desanimarnos. *(Lee.)*

¿Podéis creer, mi bella dama, que mi insoportable esposa, alarmada por la visita de mi hija a vuestra casa, sale en este momento a buscarla? Se imagina todo tipo de cosas..., que, suponiendo incluso que fuesen ciertas, no serían sino simples verdades. Os ruego que la castiguéis rigurosamente por esta impertinencia; ayer la corregí por una semejante: la lección no ha sido suficiente. Burladla en extremo, os pido ese favor; y creed que, cualquiera sea el extremo al que llevéis las cosas, no me quejaré... Hace tanto tiempo que esta buscona me pesa... que en verdad... ¿Me entendéis? Lo que vayáis a hacer estará bien: es todo lo que os puedo decir. Ella sigue a mi carta desde muy cerca; estáis pues sobre aviso. Enviad a Eugenia sólo cuando esté instruida, os lo ruego. Os quiero dejar que recojáis las primeras cosechas, pero estad segura, sin embargo, que algo habréis hecho por mí.

Señora de Saint-Ange: Bien, Eugenia, ¿ves que no hay nada de qué asustarse? Hay que convenir que es una mujercita bien insolente.

Eugenia: ¡La muy puta!... ¡Querida, puesto que mi padre me ha dado carta blanca, es preciso, os lo ruego, recibir a esa bribona como se lo merece.

Señora de Saint-Ange: Bésame, corazón. ¡Qué contenta estoy de verte tan dispuesta!... Vamos, tranquilízate; te garantizo que no le escatimaremos nada. ¿Querías una víctima, Eugenia? Ahí tienes una, que la naturaleza y la suerte te dan al mismo tiempo.

EUGENIA: ¡Gozaremos, querida, gozaremos con ello, te lo juro!

SEÑORA DE SAINT-ANGE: ¡Qué impaciente estoy por saber cómo tomará esta noticia Dolmancé!

DOLMANCÉ *(Regresando con Agustín.)*: Como lo mejor del mundo, señoras; no estaba tan lejos de vosotras como para no oíros. Lo sé todo... La señora de Mistival no podría haber sido más oportuna... Estaréis decidida a cumplir con los deseos de su marido, espero.

EUGENIA *(A Dolmancé.)*: ¿Cumplirlos?... ¡Sobrepasarlos, querido...! ¡Ah! Que la tierra se hunda bajo mis pies si me veis flaquear, ¡cualesquiera sean los horrores a los cuales condenéis a esa bribona!... Querido amigo, encárgate de dirigir todo esto, te lo ruego.

DOLMANCÉ: Dejadnos hacer a vuestra amiga y a mí; vosotros sólo debéis obedecer a todo lo que os pidamos... ¡Ah! ¡Criatura insolente! ¡Jamás he visto algo semejante!...

SEÑORA DE SAINT-ANGE: ¡Qué torpeza la suya!... Pues bien, ¿nos ponemos un poco más decentes para recibirla?

DOLMANCÉ: Al contrario; es preciso que desde el momento en que entre nada le impida estar segura de la manera en que hacemos pasar el tiempo a su hija. Permanezcamos todos en el mayor de los desórdenes.

SEÑORA DE SAINT-ANGE: Escucho ruidos; es ella. ¡Vamos, ánimo, Eugenia! Recuerda bien nuestros principios... ¡Ah! ¡Santo Dios! ¡Qué escena más deliciosa!...

Séptimo y último diálogo

Señora de Saint-Ange, Eugenia, el caballero, Agustín, Dolmancé, señora de Mistival

SEÑORA DE MISTIVAL *(A la señora de Saint-Ange.)*: Os ruego que me disculpéis, señora, si llego sin haberos prevenido; pero dicen que mi hija está aquí y, como por su edad no conviene que vaya sola, os ruego, señora, que tengáis a bien devolvérmela y no desaprobar mi proceder.

SEÑORA DE SAINT-ANGE: Este proceder es de lo más descortés, señora; se diría, al escucharos, que vuestra hija no está en buenas manos.

SEÑORA DE MISTIVAL: ¡A fe mía! A juzgar por el estado en el que la encuentro a ella, a vos y a vuestros acompañantes, señora, creo que no cometería un gran error al juzgar que aquí está muy mal.

DOLMANCÉ: Esta manera de empezar es impertinente, señora, y, aunque no conozco exactamente qué grado de relación existe entre la señora de Saint-Ange y vos, no oculto que en su lugar ya os habría hecho arrojar por las ventanas.

SEÑORA DE MISTIVAL: ¿A qué llamáis echar por las ventanas? ¡Sabed, señor, que no se echa a una mujer como yo! Ignoro quién sois, pero a tenor de lo que decís y del estado en que se os ve, es fácil juzgar cuáles son vuestras costumbres. ¡Eugenia, sígueme!

Eugenia: Os pido perdón, señora, pero no puedo haceros ese honor.

Señora de Mistival: ¡Cómo! ¡Mi hija se me resiste!

Dolmancé: Ella os desobedece, incluso formalmente, como veis, señora. Creedme, no sufráis por esto. ¿Queréis que mande a buscar un látigo para corregir a esta niña indócil?

Eugenia: Mucho me temería, si lo trajesen, que más que a mí antes bien servirán a la señora.

Señora de Mistival: ¡Criatura impertinente!

Dolmancé *(Acercándose a la señora de Mistival.)*: Calma, corazón, nada de invectivas aquí; todos protegemos a Eugenia, y podríais arrepentiros de vuestras violencias para con ella.

Señora de Mistival: ¡Cómo! ¡Mi hija me desobedecerá y no podré hacerle sentir los derechos que tengo sobre ella!

Dolmancé: ¿Y cuáles son esos derechos, os lo ruego, señora? ¿Os jactáis de su legitimidad? ¿Cuando el señor de Mistival, o no sé quién, os arrojó en la vagina las gotas de semen que hicieron nacer a Eugenia, entonces la teníais a la vista? ¡Bien! ¿Queréis que os agradezca hoy, por haber eyaculado cuando follaba vuestro villano coño? Sabed, señora, que no hay nada más ilusorio que los sentimientos del padre o de la madre hacia los hijos, y de estos hacia los autores de sus días. No hay nada de fondo que imponga tales sentimientos, en vigencia aquí y detestados allá, puesto que hay países en los que los padres matan a sus hijos, y otros en donde estos degüellan a quienes le deben la vida. Si los sentimientos de amor recíproco estuviesen en la naturaleza, la fuerza de la sangre no sería quimérica, y sin que se hayan visto o conocido mutuamente, los padres distinguirían, adorarían a sus hijos, y a su vez estos sabrían descubrir a unos padres que desconocen en medio de una gran asamblea, y volarían a sus brazos y los adorarían. ¿Qué es lo que vemos en lugar de esto? ¡Odios recíprocos e inveterados; hijos que, incluso antes de la edad de la razón, jamás han visto a sus padres; padres que apartan a los hijos de su lado porque no pueden soportar su cercanía! Esos pretendidos sentimientos son, pues, ilusorios, absurdos; sólo el interés los concibe, los usos lo prescriben, el hábito los sostiene, pero la naturaleza jamás los imprimió en el corazón. Observad si los animales los conocen; no, sin duda. Sin embargo, es a ellos a quienes es preciso consultar cuando se quiere conocer a la naturaleza. ¡Oh, padres! Podéis estar tranquilos respecto a las pretendidas injusticias que vuestras pasiones o vuestro interés os llevan a cometer contra estos seres, nulos para vos, a los que unas gotas de esperma han dado la vida; no les debéis nada, estáis en el mundo para vosotros mismos y no para ellos; estaríais locos si os molestaseis, ocupaos nada más que de vos: sólo debéis vivir para vosotros. Y vosotros, hijos, bien despojados, si se puede, de esta piedad filial que se funda en una auténtica quimera, persuadíos vosotros mismos de que tampoco debéis nada a estos individuos cuya sangre os ha dado la vida. Piedad, reconocimiento, amor, no les debéis ninguno de estos sentimientos; los que os han dado el ser no tienen ningún título para exigirlos de vos; no trabajan más que para ellos, que ellos se las arreglen. Pero el más grande de los engaños sería brindarles cuidados o auxilios que no se los debéis bajo ningún punto de vista; nada os prescribe la ley respecto a ésto, y si, por azar, os imaginarais desenredar esos sentimientos en vuestro corazón, sea por las inspiraciones del uso o por los efectos morales del carácter, ahogad sin remordimientos esos absurdos sentimientos..., ¡sentimientos locales, frutos de las costumbres climáticas que la naturaleza reprueba y la razón siempre condena!

SEÑORA DE MISTIVAL: ¡Cómo! ¡Y los cuidados que he tenido para con ella, la educación que le he dado!...

DOLMANCÉ: ¡Oh! En cuanto a los cuidados, estos no, sino los frutos de la costumbre o del orgullo. Al no haber hecho por ella más de lo que prescriben las costumbres del país que habitáis, seguramente Eugenia no os debe nada. En lo que se refiere a la educación, tiene que haber sido muy mala, puesto que aquí nos hemos visto obligados a refundir los principios que le habéis inculcado; no había uno sólo que contribuyese a su felicidad, que no fuese absurdo o quimérico. Le habéis hablado de Dios, como si hubiese alguno; de virtud, como si esta fuese necesaria; de religión, como si todos los cultos religiosos no fuesen otra cosa que el resultado de la impostura del más fuerte y de la imbecilidad del más débil; ¡de Jesucristo, como si este tunante no fuera más que un bribón y un depravado! Le habéis dicho que *follar* es un pecado, cuando follar es la acción más deliciosa que hay en la vida; habéis querido darle una moral, ¡como si la felicidad de una joven no estuviese en los excesos y en la inmoralidad, como si la más feliz de todas las mujeres no deba ser incuestionablemente la que más se revuelca en la basura y en el libertinaje, la que más desafía a todos los prejuicios y que se burla de la reputación! ¡Ah!, desengañaos, señora, no habéis hecho nada por vuestra hija, no habéis cumplido con respecto a ella ninguna de las obligaciones que os dicta la naturaleza: Eugenia no os debe sino el odio.

SEÑORA DE MISTIVAL: ¡Justo cielo! Mi Eugenia está perdida, está claro... Eugenia, mi querida Eugenia, escucha por última vez las súplicas de la que te ha dado la vida; ya no son órdenes, hija mía, son ruegos. Desgraciadamente es bastante cierto que aquí estás con unos monstruos; ¡aléjate de estas relaciones peligrosas y sígueme, te lo pido de rodillas! *(Se arrodilla.)*

DOLMANCÉ: ¡Ah, bien, he aquí una escena de lágrimas!... ¡Vamos, Eugenia, enterneceos!

EUGENIA *(Semidesnuda, como ha de recordarse.):* Tomad, mamaíta, os traigo mis nalgas... Las tenéis por cierto al nivel de vuestra boca; besadlas, corazón, succionadlas; es todo lo que Eugenia puede hacer por vos... Recuerda, Dolmancé, que siempre me comportaré como una digna discípula tuya.

SEÑORA DE MISTIVAL *(Horrorizada, empuja a Eugenia.):* ¡Ah, monstruo! ¡Reniego de ti como mi hija para siempre!

EUGENIA: Sumad vuestra maldición, queridísima madre, si así os parece, a fin de que la cosa se vuelva más conmovedora; verás que no me inmuto siquiera.

DOLMANCÉ: ¡Oh! Calma, calma, señora; aquí ha habido un insulto. Acabáis de rechazar con cierta dureza a Eugenia en nuestra presencia; os he dicho que está bajo nuestra protección; hay que castigar este delito. Tened la bondad de desvestiros y quedaros desnuda para que vuestra brutalidad tenga su merecido.

SEÑORA DE MISTIVAL: ¡Desnudarme!...

DOLMANCÉ: Agustín, sirve de doncella a la señora, ya que se resiste. *(Agustín se pone manos a la obra brutalmente; ella se defiende.)*

SEÑORA DE MISTIVAL *(A la señora de Saint-Ange.):* ¡Oh! ¡Cielos! ¿Dónde he caído? Pero, señora, ¿habéis pensado en lo que permitís que se me haga en vuestra casa? ¿Imagináis que no me quejaré de semejantes procedimientos?

SEÑORA DE SAINT-ANGE: No creo que podáis hacerlo.

SEÑORA DE MISTIVAL: ¡Oh! ¡Gran Dios! ¡Aquí me matarán!

DOLMANCÉ: ¿Por qué?

SEÑORA DE SAINT-ANGE: Un momento, señores. Antes de exponer a vuestros ojos el cuerpo de esta encantadora beldad, sería bueno que os prevenga del estado en el que la encontraréis. Eugenia acaba de decírmelo todo al oído: ayer, su marido la azotó con todas sus fuerzas, por algunas pequeñas faltas domésticas..., y Eugenia me asegura que vais a encontrar sus nalgas como tafetán de mezclilla.

DOLMANCÉ *(Una vez que la señora de Mistival se ha desnudado.):* ¡Ah, pardiez! Nada puede ser más cierto. Creo que jamás he visto un cuerpo tan maltratado como éste... ¡Y cómo, demonios! ¡Tanto por delante como por detrás!... Mirad, sin embargo, qué culo más bello. *(Lo besa y lo manosea.)*

SEÑORA DE MISTIVAL: ¡Dejadme, dejadme, o gritaré socorro!

SEÑORA DE SAINT-ANGE *(Aproximándose a ella y cogiéndola del brazo.):* ¡Escucha, puta! ¡Voy a instruirte!... Eres una víctima enviada por tu mismo marido para nosotros; debes aceptar tu suerte; nada podría garantizártela... ¿Qué será de ti? ¡No lo sé! Quizá seas colgada, apaleada, descuartizada, atenazada, quemada viva; el tipo de suplicio depende de tu hija; es ella la que pronunciará la sentencia. ¡Pero sufrirás, buscona!

¡Oh, sí! No serás inmolada sino después de haber sufrido una infinidad de torturas previas. En cuanto a tus gritos, te prevengo que serían inútiles: en este gabinete se podría degollar a un buey sin que se oyeran sus bramidos. Tus criados se han marchado ya con los caballos. Te lo repito una vez más, preciosa, tu marido autoriza lo que vamos a hacer, y la gestión que has hecho no es más que una trampa tendida a tu ingenuidad, y en la que, ya ves, mejor no podrías haber caído.

DOLMANCÉ: Espero que la señora se haya tranquilizado totalmente.

EUGENIA: ¡Prevenirla hasta ese punto es lo que se dice tener consideración!

DOLMANCÉ *(Sin dejar de palpar y palmear sus nalgas.)*: En verdad, señora, se ve que habéis encontrado una cálida amiga en la señora de Saint-Ange... ¿Dónde hallaréis mayor franqueza? ¡Ella os habla con sinceridad!... Eugenia, venid a poner vuestras nalgas al lado de las de vuestra madre... para que compare ambos culos. *(Eugenia obedece.)* Doy fe que el tuyo es hermoso, querida, pero, ¡vaya!, el de la mamá tampoco está mal... Es preciso que por un momento me divierta follándolos a los dos... Agustín, sujetad a la señora.

SEÑORA DE MISTIVAL: ¡Ah! ¡Justo cielo! ¡Qué ultraje!

DOLMANCÉ *(Dispuesto a cumplir con sus propósitos, comienza a penetrar el trasero de la madre.)*: ¡Eh! En absoluto, no hay nada más simple... ¡Tomad, apenas lo habéis sentido!... ¡Ah, cómo se ve que vuestro marido se ha servido a menudo de esta ruta! En cambio, con Eugenia... ¡Qué diferencia! Es suficiente; sólo quería sobar un poco para excitarme... Ahora es preciso un poco de orden. En primer lugar, señoras, vos, Saint-Ange y vos, Eugenia, tened la bondad de ajustaros esos consoladores para que cada una a su vez le propine los más terribles golpes a esta respetable dama, ya sea en el trasero o en la vagina. El caballero, Agustín y yo, con nuestros respectivos miembros, os relevaremos en su justo momento. Voy a comenzar y, como bien suponéis, una vez más será su culo el que reciba mi homenaje. Durante el goce, cada uno será dueño de condenarla al suplicio que le parezca, cuidando de ir gradualmente, para que no la revienten de un solo golpe... Agustín, consuélame, te lo ruego, penetrándome, para que me alivie de tener que sodomizar a esta vieja vaca. Eugenia, deja que bese tu hermoso trasero mientras follo el de tu madre, y vos, señora, aproximad el vuestro para que lo toque... Es preciso rodearse de culos cuando se folla un culo.

EUGENIA: ¿Qué vas a hacer, amigo, qué le vas a hacer a esta zorra? ¿A qué vas a condenarla mientras pierdes tu esperma?

DOLMANCÉ *(Sin dejar de follar.)*: La cosa más natural del mundo: voy a depilar y magullar sus lomos a fuerza de pellizcos.

SEÑORA DE MISTIVAL *(Al recibir esta vejación.)*: ¡Ah! ¡Qué monstruo! ¡Qué depravado! ¡Me destroza!... ¡Justo cielo!...

Dolmancé: ¡No le implores, amiga; será sordo a tu voz, como lo es a la de todos los hombres; ese poderoso cielo jamás se ha inmiscuido en un trasero!

Señora de Mistival: ¡Ah! ¡Qué daño me hacéis!

Dolmancé: ¡Qué increíbles son los efectos de las extravagancias del espíritu humano!... Tú sufres, mi querida, tú lloras y yo eyaculo... ¡Ah, bribona! Te estrangularía, si no fuese porque quisiera dejar ese placer a los otros. A ti, Saint-Ange. *(La señora de Saint-Ange la penetra por delante y por detrás con su consolador; le da algunos puñetazos; la sustituye el caballero, que recorre ambas rutas y la abofetea mientras eyacula. De inmediato viene Agustín; hace lo mismo y acaba dándole algunos papirotazos. Mientras se realizaban estos ataques, Dolmancé ha recorrido con su miembro los traseros de todos los agentes, excitándolos con sus palabras.)* ¡Vamos, bella Eugenia, follad a vuestra madre; primero penetradla por la vagina!

Eugenia: Venid, mamá, venid, para que os sirva de marido. Es un poco más grueso que el de vuestro esposo, ¿verdad, querida? No importa, entrará... ¡Ah! ¡Grita, madre, grita, mientras tu hija te folla!... ¡Y tú, Dolmancé, introdúcelo en mi trasero! ¡Aquí me veis, pues, incestuosa, adúltera y sodomita a la vez, y todo eso sólo porque una niña ha sido desflorada hoy!... ¡Qué progresos, amigos!... ¡Con qué rapidez recorro la espinosa ruta del vicio!... ¡Oh, soy una joven perdida!... ¿Estás eyaculando, dulce madre, me parece?... Dolmancé, ¡mira sus ojos!... ¿No es cierto que eyacula?... ¡Ah, zorra! ¡Voy a enseñarte a ser libertina!... ¡Toma, bribona! ¡Toma!... *(Aprieta y deja marcada su garganta.)* ¡Ah, fóllame, Dolmancé, me muero!... *(Al eyacular, Eugenia da unos doce puñetazos en el pecho y a los costados del cuerpo de su madre.)*

Señora de Mistival *(Desvaneciéndose.)*: Tened piedad de mí, os lo ruego... Me encuentro mal... me desmayo... *(La señora de Saint-Ange quiere socorrerla; Dolmancé se opone.)*

Dolmancé: ¡Eh! No, dejadla que permanezca en síncope: no hay nada más lúbrico que ver a una mujer desvanecida; la follaremos para reanimarla... Eugenia, venid y tendeos sobre el cuerpo de la víctima... Ahora comprobaré si sois fuerte. Caballero, folladla sobre el cuerpo de esta madre desfalleciente y que ella nos masturbe a Agustín y a mí, con cada mano. Vos, Saint-Ange, masturbadla mientras la follan.

El caballero: En verdad, Dolmancé, lo que hacéis es horrible; es ultrajar a la naturaleza, al cielo y a las más sagradas leyes de la humanidad al mismo tiempo.

Dolmancé: Nada me divierte tanto como los enérgicos arrebatos de virtud del caballero. ¿Dónde diablos ve en lo que hacemos el más mínimo ultraje a la naturaleza, al cielo o a la humanidad? Amigo, es voluntad de la naturaleza que los bribones sostengan los principios que los llevan a la acción. Te he dicho ya mil veces que la naturaleza, que para el perfecto cumplimiento de las leyes que mantienen su equilibrio necesita tanto de los vicios como de las virtudes, nos inspira a su vez el movimiento que le es necesario; no hacemos entonces ningún tipo de mal en entregarnos a esos movimientos, cualquiera sea su especie. Con respecto al cielo, te lo ruego que dejes entonces de temer los efectos: hay un solo motor que actúa en el mundo, y es la naturaleza. Los milagros, o más bien los efectos físicos de esta madre del género humano, interpretados por los hombres de modo diferente, han sido deificados por ellos bajo mil formas, unas más extraordinarias que otras; los pícaros y los intrigantes, abusando de la credulidad de sus semejantes, han propagado sus ridículas fantasías; ¡he aquí lo que el caballero denomina el cielo, y es ésto lo que teme ultrajar!... ¡Las leyes de la humanidad, agrega, son violadas por las bribonadas que nosotros nos permitimos! Grábatelo entonces, de una vez por todas, hombre ingenuo y cobarde, que lo que los estúpidos llaman humanidad no es más que una debilidad nacida del temor y del egoísmo; que esta quimérica virtud, al encadenar sólo a los hombres débiles, es desconocida por aquellos cuyo carácter está modelado en el estoicismo, en el valor y en la filosofía. Actúa entonces, caballero, actúa sin temor a nada; podríamos pulverizar a esta bribona y ni siquiera llegaríamos a sospechar que hemos cometido un crimen. Es imposible que el hombre cometa crímenes. La naturaleza, al inculcarle el irresistible deseo de cometerlos, supo alejar con toda prudencia de ellos las acciones que podían alterar sus leyes. Vamos, puedes estar seguro, amigo, que todo lo demás está absolutamente permitido y que ella no ha sido tan absurda como para darnos el poder de turbarla u obstaculizar su marcha. Atentos a que somos ciegos instrumentos de sus inspiraciones, y que ella nos ordenó expandirnos por el mundo, el único crimen sería resistirse, y todos los depravados de la tierra no son sino agentes de sus caprichos... Vamos, Eugenia, colocaos... ¡Pero qué es lo que veo!... ¡Está palideciendo!...

EUGENIA *(Tendiéndose sobre su madre.)*: ¡Yo, palidecer! ¡Santo Dios! ¡Veréis perfectamente que no! *(Se ejecuta la acción planificada por Dolmancé; la señora de Mistival continúa en síncope. Una vez que el caballero eyacula, abandonan la postura.)*

DOLMANCÉ: ¡Cómo! ¡La zorra sigue sin recobrar el conocimiento! ¡Necesito unas varas! ¡Unas varas!... Agustín, ve rápido a recoger un puñado de espinas en el jardín. *(Mientras espera, la abofetea y la insulta.)* ¡Oh! A fe mía, me creo que esté muerta: nada lo consigue.

EUGENIA *(Bromeando.)*: ¡Muerta! ¡Muerta! ¡Cómo! ¡Tendré que llevar luto este verano, yo, que me he hecho hacer vestidos tan bonitos!

SEÑORA DE SAINT-ANGE *(Estallando de risa.)*: ¡Ah! ¡Qué monstruito!...

DOLMANCÉ *(Cogiendo las espinas de la mano de Agustín, que ha regresado.)*: Vamos a ver qué efecto causa este último remedio. Eugenia, succionad mi miembro mientras me ocupo de que tu madre vuelva en sí y que Agustín me devuelva los golpes que voy a darle. No me disgustaría en absoluto, caballero, que penetrases el trasero de tu hermana: te colocarás de modo que pueda besar tus nalgas durante la operación.

El caballero: Obedezcamos, puesto que no hay modo de persuadir a éste depravado de que todo lo que nos obliga a hacer es espantoso. *(Se organiza el cuadro; a medida que la señora de Mistival es azotada, va recobrando el conocimiento.)*

Dolmancé: ¡Bien! ¿Habéis visto los efectos de mi medicamento? Ya os dije que era seguro.

Señora de Mistival *(Abriendo los ojos.)*: ¡Oh! ¡Cielos! ¿Por qué no me dejáis en el seno de la tumba? ¿Por qué me devolvéis a los horrores de la vida?

Dolmancé *(Mientras continúa flagelando.)*: ¡Eh! Verdaderamente, madrecita, no todo está dicho. ¿Acaso no es necesario que oigáis vuestra sentencia?... ¿No es preciso que se ejecute?... Vamos, reunámonos en torno a la víctima, que se mantenga de rodillas en medio del círculo y que tiemble al escuchar lo que le será anunciado. Comenzad, señora de Saint-Ange. *(Las siguientes sentencias se pronuncian mientras los presentes están en acción.)*

Señora de Saint-Ange: La condeno a la horca.

El caballero: A que sea cortada, como lo hacen los chinos, en veinticuatro mil pedazos.

Agustín: ¡Vaya! Yo me libraría de ella descuartizándola viva.

Eugenia: Mi bella madrecita será acribillada con mechas de azufre, para lo cual me encargaré yo misma de poner el fuego a punto. *(Aquí se desarma el círculo.)*

Dolmancé *(Con sangre fría.)*: Pues bien, amigos, en calidad de instructor vuestro, suavizaré la sentencia; pero la diferencia que se encontrará entre la mía y la vuestra es que las vuestras no son sino los efectos de una mistificación corrosiva, mientras que la mía va a ejecutarse. Tengo allí abajo a un criado dotado con uno de los más hermosos miembros que puedan encontrarse en la naturaleza, pero desgraciadamente está roído por una de las más terribles viruelas que jamás se haya visto en el mundo, y transmite el virus. Lo haré subir: lanzará su veneno en los dos conductos con los que la naturaleza ha dotado a esta querida y amable mujer, a fin de que, durante el largo tiempo que experimente los efectos de esta cruel enfermedad, la puta recuerde que no debe molestar a su hija cuando la follen. *(Todo el mundo aplaude; se hace subir al criado. Dolmancé a éste):* Lapierre, follad a esta mujer que está ahí; está extraordinariamente sana; este goce os puede curar: el remedio no tiene parangón.

Lapierre: ¿Delante de todo el mundo, señor?

Dolmancé: ¿Tienes miedo de mostrar tu miembro?

Lapierre: ¡No, os doy fe! Puesto que es tan hermoso... Vamos, señora, tened la bondad de conteneros, si os place.

Señora de Mistival: ¡Oh! ¡Justo cielo! ¡Qué horrible condena!

Eugenia: Esto es mejor que morir, mamá, ¡al menos este verano podré lucir mis bonitos vestidos!

Dolmancé: Divirtámonos durante este tiempo; recomendaría que todos nos flageláramos: la señora de Saint-Ange zurrará a Lapierre, para que penetre con energía en la vagina de la señora de Mistival; yo zurraré a la señora de Saint-Ange y Agustín lo hará conmigo, Eugenia zurrará a Agustín y ella a su vez será enérgicamente azotada por el caballero. *(Todo se dispone. Cuando Lapierre ha penetrado en su vagina, su amo le ordena que lo haga por detrás; lo hace. Dolmancé, cuando ha acabado):* ¡Bien! Sal, Lapierre. Ten, aquí tienes diez luises. ¡Oh! ¡Vaya! ¡Jamás en su vida Tronchin ha hecho una inoculación semejante!

Señora de Saint-Ange: Creo que es absolutamente esencial que el veneno que circule en las venas de la señora no pueda exhalarse. Por tanto, es preciso que Eugenia os cosa con cuidado la vagina y el trasero para que el humor virulento, al estar más concentrado y menos sujeto a evaporarse, os calcine lo más pronto posible.

Eugenia: ¡Excelente cosa! ¡Vamos, vamos, unas agujas, hilo!... Separad vuestras nalgas, mamá, os voy a coser para que no me deis más hermanos ni hermanas. *(La señora de Saint-Ange le da a Eugenia una aguja muy grande, en la que se ha enhebrado un grueso hilo encerado de color rojo; Eugenia cose.)*

Señora de Mistival: ¡Oh! ¡Cielos! ¡Qué dolor!

Dolmancé *(Riéndose como loco.):* ¡Vaya! La idea es excelente. Te honra, querida; a mí jamás se me hubiera ocurrido.

Eugenia *(Pinchando de cuando en cuando los labios de la vagina, en su interior, el vientre y el monte.):* No es nada, mamá; es para probar mi aguja.

El caballero: ¡La putita va a hacerla sangrar!

Dolmancé *(Haciéndose masturbar por la señora de Saint-Ange mientras contempla la operación.):* ¡Ah! ¡Santo Dios! ¡Qué rígido me lo pone este desvarío! Eugenia, multiplicad vuestros pinchazos, para que esto se ponga mejor.

Eugenia: Le daré más de doscientos, si es preciso... Caballero, masturbadme mientras ejecuto la operación.

El caballero *(Obedeciendo.):* ¡Jamás se ha visto una niñita tan bribona como esta!

Eugenia *(Muy excitada.):* ¡Nada de invectivas, caballero, o de lo contrario os pincharé! Contentaos con acariciarme como se debe. Un poco en el culo, mi ángel, te lo ruego; ¿acaso sólo tienes una mano? Ya no se ve nada, ahora voy a hacer unos puntos al través... ¡Toma! Mira hasta dónde se pierde mi aguja..., hasta en los lomos, los pechos... ¡Ah! ¡Joder! ¡Qué placer!...

Señora de Mistival: ¡Me desgarras, depravada! ¡Qué vergüenza siento de haberte dado la vida!

Eugenia: ¡Vamos, cálmate, madrecita! Que ya he acabado.

Dolmancé *(Apartándose de la señora de Saint-Ange con el miembro tieso.):* Eugenia, cédeme el culo, es mi sitio.

Señora de Saint-Ange: Estás demasiado excitado, Dolmancé, vas a martirizarla.

Dolmancé: ¡Qué importa! ¿Acaso no nos han dado permiso por escrito? *(La acuesta boca abajo, toma una aguja y comienza a coserle el orificio del trasero.)*

Señora de Mistival *(Gritando endemoniadamente.):* ¡Ay!, ¡ay!, ¡ay!...

Dolmancé *(Enterrándole la aguja en las carnes.):* ¡Cállate ya, zorra! O te pondré las nalgas como en mermelada... Eugenia, ¡mastúrbame!...

Eugenia: Sí, pero con la condición que pinchéis más fuerte, pues convendréis que la tratáis con demasiados miramientos. *(Lo masturba.)*

Señora de Saint-Ange: ¡Trabajadme un poco esas gordas nalgas!

Dolmancé: Paciencia, pronto voy a mecharla como a un cuarto trasero de buey; olvidas mis lecciones, Eugenia. ¡Recubre mi miembro!

Eugenia: Es que los dolores de esa zorra inflaman mi imaginación hasta tal punto que ya no sé exactamente lo que hago.

Dolmancé: ¡Santo jodido Dios! Comienzo a perder la cabeza. Saint-Ange, que Agustín te penetre por detrás ante mí, te lo ruego, mientras que tu hermano lo hará por delante para que sobre todo pueda ver dos culos: este cuadro va a acabarme. *(Pincha las nalgas, mientras los demás adoptan las posturas que ha indicado.)* ¡Toma, querida mamá, recibe esta y esta otra!... *(La pincha en más de veinte sitios.)*

Señora de Mistival: ¡Ah! ¡Perdón, señor! ¡Mil y mil veces perdón! ¡Me matáis!...

Dolmancé *(Extraviado por el placer.):* Lo quisiera... Hace tiempo que no se me ponía tan tieso; pensé que no iba a ser posible, después de tantas eyaculaciones.

Señora de Saint-Ange *(Colocándose en la postura requerida.):* ¿Estamos bien así, Dolmancé?

Dolmancé: Que Agustín gire un poco hacia la derecha; no veo lo suficiente el culo. Que se incline: quiero ver el orificio.

Eugenia: ¡Ah! ¡Joder! ¡Mirad cómo sangra la pajarraca!

Dolmancé: No está mal. Vamos, ¿estáis listos, vosotros? En cuanto a mí, en un instante rociaré con el bálsamo de la vida las llagas que acabo de producir.

SEÑORA DE SAINT-ANGE: Sí, sí, corazón, eyacula..., llegamos a la meta al mismo tiempo que tú.

DOLMANCÉ *(Que ha terminado su operación, no hace más que multiplicar los pinchazos en las nalgas de la víctima, mientras eyacula.)*: ¡Ah! ¡Jodido Dios! ¡Mi esperma fluye!... Se pierde, santo Dios... Eugenia, dirígelo hacia las nalgas que martirizo... ¡Ah! ¡Joder! ¡Joder! Se ha acabado... ¡No puedo más!... ¡Por qué la debilidad ha de sustituir a pasiones tan intensas!

SEÑORA DE SAINT-ANGE: ¡Folla! ¡Fóllame, hermano, eyaculo!... *(A Agustín.)*: ¡Muévete, pues, mamarracho! ¿Aún no sabes que cuando eyaculo hay que entrar a fondo en mi culo?... ¡Ah! ¡Santo nombre de Dios! ¡Qué dulce es ser follada así por dos hombres a la vez! *(El grupo se deshace.)*

DOLMANCÉ: Todo está dicho. *(A la señora de Mistival.)*: ¡Puta! Ya puedes vestirte y marcharte cuando lo desees. Entérate que estábamos autorizados por tu mismo esposo a todo lo que acabamos de hacer. Te lo dijimos, no lo creíste: aquí tienes la prueba, léela. *(Le muestra la carta.)* Que te sirva de ejemplo para que recuerdes que tu hija está en edad de hacer lo que quiera; que a ella le gusta follar, que ha nacido para follar y que, si tú misma no quieres ser follada, lo más sencillo es dejarla hacer. Sal, el caballero te conducirá. ¡La compañía te saluda, puta! Arrodíllate delante de tu hija y pídele perdón por tu abominable conducta hacia ella... Vos, Eugenia, aplicad dos buenas bofetadas a vuestra señora madre y, tan pronto como llegue al umbral de la puerta, haz que lo cruce dándole unas fuertes patadas en el culo. *(Eugenia lo hace.)* Adiós, caballero; no vayas a follar a la señora en el camino, recuerda que está cosida y que tiene viruela. *(Una vez que han salido.)*: En cuanto a nosotros, amigos, vamos a sentarnos a la mesa, y luego nos meteremos los cuatro en la misma cama. ¡Qué jornada más buena! Nunca como mejor ni duermo tan tranquilo como en esos días en los que me he manchado suficientemente con lo que los imbéciles llaman crímenes.

HISTORIA DE ALINE Y VALCOUR

O LA NOVELA FILOSÓFICA

NOTA PRELIMINAR

El autor considera su deber avisar que, habiendo cedido su manuscrito cuando salió de la Bastilla, se vio, por este motivo, en la imposibilidad de retocarlo. ¿Cómo es posible que, después de este inconveniente, la obra, escrita hace siete años, esté *al día?*

Ruega, pues a sus lectores que tengan en cuenta la época en que fue compuesta y así encontrarán cosas muy extraordinarias. Asimismo, les invita a que no la juzguen hasta después de haberla leído con la mayor exactitud de principio a fin: en un libro como este no se puede formar una opinión basándose en la fisonomía de tal o cual personaje ni en tal o cual sistema aislado. El hombre imparcial y justo solamente se pronunciará sobre el conjunto.

Nam veluti pueris absinthia tetra medentes,
Cum dare conantur prius oras pocula circum,
Contingunt mellis dulci flavoque liquore
Ut puerum aetas improvida ludicifetur
Labrorum tenus; interea perpotet amarum
Absintiae laticem deceptaque non capiatur,
Sed potius tali tacta recreata valescat.

Luc. lib. IV[1]

[1] «Pues, así como los médicos, cuando tratan de dar a los niños el repugnante ajenjo, untan primero de dulce miel los bordes de la copa, para burlar, sólo hasta los labios, la incauta edad de los pequeños y hacerles apurar entretanto el amargo brebaje, con engaño, sí, pero sin daño, antes para que se repongan de este modo y recobren sus fuerzas». (Lucrecio. *De la naturaleza;* texto revisado y traducido por Eduardo Valentí. Madrid: Consejo Superior de Investigaciones Científicas, 1983) *(N. del T.)*

ADVERTENCIA DEL EDITOR

Es justificado contemplar la presente colección de cartas como una de las obras más picantes que hayan aparecido desde hace mucho tiempo. Se puede afirmar que nunca trazó el mismo pincel contrastes más singulares y, si en ellas la virtud se hace adorar por la forma atractiva y sincera con que es presentada, con toda seguridad los espantosos colores que ha utilizado para pintar el vicio harán que sea detestado. Es difícil describirlo bajo una fisonomía horrible.

Del ensamblaje de tantos caracteres diferentes, que continuamente están interfiriendo los unos con los otros, debían resultar aventuras inauditas. Así, podemos afirmar que ninguna anécdota real... Ninguna memoria, ninguna novela contiene peripecias más singulares y en ninguna otra parte, sin duda, se verá aumentar el interés y sostenerse con tanta destreza como vigor. Quienes gusten de los viajes encontraran con qué satisfacerse y se les puede garantizar que nada hay tan exacto como las dos diferentes vueltas al mundo que, en sentido contrario, viven Sainville y Léonore.

Nadie ha llegado aún al reino de Butua, situado en el centro de África. Solamente nuestro autor ha penetrado en estos climas bárbaros. No se trata ya de una novela, son las notas de un viajero preciso, culto y que solamente cuenta lo que ha visto. Si en Tamoé quiere consolar a sus lectores de las crueles verdades que se ha visto obligado a describir en Butua recurriendo a ficciones más agradables, ¿se le debe reprochar? Solamente vemos aquí una cosa lamentable, que todo lo que hay de más horrible se encuentre en la naturaleza y que sea solamente en el país de las quimeras en donde se puede hallar lo justo y lo bueno.

Sea como fuere el contraste de estos dos gobernantes no dejará de agradar y estamos perfectamente convencidos del interés que debe despertar. Esperamos el mismo efecto de las relaciones de todos los personajes que se presentan a través de estas cartas de la artística conjugación de los unos con los otros a pesar de su asombrosa desproporción.

Sus principios debían ser opuestos, como sus fisonomías y si el autor se ha permitido pintarlas con trazos vigorosos ha sido solamente para mostrar con qué ascendiente y al mismo tiempo con qué facilidad, el lenguaje de la virtud pulveriza siempre los sofismas del libertinaje y de la impiedad. La idea de suavizar algunos discursos y algunos matices se ha presentado más de una vez, lo confesamos, ¿pero hubiéramos podido hacerlo sin diluir? Por muy pronunciado que sea el vicio, solamente debe ser temido por sus partidarios y, si triunfa sólo consigue inspirar más horror a la virtud: nada hay tan peligroso como suavizar sus tintas. Pintarlo a la manera de Crébillon significa hacer que se le ame y faltar, por consiguiente, a la finalidad moral que todo hombre de bien debe proponerse al escribir.

Otro rasgo singular de esta obra consiste en haber sido escrita en la Bastilla. La forma en que, aplastado por el despotismo ministerial, nuestro autor preveía la Revolución es sumamente extraordinaria y debe conferir a su obra un vivo interés. Con tantos derechos para excitar la curiosidad del público, con un estilo puro, siempre florido y universalmente original, con la reunión en la obra de tres géneros: cómico, sentimental y erótico, estamos absolutamente seguros de que esta edición nos la van a quitar de las manos. Los pedidos llegaran de todas partes porque la pluma del autor es muy conocida. Apenas si podremos servir a París y ya lamentamos no haber hecho una tirada mayor. Rogamos a quienes no hayan podido procurarse ejemplares que tengan un poco de paciencia, la segunda edición está ya en la imprenta.

No obstante, tendremos críticos, contradictores y enemigos, estamos seguros de ello:

Amar a los hombres es peligroso,
instruirles es una equivocación.

Tanto peor para, quienes condenen esta obra y no perciban el espíritu en que ha sido concebida: esclavos de los prejuicios y del hábito demostrarán que solamente son sensibles a las ideas preconcebidas y que jamás serán iluminados por la antorcha de la filosofía.

CARTA PRIMERA

Déterville a Valcour

París, 3 de junio de 1778.

Ayer cenamos, Eugénie y yo, en casa de tu divinidad, mi querido Valcour... ¿Qué hacías tú?... ¿Eran los celos?... ¿El enojo?... ¿El temor?... Tu ausencia fue para nosotros un enigma que Aline no pudo o no quiso explicarnos y cuya clave nos costó mucho esfuerzo descifrar. Iba a solicitar noticias tuyas cuando dos grandes ojos azules, que reflejaban a la vez el amor y la decencia, vinieron a fijarse en los míos rogándome que disimulase... Me callé; poco después me acerqué; quise inquirir la razón de ese misterio. Las únicas respuestas que obtuve fueron un suspiro y un signo con la cabeza. Eugénie no fue tampoco más afortunada; no presionamos más; pero madame de Blamont suspiro y yo la oí, esa mujer es una madre deliciosa, amigo mío; no creo que sea posible tener más ingenio, un alma más sensible, tanta gracia en los modales ni tanta amenidad en las costumbres. Es extremadamente raro que con tantos conocimientos alguien sea al mismo tiempo tan amable. He observado casi siempre que las mujeres instruidas tienen en el mundo una cierta rudeza; una especie de afectación que hace que se compre muy caro el placer de su compañía. Parece como si solamente quisiesen mostrar su ingenio en su gabinete o que, al no encontrarlo nunca en cantidad suficiente en aquellos que las rodean, no se dignasen rebajarse a mostrar el que ellas poseen.

¡Pero qué diferente de este retrato es la adorable madre de tu Aline! En verdad no me extrañaría que una mujer así despertase aún grandes pasiones, a pesar de haber alcanzado los treinta y seis años.

Por lo que hace a monsieur de Blamont, ese indigno esposo de una mujer demasiado digna, fue tajante, sistemático y desabrido como si estuviese administrando justicia en nombre del rey; desencadenó una serie de invectivas contra la tolerancia, hizo la apología de la tortura, nos habló con una especie de regocijo de un desgraciado a quien sus colegas y él iban a infligir, al día siguiente, el suplicio de la rueda; nos aseguró que el hombre era malo por naturaleza y que no había nada que debiera evitarse para hacerlo encadenar; que el temor era el resorte más poderoso de las monarquías y que un tribunal encargado de recibir delaciones era una obra maestra de la política. Seguidamente nos habló de unas tierras que acababa de comprar, de la sublimidad de sus derechos y, sobre todo, del proyecto que abriga de instalar en ellas una casa de fieras de las que, te lo garantizo, él será el animal más peligroso.

Pocos minutos antes de que fuese servida la cena llegó otro individuo, corto y cuadrado, cuyo espinazo se adornaba con una casaca de paño verde oliva, guarnecida de arriba abajo con un bordado de ocho pulgadas de anchura cuyo dibujo me recordó al que llevaba Clovis en su manto real. Este hombre pequeño poseía un pie muy grande asentado sobre unos tacones altos en medio de los cuales se apoyaban dos piernas enormes. Si se intentaba buscar su cintura no se encontraba más que un vientre. ¿Interesaba una idea de su rostro? No se percibía más que una peluca y una corbata de cuyo centro se escapaba a veces un falsete discordante que permitía dudar si el gaznate del que emanaba era efectivamente el de ser humano o el de una vieja cotorra. Este ridículo mortal, absolutamente fiel al retrato que de él he trazado, se hizo anunciar como monsieur Dolbourg.

Un capullo de rosa que, en ese mismo instante, Aline lanzaba a Eugénie, vino a perturbar desafortunadamente las leyes de equilibrio que se había impuesto el personaje con la intención de deducir de ellas su reverencia de entrada. Tropezó con el capullo de rosa y definitivamente llegó hasta nosotros con la cabeza por delante. Este golpe inesperado, este súbito dcrrumbamicnto dc las masas, dcscompuso un poco sus postizos atractivos, la corbata voló por un lado, la peluca por otro y el infeliz, desparramado y desguarnecido de esta guisa, provocó a mi loca Eugénie un ataque de risa tan espasmódico que nos vimos obligados a conducirla a una sala contigua en donde llegue a creer que se desvanecería... Aline se contuvo, el presidente se enfadó, madame de Blamont se mordía los labios para no reventar de risa y se deshacía en señas de interés... Dos lacayos levantaron al hombrecillo que, como una tortuga volteada, no podía recobrar la elasticidad necesaria para restablecer su verticalidad. Se le enfundó en su peluca y se rehízo artísticamente el nudo de su corbata, Eugénie apareció y el anuncio de la cena vino a restaurar el orden general al obligar a cada cual a ocuparse en una sola idea.

Las exageradas cortesías del presidente hacia el hombrecillo, la noticia que recibí ulteriormente de que tenía cien mil escudos de renta, cosa que hubiera apostado con sólo verle la cara; el fastidio de Aline, el gesto afligido de madame de Blamont, los esfuerzos que hacía para distraer a su querida hija, para impedir que los demás percibiesen el malestar que la embargaba; todo me convenció de que ese desgraciado banquero era tu rival y rival tanto más peligroso por cuanto me pareció que el presidente estaba entusiasmado con él.

¡Amigo mío, qué alianza!... ¡Unir un mortal tan prodigiosamente ridículo a una joven de diecinueve años hecha como las Gracias, lozana como Hebe y más bella que Flora! Atreverse a sacrificar a la estupidez en persona el espíritu más dulce y más agradable; adaptar a un abultado volumen de materia el alma más sutil y más sensible; reunir la inactividad más plúmbea con un ser cuajado de talentos, ¡qué atentado, Valcour!... ¡Oh! No, no..., o la Providencia es insensible o no lo permitirá jamás... Eugénie se llenó de tristeza en cuanto adivinó la fechoría. Loca, atolondrada, e incluso un poco cruel, pero dispuesta a inmolar su sangre en aras de la amistad, pasó rápidamente de la alegría a la cólera más extremada desde el momento en que la hice partícipe de mis sospechas... Miró a su amiga y las lágrimas vinieron a bañar sus mejillas rosas que la alegría acababa de encender. Aconsejó a su madre que se retirase temprano; no podéis soportarlo y si esa fechoría era real, no había nada, decía golpeando el suelo con sus pies, que ella no hiciera para impedirlo. Pero Aline se obstinaba en su silencio... Madame de Blamont se limitaba a suspirar cuando yo la interrogaba; y optamos por retirarnos.

He aquí, mi querido Valcour, el estado en que dejé las cosas; en prenda de mi sincera amistad debes instruirme de todo lo que puedas averiguar; espéralo todo de la mía y de la de Eugénie y convéncete de que la felicidad que nos aguarda no puede realmente ser perfecta mientras sepamos que hay obstáculos entre la de Aline y la tuya.

CARTA II

Aline a Valcour

6 de junio.

¿De qué expresiones me serviría yo? ¿Cómo suavizaría el golpe que necesariamente he de asestaros? Mis sentidos se nublan, mi razón me abandona, si existo es solamente por el sentido de mi dolor. ¿Por qué os habré visto?, ¿por qué me habéis arrastrado al abismo con vos?, ¿por qué esos rasgos cautivadores han penetrado en mi alma? ¡Ay!, ¡qué breves han sido nuestros instantes de dicha! ¿Quién sabe, ¡Dios mío!, quién sabe cuáles serán los límites de los que nos aguardan? Amigo mío, es imperativo que no nos veamos más... Ya ha sido pronunciada la frase cruel, ¡he podido escribirla sin morir!...

Emulad mi valor. Mi padre me ha hablado como un amo quiere ser obedecido. Se presenta un partido, ese partido le conviene, eso basta. No pide mi consentimiento, consulta su interés y a sus caprichos debo inmolar por completo todos mis sentimientos. No acuséis a mi madre, ella no ha dicho nada, no ha hecho nada, ni siquiera lo imagina aún...Vos sabéis cómo ama a su hija y no ignoráis tampoco los sentimientos de ternura que despertáis en ella... Nuestras lágrimas han corrido parejas... El muy bárbaro las ha visto y no le han conmovido en absoluto... ¡Oh, amigo mío!, creo que el hábito de juzgar a los demás hace necesariamente a las personas duras y crueles.

—Es un partido conveniente, ha dicho enfurecido a mi madre, no soportaré que mi hija lo pierda. Dolbourg es amigo mío desde hace veinticinco años y tiene una renta de cien mil escudos, ¿acaso pueden todas vuestras pequeñas consideraciones contrarrestar, un argumento tan poderoso? ¿Es que actualmente la gente se casa por amor?... Lo hace por interés; esa es la única ley que debe estrechar los lazos del himeneo. ¡Qué importa el amor siempre que uno sea rico! ¿Acaso el amor proporciona la consideración en el mundo? No, por cierto, señora mía, es la fortuna, y no se puede vivir sin consideración. Además, ¿qué tiene mi amigo Dolbourg que puede inspirar el distanciamiento de vuestra hija? (¡Oh, Valcour, quisiera que le vieseis!) ¿Es acaso porque no es uno de esos mequetrefes de hoy en día que, haciendo creer a una joven que se han prendado de ella únicamente porque saben que es muy rica, se casan con la dote y dejan a la chica? ¿O quizás os sentís seducida por el talento y el ingenio? ¿Eh? ¿Porque un hombre haya hecho algunas comedias, algunos epigramas, porque haya leído a Homero y a Virgilio va a poseer, por eso sólo hecho todo lo necesario para la felicidad de vuestra hija?

Veréis, amigo mío, a quien iba destinado este último sarcasmo; pero el muy cruel, temiendo que no le hubiésemos entendido aún:

Os ruego, replicó encolerizado, que escribáis al punto a monsieur de Valcour y le comuniquéis que sus visitas me honran infinitamente, sin duda, pero que, no obstante, me complacería que las suprimiese; no quiero entregar mi hija a un hombre que no tiene nada.

Su cuna, respondió mi madre, es más alta que la mía.

Lo sé de sobras; ya apareció, como siempre, el orgullo de los aristócratas, para ellos el nacimiento lo es todo. ¿Queréis que a mi hija le suceda con su Valcour lo que a mí me ha sucedido con vos? ¿Casarse con unos pergaminos?... ¿De qué me sirve, decidme, el que me habéis dado?... Preferiría veinticinco mil francos anuales que todas esas genealogías que, como los gusanos de luz, solamente brillan gracias a la oscuridad, que solamente son ilustres porque no podemos divisar su origen y de las que se puede afirmar lo que se quiera porque carecen de principio. Valcour es de buena casa, lo sé; además tiene a vuestros ojos un gran mérito, le apasiona la literatura; pero yo, que no me conmuevo ante estas consideraciones, quiero dinero... Y no tiene un céntimo. Esta es su sentencia, comunicádsela, os lo aconsejo.

Con estas palabras desapareció y nos dejó, a mi madre y a mí, anegadas en el llanto.

No obstante, amigo mío, porque es necesario que alivie con un poco de bálsamo las heridas que acabo de infligiros, la esperanza no ha abandonado mi corazón, y esa madre respetable, que yo idolatro y que os ama, me encarga positivamente que os diga, que no desea que desesperéis... Esta casi segura de poder ganar tiempo y en circunstancias como las presentes el tiempo supone mucho. Rendíos, pues, a las órdenes de mi padre; no volváis, pero escribidnos. Un caso de suma importancia mantendrá al presidente en París durante todo el verano, y creo que mi madre conseguirá la autorización de pasar esta estación sola conmigo en su pequeña posesión de Vertfeuille, cerca de Orleáns; único bien que aportó a mi padre que; como veis, se lo reprocha con crueldad. Su objeto es conseguir del presidente que no precipite nada; se encargará, dice, de disponerme a todo y de vencer mi repugnancia, siempre que no se ejerza presión alguna y que se nos permita pasar algunos meses solas en Vertfeuille... Amigo mío, si lo consigue, os confieso que lo consideraré como una victoria a medias; el tiempo lo es todo en estas crisis tan terribles, tanto tenerlo como obtenerlo lo significa todo.

Adiós, no os alarméis, amadme, pensad en mí, escribidme... Que yo ocupe todos vuestros instantes al igual que vos llenáis mi corazón... ¡Oh, amigo mío! Pocas cosas harían falta para separarnos para siempre; pero lo que al menos me consuela en mi desgracia es la certeza que poseo de que ninguna fuerza, divina o humana, conseguirá impedirme que os ame.

CARTA III

Valcour a Aline

7 de junio.

Sí, la he leído, esa frase cruel... ¡He recibido el golpe que ha de quebrantar mi vida, y todas las facultades que la componen no se han desvanecido! ¡Oh, mi Aline! ¿Cuál ha sido el arte que habéis empleado para asestarlo? ¡Me dais la muerte y queréis que yo viva!... ¡Destruís mi esperanza y, al mismo tiempo, la reanimáis!... No, no moriré... No sé qué voz se deja oír en el fondo de mi corazón... No sé qué órgano secreto parece decirme que viva y que todos los instantes de la felicidad no se han extinguido aún para mí... No, no sé qué es esa emoción, pero cedo ante ella... ¡No veros más, Aline!.. ¡No embriagarme más en esos ojos que adoro, con el delicioso sentimiento de mi amor!... ¿Sois vos quien me lo ordena?... ¡Ah! ¿Qué habré hecho yo para merecer tal suerte?... ¡Renunciar yo al encanto de poseeros un día! No, no me lo decís vos. Mi infortunio acrecienta mis inquietudes, alimenta aún las quimeras que vuestras confortadoras palabras intentan hacer menos horribles. Sólo nos hace falta tiempo, decís; tiempo, Aline... ¡Oh cielos! ¿Imagináis como es el tiempo que transcurre lejos del ser amado?... ¿En el que no se puede oír su voz, en el que no se puede gozar de su mirada? ¿No es pedir a un hombre que exista separado de su alma?... Yo estaba preparado para este golpe fatal, Déterville, me habéis puesto sobre aviso, pero ignoraba que las cosas hubieran llegado tan lejos y, sobre todo, que vuestro padre exigiría que yo no os viera ya nunca más... ¿Quién ha podido informarle de nuestros secretos? ¡Ah! ¿Es que cabe esconderse cuando se ama? Si ha sorprendido nuestras miradas habrá averiguado nuestro amor... ¿Qué haré, ¡ay!, durante esta terrible ausencia?... ¿Qué queréis que haga de mi persona? ¡Si al menos hubiera podido deciros cuánto os amo!... Me parece como si no os lo hubiera dicho nunca... Oh no, no os lo he dicho nunca tal y como lo siento... ¿Y cómo lo hubiera conseguido? ¿Qué palabra podría encerrar este fuego divino que me devora? Ora aniquilada por la fuerza misma de este sentimiento que me absorbe... Ora abrasada por vuestras miradas... Mi alma sentía sin poder expresar; todas las presiones me parecían demasiado débiles... Y ahora lamento haber perdido tantas ocasiones o haberlas aprovechado tan mal. ¡Cómo voy a añorar esos momentos tan breves y tan dulces! Aline, Aline, ¿creéis que yo pueda vivir sin ellos? Y, sin embargo, lloraréis... ¡Vuestra alma se anegará en el dolor y yo no podré compartir sus angustias! Que, al menos, no tenga lugar ese cruel himeneo... Considero lo que decís como un juramento de que no se realizará jamás... El bárbaro os sacrifica... ¿Y a qué?... A su ambición, a su interés... ¡Y además tiene la osadía de hallar sofismas en que apoyar sus horribles sistemas!... «El amor, dice, no hace la felicidad en los lazos del himeneo». ¿Y cuáles son esos lazos cuando el amor no los forma? Un pacto mercenario y vil, un tráfico vergonzoso de fortunas y de nombres que sólo encadena a las personas, abandonando el corazón a todos los desórdenes de la desesperación y del despecho. ¿En qué se convierten entonces esos bienes tan anhelados? ¿Son destinados a los hijos que ya no serán sino el fruto del azar o del interés? Se disipan, se pierden con mayor presteza que con que se adquirieron y la necesidad que ambos experimentan de sacudirse la cadena que les oprime, abre el abismo espantoso que los devorará en un solo día sin remedio. ¿Dónde está, pues, el provecho y la dicha de esos matrimonios de conveniencia, ya que las mismas fortunas que han estrechado los nudos desaparecen ya sea para aflojarlos, ya para deshacerlos?

Pero concebir la esperanza de conducir a vuestro padre a opiniones razonables es empresa semejante a la de hacer que un río remonte a sus fuentes. Independientemente de los prejuicios de su condición, prejuicios cruelmente odiosos, sin duda, tiene además aquellos (excusadme la expresión) de una cabeza estrecha y un corazón frío; y este tipo de personas ama demasiado el error como para que quepa la esperanza de conseguir que renuncien a él.

¡Qué respetable el comportamiento de madame de Blamont en todo este asunto y cuánto la adoro! ¡Qué conducta, qué prudencia! ¡Qué amor por vos! Adorad a esta madre, sólo su sangre lleváis vos... Es imposible, es moralmente imposible que una sola gota de la de ese hombre cruel fluya por vuestras venas... Dulce y divina amiga de mi corazón, hay ocasiones en las que me complazco en imaginar que, si habéis recibido la existencia en el seno de esta madre adorable, ha sido gracias al hálito de la divinidad; ¿no admitís la mitología de los griegos en este tipo de existencias?; ¿no las hemos recibido nosotros en nuestras opiniones religiosas? Pero hubiera sido necesario un milagro... ¿Y por quién, Dios mío, por quién lo haría la naturaleza si no por mi Aline?... ¿No es, ella misma un milagro?... Dejadme esta opinión, mi divina amiga, me consuela... Aumenta, me parece, aún más el culto que os profeso... ¿Sí, Aline?... Sí, sois la hija de un dios o, mejor, sois vos misma un dios y a través de vuestras miradas la naturaleza entera recibe la existencia: purificáis todo lo que os toca, vivificáis todo lo que os rodea; la virtud solamente es grata cerca de vos, solamente se la conoce en donde vos estáis; sostenida por el imperio de la belleza, cautiva gracias a vuestros rasgos, seduce a través de vos; y nunca me siento más honrado que cuando me acerco a vos o cuando os dejo. ¿Quién animará ahora en mi corazón estos sentimientos que nacen cerca de vos... quién me fortificará durante el resto de mi vida? Mi alma va a marchitarse separada de la vuestra, le sucederá lo que a esas flores que se secan a medida que se alejan de ellas los rayos del astro que las hizo nacer... ¡Oh, mi querida Aline! Ya no habrá para mí en la tierra un solo instante de felicidad... Pero os escribiré, al menos... ¿Me lo permitís?... Podré hacerlo... ¡Ay!, es un consuelo, sin duda, pero ¡qué lejos está del que yo deseo, del que yo necesito!... Y, ¿cuándo será ese viaje? ¡Qué! ¿No os veré ya antes de que partáis y, por primera vez en mi vida, desde hace tres años que os conocí, voy a pasar una temporada entera lejos de vos?... ¡Orden bárbara!... ¡Padre cruel! Aliviad, Aline, esta terrible y funesta decisión... Haced que pueda veros aún un solo día... sólo una hora, ¡ay!, no deseo otras cosa para poder vivir un año; en esa hora preciosa recogeré todo lo que mi alma necesite para existir durante siglos... Madre adorable, permitid que os implore; solicito esta gracia besando vuestros pies... Recordad esa indulgencia tan activa y tan dulce que os caracteriza; esa bondad, esa humanidad que os hacen tan sensible a la suerte amarga del infortunio. ¡Ay! Jamás habréis socorrido a un desgraciado cuyos males fueran más agudos. Que la naturaleza me agobie con todos los que quiera, pero que me deje los ojos de Aline y su corazón... Espero vuestra respuesta; la espero como los criminales esperan el golpe fatal. ¡Ah! Si la temo es que la adivino... Pero una hora, Aline... Una sola hora... O, de lo contrario no habréis amado jamás... Alejad, cuando menos, a ese hombre... Que no vaya con vos al campo... No os pido que rechacéis los lazos con que os ofrece uniros a él. No, Aline, no os lo pido; hay algunos casos en los que una simple recomendación es un ultraje y creo que este es uno de ellos. Sí, me atrevo a estar seguro de vos porque me habéis dicho que yo no os era del todo indiferente y que no queríais arrancar el corazón de vuestro amigo.

CARTA IV

Aline a Valcour

9 de junio.

Os agradezco vuestra resignación, amigo mío, aunque no sea completa; no importa, no abuséis de lo que voy a deciros, pero mi reconocimiento hubiera sido menor si hubieseis obedecido de mejor grado. Que vuestras penas se aplaquen, mi querido Valcour, en la certeza de que las comparto. Ignoro lo que mi madre haya podido decir a su marido, pero monsieur Dolbourg no ha vuelto a aparecer desde la noche aquella en que cenó aquí. He creído adivinar, menos severidad en los ojos de mi padre; no vayáis a creer que de ello se deriva que sus primeros proyectos se han anulado, os amo demasiado sinceramente como para dejar nacer en vuestro corazón una esperanza que perderíais pronto. Pero las cosas no serán tan rápidas como yo lo temía, y en unas circunstancias como éstas, os lo repito, es todo obtener algún aplazamiento.

Nuestro viaje a Vertfeuille está decidido: mi padre se muestra de acuerdo en que vayamos mi madre y yo durante el verano; en cuanto a él sus asuntos le obligan a quedarse en París: nos dejará solas y tranquilas; pero no os oculto, amigo mío, que una de las cláusulas de este permiso, es que vos no aparezcáis. Juzgad, por esta severidad, si sería posible concederos la hora que solicitáis con tanta insistencia.

Al interés que mi madre tenía de saber por qué razón habíais resultado tan sospechoso al presidente, él le contestó:

«Que nunca se hubiera imaginado, cuando os presentasteis en su casa, que osaseis poner vuestras miradas sobre su hija; que únicamente a título de conocimiento y amistad social os había acogido; pero dándose al final cuenta de nuestros sentimientos mutuos, este descubrimiento fatal le había determinado a elegir prontamente un yerno que a un seductor sin la esperanza de desviar a su hija de sus deberes, y que no había encontrado nada mejor que Dolbourg, hombre muy rico y su amigo desde hacía mucho tiempo».

Mi madre, muy contenta de llevarle poco a poco a una explicación, sin combatir en absoluto su proyecto, le preguntó los motivos de su alejamiento para con vos. La falta de fortuna fue enseguida su argumento indestructible, y no pudiendo, dijo, rechazar vuestras cualidades (como si su orgullo estuviera desolado por una confesión que le resultaba imposible omitir), se ha lanzado de entrada sobre vuestros defectos, y el que os reprocha con más acritud es la falta de ambición, la sorprendente despreocupación que mostráis hacia vuestra fortuna y el nefasto error que, en su opinión, habéis cometido al abandonar el servicio siendo tan joven. Mi madre quiso oponer a esto vuestros talentos, vuestro amor por las letras, que; absorbiendo toda otra afición, os ha aislado, por así decirlo, para poder estudiar más detenidamente. A esto el presidente, enemigo capital de todo lo que se denomina Bellas Artes se ha excitado una vez más...

¿Y qué hacen esos miserables para alcanzar la felicidad de la vida, señora? Replicó enardecido, ¿acaso habéis visto a lo largo de vuestra existencia que las artes o incluso las ciencias hayan hecho la fortuna de un solo hombre?... Yo, al menos, no lo he visto jamás, ya no es como en otros tiempos, en que, con una hipótesis, un silogismo, un soneto o un madrigal, se da a conocer uno en el mundo y se llega a todo; los Horacios no encuentran ya un Mecenas, ni los Descartes, una Cristina. Lo que hace falta es dinero, señora mía, dinero. Esa es la única llave de los cargos y de los honores y vuestro querido Valcour no lo tiene. Es joven, tiene ingenio y un cierto mérito —observad, amigo mío, la escasa alegría con que se ha dignado concederos un cierto mérito— con estas ventajas, continuó, ¿qué le estaría vedado? El templo de la Fortuna está abierto a todo el mundo; solamente hay que cuidar de no dejarse aventajar por la muchedumbre que se abre paso a codazos y que quiere llegar antes que vos... A los treinta años, con su fecha, el nombre que lleva y las alianzas que puede hacer valer, sería hoy mariscal de campo si lo hubiese querido.

¡Oh! Amigo mío; os pido perdón; pero estos reproches, ¿no son merecidos? ¡No os imaginéis que es mi corazón el que os recrimina, que no soy dueña de mi mano! Que no puedo probaros al instante hasta qué punto estos prejuicios son viles a mis ojos, pero, amigo mío, vos mismo me lo habéis repetido cien veces, la consideración es, necesaria en el mundo y si ese público es lo bastante injusto como para no querer concedérsela más que a quienes ostentan honores, el hombre prudente, que concibe la imposibilidad de vivir sin ella, debe hacer todo lo posible para adquirir lo necesario para merecerla.

¿No habrá un poco de repugnancia, un poco de misantropía en esa despreocupación que se os reprocha? Quisiera que me aclaraseis todo esto, pero no justificándoos; pensad que habláis a la mejor amiga de vuestro corazón.

CARTA V

Valcour a Aline

12 de junio.

Sí, Aline, estoy en un error y vos me lo hacéis sentir; la confianza es la más dulce prueba de amor y tengo el aspecto de quien os la ha negado al no relataros las desdichas de mi vida; pero ese silencio por mi parte desde que os conozco tiene su origen en dos principios que espero no censuraréis, el temor de aburriros con historias que sólo a mí me interesan y mi vanidad, que sufriría con su narración. Uno quisiera elevarse incesantemente a los ojos del ser amado y guarda silencio cuando lo que puede decir de sí no tiene nada de halagador. Si el azar me hubiese unido a otra persona, quizás me hubiera mostrado menos orgulloso; pero supisteis inspirarme tanto desde el momento en que creí haber despertado vuestra sensibilidad, que, desde ese instante, me hicisteis avergonzarme de mí mismo y de mi audacia de colocar en vuestras cadenas a un esclavo tan poco digno de vos ¡Me sentía tan lejos de lo que juzgaba necesario para merecerlo! Y prefería dejaros creer que era digno de vos que mostraros vuestro error.

Ahora exigís confidencias que yo prefería callar; no os culpéis sino a vos misma si en ellas veis motivo para estimarme menos y que mi franqueza o mi obediencia me hagan recuperar en vuestro corazón lo que la verdad me arrebate. Todas mis faltas son anteriores al instante en que os vi por vez primera. ¡Ay! Es mi única excusa; desde ese momento dichoso no he conocido más que el amor y la virtud; ¿y cómo hubiera osado después mancillar con nuevos extravíos el corazón en donde reinaba vuestra imagen?

Historia de Valcour

No voy a hablaros mucho de mi nacimiento, ya lo conocéis; solamente os relataré los errores a los que me ha inducido la ilusión de un origen vano del que casi siempre nos enorgullecemos injustificadamente, ya que esta ventaja se debe exclusivamente al azar.

Relacionado, por parte de mi madre a todo cuanto de grandeza pudiera haber en el reino; unido, por mi padre a todo lo que podía haber de más distinguido en la provincia de Languedoc; nacido en París en medio del lujo y de la abundancia, creí, desde que tuve use de razón, que la naturaleza y la fortuna se habían unido para colmarme con sus dones; lo creí porque otros cometieron la estupidez de decírmelo y este prejuicio ridículo me hizo altivo, despótico e iracundo; parecía como si todo debiera ceder ante mí, como si el universo entero debiera atender mis caprichos y como si a mí no me correspondiese más que concebirlos y satisfacerlos; solamente os relataré un rasgo de mi infancia para convenceros del peligro que encerraban los principios que, con toda ineptitud, dejaban germinar en mí.

Nacido y educado en el palacio de un príncipe ilustre con quien mi madre tenía el honor de estar emparentada y que tenía, poco más o menos mi edad, se afanaban en que me reuniese con él a fin de que, siéndole conocido desde mi infancia, pudiese yo encontrar su apoyo en todos los instantes de mi vida; pero mi vanidad de aquella época, que no entendía aún nada de estos cálculos, se sintió herida un día en nuestros juegos infantiles porque él quería disputarme algo, y mucho más aún porque, con muy justos títulos, sin duda, él se creía autorizado por su rango para hacerlo. Me vengué de sus resistencias mediante golpes muy numerosos, sin que ninguna consideración lograse detenerme y sin que nada que no fuese la fuerza o la violencia consiguiese separarme de mi adversario.

Fue aproximadamente en esa época cuando mi padre recibió el encargo de llevar a cabo las negociaciones; mi madre le siguió y yo fui enviado a casa de una abuela en Languedoc cuyo cariño excesivamente ciego alimentó en mí todos los defectos que acabo de confesar.

Volví a París a realizar mis estudios bajo la tutela de un hombre fuerte y dotado de mucho ingenio, muy adecuado, sin duda, para formar mi juventud, pero que, para mi desgracia, no conserve durante mucho tiempo. Se declaró la guerra, en el afán de hacerme servir se interrumpió mi educación y salí para el regimiento en donde había sido empleado, a una edad en que, de haber seguido las cosas su curso natural, solamente se debería ingresar en la Academia.

Quiera Dios que se reflexione sobre el vicio dominante en nuestros días y que se vea que el objeto esencial no consiste en tener militares muy jóvenes, sino en tenerlos muy Buenos; y que, según el prejuicio actual, resulta de todo punto imposible que esta clase de ciudadanos tan útil pueda ser perfecta nunca mientras se siga el criterio de ingresar joven, ignorando si se poseen los requisitos para ser admitido y sin comprender que es imposible poseer las virtudes necesarias mientras no se conceda a los jóvenes aspirantes la posibilidad de adquirirlas a través de una educación prolongada y perfecta.

Se iniciaron las campañas y me atrevo a afirmar que las hice bien. Esa impetuosidad natural de mi carácter; esa alma de fuego que la naturaleza me había otorgado no hacía sino incrementar la fuerza y la actividad de esa virtud feroz que recibe el nombre de valor y que, cometiendo un grave error, sin duda, se considera como la única necesaria en nuestra profesión.

Nuestro regimiento, aplastado en la penúltima campaña de esta guerra, fue enviado a una guarnición de Normandía; ahí es donde comienza la primera parte de mis desdichas.

Acababa de cumplir la edad de veintidós años; perpetuamente arrastrado hasta entonces por los trabajos de Marte, no conocía mi corazón y tampoco sospechaba que fuese sensible, Adélaïde de Sainval, hija de un antiguo oficial retirado en la ciudad donde nos encontrábamos, supo convencerme sin tardanza de que todos los fuegos del amor debían abrasar fácilmente un alma como la mía; y que, si no habían ardido hasta entonces, era porque ningún objeto supo cautivar mis miradas. No voy a describiros a Adélaïde; sólo uno era el género de belleza destinado a despertar el amor en mí, siempre fueron unos los rasgos que iban a permitirle penetrar en mi alma y lo que me embriagó en ella fue el esbozo de las bellezas y las virtudes que idolatro en vos. La amaba porque debía adorar necesariamente todo lo que estuviese relacionado con vos; pero esta razón, que legitima mi derrota, constituye el crimen de mi inconstancia.

En las guarniciones está muy extendido el uso de que cada cual elija una amante y de no considerarla, desdichadamente, más que como una especie de divinidad a quien se deifica para matar el tiempo, que se cultiva en apariencia y que se abandona en el instante en que se despliegan las banderas. Al principio creí de buena fe que esto no ocurriría jamás, que yo amaría a Adélaïde; la forma en que se lo aseguré la persuadió; exigió juramentos, se los hice; quería escritos, se los firmé y al hacerlo creí que no la engañaba. A salvo de los reproches de su corazón, creyéndose quizás incluso inocente, ya que había cubierto su debilidad con todo lo que le parecía apto para legitimarla, Adélaïde cedió y yo osé hacerla culpable al no pretender más que encontrarla sensible.

Seis meses transcurrieron en esta ilusión sin que nuestros placeres alterasen nuestro amor; en la embriaguez de nuestros éxtasis llegó un momento incluso en que quisimos huir; inseguros de la libertad de formar nuestras propias cadenas, quisimos ir a forjarlas juntos al otro extremo del universo... La razón triunfó; yo convencí a Adélaïde y desde ese momento fatal fue evidente que la amaba menos. Adélaïde tenía un hermano, capitán de infantería a quien esperábamos iniciar en nuestros propósitos... Lo esperábamos, pero no llegó. El regimiento salió, nos despedimos, corrieron los ríos de lágrimas; Adélaïde me recordó mis juramentos, los renové entre sus brazos... Y nos separamos.

Ese invierno mi padre me llamó a París, volé hacia él; se trataba de un matrimonio; su salud flaqueaba, deseaba verme establecido antes de entregar el alma; ese proyecto, los placeres ¿qué os diría yo? Esa fuerza irresistible de la mano del destino que nos lleva siempre a nuestro pesar a donde sus leyes quieren que estemos, todo borró poco a poco a Adélaïde de mi corazón. No obstante, hablé a mi familia de este compromiso; el honor me obligaba a ello y lo hice; pero la negativa de mi padre legitimó muy pronto mi inconstancia; mi corazón no presentaba objeción alguna y cedí sin combatir sofocando mis remordimientos. Adélaïde no tardó mucho en saberlo... Es difícil expresar su tristeza; su amor, su sensibilidad, su grandeza, su inocencia, todos esos sentimientos que poco antes hicieran mis delicias llegaban a mí como palabras apasionadas sin que ninguna alcanzase mi corazón.

Dos años pasaron así, para mí los hilaron las manos del placer, para Adélaïde quedaron marcados por el arrepentimiento y la desesperación.

Un día me escribió pidiéndome como único favor que obtuviese para ella una plaza en las Carmelitas; que se lo hiciese saber tan pronto la hubiese conseguido; que ella se escaparía de la casa de su padre y vendría a enterrarse viva en el ataúd que me rogaba le preparase.

Perfectamente tranquilo entonces, osé responder con algunas chanzas a ese horrible proyecto del dolor y, rompiendo al fin todo comedimiento, exhorté a Adélaïde a que olvidase en el seno del matrimonio los delirios del amor.

Adélaïde no me escribió más. Pero tres meses después supe que se había casado; y liberado así de todos mis lazos, sólo pensé en imitarla.

Un acontecimiento, terrible para mí, vino a estorbar mis proyectos; tal parece que el cielo quisiera vengar ya a Adélaïde del infortunio al que yo la había arrojado. Mi padre murió, poco después le siguió mi madre y con veinticinco años me vi solo, abandonado en el mundo a todas las desgracias y todos los accidentes que persiguen ordinariamente a un joven de mi carácter a quien corrompen los falsos amigos y a quien la experiencia no esclarece aún y que, en el colmo de su ceguera, se atreve a menudo a tomar como un golpe de suerte el acontecimiento que le convierte en su propio dueño, sin considerar, ¡ay!, que los mismos frenos que le mantenían cautivo servían también para sostenerle y que, desde el instante en que se rompen, no es sino como esas plantas ligeras, liberadas por la caída del álamo añoso que protegía sus jóvenes ímpetus y que no tardan en sucumbir por falta de asidero. No solamente perdía unos padres amantes y preciosos; no sólo quedaba sin apoyo alguno en la tierra, sino que todo se eclipsaba, todo se esfumaba con ellos; esa gloria vana que me había seducido quedó convertida en una sombra que se desvanecía con los rayos que la modificaban. Los aduladores huyeron, los cargos se otorgaron, las protecciones se perdieron, la verdad desgarró el velo que la mano del error extendía sobre el espejo de la vida y finalmente me vi tal y como era.

Sin embargo, no sentí inmediatamente mis pérdidas. Para apreciarlas, era necesaria la horrible catástrofe que me aguardaba. Aline, Aline, permitid que mis lágrimas fluyan aún sobre las cenizas de esos padres queridos; quiera Dios que mi eterno arrepentimiento sea su venganza de esa voz funesta e involuntaria que, en el fondo de mi alma, se atrevió a gritar: «¿De qué te lamentas?, ¡eres libre!». ¡Oh justo cielo! ¿Quién pudo inspirar esa voz salvaje, cuál es el sentimiento falso y cruel que la hizo nacer? ¿Dónde se encuentran en el mundo amigos que puedan sustituir al padre y a la madre? ¿Quién nos mostrará un interés más real y más vivo? ¿Quién nos excusará? ¿Quién nos aconsejará? ¿Quién sostendrá para nosotros el hilo en ese dédalo oscuro al que nos arrastran las pasiones? Algunos aduladores nos extraviarán, los falsos amigos nos engañarán. Solamente trampas se abrirán a nuestros pies y ninguna mano compasiva nos impedirá caer en ellas.

Era esencial poner un poco de orden en los bienes de mi padre, que había vivido muy lejos de sus posesiones; los gastos que habían acarreado los años pasados en las negociaciones los habían mermado considerablemente; antes de pensar en establecerme, mi interés me obligaba a acudir sin tardanza a Languedoc para tomar al menos noticia de lo que me pudiera corresponder. Obtuve permiso y emprendí el viaje.

La magnificencia de la ciudad de Lyon, que se encontraba en mi camino, me incitó a permanecer en ella varias semanas para admirarla. El azar, que me hizo encontrar a algunos antiguos conocidos terminó por consolidar y amenizar este proyecto y juntos compartimos los placeres que ofrece esa altiva rival de París cuando una tarde, al salir de un espectáculo, uno de mis amigos, llamándome por mi nombre en muy alta voz, me propuso ir a cenar a casa del intendente y se perdió entre la muchedumbre antes de que yo pudiese responderle.

Al oír el nombre de Valcour un oficial vestido de blanco y que parecía salir del mismo lugar que nosotros me abordó con el rostro oculto por su sombrero y me preguntó visiblemente turbado si había oído bien y si Valcour era mi nombre.

Poco inclinado a responder abiertamente a una pregunta formulada con tanta brusquedad y altivez, le pregunté con arrogancia qué necesidad había de aclarar este extremo.

—¿Qué necesidad, señor? La más grande.

—¿Y qué más?

—La de reparar un ultraje infligido a una familia honrada por un hombre de ese nombre, la de lavar en la sangre de ese hombre o en la mía la virtud de una hermana adorada... Responded o de lo contrario os consideraré un hombre de mala fe.

—Os conozco y os oigo; ¿sois el hermano de Adélaïde?

—Sí, lo soy y desde el instante fatal que nos la arrebató...

—¿Qué decís? ¿Ella ya no vive?

—No, cruel, tus indignos procedimientos hundieron una daga en su corazón y desde ese momento te busco para arrancar el tuyo o para morir bajo tu espada. Ven, sígueme, lamento cada instante de demora en mi venganza.

Llegamos rápidamente a la parte trasera del teatro, atravesamos el Ródano y nos perdimos en los paseos que se encuentran en la orilla opuesta. Frente a la ciudad, nos disponíamos a batirnos cuando, aguijoneado por el poderoso interés que aún me inspiraba esa amante desdichada:

—Sainval, dije embargado por la emoción, voy a daros satisfacción; si la suerte es justa es posible que pronto esta sea mayor, porque yo soy el culpable y soy yo quien debe morir; pero no os neguéis a relatarme, antes de que nos separemos para siempre, la historia fatal de esa mujer respetable... Que yo engañé, lo confieso, pero a quien no he dejado de apreciar.

—Ingrato, me respondió Sainval, murió adorándote; murió suplicando al cielo que jamás castigase tu crimen. Confesó a mi padre la falta a la que supiste inducirla; éste acababa de obligar a Adélaïde a sepultarla en los brazos de un esposo... Obsesionada por toda la familia, la desdichada había obedecido al punto... No pudo resistir la violencia del sacrificio. Cada día, cada instante la arrastraba a la muerte, la recibió entre mis brazos. Desde ese instante fatal no he cesado de buscarte por todas partes. He seguido tus pasos hasta esta ciudad sin estar seguro de encontrarte en ella. Ya he dado contigo, apresúrate a convencerme de que, al menos, no convive en ti la cobardía junto con la más bárbara seducción.

Nos batimos; el combate fue breve. Sainval tenía más valor que destreza y más razón que suerte. Cedió bajo mis primeras estocadas y tuve el dolor de ver cómo caía muerto a mis pies. Apenas me hube convencido de ello, me arrojé, envuelto en lágrimas sobre el cuerpo ensangrentado de este infortunado joven cuyos rasgos, cuya voz, acababan de recordarme tan dolorosamente a su desdichada hermana. ¡Dios cruel! ¿Es así como brilla tu justicia? ¿No era yo el único culpable?... ¿No era yo quien debía sucumbir? Al incorporarme deliraba:

«Asesino vil, me decía a mí mismo, ve a colmar tu horrible victoria; no basta con que tu abandono ruin la haya precipitado a la tumba, además ha sido necesario que quites la vida a su infortunado hermano. ¡Triunfo horrible! ¡Remordimientos desgarradores! Ve, corre, en el éxtasis que te agita, suma a todas tus víctimas el jefe desdichado de esta honrada familia... Aún vive... Este único hijo era el sólo consuelo que podía aliviar la pérdida de la hija que idolatraba, tu crueldad acaba de arrebatárselo; termina, hunde tu espada en su corazón».

Me precipité una vez más sobre el cadáver ensangrentado e intenté reanimarle, devolverle el aliento vital aún a costa de mi propia existencia que hubiera querido sacrificar.

Era demasiado tarde... Me incorporé extraviado; dejé que mis pasos me condujesen a la deriva; las gentes habían oído el ruido del combate. Me vieron huir; me persiguieron; me alcanzaron, me detuvieron y me llevaron sin tardanza ante el comandante de la ciudad. Mi desorden, mi atuendo ensangrentado, el informe de que un hombre había muerto, una carta que se encontró sobre monsieur de Sainval por la que su padre le ordenaba que me buscase hasta los mismos confines de la tierra, todo ello dispuso a monsieur de XXX, que, en aquella época gobernaba Lyon, a actuar con precaución y severidad.

Por grave que sea su caso, señor, me dijo, no obstante, con esa honradez militar, voy a obrar con vos como lo haría con mi propio hijo. Residiréis en una regia mansión y mañana iré yo a recomendaros en persona. Acallaré todo esto con el mayor cuidado. Si de aquí a tres meses no surge nada, os devolveré la libertad; pero, en el caso contrario, es imprescindible que os tenga a mi disposición a fin de que, si el tribunal o la familia decidiesen perseguiros, pudiese probar, al menos, que he cumplido con mi deber. Sin embargo, no os preocupéis; voy a poner tanto esmero en acallar todo, que pronto, así lo espero, seréis dueño de vuestros actos.

Con estas palabras salió para impartir las órdenes y fui conducido al castillo de Pierre-en-Cise, lugar que había elegido como mi destino particular para estar siempre en condiciones de disponer secretamente de mi persona y de una forma que pudiera resultarme agradable.

No voy a relataros lo que pasó por mi alma al llegar a este lugar fatal. Algunas cortesías del oficial que mandaba el puesto y todo el horror de mi situación se presentó a mis ojos... Los primeros efectos de mi desesperación hicieron estremecerse a quienes me rodeaban. No hubo medio que no utilizase para intentar quitarme la vida. ¡Qué dicha encontrar en semejantes circunstancias un hombre de ingenio y conocedor del corazón humano! Es imposible repetir todo lo que ese respetable mortal, en cuyas manos me había depositado mi buena estrella, hizo para calmarme... Ora se dirigía a mi razón, ora apelaba a mi corazón extrayendo siempre del suyo los argumentos que empleaba; supo devolverme a mí mismo y a la vida que hubiera perdido infaliblemente sin su ayuda.

¡Oh, vosotros, viles mercenarios que, en puestos semejantes contempláis a quienes os son confiados como animales con cuya sangre cebaros... Que los atormentaríais y los haríais expirar si os indemnizasen generosamente su pérdida! Dirigid vuestros ojos al virtuoso amigo de quien os hablo y sabed que ese mismo puesto en el que sólo veis ocasión de practicar el vicio, puede ofreceros el goce de mil virtudes; pero hace falta un alma e ingenio en el lugar en que la naturaleza airada, que sólo os ha creado para la desgracia de los demás, no ha puesto más que avaricia y estupidez.

Un mes transcurrió sin que se hablase de este asunto; mi gente seguía en el albergue en que me había alojado y siguiendo mis órdenes mantenían el más impenetrable secreto. Finalmente apareció el comandante de la ciudad...

—No ha trascendido nada, me dijo, he hecho enterrar a monsieur de Sainval con la mayor discreción posible; a través de un mensaje indirecto he comunicado a su padre su muerte, omitiendo la causa que lo ha llevado a la tumba... He guardado los papeles que se encontraron sobre él y no verán la luz a menos que me vea obligado a ello... Estos son los servicios que he podido prestaros... Pero no voy a detenerme aquí... Salid esta noche sigilosamente de esta prisión y de esta ciudad... Vuestra gente, vuestra silla y un pasaporte os esperan en la primera posta en dirección a Ginebra... Llegad hasta allí a pie y sin despertar sospechas; dirigíos a Suiza o a Saboya y, si me hacéis caso, permaneced escondido hasta que vuestros amigos os comuniquen desde París qué giro ha tomado vuestro asunto. Sólo me resta ofreceros mi bolsa, usadla como si fuera la vuestra.

—Oh, señor, respondí arrojándome a los brazos de este jefe respetable y rechazando esta última oferta, ¿cómo he podido merecer tanta bondad?... ¿Cuál es el motivo que así os obliga a servir al desdichado?...

—Mi corazón, me respondió monsieur de XXX, siempre ha sido el asilo de los infelices y el amigo de quienes se os parecen.

Imaginad mi agradecimiento, Aline, yo sólo podría describíroslo muy pálidamente; abracé a los dos fieles amigos que una feliz estrella puso en mi camino; acudí con la mayor presteza a la cita que me había sido fijada, allí encontré a mi gente y, envuelto en lágrimas, me encerré en el coche; dejé a mi ayuda de cámara que se ocupase de los detalles; le dije que nos dirigíamos a Ginebra, volamos, y yo me hundí en mis pensamientos.

No dudo que os resultará fácil adivinar hasta qué punto este desgraciado suceso, por bueno que fuese el sesgo que estuviese tomando, perjudicaba empero mis intereses pecuniarios; me resultaba imposible ir a tomar posesión de mis bienes, imposible regresar una vez expirado mi permiso y más imposible aún publicar las razones de huida por temor de desencadenar los acontecimientos que la motivaban. Los hombres de negocios iban a devastar mis pertenencias; el ministro iba a nombrar a otro que ocupase mi puesto. Sin embargo, estas dos crueles desgracias eran las que menos temor me inspiraban porque, si, a pesar de todo esto, reaparecía, ¿qué suerte me aguardaría?

Una vez llegado a Ginebra mi primera preocupación fue escribir a Déterville, el único amigo verdadero que poseía. Su respuesta encajaba a la perfección con los consejos de monsieur de XXX. Nada había trascendido, decía, pero se atravesaba una época de rigor frente a los duelos y, aunque debiese perderlo todo, sería mil veces mejor para mí exponerme a ello que correr el riesgo de ir a parar a la cárcel, quizás de por vida, al presentarme antes de estar seguro de que había pasado todo peligro.

Esta opinión me pareció demasiado prudente como para ser desoída y rogué a Déterville que me escribiese regularmente todos los meses a Ginebra de donde no me proponía salir, ya que carecía de fondos suficientes como para viajar. Hice volver a una parte de mi séquito después de haberles hecho prometer que guardarían el secreto y esperé en paz lo que el cielo me tuviese destinado. Durante esta cruel inactividad fue cuando la afición por la literatura y las artes vino a reemplazar en mi alma a esa frivolidad, ese impetuoso ardor que antes me había arrastrado a placeres mucho menos dulces y mucho más peligrosos. Rousseau vivía, fui a verle; había conocido a mi familia; me recibió con esa amabilidad y esa honesta franqueza que son las compañeras inseparables del genio y de los talentos superiores. Alabó y alentó el proyecto que le expuse de renunciar a todo para entregarme por completo al estudio de las letras y de la filosofía; guio a través de ellas mis juveniles pasos y me enseñó a separar la verdadera virtud de los sistemas odiosos que a menudo la sofocan...

—Amigo mío, me decía un día, desde el momento en que los rayos de la virtud iluminaron a los hombres, estos, deslumbrados por su brillo, opusieron a este raudal de luz los prejuicios de la superstición. No quedó para ellos más santuario que el fondo del corazón del hombre honrado. Detesta el vicio, sé justo, ama a tus semejantes, ilústrales; sentirás que la virtud reposa mansamente en tu alma y ella te consolará cada día del orgullo del rico y de la estupidez del déspota.

Gracias a la conversación de este filósofo profundo, de este amigo sincero de la naturaleza y de los hombres, nació en mí esta pasión dominante que desde siempre me ha llevado hacia la literatura y las artes y que hace que hoy las prefiera a todos los demás placeres de la vida, excepto al de adorar a Aline. ¿Y quién podría renunciar a este placer después de haberlo conocido? Quien pueda fijar sus ojos en ella sin estremecerse turbado por el amor no merece ya la calidad de hombre; la deshonra y la envilece si permanece insensible a tales encantos.

Sin embargo, las cartas de Déterville eran siempre casi iguales; nada había trascendido, pero mi ausencia extrañaba a todo el mundo y mucha gente se permitía comentarla de una manera tan falsa como cargada de calumnias. Mi amigo sabía que el desconcierto se había apoderado de mis bienes y estaba casi seguro de que mi compañía iba a ser asignada y, a pesar de todo eso, me exhortaba enérgicamente a no abandonar mi asilo. Finalmente llegó esa última desgracia. Yo le escribí para prevenirle, pretexté un viaje indispensable al extranjero.

Todos mis recursos fueron baldíos y el ministro dispuso de mi cargo.

Estas son, querida Aline, las crueles razones que motivan el reproche inmerecido que vuestro padre me hace, reproche tanto más injusto por cuanto que ignora las razones que me obligan a recibirlo. ¿Entraña esta desgracia algo que me pueda hacer perder vuestra estima o que me pueda alejar de la suya? Me atrevo a ponerlo en duda.

Habían transcurrido dos años de exilio voluntario, creí que podría acercarme a mis posesiones. Salí hacia Languedoc. Pero ¿qué fue lo que encontré? ¡Ay! Casas demolidas, derechos usurpados, tierras sin cultivar, granjas sin administradores y desorden, miseria y abandono por todas partes. Dos mil escudos de renta fue todo lo que pude recoger de cuatro fincas que antaño valían más de cincuenta mil libras anuales. Hube de contentarme con ello y arriesgarme a reaparecer por fin. Lo hice sin ningún riesgo; y cada día es más probable que nunca sea perseguido por ese duelo. Pero esa catástrofe horrible no dejará por eso de estar grabada con sangre durante toda mi vida en mi corazón. Mi empleo ha sido concedido a otro, mis bienes han sido devastados... Todos mis amigos me han abandonado... ¡Desgraciado de mí! ¿Después de tantos reveses pretendo a la divinidad que adoro?... Aline, olvidadme... abandonadme... despreciadme... No veáis ya en vuestro adorador más que a un temerario indigno de los deseos que osa formular. Pero si me tendéis una mano auxiliadora, si concedéis alguna respuesta a los sentimientos que en vuestro nombre me abrasan, no juzguéis mi corazón a través de los desvaríos de mi juventud y no temáis la inconstancia allí donde encendisteis el fuego del amor. Es tan imposible dejar de amaros como defenderse de vos. Mi alma, modificada solamente por las impresiones de vuestros rasgos, no puede sustraerse a su dominio, y antes me arrancarían mil veces la vida sin conseguir por ello destruir mi amor. Espero mi sentencia y mi perdón... Aline, Aline, lo espero todo de vuestra compasión.

CARTA VI

Aline a Valcour

15 de junio.

¡Oh, amigo mío!, ¡cómo me conmueve vuestra confesión! ¡Cuánto aprecio vuestra constancia!... ¿Abandonaros yo, renunciar a vos? ¡Cruel!... ¡Ah!, ¡Cuánto mayor haya sido vuestra desgracia, con tanto más ardor se entrega mi alma al placer de amaros! Soy yo, amigo mío, soy yo quien fue escogida por el cielo para aliviar vuestros males; será mi mano la que los aplaque... ¡Ah!, Valcour ¡cómo ha aumentado el cariño que os profeso desde que conozco vuestro infortunio! No pienso que no hayáis cometido errores... Pero los sentís con excesiva viveza como para que sea yo quien os los reproche. Fuisteis débil... Fuisteis inconstante, quizás incluso seductor, pero habéis sido valeroso y noble, todos esos reveses os han arrojado a un abismo del que mi cariño y los cuidados de mi madre quieren salvaros a cualquier precio... No, no estoy celosa de Adélaïde, me compadezco de ella con toda mi alma, su historia ha conmovido profundamente mi corazón. Pero no temo ya que reine en el vuestro, y soy suficientemente vanidosa como para estar segura de ocuparlo por completo.

Vuestra carta ha hecho llorar a mi madre... Os envía un abrazo... Se alegra mucho de conocer vuestra historia... Y, sin comprometeros a nada, ella contará, al menos, dice, con armas para defenderos; tened la certeza de que las usará.

Solamente os escribo unas letras. Nos vamos, escribidnos en los primeros días del próximo mes.

Escribiréis vuestras cartas de forma que se puedan leer en alta voz. Sin embargo, no os prohíbo que de tanto en tanto incluyáis un pequeño billete para mí, en el que sólo me hablaréis del sentimiento que nos deleita; mi madre, que conoce vuestras intenciones, y que las aprueba, me entregará esos billetes fielmente. Si tenéis que decirme algo más secreto, os dirigiréis a Julie, esa muchacha que me sirve desde su infancia; os ama, dice, como si un día hubieseis de convertiros en su amo. ¿Será posible todo esto, amigo mío? No lo sé, pero tengo presentimientos que a veces me consuelan, por su deliciosa ilusión, de las penas de la realidad.

Llevamos con nosotros a Folichon[2]. ¿Cómo no lo querría si sois vos quien lo ha educado? Ese animal encantador os ama hasta tal extremo que cada vez que oye vuestro nombre parece que la esperanza y la alegría animen sus rasgos; y cuando se disipa su error, se duerme sobre mi regazo con un gran suspiro que hace que lo cubra de besos.

CARTA VII

Déterville a Valcour

París, 17 de junio.

Si hay algo que pueda aliviar los tormentos de un alma honrada y sensible como la tuya, mi querido Valcour, es la satisfacción de los seres que estimas. Por ello, me atrevo a poner en tu conocimiento mi enlace con Eugénie. Todas las dificultades que nos separaban han sido vencidas y dentro de veinticuatro horas seré el más feliz de los esposos. No me atrevo a decir de los hombres, la ausencia de tu felicidad impide la mía. Y jamás podré creerme verdaderamente dichoso mientras que el mejor de mis amigos sea desgraciado. Pero tengo puestas mis esperanzas en las prórrogas que obtiene madame de Blamont. Te ama; su hija te adora; espera todo del corazón de estas dos maravillosas mujeres. Sabes que Eugénie, su madre y yo hemos salido de viaje para Vertfeuille; imagínate si nos ocuparemos y si no buscaremos todos los medios posibles para adelantar tu dicha. Ten la certeza, mi querido Valcour, de que solamente nos ocuparemos de esto. Pero te ruego que tengas valor y paciencia. Sacar de la cabeza de un leguleyo una idea que se ha introducido en ella, no es una empresa fácil. Quisiera que estudiases un poco a ese Dolbourg; o ignoro cómo se debe juzgar a un hombre o ese absurdo mortal debe ocultar un hermoso vicio que, sacado a la luz del día, enfriaría quizás un poco el entusiasmo del querido presidente. Sé perfectamente que esta es una de esas argucias de guerra para las que nada sirve tu maldita delicadeza; pero, amigo mío, hay que valerse de todo en el caso en que te encuentras; sopesemos incluso, si quieres, este procedimiento en la balanza de tu justicia. En la hipótesis de que Dolbourg adoleciese de algún defecto capital que hubiera de acarrear la desgracia de su mujer, ¿no sería tu deber prevenirla?

Adiós; el trajín de las vísperas de una boda me impide concederte más tiempo. ¡Oh, amigo mío! ¿Cuándo podré compartir contigo todos los trabajos de la tuya? Si crees que puedo serte de alguna utilidad en

[2] Pequeño spaniel de raza muy rara que Valcour había dado a Aline. Lo había amaestrado para que llevase a su ama un pastelillo que contenía un billete. Aline lo recibía y le daba otro, que también escondía un mensaje, que el perro llevaba a su amo con la misma fidelidad. Así se escribieron durante dos años, ocultando esta inocente travesura gracias a la habilidad y la sobriedad del perrito que llevaba y traía de esta forma y sin causarle el menor daño un objeto que debía estimular enérgicamente su apetito.

la circulación de tus misivas, dispón de mí. Eugénie me encarga que te ofrezca asimismo sus servicios; pero imagino que ya habréis tomado todas vuestras precauciones; cuando alguien se ama con el ardor que lo hacéis vosotros, nada escapa en la búsqueda de todo lo que pueda hacerse para el alivio de sus penas.

CARTA VIII

Valcour a Déterville

París, 19 de junio.

La noticia de tu boda me produce la misma alegría que si fuese la mía, y te felicito muy sinceramente por esta unión, ya que es difícil encontrar una mujer cuyo maravilloso carácter se amolde mejor al tuyo. De estas relaciones dichosas nace toda la felicidad de la vida. ¡Ay! Yo también he encontrado las que pueden hacer la felicidad de la mía... Pero, ¡cuántas dificultades, amigo mío! ¡Ah! Jamás alardeo de haberlas vencido; y además... No sé si decírtelo. ¿Te confesaría una delicadeza más que lo vas a considerar una niñería? La brillante fortuna de Aline, el precario estado de la de tu amigo, todo esto, querido amigo, me hace temer que la gente imagine que mis sentimientos se basan exclusivamente en el deseo de concluir lo que en el mundo se conoce como *un buen negocio*. Si algún día llegase a pensarlo, si esta horrible idea llegase en algunos instantes de calma a presentarse al espíritu de mi Aline... ¡Oh, mi querido Déterville! Huiría de ella para no volverla a ver jamás... ¡Ah! ¡Cómo deseo ahora lo que siempre he despreciado!... ¡Cómo quisiera tener honores, tesoros, y todo lo que pudiera hacerme digno de aquella a quien adoro!

Incluso suponiendo que mis dificultades se desvaneciesen y que yo alcanzase lo que considero la única felicidad de mi vida, ¿no acabaría con mi felicidad la pesadumbre de no haber aportado una fortuna digna de ella? Cuando se disipe la ilusión de los placeres, ¿no he de temer que ella misma conciba un día estas quejas? ¡Oh, amigo mío!, ocúltale mis temores, ella no me perdonaría haberlos albergado.

No, no apruebo tus secretas investigaciones sobre Dolbourg; hay una especie de traición que no concuerda con la franqueza de mi ánimo; no quiero deber sino a mí mismo la preferencia de Aline; me parece que sería humillante triunfar gracias a los vicios de mi rival. Si los tiene y pueden acarrear la desdicha de Aline, su madre sabrá descubrirlos con presteza para prevenir su unión. Entonces, todo será como es debido. Ella habrá cumplido con su deber y yo habré evitado incumplir el mío.

No aceptaré tus ofertas para este viaje, ya hemos adoptado nuestras medidas y no por ello va a disminuir mi agradecimiento... ¡Ah! Como envidio la felicidad, amigo mío, la verás todos los días... En cada instante tus ojos podrán detenerse en los suyos; respirarás el mismo aire que ella; disfrutarás de esas mezclas de rasgos... Mezclas encantadoras que a todas horas vienen a dibujarse en su delicioso rostro... Porque, obsérvalo, un sentimiento... Un comentario... Una influencia en el ambiente... Una comida... Cada una de estas cosas modifica sus rasgos de una forma diferente. Su belleza en una hora determinada no es igual a la de otro momento; en todos los días de mi vida no he visto una fisonomía tan excitante y tan diversamente expresiva. Acepto que hace falta estar enamorado para estudiar, para captar todos estos matices. Pero, amigo mío, el corazón lleva todas las de ganar, no hay una sola de esas variaciones que no legitime mil razones para amarla más aún.

Adiós... Te estoy molestando... Estoy robando minutos de tu felicidad... Disfruta... Disfruta, afortunado amigo... No es mi intención marchitar las rosas del himeneo con las amargas lágrimas del amor desdichado; de ahora en adelante sólo me ocuparé de tu felicidad... ¡Ah! Puedes tener la certeza de que el amigo más sincero que tienes en el mundo la comparte intensamente.

CARTA IX

Del presidente Blamont a Dolbourg

París, 1 de julio.

Me parece, mi querido Dolbourg, que, hasta el momento, tus éxitos no han sido sonados y ¿cómo, por todos los diablos, me arriesgaría yo a llevarte al campo después de los fracasos cosechados en la ciudad? Mirándolo bien, te detestan... ¿Qué importa? Como bien sabes, desde hace mucho tiempo forma parte de nuestros principios el no preocuparse en absoluto del corazón de una mujer siempre que se cuente con su persona y con su dinero. No obstante, si no demuestras más pericia en el futuro, me temo que tendremos que tomar la ciudadela al asalto. Yo te ayudaré a batir la brecha y, mientras tú montas tus ataques, yo te organizaré escaramuzas a retaguardia. A menudo sucede que cuando se pretende conquistar una plaza hay que apoderarse necesariamente de las alturas... Se establece uno de los puntos dominantes y desde allí se cae sobre el objetivo sin temer las resistencias.

O si no tú negocias... Tú truecas... Tú *trastocas.*
Con esperanza y dicha poco a poco la *arropas.*
Y, en cuanto haya caído, por su credulidad
la castigas al punto con gran severidad.

Tu estúpida franqueza te impide entender nada de todo esto; no se trata de que no seas un zorro hecho y derecho, pero te pierde tu buena fe. Si una puerta no se te abre de par en par eres incapaz de imaginar que existan otros medios para forzar las barricadas; te lo he dicho cientos de veces, amigo mío, no hay nada como nuestro oficio para aprender el arte de fingir y de engañar a los hombres. Echa un vistazo a la infinidad de recursos que sabemos poner en práctica cuando se trata, por ejemplo, de hacer morir a un inocente. A la cantidad de falsedades, de mentiras, de falacias, de trampas y de maniobras insidiosas que empleamos hábilmente en semejantes circunstancias y comprobarás que todo esto nos forma en el oficio de las artimañas y en la ciencia de llevar los acontecimientos a la finalidad que nos proponemos. Me reiría muy a gusto de ti si te hubiera tocado emprender solo esta gran aventura y si tuvieras que triunfar tú sólo. La afrontarías con tal candor... tal sinceridad... ¡ni siquiera un maldito enigma, ni un solo gesto[3], ni un simulacro de finta! ¡No tardarías mucho en ver desestimadas tus ridículas pretensiones!... Querido Dolbourg, hoy en día para abrirse paso en el mundo hace falta picardía; y ya que el más feliz de todos es el que mejor engaña, hay que intentar adquirir destreza en el arte de engañar bien... En realidad, la culpa de esto la tienen las mujeres; a fuerza de querer ser listas han conseguido hacernos falsos. ¡Las muy locas! ¡Cómo me gusta verlas debatirse ante mí! Es el cordero entre los dientes del león... Les doy diez sobre dieciséis y siempre estoy seguro de ganarles por cuatro tantos de ventaja... Finalmente se abre la campaña... Las amazonas se pertrechan... Los salvajes van a atacarlas... Veremos quien se lleva los laureles de la victoria; pero que nada de todo esto vaya a estorbar en lo más mínimo nuestras diversiones; hay que saber luchar en varios frentes a la vez y el proyecto de los placeres que aún no podemos disfrutar sólo puede nacer en medio de aquellos que gozamos ahora... Te espero en casa de nuestras diosas. En verdad que hacía siglos desde que no realizábamos un arreglo tan sabio como el presente.

CARTA X

Aline a Valcour

Vertfeuille, 15 de julio.

Ya nos hemos instalado, Valcour, y nuestra jornada ha quedado decidida; es libre y encantadora; sólo faltáis vos, amigo mío, para hacerla

[3] Parece ser que la afición de los togados por los enigmas, los emblemas y el dinero era la misma en el tiempo de Rabelais que en nuestros días. Así es como los describe en su *Pantagruel:* «Nos detuvimos en la isla de la Condenación (son las Audiencias). Algunos de los nuestros quisieron bajar al portillo y fueron detenidos allí por orden de Grippeminaud, archiduque de los gatos cebados que les propuso adivinar un enigma. Panurgo dio la clave y arrojó en medio del parqué una bolsa llena de oro que hizo que se lanzasen los unos encima de los otros para recoger el dinero. Una vez bien untados concedieron finalmente los pasaportes necesarios para seguir viaje.

deliciosa; esta privación, que los demás ya han sentido, la experimenta con más viveza mi corazón.

Dejadme que os cuente cómo vivimos, sé que estos detalles os agradan, a través de ellos me seguiréis, estaré más presente en vuestra imaginación y ellos harán que la ausencia os resulte menos cruel.

El palacio de Vertfeuille, al que, antes de nada tiene que transportarse vuestro espíritu, no es magnífico, pero es cómodo y extremadamente pulcro; está situado a cinco leguas de Orleans, a orillas del Loira.

El cercano bosque, cuya sombra nos procura adorables paseos; las verdes y frescas praderas, pobladas siempre por rebaños orondos y saltarines, están adornadas por doquier con pueblos y casas de campo; los jardines agradablemente divididos por límpidos canales, por bosquecillos aromáticos animados por una sorprendente multitud de ruiseñores; la inmensa cantidad de flores que se suceden durante nueves meses al año; la abundancia de la caza y de los frutos; el aire puro y sereno que se respira... Todo eso, amigo mío, contribuye, aunque el objeto sea de poca importancia, a convertirlo en una residencia digna de adornar el Eliseo y es mil veces preferible a todas las hermosas posesiones de monsieur de Blamont, absolutamente uniformes y en las que el aburrimiento corre parejo a la regularidad.

Aquí nos levantamos todos los días a las nueve y, siempre que el tiempo lo permite, la cita para el desayuno se realiza en un bosquecillo de lilas en donde todo se encuentra dispuesto desde que uno llega. Allí cada cual toma lo que desea y mi madre pone buen cuidado de que haya casi todo lo que sabe que puede gustar a alguien. Esta primera ocupación nos retiene hasta las diez; entonces nos separamos para pasar los momentos de más intenso calor en algunas habitaciones frescas junto a un buen libro; no nos volvemos a reunir hasta las tres. Entonces se nos sirve un excelente almuerzo, tanto más amplio por cuanto que es la única comida por la que nos sentamos a la mesa.

A las cinco salimos, es la hora de los grandes paseos, cada cual coge su bastón o su tocado y ¡Dios sabe dónde nos llevarán nuestros pasos! A menos que el tiempo sea adverso la costumbre es de hacerlo a pie y siempre muy lejos, sin más objeto que el de andar mucho; a esto le llamamos *salir a la aventura*. Déterville es el único hombre que nos acompaña y, a juzgar por la manera en que nos perdemos, no tengo la menor duda de que llegaremos a vivir las aventuras que pretendemos buscar.

Madame de Senneval, que antes parece la hermana mayor de Eugénie que su madre, llama a esto *las imprudencias* y madame de Blamont, mi querida y deliciosa mamá, más alocada que ninguna de nosotras afirma gravemente que lo peor que nos puede pasar es encontrar a algunos caballeros de la Tabla Redonda, venidos a las Galias en busca de laureles, a Gauvain, el senescal de Queux o al valiente Lancelot du Lac; que estos hombres de bien, protectores natos del sexo débil, no han hecho jamás daño a las mujeres y que, por tanto, estamos a salvo.

Volvemos al morir el día; nos echamos sobre los canapés, cansados, como podréis imaginar, y se sirven frutas, helados, jarabes o algún vino español y pastas; esta ligera colación, cada cual en su butaca, da principio a lo que llamamos la velada. Déterville o mi madre, nuestros dos mejores lectores, se apoderan de algunas obras recientes y la lectura se prolonga hasta la media noche, hora en que nos separamos para restaurar las fuerzas necesarias para volver a empezar el día siguiente; esta vida, arreglada en la forma que os he explicado, tiene la virtud de hacer que los días pasen para nosotros con tal rapidez que, excepto yo, amigo mío, que encuentro siempre demasiado largos los instantes que debo existir sin vos, todos los demás tienen la impresión de que están aquí desde ayer.

Salimos a la aventura. Os dejo; ¿qué diríais vos, amigo mío, si algún gigante, Ferragus, por ejemplo, el azote del valeroso caballero Valentín, si, decía, ese incivil personaje os privase de vuestra Aline?... ¿Os armaríais hasta los dientes para combatir al desleal?... ¡Sí!... ¿Y si Aline fuese ya la mujer del gigante?

¡Oh, amigo mío, que triste estoy esta tarde, yo no sé por qué, pero mi madre es tan amable!... ¡La ternura que me profesa es tan viva!... ¡Me consuela tan bien!... Deja nacer en mi corazón con tanta bondad la dichosa esperanza de pertenecer un día a aquel a quien amo, que alivia un poco la pena de la separación.

Ayer me decía: «Si vuestro padre os desheredase, al menos no podría quitaros esta pequeña posesión; tened por seguro que será vuestra sin que nada pueda privaros de ella; he aquí el motivo de que yo la arregle, la cuide y la embellezca; quiero que os obligue a pensar en mí cuando yo ya no esté a vuestro lado...». Y yo, desesperada y turbada ante esta idea, yo, que no puedo admitirla sin estremecerme... Me precipito en sus brazos y le digo:

«Mamá, no me habléis de esta forma, me vais a hacer morir...». Y nuestras lágrimas inundan nuestros pechos y nos juramos amarnos y morir ambas a un tiempo... No creáis que mi alegría me ha abandonado, únicamente deseaba relataros detalladamente estas circunstancias... Adiós, amadme y escribidnos.

CARTA XI

Valcour a Aline

París, 20 de julio.

Os escribo con prisa, en la horrible inquietud que me embarga, prolongar mi billete supondría retrasar su envío y ardo de impaciencia por saber que está en vuestras manos. La descripción de la vida que hacéis es deliciosa, vuestra felicidad se dibuja en ella, esta idea me consuela; pero esos grandes paseos me espantan, ellos son el objeto de mi carta; pienso como madame de Senneval; son una locura y os suplico que les pongáis freno, o, si deseáis hacerlos, si os distraen, llevad, al menos a más de un hombre con vos... Haced que os sigan; por mucho que confíe yo en el valor de mi querido Déterville, convendréis conmigo en que le sería imposible defenderos solo contra un grupo armado... Aline, tenemos enemigos poderosos; me fío poco de lo que dicen, su falsedad me asusta menos de lo que me tranquilizan sus promesas; no cometáis imprudencias, se lo ruego a madame de Blamont a quien suplico acepte el testimonio sincero de mi respetuoso afecto.

CARTA XII

Madame de Blamont a Valcour

Vertfeuille, 25 de julio.

Sí, soy yo la que he recibido esa carta apresurada y soy yo la que rio con toda el alma de ese ridículo temor que refleja. Podéis estar tranquilo, nuestros paseos no entrañan ningún peligro; una violación, un rapto es, pienso yo, lo peor que nos podía suceder y en esos fatales percances, ¿no tenemos con nosotras al valiente Déterville que, aunque solo, antes rompería doce lanzas, podéis estar seguro, que permitir que se llevasen a su mujer o a las dos amigas de su amigo? Respecto a las gentes que hacen promesas, tengo más confianza que vos en su palabra; si me han jurado que este verano tendría tranquilidad, sé que la tendré. La confianza, aunque este erróneamente depositada, calma la sangre, no me privéis del placer que me procura.

Acaba de llegar aquí un hombre a quien conocéis y que se interesa siempre mucho por vos. Es el conde de Beaulé; su ascendiente en la provincia, la vecindad de nuestras fincas, la antigua amistad que me profesa, todas esas razones le han incitado a venir a compartir algunos días con nosotros; siempre que veo a este honrado y valiente militar, a cuyas órdenes hicisteis vos vuestras primeras armas, experimento una especie de emoción respetuosa; es la única persona en Francia que aún nos describe las sinceras virtudes de la antigua caballería; su atuendo, su porte, su forma de expresarse, todo anuncia en él al ferviente partidario de esas leyes tan prodigiosamente olvidadas en nuestros días... De esas leyes preciosas que han sido sustituidas por la impertinencia y los vicios... ¿Pero a quién pertenece esa pequeña cabeza que se acerca a la mía?... ¿Habéis visto nunca semejantes modales?... Basta que me hayan visto coger mi escritorio para que inmediatamente aparezca un rostro por encima de mi hombro... Y luego esas risas porque la sorprendo y me enfado.

Pero, mamá, lo que pasa es que esa correspondencia me concierne, lo habéis dicho vos misma.

Pues bien, señorita, he cambiado de opinión, espero que al menos un día me permitáis disfrutar de vuestros placeres.

¡Oh, mamá...!

Y cesan las risas. Qué ser tan singular es una jovencita que ha entregado su corazón.

Tened, señorita, vamos a intercambiar los papeles, vuestro padre quiere que yo escriba a monsieur Dolbourg, hacedlo vos.

¿A monsieur Dolbourg, mamá?

Al mismo.

¿Y qué tengo yo en común con ese hombre?

¡Cómo! ¿No es acaso él mi futuro yerno?

¡Oh! Amáis demasiado a vuestra Aline para sacrificarla así.

¡Es cierto! ¿Pero vuestro padre?

Vos le venceréis.

No respondo de ello.

¿He de morir entonces?

Entonces venid y permitidme que os bese una vez más antes de esa muerte a la inglesa y dejad que termine mi carta.

Vino a cubrir de lágrimas el papel en el que estaba escribiendo. Ya lo veis, tengo que cambiar de página y la muy picara ríe y llora a la vez, mientras me cubre de besos... Finalmente se sienta y puedo escribir.

Aquí disfrutamos de la imagen misma de la felicidad. Eugénie, a quien no deberíamos llamar más que madame Déterville, ama apasionadamente a su marido y él la adora. En este asilo de reposo y de inocencia que es el campo, mi querido Valcour, es en donde la felicidad de amarse sabe mejor, en mi opinión, y en donde resulta más agradable su espectáculo... Pero en París, en ese abismo de perversidad, en donde las malas costumbres están al orden del día, en donde la indecencia es una gracia, la falsedad una sutileza y la calumnia, ingenio, se ignora todo lo que dicta la naturaleza y se permanece siempre al margen o más allá de sus emociones; allí es más fácil encontrar la chanza que el sentimiento, porque para la primera basta con un poco de jerigonza, mientras que para el otro haría falta un corazón cuyas sensaciones, enardecidas por la licencia y corrompidas por el libertinaje, son incapaces de recuperar su energía. Allí se pone en solfa a un marido que al cabo de un mes estuviese aún enamorado de su mujer... ¡Oh! ¡Cómo odio ese tono! ¡Oh! ¡Cómo os odiaría a vos si no estuvieseis enamorado de la vuestra al cabo de veinte años! Adiós, mantened vuestra palabra, sed prudente, todo irá bien.

CARTA XIII

Aline a Valcour

Vertfeuille, 6 de agosto.

El conde acaba de dejarnos; vamos a reanudar nuestra antigua vida; había sido necesario interrumpirla. Monsieur de Beaulé se pasea poco, y, a pesar de su insistencia para que no nos molestásemos por él, nos hemos visto obligados a hacerle compañía; no os alarméis por esta reanudación. Os lo repito, nuestros paseos no tienen nada de peligroso, tened la seguridad de que renunciaríamos a ellos si hubiese motivos para temer cualquier cosa.

Mi madre habló el otro día a su antiguo amigo sobre nuestros proyectos comunes. Él los aprueba con ese talante abierto y franco que revela que el sí que se otorga sale del corazón y no es una salida de circunstancias; pero teme que no logremos vencer al presidente. Ha sonreído al decir que Dolbourg y él estaban *íntimamente unidos* y ha sonreído de una forma que me hace temer que esta indigna asociación esté basada sobre el vicio. Por frágiles que sean esas sociedades, quizás sean más difíciles de romper que aquellas que sostiene la virtud y temo asombrosamente sus efectos; según dicen unen entre sí a sus amantes al igual que lo están ellos mismos y ese perverso cuarteto, me han dicho a espaldas de mi madre, es indisoluble; guardadme el secreto; ¿ese Dolbourg?... ¡Una amante!... ¿Y quién es, pues, la criatura abandonada? Es cierto que cuando se tiene dinero... ¡Amigo mío, ese hombre tiene una querida! Y, si esto fuese cierto, ¿por qué quiere casarse conmigo?... ¿Pero, podéis entender estas costumbres? ¿A qué viene entonces el tomar ahora una esposa? ¿Es un mueble que se compra?... ¡Ah! Ya lo entiendo, es una cosa que se tiene en la habitación como quien tiene una porcelana encima de la chimenea... ¡Es un asunto de conveniencias y yo seré la víctima de estos manejos! ¡Yo tengo que romper los nudos que me son tan queridos para ser la mujer de ese hombre! ¿Cómo os imaginaríais a vuestra desdichada Aline en esta fatal circunstancia si el cielo decidiese que ha de correr esta suerte?

Déterville quisiera hacer algunas investigaciones sobre las costumbres depravadas de este financiero, me ha hablado de vuestra delicadeza, no puedo sino aprobarla, y ahora la mía me impone una ley semejante; porque si esta unión viciosa entre mi padre y Dolbourg se confirma, Déterville no podría revelar los desmanes de uno sin sacar a luz los del otro... ¿Debo hacerlo? Mi madre es desgraciada y me apenaría mucho que un descubrimiento tan triste viniese a aumentar el horror de su situación; no temo que sufra su corazón, después de la manera en que la ha tratado monsieur de Blamont, sería, sin duda, difícil que su mujer pudiese amarle afectuosamente y, además, ¡su edad es tan diferente! Pero haya o no haya amor, no por ello se dejan de compartir los errores del marido y tampoco sufre menos nuestro orgullo por los vicios que se encuentren en él. Las penas que este sentimiento herido puede provocar son quizás tan dolorosas como las que nos inflige el amor... Sin embargo, no lo creo y, como no hay sensación más vivida que la del amor, no puede haber nada cuyos tormentos sean tan sensibles... No sé... Ya no estoy tan alegre, sobre mi espíritu se ciernen nubes sombrías, mi padre nos ha dicho que este verano tendríamos calma. Pero, ¿si cambiase de opinión, si se presentase con su querido Dolbourg?... Eugénie lo teme, a mí me dan escalofríos. ¡Oh! Mi querido Valcour, se lo he dicho a mi madre; pero si ese hombre llegase yo huiría... Que no cuente con mi presencia, yo no resistiría el horror de la suya. Distraedme, Valcour, alejad de mí estas tristes ideas, estorban mi reposo y yo no sé vencerlas; pero ¿me vais a consolar vos, vos que debéis temblar tanto como yo?...

CARTA XIV

Valcour a Aline

París, 14 de agosto.

¿Tranquilizaros?... ¿Quién, yo? ¡Ah! Tenéis razón, tiemblo tanto como vos; el carácter del hombre en cuestión está hecho para alarmarnos a ambos; esa seguridad que os ha proporcionado su promesa encierra quizás una trampa en la que quiere sorprenderos. Querrá comprobar si es cierta vuestra soledad, si no tengo intención de interrumpirla... Y ¡quién sabe si no llevará consigo a su Dolbourg! Sin embargo, no es probable que os exija enseguida un juramento que os produce tanta repugnancia; ¿no había quedado en concederos un plazo?... Si os obligase a ello, no lo dudéis, esa madre que os adora y que nosotros apreciamos tanto, se pondrían de vuestro lado con tanto ardor que obtendría para vos nuevas prórrogas... ¡Ay! Os tranquilizo y yo mismo tiemblo; pretendo acallar la confusión que me devora, quiero consolar a Aline y estoy más afligido que ella.

Es cierto que me he opuesto a las investigaciones que me proponía Déterville y, después de lo que me habéis contado me opondré aún con más energía, podemos padecer a manos de aquellos a quienes la naturaleza nos ha sometido, pero debemos respetarlos. Si madame de Blamont no estuviese unida, como nosotros, en esa investigación, me atrevería a decir que es cosa que a ella concierne; pero si la asociación que sospechamos es cierta, no puede hacer nada. No es que no debiese, si fuera incierta; pero si es cosa probada debe guardar silencio. ¿Qué hacer? ¿Cómo actuar? ¿Qué imaginar, Dios mío? Al menos me queda vuestro corazón, Aline, me atrevo a estar seguro de reinar en él. ¡Qué dulce es para mí este consuelo! No existiría sin él. Conservad para mí ese sentimiento que supone mi felicidad; sed siempre el único árbitro de mi suerte; opongamos a esa multitud de obstáculos la firmeza que proporciona la constancia y un día venceremos. Pero si vaciláis, si las persecuciones os doblegan, si la desgracia os abate, Aline, enviadme la muerte; me resultará menos cruel.

CARTA XV

Déterville a Valcour

Vertfeuille, 26 de agosto.

Lo habías adivinado, mi querido Valcour, forzosamente tenía que sucedernos una aventura durante esos paseos prolongados tan apreciados por madame de Blamont y que tu prudencia te hacía reprobar; pero no te inquietes, ninguna disminución ha venido a mermar el número de nuestros anfitriones, nada le ha sucedido a ninguno de ellos. Lo único que hemos hecho ha sido hacer un nuevo reclutamiento... Y un reclutamiento sumamente singular; y para que tu imaginación, que sé impaciente y fogosa, no vaya por delante de la verdad y no la cambie inmediatamente en espantosas desgracias, escucha antes de prever.

Desde que los días son más cortos comemos antes en Vertfeuille con el fin de tener poco más o menos el mismo número de horas de paseo. Por consiguiente, a pesar del intenso calor, salimos a las tres y media con la intención de atravesar un pequeño ángulo del bosque detrás del cual hay una aldea encantadora en donde tu Aline tiene una amiga llamada Colette que todos los días le proporciona una leche deliciosa... Queríamos ir, pues, a saborear la leche de Colette; pero teníamos que apresurarnos; no queríamos regresar de noche por el bosque y temíamos que la noche extendería sus lúgubres velos por el bosque a las siete. Hay dos leguas desde Vertfeuille hasta la casa de Colette; de forma que no podíamos perder ni un instante. Todo iba a las mil maravillas hasta la aldea; llegamos a las cinco y media a casa de la bella lechera: bebimos su leche. Aline, que llevaba los bolsillos llenos de chucherías que le había hecho para contentarla, fue recibida como tú imaginas; pero todos los relojes marcaban las seis, había que salir a toda prisa... Nos despedimos refunfuñando y diciendo que apenas si teníamos tiempo para respirar... Que yo estaba más asustado que las mujeres y otras mil bromas de parecido talante que no me desconcertaron, porque, si estaba alarmado, las queridas señoras tenían que advertir que era solamente por ellas; así que no me enfadé y nos fuimos.

Apenas nos habíamos internado por el camino del bosque que desemboca en las avenidas de Vertfeuille oímos unos gritos penetrantes que nos parecía procedían de uno de los caminos diagonales que se pierden en el centro del bosque. Todo el mundo se paró... Ya era de noche. El asombro dio paso al miedo y todas nuestras heroínas quedaron tan espantadas que una, Eugénie, cayó desmayada en mis brazos y las otras tres, habiendo perdido en absoluto el control de sus piernas, se dejaron caer al pie de un árbol.

Si yo deseaba evitar que nos encontrásemos de noche en medio del bosque es porque preveía lo que iba a suceder al mínimo incidente y las molestias que para mí se iban a derivar. Tranquilizar, investigar, defender, estas eran mis tareas y me preocupaban mucho más las dos primeras que la tercera. Las calmé, pues, lo mejor que pude y, sin perder un minuto, corrí al lugar de donde venían los gritos. No fue fácil dar con el lugar de su procedencia; la infeliz que los profería estaba fuera del camino, parecía que se encontraba en la espesura y por mucho ruido que hiciera yo, aunque la llamase... Demasiado ocupada en su dolor, la infortunada no me respondía. No obstante, al fin pude distinguir con más precisión, dejé el camino, me adentré en la espesura y finalmente encontré sobre un montón de helechos, al pie de un gran roble, a una joven que acababa de dar a luz a una desdichada criaturilla, cuyo espectáculo, unido a los grandes dolores que acababa de padecer la madre, hacían proferir a esta lamentables gritos acompañados de lágrimas abundantes. Mi entrada, con la espada en la mano, la asustó, como te puedes imaginar; pero la escondí debajo de mi ropa tan pronto me percaté que solamente se trataba de una mujer, me acerqué a ella y hablándola con suavidad, conseguí tranquilizarla enseguida.

Perdón, le dije, señorita, no tengo tiempo para escucharos ni para socorreros, debo reunirme con unas damas que me esperan cerca de aquí y que no puedo abandonar cuando ya ha caído la noche, las habéis asustado con vuestros gritos; vuestra posición me parece sumamente embarazosa; seguidme; coged a esa criatura, tomad mi brazo y vayamos.

Quienquiera que seáis, me dijo la desconocida, aprecio mucho vuestra ayuda, pero no me atrevo a aceptarla, quisiera ir al pueblo de Berseuil, hacedme el favor de mostrarme el camino, estoy segura de que allí me socorrerán.

No conozco ningún pueblo que se llame Berseuil en estos alrededores, en este momento no puedo ofreceros más que lo que acabo de deciros, aceptadlo, creedme, o me veré obligado a abandonaros.

Entonces la pobre muchacha recogió a su niño y le besó:

Desgraciada criatura, dijo mientras lo envolvía en un pañuelo y lo colocaba en su regazo, fruto de mi vergüenza y de mi deshonor, ¡cómo iba a saber yo que te iba a faltar un techo desde el momento mismo de venir a este mundo!

Luego se apoyó en mi brazo y, andando con dificultad, llegamos cuanto antes al lugar en donde había dejado a las damas. No tardamos en avistarlas, pero ¡en qué estado! Las dos hijas estaban abrazadas a sus madres y, aunque ellas mismas eran presa de una agitación prodigiosa, se esforzaban en tranquilizarlas. Imaginarás el efecto de mi regreso: al no ver más que a una persona de su sexo y percibiendo mi aspecto tranquilo, todo se calmó y corrieron hacia mí. En dos palabras les conté cómo la había encontrado. La joven, sumamente confusa, presentó sus respetos como pudo. Examinaron y acariciaron al niño; madame de Blamont quería conceder al menos unos instantes de reposo a la madre, en parte por humanidad y en parte para instruirse más detenidamente en lo que pudiese arrojar luz sobre una aventura tan singular. Pero hice observar a las damas que la noche cada vez era más cerrada y que nos quedaban tres cuartos de legua por andar y decidí que lo más conveniente era salir cuanto antes. Aline quiso llevar al niño para aliviar a la madre que se apoyaba en mi brazo; Eugénie ofreció los suyos a las dos damas y salimos rápidamente del bosque.

Nada de interrogatorios hasta que no estemos en el palacio, dije a madame de Blamont que no cesaba de hacer preguntas, fatigarían a esta joven que ya está muy abatida; esta noche sólo nos ocuparemos de llegar y socorrerla.

Aprobaron mi consejo y finalmente llegamos a puerto. Oportunamente, porque la pobre joven a quien ayudaba a caminar apenas si podía arrastrar los pies. Esto hizo que madame de Blamont comentase que seguramente hubiera muerto de haber persistido en su proyecto de ir a ese pueblo llamado Berseuil, cuya situación ignoraba yo y que se encontraba a seis leguas largas del lugar en donde la habíamos encontrado. La primera preocupación de la dueña de la casa fue instalar a esa desdichada en una de las mejores habitaciones del castillo junto con su hijo y, después de hacerle ingerir un caldo y luego, dos horas más tarde, un asado al vino de Borgoña, la dejamos reposar.

Como no se le había pedido ninguna explicación esa noche para no fatigarla, la aventura, como supondrás, fue interpretada en las formas más diversas: cada cual dijo su opinión y, debido a una fatalidad bastante común en esta clase de situaciones, nadie se aproximó siquiera a una verdad que resultó ser más importante de lo que se pensaba.

Al día siguiente por la mañana, es decir, hoy vamos a ir a la habitación de la bella aventurera en cuanto la sepamos despierta para oír de ella el relato de su historia si la comadrona que hemos enviado a buscar la encuentra lo bastante mejorada como para permitirle que nos la cuente. Esta narración será el tema de mi próxima carta; el correo sale, madame de Blamont me dice que me apresure. Un abrazo.

CARTA XVI

Déterville a Valcour

Vertfeuille, 28 de agosto.

Como el correo no salió ayer he tenido que esperar hasta hoy para reanudar la narración de nuestra aventura... ¡Oh, amigo mío, qué ideas va a provocar todo esto en ti y qué singulares sospechas se forman aquí en todas las mentes! ¿Será posible que el azar haya querido poner en nuestras manos el primer anillo de una cadena cuya extremidad puede proporcionarnos la explicación que tan ardientemente anhelábamos? Pero como es demasiado pronto para afirmar nada, contentémonos, yo con contarte y tú con sospechar, conjeturar e incluso investigar, si lo deseas.

La comadrona, que visitó ayer a la joven en su habitación, nos dijo poco después que la noche había sido agitada, que había tenido un poco de fiebre, pero que, como estos accidentes no tienen nada de extraño en estas circunstancias, podíamos entrar si lo deseábamos y escuchar todo lo referente a la muchacha; ella había aceptado relatárnoslo. Sólo fuimos admitidos madame de Senneval, madame de Blamont y yo; no creímos decente llevar a Aline.

¡Dichoso el carácter que modela siempre sus deseos sobre sus deberes! Esa privación no le costó esfuerzo alguno, su curiosidad no pudo más que su pudor... Eugénie le hizo compañía. Entramos después de algunas cortesías mutuas. Estos fueron, mi querido Valcour, los términos en que se expresó nuestra aventurera:

Historia de Sophie

Me llaman Sophie, señora, dijo refiriéndose a madame de Blamont, pero me encontraría en un apuro si hubiera de daros cuenta de mi nacimiento, sólo conozco a mi padre e ignoro los detalles de mi venida al mundo. Fui educada en el pueblo de Berseuil por la mujer de un viñador llamada Isabeau; iba a reunirme con ella cuando me encontrasteis. Ella fue mi nodriza y, desde que tuve uso de razón, me dijo que no era mi madre y que estaba en su casa como pupila. Hasta la edad de trece años no recibí más visita que la de un señor que venía de París, el mismo, por lo que decía Isabeau, que me había llevado a su casa y que secretamente me aseguró que era mi padre. Nada más simple ni más monótono que la historia de mis primeros años hasta la época fatal en que me arrancaron de este refugio de la inocencia para precipitarme, a pesar mío, en el abismo del desenfreno y del vicio.

Iba a cumplir los trece años cuando el hombre del que os hablo vino a verme por última vez con uno de sus amigos de la misma edad que él, es decir, cerca de cincuenta años. Dijeron a Isabeau que se retirase y me examinaron ambos con la mayor atención. El amigo del que yo debía considerar como mi padre hizo grandes elogios de mí... Según él yo era encantadora, bella como una pintura... ¡Ay! Era la primera vez que oí semejantes cosas, no imaginaba que estos dones de la naturaleza fuesen a convertirse en el origen de mi pérdida... ¡Qué fuesen la causa de todas mis desgracias! El examen de los dos amigos estaba entremezclado de ligeras caricias; incluso hubo momentos en que se permitieron algunas que estaban vedadas por el más mínimo respeto a la decencia... Luego hablaron ambos en voz baja... Oí incluso cómo se reían... ¿Es que la alegría puede nacer en donde se medita el crimen? ¿Acaso el alma puede encontrar una expansión en medio de los complots formados contra la inocencia? ¡Tristes efectos de la corrupción! ¡Qué lejos me encontraba yo de poder augurar sus consecuencias! Iban a ser muy amargas para mí. Llamaron de nuevo a Isabeau...

—Vamos a llevarnos a su joven pupila, dijo monsieur Delcour (ese era el nombre del que me habían dicho que considerase como padre); ha agradado a monsieur de Mirville, dijo señalando a su amigo, va a llevarla a casa con su mujer que cuidará de ella como de su propia hija...

Isabeau se puso a llorar y arrojándome en sus brazos tan apenada como ella, mezclamos nuestros lamentos y nuestro llanto...

—¡Ah! Señor, dijo Isabeau dirigiéndose a monsieur de Mirville, es la inocencia y el candor en persona, no le conozco ningún defecto... Os la confío, señor, sería presa de la desesperación si le sucediese alguna desgracia...

—¿Alguna desgracia? Interrumpió Mirville, si os separo de ella es para hacer su fortuna.

Isabeau: Que, al menos, el cielo la guarde de hacerla a costa de su honor.

Mirville: ¡Cuánta sabiduría en la buena nodriza!

Isabeau a monsieur Delcour: Pero vos me habíais dicho, señor, en vuestra última visita, que me la dejaríais al menos hasta que hubiese cumplido sus primeros deberes religiosos.

Delcour: ¿Religiosos?

Isabeau: Sí, señor.

Delcour: ¡Y bien! ¿Es que eso no ha sucedido aún?

Isabeau: No, señor, aún no está preparada: el señor cura lo ha aplazado al año próximo.

Mirville: ¡Oh, está claro! Sin embargo, no vamos a esperar hasta entonces, le he prometido a mi mujer que se la llevaría mañana... y quiero... Pero ¿no se pueden cumplir esos deberes en cualquier sitio?

Delcour: En cualquier sitio y lo mismo es allí que aquí. ¿No creéis, Isabeau, que pueda haber en la capital tan buenos directores de jóvenes como en Berseuil?...

Y luego, dirigiéndose a mí.

—¿Sophie, quisierais poner obstáculos a vuestra fortuna? Cuando se trata de conseguirla... El más pequeño retraso...

—¡Ay! Señor, le interrumpí ingenuamente, ya que me habláis de fortuna, me gustaría más que se la procurarais a Isabeau y que me permitieseis no dejarla jamás.

Y me arrojé a los brazos de esa dulce madre... Y la inundé con mi llanto...

—Hale, mi niña, hale, decía ella estrechándome contra su pecho, te agradezco tu buena voluntad, pero no me perteneces... Obedece a tus superiores y que tu inocencia no te abandone jamás. Si la desgracia cae sobre ti, acuérdate de la madre Isabeau, siempre encontrarás en su casa un pedazo de pan; si te cuesta algún esfuerzo ganarlo, al menos lo comerás puro... No estará bañado por las lágrimas de la pena y la desesperación...

—Buena mujer, me parece que ya es bastante, dijo Delcour arrancándome de los brazos de mi nodriza, esta escena de llanto, por patética que pueda ser, retrasa nuestros deseos... Vayámonos...

Me cogieron y nos precipitamos a una berlina que rasgaba el aire y que nos depositó en París esa misma tarde.

Si hubiese tenido un poco más de experiencia, lo que veía, lo que oía y lo que percibía debía haberme persuadido antes de llegar de que los deberes a que se me destinaba eran bien diferentes de los que desempeñaba en Berseuil, que los proyectos eran muy distintos al de servir a una dama en el destino que me esperaba y que, en una palabra, esa inocencia que tan fervientemente me recordaba mi buena nodriza estaba casi a punto de ser olvidada. Monsieur de Mirville a cuyo lado estaba en el coche me puso pronto en condiciones de no poder dudar de sus horribles intenciones: la oscuridad favorecía sus designios, mi simplicidad les daba alas, monsieur Delcour se divertía con ellos y la indecencia había alcanzado su punto culminante... Mis lágrimas corrieron profusamente...

—Peste de niña, dijo Mirville..., esto iba a las mil maravillas... Yo creía que antes de llegar... Pero no me gusta oír berrear...

—¡Y bien!, respondió Delcour, ¿acaso se asusta el guerrero del fragor de su victoria?... Cuando el otro día fuimos a buscar a tu hija cerca de Chartres, ¿acaso me alarmé como tú lo haces ahora? Hubo también una escena de lágrimas... Y no obstante, antes de entrar en París ya tenía el honor de ser tu yerno...

—¡Oh! Pero a vosotros los togados, dijo monsieur de Mirville, los lamentos os excitan; os parecéis mucho a los perros de caza, no os encarnizáis jamás si antes no habéis forzado al animal. Nunca en la vida he visto almas tan duras como la de estos secuaces de Bartolo. Si os acusan de tragar la caza cruda para tener el placer de sentirla palpitar entre los dientes, no es ciertamente una gratuidad...

—En verdad, dijo Delcour, que a los financieros se les supone un corazón mucho más sensible...

—A fe mía, dijo Mirville, no hacemos morir a nadie; si sabemos desplumar la gallina, al menos no la degollamos. Nuestra reputación es bastante más sólida que la vuestra y en el fondo no hay nadie que no diga que somos buenas personas...

Semejantes simplezas y otras afirmaciones que no comprendí porque no las había oído jamás, pero que me parecieron aún más horribles tanto por las expresiones que las enlazaban como por la indignidad de las acciones con que Mirville las acompañaba, semejantes horrores, decía, nos condujeron a París y por fin llegamos.

La casa en donde bajamos no estaba precisamente dentro de París, yo ignoraba su posición; ahora, más instruida, puedo deciros que estaba situada cerca de la puerta de los Gobelinos. Eran casi las diez cuando nos detuvimos en el patio; bajamos... El coche fue despedido y entramos en una sala en donde la cena parecía estar preparada para ser servida. Las únicas personas que nos esperaban eran una vieja y una muchacha de mi edad; y con ellas nos sentamos a la mesa; no me costó mucho trabajo comprobar durante la cena que esa muchacha, llamada Rose, era para monsieur Delcour lo que según me parecía monsieur de Mirville quería que yo fuese para él. En cuanto a la vieja, estaba destinada a ser nuestra ama de llaves; su empleo me fue explicado enseguida y al mismo tiempo se me dijo que esa casa era donde yo iba a vivir junto con mi joven compañera, que precisamente era esa hija de monsieur de Mirville que monsieur Delcour y él afirmaban que habían ido a buscar recientemente cerca de Chartres. Esto prueba, señora, que esos dos caballeros se habían dado recíprocamente sus hijas como queridas, sin que ninguna de esas dos desgraciadas criaturas conociese mejor que la otra la segunda parte de los lazos que las unía a estos dos padres.

Me permitiréis que silencie, señora, los indecentes detalles de esta cena y de la horrible noche que le siguió; otro salón más pequeño y más artísticamente amueblado fue destinado a estos vergonzosos manejos. Rose y monsieur Delcour pasaron a él con nosotros; ésta, enterada ya, no opuso ninguna resistencia; su ejemplo me fue propuesto para suavizar el rigor de la mía; y para hacerme sentir su inutilidad, se me hizo temer la fuerza, en caso de que tuviese intenciones de prolongarla... ¿Qué le diría yo, señora? Temblé... Lloré... Nada detuvo a esos monstruos y mi inocencia fue mancillada.

Hacia las tres de la madrugada los dos amigos se separaron; cada cual ocupó su habitación para pasar en ella el resto de la noche y nosotras seguimos a quienes nos estaban destinados.

Allí monsieur de Mirville terminó de desvelarme la suerte que me aguardaba.

—No debéis pensar ya, me dijo duramente, que os he cogido para manteneros; vuestra situación acaba de seros aclarada de una manera que no deja lugar a dudas. Sin embargo, no esperéis una fortuna muy brillante ni una vida muy disipada; el rango social que ese caballero y yo ostentamos nos obliga a adoptar precauciones que convierten vuestra soledad en una obligación. La vieja que habéis visto con Rose y que se ocupará igualmente de vos nos responde de vuestra conducta, una locura... una evasión, serían severamente castigadas, os lo advierto; por lo demás, conmigo habréis de ser honrada, perseverante y bondadosa y si la diferencia de nuestras edades se opone a un sentimiento vuestro que sólo despierta en mi un interés mediocre, quiero, a cambio del bien que os haga, encontrar cuando menos en vos toda la obediencia que me correspondería si fueseis mí mujer legítima. Seréis alimentada, vestida, etc., y recibiréis cien francos mensuales para vuestros caprichos; no es mucho, lo sé, pero ¿de qué os serviría el excedente en el retiro que forzosamente he de imponeros? Además, tengo otros asuntos que me están arruinando. No sois mi única mantenida... Este es el motivo por el que no os veré más que tres veces por semana, el resto del tiempo os mantendréis tranquila; os distraeréis aquí con Rose y la vieja Dubois; tanto una como otra tienen, dentro de su género, cualidades que os ayudaran a llevar una vida apacible, y podéis tener la certeza, amiga mía, de que acabaréis siendo feliz.

Pronunciada esta hermosa arenga, monsieur de Mirville se acostó y me ordenó que ocupase mi lugar a su lado.

Correré un velo sobre el resto, señora, hay bastante ya para haceros ver cuál era la horrible suerte que me había sido destinada; mi infelicidad aumentaba con el hecho de que me resultaba imposible sustraerme a ella ya que la única persona que tenía autoridad sobre mí... Mi propio padre, me obligaba a aceptarla y me daba el ejemplo del desorden.

Los dos amigos nos dejaron a mediodía, yo trabé un conocimiento más profundo con mi guardiana y mi compañera; las circunstancias de la vida de Rose no diferían apenas de las de la mía; tenía seis meses más que yo. Como yo, había vivido en un pueblo, había sido educada por su nodriza y estaba en París desde hacía tres días; pero la enorme distancia que separaba el carácter de esta muchacha y el mío fue siempre un obstáculo a que estableciese relación alguna con ella; era atolondrada, carente de corazón, de delicadeza y de cualquier clase de principios, el candor y la modestia que me había dado la naturaleza se arreglaban mal con tanta indecencia y vivacidad; estaba obligada a vivir con ella, los lazos del infortunio nos unieron, pero jamás los de la amistad.

Por lo que respecta a la Dubois, tenía los vicios propios de su condición y de su edad; autoritaria, liante, malvada y mucho más inclinada hacia mi compañera que hacia mí: como veis no había nada que me acercase excesivamente a ella y durante el tiempo que pasé en esa casa estuve casi siempre en mi habitación entregada a la lectura, que me gusta mucho y que no me planteaba grandes problemas ya que monsieur de Mirville había ordenado que jamás me faltasen los libros.

Nada más regular que la vida que allí llevábamos; nos paseábamos a voluntad por un bellísimo jardín, pero nunca salíamos de sus límites; tres veces por semana los dos amigos, que solamente se dejaban ver en semejantes ocasiones, se reunían, cenaban con nosotras y se entregaban a sus placeres el uno delante del otro durante dos o tres horas después de cenar, a continuación iban a pasar el resto de la noche, cada uno con su amante, a sus habitaciones que también eran las nuestras durante el resto del tiempo...

—¡Qué indecencia!, interrumpió madame de Blamont..., ¡los padres a la vista de sus hijas!

—Mi querida amiga, dijo madame de Senneval; no profundicemos más en ese abismo de horror, esta desdichada nos mostraría quizás atrocidades muy distintas.

—¿Cómo sabéis vos si no es esencial que lo averigüemos?, dijo madame de Blamont... Señorita, prosiguió esta dama verdaderamente honrada y respetable, cubriéndose de rubor, no sé cómo plantearos mi pregunta... Pero ¿no sucedieron nunca cosas peores?

Y como vio que Sophie no acababa de comprenderla, me pidió que le explicase en voz baja el significado de su pregunta.

—Una especie de celos que dominaban a ambos amigos son quizás el único freno que les haya contenido en eso que queréis decir, señora, respondió Sophie, al menos no puedo suponer más que este sentimiento como causa de una moderación... Que, en tales almas, no obedecería ciertamente jamás a los postulados de la virtud. Ya sé que está mal juzgar de esta forma al prójimo, sin pruebas, pero otras *desviaciones*... Tantas otras *bajezas* han sabido convencerme tan bien de la depravación de costumbres de estos dos amigos, que, a buen seguro, no debo atribuir su prudencia en lo que vos decíais más que a un sentimiento más imperioso que su desenfreno; pues bien, no he visto ninguno que fuese más poderoso que sus celos.

—Resultan un poco incongruentes con esa comunidad de placeres de la que nos hablabais, dijo madame de Senneval.

—Y sobre todo con esas otras mantenidas mencionadas por monsieur de Mirville, añadió madame de Blamont.

Lo reconozco, respondió Sophie, quizás sea este uno de los casos en los que el choque violento de dos pasiones sólo permite triunfar a la más viva; pero lo que es seguro es que el deseo de conservar cada cual su pertenencia, deseo nacido de sus celos, demasiado evidentes como para ponerlos en duda, prevalecerá siempre sobre su corazón y les impedirá ejecutar... horrores... Que mi compañera, lo sé, hubiera respondido entre risas y que a mí me hubieran parecido más horribles que la propia muerte.

—Proseguid, dijo madame de Blamont, y no censuréis que el interés que me habéis inspirado me haga temblar por vos.

—Quedan pocas cosas que no sepáis hasta el suceso que me ha valido vuestra protección, continuo Sophie dirigiéndose siempre a madame de Blamont. Desde que estuve en esa casa mi asignación me fue pagada con la mayor exactitud y; al no tener ningún motivo para gastarla, la guardaba con la intención de encontrar quizás un día la ocasión de hacérsela llegar a mi buena Isabeau, cuyo recuerdo perduraba en mí ininterrumpidamente. Me atreví a comunicar esta intención a monsieur de Mirville, convencida de que él mismo se ocuparía de buscar la forma de ejecutar mis deseos... ¡Inocente! ¿Adónde iba yo a buscar compasión? ¿Es que acaso ha podido nunca sobrevivir en el seno del vicio y del libertinaje?

—Debéis olvidar todos esos sentimientos pueblerinos, me respondió brutalmente monsieur de Mirville, esa mujer ha sido pagada con exceso por las pequeñas molestias que hayáis podido ocasionarle; no le debéis nada.

—¿Y mi agradecimiento, señor, ese sentimiento tan dulce de alimentar y cuya eclosión es tan deliciosa?

—Ya está bien, qué quiméricos son todos esos agradecimientos. Nunca he visto que reportasen ningún provecho y sólo me gusta alimentar los sentimientos que me aportan algo. No hablemos más de ello o, ya que tenéis demasiado dinero, dejaré de daros más.

Rechazada por uno quise acudir al otro y hablé de mi proyecto a monsieur Delcour. Él lo desaprobó más enérgicamente aún, me dijo que si estuviese en el lugar de monsieur de Mirville no me daría un céntimo, ya que sólo pensaba en tirar el dinero por la ventana. Hube de renunciar a esta buena obra a falta de medios con que realizarla.

Pero antes de llegar a lo que dio lugar a la aciaga catástrofe de mi historia, es preciso que sepáis, señora, que ambos padres se habían cedido recíprocamente delante de nosotras su autoridad sobre sus hijas, rogando el uno al otro el olvido de toda indulgencia en caso de que su hija cometiese algún desatino y esto con el fin de inspirar en nosotras el comedimiento, la sumisión y el temor que, de acuerdo con sus deseos, iban a ser nuestras cadenas; imaginad el abuso que ambos cometían con esta autoridad respectiva; monsieur de Mirville, extraordinariamente brutal, me trataba sobre todo con una dureza inaudita al menor capricho de su imaginación; y aunque obrase delante de monsieur Delcour, éste no asumía mi defensa como tampoco monsieur de Mirville asumía la de su hija cuando monsieur Delcour la maltrataba de igual forma, lo que sucedía con la misma frecuencia. No obstante, señora, he de confesároslo, completamente culpable, enteramente cómplice del inicuo comercio al que me vi arrastrada, la naturaleza traicionó mi deber y mis sentimientos e hizo germinar en mi seno la prenda de mi deshonor. Fue poco más a menos entonces cuando mi compañera, fatigada de la vida que llevaba, me confesó que meditaba una evasión.

—No quiero emprenderla sola, me dijo un día, he encontrado los medios para interesar al hijo del jardinero... Es mi amante... Me propone devolverme la libertad; tú eres libre de compartir mi suerte... Quizás valdría más que esperases a después del parto... No por eso dejaré de preparar tu liberación, yo te conseguiré un amigo, vendrá a sacarte de aquí y si lo deseas nos reuniremos.

Este último plan de unión no me convenía y si yo deseaba recuperar mi libertad era para llevar una clase de vida bien diferente a la que iba a dedicarse mi compañera. No obstante, acepté su oferta, estuve de acuerdo con ella en que más valía no ejecutar la fuga hasta después del parto; le rogué que no me olvidase y dispusiese todo para ese momento. No obstante, por mucha que fuera su prisa, los preparativos de su proyecto exigían unas demoras y no se pudo arreglar todo hasta dos meses antes del término de mi embarazo. Había llegado el momento, ella iba a evadirse, cuando un día, la víspera del que había escogido para su salida y víspera igualmente de aquel en que tuve la dicha de encontraros, mientras ella subía a su cuarto para ir a buscar algún dinero destinado al jardinero que debía ocuparse de buscarle un alojamiento amueblado, me pidió que me quedase con ese joven que, deseoso de salir, parecía que no quería detenerse, y que le hiciese esperar un minuto... ¡Época fatal de mi infortunio!, o más bien de mi fortuna, ya que esa misma circunstancia fue la que me sacó de esa sima; mi suerte quiso que sucediese entonces lo que nunca había sucedido en tres años. Monsieur de Mirville entró solo y tropezó conmigo antes de que hubiera tenido tiempo de esconder al joven para evitar que lo viera. No obstante, salió enseguida, pero no sin ser visto. Nada hay que pueda describir el acceso de cólera que se apoderó de Mirville en aquel mismo instante; su bastón fue la primera arma que utilizó y, sin miramientos hacia mi estado, sin investigar si yo era culpable o no, me abrumó de injurias, me arrastró por todo el cuarto cogida de los pelos, me amenazó con patear el fruto que llevaba en mi seno y que ya no consideraba más que como un testimonio de su vergüenza. Iba ya a expirar bajo sus golpes, de los que aún conservo las magulladuras, si la Dubois no hubiese acudido y me hubiese arrancado de sus manos. Entonces su ira se hizo más fría...

—No disminuirá esto la crueldad de mi castigo, dijo... Que cierren las puertas... Que nadie entre y que esta prostituta suba inmediatamente a su habitación...

Rose, que había oído todo y que estaba muy contenta de librarse, gracias a este malentendido, de lo que ella sola había merecido, se guardó muy bien de decir una sola palabra y la tempestad se desencadenó solamente sobre mí... Pronto me siguió mi tirano; sus ojos llameaban con mil sentimientos diferentes entre los cuales creí descubrir algunos más temibles que la cólera y cuyas impresiones, dislocando los músculos de su odiosa fisonomía, hicieron que me pareciera aún más horrible... ¡Oh!, señora ¡cómo relataros las nuevas infamias de que fui objeto! Atentan simultáneamente contra la naturaleza y contra el pudor, jamás podré describíroslas... Me ordenó que me despojase de mis vestidos... Me arrojé a sus pies, le juré veinte veces mi inocencia, intenté ablandarle mediante el funesto fruto de su indigno amor; el desdichado, agitando mi seno con sus palpitaciones pareció inclinarse ya a los pies de su padre... Parecía que implorase mi gracia... Mi estado no conmovió a Mirville, lo interpretaba, según decía, como una prueba más de la infidelidad que él sospechaba; todo lo que yo alegaba no era sino impostura, estaba seguro de lo que decía, lo había visto, nada le convencería... Me puse, pues, como él deseaba, en cuanto me tuvo así unos bárbaros lazos respondieron de mi compostura.

Fui tratada con esa especie de ignominia escandalosa que el pedantismo se permite hacia la infancia... Pero con una crueldad... Con un rigor... Finalmente palidecí... Me tambaleé sobre mis ataduras... Mis ojos se cerraron, ignoro la continuación de su barbarie... Sólo recuperé el uso de mis sentidos en los brazos de la Dubois... Mi verdugo iba y venía por mi cuarto a grandes pasos, apresuraba los cuidados que yo recibía... no por piedad... el monstruo... sino para deshacerse más rápidamente de mí...

—Vamos, gritó, ¿está lista ya?

Y viéndome aún tan desnuda como él había deseado que lo estuviese:

—Vestidla, vestidla, señora, y que desaparezca...

Me pidió mis llaves, recuperó todo lo que me había dado y dándome dos escudos:

—Tened, me dijo, os sobra dinero para ir a casa de una de esas mujeres públicas que llenan la ciudad y que recibirá, sin duda, complacida a una criatura culpable de la conducta que habéis observado en mi casa...

—¡Oh, señor! Respondí yo entre lágrimas, sin poder soportar ya este último envilecimiento, yo no he cometido nunca más que una falta y sois vos quien me la hizo cometer. Apreciad mi arrepentimiento a través de mis desdichas y no me ultrajéis en el infortunio.

Ante estas palabras, que deberían haberlo ablandado si el alma de los tiranos fuese receptiva a la compasión, si el crimen que la corrompe no la cerrase siempre a los gritos de la inocencia, me cogió por el brazo, me llevó al extremo de la casa y me arrojó a una calle apartada que daba una de las puertas del jardín... Que su alma sensible imagine mi situación, señora, sola a la caída de la noche, cerca de una ciudad absolutamente desconocida para mí, en el estado en que me encontraba, sin contar apenas con medios, destrozada, herida en todo mi cuerpo y sin contar siquiera con el recurso de las lágrimas, ya que, por desgracia, me resultaba imposible derramarlas.

Sin saber a dónde dirigir mis pasos me eché en el umbral de esa puerta que acababan de cerrar a mis espaldas... Me precipité sobre las mismas huellas de mi sangre, dispuesta a pasar la noche allí. «El bárbaro, me decía, no me escatimará el aire que aún tengo la desgracia de respirar... No me arrebatará el refugio de los animales y el cielo se apiadará de mis desdichas y quizás me permita morir en paz». Hubo un momento en que me creí perdida. Oí como alguien pasaba cerca de mí... ¿Me había mandado a buscar?... ¿Quería acabar su crimen, quería arrebatarme lo que quedaba de una vida que yo detestaba? ¿O, sintiendo el remordimiento finalmente en su alma de fango, había dejado paso a la compasión? Quienquiera que fuese pasó rápidamente a mi lado; llegó el día, me levanté e inmediatamente decidí volver a casa de mi querida Isabeau, segura de que ella no me negaría el asilo que siempre me había ofrecido... Salí, pues... y había llegado a mi cuarto día de marcha, arrastrándome como podía, molida a golpes, palpitando de temor, fatigada por la carga que llevaba en mi seno, sin atreverme apenas a tomar alimento temiendo que el escaso dinero de que disponía no me llegase hasta Berseuil; creí estar cerca cuando me perdí y cuando los dolores me detuvieron. Allí fue donde tuve la dicha de encontrar a este caballero, dijo Sophie señalándome, y, por espantosa que sea mi situación, prosiguió poniendo los ojos en madame de Blamont, la contemplo como una gracia del cielo, ya que me garantiza el apoyo de una dama cuya compasión me tranquiliza y cuyas bondades harán que vuelva a encontrar a la que llamo mi madre. Soy joven, me atrevería a añadir que soy buena, si he cometido una falta, Dios es testigo de que ha sido en contra de mi voluntad... La repararé... la lloraré toda mi vida... Ayudaré a mi buena Isabeau en las tareas domésticas y, aunque no tenga unas comodidades como las que me había procurado el crimen, encontraré, al menos, la tranquilidad y me veré libre de remordimientos.

En este punto corrieron las lágrimas de todos los presentes; Sophie, demasiado conmovida como para contener las suyas, nos suplicó que la dejásemos sola un momento. Nos retiramos para ir a renovar nuestras conjeturas y como el correo sale, me veo obligado, mi querido Valcour, a dejarte con las tuyas asegurándote que mi primera preocupación será la de comunicarte detalladamente lo que hayamos podido descubrir sobre esta malhadada aventura.

CARTA XVII

Déterville a Valcour

Vertfeuille, 30 de agosto, por la tarde.

Sophie, que no se había atrevido aún a enseñar a su enfermera las sangrientas marcas que la cubrían se arriesgó a hacerlo tan pronto hubo hecho su confesión y a partir del veintiocho, como había pasado muy mala noche, rogó a esta mujer que examinase sus contusiones y que las aliviase.

Ésta encontró tantos desórdenes y magulladuras tan graves que no quiso asumir ninguna responsabilidad y madame de Blamont, habiendo sido consultada, envió inmediatamente a que trajesen a Dominic, su cirujano de Orleans, al que no condujo hasta la enferma sino después de haberle hecho jurar el secreto. El artista hizo su examen y su diagnóstico fue que, habiéndose realizado el alumbramiento en el séptimo mes, se trataba con toda seguridad de un parto forzado, consecuencia de los accidentes padecidos por la enferma, aunque el niño hubiese nacido vivo; aparte de un golpe muy violento a la altura de los riñones había veintiún más tanto sobre los brazos, como sobre los hombros o el resto del cuerpo de esta desdichada y cada uno de ellos había dado lugar a una contusión que necesitaba un vendaje inmediato. Los efectos del segundo acceso de la cólera meditada de Mirville eran de una extensión prodigiosa, pero el instrumento de su barbarie, que entonces era, sin duda, de mucha flexibilidad, contusionaba infinitamente menos aunque las marcas fuesen más visibles y los peligros de este segundo tratamiento, aunque haya sido llevado al extremo no eran tan peligrosos como los del otro.

De acuerdo con esta exposición, Dominic prescribió una sangría del pie, el mayor reposo y algunas bebidas. Sólo se retiró al cabo de veinticuatro horas, después de haber observado el buen resultado de su tratamiento; ha dejado su receta a la comadrona y volverá a principios de la próxima semana; espera mucho, dice, de la edad y del buen temperamento de la joven. Le ha parecido oportuno que se la separe de su hijo, decisión afortunada, ya que esa pobre criaturilla murió poco después de haber sido separado de su madre y esa pérdida, si la hubiese averiguado, quizás la hubiese enviado a la tumba. Le hemos ocultado esta noticia, y, aunque hoy se siente un poco mejor, no está aún en condiciones de recibirla. Esta es, amigo mío, la historia del veintiocho.

Ayer, veintinueve, madame de Blamont me rogó que fuese al pueblo de Berseuil a verificar las declaraciones de Sophie. Fui hasta allí a caballo y, provisto de una carta de madame de Blamont, me dirigí a casa del cura. Es un hombre de cerca de cincuenta años cuyo carácter parece sostenido por su porte y su honestidad. Me recibió muy bien, me invitó a comer en su casa y, esperando la hora del almuerzo, me llevó a casa de Isabeau que era tal y como nos la había descrito Sophie. Ambos recordaban perfectamente a la joven; el cura se acordaba muy bien de haberle enseñado la religión.

Por lo que se refiere a Isabeau, al principio lloró de alegría cuando le dije que su pupila vivía, la quería y deseaba verla; y poco después, de pena, cuando le expliqué su estado. Insistí poco en los detalles, ya que madame de Blamont me había convencido de la necesidad de disimularlos y, como ella, estaba persuadido de la necesidad de este secreto. Me limité a dejar sentado que la situación de Sophie no era grave y a convenir con esas buenas gentes que ambos acudirían a la próxima invitación que les hiciese la señora que me enviaba, la cual no retrasaría el placer de verlos más que por motivo de la salud de Sophie, que no estaba aún en condiciones de saludar a personas tan queridas. Almorcé en casa del cura y allí, así como las gestiones que habíamos realizado, vi que era un hombre dotado de un gran sentido común; el suceso que me había llevado a su casa hizo que la conversación recayese sobre la depravación de las costumbres, causa única, pretendía, de todas las atrocidades que diariamente se cometían.

—¡Oh! Señor, me dijo el honrado eclesiástico con ese entusiasmo cálido que confiere la virtud, continuamente veo surgir un fárrago de escritos ininteligibles, una plétora de proyectos ineptos sobre la mendicidad, sobre los medios de que disponemos para erradicarla de Francia, proyectos atroces cuyo único y malhadado principio es la desesperación en que el rico se encuentra porque se ve obligado a contemplar el infortunio en su prójimo, desesperación por verse obligado a entregar algún socorro cuando cree que su oro solamente está hecho para pagar sus vergonzosos deleites. Quisiera sustraerse a estas tristes obligaciones, quisiera alejar de sus ojos el espectáculo enternecedor de la miseria que hiela sus indignos placeres, que le hace ver al hombre desde demasiado cerca, que, devolviéndolo a las abrumadoras ideas de la desgracia, aniquila, a pesar suyo, el inmenso intervalo que su orgullo se atreve a colocar entre hombre y hombre. Estas son, señor, las únicas causas de estos lamentables escritos; no le quepa duda, son los dictados de la avaricia, el orgullo y la inhumanidad... No se quieren ver pobres en Francia; ¡pues bien! Que, para conseguirlo, se ocupen de buscar los medios para reformar las costumbres y de preservar sobre todo a la juventud de su pérfida corrupción; que se reforme el lujo, ese lujo pernicioso que arruina y altera al rico sin aliviar al miserable y que arroja, más bien, a éste al abismo a través de su loca pretensión de alcanzar lo que no puede anhelar sin acarrear su pérdida. Que vuestras gentes de letras se ocupen de estos planes, señor, que ofrezcan al Gobierno proyectos rectificados, y del éxito de estas primeras operaciones, nacerá pronto esta reforma de mendigos tan deseada por vuestra capital. Que ese lujo tan peligroso no atraiga a vuestros talleres de baratijas o a la parte trasera de vuestros magníficos coches al hijo de ese buen campesino que, abandonado por lo mejor de su prole, pronto irá a mendigar con los que le quedan a la puerta misma de la mansión en donde su hijo, engreído a causa de una levita engalanada, se atreve a mirarle insolentemente, sin dignarse siquiera a reconocerle y a confortarle. Disminuid los impuestos, honrad, estimulad la agricultura[4], preferid sobre todo al honesto individuo que se dedica a ella a ese impertinente plumífero que, disfrazado con un

[4] «La primera necesidad del hombre es vivir; el arte que alimenta a los hombres es el primero de todos ellos». *Belisario*, *c.* siglo XII.

faldón negro ha abandonado la carreta de su padre para venir a engordar a la ciudad gracias a las divisiones intestinas del ciudadano. Clase abyecta, venenosa, tan inútil como despreciable que las buenas leyes deberían confinar en sus hogares o asignar, desde el instante en que saliesen de ellos, a los trabajos públicos, en los cuales, más útiles, al menos, que en el estrado o en el foro, servirían a la patria en lugar de destruirla, en lugar de minarla sordamente con sus prevaricaciones, sus rapiñas y sus escandalosas estafas. Si no queréis ver mendigos en Francia, no explotéis al desdichado labrador con impuestos que superan sus posibilidades, no explotéis a vuestros aparceros para estar en mejores condiciones de bordar vuestros trajes y de adornar vuestro peinado; y los mendigos, desdichada excrecencia de todos estos abusos, no fatigarán vuestras miradas; pero no los desterréis, no los molestéis dejándoos llevar por una compasión bárbara e insultante; no los sepultéis como cadáveres en las fosas del horror y de la fetidez; pensad que son hombres como vos, que el sol luce también para ellos y que tienen derecho al mismo pan... ¡No queréis mendigos! No bebáis en las capitales los ríos de oro de vuestras provincias; que la circulación sea libre y la dosis de felicidad, equitativamente repartida entre todos los ciudadanos, u os mostrará ya a uno en el pináculo y al otro en los harapos de la miseria; ¿por qué es necesario que haya una parte de hombres que rebosan oro mientras que la otra no puede siquiera cubrir sus primeras necesidades?; ¿por qué han de existir solamente dos o tres ciudades bellas en Francia, mientras que el infortunio asola y despuebla las otras?... Os parecéis a esos niños que hacen un solo castillo con las cartas que se les ha entregado, ¿qué sucede? El edificio se derrumba. Esa es vuestra imagen. Vuestra moderna Babilonia quedará aniquilada como aquella de Semíramis, se desvanecerá de la superficie del globo terráqueo como desaparecieron las florecientes ciudades de Grecia que, como ella, entraron en decadencia solamente a causa del lujo, y el Estado, debilitado por embellecer a esta nueva Sodoma, desaparecerá como ella, bajo sus doradas ruinas[5].

Hubiera podido responder al cura, porque sabes que no pienso como él sobre ese lujo que tú a veces censuras también con tanta energía; pero el tiempo se me echaba encima, yo preveía la inquietud de nuestras damas y me separé, pues, sin tardanza de este buen clérigo prometiéndole discutir otro día con más calma los temas que hasta el momento nos habían ocupado. Le hice prometer que acudiría puntualmente con Isabeau a casa de madame de Blamont cuando ésta enviase un coche a recogerlos.

A la vuelta de ese viaje fue cuando encontré muerto al hijo de Sophie y a la madre, un poco mejor. Nadie vio inconveniente en que le diese noticias de su buena nodriza; ella me lo agradeció con expresiones del

[5] En este, como en otros muchos pasajes, suplicamos al lector que no pierda de vista que esta obra se escribió un año antes de la Revolución.

más cariñoso reconocimiento. En verdad el carácter de esta joven es encantador: si el destino le reservaba la desdichada situación de mantenida, ¡qué pena que no haya caído en manos de un solterón honesto y formal! Lo hubiera hecho feliz gracias a su prudencia y su dulzura. Pero parece que las intenciones de madame de Blamont respecto a esta pobre chica son tan ventajosas, que probablemente no tendrá ocasión de arrepentirse de su cambio de condición, ya que no hubiera podido perpetuar su estado sino a costa de su honor y de su conciencia y, en lugar de esto, podrá vivir en aquel que se le destina conservando toda la pureza de su alma.

Apenas hube comunicado a nuestra enferma las noticias de su buena Isabeau cuando ya ardía en deseos de verla; pero cuando le hube demostrado que su salud exigía que se privase aún durante unos días de este placer, se rindió y, con lágrimas en los ojos, me encargó que transmitiese a madame de Blamont hasta qué punto era sensible a las bondades que de ella había recibido.

—¡Ay! Señor, decía con voz dulce y halagadora, los efectos del agradecimiento de una desdichada como yo son bien triviales para madame de Blamont, pero mi corazón es tan puro que sus deseos serán escuchados por el Eterno y si puedo salvar mi vida, emplearé todos los instantes en implorar al cielo por su felicidad y por la de todas las personas que la rodean.

Regaba mis manos con sus lágrimas, me pedía una y mil veces perdón por todas las molestias que dignábamos tomarnos por una pobre muchacha que no lo merecía. La voz acariciante de esta muchacha, los bellísimos ojos henchidos de sentimiento, el aspecto inocente, la verdad que emana de toda su fisonomía y que, por así decirlo, coloca su alma en los rasgos de su hermoso rostro... Todo eso, amigo mío, hace que, involuntariamente, se despierte el interés hacia ella. Sus desgracias terminan de enternecerle a uno y es realmente imposible no desear que sea feliz. Aline, a quien se explicó la aventura de Sophie hasta donde lo permitía la decencia, experimenta por ella una singular amistad; hay que arrancarla de la cabecera de la cama; quiere darle ella misma los caldos y se acostaría con ella si se lo permitiésemos. Pero hay una cosa más extraordinaria, ¡oh, Valcour! Resulta imposible dejar de observar entre estas dos jóvenes un aire de familia: es impresionante. Eugénie y madame de Senneval han hecho la misma observación; yo lo había notado antes que ellas. Madame de Blamont se había sentido conmovida por esto desde la primera vez que la vio. Si te describo sus rasgos comunes te imaginarás aún mejor a Sophie. Para empezar, tienen absolutamente el mismo tono de voz, exactamente la misma forma de rostro, la misma boca y exactamente el mismo aspecto en su conjunto. Sophie, como tu Aline, tiene esos soberbios cabellos color castaño claro, tirando un poco a rubio y el mismo brillo en su piel y finalmente ambas parecen tener el mismo carácter. Sophie adora a Aline y le pide insistentemente que deje de preocuparse tanto por ella al mismo tiempo que se le trasluce toda la pena que le daría si esta accediese a su petición.

Al comprobar todas estas cosas madame de Senneval, madame de Blamont y yo creemos muy probable que los nombres de Mirville y de Delcour sean nombres ficticios que oculten quizás otros verdaderos mucho más interesantes para madame de Blamont. Sin embargo, aún no nos atrevemos más que a adelantar algunas conjeturas... Recapitulemos sus fundamentos.

La educación de Sophie en un pueblo tan cercano a la finca a donde viene todos los años monsieur de Blamont a ver a su mujer... Ese singular parecido... La relación de los dos amigos, tan semejante a la de los señores Blamont y Dolbourg... Su edad... Las descripciones hechas por Sophie y por su nodriza en donde se encuentran todos los rasgos de los originales... Sus profesiones, un togado y un financiero... Aquí se presenta una ligera objeción, me doy cuenta.

Monsieur Delcour ha estado varias veces en casa de Isabeau y nunca se ha dicho que viniese de Vertfeuille; ¿será posible que, si monsieur Delcour y monsieur de Blamont son una misma persona, no sea conocido en un pueblo tan cercano a la finca de su mujer? Pero esta objeción se desvanece ante un examen más detenido: en primer lugar, al ver llegar a monsieur Delcour a Berseuil se puede ignorar su lugar de procedencia; además es posible que siempre que haya venido lo haya hecho desde París. En segundo lugar, a monsieur y madame de Blamont se les conoce en Berseuil solamente de oídas; ignoran en absoluto su aspecto, luego puede tratarse del mismo hombre; hay, pues, motivos para apostar que se trata del mismo hombre y, si la combinación es justa, ya ves quien es esa odiosa persona, quien es el perverso que se atreve a ofrecerse a tu Aline. Porque si Delcour es Blamont, no dudemos que Mirville sea Dolbourg.

En esta espinosa situación madame de Blamont no sabe qué decidir... Si convence a Sophie para que haga una denuncia en contra de monsieur de Mirville supone hacerla también contra monsieur Delcour. ¡Y, si nos dejamos engañar por los nombres, ya ves a quien puede comprometer con esta denuncia! Esta idea la detiene.

Sin embargo, ¡qué arma está dejando escapar!, si no aprovecha todo esto para librarse de las persecuciones de un yerno, que, a buen seguro, es indigno de ella, si es culpable de la infamia que investigamos, ¿encontrará jamás una ocasión tan propicia? Si es cierto que esos nombres esconden a quien sospechamos, ¿no se arrepentirá toda la vida de no haber aprovechado este suceso para poner freno a las intenciones de un hombre cuya alianza la deshonraría? Si deja correr lo que el azar le ofrece, si triunfa monsieur de Blamont y, poniendo en juego su autoridad y acudiendo a las leyes, consigue poner a Aline en los brazos de Dolbourg; ¿no morirá madame de Blamont de pena por haber dispuesto de todo lo necesario para detener ese horrible sacrificio y no haberlo hecho? Estas consideraciones, sobre las que creí oportuno hacer énfasis, la decidieron por fin a presentar una denuncia en Orleans, pero una denuncia secreta que ella puede controlar en todo momento. Por consiguiente, el juez ha acudido esta mañana a la invitación que ella le ha hecho; como Sophie se encontraba un poco mejor, le ha recibido y él ha tomado nota de su exposición del hecho simple y puro:

«De un ultraje cometido en su persona, embarazada por el que dice ser monsieur de Mirville, financiero de París, que era el autor del embarazo y que la había venido a buscar al pueblo de Berseuil con uno de sus amigos hace aproximadamente tres años para mantenerla como amante, cosa que realizó hasta el momento en que la trató indignamente, aunque estaba encinta, y la puso a la puerta de su casa, etc., etc., etc.».

Firmamos todos, ella como parte y nosotros en calidad de testigos, Dominic firmará en Orleans y la denuncia será guardada por el magistrado hasta que madame de Blamont desee activarla.

Todo esto se hacía a regañadientes y jamás se hubiera llevado a cabo de no ser por mí; pero consideré que era sumamente necesario. El excelente carácter de Sophie rechazaba la idea de una denuncia.

Madame de Blamont temblaba por miedo a comprometer al personaje que creía implicado bajo el nombre de Delcour; no nos atrevíamos a comunicar al juez ninguna de estas consideraciones; yo creí encontrar el sesgo adecuado al no nombrar para nada a monsieur Delcour en la denuncia que se ha depositado exclusivamente en contra de monsieur de Mirville.

Ya ves ahora, amigo mío, el motivo que ha determinado mis operaciones, solamente he contemplado tu interés y tu felicidad. Si me equivoco corrígeme; pero sea cual sea el exceso de tu delicadeza, dudo que te hubiera llevado a proceder de otra forma y creo que aprobarás lo que he hecho.

Voy a exponerte ahora otra idea, consecuencia necesaria de nuestras primeras gestiones y que quizás discrepe más aún de la rectitud de tu espíritu, pero cuya ejecución me parece indispensable.

—Señora, dije a madame de Blamont inmediatamente después de la salida del magistrado, me parece que el objeto esencial es conocer ahora al héroe de nuestra aventura.

—¿A dónde nos llevará este descubrimiento?

—Al mismo motivo que me inclinó a aconsejaros que presentaseis una denuncia; necesitáis armas, el azar os las ofrece.

—¿Y si esos dos individuos no tienen nada que ver con los que nos interesan?

—Al menos sabréis a qué ateneros y todo quedará entonces entre nosotros.

—¿Y sin son ellos?

—Os encontraréis en la misma situación... Seguiréis siendo siempre la dueña de la denuncia de Sophie. ¡Oh! Señora, si Mirville es Dolbourg, ¿acaso le entregaríais vuestra hija?

—Esa idea me repugna, os ruego que no me la mencionéis más.

—Y si vos no aclaraseis este asunto y el malvado fuese Dolbourg y vuestro esposo alcanzase la meta que se propone, ¿imagináis los remordimientos que os atormentarían?

—No sobreviviría.

—Por consiguiente, hay que evitarlos.

—Déterville, confío en vos; haced todo lo que creáis conveniente, pero, os lo ruego, actuad con la mayor discreción.

A mi entender se trata de acudir a los mismos lugares y de intentar ganar a la dueña Dubois a fin de que nos proporcione datos. Estoy convencido de que puede suministrárnoslos en gran cantidad. Hay tres medios que nos pueden llevar hasta la fiel guardiana: podría ir yo a corromperla, podrías ir tú y finalmente podríamos destacar a un tal Saint-Paul, antiguo doméstico de madame de Blamont, singularmente apegado a su señora y que es uno de los mejores criados de los que pueda honrarse la servidumbre de Francia.

El primero de esos medios me repugna un poco; estoy seguro de que no te encargarías del segundo; hemos adoptado, pues, el tercero sin que tú te veas mezclado y sin que ni siquiera Saint-Paul te vea en París.

Está decidido que sale mañana con cincuenta luises en su bolsillo y que no va a volver sin la vieja o sin toda la información que ésta posea. Como tiene órdenes de no comunicarse más que con nosotros, seremos nosotros quienes te contaremos todos los detalles; estate tranquilo, sé discreto y déjate ver lo menos posible mientras actuamos.

En el momento de salir la carta.

Sophie va mejor; Aline está cansada, ayer tuvo un poco de jaqueca y hemos conseguido que guarde cama. Eugénie le ha prometido que cuidará de Sophie como ella misma. Madame Blamont está muy agitada; madame de Senneval y yo llevamos la casa y nos ocupamos de todo.

Aline no quiere que cierres esta carta sin probarte en dos líneas que su indisposición carece de importancia.

Aline a Valcour

P.S. ¡Cuántos acontecimientos!... ¡Cuántas sospechas!... ¡Cuántas conjeturas!... ¡Ah! ¡Si el cielo ha escogido todo esto para esclarecernos no dejará imperfecta su obra! Ojalá que todo esto redunde en nuestra felicidad sin enturbiar la de la persona que me dio la vida. Su tranquilidad me resulta más preciosa que mi propia satisfacción y jamás dejaré de respetarla. Adiós, quedad tranquilo, escribidnos y contad con el cariño de vuestra Aline, que siempre será inexpresable.

CARTA XVIII

Déterville a Valcour

Vertfeuille, 3 de septiembre.

Aline está completamente bien hoy, disfruta de la tranquilidad de su amiga, de la felicidad que ayer le supuso la visita de su Isabeau. Dominic había vuelto el día uno y como encontró a su paciente en el mejor estado, creyó que no había inconveniente en dejarle abrazar a su nodriza. Se envió, pues, un coche al cura de Berseuil con la invitación de que trajese a Isabeau, y, como salieron muy temprano, nuestros rústicos compañeros estaban con nosotros para la hora del almuerzo.

Apenas hubo oído Sophie el ruido de la carroza quiso levantarse y volar a los brazos de su nodriza. La contuvimos. Madame de Blamont, que deseaba gozar de esta conmovedora escena sin testigos que pudieran enfriarla dejó al cura un momento con madame de Senneval y nos trajo a Isabeau... Todos nuestros cuidados resultaron inútiles desde el momento en que Sophie oyó la voz de su buena madre (así la llama). Se precipitó en la habitación y cayó a los pies de Isabeau.

La emoción fue tan viva que nos vimos obligados a volver a meterla en la cama en donde permaneció algunos minutos, sin conocimiento. La buena mujer se echó sobre ella y la reanimó con sus caricias. Ambas se abrazaron mezclando sus lágrimas que manaban abundantes con las expresiones de mutuo cariño.

—¡Y bien! Mi querida niña, le dijo Isabeau, en cuanto la emoción que las embargaba les permitió entenderse, ¿no te había dicho yo que serías desgraciada en cuanto dejases de ser buena?

Sophie: ¡Los muy crueles! Me engañaron: ¿por qué me entregasteis a ellos?

Isabeau: ¿Acaso tenía yo algún derecho sobre ti?... ¿Es que no hubo falta por tu parte?

Sophie: Lo único que he sido es desgraciada y seducida, toda la culpa fue suya.

Isabeau: Y, ¿por qué no volviste a mi casa? Bien sabías que estaba abierta a la inocencia.

Sophie: ¡Oh, mi buena, mi buena Isabeau! No dejéis de amar a vuestra Sophie; jamás ha olvidado vuestros consejos, siempre han estado grabados en su corazón.

Isabeau: ¡Pobre criatura!

Luego, volviéndose hacia mí envuelta en lágrimas:

—¡Oh, señor! No os extrañéis de que la ame; la considero como a una hija mía, no tengo más hija que ella. Y esos malvados, ¿me la quitaron sólo para perderla?... ¡Ven, Sophie! Ven, siempre encontrarás la dicha y la tranquilidad en casa de Isabeau, porque la virtud y la religión no saldrán jamás de ella.

Y se lanzaron la una a los brazos de la otra y sus lágrimas volvieron a bañar sus pechos.

Madame de Blamont, temiendo que una emoción demasiado prolongada pudiera perjudicar a su querida enferma, hizo subir al cura; este se acercó a la cama de Sophie y la reconoció enseguida.

Ésta le pidió su bendición; le pidió las más sinceras excusas por la mala conducta que había observado desde que se la llevaron.

Una de las cosas que siempre le había causado remordimientos, dijo, era haber sido arrancada a su pastor antes de que hubiese podido cumplir con sus deberes de religión.

—¿Es posible que hayan descuidado los deberes religiosos? Dijo el cura con la mayor sorpresa.

—¡Ah! Señor, dijo madame de Senneval, ¿acaso los libertinos sumidos en el vicio piensan aún en los deberes de la religión?

—Esto será la primera cosa que hará en cuanto su estado de salud se lo permita, dijo madame de Blamont, permitid la espera, señor, que nosotros nos ocuparemos de lo segundo.

Luego, sentándose en el borde de la cama y dirigiéndose a Isabeau y al cura, esta mujer adorable les expuso las siguientes condiciones:

—Varias razones personales me impiden, dijo, conservar en mi casa a esta joven tanto tiempo como quisiera; en cuanto recupere su salud la enviaré a su casa, Isabeau, y para que no os suponga una carga...

—¡Ella, una carga! No, no, mi niña no puede molestarme; todo lo que tengo le pertenece y os digo ya desde ahora que no acepto nada de lo que veo que estáis dispuesta a ofrecerme; estoy en deuda con ella por no haberla salvado del crimen: dejadme que la pague.

—Bien, Isabeau, os lo concedo, pero no me impediréis que provea lo necesario para su futuro.

Luego, dirigiéndose al cura y entregándole unos papeles:

—Aquí, señor, le dijo, adjunto cuarenta mil francos en billetes pagaderos dentro de un año; mi intención es que esta suma sirva de dote a Sophie. Os ruego, señor, que durante este tiempo le busquéis un esposo digno de ella y que, en vuestra opinión, junto a las virtudes que le hagan merecedor de una mujer así, posea la dicha de resultarle agradable, porque quisiera amarle siempre y ser para él como una madre. Si sucediese que el sujeto escogido no le conviniese os ruego que pongáis vuestros ojos en otro hombre. La cláusula más esencial de la unión que proyecto para esta querida niña es que ame a su marido y que sea amada por él; al querer hacer su felicidad no me perdonaría haberla entregado a un esposo que quizás la despreciase por una falta que no ha cometido. Por lo tanto, será prevenido de la desgracia de la muchacha que se le destina, le haréis sentir hasta qué punto es inocente y no los reuniréis sino en el caso de que esta fatalidad no inspire ningún distanciamiento al esposo. Como Isabeau sufriría si hubiese de separarse de su adorada niña, incluiréis en el contrato la cláusula de que los esposos vivirán en su casa.

—Y a eso se añadirá, interrumpió Isabeau llena de alegría, que todo lo que poseo será para ellos. Señora, continuó, no estoy del todo falta de recursos, tengo un buen pedazo de tierra en donde los dos jóvenes podrán ganarse la vida y con lo que vos habéis tenido la gentileza de darles tengo la certeza de que no pasarán apuros. Si se administran bien sus hijos serán ricos.

Mientras tanto, Sophie sollozaba: había cogido una de las manos de madame de Blamont y la bañaba con las lágrimas de su agradecimiento, le faltaban las expresiones para describirlo.

El cura se encargó de todo. Cubrió de alabanzas a madame de Blamont que le contestó que no comprendía como unas acciones tan naturales y que proporcionaban tanto placer podían merecer elogios... Aline se precipitó en los brazos de su madre y la colmó de caricias.

Esa imagen de la inocencia desgraciada, del más rendido agradecimiento por una y otra parte, la del cariño filial, de la compasión, de la virtud, inundaban el alma con impresiones tan deliciosas y la llenaban de emociones tan delicadas y tan dulces...

¡Oh, amigo mío!, ¡si existen las alegrías celestiales han de estar compuestas de sensaciones semejantes!

Nos separamos; tantas y tan diversas emociones habían debilitado el ánimo de Sophie, la enfermera nos pidió que le dejásemos sola y nos fuimos a comer. La buena Isabeau quería ir a comer al *office*. Madame de Blamont y madame de Senneval hicieron que se sentase entre ellas. Se mostró decente, honesta y cortés. Es muy cierto que la virtud nunca está fuera de lugar en ningún sitio. No hay una sola mesa, amigo mío, que no se honre más con una invitada como esa que con una de esas impúdicas conocidas como pequeñas amantes que, en lugar de las reflexiones simples y llenas de candor, de estos discursos ingenuos, imagen de la naturaleza, no hubiera aportado más que la jerga del crimen que las deshonra y ultraja.

Después de la comida Isabeau quiso abrazar una vez más a su hija.

Le dijo que iba a preparar su alojamiento, pero que, como ahora era mayor y, además, añadió riéndose, como era una joven casadera, quería cederle la habitación principal.

—¡Estaríamos bien! ¡A mí! No quiero ninguna que no sea la que siempre he tenido; y no quiero en su casa otro empleo que el que desempeñaba. Si me priváis de esta dicha, si no me creéis ya digna de serviros me haréis creer que mis faltas me han hecho perder méritos a vuestros ojos y no me consolaría jamás.

Esta muchacha es encantadora, tiene una especie de espíritu natural que confiere un increíble atractivo a todo cuanto le inspira su hermosa alma.

Se levantó acta de todo cuanto había sucedido. Madame de Blamont quiso retener a sus huéspedes; pero las tareas domésticas de una y los deberes religiosos del otro, se oponían al deseo, que ellos mismos tenían de quedarse, y salieron en el mismo coche.

¡Y bien! Valcour, ¿quién, en tu opinión, ha de disfrutar de la calma más pura, quién debe pasar las noches más tranquilas, el malvado que ha deshonrado y maltratado a esta pobre hija o el ser sensible y honrado que se deleita en reparar tan generosamente todos sus males? Que vengan, que aparezcan esos apóstoles de la indecencia y del vicio, que legitiman todos los errores, que los ven a todos en la naturaleza, porque la creen tan corrompida como sus almas, que están más cómodos ignorando los más santos instrumentos de esta ley sagrada que viéndose obligados a despreciarse a sí mismos, que prefieren no ver crimen en ningún sitio que verse forzados a temblar ante el aspecto de los que los enfangan, que, en pocas palabras, compran su tenebrosa tranquilidad al precio de sofocar todos sus remordimientos... ¡Que vengan, digo, que vengan y que se pronuncien! Son libres de tomar partido, que comparen si se atreven, entre el de la respetable protectora de Sophie y el de su perseguidor.

Las declaraciones de Isabeau no nos enseñaron nada especial: Sophie parecía tener tres semanas de edad cuando monsieur Delcour llegó de París llevándola en una cuna en la parte delantera de su coche. Se apeó en la hostería de Berseuil y pidió una nodriza. Avisaron a Isabeau. Le prometió una pensión que aumentaría con la edad de la niña. Pidió que se la enseñase a coser, a escribir y a leer; que no se le diese más nombre que el de Sophie y que cuando él no pudiese traer en persona el dinero de la pensión se ocuparía de hacerlo llegar puntualmente.

Cumplió con exactitud, Isabeau fue pagada con regularidad. Solamente hizo cuatro visitas a Sophie durante los trece años que estuvo de pupila en casa de Isabeau. Llegaba siempre por la carretera de París, paraba en la hostería, veía a la niña durante una hora o dos, examinaba sus pequeños talentos y se iba.

—Pero fue idea mía, dijo Isabeau, hacerle aprender la religión y ponerla como alumna del señor cura, porque él no preguntó jamás sobre este extremo y cuando yo le hablaba decía:

—Coser, coser y leer, señora, me respondía, eso es, todo lo que necesita una muchacha.

Esta forma de razonar, añadió graciosamente la buena mujer, le hizo pensar que se trataba de un *hugonote*.

Luego vino a recogerla con su amigo y ya conocéis lo demás. Esperamos noticias de las gestiones que estamos realizando en París y no te escribiré hasta que no las tengamos.

CARTA XIX

Valcour a Déterville

París, 8 de septiembre.

Como el singular acontecimiento que acabas de relatarme adoptaba en tus cartas la forma de un diario he creído conveniente dejar que terminase para que mi carta responda a todas las tuyas.

¡Oh! Amigo mío, ¡qué sorpresa la mía, cuántas cábalas he hecho! Me parece seguro que los nombres de Delcour y Mirville ocultan otros más interesantes para nosotros y este es el motivo por el que desapruebo la denuncia. Madame de Blamont ha de vérselas con un marido tan hábil como corrompido; si llegase a descubrir esa denuncia quizás se sirviese de ella para divulgar que su mujer quiere perderlo y que ella ha fraguado toda la historia con el fin de buscar en él defectos suficientemente graves como para privarle de la autoridad que tiene sobre su hija; y a partir de ese momento, en lugar de disponer de armas contra él, le habremos proporcionado a él armas contra nosotros. Además, esta denuncia no sirve para nada respecto a la indemnización que se le debe a Sophie; la generosidad de madame de Blamont se ha ocupado ya de esto de una forma sumamente noble. Después de estas consideraciones, ¿no opinas que todo lo que se asemeje a un proceso está fuera de lugar y puede resultar peligroso? ¿Ignoras, amigo mío, el arte con el que estos malvados dirigen sobre los demás lo que estos intentan hacerles a ellos? Y, sobre todo, esa especie de tunantes redomados a quienes su dinero confiere una autoridad, legal o no, y que piensan que no hay ocasión más legítima para usarla que cuando la ponen al servicio de sus pasiones... ¡Dios quiera que me equivoque! Me ha conmovido mucho el comportamiento de madame de Blamont, el corazón de esta respetable madre alberga todas las virtudes y su más dulce manera de disfrutar es hacer felices a todos los que la rodean.

Estoy preocupado por la salud de Aline, confío en ti, amigo mío, permíteme que ponga por un momento todas las preocupaciones del amor en las dulces manos de la amistad.

Para evitar los encuentros y para seguir mejor tus consejos hace ocho días que no salgo; observaré la misma circunspección hasta el desenlace de todo esto... Pero ¡cuánto me cuesta no ir a rendir homenaje a la sublime actuación de madame de Blamont, no poder caer a sus pies con Aline, no poder colmarla, junto con esa hija encantadora, de todas las alabanzas que merece! Descríbele, al menos, mi estado de ánimo, las molestias y la turbación de estos sucesos me hacen temer por las dos. Convéncelas de que deben reposarse, al menos durante el período de calma que todo esto os va a dejar y no salgáis a la aventura hasta horas tan avanzadas. Quizás no le sucedan a madame de Blamont aventuras tan agradables como esta. Digo *agradables* porque ha sabido encontrar en ella una de esas ocasiones para hacer el bien que su corazón tanto anhela.

¡Oh! Amigo mío, ¡a dónde nos lleva la embriaguez de las pasiones! ¡Ah! ¡Si cuando se comienza a ceder a todo, cuando se da el primer paso en su peligrosa carrera se pudiese sentir con qué rapidez se dará el segundo y que el abismo nos aguarda en el último! ¡Si se pudiese ver la imperceptible filiación de nuestros errores, cómo todos se encadenan, cómo nacen todos los unos de los otros, cómo la ruptura del freno más pequeño conduce pronto al quebrantamiento de lo más sagrado! ¿Qué hombre no se estremecería? ¿Quién se atrevería a permitirse la más ligera desviación cuando de esta primera falta puede nacer un hábito de vencer cualquier obstáculo, cuyos peligros son tan manifiestos? Quisiera que todos los hombres, en lugar de esos muebles de fantasía que no producen una sola idea, tuviesen consigo una especie de árbol en relieve en el que cada rama llevase el nombre de un vicio y que pudiesen observar que, comenzando por el tropiezo más leve se llega gradualmente hasta el crimen originado por el olvido de los deberes más elementales. ¿No es indiscutible la utilidad de semejante cuadro moral? ¿No es mucho mejor que un Teniers o un Rubens? Adiós, no me hagas esperar el final de esta aventura, hay demasiados sentimientos de mi alma implicados en ella como para que no desee ardientemente su desenlace.

CARTA XX

Valcour a Aline

París, 8 de septiembre.

¡Cómo me hubiera gustado recibir una palabra más de Aline en esta última carta de mi amigo! ¡Si ya es arduo estar separado de vos todo el tiempo cuanto más cruel se hace esta ausencia cuando me priva del espectáculo de vuestra alma en el ejercicio de sus virtudes! La actuación de vuestra honorable madre ha hecho correr mis lágrimas. ¡Ah! Qué dulces son las que se derraman por compasión. Mucho me temo que esa desdichada niña, por cuya suerte resulta imposible no interesarse, os sujete con lazos más apretados de lo que cabe imaginar; vuestro cariño los reforzará, os conozco; pero que estas preocupaciones no vayan en detrimento de vuestra salud, os lo suplico, Aline. Pensad que no os debéis al amante más apasionado que considera como un favor los cuidados que concedéis a vuestra persona. No me neguéis esto, ya que me está vedado veros...

¡Veros, Aline!... ¡Ah! Que imperioso es en mí ese deseo cuando una virtud adicional viene a haceros aún más digna de admiración... Sophie os ama, ¿quién podría resistir al imperio universal que ejercéis sobre los corazones? La necesidad de adoraros se hace sentir desde el momento en que se os ve y hay que dejar de ser o bien ceder al culto que merecéis. Solamente yo me veo privado de rendíroslo... ¡Yo, que me atrevería a creerme tan digno si las alabanzas se juzgasen por la delicadeza del corazón que quiere ofrecerlas! Me parece que veo a Aline... Sus bellas mejillas bañadas de lágrimas, guiando los pasos de su madre asustada y estrechando contra su pecho a esa personilla cuyos gritos desgarradores penetran tan profundamente en su alma y la conmueven... La sigo hasta la cama de Sophie, celosa de los cuidados que se le prodigan, deseosa de dárselos ella misma, porque Sophie ha sufrido... Porque es desgraciada y porque la dulce y la buena Aline sólo se satisface haciendo el bien... ¡Cómo podría dejar de adorarla! ¿Cómo no idolatrar a esta hija celeste mil veces más bella aún por sus virtudes que por sus atractivos... a esta criatura angelical que parece haber sido creada por el cielo para ser el hechizo de sus amigos, el refugio del desgraciado y la delicia de su amante?... ¡Ah! Todas las expresiones son pálidas, ninguna refleja mi sentir... Cruel efecto de las pasiones demasiado violentas... Naturaleza avara de los dones que nos otorgas ¿por qué al inspirarnos un sentimiento tan vivo nos privas de la facultad de expresarlo y por qué todo lo que inventamos para describirlo queda siempre tan por debajo de él?

Si el nombre de esos dos aventureros nos engaña... Si efectivamente... ¡Me estremezco ante mis sospechas! Me repugnan y no puedo alejarlas de mi mente... ¡Qué! ¿Será ese el monstruo que se atreve a pretender a mi Aline?... ¡Él, Dios mío!... ¡Haría falta que no quedase ya una sola gota de sangre en mis venas para que tal infamia se consumase!... Hombre vil y bárbaro, ¿cómo has podido mirar a mi ángel sin que tu corazón se hiciese honrado? ¿Cómo puede el libertinaje mancillar, aunque sólo sea un instante, al individuo que ha podido respirar el aire que mi Aline purifica? ¿Tú la has visto y los horrores envenenan tu alma?... ¿Te atreves a aspirar a ella mientras tus manos se hunden en la infamia? ¿Existen, pues, seres sensibles sobre quienes el amor y la virtud carecen de influjo?... ¡Ah! Yo creía que cerca de los dioses el crimen resultaba imposible.

El estado de mi corazón es inconcebible... Embargado por el temor, o las sospechas, abocado al más amargo dolor, inquieto por todo lo que sucede, destrozado por vuestra ausencia... Os he de dejar... Lo percibo; mis pensamientos, mis expresiones, todo llevaría la huella de mi dolor, todo se resentiría de mi turbación; y no deseo aumentar la vuestra.

CARTA XXI

Déterville a Valcour

Vertfeuille, 10 de septiembre.

Sophie está ya completamente bien, ayer se levantó y como hacía buen tiempo tomó el aire un momento en la terraza; había escogido este lugar porque sabía que en él se encontraba la dueña de la casa y quería que su primer deber fuese un acto de agradecimiento. Al avistar a estas damas desde lejos, leyendo bajo un bosquecillo, se precipitó hacia ellas y vino a caer a los pies de madame de Blamont, bañando con sus lágrimas el regazo de su bienhechora, buscando las palabras y no encontrándolas y llegando a ser más expresiva a través de este silencio del sentimiento que a través de todas las frases del espíritu. Madame de Blamont la levantó, la abrazó con todo su corazón y la hizo sentarse a su lado; está débil, está pálida, pero este abatimiento no perjudica sus poderosos atractivos.

—Es más bonita que vos, dijo riendo madame de Blamont a su hija...

—¡Ojalá pueda llegar a ser más feliz!, respondió Aline besándola.

Esa noche cenó con nosotros, sus modales, su aspecto y su decencia nos han encantado a todos. Pero tengo que contarte cosas mucho más interesantes, permite que dejemos por el momento a Sophie para reanudar la historia de sus perseguidores.

Era imposible encontrar un momento mejor para seducir a la vieja Dubois y para desentrañar, a través de ella, todo el nudo de esta infame intriga... Expulsada, despedida también ella, el despecho y la necesidad la arrojaron a los brazos de Saint-Paul y, bajo el pretexto de presentarla, como si fuese pariente suya, en una casa excelente, la condujo fácilmente hasta Vertfeuille; está aquí, pero aún no ha visto a Sophie. En cuanto a las astucias que ha usado nuestro hombre, voy a ahorrártelas, bástate saber que han dado resultado; voy a relatarte ahora lo que hemos descubierto gracias al éxito de esta operación.

Apenas Mirville hubo puesto a Sophie en la puerta cuando llegó Delcour: era el día de su cena; el primero enfurecido aún, puso a su amigo al corriente de la operación que acababa de realizar y como su diálogo es bastante curioso voy a transcribírtelo palabra por palabra de acuerdo con las declaraciones de la vieja que no perdió una sola sílaba.

El presidente Delcour: ¡Voto a Judas!, amigo mío, esa es una causa mal juzgada, habéis olvidado los derechos que tengo sobre esa p..., y sólo debisteis castigarla en mi presencia; os hubiera ayudado de todo corazón. Soy inflexible sobre los atentados del crimen, ningún lazo me retiene en estos casos y los derechos de la naturaleza se anulan cuando se han infringido los de la gente. ¿Dónde está?

El financiero Mirville: No creo que haya ido muy lejos... Si quieres darte el gusto...

Delcour: Sí, por cierto, que corran a buscarla y que le digan que aún ha de recibir una corrección suplementaria a manos de su padre.

¡Oh! Amigo mío, ¿ha habido nunca atrocidades meditadas, combinadas, tan grandes como estas? La cocinera salió y, de buena fe, busco a Sophie y, aunque esta estaba en el umbral de la puerta pequeña del jardín, afortunadamente no la descubrió. Esa fue la causa del ruido que la desdichada oyó en medio de su dolor y que redobló tan oportunamente su espanto. Como no había visto nada, la cocinera volvió y dijo que, sin duda, la criminal se había evadido. Una reflexión súbita asaltó inmediatamente al presidente. Prosigamos con nuestra manera de reflejar su enérgica conversación:

Delcour: ¿Estás seguro, Mirville, de que Sophie es realmente culpable?

Mirville: La he encontrado con el delincuente, me pareció que era más que suficiente para legitimar su estupidez.

Delcour: Las *apariencias* engañan tan a menudo, amigo mío... Las manos de un juez gotean continuamente con la sangre que las *apariencias* le hacen derramar. Afortunadamente, estamos por encima de estas miserias y un ser de menos en el mundo no supone para nosotros un asunto excesivamente grave. Además, lo que digo no es para disculpar a Sophie, sino porque me gustaría mucho tener, como tú, un culpable para castigarlo. Examinemos los hechos y hagamos comparecer a los testigos; comencemos por interrogar a la Dubois, creo que es cómplice. ¿Hay pistolas?

Mirville: Sí.

Delcour: Coge una y yo la otra; se trata de *asustar,* no te imaginarías lo que se obtiene *asustando:* te estoy enseñando los secretos de la profesión.

Mirville: ¡Quién los ignora! Pero estas pistolas... Amigo mío, están cargadas.

Delcour: Eso es lo que hace falta, y ¿qué importa una cabeza cuando se trata de conseguir lo que llamamos *indicios?* Mil víctimas para descubrir a un culpable, éste es el espíritu de la ley.

Mirville: De la ley, de acuerdo, yo no conozco muy bien la ley y aún menos la justicia. Yo sigo los dictados de mi corazón y rara vez me engaña. Vas a ver cómo los golpes de bastón y los correazos que propiné a tu hija, han sido debida y legítimamente aplicados. Por lo demás si hiciera falta una reparación, ¿qué podría hacer? Esas cosas no se corrigen. ¿Dónde la encontraría, cómo lo repararía?

Delcour: ¡Oh! Pero, en estos casos, digo yo, no procede la reparación. Harás como nosotros. Nadie *ofende* como los discípulos de Themis y nadie *repara* tan poco como ellos. Has captado mal el sentido de mi discurso; lo que yo me propongo no es hacer que realices una buena acción, sino procurarme el placer de realizar una mala. Tu ejemplo me ha tentado... y no conozco nada peor que el ejemplo; interroguemos, ese es nuestro objeto.

Y la Dubois, que hubiera deseado estar muy lejos, fue convocada al instante, introducida en una misteriosa habitación que solamente se utilizaba para las grandes aventuras. Prodigiosamente asustada, como te imaginarás, al sentir los dos cañones de las pistolas apoyados sobre sus sienes y al verse conminada a decir la verdad o, de lo contrario, a perder la vida, declaró que Rose era la única culpable y que ella no había tenido jamás noticia de que Sophie hubiese cometido falta alguna.

¡Voto a tal!, exclamó Mirville, creo que siento remordimientos.

¡Pues bien!, dijo Delcour furioso, los aplacarás ayudándome a vengarme: comencemos por decidir la suerte de esta intrigante... Y amenazándola con la pistola, añadió: No sé qué me contiene...

Ésta protestó en vano su inocencia, los dos amigos le dijeron que después de semejante conducta, no podían depositar en ella ninguna confianza y que debía irse esa misma tarde... Y, como ves, antes de castigar a la culpable, como a buen seguro el castigo no era muy legal, quisieron verse libres de testigos... Desafortunada circunstancia, ya que nos priva por completo de las consecuencias de esta funesta aventura y hurta a nuestras miradas atrocidades cuyo descubrimiento bien pudiera sernos necesario un día. La Dubois devolvió, pues, sus llaves, cogió sus cosas y salió. Gracias a un afortunado azar se hospedó cerca del portazgo en una especie de pequeña posada a donde precisamente llegó nuestro Saint-Paul dos o tres días después. En la casa sólo quedaban la delincuente y la cocinera. Ésta, interrogada por Saint-Paul la víspera de su salida para Vertfeuille, dijo que en cuanto la Dubois salió, Rose fue llamada y acudió. Que cenó muy tranquilamente con los dos amigos y que ella, una vez servida la cena, se retiró como de costumbre y que no vio nada de particular; pero que, al día siguiente por la mañana, cuando quiso ir a servir el desayuno según su costumbre vio que todos habían salido sin que hubiese oído nada diferente a los otros días y sin que encontrase desorden en ninguna de las habitaciones. Esto rompe nuestro hilo y ya ves que ahora nos resulta imposible saber de qué naturaleza pudo ser la venganza que recayó sobre Rose.

Al día siguiente por la mañana, un lacayo de Mirville vino a pedir a la cocinera los vestidos y los efectos de la joven; pero fue incapaz de responder a ninguna de las preguntas que la sirviente le hizo. Seguidamente la casa fue cerrada por el hombre de Mirville, que dijo a su camarada que podía estar tranquila, que un viaje que esos señores iban a realizar al campo iba a interrumpir sus cenas, al menos durante un mes... Solamente podemos, pues, hacer conjeturas sobre la suerte de la desgraciada compañera de Sophie. La viva imaginación de madame de Blamont ha forjado enseguida las más siniestras. Las de la Dubois, que yo adopto por encontrarlas más naturales, son que el presidente ha hecho encerrar a Rose, tal y como le había amenazado para el caso en que se viese obligado a ello en virtud de sus desmanes. Esto es, amigo mío, todo lo que hemos podido averiguar por esta parte... Veamos ahora el resto.

Ya no hay dudas, mi querido Valcour, sobre la personalidad de nuestros dos desconocidos; la Dubois, engañada por Saint-Paul y sin saber a quién estaba hablando, dijo a madame de Blamont

El que se hace llamar Delcour, señora, es el presidente Blamont, que tiene una de las mujeres más amables de París; el otro es un tal señor Dolbourg, financiero riquísimo y amigo suyo desde hace treinta años y que va a casarse con su hija. Estos señores vivieron primero, con dos famosas cortesanas, continuó nuestra dueña, de las que quizás la señora haya oído hablar.

¿Las Valville?

Sí, señora, dos hermanas; uno tenía a la mayor y el otro a la menor, casi al mismo tiempo tuvieron ambos una hija de sus amantes; pero la de monsieur de Blamont murió al cabo de ocho días; el presidente ocultó la muerte a su amigo y le enseñó otra niña de la misma edad que la que acababa de perder ya que la llevó al pueblo de Berseuil en donde hizo que la criasen.

¡Qué! Interrumpió madame de Blamont sumamente turbada, ¿y esa niña de Berseuil no será la de la Valville?

No, señora, respondió la Dubois, la niña de la Valville murió con toda seguridad y la que fue llevada a Berseuil era una hija legítima que el señor presidente había tenido de su mujer y que habían mandado criar en Pré-Saint-Gervais. Al retirarla él mismo de este pueblo, entregó cincuenta luises a la nodriza a fin de que propalase la muerte de esa criatura, que, según decía, quería sustraer por razones secretas a su madre; y se fingió enterrar una niña en la parroquia de Pré-Saint-Gervais.

—¡Santo cielo! Exclamó madame de Blamont que no podía contenerse ya, efectivamente yo perdí una hija en aquella época; y se estaba criando en el mismo sitio que decís... ¿Será posible? ¡Sophie!... ¡Mi querido Déterville!... ¡Qué multitud de crímenes!... ¿Qué objeto podría perseguir?

En este momento la Dubois se dio cuenta de quién era la dueña de la casa y cayó a los pies de madame de Blamont suplicándole compasión...

Tranquilizaos, le dijo esa desdichada esposa..., estáis a salvo; pero no me ocultéis nada; no os abandonaré jamás. Y entonces esa mujer continuó y a través de sus respuestas supimos que ambos amigos, al nacer hijas que habían tenido de sus amantes se habían prometido mutuamente utilizar a esas niñas para reemplazar a sus antiguas sultanas y prostituírselas recíprocamente en cuanto hubiesen alcanzado la edad núbil; pero el presidente, al ver que se desvanecían sus derechos sobre la hija de Dolbourg con la muerte de la suya, había decidido silenciar esa muerte y sustituir a la pequeña bastarda por una hija legítima ya que era lo bastante afortunado como para tener una en ese momento. Esa era la historia de Sophie; ésta era la causa que explicaba su asombrosa semejanza con Aline; así verás que el poco delicado Dolbourg, gracias a las diabólicas maquinaciones del presidente, hubiera tenido, si todo sale bien, a una de las hijas de madame de Blamont como amante y a la otra como mujer. Por añadidura, puedes reconocer aquí el alma tierna y delicada del querido presidente que, aunque estaba persuadido de que Sophie era su hija legítima, ríe y se divierte con su pérdida, con los malos tratos que ha recibido y se ofrece incluso, con una barbarie atroz, a hacerla víctima de nuevos tormentos. Si hay en este mundo rasgos que dibujen mejor el carácter abominable... si los conoces, te ruego que me lo digas a fin de que los reserve para describir al primer malvado que haya de pintar... Esta es, no obstante, la conducta de todos aquellos que deshonran, encarcelan, torturan y atormentan a los desdichados... Culpables de algunas debilidades, sin duda, ¡pero la vida de diez de estos desdichados no mostraría semejantes refinamientos en el crimen y en la infamia!

La Dubois añadió que sus dos amos tienen otra casa de placer, parecida a la de Gobelinos, en la parte de Montmartre, en ella se reunían para almorzar tres veces por semana al igual que lo hacían en la otra para las tres cenas; como no había sido introducida en este segundo nido no estaba muy al corriente de las orgías que en él celebraban; pero a grandes rasgos sabía que todo era más indecente y más abundante que en la casa que ella regentaba.

Allí tienen, dijo, un serrallo compuesto por doce jovencitas de las que la mayor no tendrá más de quince años y las renovaban a razón de una cada mes.

Las sumas que gastan en esto, dice la vieja, son enormes y, por muy ricos que sean, no comprende cómo no han disipado ya toda su fortuna.

Puedes imaginar el estado en que se encuentra madame de Blamont. No obstante, había que tomar una decisión respecto a esta mujer; no podía permitir que se quedase ni que Sophie la viese; le propuso que buscase una casa en Orleans y que, mientras la encontraba, le indemnizaría todos los gastos con una gratificación de veinticinco luises que le pagaría en el acto. La Dubois, encantada, colmó a madame de Blamont con expresiones de gratitud. Saint-Paul salió esa misma tarde para llevarla a Orleans, en donde se colocó poco tiempo después.

Creo que supondrás, mi querido Valcour, quién iba a ser el objeto de los primeros arrebatos de madame de Blamont: apenas hubo concluido con los asuntos de la Dubois cuando ardía ya en deseos de verse cerca de Sophie...

—¡Oh, tú, cuya muerte me costó tantas lágrimas, exclamó precipitándose a los brazos de esta atractiva criatura... ¡Me has sido devuelta! Mi querida hija... Y ¡en qué estado, Dios mío!

—¿Vos mi madre?... ¡Oh, señora! ¿Es eso cierto?

—Aline, comparte mi alegría... Besa a tu hermana... El cielo me la devuelve... Me fue arrebatada de la cuna... ¿Por quién? Nada hay que pueda expresar lo que siento.

Amigo mío, renuncio a describirte la situación... Era sumamente emocionante. Madame de Senneval, Eugénie y yo mezclamos nuestras lágrimas a las de esta encantadora familia y el resto del día lo dedicamos a disfrutar de este inesperado acontecimiento que proporcionó regocijo a una madre tan dulce.

Inmediatamente hice observar a madame de Blamont las armas que este acontecimiento nos proporcionaba contra las odiosas e ilegítimas pretensiones del presidente; ella asintió, pero al mismo tiempo vio que nuestras gestiones exigían el misterio y los más delicados preparativos... ¿Quién podía impedir a monsieur de Blamont afirmar que todo esto no era más que una patraña? ¿Reconocería a Sophie como hija legítima? ¿Era siquiera probable que diese muestras de conocerla? ¿Qué pruebas tendría entonces madame de Blamont para convencerle? La muerte de su hijita, bautizada con el nombre de Claire, había sido comprobada. Monsieur de Blamont había conseguido un testimonio del cura; la nodriza, que se había prestado a todo, había colocado con toda probabilidad un tronco, en lugar de la niña, en el ataúd que se había enterrado; mientras tanto, Claire, bajo el nombre de Sophie, había sido transportada a casa de Isabeau por el mismo presidente... Y, además, ¿podríamos encontrar a la nodriza de Pré-Saint-Gervais? ¿Suponiendo que la encontrásemos, confesaría su crimen? Todo esto multiplicaba las dificultades, hacía tambalearse los derechos de madame de Blamont; porque si Claire, a quien continuábamos dando el nombre de Sophie, no suponía para ella un arma poderosa contra su esposo, éste, invirtiendo los términos, se encontraba en posición de superioridad respecto a su mujer; desde ese momento Sophie no sería ya más que una desdichada bastarda que había recibido todos los cuidados que le correspondían y que había sido seducida por madame de Blamont y llevada a su casa para que le sirviese de pretexto para perjudicar a su marido y para privarle del derecho que él, con razón, pretendía tener sobre Aline y del que quería hacer uso para entregársela a su amigo. Todo lo que no favorecía ya a madame de Blamont se ponía inmediatamente en su contra. Todas esas consideraciones la impresionaron; su primera idea fue respetar lo convenido con Isabeau, imaginando que esa pobre desgraciada sería más afortunada si permanecía oculta que si se quedaba en su casa.

Pero yo me opuse a esa manera de abordar las cosas e hice observar a madame de Blamont que, si el presidente deseaba investigar sobre Sophie comenzaría sin duda por el pueblo de Berseuil y que además, aislándola en esa oscura aldea y en un estado tan inferior al que le correspondía, le resultaría casi imposible servirse de ella decentemente y con eficacia para rechazar las indignas pretensiones de monsieur Dolbourg: Convinimos, pues, que lo mejor sería que se quedase con nosotros; que debíamos conseguir informaciones más seguras sobre la antigua nodriza de Sophie y que había que forzar a esta criatura a confesar su crimen. Esto no era seguro ni fácil, de acuerdo, pero era no obstante la única solución adecuada a las circunstancias... De acuerdo con todo esto te encargamos a ti esta importante investigación; no dejes de hacer nada que permita que la realices con tanta celeridad como exactitud. La antigua nodriza de Claire vivía en Pré-Saint-Gervais, el pueblo no es muy grande y las investigaciones serán fáciles; fue allí donde Sophie pasó las tres primeras semanas de su vida, en casa de una aldeana llamada Claudine Dupuis y en esa parroquia fue donde se celebraron los funerales; de ese pueblo salió el presidente la noche del 15 de agosto de 1762 llevando a una niña pequeña en una cunita verde en la parte delantera de un coche gris sin lacayos. Esto es todo lo necesario, mi querido Valcour, para dirigir tus informaciones; actúa inmediatamente y prescinde de cualquier tipo de reflexiones por tu parte. Piensa que no estás actuando contra Blamont ni contra Dolbourg, sino únicamente en favor de una madre desolada que te adora y que solamente puede confiarte a ti estos trabajos; no hay delicadeza alguna que pueda detenerte en estas circunstancias. Si encuentras a la mujer que buscamos creemos que es conveniente que emplees métodos de extremada suavidad para hacerla confesar lo que hizo, y que intentes que te reconozca delante de algunos testigos. Si se niega a confesar será necesario ponerla en manos de la justicia, ya que toda consideración debe ceder ante la importancia de comprobar la legitimidad de Sophie; no hay recurso que no deba emplearse para alcanzar el éxito ya que del reconocimiento de esta legitimidad penden todas nuestras esperanzas y que, probando por una parte esta legitimidad y, por otra, el comercio de Dolbourg con esta muchacha, conseguiremos destruir todos los proyectos que tiene para perjudicarte. Adiós, acelera tus gestiones, infórmanos y cuenta siempre con la exactitud de nuestros cuidados.

CARTA XXII

Aline a Valcour

Vertfeuille, 15 de septiembre.

Solamente os escribo unas palabras y ¡Dios sabe la agitación que me embarga! Ayer por la tarde todo estaba tranquilo... Esperábamos noticias vuestras; Sophie estaba cada día mejor; yo me encontraba entre la mejor de las madres y esta hermana querida e infortunada a quien amo con pasión; a ambas las colmaba de caricias. Esta pobre Sophie, consolada de todos sus males, feliz por su nueva situación, mezclaba sus lágrimas con las nuestras; Eugénie, Déterville y madame de Senneval leían en el otro extremo del salón, dejando que de vez en cuando sus miradas cayesen emocionadas sobre el cuadro que les ofrecíamos; de repente madame de Senneval, que estaba cerca de una ventana que daba al patio, dejo su libro y exclamó asustada:

—Oigo un coche.

Escuchamos, no se equivocaba... Mi madre se apresuró a esconder a Sophie en la habitación de una de sus doncellas; apenas hubo bajado cuando una silla de postas entró efectivamente; trajeron antorchas... Amigo mío, era mi padre... Era el cruel Dolbourg... Mi mano tiembla al trazar estos nombres... Se han presentado a pesar de su promesa. ¿Por qué motivo? ¿Saben que tenemos a Sophie? ¿Qué es lo que quieren?... ¿Qué exigen? Toda mi sangre se trastorna... Sólo tengo fuerzas para besaros y para entregar este billete a Déterville que se encargará de que lo recibáis.

Post scriptum de Déterville

Lo envío con la diligencia, porque los postillones que han traído hasta aquí a estos malvados van a encargarse de hacerlo pasar de mano en mano de forma que lo recibirás tres días antes. No temas nada, actúa; prefiero que estén aquí a que estén en París durante tus operaciones: de momento no hay caras largas y sólo percibo honestidad y decencia. Madame de Blamont se encuentra en un estado horrible... Pretexta una jaqueca. Madame de Senneval, Eugénie y yo estamos preparados para todo, nos ocupamos de todo. Voy a reanudar el diario, sabrás todo lo que suceda minuto a minuto.

¡Santo cielo! Si los hombres supieran al entrar en la vida las penas que les esperan y si de ellos dependiese volver a la nada, no habría uno sólo que quisiera emprender esta carrera.

CARTA XXIII

Déterville a Valcour

Vertfeuille, 20 de septiembre.

¡Oh, Valcour! ¿Hay un punto en donde el vicio, confundido, se detiene? ¿Existe un medio para adivinar en los ojos del hombre corrompido si lo que dice, si lo que hace, emana verdaderamente de su corazón o si sus acciones y sus discursos proceden exclusivamente de su falsedad? ¿Qué procedimientos pueden, en pocas palabras, darnos la clave del alma de un malvado y cómo, habituado, como lo está a fingir, puede distinguirse cuando engaña o no? Me resulta verdaderamente imposible asegurarte que haya nada cierto sobre las consecuencias de lo que he de decirte hasta que hayamos solucionado este problema; yo contaré y tú combinarás.

El catorce por la tarde nuestros viajeros fatigados se limitaron a algunas vagas cortesías, algunas noticias, la cena y la cama. Por nuestra parte, el billete que te escribimos, temores y una noche sin sueño... La virtud se atormenta y se agita allí donde el vicio reposa seguro.

El quince por la mañana el presidente llevó a su amigo a la habitación de Aline; ésta se había levantado temprano para venir a deslizar bajo mi puerta, como habíamos convenido la víspera, el billete al que yo añadí algunas palabras; pero se había vuelto a acostar.

Extremadamente sorprendida por una visita tan matinal, respondió a su padre que le preguntaba si ya era de día, que lamentaba mucho no poderle abrir, pero que nadie había entrado hasta entonces en su habitación. El presidente, poco escrupuloso, insistió...

—Cuando se trata de recibir a un padre y a un esposo, dijo a través de la puerta, no se debe andar con tantos miramientos: abrid, Aline y no temáis.

—Es cierto que no puedo, estoy en la cama.

—Qué importa, habéis de abrir, hija mía, o me enfadaré.

Pero la prudente Aline no pudo oír esta última frase; envuelta en un salto de cama se había evadido con presteza por la pequeña escalera que comunica su cuarto con la habitación de madame de Blamont, y estaba ya sumamente alarmada a los pies de la cama de su madre, cuando el presidente, poco acostumbrado a la resistencia frente a sus deseos, declaró que si no se le abría al instante derribaría la puerta... Ya estaba resuelto a ello cuando una doncella, que le había sido enviada con rapidez, le propuso pasar a la habitación de su mujer en donde iban a servir el desayuno.

Desgraciadamente he de representar a dos libertinos; es, pues, necesario que te prepares a leer detalles obscenos y que me perdones por referirlos. Ignoro el arte de pintar sin color; cuando el vicio cae bajo mis pinceles lo esbozo con todas sus tintas, y si éstas desagradan, mejor; presentarlo bajo una luz hermosa es el medio de hacer que se le ame y esto no entra en mis proyectos.

La embajadora era bonita, muy blanca, con ojos muy vivos, nueva en la casa y había sido enviada porque fue la primera que se presentó. El presidente la cogió de la mano y, como la puerta del cuarto que ocupaba se encontraba un poco alejada empujó hasta allí a la muchacha, seguido de Dolbourg, y se dispuso a encerrarse cuando la ágil criada, adivinando sus intenciones, se escapó y fue a reunirse con su ama. No tardaron en seguirla sus dos asaltantes; creyeron prudente aparecer enseguida a fin de que las quejas de quien se les había escapado fuesen tomadas a broma.

Libre ya de sus enemigos, Aline había subido de nuevo a su cuarto; gracias a lo cual estos señores sólo encontraron a la presidenta.

—Vuestras mujeres son auténticas Lucrecias, señora, dijo Blamont al entrar, en verdad que son estas virtudes romanas. Yo imaginaba... Ya sabéis que yo doy poca importancia a esas pamplinas; cuando, con todos los riesgos de aburrimiento que entraña el campo, uno se atreve a sacar a un amigo de la ciudad, es preciso entretenerle... ¿Cuánto tiempo hace que tenéis a esa orgullosa vestal?... (Y ella estaba presente.) Está muy bien... ¿Qué edad tenéis, señorita?

—Diecinueve años, señor.

—No está mal, en verdad; me gustan sus ojos, dicen toda clase de cosas.

Y madame de Blamont, confusa:

—Salid, salid, Augustine, ¿no veis que el señor se está burlando de vos?

—Pero, señora, vuestro rigor es excesivo... Hacéis que parezca un crimen el homenaje rendido a la belleza.

—Eso no significa que yo sea severa... ¡Y bien! ¿No os sentáis?... Mi hija va a bajar... La habéis despertado... ¡Menudo susto!... Ha venido corriendo hacia mí... Yo me he reído de sus temores y la he enviado a vestirse.

—¿Vestirse? ¡Qué extravagancia! ¿Es que hay que vestirse para un padre?... ¿Desde cuándo tantos miramientos estando en el campo?

—La honradez está de moda en todas partes.

—Tenéis razón, señora, dijo Dolbourg... Perdonad, pero si creyese a vuestro marido, a veces ¡me haría hacer unas cosas!...

—¡Oh! Esto merece que me siente, dijo el presidente, dejándose caer en una butaca... Sí, voy a sentarme, Dolbourg va a predicar y hace ya tiempo que tengo curiosidad por oír el sermón de un recaudador de impuestos... Vamos, prosigue, Dolbourg, te escucho; analízanos un poco, te lo ruego, las virtudes cívicas y las virtudes morales... Sí, que haya mucha virtud en tu discurso; ¡es asombroso lo que me gusta la virtud!

—¿Preferís tomar el desayuno aquí o pasar al salón?, interrumpió la presidenta.

—Iremos a donde os plazca... ¿Dónde está mi hija?

—Está terminando de vestirse y acudirá a donde se le diga que estamos.

—Pues decidle, os lo ruego, que cuando vaya a verla por la mañana con mi amigo, no quiero que se haga la mojigata...

—Pero hay cosas que la decencia...

—¡Decencia!... ¡Ya salió la palabra que las mujeres siempre tienen en los labios! Hace ya mucho tiempo que intento penetrar la significación de esta palabra bárbara sin haberlo conseguido; confieso que, en vuestra opinión, los salvajes deben ser bien indecentes; porque siempre van desnudos y podéis estar perfectamente segura de que entre los Californianos o entre los Ostiagos cuando un padre quiere ver a su hija por la mañana ésta no le cierra la puerta bajo el ridículo pretexto de que está en camisón.

—Señor, respondió madame de Blamont, con tanta amabilidad como modestia, la decencia no es ideal, puede ser arbitraria; puede ser relativa según los diferentes climas, pero su existencia no es por ello menos real; es hija del sentido común y de la prudencia, debe regir nuestras acciones de acuerdo con nuestras costumbres y con nuestros sentimientos y si en Francia la moda fuese ir como en el Paraguay, la decencia, al servicio de otros deberes más esenciales no dejaría por ello de ser respetada.

—¡Oh! Os digo que hay países en donde no existe nada de lo que decís, en donde vuestros deberes son quimeras y vuestros crímenes excelentes acciones.

—Basta este razonamiento para condenaros, porque, a fin de cuentas, sean cuales fueren los vicios de ese pueblo del que habláis, ¿admitís cuando menos que existen? Y esos vicios, cualesquiera que sean, los evita y los castiga: he aquí, pues, un freno reconocido en razón de la clase de clima o de gobierno. Y, ¿habiendo nacido en éste, por qué no aceptar igualmente sus principios?

—Pero nada de eso es cierto.

—No, para quien está ciego; pero os digo que, por lo que a mí respecta, no tengo necesidad de argumentos ni de disertaciones para convencerme del verdadero carácter de una cosa y para entregarme a ella si está bien o para detestarla si está mal.

—¿Y cuál es esa guía infalible?

—Mi corazón.

—No hay órgano más mentiroso, cada cual puede hacer de su corazón lo que quiera y os aseguro que a fuerza de sofocar su voz pronto se consigue extinguirla.

—Esto supone, cuando menos, un instante en que se la ha oído aún sin quererlo.

—De acuerdo.

—Luego se ha sido virtuoso cuando esa voz se dejaba oír y se ha dejado de serlo a partir del momento en que se intenta sofocarla. El bien y el mal tienen, pues, diferencias bien acusadas que vos mismo definís esforzándoos en suprimirlas.

DOLBOURG: Me parece que tenéis razón, señora, es muy cierto que el vicio es una cosa que... Y, además, siempre lo he dicho, nada como la virtud...

EL PRESIDENTE *(entre risotadas):* ¡Ah!, a fe mía, si el lógico Dolbourg interviene, estoy vencido; vamos, señora, salvémonos; os temo demasiado aliada a semejante campeón; vayamos a desayunar: decid a Aline que baje.

Todo el mundo se reunió en el salón. Aline, confusa, apareció; el presidente le dijo unas cuantas frases agrias a propósito de la historia de la mañana que terminaron por ruborizarla y gracias a la habilidad de madame de Senneval, la conversación paso a otros temas.

Durante el almuerzo monsieur de Blamont obligó a su hija a colocarse entre Dolbourg y él y le repitió a menudo:

—Señorita, habéis de ser cortés con mi amigo, ambos habéis nacido para conoceros pronto más íntimamente.

No fue una tarea fácil para mi suegra y para mí interrumpir a cada instante la conversación y volver a introducirla dentro de los límites de la decencia de donde el presidente, más que Dolbourg, se empeñaba en sacarla una y otra vez.

Al retirarse el presidente dijo a su hija que debía estar sola al día siguiente por la mañana en su habitación porque tenía algo que decirle que solamente podía ser oído por Dolbourg. Ante esta orden las damas se unieron para combatirla.

—En verdad, señor, dijo madame de Senneval, he estado casada durante dieciséis años y jamás mi marido ha deseado hablar con mi hija sin mí; sean cuales fueren los lazos que una muchacha pueda tener con los hombres, no es decente que los reciba sola; y aunque os enfadéis siempre me oiréis decir, señor, que no hay nada más deshonesto que la orden que dais ahora a vuestra hija y que, si yo fuera madame de Blamont, a buen seguro que no lo toleraría.

—Hace veinte años, señora, respondió el presidente con acritud, que madame de Blamont hace lo que yo quiero; yo lo manifiesto y ella me satisface. Se siente tan bien así, dentro de esta correspondencia que quizás le sentase mal el procedimiento contrario. Nunca he querido saber lo que monsieur de Senneval hace en vuestra casa; aceptad, pues, que ruegue a su respetable esposa que no se meta en nada de lo que suceda en la mía.

Madame de Senneval, que, como tú sabes no es ni muy suave, ni muy sufrida, quiso replicar, pero madame de Blamont, que preveía una escena que deseaba evitar, dijo, mientras llamaba a la servidumbre para que trajesen luz.

—Aline, habéis oído las órdenes de vuestro padre, esperadle mañana por la mañana levantada en vuestro cuarto a la hora en que le plazca pasar.

El día dieciséis, a las ocho de la mañana, ambos amigos se presentaron efectivamente en la puerta de Aline; estaba levantada; estaba vestida.

¿Reconoces en esto, amigo mío, el pudor y la timidez de esta encantadora muchacha?... No se había acostado... ¡Hombres odiosos!, ¡hasta qué punto habéis llegado a ser despreciables en el seno de vuestra propia familia ya que la desconfianza que inspiráis induce a semejantes precauciones!

—¿Levantada ya? Dijo monsieur de Blamont.

—Vuestras órdenes son leyes para mí.

—Os pregunto que por qué estáis ya levantada.

—¿No me dijisteis que monsieur Dolbourg...?

Dolbourg: ¡Oh! Por mí, señorita, no valía la pena molestarse...

Monsieur de Blamont: Le hubiera gustado tanto encontraros en la cama como levantada. ¿No va a veros en ella dentro de poco?

Aline: Había imaginado, padre mío, que teníais algo que decirme.

—¡Cómo está hecha! Dijo monsieur de Blamont, rodeando con sus dos manos el talle de Aline, ¿has visto jamás proporciones semejantes? ¡Cómo! ¿Lleváis un corsé estando en el campo?

—Lo llevo siempre.

—Pero este pañuelo, prosiguió Blamont lanzando con una mano la prenda sobre la cama y sujetando a su hija con la otra, este pañuelo nos lo vais a dispensar.

Y Aline, confusa y desolada, cruzando sus manos sobre su pecho:

—¡Oh! Padre mío, ¿era esto lo que teníais que decirme?

—Permitidme, señorita, dijo Dolbourg separando una de las manos con que Aline trataba de ocultar lo que su padre acababa de descubrir... permitidme, a vuestro padre le complace que yo mire todo esto como algo mío y es lo bastante juicioso como para no concluir un trato antes de que me haya cerciorado de que no hay fraude... Estas tonterías se ven sin dificultad... Bien, si fuese así... Pero esto... Vemos tantas...

—¡Oh, señor, a vos os debo la vida!, exclamó Aline escapándose con presteza, no imaginéis que mi respeto y mi obediencia llegan hasta el punto de traicionar mi deber y ya que vos olvidáis el vuestro hasta el extremo, me siento autorizada a desoír sentimientos que os negáis a merecer.

Tarda más el rayo en preceder al trueno que lo que tardó esta dulce y honrada criatura en precipitarse a la alcoba de su madre. Llegó a ella anegada en llanto, se lanzó a los pies de esa madre adorable; le suplicó que la llevase a un convento, le dijo que la desesperación la cegaba, que no respondía de sí misma y después de algunas palabras de consuelo, madame de Blamont, habiéndola dejado al cuidado de Eugénie y de madame de Senneval, fue a reunirse con su marido.

Su papel en todo esto resultaba tanto más difícil por el temor que sentía por Sophie; aún no se había resuelto a tomar partido, aunque presentía el objeto del viaje. Sin embargo, no se atrevía a informarse y esperaba que su esposo se explicase en primer lugar. Su natural timidez, las circunstancias, todo la obligaba a obrar con tiento. Se contuvo, pues, y, al encontrar confundidos a los dos amigos como consecuencia de la súbita huida de Aline, le preguntó amablemente a monsieur de Blamont qué había hecho a su hija que la hacía derramar tan copiosas lágrimas. Blamont, un poco confuso por su parte, y considerando que aún no había llegado el momento de hablar, sonrió, bromeó y dijo que su hija se había asustado de una caricia completamente inocente que Dolbourg había querido hacerle. Todo se aplacó; Augustine, que vino a anunciar que el desayuno estaba servido, desvió la atención y el presidente rogó a su mujer que tranquilizase a Aline y que le dijese que podía presentarse, que ya no habría nada que pudiera hacerla enfadar. Madame de Blamont se retiró y Augustine, que estaba arreglando algo, se vio gracias a ello a solas con nuestros dos héroes. Los detalles de esta segunda escena no llegaron a nuestros oídos, pero sus consecuencias son suficientemente elocuentes. Augustine, fascinada por el oro, fue, sin duda menos cruel que la víspera. Lo cierto es que estos señores no aparecieron para desayunar, que no volvimos a ver a Augustine durante todo el día y que desapareció al día siguiente. Hay cosas muy desagradables que, en determinadas circunstancias, son bienvenidas, este suceso es una de ellas. Al menos logró aplacar a nuestros libertinos y todo el resto del día fue tranquilo.

Pero el diecisiete por la mañana, tan pronto como se supo que Augustine se había ido, la inquietud de madame de Blamont creció considerablemente; podía haber hablado de Sophie; aunque no se le hubiese contado a ella, conocía de la historia todo aquello que no había podido ocultarse en la casa; ¿no sería esto excesivo si había sido indiscreta? Sumida en esta horrible perplejidad la presidenta se decidió a preguntar a su marido qué podía haber hecho a esa muchacha y cuál era la causa de su evasión. Incluso le hostigó un poco para descubrir si había algo sobre sus temores y le convencieron de que su doncella había sido corrompida y que la desdichada había ido a París a esperar los efectos de la liberalidad de sus seductores y las nuevas pruebas de su fantasía hacia ella.

Durante todo el día anterior y gran parte del presente había habido una sensible confusión entre padre e hija. Ésta había deseado ardientemente permanecer en su habitación, conseguimos que renunciase a este proyecto y se había presentado como de costumbre limitándose a ruborizarse ligeramente.

Durante la jornada del diecisiete el presidente, que seguía afanándose en quedarse a solas con Dolbourg y Aline, propuso un paseo por el bosque al que se opuso toda la concurrencia cuando percibimos que, gracias al arte con que había dispuesto los recorridos y los coches, Aline, en lo más espeso del bosque iba a verse a merced de sus dos perseguidores. Al contemplar el fracaso de sus planes el presidente dijo que quería ir a recorrer los bosques sólo con su amigo; este último proyecto se ejecutó y ya no los vimos hasta la cena. Nosotros no nos habíamos movido del palacio durante esta ausencia y yo había logrado convencer a madame de Blamont a romper el hielo; el asunto era penoso, pero se hacía necesaria una explicación; como el presidente no decía nada, podía albergar secretamente el proyecto de llevarse a su hija; no bastaba con limitarnos a estudiar su conducta, había que desvelar sus designios. Decidí, pues, una aclaración para el día siguiente por la mañana sin falta y preparé todo con la intención de conferir a la escena el patetismo que juzgaba necesario con el fin de conmover, si ello era posible, los resortes de ese alma marchita. Ya es hora de describir detalladamente este acontecimiento que tuvo lugar en el segundo salón en cuyo lado izquierdo hay un pequeño gabinete para escribir en el que había hecho que se escondiese Sophie que ya estaba prevenida. Una vez que hubimos tomado el chocolate nos dirigimos al salón del que le he hablado y madame de Blamont comenzó así:

—Concededme, señor, que me proporcionáis, si fuera malvada, muy justos motivos para quejarme de vuestra conducta.

Monsieur de Blamont: ¿De qué habláis?

Madame de Blamont: ¿Qué significa este rapto? ¿No merece mayor respeto el asilo de vuestra familia?

Monsieur de Blamont: ¡Vaya! Ya ves, Dolbourg, las amonestaciones que recibo por tu culpa, todo lo he hecho por ti y mira cómo me riñen como si yo fuese el delincuente.

Monsieur Dolbourg: ¿Me hubiera atrevido yo a incurrir en semejante ofensa si tú no compartieras mi culpabilidad?

Madame de Blamont: ¡Oh! Es una pérdida que no me entristece en absoluto.

Madame de Senneval: Las desordenadas costumbres de esa criatura no han debido daros la oportunidad de lamentar su pérdida... ¡Dos hombres casados!

Monsieur de Blamont: Poco importa el sacramento en este caso; no digo que, *tomándolo como es debido,* no pueda exaltar a veces la mente, pero, en verdad, que no la calma jamás. Además, Dolbourg no está ya sujeto por ningún lazo, es el más feliz de los hombres, está ya en su tercera viudedad.

Madame de Senneval: Creía que estaba casado.

Monsieur de Blamont: Creo que dentro de cuatro días eso dejará de ser una mera presunción.

Madame de Blamont: ¿Acaso intentáis contraer nuevos lazos?

Monsieur de Blamont: ¡Menuda ignorancia! ¿Se debe al misterio o quizás a la falsedad?

Madame de Blamont: Será lo que vos queráis, pero no conozco nada tan simple como ignorar los propósitos de las personas que apenas si se conocen.

Monsieur de Blamont: Ya habrá tiempo para conocerse y en cuanto al interés que debéis tomaros en ello, me cuesta concebir que lo ocultéis después de lo que sabéis sobre este asunto.

Madame de Blamont: Hay cosas que se pueden repetir cien veces sin que se lleguen a comprender jamás.

Monsieur de Blamont: De acuerdo, pero cuando suceden, al menos no se puede alegar ignorancia.

Madame de Blamont: Me confundís en lugar de explicarme. Quería una solución y me proponéis un enigma.

Monsieur de Blamont: ¡Ah! ¡Vive Dios! Estoy dispuesto a daros la clave de éste.

Madame de Senneval: Nos encantará escucharla.

Monsieur de Blamont: Pues bien, se trata de que voy a entregar mi hija a este caballero, he ahí todo el misterio.

Aline: ¿Padre, habéis decidido sacrificarme de esa forma?

Monsieur de Blamont: He decidido haceros feliz y conozco lo bastante el carácter de este caballero como para estar seguro de que tiene todo cuanto hace falta para conseguirlo.

Madame de Blamont: Pero en un asunto como este, ¿quién puede juzgar mejor que ella misma? Si os asegura que a pesar de todas las cualidades del señor Dolbourg le resulta imposible alcanzar la felicidad con él, ¿qué objeción podríais hacerle?

Monsieur de Blamont: Que lo que no llega un día llegará otro. No se trata de saber si mi hija debe creerse feliz en el matrimonio que le propongo, se trata solamente de aceptar que el hombre que le destino tiene todo lo necesario para hacerla dichosa.

Madame de Blamont: ¡Oh! Señor, ¿cómo podéis razonar así?

Monsieur de Blamont: ¿Qué pretendéis que haga ante sus caprichos si tengo la intención de no ceder ante ellos?

Madame de Blamont: No afirméis, pues, que deseáis la felicidad de vuestra hija.

Monsieur de Blamont: Dado el actual estado de nuestras costumbres una muchacha que dice que teme no encontrar la felicidad en los lazos del himeneo me hace reír. ¿Quién la obliga a buscarla ahí? Un esposo de la edad de mi amigo sólo pide algunas consideraciones... Algunas asiduidades... Algunas observaciones de la práctica y si, una vez satisfechas estas nimiedades, la mujer piensa que puede encontrar algo mejor... ¡Pues bien! Cierra los ojos. ¿Qué hombre sería lo bastante tirano como para escandalizarse al ver que su mujer va a buscar un bien que él no puede proporcionarle?

Madame de Blamont: Si las costumbres son depravadas, ¿creéis que lo son todas las mujeres?

Monsieur de Blamont: Esta depravación es solamente ideal, el delito solamente afecta al marido y queda anulado desde el momento en que éste lo tolera o lo niega. Desde el momento en que él no se opone a nada a cambio de ciertas condiciones puramente físicas, ¿cuál puede ser el crimen de la mujer?

Madame de Senneval: Yo tendría en bien poca estima al esposo que hiciese conmigo ese tipo de arreglos.

Monsieur de Blamont: La estima... la estima, ese es otro de esos sentimientos quiméricos que no concuerdan con mi filosofía. ¿Qué es la estima?... La aprobación de los tontos concedida a los seguidores de sus pequeños y ruines prejuicios... tiránicamente negada al hombre genial que los censura. Decidme, os lo ruego, cómo pretendéis que alguien pueda estar deseoso de merecer semejante sentimiento. Por lo que a mí respecta, no os lo oculto, el hombre de mundo que prefiero es aquel a quien menos se estima y siempre le supondré más ingenio que a todos los demás... No, no, ese fantasma no es el que hace la felicidad. Jamás el hombre prudente fundamenta la suya en lo que los demás le pueden dar y le pueden quitar al más ligero movimiento de sus caprichos; solamente la basa en sí mismo, en sus opiniones, sus gustos, e ignora toda consideración ulterior. Dejemos todos esos goces ilusorios. Creedme, un marido rico, amable, complaciente, que nunca exige más que lo que se le puede dar, que disculpa todo lo metafísico, ese es un hombre que puede hacer feliz a una mujer: si él no lo consiguiese, señoras mías, confieso que no puedo imaginarme lo que pedís.

Madame de Blamont: Simplifiquemos, señor, porque vuestros análisis están demasiado alejados de nuestros principios como para que jamás podamos ponernos de acuerdo; atengámonos, pues, a los hechos. Aline, ¿creéis que la unión que os propone vuestro padre pueda haceros feliz?

Aline: Estoy tan segura de que no es así que ruego a mi padre que me traspase mil veces el corazón antes que sujetarme con semejantes nudos.

Monsieur de Blamont: ¡Ah! Esas son vuestras lecciones, señora, estos son vuestros preceptos. De haber actuado yo como debiera no hubierais educado vos a esta criatura... Separada de vos desde su nacimiento, no habiendo conocido nunca más que el convento, alejada de vuestros indignos prejuicios, no hubiera encontrado ninguna respuesta cuando se tratase de obedecerme.

Madame de Blamont: Una criatura arrancada a su madre desde la misma cuna no alcanza ciertamente la felicidad.

Monsieur de Blamont *(conmovido y balbuciente)*: Al menos su espíritu no se vería estorbado por los malos principios.

Madame de Blamont: Pero se pervertirían sus costumbres en medio de la infamia y el que debería ser el protector de su inocencia es a menudo el corruptor.

Monsieur de Blamont: Ciertamente estas afirmaciones son...

—Ven Sophie, prosiguió con ardor madame de Blamont abriendo la puerta del gabinete, ven a explicárselas tú misma a tu padre, ven a precipitarte a sus pies, ven a pedirle perdón por haber podido merecer su odio desde el primer día de tu nacimiento.

Luego, dirigiéndose rápidamente a Dolbourg:

—Y vos señor, ¿osaréis hundir aún más el puñal en el corazón de una madre desdichada? ¿Osaréis desear como mujer una de sus hijas después de haber convertido la otra en vuestra amante?

Luego, captando la turbación de su marido a cuyos pies se encontraba Sophie:

—Dejad que hable vuestro corazón, señor, lo sabemos todo, no os neguéis a abrir vuestros brazos a esta desdichada Claire que me arrebatasteis de la cuna; hela aquí, señor, hela aquí víctima de vuestros manejos. Engañada sobre su nacimiento, que no siga viendo en vos al corruptor de sus primeros años y mostradle el corazón de un padre para hacerle olvidar a su verdugo.

En este momento, amigo mío, el arte de la maldad más refinada vino a disponer los músculos de la fisonomía de estos dos indignos mortales. En este momento pudimos convencernos de que el alma de un libertino no tiene una sola facultad que no esté al servicio de su cabeza y que todos los movimientos de la naturaleza ceden en semejantes corazones ante la pérfida corrupción del espíritu.

—¡Oh!, a fe mía, señora, dijo el presidente con la mayor serenidad mientras rechazaba a Sophie, si estas son las armas con que queréis batirme, ciertamente no triunfaréis...

Y alejándose aún más de Sophie:

—¿Qué casualidad ha traído a esta muchacha hasta aquí?... ¿Te hubieras imaginado, Dolbourg, que la casa de mi mujer iba a servir de refugio a nuestras putillas?

—¡Oh!, querida, no esperes ya nada más de este hombre atroz, dijo madame de Senneval furiosa, quien rechaza a la naturaleza con tanta energía sólo puede inspirarte temor. Ve a implorar a las leyes, su templo está abierto a tus quejas, nunca hubo tantos motivos para acudir, nunca hubo tanto derecho a su auxilio...

—¿Querellarme yo contra mi mujer?, respondió Blamont lleno de dulzura y amabilidad... ¿Aturdir al público con discusiones tan minuciosas como estas?... Eso no lo veréis jamás.

Luego, dirigiéndose a mí.

—Déterville, añadió, haced que se retire la gente joven, os lo ruego, volved enseguida, explicaré el enigma, pero sólo quiero hacerlo ante estas dos damas y vos.

Sophie, desolada, Aline y Eugénie pasaron a la habitación de madame de Blamont y en cuanto volví el presidente, que nos había pedido que nos sentásemos y le escucháramos, nos dijo que entre Sophie y él no había habido jamás lazo alguno de parentesco; que la idea de esta alianza era absurda. Confesó que había tenido una hija de la Valville, confesó el deseo que había formulado de sustituirla por otra para conservar los derechos que su pérfido convenio le otorgaba sobre la hija natural de su amigo; añadió que como la muerte, muy real, de su hija Claire, le había llevado a Pré-Saint-Gervais, en donde había sido confiada a una nodriza, después de haber cumplido los últimos deberes para con esa hijita, había pensado en procurarse alguna niña bonita que pudiera ocupar el lugar de la que había tenido de la Valville y que la hijita de la nodriza, que tenía justamente la edad necesaria, le había convenido y que pagó cien luises a la madre y la llevó seguidamente él mismo al pueblo de Berseuil en donde había sido educada hasta la edad de trece años, pero que en todo esto no había habido más mal que el de haber querido engañar a su amigo, pero nunca el de haber corrompido a su propia hija o habérsela arrebatado a su mujer. Seguidamente nos preguntó cómo había llegado esa muchacha hasta Vertfeuille.

Madame de Blamont, siempre dulce, siempre honrada y sensible, creyendo ver alguna sinceridad en lo que estaba oyendo y prefiriendo renunciar al placer de volver a encontrar a su hija ante la necesidad de ver a su marido culpable de tantos crímenes, si Sophie le pertenecía realmente y, como no tenía nada positivo que objetar, porque tú no habías aclarado nada... Madame de Blamont, decía, confesó todo de buena fe. El presidente se arrojó a los brazos de su mujer y abrazándola con la mayor ternura:

No, no, querida, le dijo... no, no, no vamos a desunirnos por una cosa semejante, soy culpable de algunos desvaríos, sin duda, mi debilidad por las mujeres es horrible, no puedo ocultarlo, pero un error no es un crimen y yo sería un monstruo si fuese culpable del crimen que me acusáis. Nada hay más cierto que la muerte de vuestra hija, soy incapaz de haberos engañado hasta el punto de fingir esa muerte si no hubiese sido real. Sophie es hija de una campesina, es hija de la nodriza de vuestra Claire, pero no os pertenece en absoluto. Estoy dispuesto a jurároslo frente a los altares, si fuese necesario. El parecido es singular, lo confieso, hace tiempo que he observado los rasgos comunes de Sophie y de vuestra Aline, pero se trata solamente de un capricho de la naturaleza que no debe engañaros... En señal de reconciliación, prosiguió estrechando las manos de su mujer, os concedo la prórroga que pedís para vuestra Aline. El matrimonio que pido haría mi felicidad, no obstante, me habéis pedido tiempo para disponerlo, os concedo hasta mi vuelta a París, como habíamos convenido en un principio, pero que acepte después, me atrevo a suplicaros. Sobre todo, que el temor de un crimen no sea lo que os retenga. Dolbourg ha podido ser el amante de Sophie, pero os aseguro que jamás lo ha sido de la hermana de Aline. No hay ninguna prueba que no pueda proporcionaros, no hay juramento que no pueda haceros, disfrutad en paz con vuestros amigos del tiempo que os dejo para convencer a mi hija de lo que constituye la meta de mis anhelos. Os suplico que os ayuden a obtener de ella lo que espero y que estén bien seguros de que solamente me preocupa su felicidad.

Madame de Blamont, que sólo pensaba en ganar tiempo para Aline... Que lo obtenía, que no podía refutar las afirmaciones de su marido o que no podía oponerle más que las de la Dubois, que no tenían nada que las hiciese preferibles a las del presidente... Que, madre o no de Sophie, seguía estando en condiciones de hacerle mucho bien, encontró en su corazón la respuesta que le dictaban nuestros ojos. Convenció a su esposo de la fe que otorgaba al discurso que acababa de pronunciar y añadió que, ya que el cielo había hecho que Sophie cayese en sus manos, se le concediese la gracia de conservarla.

Dolbourg: No merece el bien que queréis hacerle, he vivido cinco años con ella, debo conocerla y la conozco bien, creed que sería indigno del honor que pretendo de convertirme un día en vuestro yerno si hubiese maltratado a esa muchacha como lo hice sin que ella me hubiera dado los más serios motivos para ello. Quizás me haya dejado llevar por mi cólera, pero podéis tener la certeza de que es culpable.

Madame de Blamont: Se nos ha asegurado insistentemente que no.

Dolbourg: ¡Ah! Ya lo veo, señora, Sophie no ha sido la única que ha caído en vuestras manos y esa criatura que la encubría y era cómplice de sus desórdenes se encuentra igualmente en ellas.

Madame de Blamont: Es cierto que he visto a la Dubois.

El presidente: Ahora ya no hay impostura que pueda asombrarnos, esa es la persona que os ha inducido a caer en los errores sobre el objeto que nos ocupa. Pero no le creáis nada: si queréis conocer la verdad ninguna mujer en el mundo es capaz de disfrazarla con tanto arte, ninguna puede llevar tan lejos la mentira y la atrocidad.

Madame de Blamont: ¿Y qué ha sido de esa otra criatura de la que ambos habéis aceptado que ha sido la amante de mi marido y la hija de Dolbourg?

El presidente *(alterado):* ¿Qué ha sido de ella?

Madame de Senneval: Sí.

El presidente: ¡Pues bien! Nada más simple, era culpable, al igual que Sophie... Culpable de la misma clase de falta... Dolbourg castigó a una; yo quería castigar igualmente a la otra... Se me escapó... no os oculto nada, podéis ver mi sinceridad... Es como el corazón de un niño.

Madame de Blamont: ¡Oh! Amigo mío, ¡contemplad a dónde os lleva el libertinaje! Cuántas penas, cuántas inquietudes son siempre la consecuencia de ese vicio espantoso; ¡ah! Si la felicidad hubiese sido menor en vuestra casa, creed, al menos, que entre vuestra Aline y yo hubiese sido mil veces más pura.

Monsieur de Blamont: Dejemos de lado mis faltas, necesitaría siglos para repararlas. La imposibilidad de conseguirlo me llevaría a la desesperación. Debe bastaros la seguridad de que no las agravaré más...

Y las lágrimas escaparon de los ojos de la crédula madame de Blamont.

A falta de la felicidad real, la certeza de no ver aumentar sus males, resulta un consuelo para el infortunado. Concededme la gracia completa, dijo esa desdichada esposa anegada en llanto, no penséis más en ese matrimonio desproporcionado.

EL PRESIDENTE: Tengo compromisos que no puedo romper, ignoráis hasta qué punto son fuertes, ya no soy dueño de mi palabra; ni siquiera Dolbourg podría liberarme. No obstante, puedo concederos una prórroga, él no se negará, su alma es demasiado delicada como para pretender la mano de Aline sin merecerla. Dos meses, tres meses, si fuese necesario, os los concedo... Pero deberíais devolvernos a esa Sophie, deberíais permitir que fuese tratada como merece.

MADAME DE BLAMONT: Su desgracia le garantiza mi compasión, la quiero simplemente porque sufre... Ya no puede ofenderos, dejádmela. Es joven, puede arrepentirse... Se arrepiente ya. La haríais entrar en un convento por la fuerza, yo la convenceré por las buenas para que realice el mismo sacrificio y seréis vengado igualmente.

EL PRESIDENTE: Sea, pero desconfiad de su dulzura, temed sus virtudes ya que sólo las adopta para esconder el alma más traidora.

DOLBOURG: No hay falta que no haya cometido respecto a nosotros.

EL PRESIDENTE: Hubo incluso algunas que hubieran merecido la atención de la ley. El hijo que llevaba en su seno no era de mi amigo con seguridad; nos robaba para su amante, es capaz de todo; esa segunda muchacha de la que acabáis de hablarnos sólo nos engañaba a instancias suyas. Seduce, engaña, finge sentimientos y todo con el único objeto de llegar siempre a sus fines, siempre criminales, como su corazón.

MADAME DE BLAMONT: Pero no hay bien que no le haya atribuido la mujer que la crio.

DOLBOURG: Esa mujer sólo la conoció de niña y fue en París, con la Dubois, donde se pervirtió. No protejáis a esa serpiente, creedme, señora, no tardaríais en arrepentiros.

Al observar que madame de Blamont estaba a punto de desfallecer, clavé en ella mis ojos; ella me entendió, se mantuvo firme, alegó que la caridad y la religión la obligaban a no abandonar a esa desdichada después de haberle prometido su protección y los dos amigos no se atrevieron a insistir más sobre las ganas que tenían de recobrarla. Se firmó la paz bajo la condición de que no se harían reproches por ninguna de ambas partes, que Sophie se quedaría con madame de Blamont y que se concedería a Aline un plazo hasta el invierno para decidirse al matrimonio que se exigía de ella.

—Además, querría pediros aún, en nombre de la honestidad y de la decencia, dijo madame de Blamont, que no abuséis más de esa infeliz que sedujisteis ayer en mi casa.

—En verdad, respondió el presidente, por lo que hace al crimen, ya es demasiado tarde... Está cometido... Tantas ganas de ceder... Tan poca resistencia... Todo esto no debería ser motivo de tristeza.

—Al menos no la retengáis, colocadla... Puede volver a ser honrada... Que no encuentre en vos el apoyo seguro de sus desórdenes.

—¡Bien! Os lo juro... Vamos, llamad a Aline y a Eugénie y ya que no nos quedan más que veinticuatro horas de estancia aquí, que los placeres sustituyan a las penas y que reine la alegría.

Madame de Blamont fue a buscar ella misma a su hija, no dio ninguna explicación a Sophie; ¿qué hubiera podido decirle dada la incertidumbre que la embargaba? La acarició, la consoló, la confió a sus doncellas y volvió a reinar la tranquilidad. Hasta el día siguiente por la tarde las cosas fueron mejorando continuamente y el día veinte por la mañana, ambos amigos con el rostro tranquilo, quizás mucho más que sus corazones, se despidieron colmando de elogios y de expresiones de amistad a todos los habitantes del palacio.

¿Qué piensas ahora de esto, mi querido Valcour? ¿Debemos creer?... ¿Debemos desconfiar?... Madame de Blamont, harta de desgracias, se aferra ávidamente a la ilusión que se le presenta. Es un momento de reposo del que quiere disfrutar, su alma honesta encuentra tanto placer en ver reflejadas sus virtudes en los demás. Su querida hija se le parece, ambas se han abandonado a las más dulces esperanzas, Eugénie las comparte, porque es buena y sensible, como su amiga. Los únicos incrédulos somos madame de Senneval y yo, pero lo somos de verdad, lo confieso. Su partida ha sido rápida, las circunstancias la imponían de tal forma que creemos que solamente obedece a ellas. El tiempo se encargará de desengañarnos... Y, además, ¿qué ha prometido el presidente?... Una prórroga de algunos meses, ¿debemos darnos por satisfechos con eso? ¿Cuando hayan experimentado esos plazos, cuando haya tenido tiempo de recuperarse del breve momento de confusión en que todas estas cosas consiguieron sumirle, no volverá con el mismo ímpetu?

No obstante, hemos acordado mi suegra y yo dispensar a nuestras amigas de estas reflexiones, sólo servirían para turbar su momentánea calma. Si ha de confirmarse esa calma en la que no creemos, ¿por qué mostrarles nuestros temores? Si se equivocan, se trata de un bello sueño de cuyo disfrute no podemos privarlas. No podemos prevenir nada, ningún suceso depende de nosotros. ¿De qué serviría nuestra desconfianza?, ¿qué necesidad hay de mostrársela? Por lo tanto, solamente me atrevo a manifestártela a ti. Acelera las investigaciones sobre Sophie, muchas cosas dependen de ello si nos han mentido a este respecto, nos habrán engañado sobre todo lo demás. Entonces significa que están tramando algo horrible. Solamente nos conceden tiempo para poder conseguirlo y, en ese caso, debemos disipar la ilusión. Si no nos han engañado respecto a Sophie y las mentiras proceden de la Dubois; si es cierto, cosa que no puedo creer, que esa joven Sophie es culpable de todas las faltas de las que le acusan... En una palabra, si han dicho la verdad, entonces exclamaré lleno de alegría que ésta es la influencia de la virtud, que hay momentos en los que el vicio, absorbido por ella, se ve obligado a humillarse, confundirse, implorar gracia y desaparecer... ¿Pero acaso los vicios mimados pueden doblegarse de esta manera... Los vicios alimentados desde hace tantos años? No..., quizás cedería así la fogosidad de la juventud o el error del momento, pero jamás el crimen arraigado y sostenido por las ideas. La mayor desgracia del hombre consiste en fundamentar sus desvaríos con sus teorías, una vez que ha conseguido que sean lo suficientemente seguras como para legitimar su conducta, todo lo que la haría condenable en el corazón de los demás sirve para fijarla para siempre en el suyo. Esto es lo que hace que las faltas de las personas jóvenes carezcan de importancia; solamente han transgredido sus principios, volverán a ellos, pero el hombre maduro peca por reflexión, sus faltas emanan de su filosofía, ésta las fomenta, las alimenta en él y, como ha creado sus principios sobre los escombros de la moral de su infancia, en estos principios invariables encuentra las leyes de su depravación.

Como quiera que sea, todo está tranquilo: tenemos cuando menos hasta el invierno, ha dicho madame de Blamont, la suerte del infortunado consiste en disfrutar del presente sin preocuparse del porvenir y, ¿qué instantes serían estos para ella, si, junto a los tormentos que la abruman incesantemente no pudiese disfrutar, al menos, de los goces que le proporciona la ilusión?

—Lo que llamamos felicidad, nosotros los desgraciados, me decía ayer, es solamente la ausencia del dolor. Por triste que sea esta miserable situación, que nuestros amigos nos dejen disfrutar de ella.

En cuanto a Sophie, sigue teniendo los mismos derechos, fundados o no, hasta que se aclare la situación. Sería demasiado duro despojarla de ellos y la crueldad no tiene albergue en un alma como la de nuestra amiga. No obstante, si algo turba a esta respetable mujer es el silencio aparente que guardamos sobre ti... ¿Es natural? ¿No es, por el contrario, uno de los motivos del viaje informarse si tú no has aparecido? Algunas preguntas que formularon en la casa y que inmediatamente llegaron a nuestro conocimiento prueban que estas investigaciones formaban parte de sus planes. ¿Por qué, pues, se callaron delante de nosotros? ¿Por qué, incluso, en el momento de la reconciliación, no lo mencionaron abiertamente? ¿No es este un aspecto turbio de la conducta del presidente? Además, estamos seguros de que hasta el último instante se aferró al deseo de recuperar a Sophie. La buscaron por el palacio. Intentaron introducirse en el cuarto en donde suponían que estaba encerrada: un hombre del presidente estuvo al acecho todo el día que precedió a su salida. Este es un misterio más en la conducta de este esposo que parece arrepentido. Madame de Blamont sabe todo esto; dice que el deseo de recuperar a Sophie, si efectivamente no es hija suya, es independiente de lo que les atañe a Aline y a ella; que es muy comprensible que, si Sophie no es pariente suya, quiera vengarse de una criatura que, según él, ha cometido tantos desmanes; que esto no es prueba de que quiera afligir a su mujer o hacer desgraciada a su hija... No me atrevo a responder nada; pero no por eso dejo de pensar; no por eso dejo de temer que todo esto no sea más que un letargo cuyo despertar sea quizás terrible... Adiós, haz como yo, escribe, consuela y no provoques ningún alboroto, a menos que tus investigaciones te obliguen a ello; todo depende de las luces que esperamos que nos proporciones... Pero si ese hombre pérfido ha sido lo suficientemente hábil como para aliar la mentira a la verdad... para dar a una la apariencia de la otra... si quiere engañar a estas dos respetables mujeres... ¡si quiere hacerlas eternamente desgraciadas! ¡Oh!, amigo mío, entonces diré que el cielo es injusto, porque jamás creó seres que fuesen acreedores de mayor felicidad; nunca hubo dos criaturas que la mereciesen con más justo título si esta manera de existir es el patrimonio de quienes son virtuosos y sensibles, si es debida a quienes saben transmitirla tan bien a todos cuantos les rodean.

CARTA XXIV

Valcour a Déterville

París, 20 de septiembre.

El día catorce, mi querido Déterville, recibí la carta en la que me recomendabas las gestiones en Pré-Saint-Gervais y, a pesar de la diligencia que he puesto en ello, no he podido alcanzar ningún resultado hasta ayer. ¡Oh, amigo mío! ¡Qué estudio tan interesante nos proporciona, cada día, el corazón del hombre! ¿Cómo negar la influencia que la divinidad ejerce sobre él cuando se contempla la fatalidad con que el que tiende las trampas es casi siempre el primero en caer en ellas y como el vicio, en perpetua oposición consigo mismo, se traspasa a sí mismo con los tiros con que pretende alcanzar a la virtud? El presidente es culpable en conciencia y no lo es de hecho; engaña odiosamente a su mujer; la engaña con la más insigne falsedad y, sin embargo, no le miente. Te ruego que me leas con atención y mi enigma quedará desvelado[6].

El día quince me dirigí al pueblo indicado y, habiéndome alojado en la posada, pregunté si el cura era persona honrada, si le querían sus parroquianos, si era un individuo sociable.

—Es un hombre íntegro, me aseguraron, viejo y hace ya veinticinco años que está en posesión de su curazgo. Si tenéis algo que tratar con él, quedaréis realmente contento.

[6] Esta recomendación se dirige al lector, le será imposible entender la continuación, si no presta la mayor atención a esta carta, y si no la recuerda hasta el desenlace y principalmente cuando llegue a la carta cincuenta y una.

—Sí, es cierto, le dije, tengo algo que comunicar a ese pastor. Y ya que sois tan amable como para informarme, sedlo también, os lo ruego, para ir a preguntarle si un honrado ciudadano de París no le incomodaría solicitándole audiencia...

Mi hombre salió y la respuesta fue una invitación para que acudiese al presbiterio en donde encontré a un eclesiástico de más de sesenta años, de rostro dulce y atento que me preguntó en primer lugar a que debía la dicha de poderme ser de alguna utilidad. Expliqué mi comisión, rebuscamos en los registros y encontramos la muerte que buscábamos tan bien constatada como podría estarlo y todas las pruebas de un servicio celebrado en la parroquia el 15 de agosto de 1762 a Claire de Blamont, hija legítima de monsieur y madame de Blamont, domiciliados en la rue Saint-Louis, en el Marais.

—Bien, señor, le dije al cura clavando mis ojos en él, para no perder nada de los movimientos de su fisonomía, esa Claire de Blamont que enterrasteis el 15 de agosto de 1762, hoy, 17 de septiembre de 1778, se encuentra mejor que vos y que yo...

Aquí nuestro hombre se estremeció y retrocedió... Por un momento le creí culpable, pero lo que vino después no tardó en convencerme de mi error.

—Lo que me decís es muy difícil de creer, señor, me respondió el cura, es necesario profundizar... El asunto bien lo vale. Pero permitidme que antes os pregunte: ¿a quién tengo el honor de dirigirme?

—A un hombre honrado, señor, le respondí con dulzura, ¿no basta este título para esclarecer una traición?

—Pero esto puede dar lugar a un proceso y yo debo saber...

—No habrá proceso, señor, estáis lejos de ser considerado sospechoso; nuestra intención es solucionar esto amistosamente y podéis confiar en mi palabra de que no trascenderá nada de lo que hagamos aquí. Soy amigo de madame de Blamont, he venido a veros de su parte, por consiguiente, puedo garantizaros el secreto que se guardará sobre todo este asunto y lo lejos que estamos de querellarnos.

—Pero, si esa Claire existe, como me decís, ¿dónde se encuentra actualmente?

—En los brazos de su madre. Solamente pretendo verificar una superchería de la nodriza e investigar discretamente las razones que la motivaron. Estáis obligado a ello para prevenir estos desórdenes en el futuro, el ministro de Dios no debe limitarse a escuchar la confesión del crimen, sino que debe incluso prevenirlo.

Nuestro hombre, sentándose, se sumió en profundas reflexiones. Le dejé en ellas por dos o tres minutos y finalmente le pregunté cuál era su decisión.

—La de abrir la tumba, señor, me dijo levantándose... Intentaremos buscar ahí las primeras pruebas del fraude antes de tomar ninguna otra decisión.

—Buena idea, le dije, cerrad todo, en esta expedición sólo podemos estar el enterrador y nosotros, os lo repito, el secreto es esencial...

Llegó el enterrador, cerramos la iglesia y pusimos manos a la obra. El lugar estaba mencionado en los registros, además había una inscripción en el ataúd, no nos equivocamos.

Extrajimos un cofrecillo de plomo que debía contener el cuerpo de Claire y el examen de los huesos, que se llevó a cabo con la mayor exactitud, nos llevó a la conclusión de que se trataba de los restos de un perro, cuya cabeza, en perfecto estado aún, probaba evidentemente el fraude. El cura se sobresaltó: no obstante, se recuperó enseguida y recobrando la serenidad de una persona honrada que ha sido engañada, pero que es incapaz de haber tomado parte en semejante treta, me propuso que se tirasen los restos del animal. Me opuse a ello y, habiéndole convencido de la necesidad de dejar todo como estaba, ya que estábamos actuando en secreto, comenzamos a trabajar en ello desde ese mismo momento. Volvimos a dejar la caja en su lugar, él impuso silencio a su hombre y regresamos al presbiterio.

—Señor, me dijo el cura al cabo de unos instantes, a pesar de lo que digáis yo podría pasar por culpable en esta aventura, es esencial que me justifique.

—De ninguna forma, respondí, conocemos a los malhechores. No albergamos en absoluto ninguna sospecha contra vos, os lo confirmo una vez más.

Entonces le dije que la nodriza y el padre eran los únicos autores de la superchería, que el segundo lo negaba todo y que se trataba de interrogar a la nodriza.

—¿Su nombre?

—Claudine Dupuis.

—¿Claudine?, aún vive; su casa está aquí cerca, lo sabremos todo.

—Enviad a por ella, señor, en los asuntos que tratemos con ella deben reinar la dulzura y la amabilidad y deben quedar envueltos en el silencio más inviolable.

Llegó Claudine; era una campesina gorda, muy lozana, de cerca de cuarenta años y viuda desde hacía cuatro.

—¿Qué hay *seor* cura?, dijo alegremente.

El cura: Sentaos, Claudine, tenemos que plantearle algunas preguntas serias, cuyas respuestas, si son ciertas, pueden valeros una recompensa.

CLAUDINE: ¿Una recompensa? *Pos* cuanto *m'alegro,* buena falta me hace; ¡ay! Cuánta razón llevan cuando *icen qu'una* casa sin hombre *'sun* corazón sin alma; cachis, *ende* que se murió el mío *cá* día estoy peor.

EL CURA: Os acordáis, Claudine, de haber criado durante tres semanas, hace dieciséis años, a una niña llamada Claire, que pertenecía al presidente monsieur de Blamont.

CLAUDINE: Sí, sí que *m'acuerdo,* murió de cólicos la *creatura;* era más bonita que *toas* las cosas *vediez.* Os pagaron el funeral como si *juese* la hija *d'un préncipe* y *l'anterrastís* en la iglesia, *delantico* mismo de la *capilla'la* Virgen, *m'acuerdo* como si *juera* ayer.

EL CURA: ¿Sabéis lo que se dice, Claudine?

CLAUDINE: ¿Por *qu'es* lo que *icen, seor* cura?

EL CURA: Dicen que esa niña no está muerta.

CLAUDINE: *Andalá,* pos si que *pué* ser *qu'haya resucitao.* Ya resucitó Cristo ¿no?, Dios lo *pué to.*

EL CURA: No, no me refiero a eso, se sospecha que perpetrasteis alguna superchería.

CLAUDINE: ¿Yo? ¿Y *qu'habría ganao* yo con *to* eso? ¡*Mia qu'hay* malas lenguas! ¿No *m'habría prejudicao* yo misma si *habría* hecho eso que decís?

EL CURA: ¿Y si os hubiesen pagado bien?

CLAUDINE: Que no, que no, que yo no paso por ahí, *cachislá, pá* que luego te cuelguen después.

Aquí suprimo el resto del diálogo, aunque aún fue muy largo. El hecho es que Claudine no confesó nada en esa primera visita y que todo lo que pudimos obtener de ella, al no querer convencerla aún por la fuerza de los hechos, fue que se retirase calmada y sobre todo con la promesa de no decir nada de lo que acababa de pasar.

Marchaos, señor, me dijo el cura en cuanto ella salió, le garantizo que investigaré a fondo todo esto con esa mujer. Es menester que la vea a solas, vuestra presencia le incomoda. Dejadme una dirección y volveréis aquí para recibir su última respuesta.

Como vi que este hombre tenía tanta simpatía como ganas de agradarme, consentí en sus arreglos, le dejé las señas de un amigo y volví a esperar noticias suyas con la firme resolución de llevar enérgicamente adelante el asunto si no me escribía enseguida.

El quinto día comenzaba a impacientarme cuando mi amigo me envió una carta que acababa de recibir a mi nombre, a través de la cual el cura me invitaba a almorzar en su casa al día siguiente para ponerme al corriente, por boca de la propia Claudine, de acontecimientos muy extraordinarios y que yo distaba mucho de imaginar.

—Me ha costado esfuerzo, me dijo el buen hombre en cuanto me vio, me ha costado promesas y hasta he tenido que ponerme severo, pero lo he averiguado todo. Por fin tenemos el secreto, no tardaréis en saberlo.

—Señor, le respondí, vuestros compromisos serán atendidos, todas las recompensas que hayáis podido prometer serán pagadas. Pero por secretas que hayan sido nuestras operaciones y a pesar de que os garantizo que esto no llegará a los tribunales, es necesario tomar algunas precauciones. Designad, pues, a dos de vuestros parroquianos, gentes notables, discretas y de buena reputación que colocaremos, si lo permitís, cerca del sitio en que vayamos a escuchar a Claudine con el fin de que puedan dar fe de sus confesiones en caso de necesidad.

—No veo inconveniente alguno, me dijo el cura y al momento mandó a buscar a dos granjeros que le merecían confianza, les hizo jurar el secreto y los escondió detrás de una cortina ante la cual se colocó la silla destinada a Claudine; ésta llegó y al exigirle el pastor que remitiese delante de mí las mismas cosas que le había dicho, admitió en mi presencia los hechos siguientes:

1.º Que monsieur de Blamont se había dirigido a su casa el 13 de agosto, antevíspera de la pretendida muerte de Claire y le había dicho que destinaba a esa hija una suerte sumamente ventajosa, pero que su mujer era una arpía que no veía con buenos ojos la situación que él proyectaba para su hija porque se trataba de ir a las Indias; que como no quería hacer perder a su hija el rico matrimonio que le destinaba, ni enfrentarse abiertamente con los deseos de su mujer, había imaginado hacer pasar a la pequeña por muerta, educarla secretamente en París y no declarar el fraude a su mujer más que cuando la joven estuviese casada. Pero para ello era necesario el consentimiento de la nodriza, por tanto, le pedía encarecidamente que no se opusiera a esta ligera treta de la que sólo se derivaría un bien. Que como ella no veía en todo esto nada que fuese en contra de su conciencia, había consentido en propalar la falsa noticia de la muerte de esa Claire a cambio de lo cual el presidente la indemnizaría, cosa que hizo inmediatamente mediante un presente de cincuenta luises y desde el día siguiente ella había preparado todo para el buen fin de la ficción.

2.º Que, habiendo reflexionado profundamente durante toda la jornada del catorce en el feliz destino que el presidente le había dicho que debía gozar la pequeña Claire y como su propia hija tenía un parecido muy singular con la del presidente, había imaginado colocar a una en el lugar de la otra con el fin de conseguir la felicidad para su hija. Que, consecuentemente con esta resolución, había preparado dos supercherías a la vez había puesto a su pequeña hija en la cuna de Claire y que había enviado a Claire, haciéndola pasar por su hija, a casa de uno de sus vecinos pretextando que el aire de la casa estaba infestado y que no quería exponer a su hija. Una vez arreglada esta primera escena, se había ocupado de la otra.

Había divulgado la enfermedad de la hija de monsieur de Blamont y, poco después, su muerte; que había puesto el cadáver de un perro en la caja de plomo delante mismo del presidente, que había venido de París ante la noticia de la enfermedad de su hija; que, en consecuencia, se celebraron los funerales en la parroquia y que monsieur de Blamont, engañado en la misma forma que él había querido engañar a los demás se había llevado esa misma noche a la hija de Claudine en lugar de la suya.

3.º Que, no habiéndosele retirado aún la leche, había solicitado criaturas que alimentar y que ocho días después del entierro que acabamos de mencionar, madame la condesa de Kerneuil, que había venido de Bretaña a París para recoger una sucesión esencial en la que su presencia era más necesaria que la de su marido, había dado a luz a una hija nada más llegar, que esta hija había quedado confiada al partero, que protegía a Claudine y que este la condujo a casa de Claudine al día siguiente para que se criase allí entre los mayores cuidados. Cuando esta niña llegó a Pré-Saint-Gervais había recibido una sola vez la visita de su madre. Ésta, que se había visto obligada a salir muy deprisa para Rennes, había encomendado muy encarecidamente su hija a Claudine, asegurándole que la enviaría sin falta un coche y una mujer para recoger a la pequeña dentro de dos años entregando una fuerte recompensa a la nodriza. Pero que al cabo de tres meses esa pequeña, llamada Elisabeth, había muerto y que ella, Claudine, para no perder la recompensa prometida y como no tenía mucho apego a la pequeña Claire que le había quedado del presidente Blamont, había urdido una nueva patraña cuando vino la mujer de la condesa de Kerneuil. Entonces puso a Claire en el lugar de Elisabeth y divulgó que quien había muerto era su hija: que había sostenido este fraude, esencial para el comportamiento de los demás, incluso frente al cura a quien había hecho enterrar a Elisabeth de Kerneuil bajo el nombre de su hija.

Esta exposición, como ves, mi querido Déterville, establece la existencia presente o pasada de tres niñas:

1.ª Claire de Blamont a quien se dio por muerta y que realmente ocupó el lugar de Elisabeth de Kerneuil y que debe vivir actualmente en Rennes bajo ese nombre. Ahí es donde está la hija de monsieur de Blamont.

2.ª Jeanne Dupuis, hija de Claudine, raptada por el presidente y criada en Berseuil bajo el nombre de Sophie y que actualmente se encuentra en Vertfeuille.

3.ª Y finalmente, Elisabeth de Kerneuil, efectivamente muerta a los tres meses en casa de Claudine y enterrada en la parroquia de Pré-Saint-Gervais bajo el nombre de la hija de Claudine... De esa hija que ella ya había cedido al presidente y que sólo vivía ficticiamente en su casa bajo el nombre de Claire de Blamont y que seguidamente fue entregada a madame de Kerneuil.

Esos son los fraudes y las supercherías de esta criatura de escasa probidad; pero como estábamos obligados a actuar delicadamente fingimos reírnos de sus atrocidades y la despedimos entregándole diez luises después de haberle hecho firmar su declaración y el juramento sobre el Evangelio de que no desfiguraba la verdad. Los testigos firmaron también. Te envío los originales de estas actas, cuando hubo terminado todo nos juramos mutuamente guardar el secreto reservándonos el derecho de establecer jurídicamente nuestras pruebas solamente si el caso lo requería.

El cura quiso que escribiese a la condesa de Kerneuil.

—Eso corresponde a madame de Blamont, le dije, voy a informarle y ella actuará como lo crea conveniente: nuestro papel consiste en confirmar, si fuese necesario, todo lo que sabemos y en no revelar nada.

Cedió ante mis razones y nos despedimos.

La imposibilidad en que actualmente me encuentro para dar consejos a madame de Blamont, en este flujo y reflujo de acontecimientos prodigiosos, me obliga a silenciar mis reflexiones; pero, sin embargo, me atrevería a decirle que debe continuar escuchando a su compasión y a su corazón en todo lo que respecta a la desdichada Sophie, con la precaución muy especial de no entregarla ni al presidente ni a su madre: dos seres que, a buen seguro, no conseguirían hacerla feliz. Por lo que respecta a Claire, reclamarla, privar de ella a madame de Kerneuil, junto a la cual es, sin duda, muy feliz y eso para entregarla a un padre que ya había conspirado contra ella cuando se encontraba en la cuna ¿supondría eso trabajar para su felicidad? Madame de Blamont debe, en mi opinión, informarse solamente de la suerte de esa muchacha y si esa suerte es como debe ser, esa joven, que pertenece a una mujer noble, establecida en la capital de una gran provincia, debe continuar disfrutándola, sea cual sea el sacrificio que esto suponga para el corazón de nuestra amiga. Porque si se querella, ganará, sin duda, pero, por rica que sea ¿podría dar a esta hermana menor la situación que le haría perder en calidad de heredera única de la casa de Kerneuil, título certificado por Claudine?... No, no podría compensarle. Que piense, pues y que actúe después en consecuencia, sin olvidar nunca el enorme peligro que supondría poner de nuevo a esa muchacha entre las manos de su marido. Pondera estas razones, Déterville: sé muy bien que hay una especie de fraude deshonesto en el hecho de permitir que subsista el de la nodriza, que consiste en frustrar a los verdaderos herederos de madame de Kerneuil y adoptar, por consiguiente, una postura culpable. Pero si adoptamos la otra ¡cuántos nuevos crímenes habría que temer! ¿Es, pues, contrario a la conciencia de un hombre honrado elegir de entre dos males ciertos, aquel que le parezca menos peligroso? Porque, por lo que se refiere al presidente verás, amigo mío, que el crimen no deja por ello de estar en su alma y que, si no lo ha cometido, es porque se lo ha impedido el crimen perpetrado por Claudine. Como si fuese una de las leyes de la fortuna que las pequeñas fechorías deban suprimir siempre los efectos de las más grandes... Verdad terrible que nos hace ver la espantosa necesidad del mal sobre la tierra y que nos demuestra que los grandes males solamente pueden inhibirse a través de los pequeños. Sucede lo mismo con algunos insectos que nos molestan y, sin embargo, su útil existencia nos impide ser incomodados por otros más venenosos.

Sea como fuere me produce horror que se haya mancillado a Sophie con acusaciones graves para despojarla incluso de las generosas atenciones de su protectora. Siempre se intenta hacer odiosos a aquellos a quienes se maltrata a propósito, para aplacar los remordimientos y legitimar las injusticias... Pero esos dos bribones no se contentan con una mentira, a ella unen la más notoria calumnia. ¿Es que acaso parece que esa muchacha honrada, sensible y dulce, sea cual fuere su cuna, pueda ser culpable de lo que se le acusa?... La Dubois, cuyas declaraciones parecían tan verdaderas y que solamente se ha callado sobre lo que era imposible que supiese, no dijo nada que se pareciese a esto. Contempla, pues, cómo la maldad se alimenta por sus propios efectos; cuanto más se le da, más exige y cada vez que se le permite romper un freno solamente se consigue incrementar aún más el deseo que tiene de quebrantar otros.

Estoy convencido, amigo mío, de que el vicio puede conducir al hombre a tal punto de depravación que debe resultar casi imposible a quien lo cultiva en sí concebir la misma idea de la virtud. Desde ese instante o bien su vida le parece fastidiosa o ha de envenenar cada minuto con esa ponzoña que le gangrena. Llegado a este punto ya no se contenta con hacer simplemente el mal, sino que pretende incluso no hacer jamás el bien y su corazón, embebido en una perversidad habitual, experimenta, ante las impresiones de la virtud, la misma clase de dolor que siente el alma del justo ante la sola idea de la fechoría. ¿Y cuál es el primer vicio que nos lleva a todo esto?... El libertinaje... No lo dudemos, es inaudito lo que extingue, lo que deteriora, lo que envenena. Es inexpresable hasta qué grado relaja la energía del alma... Hastía la conciencia, obligándola a convertir en placeres las molestas consecuencias de sus errores y esto es sin duda lo que esta pasión tiene de más peligroso que ninguna de las demás que devoran al hombre, ya que el recuerdo de las acciones a las que las otras le arrastran son agudos remordimientos, que en este caso se convierten en horribles goces.

El presidente es, por tanto, todo lo culpable que puede ser. Lo digo con pena, me duele arrancar el velo de los ojos de nuestra amiga, pero su marido la engaña indignamente. Dice que Sophie no es su hija y a buen seguro que está persuadido de que lo es. Por convencido que esté de ello, la desea, quiere recuperarla. ¿Y por qué, si no es para vengarse de que el azar le haya dado por asilo a esa infeliz la casa de su esposa? Que madame de Blamont no dude que él intentará todo para sacarla de su casa y que escuche a su corazón cuando éste le dicte las medidas necesarias que haya que adoptar para oponerse a esa nueva fechoría.

¡Qué cuadro, amigo mío, el de la dulce y virtuosa Aline entre las manos de esos dos libertinos! Creí ver a Susana sorprendida en el baño por los ancianos... El velo del pudor arrancado por un padre... ¿Imaginas tú esa atrocidad?, ¿te imaginas que sus infames deseos no se inflamarían ante esa impudicia? ¡Ah!, perdona mis temores. Pero sea cual fuere el motivo que le haya podido contener con Sophie, la amante de su amigo a quien creía su hija, créeme que ninguno le detendrá en este asunto y que la esposa de Dolbourg será pronto la víctima del incestuoso ardor de Blamont.

¡Oh, mi querido Déterville!, impidamos esos horrores. Me parece que, después de ese odioso golpe ha disminuido mi delicadeza en lo que concierne a ese hombre. Le perseguiré por todas partes si es necesario. Desentrañaré hasta el más secreto repliegue de su conciencia. El rapto de esa Augustine me parece otra de sus infernales maquinaciones. ¿Crees que es el simple placer de corromper a una muchacha lo que les hace cometer ese horror? A ellos, que saborean trescientas veces al año los indignos placeres de esas seducciones, a ellos que... Apuesto a que esto se debe a otra cosa, no perdamos de vista a esa muchacha.

En cuanto a los remordimientos que ha manifestado el presidente, puedes estar bien seguro de que sus promesas son solamente el fruto de su confusión. Esta emoción saca al alma de sus registros ordinarios y la mantiene prolongadamente nerviosa, no obstante, creo en las prórrogas, lo que temo es el instante de la reunión.

Todo esto no consolida los derechos de madame de Blamont si se ve obligada a querellarse. El presidente ha querido realizar una mala acción, sin duda, al proyectar el rapto de su hija, pero la acción no ha tenido lugar y, como Sophie resulta ser realmente la hija de Claudine, sostendrá que lo sabía y que no se la hubiera llevado sin ese requisito. Y Claudine, cuya voluntad puede comprarse con un poco de oro, se pondrá fácilmente de su parte. Es cierto que tenemos una prueba de las malas intenciones de este hombre, ha querido hacer pasar a Claire por muerta. Todo esto está bien probado y podemos probarlo jurídicamente cuando queramos, pero no son estas las armas que nos darán el triunfo; no son estas las cosas de las que no pueda defenderse si lo necesita y que incluso no pueda negar si lo desea. Quizás hubiera valido más que Sophie hubiese sido realmente su hija: los derechos de madame de Blamont contra ese pérfido esposo serían mucho más fuertes. ¿Pero qué ha habido aquí?, un crimen premeditado, de acuerdo, pero que ha quedado anulado por las circunstancias. Solamente ha entregado a su amigo una campesina y ¿cómo se defenderá madame de Blamont cuando la acuse de haber seducido a esa criatura y de haberla recogido en su casa para procurarse un medio poco honrado con el fin de privarle de la autoridad que tiene sobre su hija mayor? Todo el resto de esta novela no influye para nada en nuestro asunto, si Claire pasa actualmente por ser la hija de madame de Kerneuil, no es por su culpa, sino por la de Claudine: él proporcionó a través de sus gestiones el primer impulso a esta falta, lo concedo, pero no la ha cometido y esto no va a impedirle que consiga casar a su hija según sus deseos. Opinas como yo en todo esto o quizás ambos veamos las cosas demasiado negras. ¿Sabes?, amigo mío, el amor y la amistad se alarman con facilidad, este último sentimiento es el origen de tu temor, el otro alimenta el mío. No abandones, te lo suplico, a esa desdichada madre. Temo su soledad, su alma, animada por los consejos, fortificada por el encanto de la agradable compañía de tu suegra y de tu mujer, será menos propicia a sucumbir a sus tormentos que si estuviese abandonada a sí misma. Adiós, no puedo resistirme al placer de escribir unas palabras a mi querida Aline y voy a incluirlas en tu carta.

CARTA XXV

Valcour a Aline

París, 22 de septiembre.

Os he compadecido, Aline, habéis llegado a ser aún más querida para mí mientras sufríais. Hay que amar como yo lo hago para sentir lo que he experimentado. ¡Santo cielo! ¿Precisamente aquel que por su condición debe ser el guardián de la virtud de su hija se convierte en su corruptor? ¿A dónde nos llevarán los desórdenes de una mente extraviada y de un corazón sin principios?... Ellos triunfaban, los muy monstruos, mientras que triste y abandonado, presa de las más punzantes inquietudes, la sola idea de la felicidad que estaban arrebatando ni siquiera hubiera osado presentarse a mi espíritu... Aline, perdonadme una pregunta... Habitualmente la gente no imagina las tiernas solicitudes del enamorado, no suponen hasta dónde llega su curiosidad... Pero, en esa emoción que os hizo huir, ¿había un poco de amor junto a la decencia? ¿Estabais tan enfadada por el insulto al pudor como por el ultraje que se hacía al enamorado? Lo primero os hace muy respetable a mis ojos, pero ¡cuánto más adorable aún os haría lo segundo! Y quizás, en el cruel estado en que me encuentro, preferiría ver en vos una virtud de menos a cambio de un poco más de amor. Pero ¿a dónde se dirige mi imaginación? ¿No son acaso las virtudes lo que amo? ¿Y no es acaso el ídolo de mi amor más que la reunión de todas ellas? ¡Ah!, huid, Aline, escapad siempre al crimen cuando éste os persiga. Ya sea por amor o por prudencia, no le dejéis jamás que se acerque a vos. No puede afectaros, sin duda, pero que ni siquiera se atreva a aproximarse a vuestra persona. Imponedle respeto con vuestras miradas, obligadle con vuestros discursos, alejadle con vuestras virtudes y que su existencia sea imposible en todos los lugares que vos adornáis.

Os quito una hermana, Aline, una hermana que ya es vuestra compañera, para devolveros otra a doscientas leguas de distancia y a la que quizás no veáis en vuestra vida. Pero si la desdichada Sophie no os pertenece ya por los lazos de la naturaleza, que los lazos de la compasión aumenten vuestro apego por ella. Cuanto mayor sea su recaída en el infortunio, tantos mayores cuidados le debéis. La necesidad en que os veréis de separaros de ella os conducirá quizás a la idea de devolvérsela a su madre. No le deseéis semejante suerte; guardaos mucho de entregársela, terminaría de corromperse. El motivo por el que Claudine la quiso alejar de sí era excusable, sin duda; creía que gracias a esta picardía haría pasar a su hija la fortuna inmensa que vuestro padre aseguraba que un día pertenecería a la suya. Pero Claudine no se paró ahí, es claramente culpable de otra superchería que revela la bajeza de su alma, además es muy interesada. Viendo que sus proyectos se habían desvanecido quizás intentase por vías menos honestas hacer que su hija entrase en posesión de la fortuna que no había podido procurarle su primer fraude. El pueblo en que habita es uno de esos asilos pestilentes a donde la corrupción de la capital acude a cubrirse con las sombras del secreto. No la enviéis allí. Os aseguro que no estaría segura durante mucho tiempo. Los compromisos contraídos con Isabeau tienen escollos, Déterville los ha percibido: sería ahí donde el presidente haría sus primeras pesquisas si es que persiste, como parece, su extremado deseo de tenerla. Ved, pues, junto con vuestra buena madre, qué es lo mejor para esta infortunada y dadme vuestras órdenes si creéis que puedo seros útil en todo esto. No obstante, ahora estáis tranquila hasta el final del viaje; así lo imagino, al menos; permitidme que me aproveche de este intervalo para utilizar vuestros hermosos talentos; sea cual fuere el estado que la suerte os destine los encontraréis continuamente. Ellos harán que alcance su plenitud la flor de vuestros días felices si el cielo, como espero, os los concede después de tantas desdichas; calmarán vuestros ratos de hastío si por una horrible fatalidad, las espinas han de alfombrar eternamente vuestro camino. Debéis, pues, cultivarlos en todas circunstancias; solamente veo quizás una en la que serían inútiles, aquella en que, destinados el uno al otro, no pudiera haber un instante en que tuviéramos necesidad de distraernos de los sentimientos que experimentásemos.

Perdonadme los ligeros temores que aún se perciben en mi carta. Los releo con dolor y no me atrevo a borrarlos. Sin embargo, no deben asustaros, atribuidlos exclusivamente al estado de mi alma. ¿No tiembla uno siempre por aquello que ama?

CARTA XXVI

Del presidente Blamont a Dolbourg

París, 26 de septiembre.

No, no intervengas en la educación de esta muchacha; haz de ella lo que quieras en otro orden de cosas, pero déjame a mí el trabajo de guiarla... Es un tesoro esta encantadora Augustine... Tiene todo lo que hace falta para llegar; no te inquietes, te lo suplico, todo se perderá si tú te encargas de ello. Tú no entiendes nada del gran arte de calentar una mente joven. Esa ciencia sublime que nos hace dueños de las energías del alma mediante la influencia de las pasiones, que nos enseña a mover poco a poco a aquella que ha de surtir el efecto deseado. Este estudio experto del corazón humano que, revelándonos sus más recónditas costumbres, nos muestra al mismo tiempo cuál es la tecla que hay que tocar, los diferentes usos que hay que hacer de la alabanza y del halago, la indulgencia que hay que mostrar aún ante determinados prejuicios, cuáles de ellos no son perjudiciales, cuál es esencial desarraigar, los nuevos aspectos bajo los que hay que presentar todos los objetos, la filosofía que hay que inspirar, la clase de delicadeza que hay que emplear en razón de la edad, el sexo o la educación del sujeto que se desea corromper, hasta qué punto es posible apoyarse en lo físico, la manera de manejar el orgullo, de aprovecharse de las debilidades halladas, de extenderlas o de cambiar su objeto, la forma de sofocar los remordimientos, de reemplazarlos por sensaciones agradables y de emplear finalmente en el vicio que se desea hasta las virtudes que se descubren. Todas esas profundas sutilezas del gran secreto de la seducción son, en una palabra, cosas que tú ignoras. No intervengas, pues en ello, amigo mío, déjame hacer y yo lo conseguiré.

Aquí hay una cosa sumamente singular y es que la ciencia de interrogar jurídicamente nace de la de seducir criminalmente. Porque ¿qué son nuestros interrogatorios capitales? ¿Qué son sino espantosas subordinaciones y seducciones?

Éste resulta ser uno de esos casos gratos en los que el arte de nuestra virtud aparente, que nos eleva y nos hace respetables, conduce al arte del crimen secreto que nos degrada y que nos envilece. ¿Son acaso estos los extremos que se tocan?... No son los hombres que se depravan, son los abusos de la civilización... De esta civilización tan mentada que devuelve al hombre al estado del animal antes que rescatarlo de él, que le somete, que le esclaviza bajo el pesado yugo del opresor consiguiendo hábilmente que toda la cantidad de felicidad de que priva al otro pase a este en el nombre de Farinacius, de Jousse y de Cujas[7]... Qué importa, aprovechémonos de ello y callémonos. Cuando el camello baja sus riñones y se arrodilla, el viajero se monta sobre él y lo gobierna sin preocuparse de calcular sus fuerzas, se limita a asombrarse del animal, que no conoce las suyas. Pero volvamos al tema.

A todas las armas indicadas añadiría, como bien sabes, el móvil poderoso del interés, vehículo seguro para estos seres subalternos que jamás conciben el crimen a gran escala que solamente consienten en arriesgarse a ir al patíbulo ante la esperanza de hacer una fortuna. Por lo que se refiere a Sophie, confieso que me calienta los cascos: ir a buscar refugio en casa de mi mujer... Y esa respetable esposa que no me advirtió enseguida, que se organizó en secreto para poder dominarme...

Pues no, no, encanto, no sois vos quien va a dárselas de lista conmigo; defendeos y no combatáis, una sola de mis tretas haría fracasar, si me tomo la molestia, todas las que vos alumbraseis en diez años.

¡Oh! Son estos delitos demasiado graves como para ser perdonados, el bienestar de la sociedad exige un ejemplo. He de responder de mi conducta ante toda la corporación de los maridos... Sería un hombre marcado, tachado de la lista, como decía Linguet, si dejase impunes estas calaveradas... ¡Dichoso error! Qué fuente de delicias voy a hallar en tu castigo... Cada rama es un placer... Tranquilízate, pues, Dolbourg, te lo repito, come, bebe... Y duerme. Yo meditaré sobre tus placeres y sobre nuestra mutua tranquilidad. ¿No te sientes sumamente feliz de tener un segundo como yo, un amigo que se ocupa de que sólo tengas que coger los frutos de todas las fechorías que tiene la amabilidad de cometer para tu felicidad? Es cierto que arriesgo menos que tú, lo confieso para que tu corazón se tranquilice y para liberarle de una parte del vivo agradecimiento que, sin esto, le embargaría.

Consideración, amigo mío, crédito, dinero, un cargo, eso es lo que hace falta para hacer todo lo que uno quiera... Sí, digo bien, un cargo... sí, un cargo en el que protegerse cuando sea necesario... Porque en los cargos como el mío, por ejemplo, no me exigen que me conduzca bien, sino solamente que obligue a los demás a que lo hagan.

A poco que se haya logrado atormentar magistralmente a media docena de desdichados, se puede conseguir serlo veinte veces uno mismo, si se desea, sin el menor peligro. Y eso es lo que hace que yo ame a

---

[7] Imbéciles pedantes, o mejor aún especie demoníaca que emplea su triste y desgraciada vida en probar a otros pedantes cuantas maneras diferentes hay de deshacerse de sus semejantes, y que tranquilizan la conciencia de estos pedantes, con respecto a la multitud de atrocidades jurídicas que cometen, mediante un millón de sofismas más difusos y más absurdos los unos que los otros. El demoníaco Jousse, uno de los más famosos de la banda, ha probado invenciblemente que cuantas menos pruebas haya para condenar a un hombre más cierto es que éste lo merece. Yo le pregunto, cuál es el más culpable hacia la humanidad, Cartouche, o un insigne malvado capaz de escribir horrores tan peligrosos y que vienen siendo desde hace mucho tiempo tan criminalmente ejecutados.

Francia con locura. Esta impunidad que aquí se consigue con un poco de consideración, esa garantía de poder hacerlo todo bajo la negra armadura que es la toga y la caricatura ampulosa, envarada y rigorista que es necesaria para engañar al vulgo, es algo que siempre me hará preferir nuestra buena patria a esos malditos reinos del norte donde nuestro crédito se pierde, donde nuestras prevaricaciones se castigan, donde los pueblos, esclarecidos por la antorcha de la filosofía, comienzan a creer que pueden gobernarse sin nosotros y en donde presumen de ser felices sin la pena de muerte.

CARTA XXVII

Madame de Blamont a Valcour

Vertfeuille, 28 de septiembre.

¡Cuántas variaciones! ¡Cuántas cosas! Me parece que el cielo sólo me ha dado un corazón sensible para ponerlo a prueba en los más rudos combates... Sería mucho más feliz si no sintiese nada. ¡Qué lejos estoy ahora de creer que un alma dulce es uno de los dones más preciosos de la naturaleza! Solamente nos ha sido dada para nuestro tormento... ¿Qué digo? ¿Qué blasfemia he osado proferir? ¿No es una injusticia por mi parte pretender una felicidad sin sombra? ¿Es que eso existe en este mundo?... Lo más fácil es haber nacido para las contrariedades. ¿No somos como jugadores alrededor de una mesa?... ¿Acaso la fortuna favorece a todos los que hay en ella? ¿Y con qué derecho se atreven a acusarla los que dilapidan su oro en lugar de recogerlo? Hay una suma más o menos igual de bienes y de males suspendidos sobre nuestras cabezas por la mano del Eterno, pero es indiferente a quien correspondan. Podía ser feliz igual que soy desgraciada. Es cosa del azar y la mayor de las equivocaciones es quejarse... Además, ¿es que se supone que no hay algún gozo... incluso en el exceso de desgracia? A fuerza de aguzar nuestra alma ésta incrementa nuestra sensibilidad, las impresiones que deja sobre ella, al desarrollar de una manera más enérgica todas las formas de sentir le hacen experimentar placeres desconocidos a personas frías, lo bastante desdichadas como para haber vivido siempre en la calma y en la prosperidad. ¡Hay lágrimas tan dulces en nuestras situaciones! Esos momentos, amigo mío, esos instantes deliciosos en los que se abandona el universo en los que se penetra en un antro oscuro o en lo más espeso del bosque para llorar a gusto... En las que uno se repliega con todos los sentidos sobre su desdicha, en los que se recuerda todo lo que la agrava, en las que se prevé todo lo que va a aumentarla, en los que uno se embebe y se alimenta de ella... Esos tiernos recuerdos de los días de nuestra infancia, en los que aún no conocíamos esas largas y penosas reminiscencias sobre los diversos acontecimientos que nos han puesto en semejante estado, esos sombríos temores al sentir que nos acompañarán hasta la muerte, al ver nuestro ataúd abierto por las lívidas manos del infortunio... Y junto a todo esto la dulcísima esperanza de un Dios consolador, a cuyos pies irán a secarse nuestras lágrimas y comenzarán todas nuestras alegrías... ¿Amigo mío, acaso no son placeres todos estos? Son los placeres de un alma dulce, los de un corazón delicado. Permitid que, por un momento, los disfrute con vos.

Sacrificada muy joven[8] a un esposo que no tenía nada que me gustase y que apenas conocía[9], no por ello dejé de formar en el fondo de mi alma el plan de mis más rigurosos deberes... Dios sabe que jamás los infringí. Vi cómo mis cuidados se pagaban con dureza, mis atenciones con brusquedades, mi fidelidad con crímenes y mi sumisión con horrores.

¡Ay! Me creí la única culpable, solamente me reprochaba a mí el no ser amada, a pesar de las alabanzas que me embriagaban cada día. Prefería imaginar en mí defectos o errores que suponer que mi esposo era injusto. Y, contenta de haber obtenido en mi seno pruebas de su estima, quizás de su amor, todos mis sentimientos confluyeron desde entonces en esas prendas sagradas... ¡Y bien!, me decía, seré la amiga de mis hijas ya que no he sido suficientemente dichosa como para ser la amiga de mi esposo. Ellas me consolarán de sus brusquedades y encontraré en sus brazos la felicidad que me arrebatan.

¡Cuántos proyectos no llegué a formar desde entonces para su dicha! Sólo estas ideas lograban apaciguar mis males, solamente ellas podían cerrar mis párpados, sólo ellas conseguían que durmiese apaciblemente... No veía ya contrariedades desde que creí haber hallado lo que debía hacer felices a mis hijas. El cielo no deseaba, amigo mío, que esa fuese ya para mí la fuente de la felicidad. Tuve dos hijas, una me fue arrebatada en la cuna, la encuentro cuando jamás podré volver a verla... Pretenden que la otra sea tan desdichada como yo y que... ¿Quién me asalta con todos estos males? ¿Quién me hace beber, hasta las heces, la copa amarga del infortunio? Aquél a quien siempre he respetado... Querido; aquél que me fue dado para que fuese el báculo de mi vida y que solamente ha sido su destructor... Aquel que se ha permitido todo conmigo... Conmigo, que hubiera preferido perder la vida a faltarle en cualquier cosa... Aquel que yo

---

[8] Se casó a los quince años; en el momento que transcurren estas cartas tiene treinta y cinco o treinta y seis años; tuvo a Aline a los dieciséis años; es alta, con los rasgos muy dulces, muy agradables, dotada de gracia y talento.

[9] Monsieur de Blamont tenía quince años más que su mujer, independientemente de los defectos de su carácter suficientemente pronunciados en sus cartas, para dar un justo horror de él: hay pocas figuras más repugnantes, tiene la mirada horrible, la boca espantosa, la nariz muy larga, la frente calva y corta, el mentón prominente, con peluca desde su infancia; de talla larga, retorcida, el pecho plano, un sonido de voz ronco y cascado; y a pesar de todo esto, mucho espíritu y algunos conocimientos.

consideraba como a mi padre, después de la pérdida del mío... Como mi amigo, como mi esposo y que solamente era mi tirano y mi perseguidor.

Bueno, me callo, Valcour... Me callo. Lloráis al leerme, lo veo, bien quisiera mezclar mis lágrimas con las vuestras, amigo mío, pero no quiero que las derraméis si mi mano no puede enjuagarlas... ¡Oh! Qué felices hubiésemos sido, sin embargo... Vos... Mi Aline... Y yo.

¡Cuántos días serenos hubieran transcurrido para los tres!... ¡Con qué calma hubiera llegado en vuestra compañía hasta el término de mi vida! Mi vejez hubiera sido una primavera, cerrados los ojos por la dulce mano de la amistad, hubiera descendido al féretro con la tranquilidad que confiere la dicha. En lugar de esto descenderé sola y ningún amigo se dignará a prestarme su ayuda, ya no los tendré cuando llegue al borde de la tumba... ¡Vaya! Ved como a pesar de todo esto, vuelvo a caer en los tonos sombríos que deseaba evitar... No... En vano cerraría la fuente de mi llanto, corre a pesar mío... Mil nuevas ideas me atormentan... Si sois desdichado es por mi culpa. No debía haber permitido que naciese en vos una pasión que no podía satisfacer. No debía haberos permitido que conocierais a Aline y a su triste madre. Hoy tendríamos todos menos penas y uno no se consuela jamás de las que hace pasar a los demás... Pero no todo es desesperado, no, Valcour, no todo lo es. Recibid aún un poco de esperanza de vuestra buena y sincera amiga, de quien, con tanto ardor, desearía merecer este título ante vos... No Valcour, no todo está perdido... Ese bárbaro esposo puede reflexionar, ese monstruo que le sigue a todas partes y que os persigue con tanta furia, sentirá quizás que ninguno de los placeres que espera puede alcanzarse con una persona que sólo siente odio por él. Tengo necesidad de pensarlo y de creerlo así. La ilusión es al infortunio como la miel con que se frotan los bordes del vaso lleno de ajenjo salutífero que se presenta al niño, se le engaña, pero el error es dulce.

Cómo ha abusado de mí este hombre... Yo lo creía ¡uno se entrega tan apresuradamente a lo que desea! El desdichado que naufraga agarra con tanta diligencia el brazo que le tienden para salvarle... ¿Puede imaginar que es para volver a empujarle al abismo? ¡Ay! Tenéis razón, me engañaba hasta donde podía hacerlo, debía creer que Sophie era su hija, nada podía disuadirle de ello y en esos corazones la naturaleza no suele hacer milagros:... Creía que era su hija y juraba que no lo era. El crimen es, pues, completo y lo que he obtenido de su falsedad no es más que el fruto de su vergüenza... Ese sentimiento lleva al despecho y el despecho a todo, en esa clase de almas... Como quiera que sea tengo parientes, no estoy del todo abandonada. Me arrojaré a sus brazos y ellos me salvarán, les imploraré por mi Aline y por mí, no querrán perdernos a las dos... Pero cambiemos de tema, Valcour, dejad que os cuente mis proyectos y mis gestiones porque con el lenguaje de las lamentaciones mi corazón se altera incesantemente.

Imagináis bien que no he podido resistir al deseo de recibir cuanto antes noticias de Elisabeth de Kerneuil. Sea cual fuere la suerte que disfrute, me interesa demasiado como para no tener deseos de averiguarla. Déterville ha escrito inmediatamente a uno de sus parientes en Rennes. Le suplica que nos proporcione cuanta información le sea posible sobre esa joven... Esperamos. Mi situación en este caso es muy embarazosa... Lo habéis advertido. Tengo, sin duda, grandes deseos de poseer a esa muchacha, pero ¿qué derecho tendría a su corazón?

El sólo título de madre que podría alegar ¿sería suficiente para ganarme su cariño? ¿No se debe toda entera a los padres que la han criado?... Y además ¿trabajaría yo en favor de la felicidad de Elisabeth si consiguiese recuperarla? ¿El destino que tiene o que le está reservado no será siempre preferible al que yo le podría dar como hermana menor?... ¿Y los inconvenientes de devolverla a un padre que quizás no quiera reconocerla o que solamente vea en ella una víctima de su más insigne libertinaje... Esos peligros espantosos no cuentan nada, Valcour?... No, prefiero dejarla en donde está, me basta con saber solamente que es feliz, que puedo conocerla, verla una vez, amarla siempre y me consideraré excesivamente dichosa. Pero si este pobre gozo es negado a mi dulce alma... ¡Oh!, Valcour, seré aún más desgraciada. Afortunadamente sé serlo y mi corazón se encuentra en tal estado de abatimiento que una sacudida más o menos no significa absolutamente nada para él. Luego esta ese asunto de los bienes que ensombrece un poco mi conciencia. ¿Puedo permitir que mi hija disfrute de una fortuna que no le pertenece? ¿Debo privar de ella a los herederos legítimos? No, sin duda. Esa circunstancia os ha chocado tanto como a mí. Amigo mío, yo diría también como vos que, entre dos males terribles, escogemos el menor. Respecto a Sophie, voy a contaros lo que hemos hecho, ignoro si lo aprobareis.

Pertenezca o no al presidente, Déterville objetaba siempre el peligro cierto que supondría su regreso a Berseuil y la imposibilidad de devolverla allí se hace tanto más fastidiosa, por cuanto la variación de su suerte había hecho que le pareciese muy agradable el destino que le habíamos preparado en el pueblo. Yo objetaba a Déterville que no había encontrado obstáculos al establecimiento de esa muchacha en Berseuil en los primeros momentos en que imaginamos eso, cuando no creímos que fuese su hija legítima y que no entendía cómo los encontraba ahora que sabíamos que no pertenecía ni al marido ni a la mujer. Me respondió que había desaprobado radicalmente esa decisión en todas las circunstancias, pero que cuanto más evidentes se hacían las investigaciones del presidente, mayor peligro veía en Berseuil. Fuese o no su hija no debíamos dudar en este momento del deseo que tenía de recuperarla; que, en cuanto supiese que estaba fuera de Vertfeuille, no dejaría de enviar a alguien a casa de Isabeau y que entonces, en vez de salvar a Sophie, estaba claro que la sacrificaba... Me rendí, hemos decidido pues, un convento en Orleans en donde nos esforzaremos para que se aficione a la vida recogida y para que al cabo de unos años se ate con los votos si no ve nada objetable en ello. Y esta suerte, por dura que pueda ser, al evitarle esa otra, más enojosa sin duda, que hubiera supuesto la venganza de sus dos perseguidores, nos pareció decididamente la más prudente de todas.

Se trataba de prevenir a esa desdichada de los cambios de su suerte y de su nacimiento. Preveía que esto causaría demasiada pena como para querer encargarme yo misma. Nuestro amigo se ocupó de ello. Después de muchas lágrimas, como imaginareis, manifestó en primer lugar el deseo de ser devuelta a su madre. Convencida finalmente del peligro que supondría esta decisión, reclamó a su querida Isabeau. Renunciaba gustosa a la dote y al matrimonio, pero quería vivir con Isabeau... Le explicamos los nuevos peligros y admitió finalmente que eran mayores.

—Hay que sustraeros al presidente, le dijo Déterville, es seguro que os busca, no podemos dudarlo. Es evidente que os tratará mal si os descubre. Un retiro perpetuo es la única alternativa que puede protegeros de sus ardides y de sus iras. Allí no seréis tanto una protegida como una pariente de madame de Blamont y disfrutaréis de una pensión de cien doblones. Este destino no es comparable al de ser su hija, pero ya que unas circunstancias desdichadas os privan de esta dulce satisfacción, estaréis mejor allí que en ningún otro sitio.

—¡Está bien! Iré, exclamó envuelta en lágrimas, soy una carga para todo el mundo. No puedo encontrar refugio en la tierra. Que me lleven a donde quieran, en todas partes estaré llena de agradecimiento a la bondad de la dama que no desea abandonarme...

En cuanto supe que se encontraba en este estado corrí a abrazarla, ella se precipitó a mis brazos anegada en llanto y me dedicó las más dulces y halagadoras expresiones. En verdad, amigo mío, hay momentos en que mi corazón ignora las realidades que nos comunicasteis... Es imposible que las virtudes de esta alma encantadora se hallen en la hija de una campesina depravada, tal y como nos habéis descrito a esa Claudine, pero hay que atenerse a las pruebas y separarla de ella. Así pues, Aline y yo la llevamos antes de ayer a las Ursulinas de Orleans a cuya superiora conozco; la recomendé como una pariente y la inscribí con el nombre de Isabelle de Ganges con mil libras de renta cuya acta le fue entregada al momento. No oculté los motivos de mi secreto a la superiora; para ello, apelé a su religión y a su compasión; ella sólo se pondrá en contacto conmigo para todo lo que se refiera a esta joven y ocultará su existencia a todo el resto de la gente. Pero veré a esa muchacha querida... Se lo prometí, ella me lo pidió insistentemente, me dijo que antes renunciaría a todo el bien que yo le hacía que a este compromiso. Me pidió permiso para escribirme y sobre todo para poder entregar todos los años una parte de su pensión a Isabeau.

Estas dos peticiones honraban demasiado su alma afectuosa como para ser rechazadas; se las concedí de todo corazón y nos despedimos... Cuando me vio preparada a abrir la puerta del locutorio, su alma se desbordó, lanzó sus hermosos brazos a través de la reja y pidió insistentemente el favor de besar una vez más las manos de su bienhechora. Volvimos sobre nuestros pasos y quedó sofocada por el dolor al abrazarnos a las dos... Esta es la persona que el presidente acusa de falsedad, impostura y crimen. ¡Ah! ¡Ojalá fuera tan puro como esta persona a la que así calumnia para hacer así felices a los suyos!

Nos retiramos, y os respondo que Aline no se encontraba mejor que yo. Sin embargo, sólo abandonamos la ciudad al día siguiente, después de habernos enterado de que esta pobre muchacha estaba todo lo bien que su situación le permitía. Ella había adivinado por sí misma la muerte de su hijo, cuando había visto que no se le hablaba de él. Pero Déterville le hizo reflexionar tan hábilmente sobre este asunto, que su dolor fue mucho menos vivo de lo que hubiéramos creído.

Mientras yo me ocupaba de esto, Déterville se encargaba por su parte de romper los compromisos que habíamos contraído en Berseuil. La buena Isabeau estaba muy afligida, no pude resistir la tentación de entregarle una pequeña suma del dinero que me había devuelto el cura. Así como otra a este buen pastor para los necesitados de su parroquia. ¡Es tan dulce, amigo mío, hacer un poco de bien! ¿Y de qué serviría que la suerte nos haya tratado favorablemente si no es para satisfacer todas las necesidades del infortunado? Nuestras riquezas son patrimonio del pobre y el que no sienta el placer de confortarle ha vivido sin conocer la verdadera razón de haber nacido en una situación más acomodada que otros y los más dulces encantos de la vida.

Terminadas todas nuestras operaciones, nos miramos como lo haría alguien que, de la tranquilidad hubiera pasado súbitamente a la angustia y la tribulación y que finalmente ve renacer la calma... Digo la calma porque creo en ello y no veo absolutamente nada que pueda turbarla hasta nuestro regreso a París. Entonces mi intención es solicitar una nueva prórroga, contener al presidente lo mejor que sepa con los escasos medios de que yo dispongo para esto y poner finalmente en pie de guerra a mis parientes si fuese necesario. Porque, estad bien seguro, solamente la fuerza podrá decidirme a sacrificar mi hija al malvado que la desea... Y si gano mi causa, ¿en favor de quién será?... ¿Conocéis el hombre a quien la destino?... Es el más digno de poseerla... es el mejor amigo de mi corazón.

CARTA XXVIII

Aline a Valcour

Vertfeuille, 8 de octubre.

¡Ah! Valcour, habéis compartido mis penas... ¡Han penetrado en vuestro corazón! ¡Qué preciosos son para mí los testimonios que de ello me dais! Perdono menos a mi padre todo lo sucedido que su funesta alianza con ese hombre malvado. Si pudiese perder a ese desafortunado amigo, estoy segura de que sería más honrado, tiene más ingenio que ese monstruo y, sin embargo, éste le arrastra. ¡Pérfido efecto del vicio!... Lo odiaba tanto que pensaba que, para seducir, debería tener, cuando menos, algún encanto. ¡Me equivocaba, Santo Dios! Ya lo habéis visto, lo consigue mostrando al desnudo su fealdad.

Me preguntáis, amigo mío, si el amor ha contribuido tanto como la decencia en el arrebato que me hizo huir. ¡Ah! ¿Cómo queréis que distinga entre esos dos efectos? Lo que creo, lo que siento es que el amor los hermana, los confunde tan perfectamente en mí, que no existe un solo pensamiento de mi mente, ni una sola emoción de mi corazón que no se deba a ese primer sentimiento. Dirigirá siempre todos los pasos que me veáis dar y cuando me exijáis que os revele los motivos, no podré mostraros nunca más que mi corazón.

He llorado mucho a esa pobre Sophie; qué golpe... ¡Ay! Se creía mi hermana, miradla hoy, hija de una campesina tan indigna de ella que no nos atrevemos siquiera a devolvérsela. No perderá nada: mi madre me ha prometido considerarla siempre como hija suya. Le he jurado llamarla siempre mi hermana y conservar siempre para ella todos los sentimientos que por este título le corresponden... y a aquella a quien realmente se los debo... ¿No la veré jamás?...

¡Quién sabe! Déterville ha escrito, esperamos. ¡Ah! ¡Qué a gusto haría el viaje hasta Bretaña para ir a abrazarla!... Pero no quisiera que supiese que la pertenezco. Quisiera conocerla accidentalmente, para ver si nuestros caracteres armonizan... Si terminará amándome... Por lo que a mí respecta, siento que ya la amo... ¡Ah! ¡Son sólo quimeras! Apostaría que no la veré en toda mi vida... ¡Qué fatalidad! ¡Cuántas molestias... Cuántos desórdenes causa a una familia la ambición de una desdichada nodriza! No soy severa; pero concededme, amigo mío, que semejante falta no debería quedar sin castigo.

El conde de Beaulé ha vuelto a vernos, lo amo, os estima. ¡Oh, amigo mío, qué título para ganar mi aprecio! Yo era de la opinión de que mi madre le confiase nuestras penas... Quizás lo haga. A buen seguro él nos serviría con todas sus fuerzas. Julie me decía ayer que era un antiguo amante de mi madre... ¡Qué historia! Yo me reí, el conde es bastante más viejo, pero aún era joven cuando mi madre entró en sociedad y se conocen desde entonces... ¡Ah! Si alguna vez esa mujer respetable hubiera tenido que apartarse de los penosos y rigurosos deberes que le imponía el cielo, seguro que la elección del conde hubiera excusado sobradamente sus errores. ¡Oh, amigo mío! Dejad que ría un minuto con vos. La alegría entra tan pocas veces en mi corazón que debéis tener un poco de indulgencia en los breves momentos que me entrego a ella. Pero si esa locura que acabo de mencionar fuese cierta, ¿si yo fuese la hija del conde de Beaulé?... Apuesto a que lo preferiríais. Vamos... No quiero decir ya más extravagancias, mi alegría no se ha repuesto aún lo bastante... Y éstas son tan quiméricas que he creído que podría permitírmelas para distraeros un instante. ¡Si hay una mujer en el mundo que merezca legítimamente los títulos de casta y de virtuosa, se puede afirmar que es ésta! ¡Y qué mérito tenía al merecerlos!... Ya lo sabéis, amigo mío... ¿Cuántas veces la he visto lamentar en mis brazos el peso de la carga que la abrumaba?... Si este hombre cruel se hubiese contentado con olvidarla, ella hubiese hallado en su indiferencia hacia él razones para perdonar esa falta. Pero el muy perverso... Cambiemos de tema, es mi padre y debo respetar en él hasta sus desviaciones... ¡Ay! Lo haría de buen grado si esos desmanes no ultrajasen a la mejor de las madres. Pero lo que a ella le debo me hace olvidar a veces lo que él exige y la obligación de odiar al perseguidor de la que me ha llevado en su seno, me libera a menudo de los sentimientos que debo a quien me colocó allí. Adiós, amigo mío, mi mente se entristece; no quiero aburriros. Nuestras aventuras... La temporada que finaliza, todo esto estorba un poco nuestro plan de vida y nuestros paseos... ¡Oh, cuánto tiempo hace que no os veo!... Casi siete meses. Si queréis os lo diré también en días, en horas y en minutos. Estos espantosos intervalos los considero como instantes en los que no vivo... ¡Ah!, si se prescindiese de los momentos de la vida en los que no nace ningún placer, ¿viviríamos en suma más de cuatro años?

CARTA XXIX

El caballero de Meilcourt a Déterville[10]

Rennes, 12 de octubre.

Querría, querido Déterville, poder responder extensamente y de una manera más satisfactoria a la carta que tuvisteis la amabilidad de escribirme, pero, atado por consideraciones de las que dependo esencialmente, no puedo arrojar más luz sobre el objeto de vuestras pesquisas que la que contienen las pocas líneas que vais a leer.

---

[10] Esta carta estaba incluida en la siguiente.

Elisabeth de Kerneuil, dotada con todas las gracias del cuerpo y del espíritu, pero hija de una madre que no podía soportarla, respondió, aún joven, a los sentimientos del conde de Karmeil, uno de los primeros gentilhombres de Bretaña. Los obstáculos invencibles que uno y otro encontraban para llevar a cabo la unión deseada originaron dos desgracias que perdieron para siempre a ambos jóvenes. El conde se expatrió, sirvió durante algún tiempo en Rusia... Se le da por muerto. Antes de que la noticia se divulgase, la señorita de Kerneuil había terminado su vida de una manera aún más horrible: se mató en cuanto vio la imposibilidad de pertenecer jamás al objeto de su ardor... Su padre había muerto hacía tiempo. Su madre terminó sus días dos años después del suceso que interrumpió la vida de su hija y como la señorita de Kerneuil era hija única, los bienes han pasado a los colaterales... Esto es todo cuanto puedo deciros. A quienquiera que interrogaseis en nuestra provincia no os respondería con tanta franqueza. Alteraría los hechos, y con verosimilitud, ya que se han propalado los rumores más diversos respecto a esta desafortunada aventura... Sin duda hubierais deseado más detalles, pero los lazos que me unen a ambas familias me impiden ser más explícito. Adiós, querido primo, exijo vuestra palabra que lo que os digo sólo será revelado a las personas que os encargan escribirme y a quienes os ruego que exijáis el más absoluto secreto.

CARTA XXX

Madame de Blamont a Valcour

Vertfeuille, 16 de octubre.

Leed y llorad conmigo... ¿No sabía yo ya que no volvería a encontrar esa hija durante un minuto si no era para añorarla eternamente?... Era desdichada... ¡Ah! ¡Cómo la hubiera amado!... Se mató de desesperación... Era odiada... ¡Siniestro error! ¿Hubiera sucedido todo esto sin la infamia de esa nodriza? ¿Sin el espantoso proyecto de mi esposo? Hubiera querido más detalles, pero ¿de qué me hubieran servido? ¡La he perdido!... ¡No la veré jamás!... Hay que sofocar todas las emociones de mi corazón. ¡Ah! Después de tantos años de violentarlas sé que un sacrificio más no debería costarme... Valcour, escribidme... calmadme, no imagináis cómo necesito cartas, mi corazón, siempre desengañado, ansía los auxilios de la amistad, necesita un sentimiento real para consolarse de todas las ilusiones que lo extravían. En verdad es una gran desgracia no estar organizado tan groseramente como otras personas. Por uno o dos gozos mejores se encuentran veinte tormentos más.

El exceso de precauciones que nos vemos obligados a adoptar nos impedirá quizás escribiros con la misma frecuencia que hasta el momento. Este hombre cruel se hace informar de todo. Y no hay una sola de sus maniobras que no me haga temblar. Sin embargo, no os inquietéis en absoluto, no sucederá nada serio que vos no sepáis inmediatamente. Adiós, compadecedme y no dejéis de amarme.

CARTA XXXI

Valcour a madame de Blamont

París, 22 de octubre.

Sí, señora, lo confieso, un exceso de sensibilidad es uno de los más crueles presentes que la naturaleza puede otorgarnos. En este instante ese exceso supone vuestra desdicha. Vuestra alma es de una delicadeza tal que siempre parece volar más allá de todas las informaciones para componerse suplicios. Se diría que le agrada alimentarse de ellos y que esta manera de existir, al ser más viva, es la que mejor se le acomoda. ¿Qué os importa esa hija a la que jamás conocisteis? Ya es bastante llorar sobre los males reales sin añorar los placeres que no se han podido gozar. Con esta manera de pensar todo nos causaría pena y seríamos sumamente desgraciados. Sin duda el cariño que sentimos por nuestros hijos debería estar en relación con el que ellos experimentan hacia nosotros. Me parecería tan inoportuno amar a un hijo que os odiase, como insensato, perdonadme la expresión, amar a uno que no vais a ver jamás. El amor supone relaciones. ¿Y cuáles son las que pueden existir entre nosotros y un ser desconocido? Quizás encontréis que mis consuelos son algo duros, pero es imprescindible privar a un corazón tan sensible como el vuestro de la perpetua facilidad que tiene para afligirse. Buscad en Aline, en esa Aline que os adora los gozos que os arrebata la muerte de Claire. ¡Ah! ¡Vuestra salud me inquieta mucho más que esa pérdida que no debería causaros realmente ninguna impresión! Eso es algo real en que ocuparos y no debe ser desplazado por puras quimeras. Pensad que os debéis a vos misma, a una hija que sólo vive por vos, a los amigos en cuyo nombre me atrevo a intervenir y que quedarían desolados por la menor alteración de una salud que aprecian tanto. Me entero con dolor que vais a estar algún tiempo sin darme noticias vuestras. Os agradezco el instante que habéis escogido para comunicármelo. Mi corazón, ocupado exclusivamente por vuestras penas, apenas si siente las que sobre él descarga esta amenaza... Ocupaos solamente de vos, señora, pensad solamente en vos, os lo suplico. Daré todo por bien empleado, ¿qué digo? Me consideraré feliz cuando sepa que sufrís menos. Esto es lo único que os suplico que me informéis sin falta.

CARTA XXXII

Valcour a Aline

París, 5 de noviembre.

¡Qué silencio! No me he atrevido a turbarlo, pero ¿estaba por ello más tranquilo?... Si pudiese veros sufriría mucho menos por esta ausencia de cartas... ¡Pero vivir sin oíros y sin contemplaros, Aline!... ¿Imagináis la violencia de este suplicio? ¿Y por qué no he de veros?

¿Por qué no me concederéis un minuto? Soy consciente de la amplitud de mi petición y recuerdo temblando que ya me ha sido denegada. Pero en la fuerza de mi amor hallo el valor de volverla a formular... Durante estas largas veladas... Llegaría disfrazado... El más impenetrable secreto ocultaría estos propósitos... Me arrojaría un instante... Un solo instante a los pies de vuestra respetable madre y a los vuestros. ¡Qué calma supondría este minuto de dicha para el resto de días aciagos que aún debo pasar lejos de vos! ¿Podéis exigir que esos días... Esos días infortunados que os consagro se malgasten así en las lágrimas y el dolor? ¡Ah, ojalá pudiera comprar con mi sangre este favor que me atrevo a suplicar!... Que lo pague con mi vida si es necesario. No quiero existir más que ese instante y abandono, sin dolor, todos los momentos que han de seguirlo. ¡Que significan para mí los instantes que estoy condenado a vivir sin vos! En vano, Aline... En vano hago todo lo que puedo para alejar de mí este violento deseo, renace sin cesar en mi corazón, todas mis ideas lo traen a mi espíritu, debo morir o satisfacerlo... Lo que antes me distraía, ahora me resulta tedioso. Contemplo las bellezas de la naturaleza... La estudio, intento sorprender sus secretos y ella solamente me muestra a mi Aline. ¡Tened piedad de vuestra obra, no me castiguéis por mi amor!... No intentéis, sobre todo calmarme con razones, mi corazón solamente escucha los sentimientos que lo arrebatan. Si no los satisfacéis, Aline, vais a reducirlo a la desesperación... Y no escaparéis a vuestros remordimientos... Vuestro exceso de rigor habrá hecho nacer dos seres desdichados, sin que ninguna conveniencia a la que inútilmente os hayáis sacrificado os haya otorgado una virtud de más.

CARTA XXXIII

Madame de Blamont a Valcour

Vertfeuille, 12 de noviembre.

Sí, soy yo quien responde, vuestra Aline está demasiado débil como para hacerlo por sí misma, la hacéis llorar... Me causáis penas, os las causáis a vos mismo y esto es, en mi opinión, todo lo que resulta de esos breves momentos de efervescencia que no habéis podido contener. ¿No percibís la imposibilidad de vuestra proposición y, en las circunstancias en que nos encontramos, podéis exigir algo semejante? Decís que me amáis; si esto es así no intentéis hacerme más desgraciada de lo que soy. ¿Pensáis acaso que la tormenta no caería sobre mí si se descubriese el asunto? ¡Ah, amigo mío! Apelad en socorro de vuestra razón a esa delicadeza que caracteriza tan bien al corazón que me sedujo... Consultadla, veréis si os permite comprar un instante de dicha, al precio de la de quien os ama como nadie en el mundo. ¿Creéis que eso sería ignorado? Supongamos que sucede ¿sería menos culpable por haber consentido a pesar de la promesa que hice de oponerme? Sé muy bien que nada he de temer de vos, vuestra honradez, vuestras virtudes, me tranquilizan y el enamorado que es tan delicado como para no pedir una cita de su amada si no es en presencia de su madre, no se convertirá jamás en el seductor de la que ama. Así, no temo por ella, sino por vos... Alejaríais vuestra felicidad... ¿Qué digo? La destruiríais para siempre. Trabajemos antes para obtenerla un día entera, que para disfrutarla así en porciones, que para arriesgar por un instante dicha que quizás no tendría lugar, la certitud de saborearla pronto en su integridad... No, me opongo a esta fantasía. Haré más, exijo que, al menos, de aquí a cierto tiempo, no me habléis más de ello... Vos que invitáis a los demás a tener valor... ¿Es esa la forma en que lo manifestáis?... Os perdonaría si tuvieseis motivos para estar celoso, pero sois amado con exclusividad. Nada debe agitar vuestra alma, nada debe llevarla a la desesperación. Pensad que yo... Yo que quizás os ame como ella, que yo os prohíbo desesperar y que es a mí a quien vais a apenar si no me prometéis que vais a ser más prudente. ¡Oh! ¡Pobre filosofía! ¿Es esa la manera en que cautivas el corazón del hombre? ¿Es así como llegas a ser la dueña de sus pasiones?... Aquí está esa querida Aline... Aquí está, cerca de mí, llorando como una niña... «Pero mamá, dice con sus grandes ojos bañados de lágrimas... Me parece que un cuartito de hora...». ¡Pues bien! Ya lo veis, no la riñáis, lo desea tan ardientemente como vos. Que esta certeza sirva para calmaros... Pero esto no es posible, creedme que si yo misma no viera en ello los mayores peligros hubiese sido quizás la primera en imaginarlo. ¿O creéis que no sé lo que puede convenir al amor? Jamás he conocido, a Dios gracias, esa especie de delirio, pero lo imagino. Estad, pues, tranquilo, *sois amado,* sí, he querido que esta palabra fuese escrita por la misma persona que, al hacerlo, sigue los dictados de su corazón. Sois amado, nos ocupamos de vos, trabajamos para vos, pero no destruyáis el fruto de nuestros desvelos y no intentéis perderlo todo a cambio de un instante de satisfacción que quizás sólo serviría para sumirnos de nuevo en un abismo de tormentos y de males... ¡Oh, amigo mío! Perdonadme... Me doy perfectamente cuenta de que os hago desgraciado, amadme lo bastante como para decirme que no... Como para asegurarme que ya habéis renunciado a esa extravagancia. Sí, decídmelo, prefiero que la victoria sea el fruto de vuestra razón que el de mis argumentos. Junto al bien que hago, siempre me quedaría la pena de imaginar que os atormento. Mi felicidad sería completa. Estaría segura de que habéis sido razonable merced a vuestras solas reflexiones y me vería libre del calvario de tener que destrozar vuestra alma escribiéndoos las mías.

CARTA XXXIV

Déterville a Valcour

Vertfeuille, 15 de noviembre.

Hace ya bastante tiempo que debes haber observado; querido Valcour, que cuando las cartas son mías se trata siempre de nuevas catástrofes... ¡Pues bien! Ya tenemos la cabeza a pájaros... La filosofía salida de sus casillas, como decía el día pasado cierta dama que tú conoces, a propósito de tu ridículo proyecto... ¡Ya no hay tranquilidad, ni principios, ni sentido común! Qué pocas cosas son necesarias para convertir a un hombre razonable en un loco y a menudo a una persona llena de sentido común en la más extravagante de las criaturas. Ganas me dan de exasperarte... Veamos... Calculemos por una parte todos los sucesos que debes considerar venturosos; en segundo lugar, todos los que pueden contrariarte; finalmente, todos los que te resultan indiferentes. Es seguro que lo que he de contarte está en una de estas tres clases. Formulémoslos. Sería posible, en primer lugar, que el presidente hubiese vuelto, que Aline hubiese sido raptada... Es posible que el presidente hubiese entrado en razón y que lo estuviésemos esperando para una boda... Es extremadamente simple que unos desconocidos hubiesen llegado casualmente a Vertfeuille y que nos hubiesen relatado cosas muy extraordinarias. ¿No es cierto, querido mío, que todos estos incidentes están en la categoría de las cosas posibles? ¡Pues bien! Calma tus temores sobre el primero; no te abandones por completo a la dulce esperanza del segundo y escucha pacíficamente el tercero.

La tarde en que te escribió madame de Blamont estábamos ella, Aline, Eugénie y yo razonando sobre tu locura. Monsieur de Beaulé jugaba al ajedrez con madame de Senneval. Serían aproximadamente las ocho de la tarde, el cielo, muy oscuro, apenas si acababa de recuperarse de un espantoso huracán, cuando súbitamente oímos a un hombre, a caballo, que hacía estremecer el patio con sus latigazos... Con sus gritos y que pedía auxilio con todas sus fuerzas... Se abrieron las puertas, los criados acudieron corriendo. Alumbraron, madame de Blamont se estremeció; Aline y ella se imaginaron que iban a volver a ver al terrible objeto de sus temores. El mismo conde, aunque esta ya muy *jaque mate* corrió conmigo detrás de los criados. Y finalmente introdujimos en la primera antecámara a un desdichado doméstico calado hasta los huesos, enfangado hasta la coronilla, que nos pregunta si está en el camino de Orleans y si le queda mucho camino que hacer para llegar a esta ciudad.

—Mucho, ¿de dónde venís?

—De Lyon, nos dirigimos a París en etapas cortas. Mi amo, que me sigue con su mujer quiso pasar por el camino de Orleans, y ese maldito capricho es la causa de que ahora estemos perdidos. Conozco el otro camino, pero este, en absoluto... La noche se nos echó encima... Un tiempo endemoniado. Cabalgando delante del coche, extravié el postillón que me seguía, porque me había extraviado yo mismo, y ahora no sé dónde nos encontramos.

—Entre gente de bien.

—Ya lo veo, pero preferiríamos estar en la posada, porque mi amo, que viaja de *incógnito,* ¿comprendéis? No quiere molestar a nadie y a buen seguro que no aceptará jamás el asilo que vais a tener la cortesía de ofrecerle.

—¿Y dónde está vuestro amo?

—A doscientos pasos de aquí, en la esquina de la avenida. Si hubiese habido solamente una choza se hubiera detenido, pero solamente hay árboles. Me ha enviado por delante para ver si obtengo alguna información sobre la ruta que debemos seguir.

—Id a buscarle, le dijo el conde, y decidle que la señora presidenta de Blamont, en cuyas posesiones se encuentra, se enojaría mucho si no le hiciese el honor de venir a cenar a su casa.

—A fe mía, señor, nos devolvéis a la vida. ¡Vivan las gentes honradas, pardiez! Si hubiese caído en una cueva de ladrones no me hubiesen recibido con tanta amabilidad.

Y el fiel jinete voló en pos de su amo mientras que el conde se apresuraba a comunicar a madame de Blamont la libertad que acababa de tomarse, al ofrecer su casa a unos viajeros perdidos. Esta mujer encantadora a quien se hace un servicio cuando se le proporciona el placer de hacer una buena obra, llamó, como imaginarás, enseguida para dar órdenes. Se encendieron antorchas y corrieron al encuentro del coche para conducirlo a la casa con más seguridad. Un cuarto de hora después se abrieron las puertas del salón, y vimos aparecer a un joven de alrededor de veinte años y que nos presentó, como suya, a una mujer de diecisiete a dieciocho años. Ambos, junto a unos rasgos de lo más dulce y regular, mostraron hacia nosotros la mejor y más honrada actitud.

—Gracias debo dar a la fortuna, señora, dijo el joven a la dueña de la casa, del accidente que nos ha acaecido, ya que solamente a él debo el inesperado honor de presentaros mis respetos. Sólo os pediría un guía, señora, si mis caballos no estuviesen rendidos y si me atreviese a privar a vuestro corazón del placer que veo que experimenta con la hospitalidad que nos brinda.

Mientras tanto, la joven se expresaba con más encanto y desenvoltura aún. Iba vestida a la inglesa, con un elegante sombrero de paja que le cubría los ojos. Su talle era esbelto y bien formado, sus cabellos negros, bellísimos, estaban atados con una cinta rosa, una extraordinaria vivacidad animaba sus ojos, la nariz era ligeramente aquilina, los dientes hermosos, tenía detalles encantadores y una finura asombrosa en los rasgos... Nos sentamos, charlamos unos instantes y pasamos a la mesa...

—¿Ibais a París, señor? Dijo madame de Blamont al joven.

—No, señora, conduzco a mi mujer junto a su familia, en la provincia de Mans y me incorporaré a mi unidad después de haberla dejado allí.

—¿Sois acaso uno de los nuestros? Dijo el general Beaulé, ¿servís en la caballería?

—No, señor, soy capitán en el regimiento de Navarra y voy a incorporarme a él en Calais, después de haber dejado a mi mujer con su madre. Venimos de ver, en el Delfinado, a un viejo tío mío que quería abrazarnos antes de morir y que, nos ha dejado doce mil libras de renta.

—Ese sí que es un viaje provechoso, dijo madame de Senneval.

—Sí, señora, si hay algo que pueda compensar la muerte de las personas amadas y que nos aprecian tanto.

Durante los postres, Léonore, así se llama esta encantadora aventurera, sufrió un ligero desmayo; Sainville, su esposo, acudió prontamente a su lado.

—No os alarméis, señora, dijo a madame de Blamont, son accidentes propios de una recién casada que no deben sorprender en los primeros años del matrimonio. Os pedimos permiso para retirarnos...

Subieron ambos a la habitación que les había sido destinada. Como Léonore no había traído doncellas consigo, madame de Blamont le envió las suyas. Ella les dio las gracias de todo corazón y no hizo uso de sus servicios.

Recuperados todos de la primera impresión de esta aventura nos resultó imposible dejar de ver contradicciones en el relato de nuestros viajeros. En primer lugar, el criado nos había dicho que venían de Lyon y que se dirigían a París. El amo, bien porque había olvidado la orden que había dado a su criado o porque quizás no le había dado ninguna, nos aseguraba, por el contrario, que venía del Delfinado y que sus pasos se dirigían hacia el Maine. Además, el aspecto de la joven nos pareció un poco sospechoso. Sin duda tiene maneras graciosas y corteses y parece haber recibido una excelente educación, pero, examinándola un poco mejor, se ve que hay más artificio que naturalidad en todos esos atributos externos de pertenecer a la buena sociedad. Sus modales son estudiados, sus gestos cuidados, su pronunciación bella, pero afectada. Sus movimientos son acompasados y a través de todo esto, no obstante, se transparentan el candor y la modestia. El joven es de muy buena facha, castaño, levemente bronceado, de porte ágil, con hermosos ojos y soberbios cabellos. Su tono es menos amanerado que el de su acompañante, pero se ve que tiene mundo y que posee las cualidades necesarias para triunfar. Cuando estábamos en estas reflexiones, el conde buscó el nombre de Sainville en la nómina del regimiento de Navarra y no lo encontró. Nuestras sospechas se redoblaron... Preguntamos qué instrucciones habían dado a sus criados. Les habían dicho que se informasen del momento en que madame de Blamont estaría visible al día siguiente, que les avisasen una hora antes y que saldrían inmediatamente después de haberse despedido de la dueña de la casa.

—Pardiez, dijo el conde de Beaulé, estos son dos aventureros, apuesto a que sí. Nos tendrán que pagar nuestra hospitalidad con el relato de su historia.

Durante unos instantes, por delicadeza, madame de Blamont se opuso a este proyecto, temía que eso los enojase.

—Cuantas más contradicciones hay en lo que dicen, más claro está que su intención es ocultarse. El criado está en el ajo, nos ha dicho que su amo viajaba clandestinamente. No le obliguemos a desvelar su secreto. Esta hospitalidad que les hemos concedido solamente nos obliga a ser considerados con ellos... Opino que la quebrantaríamos si les forzamos a explicarse.

—Pero sólo se trata de proponérselo, dijo madame de Senneval, si esto les aflige, les dejaremos marchar sin hablar más de ello y si, por el contrario, consienten, ¿por qué privarnos de esta distracción?

Eugénie propuso interrogar a sus criados, pero madame de Blamont no quiso y definitivamente se adoptó la decisión de que la dueña de la casa fuese a ver personalmente a la joven al día siguiente por la mañana, que comenzase por invitarles a descansar unos días en Vertfeuille y que, disimuladamente le dejase entrever el interés que tendría en conocerla más detenidamente... Pero, tímida, como ya sabes que es, no se atrevió a hacer sola esa visita y fui designado para acompañarla. Como había ordenado decir expresamente que estaría levantada a las nueve, con el fin de estar segura de encontrarlos levantados a las ocho y media, nos dirigimos a sus habitaciones a esa hora. Habían terminado de arreglarse y se disponían a bajar... Manifestaron su embarazo porque nos habíamos anticipado a ellos. El intercambio de cortesías fue recíproco. Madame de Blamont encauzó la conversación con mucha habilidad. El marido y la mujer, muy inteligentes ambos, adivinaron sus intenciones y, lejos de negarse a lo que de ellos se pedía, manifestaron espontáneamente que se consideraban muy afortunados de poder agradecer, a través de un acto de obediencia tan leve, todas las atenciones que habían recibido.

—Como no suponíamos que os pudiéramos interesar hasta tal punto, señora, dijo Sainville, nos perdonareis que ayer, al llegar a su casa, disfrazásemos un poco la verdad. Hay cosas que se pueden esconder sin ofender en nada a la persona ante quien se mantienen ocultas. Sin negarnos hoy a las explicaciones que nos pedís quizás nos veamos obligados, sin embargo, a introducir algunas restricciones. Pero como no mermarán en nada la singularidad de nuestro relato nos las perdonareis, señora, en la seguridad de que la mayor exactitud regirá en todos los demás detalles...

Contenta de lo que había obtenido, madame de Blamont no se atrevió a insistir más y quedamos de acuerdo que se haría un desayuno copioso que, al permitirnos prescindir de la comida, nos facilitase una jornada más larga y, con ella, el tiempo necesario de prestar toda nuestra atención a las aventuras que íbamos a escuchar. Nos sentamos temprano a la mesa y en cuanto volvimos al salón la concurrencia se dispuso en semicírculo alrededor de ambos jóvenes y Sainville comenzó su relato en los siguientes términos.

El correo va a salir, ya no queda tiempo, me permitirás, querido Valcour, que esta prolongada exposición sea el tema de mi próxima carta. Un abrazo.

CARTA XXXV[11]

Déterville a Valcour

Vertfeuille, 16 de noviembre.

[Historia de Sainville]

Después de haber manifestado a esta querida esposa la embriaguez que me producía el haberla encontrado, después de haber pasado veinticuatro horas ocupados exclusivamente en nuestro amor y en la felicidad que nos producía el poder darnos mil pruebas de él, le pedí que me relatase los sucesos que le habían acaecido, desde el fatal instante que nos había separado.

Pero estas aventuras, señoras, dijo Sainville al terminar las suyas, tendrán, creo, más atractivo si las cuenta ella en mi lugar. ¿Permitís que así sea?

—Claro que sí, dijo madame de Blamont, en nombre de toda la concurrencia, nos encantara escucharla, y...

¡Santo cielo! ¿Quién me impide proseguir? ¿Qué espantoso ruido ha conmovido repentinamente los cimientos de la casa? ¡Oh, Valcour! ¿Seguirán los cielos conspirando contra nosotros?... Derriban las puertas, las

[11] El lector que tome lo siguiente, por uno de esos episodios colocado sin motivo y que se pueden saltar a voluntad, cometerá una falta muy grave.

ventanas se erizan de bayonetas... Las mujeres se desmayan... ¡Adiós, adiós, desdichado amigo!... ¡Ah! ¿Es que solamente voy a tener que contarte desgracias?

CARTA XXXVI

Déterville a Valcour

Vertfeuille, 17 de noviembre.

¿No es odioso, querido Valcour, que un desdichado joven exclusivamente culpable del sentimiento que es origen de todas las virtudes... Después de haber recorrido la tierra, después de haber resistido todos los peligros que se pueden afrontar solamente encuentre escollos, tormentos y desgracias a las puertas de su patria y después en el centro mismo de esa patria, que sólo puede volver a ver maldiciéndola?... Sí, me atrevo a decirlo, estas fatalidades dan lugar a muchas reflexiones y prefiero callar a revelarlas. La amistad que inspira el infortunado Sainville las impregnaría de una amargura excesiva.

Porque el objeto de esa expedición eran Aline y él, Valcour... ¿Aline y él? Te escucho decir.

¡Eh! ¿Qué extravagancia los une? Escucha, todo se explicará.

Es inútil que te describa el horror de nuestras damas cuando vieron que la casa se llenaba de alguaciles, de espías, de guardias, de toda esa canalla repugnante cuyo despotismo asusta a la humanidad a expensas de la justicia y de la razón, como si el gobierno necesitase más seguridad que la que confiere la virtud y el hombre más lazos que los que emanan del honor... No necesito decirte en qué se convirtió esa agradable reunión, cuando vimos aparecer, en medio de la confusión general a un hombrecillo feo, corto y gordo, completamente alelado, temblando de los pies a la cabeza, con la espada en una mano y la pistola en la otra, que dijo ser consejero del Rey y además, oficial superior del tribunal de la Sûreté de París y afirmando que, en nombre de la seguridad del Estado, debía prender a un oficial que hacía llamarse Sainville, nombre usurpado, como se vería en la orden de que era portador; que, encontrándose el susodicho monsieur de Sainville en el palacio de Vertfeuille, cerca de Orleans, le había sido ordenado a él, Nicodéme Poussefort, oficial superior, prender al susodicho militar en el susodicho castillo así como a una señorita, raptada por este oficial y que hacía pasar por su mujer, todo ello en orden a ponerlos a ambos a buen recaudo en un lugar que se indicaba en su orden[12].

[12] Todo lo que es bárbaro ha conservado el idioma de la barbarie. Parece que sólo debemos hablar la lengua de nuestros crueles antepasados, cada vez que imitamos sus atroces costumbres. Ved el estilo de los arrestos, las admoniciones, las actas de detención; es felizmente imposible matar o encerrar a un hombre en buen francés.

Por este preámbulo adivinarás lo que todo el mundo pudo pensar. Sólo voy a contarte lo que siguió y la parte que el presidente tiene en todo esto.

Una vez que hubo soltado estos cumplidos, el hombrecillo quedó sudoroso, palpitante y apestando como un capuchino que baja del púlpito, nuestras damas habían vuelto en sí a fuerza de cuidados y el desdichado Sainville y su mujer entremezclaban sus lágrimas y sus gemidos, entonces el conde de Beaulé avanzó hacia el alguacil y le ordenó con esos aires de nobleza y de superioridad con que antaño había conducido a los franceses hacia el enemigo, le ordenó, decía, que envainase sus armas y que hiciese salir a su gente del salón y le preguntó cómo se le había ocurrido entrar de manera tan brusca en el palacio de una mujer honrada.

Ante esta pregunta, ante el porte señorial de quien la formulaba, ante los títulos y las condecoraciones que la respaldaban, Nicodéme Pousse-fort, oficial superior de la Sûreté de París respondió, un tanto confuso que se había creído autorizado en sus gestiones por su orden y por las diferentes consignas particulares que había recibido de las personas interesadas en ello. Pero el conde, después de haberle reprendido una segunda vez y de haberle dicho que las órdenes de los padres no se anunciaban como si fuesen de Mandrin, sino que se ejecutaban a través de los oficiales delegados en cada distrito a este efecto y que, como la quimérica preponderancia o la ilusoria autoridad del tribunal de la Sûreté de París no tenía jurisdicción más allá de las puertas de la ciudad, le preguntó además si sabía de quién procedía la orden y quién la había solicitado...

Por toda respuesta el alguacil le entregó sus papeles, y el conde, después de recibirlos, le dijo sin mirarlos:

—Estad tranquilo; señor, yo me encargo de todo...

Luego, dirigiéndose a los señores de Sainville:

—Ahora sois mis prisioneros, les dijo, dadme vuestra palabra de honor de no ausentaros de esta casa sin mí...

—Os equivocáis, señor, dijo precipitadamente el oficial de policía, esta dama a quien exigís la palabra no es la persona a quien debo prender. La que corresponde a la descripción que me han dado, prosiguió señalando a Aline, es esta señorita. Y ella debe ser madame de Sainville...

—Sois vos quien cometéis el error, respondió el conde, o la descripción que os han dado es falsa. La joven que designáis es la hija de madame de Blamont.

Y señalando a Léonore:

—Ella y sólo ella es madame de Sainville...

—Señor conde, respondió el alguacil, lo que decís es muy poco probable, ya que esta descripción en la cual me baso es obra del presidente de Blamont. ¿Me hubiera dado la de su hija? Confrontémoslo, señor, porque la traigo aquí.

Creo que era difícil describir a Aline con más precisión y, como no se parece en absoluto a Léonore, era imposible equivocarse.

—¡Ah! Ahora me doy cuenta de todo, dijo impetuosamente madame de Blamont.

Luego, dirigiéndose al alguacil:

—Terminad, señor, terminad de aclarar esto. ¿Tenéis alguna orden particular referente a esta joven?

—La de dejarla en el convento de las Benedictinas al pasar por Lyon, respondió el alguacil. Decirle que espere ahí a su familia que pronto vendría a disponer de ella y proseguir mi ruta con monsieur de Sainville hasta la isla de Sainte Marguerite en donde se le encerrará por diez años.

—¿Y quienes os han dado las diferentes comisiones?, preguntó a su vez madame de Blamont.

—En primer lugar, recibí, señora, respondió el alguacil, una orden general y vaga del magistrado de acomodarme a todo lo que me fuese ordenado por el padre de monsieur de Sainville quien no ha querido correr con la responsabilidad de hacer prender a su hijo en casa de madame de Blamont en donde sabía que estaba, sin ponerse previamente de acuerdo con el señor presidente. Como consecuencia de esta delicadeza y como no se llegó a ninguna conclusión ese mismo día, se me citó al día siguiente por la mañana; entonces encontré reunidas a las dos personas con quienes había de tratar. Y de ellas recibí los diferentes detalles que necesitaba para actuar.

Esto es, mi querido Valcour, todo lo que hemos podido averiguar sobre este lance, y como aún no se ha aclarado nada, imagino que antes de haber terminado la lectura de mi carta vas a entregarte a mil cábalas. Formulemos, pues, algunas contigo antes de proseguir con las cosas interesantes que aún he de relatarte.

En primer lugar, parece bastante claro que monsieur de Blamont se ha confiado al padre de Sainville; que le ha pedido insistentemente, sin duda, dirigir contra su hija, mucho más culpable que Léonore, la orden de detención destinada a esa Léonore. Que, como ésta no estaba actualmente reclamada por nadie, él se encargaría de responder de ello. Que lo importante era separarla de Sainville, lo que se conseguía igualmente, ya que madame de Blamont la retendría probablemente en su casa y que, poco después iría a buscarla él mismo para colocarla en algún convento en donde se la podría encontrar siempre que fuese requerida. Que el padre de Sainville apenas si tenía interés en esta Léonore y como sólo deseaba separarla de su hijo, estuvo de acuerdo en todo con el presidente, siempre que éste permitiese hacer prender al joven en el palacio de Vertfeuille. Y finalmente que, Aline detenida de esta forma y conducida a Lyon, no tardaría en convertirse en la mujer de Dolbourg, que hubiera acudido rápidamente a su lado junto con el presidente. Éstas son mis conjeturas, amigo mío, iguales a las del resto de la concurrencia. Volvamos ahora a los detalles que ya no pueden tolerar más demoras.

—Podéis iros, señor, dijo el conde al alguacil, en cuanto este hubo terminado con sus explicaciones, id a decir a quienes os hayan enviado que el conde de Beaulé, comandante de Orleans y teniente general de los ejércitos se hace cargo de vuestros prisioneros, os libera de vuestras obligaciones respecto a ellos y os da su palabra de llevarlos ante el ministro antes de tres días.

—Señor conde, dijo el alguacil inclinándose hasta tocar el suelo, obedezco sin replicar, pero ya conocéis nuestros cargos y corro el peligro de perder el mío si no tenéis la bondad de hacerme un recibo.

El general pidió recado de escribir y firmó sin dificultad lo que el alguacil deseaba. Después de lo cual, éste y su tropa desalojaron el palacio, no sin escamotear, afanar y robar, todo lo que cayó en sus manos[13].

Apenas hubieron salido, comenzamos a razonar intensamente sobre las maniobras sordas e infames del presidente, pero como todo lo que se dijo te lo acabo de consignar, paso rápidamente a las consecuencias esenciales de esta aventura.

Restablecida la calma y realizadas todas las reflexiones, el conde abrió la orden y, después de haber recorrido rápidamente algunas líneas

—¡Cómo!, señor, dijo con sorpresa a Sainville, ¿sois el conde de Karmeil?, conozco mucho a vuestro padre.

—¡El conde de Karmeil!, exclamó madame de Blamont visiblemente turbada, ¿Habéis leído bien? ¿No os equivocáis?... Cielos... Léonore, no, no resisto a estos renovados embates de la fortuna... Desdichada niña... Abre tus brazos... Reconoce a tu madre.

Y, demasiado conmovida por lo que acababa de suceder, emocionada por una escena tan enternecedora, se desvaneció en los mismos brazos de Léonore.

—Santo Dios, dijo ésta, la bondad de esta amable dama la engaña sin duda. ¿Qué ha querido decir?... ¿Yo su hija?... ¡Ojalá lo hubiera sido!

—Lo sois, señorita, dije yo entonces, auxiliemos a madame de Blamont... No está equivocada, ni mucho menos. Tenemos todo lo necesario para convenceros... Sainville, ayudadnos a devolver a vuestra esposa la más adorable de las madres.

Te dejo imaginar la confusión reinante. El conde, que no conocía los hechos, ignoraba incluso de qué se trataba. Madame de Senneval, más informada, aseguraba a Léonore que no nos engañábamos. Finalmente,

---

13 Esto es lo que llamamos en Francia civilización. Este es el precio que pagamos por no ir ya a buscar nuestro alimento a los bosques. Al precio de una multitud de crímenes tolerados y recompensados, el Gobierno compra el castigo de dos o tres delincuentes que estarían confundidos de tener tantos horrores sobre su conciencia como los desalmados que los castigan... Sí, esto es lo que en nuestra patria se llama el orden, la seguridad... La policía... ¡Oh, virtud, cómo se honran tus altares y cómo te sirven los franceses! *(Nota del autor)* No hay que olvidar que se trata del antiguo gobierno. *(Nota del editor)*

madame de Blamont auxiliada por Aline, que no sabía a quién atender, recuperó el uso de sus sentidos y se lanzó de nuevo a los brazos de Léonore. Todo se aclaró, exhibí, por una parte, la carta del caballero de Meilcourt, y, por otra, las declaraciones recogidas en Pré-Saint-Gervais y, como todas las piezas encajaron reforzándose mutuamente, resultó imposible a Claire de Blamont, a quien en adelante seguiremos llamando Léonore, para la mejor comprensión de esta historia, le resultó imposible, decía, ignorar durante más tiempo su nacimiento.

—Este es entonces el motivo de que fuese odiada por madame de Kerneuil, dijo la joven, arrojándose a los pies de su verdadera madre, por eso me detestaba... ¡Oh!, señora, continuó, pero con más amaneramiento que verdadera emoción (éste es un rasgo de su carácter que no hay que perder de vista) ¡oh!, señora, permitidme que, de rodillas, os pida para mí los sentimientos que mi desafortunado destino me impidió conocer. Mi alma estaba hecha para recibirlos y la más bárbara de las mujeres le negó siempre este goce. Sainville, corre a precipitarte, como yo a los pies de esta dulce madre. Pídele perdón por nuestros desvaríos y no sueñes ya con tenerme si no es con su consentimiento.

Entonces este interesante joven, bastante más afectado que su mujer, bañó los pies de madame de Blamont con sus lágrimas y prosternado ante ella:

—¡Oh!, señora, dijo, ¿os dignaréis perdonar mi crimen?... ¡mis crímenes!...

—Oh, Dios santo, dijo enseguida esa madre delicada y sensible, no los habéis cometido, toda vuestra culpa es haberla amado. Yo la hubiera amado como vos. Levantaos, Sainville... Hela aquí, deseo que la recibáis de mi propia mano...

Renuncio a describirte la situación de esa mujer adorable en medio de esa encantadora pareja... Aline besaba ya a su madre, ya a su hermana... No, amigo mío, harían falta los colores de la misma naturaleza para reproducir este cuadro, el arte no lograría imitarlo.

Durante este tiempo, explicamos, lo más sucintamente posible, toda esta historia al conde de Beaulé.

Son estas aventuras muy singulares, dijo acercándose a madame de Blamont, mi querida y antigua amiga, continuó, cogiendo sus manos, me interesan enormemente... Pero sois excesivamente misteriosa... ¿Por qué no me lo dijisteis antes? Ahora este Sainville se ha convertido en mi hijo. Y esa desdichada Aline con quien también se han ensañado... ¡Qué horror! Vamos, vamos, que todo el mundo se calme, acojo a los tres bajo mi protección y, si la menor desgracia les amenaza aún, antes perdería mi cabeza que ver sufrir a cualquiera de ellos.

Y, al unísono, todos los brazos se tendieron hacia ese militar sensible y honrado. Lo rodeamos, le manifestamos nuestro agradecimiento, lo acariciamos. Madame de Blamont, dejándose llevar por su alegría, le saltó al cuello y le dijo:

—¡Oh!, mi querido conde, o no me habéis amado jamás o libraréis de la desgracia a estas tres conmovedoras criaturas.

—Os doy mi palabra, respondió el conde emocionado, y ¿cómo podría dejar de intentarlo cuando veo a mi alrededor, el himeneo, el amor y la amistad que me suplican en nombre de todos sus derechos? Karmeil es amigo mío desde hace treinta años, hemos *guerreado* juntos en Alemania, en Córcega... Lo que le desespera son los cien mil escudos... ¿Pero entonces os habéis hecho pasar por muertos los dos?, continuó dirigiéndose a los señores de Sainville.

—Es cierto, señor, respondió el joven enamorado de Léonore, esta es una de las circunstancias de nuestra historia que consideré conveniente silenciar. Léonore había escrito a sus padres que, como no podía resistir el horror de su situación, se había escapado del convento para reunirse con el elegido de su corazón. Que, luego, retenida por la decencia, no se había atrevido a llevar a cabo sus designios. Y que como su conducta la situaba entre la pérdida de todo lo que amaba y el deshonor, había adoptado la decisión de poner fin a sus días. Para que no se dudase de lo que anunciaba, había colocado esta carta en el fondo de una caja oculta en uno de sus vestidos que ordenamos fuese arrojado al río. Pensamos que encontrarían el paquete, reconocerían la prenda, leerían la carta, que sospecharían, sin duda, que el cuerpo había sido devorado y que no quedarían dudas en la provincia sobre su muerte. Por lo que a mí respecta, escribí a mi padre que me marchaba a Rusia cegado por la desesperación y que jamás oiría hablar del que intentaba convertir en su víctima. Para certificar mejor mi pérdida total, a fin de poner término a sus investigaciones, rogué a un amigo que tenía en este país que al cabo de tres meses anunciase mi muerte al conde de Karmeil. Supe que lo había hecho así y que mi padre se había consolado mucho antes de mi desaparición que de la de los cien mil escudos que yo le había quitado.

Entonces es esto, dijo el conde, lo que legitima la carta del caballero de Meilcourt. Valor, valor, amigo mío, añadió el general con ese talante abierto que le gana todos los corazones, valor, ya nos ocuparemos de todo esto. Veis, os lo acababa de decir, lo que preocupa a vuestro padre son los cien mil escudos, ¡pardiez! ¡Si hubiésemos podido recuperar solamente la mitad de los lingotes dejados a la Inquisición... Qué seguridad tendría de hacerle cambiar de opinión!... Pero no renuncio a estos lingotes, en verdad que no. Hablaré al ministro... Hay que escribir... Es una infamia. El rey de España ha de repararla... Ha de hacerlo.

Y volviéndose hacia Aline:

—¡Oh!, por lo que a ti se refiere, hija mía, no te inquietes. No cabe duda de que, de los tres, eres la menos afectada. El recurso del presidente es un subterfugio que no se sostiene en cuanto se ha comprendido el error. No hay carta de detención contra ti. La única que existe es contra madame de Sainville y, por tanto, no has de temer nada. La descripción que dieron en el tribunal es un error que no resiste un ligero examen. El único peligro es el que amenaza a Léonore... y yo respondo de él.

En este instante comenzaron a brotar de nuevo las efusiones de agradecimiento y, como había llegado la hora de la cena, nos sentamos a la mesa, en donde la esperanza no tardó en despertar en todas las almas los sentimientos que tantos acontecimientos aciagos habían borrado, lo que hizo que la tranquilidad y la alegría afloraran en todos los rostros.

A la mañana siguiente decidimos que ocultaríamos cuidadosamente al presidente todo lo relacionado con Léonore; que esta joven pasaría en público por la hija de la condesa de Kerneuil; que había sido criada por ella, que llevaba su nombre y que debía reclamar sus bienes; que después de haber arreglado en Versalles la historia de la orden de arresto, cosa que el conde suponía que, como mucho, sería cuestión de veinticuatro horas, se buscaría a un hombre de negocios inteligente y seguro que saldría con los jóvenes hacia Rennes para ocuparse de la recuperación de los bienes de Léonore.

—Podéis tener la conciencia tranquila, dijo el conde a madame de Blamont, al ver que le desagradaba este arreglo, imagino vuestra delicadeza, Pero la considero fuera de lugar. Entre dos males inevitables el hombre prudente debe siempre preferir el menor. O bien hay que declarar que Léonore es vuestra hija, lo que resulta impracticable con un hombre como el presidente que, después de haber conspirado desde la cuna contra la felicidad de esta desdichada, si la volviese a encontrar sería solamente para atormentarla de alguna otra forma, o bien es preciso que se haga reconocer por lo que siempre se creyó que era y, en, ese caso, debe reclamar los bienes.

—¿Pero si entre los herederos de madame de Kerneuil, dijo madame de Blamont, hubiese algunos desdichados a quienes esta maniobra llevase a la ruina?

—Sería una desgracia, dijo el conde, pero una desgracia muy fácil de reparar mediante sacrificios que Léonore haría seguramente y, en cualquier caso, mucho menor que la de devolver a Léonore al presidente. ¿Pensáis, continuó, en la multitud de explicaciones indecentes que habría que dar al público si adoptásemos esta postura? El presidente no tiene ninguna necesidad de tener una hija más. Cree que tiene una en Sophie, ha abusado de ella para cosas horrorosas. No despertemos nada semejante en esa alma perversa. ¿Que Léonore, desgraciada ya con una madre quimérica, no lo sea más aún con un padre real? Y, además, ¿qué fortuna le daríais a esta joven? ¿Sabéis hasta qué punto me interesa? ¿Creéis que voy a tolerar que disminuyeseis la dote de Aline, esa dote que supone la fortuna de nuestro querido Valcour, el más honrado y el mejor de los hombres?...

—¡Oh!, señor, exclamó Aline, no permitáis que os detenga esta consideración. Valcour no desea mis bienes y yo misma no los quiero si no es para compartirlos con mi hermana.

—No, respondió el conde, Léonore no aceptaría esta generosa oferta de su hermana mayor más que en el caso en que no tuviese otra fortuna. Pero tiene medios para vivir sin necesidad de acudir a vos. Es preciso que reclame la herencia de madame de Kerneuil y que disfrute de ella. Confiad en lo que os he dicho y dejemos las cosas como están, vale más así.

—Pero esos herederos a quienes despojamos me inquietan, dijo una vez más la buena presidenta.

—¡Pues bien! Pardiez, dijo el conde, ¡pues bien!, les subrogaremos en nuestros derechos sobre los lingotes de Madrid.

Esta salida provocó las risas generales y todo el mundo coincidió finalmente en esta opinión por lo que convinimos los tres puntos siguientes:

1. Que, en primer lugar, había que ocuparse del levantamiento de la orden, sin albergar absolutamente ninguna inquietud por Aline, a quien esta orden sólo concierne gracias a una superchería demasiado grosera como para no poder ser destruida por el menor impulso de reflexión. Que, por el honor del presidente, sería incluso prudente silenciar esta artimaña condenable, con la seguridad de que sería el primero en esconderla con el mayor cuidado a partir del momento en que conociese el poco éxito obtenido.
2. Que era preciso hacer aprobar al conde de Karmeil la boda de Sainville y Léonore y revestirla enseguida de las formalidades religiosas y civiles, a falta de las cuales, ésta carecía de validez.
3. Que era necesario probar que Elisabeth de Kerneuil, dada por muerta, sólo había sido raptada por su futuro esposo y que había que proclamarla heredera legítima de los bienes del conde y de la condesa de Kerneuil.

Adoptadas estas resoluciones y después de haber hecho algunas reflexiones unánimes sobre la singularidad de la suerte de Léonore, proscrita desde su nacimiento por su padre y que, por así decirlo, ha renacido de nuevo solamente para volver a caer en otra trampa de ese malvado y una vez que, por una y otra parte, se intercambiaron graciosamente manifestaciones de afecto, de ternura y de gratitud sólo nos ocupamos del placer de escuchar las aventuras de la bella Léonore, que, si lo permites, dada la cantidad de cosas que me hacen escribir a propósito de todo esto, te llegarán en mi próxima carta.

CARTA XXXVII

Del presidente Blamont a Dolbourg

París, 18 de noviembre.

Y bien, Dolbourg, a pesar de tus falsas teorías, a pesar de tus absurdos razonamientos, estarás de acuerdo en que el cielo favorece a menudo a eso que llamas el crimen y que abandona frecuentemente a eso que denominas la virtud. ¿Dónde diablos habías aprendido lo contrario? En lo que se refiere al honor tienes aún ciertos prejuicios de clase que hacen que me avergüence de ti todos los días. No importa que repita que eres mi alumno, en cuanto te oyen hablar dejan de creerme. Últimamente te procuro buenas compañías, académicos, adeptos del Liceo, te presento en medio de los Sócrates y de las Aspasias del siglo... ¡Y he de contemplar como subes a la cátedra para demostrarnos la existencia de Dios!... La gente se echó a reír, me miraron... Como eres más viejo que Herodes no puedo excusarte por tu edad, no me quedó más remedio que renegar de ti... Fórmate, te lo ruego... Guerra abierta a todas las estúpidas quimeras que aún te ofuscan y no me expongas más a afrentas semejantes.

Comoquiera que sea, dime si has visto en tu vida algo más gracioso que la llegada de esa hermosa aventurera a casa de mi mujer, que la santa y conmovedora hospitalidad que le concede mi buena y querida esposa, que la manera súbita en que me informaron de todo ello, que ese padre, ese buen gentilhombre bretón que solicita mi consentimiento para detener a su hijo en casa de mi mujer en donde ha averiguado que está gracias a los rumores y finalmente que esta ocasión singular de hacer capturar con completa naturalidad a nuestra encantadora Aline, en lugar de la dulcinea del hijo de nuestro airado gentilhombre. ¿Eh, qué dices a todo esto?... ¿Te atreves a decir ahora que no es una mano divina la que viene a poner simultáneamente en nuestros lazos a estas dos conmovedoras criaturas?

Como en este momento estamos en plena batalla y no dudo en absoluto de que la ganemos, es oportuno que te indique el camino y que te esboce un plan de nuestros proyectos.

De acuerdo con mis cálculos Aline estará el 21 o el 22 en las Benedictinas de Lyon. Como yo he escrito a la abadesa, que es una de mis amigas, para que la vigilen muy de cerca hasta nuestra llegada, la dejaremos una semana o dos para ocuparnos de la otra. El viejo conde bretón no me parece que se preocupe nada en absoluto de esa señorita de Kerneuil que su hijo decidió raptar. Siempre que yo le libre de ella estará contento y siempre que no tenga que pagar una pensión, será feliz. Esta hermosa muchacha es lo que se llama una verdadera criatura abandonada, ni padre ni madre... Dada por muerta en su patria... Una mala conducta... Sin apoyo... Ya me entiendes... ¿No se trata de una hermosa anguila que ha caído en nuestras redes de acuerdo con todas las reglas?... ¿No sería una injusticia no aprovecharnos de ella cuando el cielo la pone de tal forma en nuestro camino?... Y además bella como un ángel y de dieciocho años... No saborearemos sus primicias, es cierto, pero hay tantas formas de desquitarse. Hay una clase de libertinos para los cuales todas estas miserias deben ser indiferentes. ¿No es seguro que se disfrutarán siempre placeres nuevos y picantes si los únicos que proponemos son de esta clase?

A fin de evitar dar muestras de una prisa excesiva no iremos a Vertfeuille hasta dentro de cuatro o cinco días y allí, con toda la decencia imaginable, con todas las cortesías requeridas, raptaremos a la querida Léonore de Kerneuil, que mi mujer, asombrada por la equivocación, habrá albergado por conveniencia e inmediatamente la conduciremos a la casita de Montmartre en donde la víctima quedará depositada hasta que sus sacrificadores tengan a bien ofrecerla a Venus.

Habrá aún una escena en Vertfeuille, espero que lo comprenderás, la Senneval chillará, el virtuoso Déterville fruncirá la ceja izquierda montando el labio inferior sobre el otro y la presidenta llorará... Me pedirá una vez más que le devuelva su hija, me tratará de tirano y de... Todos los bonitos epítetos que las damas prodigan cuando nuestras fantasías y nuestros gustos no se adaptan a la estúpida monotonía de los suyos...

¿Y qué papel desempeñas tú en todo esto? ¿Fingir? ¿Para qué?... ¿Acaso el cazador sigue tendiendo trampas cuando la pieza, entre los dientes del perro, sólo espera que su mano la coja? Era preciso que la boda se celebrase, diría yo decididamente, vos poníais continuamente nuevos obstáculos, he debido superarlos... Vuestra hija no está muerta, volveréis a verla... Pero sólo bajo el nombre de madame Dolbourg... Que grite, que llore, que haga lo que quiera, poco me importa. Resistiremos, eso es lo principal.

Despachadas estas diligencias, con la señorita de Kerneuil a buen recaudo, nuestra ya, si quieres, volamos a Lyon, se celebra la boda y se consuma el acto en mi impenetrable castillo de Blamont a donde llegaremos en una sola etapa desde los bordes frescos y floridos del Ródano. ¡Y bien! ¿Te gusta el proyecto? Lyon ¿lo encuentras bien razonado? Gracias a estas nuevas disposiciones, la señorita Augustine de cuyas facultades comenzaba a estar muy contento, nos resulta bastante inútil, como ves. No importa, es un asunto para tratar, hay muchas ocasiones en la vida en que se necesita una muchacha *segura* como esta. Una malvada redomada no es nunca un trasto inútil para dos libertinos como nosotros. No te imaginas, amigo mío, hasta qué punto me obsesiona esa bella bretona. No lo sé, pero siento por ella algo mucho más vivo que por cualquier otra mujer. Y, sin conocerla, sin haberla visto, una voz secreta parece decir a mi corazón que ninguna voluptuosidad sensual lo habrá deleitado tanto jamás. Las inspiraciones de la naturaleza son una cosa sumamente graciosa. Un filósofo que se dedicase a estudiarlas encontraría algunas bien extraordinarias: ¿no es ya sumamente singular que nos excite interiormente, de una manera inexpresable, ante el simple deseo del mal que proyectamos? ¡En dónde quedan, pues, las leyes del hombre si la naturaleza nos deleita con el mero proyecto de infringirlas!

Bien, pues, siempre un poco de moral sería motivo de orgullo ante otra persona, pero contigo es un esfuerzo inútil. Disfrutas la mitad que yo haciendo el mal, porque no lo razonas y porque sólo es verdaderamente delicioso cuando se le trama y se le saborea. Solamente entonces nos deja recuerdos voluptuosos que nos permiten gozar de él mil años después de haberlo cometido.

No pienses que todos estos proyectos me van a hacer olvidar a Sophie, los nuevos deseos no anulan jamás en mí a los antiguos. Floto indiferente en los más apetecibles, como la abeja entre las flores, mancho y profano lo que tengo más a mi alcance, dejo el resto para las horas de ocio y siempre me las arreglo para que sean pocas. Buscaremos, acecharemos y descubriremos, puedes estar seguro, a esta encantadora fugitiva.

Cuando la encontremos te imaginarás que, *como ejemplo,* sea tratada con todo rigor. Yo soy muy aficionado al *ejemplo,* lo confieso. Más de veinte veces en mi vida he dado mi opinión para hacer morir a un desdichado con el único designio de dar un *ejemplo.* ¡Cuántas rehabilitaciones desde que se atormenta y se ahorca todos los días! Solamente nosotros somos inmunes a ese maldito ejemplo. ¿Sabes por qué?... Porque a nosotros no nos ahorcan, porque ni siquiera se atreven a acusarnos. De ahí nace una impunidad que es sumamente deliciosa para almas como las nuestras[14].

Además, me parece esencial castigar severamente a la compasiva madame de Blamont que ha concedido así la hospitalidad a todas las jóvenes en apuros que han aparecido por la provincia. La gente terminará hablando de ello y todo buen esposo, además de su reputación, ha de ocuparse además de la de su mujer.

Bueno, esto es todo por hoy, adiós, son las dos de la madrugada y me caigo de sueño.

CARTA XXXVIII

Déterville a Valcour

[Historia de Léonore]

Ya conocéis el resto, señora, dijo Léonore, el cielo, al compensarme tantas desgracias a través de una plétora de prosperidades inesperadas, ha

[14] Es cierto que, si se condenase a los jueces que se equivocan en sus sentencias de muerte al mismo suplicio que el que ellos decretan, no se verían tantas infamias: menos sangre se levantaría contra esos verdugos; y por uno o dos desgreñados en la picota, que servirían para divertir infinitamente al pueblo, se conservaría la vida de mil inocentes.

querido unir al milagro de encontrar a mi esposo el de devolverme una madre... ¡Oh! ¡Señora!, añadió arrojándose a los brazos de la presidenta, esto hace olvidar todos los males...

Aquí la bella esposa de Sainville dejó de hablar y, como era tarde, después de intercambiar recíprocas manifestaciones de ternura y de afecto, todo el mundo se retiró, excepto la presidenta y el conde de Beaulé que pasaron una parte de la noche decidiendo todo lo que había que hacer para completar la felicidad de estos esposos.

Estas decisiones, que tuvieron a bien comunicarme te las contaré en mi próxima carta. Me parece que la longitud de las últimas exigiría una disculpa si no fuese porque lo que contienen compensa un poco, en mi opinión, el tiempo que se pierde en leerlas.

Un abrazo.

CARTA XXXIX

Déterville a Valcour

Vertfeuille, 24 de octubre.

Ya estamos solos, mi querido Valcour. Ya no hay ilusiones, nuestros dos ilustres viajeros se han ido, ahora podemos juzgarlos con toda tranquilidad. Pero como estas reflexiones estorbarían quizás un poco el placer que para ti supone el saber lo que se decidió sobre ellos, voy a comenzar por explicártelo. Se fueron ayer con el conde de Beaulé, en cuya casa de París se hospedarán, hasta el momento de su salida para Bretaña. Su primera preocupación será anular la orden de arresto obtenida por el padre de monsieur de Karmeil. De esto se encargará el conde. Luego los jóvenes serán presentados en la corte que se interesará por ellos gracias a su manera de ser y a la singularidad de su aventura. El conde supone que deban alcanzar una especie de renombre y que excitaran el interés y la curiosidad. Además, todas las disposiciones que te expliqué en mi carta del diecisiete se mantendrán irrevocablemente. No se informará al presidente acerca del nacimiento de Léonore. Se continuará ignorando lo que había exigido sobre la detención de una de las hermanas en lugar de la otra, atrocidad que más vale callar que revelar. Seguidamente los jóvenes, escoltados por un consejero excelente, saldrán para Rennes, en donde se ejecutarán al pie de la letra todos los planes que te comuniqué. Las cosas no quedarán ahí. Monsieur de Beaulé, que se interesa infinitamente por ellos, va a convencer al ministro para que escriba a España a fin de obtener al menos todo lo que se pueda de los lingotes confiscados por la Inquisición. Y si esto se consigue, lo mismo que la restitución de los bienes de la señorita de Kerneuil ya ves la inmensa fortuna de que podrán disfrutar antes de un año. ¿Son dignos de ella?... Él, lo creo, ella, no te lo ocultaré, no me ha seducido tanto como su esposo. Madame de Blamont a quien, en un principio, gustó bastante, porque el alma de esta mujer encantadora está hecha para amar sin reflexión a todos los que le pertenezcan y a todos los desgraciados, madame de Blamont, decía, había forjado algunas ilusiones sobre esta nueva hija. Pero, sin perder nada del afán que tiene de serle útil, ahora comienza a verla infinitamente mejor.

Falta mucho, en mi opinión, para que las contrariedades padecidas por Léonore, hayan servido para formar su espíritu o su corazón: en primer lugar, es cierto que ha perdido todo el sentimiento religioso que le ha sido imbuido desde la infancia. Dice que lo había anulado antes de sus aventuras, pero creo que las gentes que ha frecuentado en sus viajes le han perjudicado más que todas las lecturas que hubiese podido hacer antes. En este punto es de una firmeza sorprendente para su edad y como su marido le deja la mayor libertad de conciencia además ella alega en defensa de sus principios razones que, desafortunadamente, son muy poderosas y como se refugia en la imposibilidad en que se encuentra de remediar lo que ha hecho, ha resultado muy difícil atacarla en este tema, a pesar de las consideraciones que debe a todos los que estamos aquí. A pesar del enorme interés que tendría, cuando menos, en fingir, se ha negado obstinadamente a realizar prácticas piadosas generales. Anteayer, por ejemplo, era un día de fiesta. Se la avisó para que fuese a misa, ella contestó al lacayo con sequedad que no iba jamás y que la señora presidenta sabía perfectamente las razones.

Cuando volvimos se excusó gentilmente, pero no obstante de forma que dejaba de manifiesto que sus principios eran invariables. Y desgraciadamente creo que van más allá de la inobservancia del culto de su país. Le han calado hasta la médula. Yo supongo que es atea en su fuero interno, varios de sus razonamientos me inclinan a ello: sus refutaciones de los sentimientos de Clementine, sus confesiones a la Inquisición, todo esto son solamente cosas de circunstancias que no me engañan en absoluto[15]. No cree en nada, amigo mío, estoy seguro de ello. No obstante, ella solamente se explica entre risas sobre este último punto. Dice que los servidores de Dios le han dado tan malos ejemplos, que han hecho nacer en ella grandes dudas sobre la realidad de su señor. Si se intenta probarle que este razonamiento es débil y que los defectos de la obra no demuestran nada en contra de la existencia de su hacedor, se lo toma a broma y dice que cree tanto como se quiera en esa existencia y que se convencerá aún más cuando sea rica y no tenga más desgracias que temer. Pero todo esto no impide que se la adivine y que se la juzgue.

Examinemos sus virtudes. No veo ni siquiera haya adoptado todas las que, mediante el ejemplo, le mostraron los bandidos que ha frecuenta-

[15] El lector debe recordar que en estas dos ocasiones citadas Léonore suscribe el deísmo.

do y su alma o bien es, por naturaleza, poco sensible, o bien, demasiado trastornada por el infortunio (hasta tal punto es cierta, se diga lo que se diga, la afirmación de que la escuela de la desgracia es la más peligrosa de todas para el alma) su alma, decía, se cierra a todo lo que la conmueve y no admite ninguna de las delicias de la beneficencia. Su compasión, su agradecimiento, su generosidad, sus facultades afectivas, excepto las que tienen a su marido por objeto, todos los sentimientos que nacen del alma, en una palabra, son en ella más amanerados que sinceros. Si despojamos a su persona de ese barniz mundano que disimula tan bien los defectos de una mujer de ingenio, es posible que encontrásemos en ella mucha crueldad. La insensibilidad no es natural en un alma como ésa[16]. Léonore no puede ser indiferente, es preciso que tenga grandes virtudes o grandes vicios y, como sus virtudes son en ella obra de la naturaleza y sus vicios de sus principios, y como no adopta jamás ninguno sin razonarlo, si antes de los dieciocho años tiene ya un estoicismo suficientemente meditado como para extinguir en ella la compasión, es posible que llegue más lejos a los cuarenta. La prudencia, que solamente está sostenida por el orgullo, cede ante pasiones más fuertes que este sentimiento y, cuando los principios no suponen un freno, cuando tienden a romperlos, cuando los defectos del espíritu no encuentran ningún dique en las cualidades del corazón y cuando, por el contrario, la sólida apatía de éste deja escapar osadamente al otro sobre todo lo que le irrita o le deleita, una mujer puede llegar a desórdenes aún más peligrosos que los de las Teodoras o las Mesalinas, porque estos solamente infringen las costumbres mientras que aquellos conducen insensiblemente a los crímenes[17].

El otro día vio a madame de Blamont ayudar, según su costumbre, a los pobres que venían a implorar su socorro y se burló de este acto con una dureza que no agradó a nadie. Llegó incluso hasta negarse a imitar a su madre. Madame de Blamont le preguntó el motivo con un poco de humor.

—Vos misma habéis sido desdichada, le dijo esa mujer dulce y compasiva, ¿cómo es posible que semejantes pruebas no os hayan enseñado a socorrer al infortunado?

Ella respondió que obraba por principios, como en todas las demás ocasiones de su vida. Que no había nada más peligroso que las limosnas. Que solamente servían para mantener la miseria y la holgazanería, para

---

[16] Hay, dice Marmontel, un exceso en la sensibilidad que la aproxima a la insensibilidad: ¿no sería ésta la historia del carácter de Léonore? Una multitud de delitos nacen de estos excesos, y son los resultados muy singulares de este último período de la sensibilidad; los procedimientos más simples y más dulces los reprimirían: en lugar de esto se les castiga y, por tanto, se propagan. ¡Oh, torturadores, carceleros, imbéciles en fin de todos los reinos y de todos los gobiernos!, ¿cuándo preferiréis la ciencia de conocer al hombre a la de encerrarlo o de hacerle morir?

[17] Hay hechos mucho más peligrosos que los que se divulgan y que los que se castigan, y que valdría cien veces más ocultarlos que darlos a conocer; la publicidad de los procesos de la Voisin y de la Brinvilliers han hecho cometer cientos de crímenes de la misma especie; sería necesario, por el interés de las costumbres, que ciertos crímenes nunca se osase ni sospecharlos.

multiplicar en el Estado esa plaga espantosa conocida bajo el nombre de mendicidad que lo mancha y lo deshonra. Que, si todos los corazones estuviesen cerrados como el suyo a esta inútil compasión, estos desdichados, seguros de vivir a costa de los inocentes, no abandonarían su oficio, su patria y sus padres, a quienes hacen desgraciados al privarles de su socorro... Que un hombre, dotado de todo lo necesario, para ser un excelente obrero se convertía en un vago gracias a la costumbre de ser socorrido sin hacer nada. Que le resultaba mucho más fácil aprovecharse de sus males que ponerse en condiciones de no padecerlos, de donde resultaba que lo que se creía una buena obra, se convertía entonces en una muy mala.

—Precisamente porque he sido desdichada, continuó, he podido ver que cabía mejorar la propia suerte sin tener necesidad de los demás, y si las ayudas que a veces he encontrado, como las de Gaspar o Bersac, me hubiesen sido negadas, hubiera desarrollado más destreza y más actividad para contrariar los golpes de la fortuna y tornarlos en mi favor. ¿Sabéis vos, prosiguió dirigiéndose a su madre, en qué se convertirá el hombre a quien habéis dado esa limosna? Si algún día le falta vuestra caridad se convertirá en ladrón. Acostumbrado al ocio, habituado a ver cómo le llegaba el dinero sin más molestia que la de pedirlo honradamente, lo exigirá pistola en mano cuando no cedáis a sus súplicas.

—Todo esto son sofismas del espíritu, respondió madame de Blamont, pueden ser ciertos, pero no me gusta verlos en vuestro corazón. Aunque el hombre que me pide sea pobre o no, aunque la limosna que yo le haya dado esté bien o mal empleada, me ha emocionado vivamente con su súplica, me ha hecho experimentar un goce sensible al socorrerlo y este es motivo suficiente para que yo ceda. Si ese desgraciado es un vago, es aparentemente porque le cuesta trabajar, de esta forma yo le proporciono una alegría mayor aún. Ahora bien, el placer que yo siento al dar depende del que proporcione, luego esto no me hace ser menos feliz. ¿Qué digo? Me hace mucho más feliz ya que he proporcionado al vago que he socorrido una alegría mayor de la que proporcionaría al laborioso. Pero supongamos por un instante que, como decís, sea un mal el sostener la holgazanería, ¿no es un mal mucho mayor no ayudar al infortunado? Pues yo prefiero incurrir en un mal pequeño para prevenir uno enorme que cometer un daño enorme por haber temido uno pequeño.

—No existe ese *daño enorme* en no confortar al infortunado, respondió Léonore, solamente existe el inconveniente de dejarle todas sus energías junto a los peligros muy reales que acabo de explicaros. El daño enorme que produce es el de llevar todos los días al cadalso a unos cuantos desgraciados. Es, pues, enorme ese mal, no podría ser mayor. Pero sea como fuere lo cometéis, según decís, porque os proporciona placer. En primer lugar, se puede negar ese placer o, al menos, no sentirlo como vos. Pero admitiéndolo, ¿qué bien habéis realizado en esta acción ya que solamente habéis trabajado para vos? ¿Acaso el egoísmo es una virtud? ¿Y no se convierte en un vicio muy peligroso cuando puede ser causa de la muerte casi inevitable del infortunado que acaba de serviros proporcionándoos ese placer? Prosigamos, voy a suponer que hoy tenéis cien luises que tirar por la ventana. Por una parte, podéis comprar una joya, por la otra, llega un desdichado. Después de haber reflexionado un instante renunciáis a poseer la joya y socorréis con este dinero al hombre que viene a imploraros, ¿creéis que habéis realizado una buena acción? Lo que habéis hecho es ceder, sin duda, a la emoción más imperiosa. Os sentíais más satisfecha con el placer de sacar a ese hombre de la miseria, de merecer su gratitud que por el de procuraros la joya, habéis escogido lo que os producía mayor contento y solamente habéis trabajado en vuestro provecho, luego la limosna que acabáis de hacer no es ninguna gran acción... Una voluptuosidad satisfecha que ni siquiera tiene la apariencia de una virtud. Pero ¿en qué quedará esta decisión cuando, después de haberos probado que nada tiene de bueno, se os haga ver todo lo que puede tener de funesto? Al pagar la joya mantenéis a la industria, estimuláis las artes. Al preferir la limosna solamente habéis hecho un holgazán, un ingrato o un libertino que, si, como acabo de deciros, no encuentra mañana una bolsa abierta como la vuestra, irá a hacérselas abrir a golpes de puñal. Vuestra negativa, vuestra resistencia, todas las emociones verdaderamente virtuosas que preferís calificar de dureza, devolverían a ese desdichado la energía que la limosna le arrebata. Si todo el mundo le rechazase como vos iría a buscar trabajo y vuestra pretendida dureza recuperaría un hombre para el Estado, mientras que vuestra beneficencia mal entendida lo envía tarde o temprano al cadalso. Pero vamos a dejar de comparar esa joya con la supuesta limosna, vayamos más lejos, supongamos que se trata del placer soso e imbécil de hacer con este dinero cabrillas sobre el agua. ¡Pues bien! Afirmo que dedicándoos a esta puerilidad habréis cometido sin duda un mal menor que sosteniendo la holgazanería, ya que, tanto en una como en otra suposición, el dinero está perdido para vos, pero en el primer caso, sin ningún inconveniente, mientras que en el segundo los inconvenientes son legión, sea cual sea vuestra destreza para disfrazar esta segunda acción con los nombres pomposos de beneficencia y de humanidad. Como si el espíritu de esas virtudes no consistiese mucho más en ser duro en un momento dado para salvar a los hombres que en ser compasivo para destruirlos.

—Todo lo que queráis, dijo madame de Blamont, pero estáis discutiéndome la clase de placer que se experimenta al confortar al desdichado y no me gusta que lo hagáis.

—¿Y por qué, señora?, respondió vivamente Léonore, ¿acaso todas nuestras almas están hechas de la misma manera? ¿Deben todas sentir las mismas cosas? La compasión sólo actúa sobre ellas en función de su blandura. Cuanto más vigor tenga el individuo, menos susceptible es de esta clase de conmoción, de donde resultaría, como habréis de concederme, que el alma menos abierta a la compasión sería indiscutiblemente la mejor organizada. Pero analicemos esos sentimientos que en nuestros días se adornan con nombres tan soberbios y que, no obstante, se sienten menos que nunca. La prueba de que esta emoción pusilánime sólo actúa sobre nosotros de una forma física, que el choque moral que imprime está absolutamente subordinado al de los sentidos, es que compadeceremos mucho más el mal que se realiza ante nuestros ojos que el que sucede a cien leguas de distancia. Y que si, por ejemplo, veis a este caballero, dijo señalándome, cortarse el dedo con una navaja y si vieseis correr su sangre, este accidente os conmovería mucho más, solamente porque lo habríais presenciado, que lo que os conmovería la noticia de que este señor acaba de romperse una pierna a doscientas leguas de aquí. Esta última desgracia al actuar de una manera distante sobre vuestra alma, la conmovería sensiblemente menos que la del dedo cortado ante vuestros ojos, aunque el primero de estos males, el que hubierais compadecido más, no sea nada y que el segundo, que os hubiera conmovido menos, sin duda sea más importante. Esta es, pues, la compasión, una debilidad y en forma alguna una virtud, ya que solamente actúa sobre nosotros en razón de la impresión recibida, de las vibraciones que alcanzan las fibras de nuestra alma gracias a la mayor o menor distancia de la desgracia acaecida. ¿Y por qué no queréis que me defienda de una debilidad que nunca es buena para los demás y que solamente nos aporta pesar?

—Esta insensibilidad es espantosa, dijo madame de Blamont.

—Sí, en un alma común, respondió Léonore, pero no en las que tienen un cierto temple. Hay almas que solamente parecen duras a fuerza de ser susceptibles a la emoción, y estas llegan en ocasiones bien lejos. Lo que en ellas se califica de despreocupación o crueldad es solamente una forma de sentir más intensamente que los demás que sólo ellas conocen. Hay sensaciones que no están al alcance de todo el mundo. Ahora bien, los refinamientos sólo proceden de la delicadeza. Por tanto, es posible tener mucha a pesar de ser sensible a cosas que parecen excluirla[18]. ¿Qué digo? Este tipo de cosas puede llegar a ser lo que más irrite en almas que han llegado a este último exceso de finura. De forma que habría aún un desorden pronunciado, una sorprendente contrariedad entre las sensaciones del alma simplemente organizada y las que quiero describir. De este desorden resultaría quizás que lo que a una afectaría intensamente en un sentido, afectaría a la otra en sentido opuesto. Esta acusada diferencia en la organización es la excusa de los sistemas al igual que lo es de las costumbres, la causa de los vicios y el motivo de las virtudes. Una vez admitido esto,

[18] Véase nota de la página 288.

es tan fácil que yo sea completamente insensible a lo que os conmueve, como que resulte extraordinariamente excitada por lo que os hiere.

No por ello dejamos de ser sensibles una y otra, las cosas violentas trastornan por igual nuestras almas. Pero lo que llega a la mía no es, de la misma clase que lo que conviene a la vuestra. ¿Además, cuántas veces no recibimos nuestras impresiones solamente gracias al hábito creado por los prejuicios? ¿Cómo entonces las sensaciones de un alma acostumbrada a vencer los prejuicios y a liberarse de las cadenas del hábito, serán semejantes a las de un alma entregada al imperio de estas causas? En ese caso bastaría con tener filosofía como para recibir impresiones *muy singulares* y, por consiguiente, para extender asombrosamente la esfera del propio placer.

Es increíble lo que quizás se encuentre después de haber roto definitivamente esos frenos vulgares. Mientras sometamos la naturaleza a nuestras pequeñas miras, mientras la encadenamos a nuestros viles prejuicios, confundiéndolos siempre con su voz, jamás aprenderemos a conocerla. ¿Quién sabe si no es preciso superarla en mucho para oír lo que quiere decirnos? ¿Comprenderíais los sonidos del ser que os habla si vuestras manos oprimen su garganta? Estudiemos la naturaleza, sigámosla hasta sus límites más remotos, esforcémonos para hacerlos retroceder, pero no se los pongamos nunca. Que nada la oculte a nuestras miradas, que nada estorbe sus impresiones. Sean como fueren debemos respetarlas a todas. No somos nosotros quienes hemos de analizarlas. Solamente estamos hechos para seguirlas. En ocasiones hemos de saber tratarla como una presumida a esta naturaleza ininteligible, hemos de atrevernos finalmente a ultrajarla para conocer mejor el arte de gozar de ella.

—Desdichada, dijo madame de Blamont, arrojándose a los brazos de Léonore, deja de adoptar los errores de quienes te han hecho desgraciada. Quienes te han precipitado al abismo al negarte el esposo que amabas, estaban imbuidos de estos sistemas. Estas máximas eran las de los malvados que quisieron venderte, al precio de tu honor, los magros auxilios que deseabas en Lisboa. Impregnaban el corazón de quienes te arrojaron a los calabozos de Madrid. Si detestas a estos monstruos, si tienes motivos para odiarlos, ¿por qué quieres parecerte a ellos?

¡Oh, Léonore! Prefiere la moral de quienes te aman, abjura de los principios cuyo fruto, estéril y amargo, solamente nos proporciona horribles placeres... Quizás sostenidos momentáneamente por el delirio... Carcomidos pronto por los remordimientos... ¿Qué asilo encontrarías en la tierra si todas las almas fuesen como la que describes? Tu triste ceguera sobre nuestros dogmas religiosos es solamente una consecuencia de esa perversidad que se establece insensiblemente en tu corazón. Que el sentimiento opere en ti lo que la persuasión no es capaz de hacer. Mira a tu desdichada madre que, entre lágrimas, te suplica que ames el bien porque tu felicidad depende de ello. Mira cómo te implora que le permitas disfrutar de la esperanza de ver cómo se prolonga esta dicha incluso más allá del final de la vida. ¿Le arrebatarías este consuelo? Agobiada por sus males, en vísperas quizás de descargar esta cruz en el fondo de su féretro, ¿quieres que piense que si le ha caído en suerte la sensibilidad ha sido solamente para la desesperación de su triste existencia? ¿Que una vez entregada el alma este sentimiento le será prohibido? ¡Ah! No me presentes un porvenir tan doloroso. Deja que me consuele de mis penas en la certeza de verlas terminar junto a ese Dios que adoro. «Ser divino y consolador, abre esta alma que rechaza tu sublimidad. No la castigues por un endurecimiento que solamente se debe a su infortunio».

Luego, estrechándola contra su pecho:

—Ven, hija mía, ven a captar la idea de este Ser supremo en la ternura de una madre que te adora. Ve en su alma dilatada por tu presencia la imagen de este Dios que te llama. Que sean los sentimientos de amor quienes presentan ante tus ojos sus rasgos y ya que no estamos destinadas a vivir juntas, no sofoques al menos la dulce esperanza de reunirme un día contigo al pie de su trono de gloria.

Había de todo en este discurso, la elocuencia que arrastra, la sensibilidad que seduce y, sin embargo, no consiguió nada. Léonore besó fríamente a su madre y le dijo con mayor sequedad aún que consideraría siempre como un deber adquirir sus virtudes y que si lamentaba no estar destinada a vivir con ella, es porque veía que su conversión solamente podía ser obra de una madre tan amable... Y madame de Blamont, que vio que las ardientes chispas de su corazón no habían alumbrado nada en el de su hija, cogió llorando el brazo de Aline y ambas se alejaron.

¡Oh!, amigo mío, ¡qué diferencia hay entre estas dos muchachas! ¿Cómo encontrar en Léonore siquiera la apariencia de las virtudes que a cada instante manan del corazón de tu Aline? A buen seguro que es imposible ser hermanas y parecerse menos.

Quizás opines que los rasgos que aquí te doy del carácter de Léonore no concuerden perfectamente con sus discursos a la compañera cuyos errores trataba de refutar.

—Solamente se trataba, responde ella cuando se le hace esta objeción, de establecer con esta imprudente amiga los principios relativos a la continencia. Esos eran casi siempre los temas de nuestras discusiones. Yo no he cambiado de opinión sobre estos principios, pero no exigen necesariamente los otros, no obligan a someterse a esos errores. En una palabra, se puede ser prudente por carácter, por espíritu, por temperamento, sin verse obligada a adoptar por ello mil sistemas absurdos que nada tienen que ver con esta virtud.

La llevaron a ver a Sophie, Aline iba con ella, le contaron la historia de esta criatura infortunada y tan digna de una suerte mejor. Ella escuchó flemáticamente los sucesos de la vida de esta muchacha, que tan singularmente concuerdan con su experiencia y que, solamente por eso, debían interesarla. Pero no le habló en todo el tiempo que estuvieron juntas más que en un tono impregnado de orgullo y superioridad.

La inmensa fortuna que la espera podía hacerla proclive a ofrecer una ayuda, incluso debía haber disputado este honor a madame de Blamont. Ni siquiera pasó esa idea por su mente. Sainville reparó en este imperdonable olvido. Su alma, infinitamente más sensible o sensible de otra forma, raramente deja escapar la ocasión de hacer una buena obra. Quizás tenga la misma manera de pensar que su mujer sobre muchos temas, pero a buen seguro que no tiene su corazón. Madame de Blamont rechazó las ofertas de Sainville. Dijo que Sophie seguía siendo su hija querida y que no quería abandonarla jamás. Y esta desdichada, siempre conmovedora, dijo a tu Aline estrechándole las manos entre un mar de lágrimas:

¡Oh!, señorita, ¿entonces esta es vuestra hermana?... Es más dichosa que yo, ¡ojalá sepa sentir su felicidad!

Como quiera que sea y a pesar de la poca alegría que madame de Blamont ha sacado de este descubrimiento, está decidida a no negar a Léonore nada de todo lo que pueda ayudarla a recuperar la fortuna de madame de Kerneuil. Ella y sus amigos pondrán, sin duda a su disposición todo su poder, aunque ella sienta siempre una especie de repugnancia que emana del hecho de que considera ilegítimo este procedimiento. Por lo que respecta a Aline, a pesar de que perciba el extremo alejamiento que hay entre el carácter de Léonore y el suyo, no deja de amarla con la mayor ternura. Un alma honesta no encuentra jamás en los defectos de quienes debe amar, razones que enfríen sus sentimientos. Llora en silencio y no se enfría.

Imagino que cuando recibas esta carta ya habrás visto a su protagonista y que probablemente la habrás juzgado como nosotros.

Adiós, mi querido Valcour, debes estar contento conmigo este verano. Creo que era imposible mantener una correspondencia más sostenida y más detallada. No esperes nada más, salimos para París y pronto sólo hablaremos ya de viva voz.

CARTA XL

Valcour a madame de Blamont

París, 30 de noviembre.

Después de haber recibido tantas noticias interesantes de vuestra tierra, señora, ahora me toca a mí dároslas desde París. Ayer fui a casa del conde de Beaulé en donde tuve el honor de saludar a los condes de Karmeil. Ambos me han invitado a que acuda mañana de madrugada para asistir a las formalidades religiosas de su boda. Las ceremonias que habían sido omitidas se celebrarán en Saint-Roch en presencia y con la aprobación de monsieur de Karmeil, padre del joven. Y como se ha acordado guardar el secreto, no se mencionarán vuestros nombres en todo esto. Solamente se os pide vuestro consentimiento tácito.

La anulación de la orden de detención ha sido cuestión de veinticuatro horas. El conde de Karmeil se rindió con la mayor facilidad ante las opiniones y los consejos de monsieur de Beaulé. Ambos fueron a ver juntos al ministro y la anulación se obtuvo inmediatamente.

Sainville, me permitiréis que conserve ese nombre, estuvo encantado de abrazar y de volver a ver a su padre a quien siempre ha amado en el fondo de su corazón. Y éste no recibió sin lágrimas las efusiones del cariño de su hijo. Sin embargo, seguía recordando los cien mil escudos. Pero monsieur de Beaulé le ha convencido de que los lingotes de España deberían hacerle olvidar esa bagatela y, de acuerdo con el ministro, escribieron inmediatamente para intentar recuperarlos.

Los bienes de la señorita de Kerneuil están muy divididos. Hay un número muy elevado de colaterales y, aunque la presencia de esta joven debe arreglarlo todo, tememos que se entablen algunos procesos.

Siguiendo vuestro consejo, les hemos dado a Bonneval como abogado. Los acompañará a Bretaña, a donde monsieur de Karmeil iba a regresar cuando su hijo llegó a París. Ahora volverá con la joven pareja. Sus antiguos procesos han acabado, lo que destruye con la mayor seguridad los obstáculos que oponía a la elección de su hijo. Se han negado rotundamente a que corráis con los gastos, señora. Monsieur de Karmeil adelantará todo lo necesario y luego se arreglará con Sainville. La fortuna de estos jóvenes puede ser considerable: el ministro ha respondido de que devuelvan, cuando menos, dos millones sobre el valor de los lingotes, eso supone cien mil libras de renta, la sucesión de madame de Kerneuil nos da cincuenta mil más y la de monsieur de Karmeil, otro tanto, eso arroja un total de cuando menos, doscientas mil libras de renta y mucho más si los lingotes vuelven completos. Léonore, al vernos el otro día hacer esta cuenta, no pudo ocultar un cierto estremecimiento de alegría, lo que prueba que le gusta el dinero.

Solamente se ha presentado en la Ópera, en donde sus aventuras, contadas de boca en boca, hicieron que todos los ojos se fijasen en ella. La encontraron muy bonita, ella se dio cuenta y no pareció ser insensible a ello. Es cierto que tiene una figura viva y animada, es graciosa, y posee un talle delicioso y mucho ingenio. Quizás sea un poco pretenciosa... Incluso melindrosa y hay muchos sofismas en sus razonamientos... Pero, perdón, señora, cuando hablo de algo vuestro, aunque mi espíritu sólo encuentre defectos... Mi mano, que sigue mi corazón, solamente debería pintar cualidades.

Como fui su acompañante en la Ópera, monsieur de Beaulé quiere que lo sea en los demás espectáculos. Ella desea el *Padre de Familia* en el Francés y *Lucille* en los Italianos, le gustarán. Me complace el motivo que le hizo desear el *Padre de Familia,* ama todo lo que le recuerde el dichoso instante en que recuperó a su ser amado. Esto es una muestra de sensibilidad.

Pero no acabaría nunca, señora, si pretendiese detallar todas las virtudes que he encontrado en monsieur de Sainville. El conde de Beaulé quiere que sea su amigo, en verdad que el esfuerzo no será grande: dulzura, amenidad, gracias, talentos, ingenio... Tiene todo lo necesario para ser el amigo de todo el mundo y el amante de todas las mujeres.

¡Ah!, señora, solamente yo soy desgraciado, solamente yo, entre el temor y la esperanza, veo cómo se marchitan entre lágrimas y dolor mis mejores días. ¿Tendré cuando menos, ocasión de presentaros en breve mis respetos?, y, cuando estemos en la misma ciudad ¿me será permitido arrojarme a vuestros pies? En vuestras solas manos pongo los intereses de mi felicidad. ¿Quién mejor que vos sabe si mis sufrimientos merecen una compensación? Pero ¿cómo voy a quejarme cuando aún cuento con vuestras bondades y con el corazón de Aline? Consolado por tales dones no debería creer en las desgracias si la mayor de todas no fuese conocer el precio de estos favores y no disfrutar de ellos.

Adiós, señora, enviadme vuestras órdenes, las transmitiré, a pesar del torbellino en que nos sumiremos dentro de unos instantes y me atrevo a aseguraros que será siempre un dulce deber plegarse a vuestras intenciones.

CARTA XLI

Madame de Blamont a Valcour

Vertfeuille, 5 de diciembre

Si no supiese que Déterville os ha contado todo esperaría a veros para desahogar mi corazón en el vuestro... ¿Qué decís de esa infame artimaña que a punto estuvo de privarnos de Aline?... ¡Cómo me engañaba el muy traidor!... ¡Y cómo se burla continuamente de mí! ¡Oh, amigo mío, debemos estar más atentos que nunca! Dejemos de pensar en esos horrores... Es necesario que vea las cosas con más detenimiento. Luego razonaré mejor con vos.

¡Y bien! ¿Esa nueva hija... os ha gustado, no? Oh, mi querido Valcour, a mí no me ha hecho tan feliz como me imaginaba. Tiene más ingenio que sentimiento, más vanidad que prudencia y un amor excesivo hacia su marido, de acuerdo; ha llegado a extremos que superan la fuerza humana con el fin de conservarse pura para él... ¿Pero por qué es preciso que todo esto sea obra del orgullo? ¿Por qué no encontré nada cuando quise sondear su corazón? ¿Y por qué he de desesperarme al ver que jamás nacen en ella las cualidades que no encontré? Oh, amigo mío, aquella que convierte la insensibilidad en sistema, el ateísmo en principio y la indiferencia en razonamiento... Podrá quizás no incurrir jamás en error, pero nunca germinará en ella la virtud... Y si la razón de esta muchacha cruel cede ante el ejemplo... Ante el fuego de las pasiones... ¡Qué precipicio se abre entonces ante sus pies! ¡Qué cerca estamos de hacer el mal, cuando no encontramos atractivo en hacer el bien! Los desvaríos del espíritu son bastante menos peligrosos que los del corazón; la edad, que calma los primeros, exacerba siempre estos últimos.

Si las contrariedades no han podido formar el alma de esta joven es de temer que la hayan hecho malvada. Y esas riquezas de que va a disfrutar terminarán de corromperla... Pero hablemos de vos, amigo mío... Por fin me acerco... Esta es mi última carta desde Vertfeuille.

¿En qué estado voy a encontrar todo lo que nos interesa?... ¿Qué postura adoptaré frente a mi marido? Después de este nuevo horror, si prosigue con sus sórdidas maniobras, ¿cómo las adivinaré? ¿Cómo las impediré? Comoquiera que sea os veré aquí o allá. Tengo que abrazaros, decid a Léonore que estaré sin falta en París el día 10, quiero verla una vez más antes de que se vaya. Los recibiré como personas que han pasado casualmente por mis posesiones al regresar de su aventura. La historia de su detención en mi casa ha levantado demasiado revuelo como para que pueda permitirme ignorarla. La única cosa que hay que ocultar es que es mi hija, os respondo que mi corazón no me delatará... Hemos llorado mucho vuestra Aline y yo, todo lo que no es dulce y delicado como ella, le parece tan gigantesco... Sin embargo, ama a Léonore, este heroísmo de fidelidad conyugal es un mérito que le encanta. Dice que, con esa virtud, se pueden adquirir todas las demás... Y a vos os agrada mucho que haya dicho esto, ¿no es cierto, Valcour? Por este motivo os lo cuento... ¡Ah! ¡Cómo la adoro y qué bien me lo paga! Mi corazón oscila entre el orgullo, cuando la miro a ella... Y entre la humillación cuando veo todos los defectos de su hermana... ¡Ah! ¡Es un designio divino, hubiera estado demasiado orgullosa si hubiera tenido dos hijas como Aline! El cielo ha querido disminuir mi triunfo sobre una y ha redoblado mi amor por la otra... Será para vos la que amo, es el más bello presente que puedo hacer a mi amigo, es el lazo más dulce que me puede atar a él. Adiós, merecedla, amaos y no me escribáis ya al campo.

CARTA XLII

Aline a Valcour

París, 15 de diciembre.

Al fin estoy cerca de vos... Pero sin que me sea permitido veros, no obstante, es un consuelo, me doy cuenta. Aunque el amor una las almas, sea cual fuere su alejamiento, y aunque todas las distancias deban, en virtud de esto, ser iguales, es, no obstante, muy dulce respirar el mismo aire que el objeto de mi adoración. Veo con dolor, amigo mío, que seguiremos así quizás todo el invierno. Sé que os apeno al deciros esto. ¿Pero imagináis que yo estoy más tranquila? ¿Creéis que no comparto este dolor cruel? ¡Ah! ¡Qué mal conoceríais mis sentimientos si os vieseis obligado a suponerlos!

Cuando volví a ver esta casa a donde acudíais con tanta libertad en otro tiempo... Cuando me acordé del encanto de vuestras antiguas visitas, sentí una vez más esa emoción deliciosa que me agitaba al esperaros... Experimenté esa divina turbación del choque de los rayos de nuestros ojos... Erré de butaca en butaca, me complacía en reconocer las que habíamos utilizado... Sentada en una de ellas, imaginándoos en otra, os dirigía a veces la palabra como si hubieseis podido oírme y engañada con estas ilusiones tan dulces, me creí feliz durante algunos instantes. Pero vayamos a los detalles, los exigís, es justo que os los proporcione.

El presidente, advertido, esperaba a mi madre. La recibió de maravilla. Incluso manifestó interés y le prodigó algunas caricias... Frente a mí se mostró al principio un tanto embarazado, pero pronto se recuperó y me dijo las cosas más dulces, asegurándome que no me veía lo suficiente. Sainville y Léonore fueron el tema de nuestra primera conversación, así como hoy lo son de todas las de París. Pero él no se atrevió a decir una sola palabra de la canallada que quería hacer. Se guardó mucho de reconocer que, a través de una atrocidad sin precedentes, intentaba apoderarse, de golpe, de Léonore y de mí. Y mi madre, que había previsto que lo negaría... Que eludiría el tema si se sacaba a colación, decidió no mencionarlo. Nos hizo mil elogios de Léonore. Le gusta mucho, me parece... ¡Cuando pienso que sin el fraude de la nodriza de Pré-Saint-Gervais sería ella a quien hubiera prostituido con Dolbourg! ¡Santo cielo! ¿Cómo se hubiera avenido el orgullo de Léonore con semejante tratamiento?

¡Oh, Valcour! Existe algo más singular que todo esto. ¿Lo creeríais? Esta primera noche la ha pasado casi toda con su mujer... Es un renacimiento de la ternura... O de la falsedad, muy asombroso y completamente inconcebible. Mi madre, a la mañana siguiente, estaba muy embarazada conmigo. Moría de ganas de contármelo y de reírse de ello. No sabía cómo hacerlo... Hacía ya más de cinco años... Quiso rehusarse... Estas escenas tienen tan poco atractivo para ella. Un hombre que solamente ha sido un tirano y un libertino ha de ser tan poco delicado a la hora de actuar como esposo... No obstante, hubo de someterse... *Someterse.* ¿No es esa la palabra, amigo mío? Hubierais tachado la palabra *colaborar* si me hubiese atrevido a utilizarla. Mi madre aprovechó esos instantes para reprocharle su corrupción, para recomendarle una conducta más conveniente para su salud y para su reputación. Le recordó la historia de Augustine, le hizo sentir que era espantoso por su parte no haber aparecido en Vertfeuille más que para seducir a una de sus criadas. En realidad, dijo el presidente, me arrepiento además porque es una muchacha verdaderamente estimable.

La había engañado, pretendía, para convencerla de que dejase Vertfeuille. Le había prometido una brillante fortuna sin que hubiese de correr ningún riesgo. Pero en cuanto ella vio de que se trataba, se defendió como una romana y su Dolbourg, así como él, edificados por la conducta de esta muchacha la habían metido en un convento hasta el regreso de mi madre, a quien él debía rogar con insistencia que la volviese a coger. Efectivamente no hubo argumento que no utilizase ante su mujer en favor de esto... y ella, no solamente consintió, sino que incluso deseó vivamente que se le devolviese esa muchacha.

Si realmente Augustine se ha conducido así, merece bondad e indulgencia y mi madre debe volver a abrirle su casa... pero, no sé por qué, desconfío de esta última idea... ¿Qué objeto tiene que mi padre quiera hacer volver a esa muchacha si ella se hubiese rendido a él?... Preferiría conservarla fuera... Aunque sólo fuera por la mayor facilidad... En fin, ya veremos lo que ella cuenta... Tendrá que ser muy astuta para que no desentrañemos todo.

Al día siguiente el presidente no dejó de traernos a Dolbourg. No ocultó a mi madre que estaba más empeñado que nunca en sus antiguos proyectos y que le gustaría mucho que hubiese algo definitivo antes del verano. Pero estas proposiciones no tienen ya, al menos, el aspecto de una amenaza; desea, pero no ordena. En verdad, Valcour, creo que ha habido un cambio en su conducta. No sé cuál es el motivo, pero existe. Es imposible equivocarse. Esta variación hace nacer una brizna de esperanza para nosotros... ¡Ah!, ¿debemos abandonarnos a ella? ¡Es tan dulce avistar la aurora de una felicidad!... Ese hombre malvado, ese basto Dolbourg se acercó subrepticiamente a mí y me preguntó si me había divertido en el campo. Me encontró más gorda, lo que no es cierto... Quiso besarme la mano, pero no consiguió hacerlo.

Pero a pesar de estas apariencias de buena conducta, debemos estar alerta, amigo mío, mi madre os lo recomienda. Habéis de evitar sobre todo con el mayor cuidado aparecer por la casa. Mi madre os verá en casa del conde de Beaulé que, como sabéis da dos o tres almuerzos por semana. Pero yo no iré jamás, lo hemos acordado así. Ahora voy a explicaros cómo haremos para vernos a hurtadillas y para entregarnos nuestras cartas. Todos los domingos acudiréis sin falta a la misa de doce en los Capuchinos. Yo me colocaré siempre a la derecha en donde me visteis algunas veces el año pasado... Allí, por mal que esté, amigo mío, y aunque siento alguna repugnancia al permitirme esta pequeña indecencia, robaremos algunos minutos a lo que debemos al Ser supremo... Nos diremos algunas palabras... Nos entregaremos nuestras cartas y no saldremos jamás sin jurarnos amor eterno y sin pedir perdón a Dios por atrevernos a decirlo allí... Pero ese Dios bueno ve el fondo de nuestros corazones... Ve que si deseamos estar unidos es para amarle, para servirle y para glorificarle al unísono... ¿Sabéis, amigo mío, que considero que una de nuestras ocupaciones más delicadas será dar juntos gracias al Eterno? Me parece que el culto que emana de dos corazones inflamados de amor debe ser necesariamente más dulce y más puro. El más santo de los seres no quiere ser servido por almas indiferentes. Un amor honesto y legítimo debe hacer a los corazones más dignos de serle ofrecidos.

Pero, a propósito, si estuviese celosa, ¿con qué ojos vería todas esas salidas a espectáculos con mi hermana? Sabéis sin duda que ambos han salido para Bretaña. Mi madre les invitó a cenar dos veces antes de su partida. En ambas ocasiones estaban presentes Dolbourg y mi padre y yo hice singulares reflexiones al respecto. La primera vez que Léonore vio a monsieur de Blamont se acercó a mí y me dijo con su habitual soltura:

—¿Este es, pues, mi padre, el presidente?

—Sí, le dije.

—¡Pues bien!, continuó ella, he aquí un defecto más que la naturaleza ha puesto en mí, porque no me dice absolutamente nada en favor de ese hombre.

Pero como la naturaleza tampoco le dice apenas nada en favor de su madre, esa pequeña indiferencia no me sorprendió en absoluto.

En general no creo que a Léonore, orgullosa y altiva, le agradaría mucho verse en la obligación de renunciar a ser hija de una condesa para convertirse en hija de una presidenta y creo que, al volver a Francia hubiera preferido ser Elisabeth de Kerneuil que Claire de Blamont... Esa querida hermana... La quiero, pero en verdad tiene muchos defectos y desgraciadamente todos están en su corazón. Desmiente de una forma bien auténtica lo que se atrevió a decir, que las mayores virtudes van siempre unidas a la falta de compasión. Si esas virtudes se manifiestan en ella en algunos aspectos hay otros en que el brillo que despiden se ve oscurecido por defectos muy serios.

Aunque no pueda ver a mi amado en casa de mi madre estoy encantada de haber vuelto... Pero no sé, esta alegría es sombría, tiene un cierto carácter de tristeza que me alarma. Una voz tumultuosa e interior parece decirme que soy como los marineros que se regocijan mientras la tormenta se cierne sobre ellos... Adiós, aguantemos nuestras contrariedades si se presentan, reunamos nuestras fuerzas para sufrir y para amarnos.

CARTA XLIII

Aline a Valcour[19]

París, 17 de diciembre.

Vuestra resignación, siempre íntegra, me complace, me conmueve y me atrae... Esa es la forma de amar, Valcour. A otros enamorados menos delicados y menos hechos a los sacrificios que nosotros, les costaría un mayor esfuerzo persuadirse de ello. Pero qué nos importa la opinión de la gente fría siempre que nuestras almas, más ardientes y más nobles que las suyas, sepan disfrutar de lo que ellos no perciben. Sin embargo, una de las cosas que más me impacientan es ver qué poca gente hay en el mundo que, si me permitís la expresión, hable el mismo lenguaje que nosotros. ¿Por qué si la naturaleza nos ha destinado a vivir juntos, no nos ha dado a todos un alma parecida? ¿Por qué no tenemos todos la misma manera de sentir? Dentro del fastidio que me inspiran determinados seres, no sé si me desagradarían tanto aquellas personas que, como mi querida hermana, van mucho más allá de los límites por un exceso de delicadeza, como aquellas que no sienten nada. Al menos las primeras compensan, merced a un espíritu penetrante y extraordinario, todas las inconsecuencias de su corazón, mientras que las otras no tienen nada que contrarreste su plúmbea apatía. Son una especie de autómatas que, en mi opinión, ejercen sobre nosotros el mismo efecto que esos días sofocantes de verano en los que la organización de todas nuestras facultades, abotargadas por el volumen del aire que las absorbe, queda desdibujada... ¿No es justa mi comparación? ¿Acaso un tonto no os ha producido jamás una especie de dolor físico? ¿No habéis percibido en su proximidad, en sus discursos, una conmoción parecida a la que os refiero?

¡Oh!, amigo mío, ya os habré visto para cuando leáis esta carta. La mano que os la entregue habrá sentido el placer de estrechar la vuestra, nuestros ojos se habrán hablado y nuestras almas se habrán entendido. ¡Ojalá nadie interrumpa esta inocente manera de vernos este invierno!

El presidente sigue siendo el mismo. Mi madre no sabe a qué atribuir estas ansias. Dedica a ello una buena parte de la noche y os aseguro que esto no hace más feliz a su mujer. Ella preferiría la más profunda indiferencia que esas emociones casi siempre desordenadas, fruto del desarreglo de la mente, más que de los sentimientos del corazón, que, colocándola siempre en una especie de inferioridad y de humillación, solamente le permiten desempeñar el triste papel de la paloma bajo las agudas garras del halcón. Pero ella necesita hacer gala de arte y de política, si pudiese

[19] Había una respuesta de Valcour a la carta anterior, pero la hemos suprimido en nuestro deseo de no ofrecer al público nada que prolongue la acción sin desentrañarla y que retrase el desenlace sin añadir a él nada interesante. *(Nota del Editor)*

atarle y vencerle a fuerza de complacencia, dice que no hay nada que no haría con sumo grado para la felicidad de su querida Aline.

Augustine ha sido perdonada: se arrojó a los pies de la presidenta, le pidió perdón por su mala conducta, le suplicó que lo olvidase y ya os imaginaréis que el alma tierna y dulce de mi madre no pudo resistir esta escena. Abrazó cariñosamente a esa muchacha, la levantó y le devolvió toda su confianza y protección... El presidente estaba casi conmovido. Por otra parte, es extremadamente comedido respecto a esta muchacha.

Pero mi madre está muy preocupada por Sophie: no sabe en absoluto en que tono hablarle de ella al presidente. La última vez que estuvieron en Vertfeuille sabéis que mi padre sostuvo que no era su hija. En ese momento mi madre no podía imaginar que, sin quererlo, le estaba diciendo la verdad. Ahora que está segura de que Sophie no le pertenece ¿no sería lo mismo no decir nada y dejar ver que creyó lo que su marido le dijo?

Además, el interés que siente por esta desdichada no puede ser el mismo que cuando creía que era hija suya. Y ha de ocuparse de los intereses de dos hijas verdaderas que no sacrificará, dice, a los de una persona a la que se siente unida por la compasión. De forma que prefiere no decir nada y dejar que su marido continúe en el error. Le ocultará siempre el destino de esa pobre muchacha y seguirá ocupándose de ella. ¿No cumple así todos sus deberes?

CARTA XLIV

Del presidente Blamont a Dolbourg

París, 10 de enero de 1779[20].

Sophie es nuestra... El asunto se ha llevado a cabo con la mayor agilidad. La abadesa ha reclamado en vano a madame de Blamont, había una orden de arresto y no había más remedio que ceder... No obstante, cuando pienso en ello, esas órdenes son una cosa bien cómoda. Están al servicio de las pasiones más diversas, el amor, el odio, la venganza, la ambición, la crueldad, los celos, la avaricia, la tiranía, el adulterio, el libertinaje, el incesto. Con ellas se deshace uno del marido que estorba, de un rival temido, de una amante abandonada, de un pariente incómodo... ¡Oh!, no terminaría nunca si detallase la totalidad de los diferentes servicios que proporciona esa bendita institución. Aún no comprendo por qué mis colegas se quejan: quedo confundido al oírles decir que va en contra de las leyes del

[20] Había aquí también dos cartas de Valcour, pero no aportaban ninguna variación de los acontecimientos; hemos pasado enseguida a la que los desarrolla. Y, por horrible que sea esta carta, nos ha parecido demasiado esencial para la catástrofe, demasiado útil a la descripción de los caracteres como para ser suprimida. Hay muchos lectores que harían bien en no leerla, especialmente las mujeres. *(Nota del Editor)*

Estado, como si el Estado tuviese algo que fuese más sagrado que la felicidad de sus jefes y como si pudiese haber algo más grato para ellos que esa manera *asiática* de enviar a los *corchetes.* Sé perfectamente que los que denigran esta deliciosa costumbre, los que la tratan de abuso tiránico, pretenden, para apoyar su opinión, que el poder del soberano se debilita al dividirse, se estrecha cuando cree extenderse mediante el despotismo y se degrada al proteger los crímenes... ¿Qué si esta arma peligrosa, para una o dos veces por siglo que es oportuna, estremece quinientas veces en el mismo siglo el tronco, destrozando las ramas? Todo eso son los sofismas de quienes las padecen o las han padecido. El débil se ha quejado siempre... Es su suerte, así como la nuestra es la de no escucharle... Yo me pregunto ¿qué sería una autoridad cuyos rayos bienhechores no brillasen un poco sobre los pilares del trono? Únicamente los tiranos llevan solos su espada, los reyes justos y buenos comparten su peso. Y ¿valdría la pena sostenerla sin hacer uso de ella de cuando en cuando? ¿No es indecente que tu amante... mi hija[21], porque ha querido escapar de nosotros o ponerse en situación de ser despedida vaya a vivir a expensas de mi mujer? ¿Es que le corresponde a ella pagar esas cosas? Yo adoro las conveniencias, es algo inaudito como las respeto. Sí, quiero que la honradez reine hasta en medio del mismo desorden. Cuando se enteren de esto... Se van a enfadar conmigo... Dios lo sabe. Se asombrarán de mi ardor... «¿No es espantoso, dirán, buscar placeres con una mujer a quien se colma de disgustos?». Ella no se da cuenta de lo que hay detrás de todo esto, la buena señora. No entiende, en primer lugar, que en las mujeres la conmoción provocada por un disgusto sobre la masa de los nervios inclina inmediatamente los átomos del fluido eléctrico al placer y que una persona de este sexo no es nunca tan voluptuosa como cuando es *poseída* entre lágrimas. Aunque no fuese más que por esto, un viejo marido como yo debería ser disculpado por emplear con su dulce esposa todas las artimañas que puedan devolverle lo que ya no puede alcanzar con su vigor... Esto en lo referente al plano físico, pero la pequeña maldad de dar un disgusto proporciona otro goce moral... que, advierto, no es percibido por tu torpe espíritu... Dilo... confiésalo... ¿Comprendes que pueda decir en mi fuero interno a una mujer, mientras la someto a mi ardor: «Si supieses que el placer que busco contigo solamente se alimenta del punzante atractivo de engañarte... Que tu error... Que tu candidez... Que la manera en que te convierto en víctima, son toda la sal que encuentro en los placeres que me embriagan... y que esos placeres serían nulos para mí sin el aguijón de la perfidia?». ¿Eh, Dolbourg, a ti todo esto te suena a griego? Como el asno que pace la hierba fina de una verde pradera sin distinguir las preciosas *plantas medicinales* del *junco salvaje,* devoras indiferentemente todo lo que tu boca encuentra, sin examen y

21 No hay que olvidar que sigue creyéndose padre de Sophie.

sin análisis, sin adoptar principios sobre nada y sin disfrutar jamás de tus principios. ¿No soy, pues, más feliz que tú, al refinarlo *todo* como hago, al no procurarme jamás goces *físicos* que no vayan acompañados de un pequeño desorden *moral?* ¿Por mucha variedad que ponga en mis amores con la presidenta, por muy bonita que sea aún, por *bizarros* que puedan ser mis placeres... en qué quedarían, te pregunto, si para inflamarlos no contase con las ideas nacidas de los pérfidos designios que tú sabes (porque hay que volver a esos malditos designios ya que el proyecto de Lyon no tuvo éxito)? También desde que adopté esa decisión, desde que fue firme, ¡es una sensación tan violenta!... Lo que me divierte es que la buena mujer cree que todo esto se debe a sus encantos... Sin embargo, debería ser muy consciente de que éstos no participan en absoluto en los motivos de mi éxtasis... Es imposible que no vea que tengo otras cosas en mente: en algunas ocasiones no me doy cuenta de lo que digo... En estos instantes en que deliro y en los que quien delira más es generalmente quien tiene más ingenio... Se me escapan cosas muy expresivas y ella debería entenderlas... Cuando antes había un poco más de buena fe por mi parte... Había mucho menos entusiasmo; debería acordarse. ¿De dónde puede nacer, pues, este nuevo delirio? ¿De la indecencia del acto? Hace ya tiempo que estoy habituado a las *singularidades,* ella debe saberlo. Y al ver que esto no es lo que me inflama, ella debería preguntarse de qué se trata... Sorprenderse... Incluso temblar. La seguridad de las mujeres es una cosa curiosa.

Tú, que eres un poco *naturalista,* dime, ¿no hay una especie de animal feroz que no ruge nunca tanto a su hembra como cuando se dispone a devorarla? Hace poco me asombraba la seguridad de las mujeres. Ahora lo que no entiendo es su orgullo. Demasiado felices por tener... Demasiado contentas por recuperar lo que estaban perdiendo, siempre, según ellas, el efecto del milagro se debe a su arte, a su magia. Y las muy inocentes, engañadas por el culto de su sacrificador, se colocan en el altar como *diosas,* cuando sólo deberían ser *víctimas.*

Comoquiera que sea, Sophie, arrancada por orden del rey al convento de las Ursulinas de Orleans está confinada en el castillo de Blamont, en donde mi portero la ha encerrado en el fondo de una habitación segura y bien cerrada y me responde de ella con su vida. Me han dicho que esa querida personita ha llorado prodigiosamente. Que no vaya a perder todas sus lágrimas, la jugarreta que nos ha hecho merece que le hagamos derramar unas cuantas más. Pero como está allí y como tenemos muchas cosas que hacer aquí, me contentaré con ir a dar una vuelta, para disponerla a que nos reciba esta primavera. Hasta entonces hay demasiadas cosas que nos retienen en París a los dos.

Por lo demás, es notable como ha sido aceptada la rehabilitación de la señorita Augustine. Yo estaba ahí, dejaba que de vez en cuando mis ojos se empañasen, con el fin de que pensaran que aún tengo corazón...

y tuvieron la simpleza de creerlo. ¡Una vez más, amigo mío, qué buenas son las mujeres! Ahora esa muchacha está soberanamente instalada. Por muy seguros que estemos de ella, comprenderás, no obstante, que ya que es el alma del proyecto, no hay que perderla de vista. ¿Reconocerás que soy buen fisonomista? Apenas la hube visto *en todos los sentidos* en Vertfeuille, cuando te dije: «Ésta es la que necesitamos; ésta es la persona que la suerte pone en nuestras manos para ejecutar sus caprichos...».

¿Y ves cómo, después de haberse plegado a nuestras primeras intenciones dócilmente, coopera con inteligencia en la consumación de las segundas? En verdad necesitábamos un poco esto para compensarnos de la pérdida real que supone Léonore... ¡Ah! ¡Qué digna de nosotros era esa encantadora mujercita, amigo mío! Ese conde de Beaulé que me estorba en todo desde hace algún tiempo, comienza a impacientarme. Si ese hombre no gozase de influencias, algunos de mis amigos y yo le hubiéramos montado sin tardanza un buen proceso criminal. Sé que cena en ocasiones con muchachas, nuestro querido conde... eso es, ya más de lo que hacía falta en este siglo para llevarlo derecho al cadalso. Solamente se trata de inventar, de suponer... Sobornar a algunos querellantes, algunos espías, algunos alguaciles y ya tenemos a un hombre en el tormento. Desde hace treinta años hemos visto más de una de estas escenas. Casi preferiría ser acusado hoy[22] de una conspiración contra el gobierno que de irregularidades con las putillas. Y en verdad esa manera de llevar las cosas es respetable... Honra a la patria. Si cuando se tienen ganas de perder a un hombre hubiese que esperar a que atentase contra el Estado, no se terminaría nunca. Mientras que hay muy pocos mortales que no cenen con prostitutas.

Por tanto, está muy bien que las trampas se hayan colocado en donde están. Esta especie de inquisición establecida sobre la conducta del ciudadano que se encierra con una muchacha. Esta obligación en que se coloca a estas criaturas de dar cuenta exacta del acto lujurioso de este hombre es en verdad una de las más bellas instituciones francesas. Inmortaliza para siempre al ilustre arconte[23] que la instauró en París. Es uno de esos entretenimientos agradables y, no obstante, prudentes, que no habría que dejar nunca que cayese en desuso. Todo lo que se hace para fomentar las delaciones de las sacerdotisas de Venus es poco. Es extremadamente útil al gobierno y a la sociedad, saber cómo un hombre se conduce en tales casos. Hay miles de inducciones, segurísimas todas ellas, que se pueden extraer sobre su carácter. El resultado de esto, lo concedo, es una colección de impurezas que puede ser excitante para el juez que las escucha. Espiar y recoger las acciones libertinas de Pedro para estimular la intemperancia de Juan no es hacer un servicio a las buenas costumbres, dicen los enemigos

---

[22] No, hoy no, afortunadamente para la humanidad. Leyes más prudentes van a regir los destinos de Francia y las atrocidades descritas por este desalmado no existen ya.

[23] Magistrado griego. Se trata del señor de Sartine que, sin embargo, no era griego.

de este sistema. Se trata de una forma de encadenar al ciudadano, un recurso para sojuzgarlo, para perderlo cuando se desea y esto es lo esencial.

Adiós, la presidenta me agota. Nadie ha servido a su mujer con tanta asiduidad. Te encargo del cuidado de mis placeres mientras que yo me sacrifico por los tuyos. Piensa, sobre todo, que necesito que me sirvan platos picantes en las comidas que me preparas. Advierte a las niñas del amor con que tienen que despertar las sensaciones extinguidas en los santos desórdenes del himeneo.

CARTA XLV

Madame de Blamont a Valcour

París, 12 de enero.

Saboreaba ya el placer de almorzar hoy en casa de nuestro querido conde y de veros, así como a Déterville, pero no saldré de mi casa... Lo que he averiguado me ha dejado anonadada, no hay una sola facultad de mi alma que no esté quebrantada, ni un sentimiento que no esté comprometido... ¡El muy canalla... me engañaba con sus caricias!... Yo esperaba reducirlo a fuerza de arte, enternecerlo con mis cuidados y cuando lo creía encadenado, cuando lo suponía *mío,* en realidad me estaba doblegando yo bajo el yugo imperioso del muy pérfido... ¡Ya no hay nada sagrado, ya no hay leyes ni virtudes, todo puede infringirse hoy impunemente! ¡Qué siglo!, me ruborizo de haber tenido la desgracia de nacer en él. El 6 de enero a las nueve de la mañana fueron a presentar una orden a la señora abadesa de las madres Ursulinas de Orleans que le conminaba a entregar inmediatamente al portador de esa orden a una muchacha llamada Sophie que le había sido confiada por madame de Blamont... Prevenida por mí, sospechando algún horror, dijo al principio que no conocía a esa muchacha... Que realmente no se encontraba en su casa bajo ese nombre... Este subterfugio no engañó a nadie, le dijeron que entrarían en la clausura si trataba de entretenerlos durante más tiempo. Muerta de miedo, la buena mujer no se atrevió a negarse a lo que le pedían y esa desdichada muchacha salió para ser arrojada de nuevo al seno del libertinaje... Por orden de los que pregonan la decencia... Probadme una depravación más completa... Más peligrosa y dejaré de quejarme al punto[24].

Sophie fue conducida al castillo de Blamont, allí se encuentra detenida bajo la vigilancia de un portero en una habitación en donde no puede ver ni hablar a nadie...

---

[24] En este punto es más necesario que nunca observar que estas cartas se escribieron antes de la Revolución. Semejantes atrocidades no son de temer bajo el actual gobierno.

Y las razones que el presidente ha dado para obtener fraudulentamente esta odiosa orden son las siguientes:

Dijo que yo me oponía desde hace mucho tiempo a un matrimonio muy ventajoso para su hija. Que a través de mis pérfidos consejos impedía a esta hija que le obedeciese y que, uniendo la astucia a las maniobras abiertas, fui a dar con una muchacha con quien el amigo destinado a su hija había vivido en efecto varios meses. Que hice venir a esa dulcinea a mis posesiones y que después de haberla instruido debidamente, la hacía pasar por hija mía raptada por él cuando era pequeña con la abominable intención de prostituirla a su amigo. Que a través de este artificio y como ese amigo era el mismo que él quería convertir en su yerno, éste no podría serlo ya, porque entonces resultaría que habría tenido relación carnal con las dos hermanas. Fábula execrable, añadió, que solamente pudo haber sido sugerida a su mujer por un espíritu diabólico que quiere perderle a él y a su familia. Ese espíritu infernal sois vos, Valcour. Estas son las favorables impresiones que empieza a propalar sobre vos para, a continuación, llegar a algo más grave. Estemos alerta... Temo cualquier cosa. Ahora, para apoyar sus afirmaciones, para demostrar todas mis imposturas, ha hecho público el certificado que conocéis de la pretendida muerte de Claire de Blamont. «Así, añade, si mi hija Claire está realmente muerta, como lo prueba el siguiente extracto de los registros de la parroquia, no puede ser la misma Sophie que reclamo. Y esta Sophie que se hace llamar Claire de Blamont y a quien se atreven a presentarme como tal, no es, por tanto, más que una aventurera instruida por mi mujer que la dirige contra mí, procedimiento que merecería la atención de los jueces si quisiera armar escándalo y si tuviese la intención de pelear con una mujer a quien quiero y respeto aún a pesar de su debilidad por el hombre a quien se obstina en entregar a mi hija, en contra de mi voluntad».

Por consiguiente, ha solicitado a Sophie y, para que yo no pueda encontrarla jamás, ha obtenido el derecho de hacer que la lleven secretamente a donde a él le plazca, bajo la sola condición de pagarle una pensión suficiente para mantenerla. Esta muchacha está solamente en su casa a modo de depósito y, cuando haya tenido tiempo para despistarme, dice, mandará que la metan en un convento en el otro extremo de Francia.

Estas son las mentiras que el muy canalla ha utilizado para vengarse de esta pobre hija, para castigarla porque su desafortunada estrella la condujo a mi casa... Para someterla, sin duda de nuevo a su odiosa intemperancia. Y cuando hace todo esto... Examinad a fondo el horrible carácter de este hombre... Cuando actúa así, está convencido, aunque afortunadamente esto no sea cierto, está convencido decía, de que Sophie es su hija. Y me llena de caricias y pasa noches enteras conmigo diciéndome que sus sentimientos renacen y que alberga aún en su corazón todos los de los primeros días de nuestro matrimonio.

Este es el hombre con quien he de vérmelas. Este es el peligroso mortal de quien depende hoy mi suerte. ¡Oh, padre mío!, ¡cuando tejisteis estos lazos os atrevisteis a prometerme felicidad! Mirad ahora lo que significan para mí.

Sin embargo, otras preocupaciones más valiosas me obligan a seguir fingiendo. Estoy decidida a no cambiar mi conducta frente a él. Es preciso que continúe en su error. Es preciso que ni siquiera se le ocurra la idea de investigar y esto en interés de Aline y de Léonore que en este momento me importan mucho más que Sophie. En realidad, no tiene en sus manos más que a la hija de una campesina y si se la arrebato me quitará a la mía.

Lo único que mi probidad me exige ahora consiste en hacer saber al ministro la verdad exacta de todo. El conde de Beaulé se encarga de ello. Esta verdad concordará en muchos puntos con la del presidente. Se trata de una aventurera que no tiene ninguna relación de parentesco, yo también lo afirmaré. No negaré que quise hacerla pasar por mi hija. Si lo creí, si lo dije en un momento probaré a través de todo lo que me indujo a ese error que obraba de buena fe, pero que ya que Claire de Blamont está muerta como queda demostrado, no tengo nada que reclamar y le dejaré intacta su ilusión para que no descubra nada sobre el nacimiento de Léonore, para que no sepa nunca que era Claire de Blamont, que cree que es Sophie, es actualmente la señorita de Kerneuil, porque con el carácter que el cielo le ha dado, solamente podría perjudicar todo lo que hacemos para que Léonore entre en posesión de los bienes de quien presuntamente es su madre ante la opinión pública.

No obstante, esto no hace disminuir mi repugnancia por haber aceptado ese arreglo con el conde de Beaulé. Porque a fin de cuentas con esta maniobra estamos privando a los colaterales de madame de Kerneuil de lo que les corresponde. No imagináis, Valcour, hasta qué punto esta manera de obrar ofende mi delicadeza. Es ilegal y estoy indignada. Pero si no ignoro estas consideraciones, si descubro el nacimiento de Léonore, ¿qué nuevas desgracias y qué inconvenientes aún más terribles no se abalanzarían sobre mí?, y aunque es la mujer del marqués de Karmeil, ¿qué persecuciones no urdiría el presidente para aplastar a esa desdichada Léonore? Y lo que no pueda hacer contra ella, su ánimo vengativo lo emprenderá contra Aline y yo me veré sumida en un abismo de infortunios. Al obrar como lo hago prefiero un mal pequeño a un mal grande, pero no deja de ser un mal y estoy sumamente contrariada con todas estas cosas que alarman mi conciencia. Hay otra cosa que aflige intensamente mi delicadeza y me hace derramar en secreto lágrimas bien amargas, al abandonar a Sophie, abandono a una honrada y dulce criatura, una muchacha llena de virtud y de religión en favor de otra que dista mucho de tener esas cualidades. Pero una de ellas es mi hija y la otra no es nada para mí. Salvar a Sophie de las manos de este hombre, ¿cómo imaginarlo? ¿En virtud de que título actuaría? Ya que consiento en dar a la casa de Kerneuil una heredera que en realidad no lo es, ¿no puedo dar igualmente al presidente una hija que jamás le perteneció? Cuando se trata de arrebatar al infortunado de las garras de la injusticia y de la crueldad, ¿no es lícito acudir a un subterfugio?

Además, si continuase afirmando que Sophie es hija mía, tendría un arma que supondría una eficaz ayuda en la oposición a los proyectos del huraño amigo de mi esposo. Con ello no quito nada a Léonore, a quien no reconoceré jamás, que no tiene ninguna necesidad de ser reconocida, devolveré la libertad a Sophie y garantizaré la dicha de Aline. ¡Ah!, sería en vano, siempre me pondría por delante esa certificación parroquial y solamente podría demostrar su inautenticidad perjudicando a mi Léonore. ¡Qué apuro! Yo que me regocijaba de los días en que había traído al mundo a mis hijas, ¿Tendré que situar ahora esos días entre los más funestos de mi vida?

No, no cederé, abandonaré a Sophie. Por mucho que lo piense no puedo actuar de otra forma. No puedo socorrer a esa infortunada sin menoscabar la felicidad de mis dos hijas. He de renunciar a ello... he de hacerlo. ¿Es posible que haya circunstancias fatales en las que el cielo favorezca escasamente a la virtud a fin de que resulte imposible rescatarla del infortunio? Ojalá pudieran ignorar perpetuamente estas verdades fatales, muchas jóvenes llegarían a la conclusión de que esa vía espinosa en que las coloca la educación no merece ser recorrida ya que en ella se cae antes en las trampas de la intemperancia y del vicio.

Además, si no me enfado por todo lo que acaba de suceder, si cedo en todo al hombre que me engaña, si continúo observando frente a él la misma conducta, ¿quizás llegaría a ablandarle? ¿Quizás esa entrega completa por mi parte le haga desistir de sus indignas pretensiones sobre Aline? Pero, por otra parte, ¿estará dispuesto a creer que abandono a la ligera los intereses de aquella que durante tanto tiempo he considerado como hija mía? ¡Bien! Entonces explicaré mi resignación a través de mi bondad. Le diré: «Esa muchacha me interesa. Ahora sois su amo, os la recomiendo y os suplico que la hagáis feliz».

Ahora me pesa no haber enviado a Sophie a casa de su buena nodriza de Berseuil... estaría casada. ¿Qué digo? Frente a las intrigas de un traidor que no escatima ni su influencia ni el dinero cuando se trata de servir a sus pasiones, ¿no sería todo igual hoy? Habría un crimen más... Me interrumpen... terminaré mi carta mañana.

Día 13 de enero.

¿Lo creeríais?, ayer por la tarde se presentó como de costumbre para obtener, según dijo suavemente, «los tributos del himeneo ofrecidos por las manos del amor». Y como observó una ligera alteración en mi rostro, aunque me esforzaba por contenerme, se me adelantó. Todo lo que había hecho, explicó, era para bien y, en verdad, él no había hecho casi nada, fue Dolbourg quien, al pretender emparentar conmigo, se avergonzaba de saber que una de sus antiguas amantes estaba entre mis manos y fue él quien quiso recuperarla.

—Mi única falta consiste, prosiguió, en no haberos prevenido. Pero como estabais convencida de la loca idea de que se trataba de vuestra hija, os hubierais opuesto. Y como yo evito con tanto cuidado todo lo que pueda enturbiar nuestras relaciones, como deseo tan intensamente reparar mis antiguos errores, debéis perdonarme este pequeño secreto que obedecía al deseo supremo de conservar vuestra estima. No hay nada, continuó, que me haga sentirme tan sinceramente celoso... Hay pocas mujeres que reúnan tantas gracias... Junto a atractivos tan divinos, virtudes tan raras... ¿Pelear con vos... yo?, ¿querellarme?... ¿Cómo podría hacerlo?

—Pero ella está en vuestra casa, le dije, interrumpiendo sus zalamerías.

—Sí, respondió, sorprendido de verme tan bien informada... Sí, es verdad, está en mi casa, no he podido negar mi castillo a Dolbourg que quería recibirla en él durante unos instantes.

—¿Y qué hará de ella después?

—La enviará, me dijo con ese tono misterioso que emplean tan hábilmente los impostores para conferir a sus mentiras el colorido de la verdad, la enviará a un convento perdido en la Gascuña... Estará bien... Le dará una buena pensión... ¡Oh! No conocéis a Dolbourg... Jamás he visto que le hagáis justicia. ¡Es de una simplicidad de costumbres tan grande... de una franqueza tan rara... De una naturaleza tan auténtica... de una ingenuidad tan preciosa! ¡Ah!, creedme que el único hombre que está llamado a hacer la felicidad de nuestra Aline. ¡Bueno! ¿Estáis convencida ahora de que todo lo que creíais sobre esto era puro cuento?... (Yo me callé)... Hay una enormidad de gente que está sumamente interesada en engañaros... Y que lo hace... Aunque sólo fuese ese Valcour... Desconfiad de él... Os lo digo yo. Es el más peligroso de los bribones.

Un momento, señor, le dije, porque no podía soportar tantas falsedades y movida por la curiosidad de ver hasta donde podía llegar... Un momento... Ya que estáis justificando vuestra conducta, ¿me explicaréis la razón de esa comisión secreta confiada al alguacil que vino a detener a Léonore a Vertfeuille? ¿Por qué disponía ese hombre de una orden vuestra basada en una descripción para detener a mi hija en lugar de la esposa de Sainville?

Y en ese momento, amigo mío, el arte de fingir acudió a componer a su antojo todos los rasgos de ese odioso rostro.

—¿Yo?, respondió, ¿yo dar órdenes para poner a Aline en el lugar de Léonore?... Pero pensad, por favor, que si yo me he enterado de la aventura de Sainville en Vertfeuille fue por boca de terceros, circunstancia que me colocó en una situación muy embarazosa, que incluso hizo que me enfadase un poco con vos por no haberme advertido nada, ya que no sabía qué responder a todas las preguntas que se me formulaban al respecto.

—¿Lo negáis entonces?, le dije levantándome enfurecida.

—Vamos; vamos; respondió él sonriendo, ahora veo que estáis bromeando. Pero si proseguís, me enfadaré... Ya tengo bastante con los errores verdaderos que he cometido, no inventéis otros nuevos. Dormid en paz por lo que respecta a Aline... No os la arrebataré... Os la pido... y no pasaré de ahí, y espero que después de un poco de reflexión ya no me la negaréis...

Me volví a sentar. Me di cuenta del error que acababa de cometer al romper el silencio sobre un tema que me había propuesto mantener en secreto y cuyo recuerdo evocaba en vano ya que, a buen seguro, lo negaría todo...

—Os creo, dije con una tranquilidad fingida. Sí, os creo... Pero si me acusáis de tener enemigos, también los debéis tener vos... La perfidia que os echó en cara os ha sido atribuida en público, y...

—¡Enemigos, enemigos! ¿Quién no los tiene?... Solamente los tontos no tienen nunca enemigos. Pero todas esas calumnias... Las desprecio hasta el extremo de que, por mi honor, ni siquiera me informaré de aquellos que han pretendido indisponerme con vos.

Y animándose y acalorándose por mi causa, sin darme tiempo de responderle se puso a repetirme sus halagos... a exigir finalmente... Lo que estaba dispuesta a seguir concediéndole, ya que estaba decidida a fingir... Nunca le vi tan apasionado, tan depravado, debería decir. El amor o el sentimiento en esas almas es solamente el exceso del desorden. ¡Pero qué siniestro es el espíritu de este hombre, incluso en medio de sus placeres más dulces!... Escucha algunas de sus palabras[25]:

—¡Qué bella sois! Me dijo examinándome sin velos, no, jamás la muerte se atreverá a destruir esta obra de arte. No quedaréis sometida a la ley que rige sobre los demás... Este bello cuerpo no se corromperá. Nada se alterará nunca en vos. Y en el último reposo de la naturaleza, aún le serviréis de modelo.

Y gracias a esta idea alcanzó la cúspide de su placer. Esta idea, *delicadamente horrible,* sumió a sus sentidos en la embriaguez.

¡Oh, amigo mío!, ¡no sé, todo esto me alarma, este cambio tan evidente en su conducta, este afán por obtener cosas que ya no deberían apasionarle!... Incluso en los primeros años de nuestro matrimonio, no me festejaba con tanta asiduidad. ¿Qué significaba este retorno?... ¿Si verdaderamente me amase, si desease reparar sus errores... los agravaría? Me halaga y, sin embargo, me engaña. Me acaricia, y me aflige... ¡Ay! ¡Tiemblo! ¿Qué pretende? ¿Qué necesidad tiene de utilizar la astucia conmigo? ¿No es el

[25] Véase la página 291 (Carta XLIV), en donde el presidente dice: «En algunas ocasiones no me doy cuenta de lo que digo, etc.».

más fuerte?... Solamente hay que engañar a quienes tememos. La astucia es el arma del esclavo. Solamente está permitida a los débiles. Envilece a los más fuertes si se atreven a utilizarla. ¡Ah! Aunque me ennoblezca, aunque me humille, aunque me alabe o aunque me degrade, siempre seré su víctima. Nada hay que pueda impedir que lo sea... ¡Oh, mi Aline!... Quizás lo seas tú también... Y yo ya no estaré para arrancarte de su mano cruel... Valcour, las lágrimas fluyen en contra de mi voluntad. Mi cabeza se nubla... mi alma, fatigada de desgracias, se irrita ante el temor de otras nuevas. Llega un punto en que ya no podemos soportar el horrible peso de nuestras cadenas, en que se prefiere mil veces el fin de la existencia a la renovación del infortunio... Oh, Valcour, si yo hubiera de faltaros... Si yo no estuviese y Aline fuese desdichada... Derramad toda vuestra sangre, si es preciso, amigo mío, para liberarla de los horrores que amenacen su frágil existencia... Tened siempre presente a la madre que os la entrega... Repetid a menudo: «Me amaba... Deseaba mi felicidad y la de su hija. La providencia se opuso a ello... Pero a ambas debo mi amor y mi pena... Debo quererlas más allá de la tumba o perecer con ellas».

Adiós, estoy demasiado triste esta noche como para continuar escribiéndoos... Intentad almorzar el jueves en casa del conde, haré todo lo posible para veros allí.

CARTA XLVI

Valcour a madame de Blamont

París, 20 de enero.

Acabo de recibir una extraña visita, señora. Lo que ha sucedido me parece de tan alta importancia que he creído que me permitiríais que os lo comunicase al instante. Serían las diez de la mañana y me disponía a salir cuando me anunciaron al señor presidente de Blamont.

—¿Puedo saber, le dije, señor, a qué debo el honor de tal atención de vuestra parte?

—Debéis suponerlo.

—Lo ignoro, pero si deseáis tomar asiento, estaríais más cómodo para explicármelo.

—No vengo aquí ni para haceros cumplidos ni para recibirlos.

—Si es así, permanezcamos de pie. Pero explicaros rápidamente porque hay asuntos que reclaman mi presencia.

—Me tomaré el tiempo que necesite y vos tendréis la bondad de escucharme. No hay ningún asunto que sea tan urgente para vos como el que vengo a exponeros.

—¡Y bien! ¿De qué se trata? Explicaos.

—Vengo a daros un consejo.

—No me agradan.

—El deber de un hombre prudente es seguirlos cuando son buenos.

—El hombre más prudente aun no los da jamás.

—De este depende vuestra seguridad.

—Un hombre de bien la halla en su conducta.

—Modificad entonces la vuestra si deseáis que esta seguridad sea perfecta.

—Me parece, señor, que este no es precisamente el tono de un consejo.

—La superioridad da en ocasiones algunos consejos que no están formulados en el tono de la amistad.

—¿La superioridad?...

—¿Preferiríais que dijese la fuerza?

—Ninguna de las dos cosas os convienen, sois el hombre más innoble y tenéis todo el aspecto del más débil.

—Mi posición...

—Es una de las más mediocres del Estado, a menudo una de las más tristes y siempre una de las menos consideradas. Pensad que con cien bolsas de mil francos mi criado puede ser mañana vuestro igual.

Dejándose caer en un sillón, dijo:

—Monsieur de Valcour, vuestra conducta os pierde y por consideración hacia vos mismo, deberíais cambiarla.

Sentándome enfrente de él:

—No comprendo como mi conducta puede ofender al público o a vos.

—Seducir a mi hija es ofenderme y citarla en una iglesia es ofender al público.

—Vuestro reproche es falso en dos puntos: no intento seducir a vuestra hija y jamás la he citado en ninguna parte. Sabed además que entre una muchacha de su edad y un hombre de la mía no hay más seductor que el amor y que si la encuentro de vez en cuando en la iglesia es por pura casualidad.

—Con estas respuestas se arregla todo.

—Solamente pretendo decir la verdad.

—¡Y bien! Si es como decís, ¿cuáles son vuestros sentimientos hacia mi hija?

—Los del respeto más profundo y al amor más inviolable.

—No podéis amarla ya.

—¿Qué ley me lo impide?

—Mi voluntad que se opone a ello.

—Esperaremos.

Levantándose enfurecido:

—¿Esperaréis? Entonces toda vuestra felicidad se basa en el fin de mi existencia.

—No, me agradaría mucho llamaros padre y recibir a Aline de vuestra mano.

Paseándose por la habitación a grandes zancadas:

—No contéis con ello.

—¿En ese caso hago mal al deciros que esperaremos? Un hombre menos honrado no os lo diría.

—Pero significa decirme claramente...

—Significa deciros que deseamos que os hagáis adorar como padre o que os hagáis olvidar como enemigo.

—Tendría gracia que un hombre no pudiera disponer de su hija.

—Puede hacerlo, sin duda, mientras sus intenciones tengan en cuenta la felicidad de esta hija.

—Esas restricciones son sofísticas, los derechos de un padre sobre sus hijos no lo son.

—Hay muchas cosas que existen, aunque sean injustas.

—No cambiaréis las leyes.

—Tampoco extinguiréis vos mi amor.

—Haré cesar sus efectos.

—Conseguiréis que os odien quienes deben amaros.

—Hay que burlarse de los sentimientos de las personas cuyos errores hay que castigar.

—No es un error amar a vuestra hija.

—Pero si lo es apartarla del esposo a quien se la he destinado.

—Aunque dejase de pensar para siempre en mí, impedir que se una a un libertino es hacerle un favor.

—¡Ah! ¿Son estas las impresiones que suscitáis en ella? ¿Son estos los sentimientos que sugerís en mi mujer?

—Es lícito avisar a los amigos cuando están a punto de ser engañados, tranquilizaos, sin embargo. Instado por otras personas que no son ni vuestra mujer ni vuestra hija, para que aclarase la conducta del monstruo con quien queréis unirla, me negué a ello. Pero la providencia quiso que sus desvaríos se descubriesen naturalmente y deberíais avergonzaros de un proyecto que os deshonra.

—Monsieur de Valcour; no me obliguéis a llegar a extremos que me enojarían, más vale que emprendamos un camino menos escabroso. Tened, dijo, poniendo diez cilindros encima de la mesa, no sois rico; lo sé; he aquí quinientos luises y firmadme una renuncia al matrimonio que pretendéis.

Cogiendo los cilindros y arrojándolos a la antecámara:

—Hombre vil, ¿olvidas que estás en mi casa? ¿Olvidas la bajeza de tu existencia, la escasa dignidad de tu situación, el envilecimiento en que te sumergen tus vicios y los derechos que la virtud y la naturaleza me confieren sobre tu despreciable persona?

—Me insultáis, señor.

—Lo haría en cualquier parte, pero como estáis en mi casa me contento con pediros que os marchéis.

—Os tomáis las cosas muy a pecho.

—¿Y por qué he de merecer ser humillado con tanta crueldad? ¿Quién puede induciros a subestimarme? ¿Renunciar por dinero al sentimiento más precioso de mi vida? ¡Cobarde! Si soy pobre, pero la sangre de mis antepasados corre por mis venas y me duelen menos las faltas que me han hecho perder mi patrimonio que lo que me sonrojaría el poseer unos bienes cuya adquisición me cubriría de vergüenza. Mueran mil veces quienes solamente pueden aportar, para compensar las virtudes que no poseen, sacos de oro de origen inconfesable. Los escasos bienes de que disfruto son míos y los del hombre que destináis a vuestra hija son la dote de la viuda, el patrimonio del huérfano, la sangre del pueblo. Estremeceos dar a vuestros nietos riquezas adquiridas a costa del honor... tesoros que podrían ser devorados instantáneamente por el infortunio si reinase la equidad en este tribunal envilecido al que os jactáis de pertenecer.

—¿Entonces no deseáis renunciar a mi hija?

—Lo haré cuando ella lo exija y cuando me diga que no soy digno de ella.

—La haréis desdichada, mi palabra está dada y no la retiraré.

—¿Y por qué horrible injusticia la felicidad de un amigo os es más preciosa que la de Aline?

—Estimo ambas por igual y haría felices a ambos si no trastornaseis la cabeza de mi hija.

—Si para que esa muchacha sea feliz, consideración única ante la cual toda otra debe ceder, es absolutamente necesario que se sacrifique alguien ¿no es más justo que sea Dolbourg, a quien ella no ama, y no que lo haga yo que la adoro y que me enorgullezco de no parecerle indiferente?

—Si Dolbourg no es el preferido ¿por qué queréis que haga un sacrificio? A quien corresponde hacer un sacrificio por ella es al que la ama.

—Un sacrificio hecho a expensas del corazón de Aline sería un sacrificio mal entendido.

—Pero Dolbourg no pretende su corazón, lo deja en libertad, solamente aspira a la alianza y es lo suficientemente equitativo como para estar convencido de que a su edad no se puede cautivar ya el corazón de una joven. No tiene pretensión alguna sobre los sentimientos de Aline, se casa con ella, eso es todo. Nadie pone ya en el matrimonio esa *grotesca caballerosidad* de que alardeáis. Uno se casa con una mujer por sus relaciones, por su dinero, para hacer uso de ella alguna vez en caso de necesidad. Entonces es preciso que, por las buenas o por las malas, la mujer muestre a su marido toda la obediencia que le debe. Ha de manifestarle una sumisión ciega y por lo demás, que le ame o que no le ame, que esté contenta o triste al concederle lo que de ella se pretende, y que sea legítimo o no... Siempre que se obtenga... ¿Qué importa todo lo demás para la felicidad? Vosotros, las personas de grandes sentimientos situáis la felicidad en quimeras metafísicas que solamente existen en vuestras huecas cabezas. Analizad todo esto, y el resultado es: nada. Ya me gustaría que me dijeseis de qué sirve el amor de una mujer siempre que se pueda gozar de ella. Y si se goza de ella ¿qué puede aportar el amor a la sensación física?

—Suponiendo que vuestro Dolbourg sea lo bastante despreciable como para pensar así, si vuestra hija es delicada la haréis desgraciada.

—¿Y por qué, si no se exige de ella nada que no pueda dar?

—Esos dones son horribles cuando no los hace el corazón.

—Bien, serán, supongo, dos momentos un poco duros cada día, le quedan veintidós horas para hacer lo que quiera.

—Una mujer virtuosa no se encuentra solamente ligada en el instante de los deberes, lo está siempre y cuando ese instante es cruel, sus cadenas se hacen insoportables porque su recta conciencia no le permite recurrir a los medios infamantes con que podría aligerarlas.

—Todo eso son principios de jovenzuelos recién salidos de la escuela. Ya veréis, monsieur de Valcour, como a mi edad preferiréis las ideas menos intelectuales a todos esos sofismas del amor. Si al marido para ser feliz le basta con lo físico, la mujer debe serlo sin lo moral.

—¿Y suponéis que un marido puede ser dichoso si prescinde del corazón?

—Sostengo que lo será más. El amor es solamente la espina del goce, solamente lo físico es la rosa... Os sorprendería si os dijese que se pueden saborear placeres más intensos con una mujer que nos odia que con una que nos ama. Esta da... A la otra hay que arrancárselo. ¡Qué diferencia en la sensación física! Así tiene siempre el atractivo picante de la violación, es el fruto de la victoria ya que es preciso combatir y vencer, por consiguiente, es cien veces más deliciosa. Pensad que en la vida del hombre hay veinte años en que este desea aún gozar todos los días y no obstante es seguro que sólo inspirará repugnancia. ¿Cómo podría ser feliz cuando ya no puede dar amor, si solamente el amor hiciese la felicidad? Y, sin embargo, lo es, luego es posible ser feliz sin proporcionar ningún placer y es muy posible recibirlos sin devolver nada a cambio.

—Las ideas de una mujer de dieciocho años no son las de un hombre de cincuenta.

—Pero ¿estáis seguro de que se tengan ideas a los dieciocho años? Creedme, la edad en que solamente se escucha al corazón no es nunca la de las ideas. Extraviado por un guía absurdo uno se engaña acerca de las sensaciones y pretende que la sensibilidad saboree lo que solamente es bueno cuando se la ultraja. Por lo que a mí respecta, lo confieso que hace menos de diez años que disfruto, hace menos de diez años que sé qué es lo que hay que excluir y qué es lo que hay que sofocar para mejorar un placer. Es inaudito lo bien que se percibe lo que creemos que estamos a punto de perder. Cuanto menos seguro está uno de poder repetir, más se saborea lo que se obtiene. Es preciso haber conocido mucho para opinar sobre lo que es bueno... ¿Y qué se conoce a los dieciocho años? A esa edad uno estima aún sus principios, cree en la virtud, admite la existencia de los dioses... Quimeras... Estando apegado a todos estos prejuicios ¿pueden concebirse esas divinas desviaciones fruto del hastío y de la depravación, puede concebirse la idea de esas investigaciones deliciosas, nacidas en el seno de la impotencia? Hay que envejecer, os digo, para ser voluptuoso... De joven solamente se puede estar enamorado y no es solamente en Citera en donde el placer desea que se le rinda culto... Pero terminemos, monsieur de Valcour, os estoy sermoneando y no os convenzo... ¿Cuál es vuestra última decisión?

—Morir antes mil veces que renunciar a mi Aline.

—Os haréis acreedor a muchos males.

—Si ella me ama, los afrontaré todos.

—¿Es entonces esta vuestra última respuesta?

—Es la única que obtendréis de mí.

Levantándose enfurecido, dijo:

—¡Pues bien! No os sorprendáis de las medidas qué voy a adoptar... de las fuerzas que armaré contra vos.

—Si actuáis como un hombre vil, me daréis el derecho de despreciaros y disfrutaré de él en toda su extensión.

—Acordaos, sobre todo, señor, que mi casa os está vedada... que haré vigilar a mi hija y que, si continuáis escribiéndole o dándole citas apelaré a las leyes y a través de ellas sabré haceros observar el respeto qué debéis a uno de sus ministros.

Salió enfurecido recogiendo sus cilindros y protestando que mi obstinación no tardaría en producirme remordimientos.

Esto es lo que pasó, señora. Quisiera haberme mostrado más sociable en esta visita. Reconozco que me duele por vos la acritud que manifesté, pero no pude soportar que me tratase como lo hizo... ¡Proponerme que vendiese mi amor por Aline! ¡Santo cielo! Todas las gotas de mi sangre derramadas una tras otra no me harían renunciar a ella; aunque el trono del universo fuese el precio de mi sacrificio, aunque la alternativa fuesen los más horribles tormentos, no vacilaría un minuto.

Espero vuestras órdenes, señora, pero no sin inquietud, no sin sentir, como vos, en el fondo de mi alma, el presentimiento del infortunio... Yo que quería daros ánimo... ¡Ay! Advierto que necesito el vuestro... Ocultad esta escena a vuestra Aline. Aumentaría sus inquietudes...

¿Volveremos a conocer algún día los instantes dichosos del reposo y de la felicidad?

CARTA XLVII

Madame de Blamont a Valcour

París, 26 de enero.

No trató de ocultarme la visita que os hizo. Yo esperaba... Me habló de ella antes de ayer y como el tono no había variado, no quise decir nada para no ser descubierta. Pero no me dijo una sola palabra de los quinientos luises y aún menos de cuál había sido el estado de ánimo. Se contentó con decirme que quiso veros para persuadiros a renunciar a pretensiones que no os convenían en modo alguno y que no pudo venceros. Me rogó que me ocupase de ello y, sin dureza, sin acritud, me dijo que era mi deber oponerme a ciertas citas de cuya existencia no tenía la menor duda... Conocía estas entrevistas, amigo mío, y espero que estéis convencido de que yo no las ignoraba. No hubierais querido que Aline os las propusiera a mis espaldas. Estoy segura de que son muy sencillas y nada más lejos de mi intención que prohibíroslas si vuestros propios intereses no me obligasen a ello. Pero eso no basta, Valcour, hay que evitar cuidadosamente salir de aquí, hasta que la tormenta haya amainado. No tengo pruebas ciertas de la ira del hombre a quien tememos, pero con un carácter como el suyo con tanta ruindad, ni siquiera la calma debe engañarnos. Ninguno de sus sistemas me sorprende, me ha mostrado ya de una forma excesivamente explícita hasta dónde puede conducir a un corazón como el suyo el abandono de los principios. Esto me hace comprender el caso que hay que hacer a sus caricias. Pero si solamente las hace por *falsedad*... Que esté bien seguro de que yo solamente las recibo por *política* y que lo trataría como merece de no verme forzada por el interés de mis hijas.

Imagino el esfuerzo que os habrá costado conteneros y, sin embargo, aún he de deciros que os excedisteis. Me lo oculta y eso me inquieta. Salió ayer para Blamont, asegurándome que Sophie ya no estaba allí, aunque es muy seguro que lo está. Hace algunos días recibí una carta suya, desde su encierro, que me fue entregada en el mayor secreto. No os la envié porque solamente contenía las particularidades de su secuestro, que ya conocíais. He encontrado la forma de establecer una correspondencia segura con Blamont: me harán llegar las cartas de esta desdichada muchacha y me informarán puntualmente de todo lo que la afecte. En estos momentos ella se encuentra en Blamont y el presidente se dirige allí... Va a Blamont y me asegura que ella no está allí... y sus intenciones para conmigo no disminuyen... ¡Oh!, amigo mío, ¿están comprobadas esas desviaciones? ¿Son manifiestas esas falsedades?... ¿Y no hemos de temblar? ¡Oh, cielos! Todo está hecho para inspirarnos los más vivos temores... Antes de cerrar mi carta quiero saber si Dolbourg va con él...

Ya llega... No, no va con él, el presidente sale solo y Dolbourg ni siquiera va a moverse de París... ¿Cuál es el objeto de esta visita?... Desdichada Sophie, ¿podrán los títulos que se te atribuyen protegerte de las iras de este libertino? ¿No se arrepentirá de haberte convertido en la amante de Dolbourg? Y, rotos ya esos lazos, ¿no inflamará su imaginación?... la idea del crimen, afortunadamente imaginario.

Es preciso que os hable de mi Aline, mi mente necesita descansar en virtud ya que se ha visto obligada a imaginar el crimen... Os abraza, está ligeramente inquieta... Ignora todo lo referente a vuestra escena... pero, como su madre, ve en todo esto algo turbio... Consolada de veros un instante todas las semanas le desagrada verse obligada a renunciar a ello. No obstante, os exhorta a que mostréis el mismo valor que ella y ambas os abrazamos.

CARTA XLVIII

Léonore a madame de Blamont

Rennes, 22 de enero.

Faltaría a todo lo que os debo, mi querida mamá, si no os comunicase el feliz comienzo de todas nuestras gestiones. Mi retorno a Bretaña ha sorprendido a mucha gente y ha afligido a algunos. Una multitud de pequeños primos oscuros que se habían repartido la herencia de la condesa de Kerneuil opinan que es una contrariedad que venga a arrebatársela y la desesperación de estos desdichados campesinos es tanto más amarga por cuanto no ven ninguna posibilidad de sostener ya sus ridículas pretensiones. Nada me divierte tanto como el desconcierto que crean esas pequeñas fortunas disipadas por mi presencia, como el aguilón que derriba las plantas parásitas que nacen en un día y quedan destruidas en un instante. Vais a decirme que soy mala, que tengo mal corazón, pero, reproches aparte, me concederéis que hay ocasiones en que el mal que cae sobre los demás resulta a veces bien agradable[26]. ¿No cabe incluir entre ellas aquellas en que nos enriquece?

El conde de Beaulé nos ha enviado una respuesta de España que nos garantiza una rápida y segura restitución de una parte de los lingotes y esto, unido a lo demás, va a convertir nuestra casa en una de las más ricas de Bretaña. Pero no será en provincias en donde consumamos esta brillante fortuna, viviremos en la capital: el centro de los placeres y el lugar que conviene a las riquezas. Y desde el momento en que se pueden satisfacer

---

[26] Se cuenta que El Veronés, obligado a hacer reconocer a dos hermanas dentro de una vasta composición y con los vestidos más diferentes, puso tal arte en algunos de los rasgos de uno y otro de estos personajes que la gente las designaba al primer vistazo. ¿Es posible dejar de reconocer igualmente aquí a Léonore como hija monsieur de Blamont?

todos los caprichos, hay que preferir como lugar de residencia aquel en donde se renueven con más frecuencia. Además, este proyecto nos acerca a vos ¿qué más queremos para decidirnos? ¿No habíais emprendido mi conversión? Es preciso que os reconozca el mérito... ¡Qué desvelos! y ¡cuánto temo veros fracasar! Apelaré a mi corazón para que acuda en socorro de mi espíritu... Pero ambos, según decís, son tan malos... Sin embargo, no admito ninguna condena sobre el primero y mi sensibilidad sigue siendo muy activa cuando se trata de quereros[27].

Destinada a efectuar encuentros singulares he encontrado como directores de espectáculo en Rennes a monsieur y madame de Bersac. Me vieron en una parte de mi gloria y mi pequeño orgullo quedó muy halagado. Esta aventura me ha dado una idea sobre esa pequeña Sophie que me hicisteis ver en Orleans... Es hermosa, mis antiguos amigos se han ofrecido a formarla bien, si lo aprobáis. Me parece que eso siempre será mejor que un convento y cuando se tiene un rostro como el suyo, ¿no es infinitamente más sensato ser útil a los hombres que inútil a Dios? Si no obstante este proyecto escandaliza a la fiera virtud de mi bonita mamá, le ofrezco un puesto en mi casa en cuanto nos hayamos establecido. Cuando uno es joven hay que trabajar: establecer una pensión para que rece a Dios y murmure enterrada en un convento es emplear mal el dinero. No pretendo enfriar vuestra compasión, pero si esa muchachita no quiere hacer nada, en verdad que yo la abandonaría sin escrúpulo. Ya os lo dije, creo que no hay nada peor que fomentar la holgazanería. Eso significa infringir las leyes de la sociedad, infringirlas todas.

Espero que toméis una decisión y me comuniquéis vuestras órdenes, sean cuales fueren me honraré con ellas y para mí será una norma el cumplirlas fielmente. Sainville y yo abrazamos a la dulce Aline y os presentamos nuestros respetos.

CARTA XLIX

Sophie a madame de Blamont

Castillo de Blamont, 29 de enero.

¡Oh!, señora, ¿por qué mi sino ha de ser el de referiros infamias? ¿Por qué el cielo me ha dado la existencia para ser siempre la víctima del infortunio?... Pero ¿cómo me atrevo a hablar así cuando quien me hace sufrir es una persona tan cercana a vos? Habéis tenido a bien leer mi primera carta, vuestra respuesta, que guardo en lo más profundo de mi corazón, me dice que os habéis dignado llorar a causa de mis males. Voy a confiároslos una vez más, voy a implorar de nuevo vuestra protección, me veo amena-

[27] ¿Aline, Aline, hubierais escrito así a vuestra madre? *(Nota del Editor)*

zada por desgracias mayores que las que hasta ahora he padecido. ¡Oh!, señora, ¡dignaos librarme de ellas! No os pido ya que tengáis las mismas atenciones hacia mí, sé que son imposibles, pero tratad solamente, os lo suplico, de hacer que pueda salir de este lugar. Me iré a vivir ignorada a alguna parte de la tierra y ya nunca se oirá hablar más de mí. Mis desdichadas manos proveerán lo necesario para mi subsistencia. No pido más ayuda que la libertad de poder trabajar. La gente se apiadará de mi miseria, protegerán mi juventud; no todos los corazones están endurecidos. Solamente pido el fruto de mi trabajo, lo mereceré por mi conducta y mi actividad. Pero pasemos a los detalles, señora, ya que me permitís que os los refiera[28].

El señor presidente llegó aquí en la diligencia el día 25 por la tarde. Eran aproximadamente las ocho cuando entró en la casa. Le habían encendido el fuego y le habían servido la cena en sus habitaciones, en la parte de arriba. Subió enseguida y en cuanto estuvo preparado mando decirme que me presentase ante él... Una hoja agitada por la tormenta hubiera temblado menos que yo. Su lacayo cerró cuidadosamente al salir todas las puertas. La única comunicación que quedó libre fue la que unía nuestras habitaciones, casi no me atrevía a avanzar... Estaba sobre una poltrona, en el fondo de la habitación, enfrente de la puerta por la que yo entraba.

—Acercaos, me dijo, imagino vuestros temores, habéis de temblar al verme después de la tontería que hicisteis... Estaréis persuadida, espero, que si he venido aquí es solamente para haceros llorar. Pero ante todo escuchadme y que la verdad guíe vuestras respuestas. ¿Qué motivos pudieron induciros a buscar la casa de mi mujer como refugio?

—El azar, señor, estad bien seguro de ello, es la única causa de este suceso. Huía hacia Berseuil. Expulsada por vuestro amigo iba a implorar el socorro de la mujer que me había criado. Madame de Blamont me encontró en el bosque y me llevó a su palacio sin que yo supiese que estaba en casa de alguien tan cercano a vos.

—¿Pero le contasteis todo lo que sucedía en la casa que compartíamos mi amigo y yo?

—Ignoraba a quien estaba hablando.

—No deberíais haberlo hecho en ningún caso.

—Después de haber sido expulsada de una manera tan cruel, creí que era lícito que me quejase.

—Merecisteis el tratamiento que se os infligió.

—No, señor.

—Sois una desvergonzada y traicionasteis a mi amigo.

—¿Qué juramento os convencería de lo contrario?

---

[28] Advertimos a nuestros lectores que la decencia nos ha obligado a expurgar muchos de estos detalles. Quizás haya aún cosas fuertes ya que resulta imposible diluir en exceso los rasgos de semejantes caracteres. *(Nota del Editor)*

—No me engañaréis, sois una putilla... y, lo que es más, nos robasteis al salir.

—¿Yo, señor?... ¡Santo cielo!

Y arrojándome a sus pies:

—¡Oh, señor!, soy una desgraciada, pero la indigencia no excluye ni la franqueza ni la honradez... Creed el juramento que os hago de mi inocencia en todos los puntos de vuestra acusación.

—No será en este momento... no, no será en el instante en que vengo a castigar severamente vuestras faltas cuando me haréis creer que éstas no existen.

Y entonces se levantó y se paseó algún tiempo por la habitación. Yo me levanté también, me mantuve en silencio sin atreverme a levantar la vista hacia mi juez y temblando cada vez que se detenía... Entonces se acercó a mí y, obligándome a erguir la cabeza, que levantó y abarcó con una de sus manos, me dijo:

—Os han trastornado la cabeza; os han dicho que erais bonita. Es imposible serlo menos. Os han dicho que os parecíais a Aline: sería muy enojoso para ella que fuese tan fea como vos... Algunos rasgos, si se quiere... Lo que explica que, bromeando, os llamase hija mía. Pero espero que estéis bien convencida de que no nos une parentesco alguno.

—¡Oh! Sí, señor, ahora sé cuál es mi cuna.

—¿Lo sabéis?

—Sí, señor.

—¿Cuál es?

Y en este punto, señora, no creí cometer una imprudencia al confesar que sabía que no era más que la hija de Claudine Dupuis de Pré-Saint-Gervais.

—¿Y quién ha investigado esto?, preguntó entonces sumamente sorprendido.

—¡Ay!, señor, no lo sé, pero eso me dijeron en el palacio.

—Os engañaron, nadie sabe mejor que yo quien sois. Fuisteis criada durante algún tiempo por esa mujer, pero no sois nada suyo.

Luego, sujetando mi garganta con una de sus manos mientras con la otra aferraba mi cabeza para poder contemplarme desde más cerca, me dijo:

—Ha de bastaros con saber que no sois hija mía y que, aun cuando lo fueseis, no por ello tendría menos derecho a castigaros rigurosamente y a reduciros a la sumisión que quiero que me mostréis... Desnudaos...

Ya se ocupaba él mismo de ello... Pero cuando vio que yo retrocedía bajando la cabeza y con aspecto de implorarle, se lanzó sobre mí como un loco y arrancándome la ropa obtuve el mismo tratamiento que había recibido de su amigo cuando fui expulsada de su casa[29]. Ni las lágrimas ni las oraciones fueron capaces de enternecerle. Al contrario, se diría que mis esfuerzos por desarmarle le encendían aún más. Y prolongando estos crueles preliminares con acciones más indecentes aún, me sometió, durante la mitad de la noche a todo lo que el delirio de su mente y la perversidad de su corazón pudieron sugerirle.

Al día siguiente me hizo llamar cuando se despertó.

—Todo lo que hice ayer no es, me dijo, más que una leve muestra de lo que os reserva mi amigo. A él traicionasteis y a él le corresponde, pues, la venganza. Os lo traeré enseguida, preparaos a recibirle y sobre todo intentad ablandarle como lo intentasteis ayer conmigo con esos dos ojazos azules inundados con un torrente de lágrimas cuyo efecto, como pudisteis comprobar, no fue excesivamente eficaz... Nosotros los hombres de leyes tenemos la desgracia de estar un poco de vuelta de todos esos bellos secretos femeninos... ¿No podría decirse que os he pulverizado?... Veamos...

Entonces su mirada se cebó en los vestigios de su intemperancia. Los contempló durante largo tiempo con una curiosidad feroz... Luego volvió a empezar... Luego llamó al hombre que me vigila y le recomendó que lo hiciese con más cuidado que nunca y sobre todo que me privase de cualquier medio de comunicarme verbal o epistolarmente con quienquiera que fuese. Añadió que pronto volvería con su amigo y subió de nuevo a su silla.

Si he cometido alguna imprudencia, dignaos decírmelo, señora, a fin de que la repare con todas mis fuerzas, pero no me abandonéis, os lo suplico. Los únicos apoyos con que cuento son el cielo y vos, séame permitido implorar a ambos, ¡que ambos me concedan un poco de reposo después de tantas desgracias! Me atrevo a arrojarme a los pies de la señorita Aline y a presentarle mis respetos... ¡Qué dichosos instantes aquellos en que pude llamarla mi hermana! ¡Dulce ilusión, cómo te has desvanecido!... ¡Entonces hay seres en el mundo que no han nacido más que para el infortunio y el dolor!... ¡Qué sería de ellos si la consoladora esperanza en un Dios justo no viniese a mitigar su tormento! ¡Pero ay!, mi juventud me hace estremecer, lo que para otra sería motivo de dicha es la desgracia de la pobre Sophie. ¡Cuántos años me quedan de sufrir en la tierra! ¡Dichosos los que ya están cerca del féretro!... ¡Los que, después de haber languidecido bajo las cadenas de la vida, ven finalmente las tijeras de Parca dispuestas a poner fin a sus males! ¡Con qué tranquilidad contemplan el instante que va a reunirles con el ser que los creó! Contentos de ir a glorificarle en paz... Dichosos de renacer en el seno de su poder, ¡con qué alegría han de despojarse de los harapos de su humanidad! ¡Por qué hube de nacer! ¿Para qué sirvo en este mundo? Desconocida, despreciada, una carga para todo

[29] Véase pág. 193 (carta XVI).

el mundo... ¿valía la pena nacer? ¿Se trata de pruebas, Dios mío? Os las ofrezco y como precio de mi sumisión solamente os pido que destruyáis pronto la desdichada existencia de una criatura que solamente aspira a volar de nuevo hacia vos para serviros y adoraros.

Perdón, señora, ¿por qué he de fatigaros con mis lamentaciones? ¡Ay! Serán quizás las últimas que pueda dirigiros... ¡Quién sabe lo que me está reservado!... ¡Quién sabe cómo acabaré! Dios todopoderoso, haced que la desdichada Sophie no llegue a los pies de vuestro trono sobre una cruz de dolor[30].

CARTA L

Madame de Blamont a Valcour

París, 1 de febrero.

Os envío dos cartas bien diferentes que acabo de recibir a la vez y ambas me han afligido por motivos bien distintos. Una ha sido bañada por mis lágrimas, tengo la certeza de que hará fluir las vuestras. La segunda... ¡Ay! Prefiero no hablar de ella, leedla.

¡Bien! ¿Debemos dudar ahora de la realidad de los males que se acumulan sobre nuestras cabezas?... ¡Qué canalla es ese hombre, qué cruel!... Observad que cree que es su hija y que, para desengañarse, cuenta solamente con una afirmación de ella cuya certeza no le consta y que no ha podido destruir sus primeras opiniones que, como es natural, deben prevalecer... Cree que es su hija y ved cómo la trata... ¡y el rayo no cae sobre un hombre así!... Me hubiera gustado que hubieseis visto la calma con que volvió de esta admirable expedición; como el hábito de fingir impedía que vacilase su frente... Ni un falso tono en las inflexiones de su voz, ni una respuesta turbia... Nunca gozó el crimen de tanta seguridad. Las mismas caricias, los mismos afanes. Pretendió pasar dos o tres horas conmigo, como viene haciendo desde hace algún tiempo... Y yo, que nada sabía... Yo, que ignoraba esas manos criminales... ¡Ay! Permití que se acercaran a mí... Y ahora tiemblo de espanto... ¿Podré sostener hasta el final el papel que me he impuesto?... ¿Podré refrenar el temblor cuando simplemente sus ojos se fijen en los míos? Pero ¿qué hacer?... Ni siquiera tengo fuerzas para imaginar... ¿Cómo las tendría para actuar?

No obstante, me parece esencial que vayáis a ver al cura de Pré-Saint-Gervais y que averigüéis si el presidente no ha emprendido alguna acción basada en las afirmaciones de Sophie y que prevengáis a ese eclesiástico de lo que le rogamos que diga en el caso de que alguien vaya a informarse. Yo no diría nada a Sophie: que continúe respondiendo como lo ha hecho

30 Las dos cartas anteriores habían sido enviadas junto con la carta siguiente.

sin entrar en ninguna clase de detalle: debe ignorarlos todos. En el fondo su respuesta es indiferente, no debe saber nada, que diga lo que quiera. ¿Qué haremos ahora con esa desdichada?... Abandonarla es muy duro... Y protegerla, muy peligroso... Como no tengo ninguna necesidad de reconocer jamás a Léonore, ¿si continuase reclamando a Sophie?... Pero ¿puedo hacerlo después de lo que ha dicho?... ¡Oh!, amigo mío, aconsejadme, lo necesito. Los sentimientos del corazón perjudican a los razonamientos de la mente, lo siento y no sé qué decidir. Imagino cien recursos para salvar a esa infortunada y entre todo lo que pasa por mi mente quizás haya cosas peligrosas. Hacer hablar a Dolbourg significa otorgarle una confianza de la que seguramente abusará. El conde está encargado de una negociación tan importante para Léonore que no me atrevo a encomendarle nuevos trabajos... Además, ¿qué puedo hacer ahora por Sophie que no vaya en contra de mi marido? Al defender a uno ataco al otro... al conservar a uno, pierdo al otro... Hay casos en los que la trama del crimen está tan bien urdida que resulta imposible romperla.

¿Qué me decís de la tranquilidad de Léonore en despojar a esos desdichados colaterales? En verdad que me arrepiento más que nunca de la decisión que adoptamos. Siempre sentí algo turbio en el fondo de mi conciencia. Os lo dije cuando adoptamos la postura de reclamar esa sucesión... El conde lo quiso, ya no hay tiempo para echarse atrás. ¿Por qué reducir a esos desgraciados a la indigencia?... ¿No podría contentarse con los bienes de su marido? ¿O, cuando menos, podía haber dispensado a los más pobres? ¿Y la indiferencia con que me habla de Sophie?... Convertirla en una cómica o en una doncella... Así es como la compasión habla en el fondo de ese corazón... Tan parecido al del hombre que es causa de todos nuestros males... Adiós, mi cabeza está demasiado fatigada esta tarde como para continuar escribiéndoos. Aconsejadme... iluminadme y, sobre todo, acelerad esas gestiones que os pido.

CARTA LI

Valcour a madame de Blamont

París, 4 de febrero[31].

Teníais razón, señora, al sospechar que el presidente deseaba poner en claro este asunto, como si tuviese prisa por saber si su crimen era real o no, como si hubiese temido no cargar al punto su conciencia con este nuevo horror. La primera cosa que hizo a su vuelta de Blamont fue dirigirse a toda prisa a Pré-Saint-Gervais. Preguntó por Claudine Dupuis y le dijeron que había muerto. Se vio obligado a recurrir al cura. Este buen hombre,

31 Aquí es preciso recordar la carta XXIV y especialmente las páginas 233 a 235.

que se acordaba de nuestras operaciones, nos sirvió como si hubiésemos estado allí para animarle.

—¿Qué deseáis de mí, señor?, le dijo.

—Saber, le respondió el presidente, qué ha sido de Claire de Blamont que estaba criándose aquí en tal época y con tal mujer.

—Murió y yo os entregué entonces los certificados pertinentes.

—No, señor, no murió, yo tenía razones para sustraer a esa niña a mi mujer y me puse de acuerdo con la nodriza para fingir su muerte y me la llevé de aquí de noche.

—Y, de ser así, ¿qué deseáis? ¿Quién, mejor que vos, puede conocer el destino de esa muchacha?

—Pero la nodriza puede haberme engañado. Le dije que reservaba a esa niña el futuro más dichoso. Quizás deseó que fuese la suya quien lo disfrutase y pudo dármela en su lugar y conservar a la que yo iba a llevarme, lo que tendría como consecuencia que ahora yo tuviese en mis manos a su hija en vez de la mía.

—Esas cosas no se hacen.

—¿Qué ha sido de la hija de Claudine?

Y el cura, captando hábilmente la oportunidad de la muerte real de Elisabeth de Kerneuil, traspasó a la hija de Claudine (Sophie) la suerte de Elisabeth y le dijo que había muerto.

Como entretanto no había hablado de la tercera niña contra quien fue cambiada Claire de Blamont, dejó que el presidente siguiese en el error y absolutamente convencido de que la hija de Claudine murió y que la *persona* que es Sophie es decididamente su hija.

Es seguro que, si estas cosas pudiesen sostenerse judicialmente sin inconveniente, de no ser por el escándalo que tratáis de evitar, el único medio que tendríais para salvar a Sophie sería el de reclamarla como vuestra hija. Como Léonore no tiene ningún interés en desmentirnos, no lo haría y quizás tuvieseis éxito. Pero para esto es necesario un proceso y no lo deseáis y yo, por mi parte, tampoco os lo aconsejo. Todo os obliga, pues, a escuchar menos en este momento a vuestro corazón que a vuestros intereses. Este otoño os aconsejaba casi lo contrario, pero desde entonces han variado las circunstancias. No hay que ver las cosas demasiado negras. ¿No es más simple imaginar que ambos amigos, después de algunas orgías más, alejarán a esa muchacha de vos y la colocarán en algún convento de provincias? ¿No es más simple creer esto que suponer una atrocidad tan estéril como inverosímil? Hay crímenes gratuitos que son demasiado horribles como para ser imaginados y que ni siquiera el exceso de la perversidad humana puede admitir. El que podéis temer sería uno de ellos, no lo imaginéis...

Para estar más seguro de los hechos, el presidente propuso al cura la exhumación del pretendido cuerpo de Claire, asegurándole que en el féretro no debía hallarse ningún rastro de un cadáver de niña...

El cura, que sabía a qué atenerse, le dijo que esta investigación era inútil, que como había ordenado el fraude, debía estar seguro de que había sido ejecutado, que ya estaba bastante mal haber abusado así de las ceremonias de la Iglesia como para unir a esta indecencia la exhumación propuesta.

—Además, añadió, no puedo hacerlo sin permiso del arzobispo. ¿Reconoceríais este fraude ante él? Creedme, dejemos que se olvide todo esto. La niña que os llevasteis está en vuestras manos, no dudéis de que sea vuestra hija...

—Pero, una vez más, repitió el presidente, deseoso de procurarse todas las pruebas que le permitiesen comprobar mejor su crimen, ¿qué ha sido de la hija de Claudine Dupuis?

Y el cura le repitió que estaba muerta y terminó de convencerle enseñándole el extracto mortuorio de Elisabeth de Kerneuil, enterrada bajo el falso nombre de la hija de Claudine gracias a una superchería de esta nodriza que ya supisteis con motivo de mis anteriores investigaciones. Os lo repito, el presidente está más seguro que nunca de que Sophie es su hija y que todo lo que haya podido decirse ulteriormente es solamente chismorreo de criadas que no debe tener un grado de realidad superior que lo que le han probado. Un hombre honrado, recordando en este instante las indignidades que, en un momento de furor, pudo descargar sobre su hija, hubiera muerto de remordimientos y de dolor. El presidente, perfectamente tranquilo en el mal... El presidente, que solamente deseaba estas informaciones para gozar con certeza de haber cometido este crimen... El presidente, decía, se marchó satisfecho, dejando que su rostro reflejase esa perversa alegría que la convicción de la atrocidad cometida despierta en los hombres malvados. Di al cura mil gracias por habernos servido tan bien y ambos convinimos que lo había hecho sin faltar a sus obligaciones ya que no había cometido ningún engaño, se había limitado a ocultar un secreto que le había sido confiado y aprovecharse de los engaños de los que él mismo había sido víctima.

Estos son los hechos, señora. No me atrevo a asumir la responsabilidad de aconsejaros de nuevo que abandonéis a Sophie a la providencia. Mi corazón sufriría demasiado obligándoos a ello. Pero sea cual fuere el interés que os inspire, dignaos reflexionar que habéis de ocuparos de dos hijas y un esposo. Para la aclaración jurídica haría falta el testimonio del cura. Desde ese momento no salvaréis a Sophie y recuperaréis a Léonore. Por hábil que sea esta joven, le expondréis, no obstante, a los negros designios de ese padre atroz, capaz de sacrificar hasta a Sainville en el momento en que solamente vea en él un obstáculo a las infamias que concebirá infaliblemente sobre esta nueva hija inmolada ya desde la cuna en su pérfida imaginación. Si os querelláis y perdéis, lo que es seguro, sacrificaréis Aline a Dolbourg... Desde entonces ya no habrá medio alguno que pueda liberarla de sus garras, ya que Sophie no será ya su hermana. Y, ganéis o perdáis, habrá alboroto, París entero se ocupará de vos y todo esto por una muchacha que no es pariente vuestra y por la cual ya habéis hecho todo lo que podría dictaros el más generoso sentimiento de compasión...

Hay casos desafortunados, señora, y veréis que mi comparación pone todo en lo peor, ya que supone atrocidades imposibles... Pero, aunque fueran ciertas... hay casos desafortunados en los que el pastor sensato sacrifica una oveja perdida, antes que arriesgar a todo el rebaño al pretender proteger a esa fugitiva. El presidente emplea el fingimiento con vos. Usad las mismas armas. Debéis hacer todo lo posible para no molestarle. Su presencia y sus atenciones os repugnan... Lo imagino, pero negaros a ello sería peligroso. Seguid vuestro primer plan, cuanto más cerca de vos lo tengáis, mejor adivinaréis sus pasos y mejor preparada estaréis para prevenirlos. Si lo alejáis de vos aumentará su falsedad, sus maniobras serán las mismas y os resultará más difícil descubrirle. Durante este tiempo trabajad firmemente para que la suerte de Aline se decida en una asamblea de parientes. Allí alegaréis todas las razones que obstaculicen el enlace que vuestro esposo desea y allí, si vuestro corazón sigue albergando las mismas bondades hacia mi persona, osaréis mencionar mi nombre y hacer valer los sentimientos de Aline. Mi comedimiento y mi delicadeza se oponen a que insista más sobre este último punto. ¡Oh! ¡En qué buenas manos estará mi causa si vos os dignáis defenderla!

Por lo demás, me someto a vuestros consejos, voy a aislarme por completo ya que lo consideráis necesario. Este sacrificio costará muy poco a aquel que solamente respira por el dulce objeto que ya no puede ver ni encontrar en ninguna parte. Me privaré de la dicha de ir a rezar a su lado al Dios que puede poner fin a nuestros males. ¡Sin embargo, me resultaba tan dulce edificarme a su lado! Cuando, en el fervor de sus invocaciones, veía a veces cómo sus hermosas mejillas se coloreaban con el fuego de un santo ardor, cuando veía que se inundaban con las lágrimas de la piedad y de la compunción, me decía con tanta alegría: ¿cómo es posible que el Dios que la anima en este momento no satisfaga sus deseos? Está en ella, desciende a ella, ella le implora, Él la escuchará. E imaginándome entonces, al prosternarme ante ella, adorar al mismo Dios en su más divino santuario, dirigía a ese Dios todos los sentimientos de un alma encendida... ¡Bien!, me privaré de esas delicias, pero el homenaje permanecerá siempre igual... siempre presente en mi imaginación, la adoraré en el silencio del reposo y de la soledad. Ella y ese Dios confundidos en mi alma solamente serán una sola y misma cosa en donde convergirán a cada instante todos los sentimientos del amor más violento.

CARTA LII

Del presidente Blamont a Dolbourg

París, 6 de febrero.

¿Dónde te has metido Dolbourg? En verdad creo que te estás haciendo sensato. Si es así, me callo, nada me conmueve tanto como una conversión y creo tan poco en ellas que siempre he querido presenciar una sin haberlo logrado hasta el momento. Sin embargo, es cierto que hay que llegar a esto... Se puede retroceder lo que se quiera, esas malditas pasiones nos trastornan... Nos ciegan. En la juventud son violentas, a nuestra edad, son depravadas. Cuanto más envejecemos, más nos dominan. Los gustos están formados, los hábitos, arraigados. A fuerza de ultrajes hemos conseguido tener la conciencia tranquila, hemos llegado a comprender que esas reminiscencias fastidiosas que en ocasiones la atormentan se extinguen a medida que se las alimenta y que la forma más segura de aniquilarlas consiste en darles doble ración. Entonces, en vez de detenernos, las redoblamos. El exceso de la víspera inflama los deseos y solamente nos sirve para inventar nuevos proyectos para el día siguiente. Y así llegamos al borde de la tumba sin habernos ocupado de la caída ni un solo instante. Una vez ahí, ¿qué hacemos? Renacen todos los prejuicios y expiramos desesperados.

Este será tu fin. Desde aquí te veo rodeado de curas que te probarán que el diablo está ahí y te espera y tú temblarás, palidecerás, te santiguarás, abjurarás de tus gustos, de tus amigos y luego te irás como un imbécil. ¿Y por qué harás eso?... Porque no te has formado principios, te lo he dicho, solamente escuchas a tus pasiones sin razonar su causa, nunca has tenido la filosofía necesaria para someterlas a un sistema que pueda identificarlas en ti. Has saltado por encima de todos los prejuicios sin intentar destruir ninguno. Los has ido dejando detrás de ti y todos se presentarán para desesperarte cuando ya no haya forma de combatirlos.

Yo, infinitamente más sensato, he apoyado mis desvaríos con razonamientos. No me he permitido la menor vacilación. He vencido, he desarraigado, he destruido en mi corazón todo lo que podía estorbar a mis placeres... ¿Qué pasaría si tuviera que abandonarlos? Me molestaría tener que perderlos, pero sin arrepentirme por haberlos amado y me dormiría en paz en el seno de la naturaleza. He acatado su voluntad, me diría, he seguido sus inspiraciones. Lo que he hecho le agradaba, sin duda, ya que ella despertaba el deseo en mí...

¿Qué horror podría despertar entonces en mí el fin de mi existencia? ¿Debo temer el castigo por haber cedido mansamente al dulce yugo de las leyes que me arrastraban?... Moriré tranquilo, todo terminará conmigo... Todo se extinguirá cuando mis ojos se cierren y todos los momentos que sigan a la aparición que he hecho en este mundo serán semejantes a aquellos en que mi existencia era nula. No debo temblar más por lo que sigue que por lo que precedía. Nada es mío, nada sucede conmigo, guiado siempre por una fuerza ciega, ¿qué me importa dónde me lleve?

No dudes, amigo mío, de que mi fin no sea tranquilo con unos sentimientos así. Te lo repito, no se trata de ignorar, hay que vencer, subyugar, aniquilar. Un solo prejuicio detrás de nosotros basta para nuestra desolación y hay que declarar guerra abierta a todos, amigo mío, incluso a aquellos que parecen más respetables a los ojos de los hombres.

Sea como fuere, a mi regreso de Blamont lo más urgente era verificar las afirmaciones de esa pequeña. Me agradaba la idea de estar unido a ella de tantas maneras, y reconozco que me hubiera desesperado al ver que uno de esos lazos no confería un encanto al otro. Ya no te temía, tus pretensiones se habían esfumado. Solamente me frenaba un título... ¡Y bien!, me conoces, Dolbourg, lo que me hacía temblar era el temor de ver que mis placeres se desvanecían. Pero todo ha sido reconocido, me cabe efectivamente el honor de haber puesto en el mundo a Sophie, lo que debe hacer que el recuerdo de los placeres que saboreaste con ella sea más delicioso. Es seguro que es legítima y hermana de la que te ha sido destinada[32]. Afortunado esposo de toda mi familia, te voy a hacer degustar los placeres de los dioses[33], solamente te queda mi mujer. No puedes imaginarte las ganas que tengo de verte mancillar las palmas de la virtud conyugal de las que mi altiva esposa está tan orgullosa... ¿Quieres que aventure la proposición?... Tú serás durante veinticuatro horas el amante apasionado y si no se rinde, cosa que es probable, yo acudiré en tu ayuda... ¡Ah!, deja que me ría de la idea, te lo ruego, me parece que es una de las más locas que se me han ocurrido en mucho tiempo. Sí, quisiera verte convertido en el amante de mi mujer. Mientras tanto prepárate para el viaje proyectado. Hay mil razones, a cada cual mejor, que hacen que sea indispensable adoptar cuanto antes medidas respecto a Sophie. Ya hablaremos en el camino sobre la forma de hacerlo, ya que, por lo que hace al *plan adoptado,* no pienso que haya que abandonarlo.

Esa madame de Blamont es peligrosa. Hay que desconfiar de ella. Aunque no diga gran cosa sobre este tema, ahora ya no me engaña... La muy bribona es como una araña, cuando mejor trabaja es cuando lo hace en silencio... Tenemos que adelantarnos a ella, privarle de todo medio de reclamar a esa muchacha, de propagar por doquier que, como ha sido tu amante, es imposible que su hermana sea tu mujer. ¿Te das cuenta de la necesidad de poner freno a todas esas calumnias? Hay una infinidad

[32] Aquí hay que recordar que el presidente hizo creer en un principio a Dolbourg que esa Sophie era la hija de su amante. Hay que recordar también que esa amante era hermana de otra Dulcinea con la que vivía Dolbourg y que, habiendo tenido al mismo tiempo cada uno una hija de estas amantes, se habían prometido prostituirse mutuamente esas muchachas en cuanto hubiesen alcanzado la edad núbil.

[33] Alusión a los múltiples incestos de las divinidades del paganismo.

de beatos que montarían en cólera ante este proyecto incestuoso. En el mundo solamente se ven personas que hacen el mal y que continuamente censuran el mal de los demás, como si a través de ese pedantismo pensasen cubrir los desvaríos en que están inmersos. Te espero entonces en mi casa el 21 por la mañana sin falta. Te anuncio esta cita con antelación para que la recuerdes mejor. Nada de lo que sabes se echará a perder durante nuestro viaje. Haré como los grandes generales, mientras ataco al enemigo por un lado sabré debilitarle por el otro. Y quizás al volver de concluir una buena operación nos encontremos con una derrota mejor. Sobre todo, que ningún placer te haga descuidar nuestros deberes esenciales. Temo que, dejándote llevar por un asunto del momento, vayas a fallar cuando se trate de trabajar. César, infinitamente más amable, pero mucho menos versátil que tú, dejaba todo por una batalla. Adiós.

CARTA LIII

Déterville a Valcour

13 de febrero.

He estado dos veces en tu casa hoy por la mañana y no he dado contigo, mi querido Valcour. Por lo tanto, he decidido dejar una carta en tu portería con el encargo de que te sea entregada sin falta cuando vuelvas... Toma precauciones... Estate alerta... Evita estar solo durante algún tiempo. El presidente te tiende emboscadas. Aún no han podido decirme qué clase de peligro has de temer, pero será indiscutiblemente funesto desde el momento en que semejante monstruo está de por medio. Piensa en todos los motivos que le guían... En su carácter... En sus riquezas... en la impunidad en que creen vivir esos viles bribones y tiembla. Voy a hacer todo lo que esté en mi mano para descubrir lo que trama. Entretanto, por ti mismo y por tus amigos, debes adoptar precauciones. Cuando quieras que te acompañe hazme llegar una palabra y acudiré volando...

Estos malvados castigan con todo rigor los delitos más leves, deshonran, marcan y asesinan por una miseria a los mejores ciudadanos del Estado, mientras que ellos, que son sus heces, que no le servirán jamás, que lo trastornarán y lo traicionarán siempre al abrigo de la espada que sostienen sus despreciables manos, merecen en todo instante ser golpeados con ella.

¡Oh! Qué ganas me dan de irme a vivir con los osos cuando pienso en esta multitud de abusos peligrosos y en esta plétora de inconsecuencias intolerables, que, con algunas óperas cómicas y algunas canciones, parecen pasar completamente inadvertidas.

CARTA LIV

Valcour a madame de Blamont

Desde mi lecho, 25 de febrero.

¿Qué consuelo más dulce puede haber para mí, señora, que el interés que me manifestáis? Ya no siento el dolor ni la inquietud desde que sé que vos y mi querida Aline os habéis dignado derramar vuestras lágrimas sobre mis males. He querido escribiros yo mismo para probaros que estoy todo lo bien que se puede estar con dos estocadas en el cuerpo. Ni una ni otra son peligrosas. Una de ellas perforó la parte superior del hombro izquierdo, la otra se hundió en las carnes del brazo derecho... Apenas lo siento... Esa misma mano es la que os escribe... Ella os referirá el suceso... Perdonaréis el estilo y la letra, la mente que dirige al primero está ligeramente enferma y la mano que traza la segunda[34] está aún muy débil.

Ayer por la noche, al volver de cenar de casa de la condesa de Farres a donde me dirigí para despedirme, ya que, de acuerdo con vuestro consejo, deseaba romper con todos mis amigos... iba a pie... la noche estaba clara, torcí por la calle de Buci para coger la calle Mazarin: era alrededor de la media noche... Cuatro hombres, espada en mano, atravesados en la calle, cayeron sobre mí a tal velocidad que recibí el primer golpe antes de haber tenido tiempo para defenderme. Paré los otros apoyándome contra una casa... Mientras tanto, mi criado, uno de los mozos más valientes que he conocido, saltó sobre una de esas personas y le propinó un rodillazo en el vientre que lo tumbó en la cuneta. Iba a agarrar a otro cuando recibí mi segunda herida. Al ver que estaba probado que se trataba de unos asesinos sólo pensé en batirme en retirada, parando siempre lo mejor que podía, aunque mi brazo se había entumecido por la sangre que estaba perdiendo... Entonces pedí auxilio y como vi que la guardia acudía y que mis asesinos huían, depuse tranquilamente mi espada... Mi lacayo llegó corriendo. Me vendó, como pudo, las heridas con nuestros pañuelos y, cerca ya de mi casa, me retiré felizmente sin ningún escándalo. Mi valeroso criado está un poco herido... y, de no haber sido por las atenciones de Déterville, quizás me hubiese llegado a sentir incómodo en mi pequeño hogar de soltero. Pero ese afectuoso y querido amigo vino con dos de sus hombres que me sirven y él mismo no me deja un solo minuto.

Si hubiese seguido sus consejos quizás no me hubiese acaecido esta desgracia... Me riñe.... Me cuida... Me consuela... Me habla de vos. ¿Qué desgracia no se olvidaría así? Sin el accidente que tuve quizás no disfrutaría tan plenamente de estas delicias: tanta amistad lo hace muy estimable.

---

[34] Las repeticiones y las negligencias de esta carta demuestran el estado de Valcour y deben convencer al lector que no se le está engañando cuando se le garantiza la autenticidad de esta correspondencia.

Ambos hacemos mil cábalas sobre este acontecimiento. Él le atribuye un origen que yo no admito en forma alguna... Me cuesta tanto creer lo que repugna a mi corazón... Estoy tan lejos de suponer lo que yo no me permitiría... Lo más verosímil es un malentendido... la idea de un canalla, en una palabra, cualquier cosa menos el horror que mi amigo supone. El cariño que siente por mí le ciega... No le imitéis, señora, os lo suplico... Vuestra alma sensible sufriría demasiado con una suposición que queda desmentida por su improbabilidad.

CARTA LV

Aline a Valcour

París, 24 de febrero.

¡Oh, cielos!... ¿Qué me han dicho?... Me lo ocultaban... Tú, mi amado, tú a quien quiero adorar eternamente... ¡Ídolo de mi corazón... Has corrido peligros y yo no estaba cerca de ti!... Tu sangre se derrama... la has derramado por mí... Por mi causa... ¡Y yo no puedo curarte! No puedo cuidarte ni socorrerte. Quiero correr a tu lado, me lo impiden. Sin embargo, no tendré reposo ni tranquilidad hasta que te haya visto. Aunque mi honor... Mi vida, lo más preciado que tengo, se viesen comprometidos, he de verte... Es preciso que mis ojos me digan que no me engañan y que tu vida está segura.

Bárbaro padre... Si creyese que habíais sido vos, el amor sofocaría la voz de la naturaleza... Pero ¿dónde me lleva mi funesto estado? Mis lágrimas fluyen y no me alivian, mi corazón está en tal opresión que todos mis sentidos han quedado anulados... ¿Cuál es el motivo de este funesto accidente?... Quiero averiguarlo o morir. ¡Ah! ¡Cómo te amo, Valcour! ¡Cómo inflaman tus males mi cariño! ¡Ese hierro fatal ha traspasado mi corazón... La sangre que de él arranca se mezcla con las lágrimas que inundan lo que escribo! ¿Cómo estás tú?... ¿Cuál es tu estado?... Quiero estar informada continuamente... a todas horas mandaré gente a tu casa... Excepto durante las de tu reposo... de ese reposo que querría ir a proporcionarte yo misma, a costa del mío y de mi vida... ¿Por qué no he de ir? ¿Qué he de temer?... ¿Qué he de recelar?... Solamente me asustan tus dolores... Todo me es igual sin ti. Deberes, respetos, sentimientos, decencia, frías y vanas consideraciones, no sois nada en comparación con mi amor... ¡Qué afortunados son los que te cuidan!... ¿Qué no daría yo por compartir su suerte? ¿Qué digo? ¡Ah! Si me cupiese esa dicha, nadie que no fuese yo te prestaría servicio alguno, estaría celosa de todos aquellos cuidados que pretendiesen impedirme que te diera... ¿Podrás leerme, podrás comprender de estos rasgos?... el fuego de esta mente extraviada por la desesperación... las expresiones de este corazón perdido de amor, todo lo que siento,

¿llegará a tus oídos? Hay momentos en que mi alma me abandona para ir a unirse con la tuya... Momentos en los que no respiro más, en los que, de mi existencia, sólo queda una triste máquina y todos sus resortes parecen residir en el fondo de tu corazón. Mi madre quiere consolarme... quiere secar mis lágrimas... ¡Ay!, ¿qué mano sería más indicada si mi inquietud fuese susceptible de alivio?... Apenas la oigo, apenas la veo... a ella, que es el objeto más dulce de mi vida...

¡Oh, alma querida! ¡Oh, dulce esperanza de mis días aciagos!... ¿Por qué no han caído sobre mí esos golpes crueles que han destrozado a mi enamorado? Padecería mucho menos con mis propios males que con los tuyos... Ser eterno... véngalo... Venga el amor ultrajado... a costa de quien sea. Tu delicadeza te oculta al verdadero autor de este crimen. La mía, absorbida por tu desdicha, no me permite las mismas ilusiones... Lo veo, a ese tirano, lo veo armar la mano de los desalmados que te ultrajaron. ¡Eh! Dirige hacia mí ese cruel acero... ¡Hombre desnaturalizado!... Traspasa el pecho que le idolatra... ¡Ábrelo, te digo, si quieres desterrar de él el amor que lo abrasa!... Ese amor violento que me anima es el único principio de mi vida, solamente cesará con ella... ¿y por qué ibas a tener reparo en derramar mi sangre cuando has derramado la de Valcour?... ¿Acaso ignoras que es la misma? ¿Ignoras que es mi vida lo que circula por sus venas y que, al abrirlas, es mi vida la que haces expirar? Termina de arrancarla, puedes hacerlo, pero no esperes que nos separemos. Estas almas cuyos lazos quieres romper estarán unidas para siempre. Dios sólo las ha creado para estar juntas. A cada una de ellas ha dado como existencia una porción del alma del otro. Estas mitades han de reunirse a despecho del monstruo que pretende separarlas aquí...

Entran... Vienen de tu casa... Me dicen que vas bien, no lo creo, me engañan... Todo el mundo se ha puesto de acuerdo para engañarme. Si estas mejor, ¿por qué no me escribes? Tu estado puede haber cambiado desde que te dejaron... Volved, bárbaro... Volved, decidle que trace una sola palabra con su mano para su Aline, que diga que va mejor... y que la ama... Pero cómo todo el mundo permanece frío ante mis lágrimas, cómo todos los corazones son insensibles a lo que padezco... Solamente mi madre me entiende... Solamente su alma se parece a la mía... ¡Qué cruel soy! Ella me besa y yo la rechazo... Le pregunto por Valcour,... le pregunto por qué no quiere conducirme ante él. Si vos me lo negáis es que ya no existe... Y me lo ocultáis... Teméis que le siga... ¡Ah! No lo dudéis... Vuestros esfuerzos serían superfluos... Nada hay que pueda retenerme... ¿Yo... vivir sin Valcour?... ¿Existir en un mundo que no cuente ya con su ornato?... ¡Ah! ¿Qué haría en la tierra después de él?... Envíame a Déterville, solamente confiaré en él... Que venga... Que vuelva... Que te lleve mis ardientes suspiros... Que te vea... Que me tranquilice o que me dé la muerte.

CARTA LVI

Madame de Blamont a Valcour

París, 23 de febrero.

Calmaos, Aline está mejor. La primera impresión fue terrible. Una carta que salió en contra de mi parecer y que no quisieron mostrarme os ha convencido sin duda del espantoso estado en que la ha sumido vuestro accidente. Ha estado veinticuatro horas con unos espasmos que nos han inquietado, pero ahora está todo lo bien que puede estar... Creedlo, porque soy yo quien os lo digo. Quiso tener correos perpetuos a vuestro lado... Los tuvo... Y finalmente les creyó. Ya sabéis cuál era su deseo y me conocéis lo bastante como para estar seguro de que si ese deseo hubiese podido ser satisfecho... No hubiera encontrado obstáculo alguno por mi parte. Pero ¡cuántos peligros! Espero que no dudéis de que somos espiadas. Imaginad las consecuencias después de lo que acabáis de padecer... ¡Oh, amigo mío!... La ilusión nos está vedada en adelante... Toda palabra... Toda indiscreción... Toda información secreta... Todo proyecta una horrible luz sobre esta terrible aventura... Y nuestra desdichada posición es tal que no nos está permitido ni estallar ni quejarnos. ¿Atentaríais contra el honor del padre de vuestra Aline?... ¿Mancillaría yo el nombre de mi esposo?

Sin embargo, no ha tenido la audacia de exigirme placeres, después de haberme infligido semejantes pesares. Y en verdad ha hecho bien... Creo que me resultaría imposible disimular más.

¡Oh, amigo mío! Temo nuevas artimañas... Temo que estén conspirando contra vuestra libertad... Sin embargo, no os asustéis aún. Tengo amigos leales que no pierden de vista los pasos que da mi marido y que me pondrán al corriente de todo. Esperad nuevas explicaciones y no penséis más que en vuestra salud... ¡El muy malvado! Urdía dos tramas a la vez y mientras intentaba deshacerse del enamorado de su hija, se deshacía de una desdichada, igualmente temible para la ejecución de sus pérfidos proyectos.

¡Cómo podemos esperar sortear tantos escollos!... Estamos rodeados del mayor peligro, jamás tendremos fuerzas suficientes como para librarnos de él y a pesar de la justicia de la providencia *el vicio aplastará a la virtud.* ¿Qué advertencias recibo en la historia de los diversos sucesos de esa desdichada Sophie?... Escuchadlos y si podéis, calmad mis sospechas, disipad mis temores, intentad hacerme ver que son quiméricos. Sólo pido que me tranquilicen. Pero ¡qué sospechas!... ¿Cómo no creer?... ¡Oh, amigo mío! Que trastornada estoy... Si lo que sospecho es cierto... Si fuese capaz de ese horror supremo, mi seguridad, la de Aline, exigirían que nos separásemos inmediatamente de él... Escuchad, escuchad y decidid vos mismo.

El presidente y Dolbourg salieron el veintiuno a las seis de la mañana para Blamont. Llegaron a las siete de la tarde. A partir de ese momento Sophie cambió de habitación y le fue imposible comunicarse ya a través de la ventana con el hombre de confianza que tengo en el pueblo. Ese hombre, que tiene motivos personales para serme leal, hizo, desde entonces, todo lo que estaba en su mano para observar lo que pasaba y empleó en ello a todos sus amigos. Este es el resultado de sus maniobras: os envío la carta a fin de que estéis en mejores condiciones para juzgar, siempre que el velo impenetrable que esos malvados han tenido el arte de echar sobre su conducta os lo permita.

CARTA LVII

A madame de Blamont[35]

Desde el castillo de Blamont, 26 de febrero.

Obedezco vuestras órdenes, señora, y sin más preámbulos, paso al diario que me habéis pedido.

El veintiuno por la tarde el señor presidente y su amigo llegaron al castillo entre las siete y las ocho. Esa era la hora en que habitualmente yo veía luz en la habitación de Sophie... Ya no la vi más... Las habitaciones de la parte superior, en donde sabéis que el señor se aloja preferentemente, estaban muy iluminadas. Agucé el oído, pero, a pesar de la tranquilidad reinante, la distancia y la altura me impidieron oír y no distinguí nada. Volví tres veces bajo la ventana de Sophie y no vi luz jamás: seguramente cambió de habitación desde ese día.

El veintidós por la mañana supe que nuestros viajeros no llevaban consigo más que un lacayo, el mismo que habían traído consigo últimamente. También supe que el portero les preparaba la comida y que nadie entraba en el castillo, ni siquiera el jardinero, que es quien me ha proporcionado estos detalles. Tenía que hablar con el señor por un asunto urgente y no pudo obtener audiencia. Por seis veces durante ese día repetí mis señales bajo la ventana de vuestra protegida sin que nadie me respondiese.

Hubo mucho movimiento en las habitaciones superiores... el fuego ardió sin cesar y por la noche hubo muchas luces. A las nueve, las ventanas se abrieron y cerraron las contraventanas, las ventanas y los postigos y todo quedó en una oscuridad tal que me resultaba imposible saber incluso si había luz en esas habitaciones. Viendo que mi presencia era inútil, me retiré. Esa tarde pedí a cuatro de mis amigos que fuesen a colocarse cada uno en uno de los cuatro caminos que llevan a Blamont y les hice

[35] Esta carta fue enviada con las anteriores. No comienza en este punto y hemos eliminado de ella todo lo que madame de Blamont ya refiere en el final de su carta anterior a Valcour.

prometerme que se quedarían allí hasta que recibiesen un aviso mío para volver. Su consigna era examinar con la más escrupulosa atención todos los coches que fuesen o volviesen por esos caminos e informarme con la mayor exactitud de las personas que viajasen en ellos.

El veintitrés por la mañana se abrieron las ventanas de la habitación de Sophie, pero solamente apareció el portero. Dejó las ventanas abiertas hasta después de la salida de esos caballeros. Esa tarde no hubo fuego ni apariencia de luz en las habitaciones del señor en donde habían estado la víspera y el día anterior. Pero lo que me sorprendió mucho fue observar en diferentes ocasiones un ir y venir de luces por las aspilleras[36] que están cerca de los subterráneos. Me acerqué lo más posible hasta el extremo de que entre ellas y yo solamente estaba el foso. Pero nunca oí nada. El silencio fue tal durante todo el resto de la tarde que creí que todo el mundo había salido. No obstante, al retirarme mandé que dos hombres se quedasen vigilando alrededor del castillo como había hecho la víspera. Su informe fue que el silencio había sido el mismo.

El veinticuatro la jornada fue igualmente tranquila. Tengo la certeza de que durante el día no se encendió el fuego en ninguna habitación. Absolutamente nadie entró o salió de la casa. Me presenté en ella bajo el pretexto de saludar al señor presidente. El portero me dijo que me equivocaba, que no estaba en el castillo.

El veinticinco, a las dos de la mañana un postillón trajo tres caballos al paso, le abrieron rápida y sigilosamente. Aparejó la misma silla que había traído a esos señores y todo el mundo salió antes que fuese el día. Desde detrás de un árbol, les vi subir a ambos al coche, estoy seguro de que no llevaron consigo a ninguna mujer. Les hice seguir. Los llevaron muy despacio hasta el final de la avenida y solamente a partir de ahí se pusieron al galope. A partir de ese instante di a mis cuatro amigos la orden de que volviesen y, mientras tanto, continué examinando el castillo. Nadie apareció en ninguna ventana. Era imposible que hubiesen podido ocultar Sophie al jardinero, él sabía que estaba allí, lo había reconocido ante mí. Fui en su busca y le pregunté por qué no veíamos ya a esa joven y qué creía que había sido de ella. Al principio se hizo el misterioso, luego me dijo que había salido el veinticuatro por la tarde en un coche junto con una dama que había venido a buscarla desde París. No me atreví a decirle que, como no había abandonado los alrededores del castillo desde hacía cuatro días, estaba absolutamente seguro de lo contrario. Pero os aseguro, señora, que ningún coche se acercó por allí desde el veintiuno al veinticinco. Durante este tiempo no entró absolutamente nadie en la casa excepto el postillón que os he mencionado y estoy absolutamente seguro de que no salió nadie.

---

[36] Troneras para los cañones frecuentes en las fortalezas. Algunas servían para la simple mosquetería. Las que se ven en los antiguos castillos, anteriores a la invención de la artillería servían para los arqueros o para observar al enemigo.

Al ver que el jardinero no quería hablar más y que incluso intentaba desviar la conversación, le dejé y me fui a interrogar a mis amigos: por tres de los cuatro caminos mencionados solamente pasaron carretas y un cabriolé en el que iban dos viejos curas. Por la otra, la de Lorena, pasó el veinticuatro por la tarde un coche muy ligero con dos caballos, sin equipaje, conducido al paso por un postillón vestido de paisano. En ese coche viajaba una dama anciana, vestida de aldeana y una joven con un justillo blanco que tenía aproximadamente la edad y el aspecto de Sophie. Mi amigo, para poder darme detalles más precisos sobre la fisonomía de estas dos mujeres, se hizo el borracho y se dejó caer casi bajo las ruedas del coche. Ellas gritaron, el campesino detuvo los caballos y ambas viajeras bajaron para ver si no le había sucedido ninguna desgracia al borracho. Entonces mi amigo se levantó e hizo algunas payasadas para hacerlas hablar: la mujer mayor se puso a reír y respondió a sus sandeces. La joven, con una pronunciación exacta, como corresponde a una joven de buena familia, le dijo:

—Estoy muy contenta, caballero, de que no os hayáis hecho daño.

Pero no sonrió en ningún momento, no participo en lo más mínimo en la grosera alegría de la vieja que, al cabo de unos instantes, le dijo bruscamente:

—Vamos, hemos de subir, nada os alegra. Me vais a hacer morir con vuestra tristeza. Y la joven volvió a subir suspirando.

Cuanto mayor parecía ser la coincidencia entre esta joven viajera y Sophie, más interrogué a mi amigo. Mil cosas prueban que es ella y mil otras lo desmienten absolutamente... Si hubiese de apostar mi fortuna la arriesgaría para convenceros de que no es ella. O, si lo es, es que salió del castillo por los aires. De no haber estado íntimamente convencido de que no es ella, hubiera montado inmediatamente a caballo y hubiera perseguido a ese coche. Pero estaba tan seguro de lo que digo que ni siquiera se me ocurrió. Estas son mis actuaciones, señora, he seguido fielmente vuestras órdenes y espero estas para intervenir de nuevo en el interior o en el exterior.

Post scriptum de madame de Blamont

Bueno, Valcour, decidid ahora... Efectuad, si estáis en condiciones de hacerlo, un juicio cierto sobre este asunto. Sophie ha estado en el castillo de Blamont, no se ha ido y, sin embargo, ya no se la ve. ¿Dónde está? ¿Qué han hecho de ella?... ¿Es cierto que está aún con vida?... ¡Me detengo, mi desdichada situación me prohíbe toda conjetura! Cuanto más me esfuerzo en ignorar el mal, más evidente se hace a mi espíritu todo lo que legitima la realidad de su existencia y apenas ha terminado mi corazón de destruir todas mis sospechas cuando mi razón las renueva. Era preciso haber seguido a esa muchacha, había que verificar de quién se trataba... ¡Oh! ¡en circunstancias tan delicadas es preciso actuar por sí mismo!

A su regreso, a pesar del fastidio, a pesar de las palabras que dejaba caer, que probaban sobradamente su participación en vuestra aventura, quise preguntarle sobre el resto. El viaje a Blamont, que no me había sido ocultado, autorizaba mis preguntas... Me dijo que Sophie había salido, que la llevaban a un convento de Alsacia en donde estaría estupendamente, ya que Dolbourg la recomendaba encarecidamente a la superiora que era pariente suya. Esto hace renacer mi incertidumbre. La muchacha que vieron en el camino de Lorena pudo ser muy bien la que va a Alsacia. Por otra parte, hay quien está seguro de que no es ella. No tengo ningún motivo para dudar de la exactitud de las gestiones del hombre que me informa... ¡Ah! Si fuese Sophie, ¿no me hubiera escrito?... En medio de esta confusión me atreví a redoblar mis preguntas:

—¿A quién habéis confiado esa joven?, le dije al presidente.

—A un hombre seguro, me respondió... Hubiéramos preferido una mujer, eso hubiera sido más conveniente pero no se presentó ninguna que pudiese compararse al hombre leal a quien se la confiamos.

¡Oh! —es una puerilidad por mi parte... Es que he tenido un sueño espantoso sobre esta desdichada y vuestras respuestas podrían disipar mis funestas ilusiones. ¿En qué coche salió?

—En un faetón muy ligero, arrastrado por caballos de alquiler.

—¿Cómo iba vestida?

—Con una levita azul... Pero, en verdad, vuestras preguntas...

—Perdonad, no os haré ninguna más. La infeliz de mi sueño estaba en manos de una mujer e iba vestida de blanco.

¡Oh! Amigo mío, decidlo vos, yo no me atrevo... Es el mismo coche, los mismos caballos, solamente el acompañante y el vestido son diferentes... Quisiera disipar mi confusión con esa multitud de cuestiones y solamente consigo aumentarla. Si escribís a Aline, no lo digáis nada de todo esto... Se lo estamos ocultando. Está demasiado preocupada por vuestro estado... No soportaría esta segunda revolución. Es inútil que sepa nada, ya tiene motivos suficientes para temer a su padre, no aumentemos los motivos que tiene para odiarle... Sabe, en términos generales, que Sophie ha sido raptada y conducida a un convento de Alsacia, no es necesario que sepa más.

El presidente parecía preocupado por el aspecto de su hija; fingió ignorar los motivos y Dolbourg no apareció en toda la semana. Adiós, por la confusión en que me veis adivinaréis la impaciencia con que espero vuestra respuesta[37].

---

[37] Como esta respuesta no contenía más que divagaciones y no resolvía nada, ya que el velo es demasiado negro como para poder discernir nada, la hemos eliminado, así como el comienzo de la siguiente que sólo contenía vaguedades sobre la suerte de Sophie. Reanudamos el hilo en el punto en que madame de Blamont abandona este tema que, aunque episódico, no deja de ser esencial al interés principal. ¿Quién no se estremecerá por Aline habiendo tantas razones para temblar por Sophie? Si esto fuese una novela no podríamos evitar la observación de que hay mucho arte en suspender así el rayo sobre la cabeza de la heroína, en alarmar así al lector sobre su suerte, aplastando todo lo que la rodea. *(Nota del Editor)*

CARTA LVIII

Madame de Blamont a Valcour

París, 6 de marzo.

....

Todo va maravillosamente en Bretaña... Antes de tres meses la señorita de Kerneuil habrá entrado en posesión de los bienes de su pretendida madre y, para completar la dicha de ambos, el rey de España ha hecho responder que se podía contar con dos millones. El inquisidor ha protestado ante el mismo rey, diciendo que los lingotes encontrados en las maletas de Sainville no representaron jamás una suma más importante. A pesar de la falsedad de esta respuesta estamos muy contentos con obtener esto. Sainville me ha escrito dos o tres cartas con un *sentimiento* bien diferente del de su querida esposa. Se ha comportado de igual manera con el conde de Beaulé, que no dejará de servirle con sumo interés. Por lo que respecta a la joven, aunque sigue siempre tan amanerada, tan ingeniosa y con un corazón bien frío, ha hecho allí una pequeña villanía que terminará por demostrarnos cómo es su alma. Aunque está perfectamente segura de contar siempre con doscientas o trescientas mil libras de renta y aunque sabe que van a ser devueltos una parte de los lingotes de España, pone la soga al cuello de un desdichado colateral que había heredado una renta de seiscientas libras a la muerte de madame de Kerneuil. Este desgraciado, que prácticamente sólo cuenta con este legado para vivir, está condenado a morir de hambre si lo pierde. De acuerdo con la ley debe perderlo, solamente puede salvarle la voluntad de la legítima heredera... Pero mi querida hija ha declarado formalmente que no iba a perdonar a nadie, ni a ese ni a ningún otro. De donde resulta que el infeliz, que seguramente vale más que ella, se va a ver obligado a renunciar a una boda que ese legado le permitía hacer y va a verse obligado a volver al arado o a alistarse para poder vivir.

Ese gesto es infame, corresponde sin duda a la hija del presidente de Blamont, pero lamento mucho que lo haya hecho una hija mía... ¿Cómo es posible ser tan dura cuando se ha sido tan desgraciada? Yo creía que el infortunio ensanchaba el alma; que, al rememorar los males padecidos, el corazón se hacía más sensible a los males que veía padecer... Me equivocaba, la desgracia endurece, a fuerza de hastiarse de los propios dolores uno se acostumbra a no conmoverse de los dolores de los demás y al permanecer impasible ante los golpes recibidos, se mantiene la misma actitud ante los que alcanzan al prójimo. Ahora estoy aún más enojada de haber consentido ese nefasto arreglo. Nunca os repetiré suficientemente cuánto me desagrada... Pero ¿qué habría sido de Léonore sin esto? Al existir razones demasiado poderosas para no reconocerla, ¿podía ser otra cosa que la señorita de Kerneuil?, y al serlo es preciso que herede los bienes de esa casa. Cuando referí al presidente el gesto horrible que acabo de contaros... Alabó a la heroína durante una hora.

—No hay ningún caso, nos dijo, en que haya que dejar a los demás en posesión de nuestros bienes. No se trata de saber si los necesitan o no, nos pertenecen y eso basta y, de acuerdo con eso, es una equivocación cederlos. Hace seis meses que hice algo bastante peor en Blamont. Se trataba de un rincón de tierra que necesitaba para prolongar una terraza, objeto de lujo, como veis, y bastante inútil en el fondo. Esa pequeña parcela formaba parte desde hacía sesenta años del patrimonio de una familia muy pobre que vivía cerca del castillo. Busqué mis títulos, sospechaba una usurpación... Era evidente... Hice desalojar rápidamente a mi hombre y a toda la comitiva de esposa e hijos que le acompañaba y, a pesar de sus gritos y de sus quejas, que ni siquiera me hicieron vacilar, yo construí mi terraza y ellos abandonaron el país.

—Llevasteis a esos desgraciados a la desesperación.

—Lo que gustéis, pero tengo mi terraza... Hay que razonar todas estas cosas... Yo razono todo, esa es mi desgracia... Someto todo a la historia de las sensaciones. En mi opinión es la manera más segura de juzgar... La privación del embellecimiento que supondría mi terraza sería una sensación dolorosa para mí. La privación del terreno que debía contribuir a este embellecimiento supondría lo mismo para el desgraciado campesino... Decidme ahora, os lo ruego, ¿por qué si entre Pierre o yo hemos de recibir una sensación desagradable, por qué, decía, queréis que caritativamente la acepte yo para librar de ella a ese hombre que no es nada para mí? Cualquier persona sensata me tomaría por loco si fuese capaz de actuar de esa forma.

—Pero el cálculo no es justo. Al comparar las sensaciones hay que comparar las necesidades. Las de Pierre eran vitales, no se puede prescindir de ellas. Las vuestras eran una simple fantasía, fácilmente hubierais podido renunciar a ellas.

—Os equivocáis, señora, el hábito de las fantasías es, para nosotros los ricos, una necesidad tan imperiosa como pueda serlo el vivir para esos bribones. Y, además, para decidir en mi favor no es en absoluto necesario que las necesidades sean iguales. El dolor de Pierre es nulo para mí, no afecta a mi alma en forma alguna. Que Pierre coma o no coma es algo que no puede causarme a mí ningún pesar y la privación de mi terraza, en cambio, sí. Entonces, ¿por qué queréis que impida a un hombre sufrir una cosa que no siento a costa de una que he de padecer? Sería un defecto de razonamiento imperdonable por mi parte... Cuando cedéis al sentimiento de la compasión en vez de oír los consejos de la razón, cuando escucháis al corazón más que al espíritu os estáis sumiendo en un abismo de errores ya que no hay órganos más falsos que los de la sensibilidad, ningún otro nos lleva a cálculos tan tontos, ni a actitudes tan ridículas.

—¡Oh!, señor, dejadme ser una tonta toda mi vida, si tonto es quien escucha a su corazón. Vuestros crueles sofismas no me proporcionaran jamás la cuarta parte del placer que me procura una buena acción. Y prefiero ser imbécil y sensible que poseer el genio de Descartes si hubiese de adquirirlo a costa de mi corazón.

—Todo eso depende de los órganos, respondió el presidente, esas diferencias morales están completamente sometidas a la física... Pero lo que os suplico es que no concluyáis jamás, como sé que os sucede a veces, que uno es un monstruo porque no llora como vos una tragedia o porque no realiza sacrificios en favor de algún patán. Concededme que se puede existir sin parecerse a vos y yo, que soy galante, os cederé que solamente puede ser amable quien se parezca a vos...

Luego una caricia muy falsa... Un vistazo al reloj... Una llamada... La orden de preparar los caballos y a la Ópera... Ese es el hombre, amigo mío, ese es el ser peligroso con quien hemos de vérnoslas... Pero os lo repito, no os inquietéis hasta que esté mejor informada. Es seguro que algo se trama. Es cierto que atentó contra vuestra vida, que está desesperado por haber fallado. Aún es más seguro que intenta compensar la torpeza de los malvados que se atrevió a enviar contra vos. Y a pesar de todo ello puedo responderos que no pasará nada sin que estéis perfectamente informado.

CARTA LIX

Madame de Blamont a Valcour

París, 15 de marzo.

Afortunadamente, mi querido Valcour, el perfecto restablecimiento de vuestra salud os permite escuchar sin riesgo todo lo que ha sucedido desde que os escribí. Me acaban de dar la opinión más segura sobre el asunto que os afecta. Los quinientos luises que os fueron ofrecidos no han tropezado en otros sitios con almas tan delicadas. Han sido el precio de una orden que, con toda seguridad, ha sido obtenida contra vuestra libertad... Os buscan, salid de París... No debéis perder un solo instante. Emprended cualquier viaje... Italia, por ejemplo: hace mucho tiempo que lo deseabais. Representará a la vez un motivo de distracción, de formación y de seguridad. No penséis que nos quedaremos en París cuando os vayáis. Concediendo una infinidad de cosas he obtenido algunas. Creo que lo que le ha movido a ceder ante mis peticiones es la esperanza que tiene de deshacerse pronto de vos. No importa, me he aprovechado de ello... Estas son las cláusulas:

1.ª No emprenderé ninguna pesquisa sobre Sophie. Ya me han dicho donde se encuentra y debo estar tranquila... Y aquí tenían muchas ganas de hacerme firmar que renunciaba a la idea de suponerla mi hija. Me he guardado mucho de hacerlo.

2.ª No os recibiré en el campo, a donde he pedido ir enseguida... ¡Qué canallada!... ¡el muy traidor exige esta cláusula cuando tiene en el bolsillo lo necesario para haceros prender!

3.ª No prescindiré de Augustine... Libertinaje, espionaje, todo lo que queráis suponer de más espantoso, al principio no lo creía, ahora tengo pruebas irrefutables... ¡Qué torpeza!

4.ª El próximo mes de septiembre, sin más demoras, concederé mi consentimiento a la boda de Dolbourg y Aline.

Gracias a estas cuatro cláusulas obtengo...: En primer lugar, una prórroga, como veis, y esto ya es mucho en mi opinión. 2. Salir inmediatamente para Vertfeuille en donde siempre estaremos más tranquilas que aquí. 3. Hasta la época de mi consentimiento al matrimonio, no verle ni a él ni a su amigo y esta condición, os lo confieso, es una de las más dulces para mí. Todo ha sido firmado por una y otra parte y monsieur de Beaulé ha salido fiador de las dos partes.

Una vez hecho esto y como el conde estaba informado de todo, dijo al presidente que le resultaba imposible ocultarle que había gente que sospechaba de él dos cosas y que le suplicaba que se justificase para la tranquilidad de sus amigos: la primera consistía en haber querido asesinar a Valcour, la segunda en haber obtenido una orden para hacerlo encerrar... Es inimaginable la desvergüenza con que este hombre, acostumbrado al crimen se defendió de las dos acusaciones.

—Soy un magistrado, dijo, tengo veinte años más que monsieur de Valcour, pero a pesar de esas consideraciones estad absolutamente seguro de que si tuviera ganas de deshacerme de él no emplearía medios tan indignos como los que osáis atribuirme... Iría a proponerle unas pistolas y ya que me obligáis a explicar mi actitud respecto a él... Llegaré a ese extremo si no desiste de unas pretensiones que me desagradan o si se atreve a poner el menor obstáculo a los arreglos que estamos acordando hoy.

—No negaréis la existencia de la orden de detención, le dijo el conde, he sido advertido hoy mismo en el despacho.

—Os han engañado, señor, respondió el presidente... O quizás han querido hablaros de la obtenida contra Sophie, pero yo no he solicitado ninguna más.

—Si es así, replicó el conde, hacednos a todos el favor de escribir ante mí al ministro que se os acusa de conspirar contra la libertad de Valcour y que me suplicáis que le aseguré que esto es falso.

—Creía que, tratándose de cosas como estas, dijo furioso el presidente, os bastaría mi palabra.

Y quiso retirarse. Entonces el conde, a quien no preocupaba la idea de romper... Que solamente quería convencerse y que, dado el aspecto de las respuestas y de la conducta del presidente, estaba tan seguro del hecho como era posible... Le dijo fríamente.

—Os creo, señor, solamente me enoja que no queráis darme satisfacción en una cosa tan simple como esta que os pido, si es verdad que no habéis actuado contra nuestro común amigo. Pero sea o no cierto lo que nos habéis dicho, sabed que siempre me tendrá como defensor.

Las cosas quedaron ahí y el conde, seguro de que el presidente tiene en su bolsillo una orden contra vos es el primero en aconsejaros que os marchéis. Que se vaya, me encarga literalmente que os diga, y que confíe en mí sobre las medidas que adoptaré en este intervalo para garantizar su dicha y su felicidad.

Nuestros proyectos están aprobados ahora por nuestro común amigo: emplearé los cuatro primeros meses en el perfeccionamiento y afianzamiento de mis proyectos con todas mis baterías dispuestas. A finales de julio volveré súbitamente a París y emplearé el último mes de tranquilidad que me queda según las cláusulas firmadas, en poner todo en movimiento. Será sonado... Ya no vacilo más... Toda mi familia me apoya. Sacaremos a la luz la conducta del presidente... Desvelaremos sus odiosas intrigas con Dolbourg... que son el motivo de que quiera entregarle a Aline. Haremos valer la extrema repugnancia de esta desdichada muchacha hacia ese hombre horrible. Publicaremos las razones en que se basa esa repugnancia. En una palabra, reclamaré a Sophie como hija mía... Será mi familia quien haga esta gestión ya que yo me he comprometido a no hacerla. El paso es delicado, lo sé, pero es seguro. Estamos seguros de que, una vez iniciado el asunto, el presidente, confundido por la simple mención de este nombre, se prestará a todo lo que queramos para evitar la demanda. Además, no nos veremos obligados nunca a llegar a los hechos... Ya veis, amigo mío, que hay personas que están muy seguras de que no le resultaría fácil encontrar a esa criatura si un día le obligasen a mostrarla.

Pero sea lo que fuere lo que la gente imagine sobre este punto, en realidad yo dudo de ese horror. Es muy difícil comprender cosas tan repugnantes y lo que más me agrada es que el candor y la franqueza del conde de Beaulé tampoco las admiten. Siempre he hecho una observación muy curiosa: que las personas siempre dispuestas a sospechar un crimen de determinada clase son siempre las más propensas a cometerlo. Resulta extremadamente fácil concebir lo que uno admite y no lo es tanto comprender lo que uno rechaza. No habría ni diez condenas a muerte por siglo si durante ese siglo el colegio de jueces estuviese enteramente compuesto de personas honradas. En lugar de sostener, como hacen esos bellacos, que hay que suponer siempre que un individuo que ha resultado una vez culpable de una clase de delito será durante toda su vida culpable de delitos de la misma clase, lo que es una paradoja abominable, me atrevería a afirmar que, por el contrario, un hombre que ha sido castigado o amonestado por una clase de delito cualquiera no volverá a cometerlo en su vida. Esa es la opinión de las buenas personas, la otra es la de aquellos que, sabiéndose malvados y capaces, por consiguiente, de reincidir, imaginan que los demás deben parecérseles. Estas personas no deben juzgar a los hombres, juzgarán siempre con severidad... La severidad es muy peligrosa. Es infinitamente mejor salvar a un culpable por exceso de indulgencia que condenar a un inocente por exceso de severidad. El mayor peligro de la indulgencia consiste en salvar al culpable, es un peligro leve. El inconveniente de la severidad es hacer morir al inocente, eso es espantoso[38].

Ahora, amigo mío, he de pediros un favor. ¿Puedo esperar que me améis lo bastante como para que no haya de temer una negativa? Mientras estáis leyendo esta carta hay en vuestra antecámara un hombre de confianza, le he encargado que os entregue mil luises. ¿No es posible que, en vísperas de una salida tan precipitada, no tengáis los fondos necesarios para emprender el viaje que os aconsejo?... ¿A quién corresponde en ese caso el derecho de prevenir vuestras necesidades, si no es a vuestra mejor amiga?

Valcour, os conozco... Esa negativa que finjo no temer... Me la estáis dando... Lo veo... Pero escuchad, el hombre que va a hablaros exigirá de vos un recibo... y lo que os dará es un adelanto sobre la dote de mi hija... ¡Amigo cruel! ¿Osareis rechazarlos ahora?

CARTA LX

Valcour a madame de Blamont

París, 16 de marzo.

¡Cómo aumentan vuestros derechos a mi agradecimiento, señora! ¿Es necesario multiplicar los títulos que tenéis sobre mí? Casi me hacéis apreciar mis desdichas ya que, al padecerlas, obtengo pruebas tan dulces de vuestra excesiva bondad... ¡Hábil subterfugio... Dichosa esperanza!... ¡Cuánta delicadeza sabéis poner al obligar!... Sí, señora, voy a alejarme... y desde este mismo momento, ya que mi seguridad os interesa voy a ocuparme de ella alojándome en casa de un amigo en donde permaneceré de incógnito hasta el momento de mi salida.

¡Oh!, señora. ¿He de confesároslo?, vuestras bondades me llenan de audacia, me dan el valor de pediros una prueba más: alejarme de vos... Alejarme durante tanto tiempo... Sin veros, sin que me sea permitido arrojarme a los pies de quien adoro... ¿Seréis tan rigurosa como para condenarme a ello? Para pediros esta gracia apelo a todo el encarecimiento que mi corazón es capaz de dar... En los primeros días de vuestra llegada a Vertfeuille... Mientras estéis sola... Una hora... Un solo minuto... Pero

[38] Dulces y sabias máximas, después de haber estado durante tanto tiempo alejadas del espíritu de nuestra nación, volved para grabaros en él eternamente y que no tengamos ya que sonrojarnos ante los ojos del universo al veros tan cruelmente menospreciadas.

desarraigarme... Abandonar mi patria sin gozar de la dicha de ver un instante a todo lo que me une a ella... No, no lo exigiréis, no me condenareis a una privación que me resultaría más dura que la muerte... Indicadme las precauciones que he de adoptar... señaladme la ruta a seguir. Haré todo, obedeceré en todo, nada hay a lo que no me sometiera para obtener la gracia que imploro. Espero mi sentencia... pronunciadla... y convenceos de que una sola palabra basta para convertirme en el más afortunado de los hombres o en el más desdichado de los enamorados.

CARTA LXI

Valcour a Aline

París, 16 de marzo.

Después de todo el interés que he podido hacer nacer en vuestra alma sensible ¿me negaréis, Aline, la nueva prueba que me atrevo a imploraros?... Adivináis lo que os pido, vuestro corazón, animado del mismo deseo sabe captar fácilmente la gracia que encarecidamente os solicito... Este favor me fue negado el pasado año, lo recuerdo con dolor, pero dignaos pensar en ello, Aline, las circunstancias en que os dejo esta vez son muy diferentes a las que reinaban entonces. Desconfío de esta calma aparente. No me he atrevido a decirlo, pero me parece que esta nueva prórroga se ha concedido con demasiada facilidad. ¿Es coherente esta tranquilidad prometida con todas las precauciones que adoptan, con las indignidades que se permiten? ¿Y, si no tuviesen intenciones de presionar, armarían tantas baterías para alejar los obstáculos? ¡Ah! Ojalá sean falsos mis presentimientos, pero, al alejarme me estremezco. No puedo ocultároslo y cuanto más horribles son mis temores, más violento es el deseo de veros... ¡Si fuesen a engañarnos a todos! ¡Si las odiosas maniobras de este hombre cruel fuesen a arrebatarme a quien idolatro!... Esta funesta idea penetra en mi corazón como un hierro ardiente que lo destroza... Entra en él con el escalofrío de la muerte... He de veros antes, Aline, he de hablaros una vez más de mi amor. Satisfecho al ver que me echáis de menos, dichoso de llevar conmigo vuestro corazón, podré, al menos, soportar mejor vuestra ausencia. Con la sangre derramada por vos escribo, llorando, este deseo desenfrenado de mi alma... Si me lo negáis... Aline... Me iré, es preciso, pero no me veréis nunca más... Creedlo por muy quimérica que pueda ser esta idea, me absorbe y no puedo impedir que surja.

En una palabra, es preciso que os vea, la necesidad que tengo de ello es tal que, por primera vez en mi vida, ignoro incluso si os obedeceré en el supuesto de que me prohibieseis acudir. Sí, preferiría desobedeceros y veros que morir obedeciéndoos... Amo esta vida cruel desde que despertasteis en mí tanto interés. ¡Oh, mi Aline! Ved a vuestro enamorado a vuestros pies implorar, encarecidamente, regándolos con sus lágrimas, la gracia de veros un minuto; vedlo, palpitando aún bajo el hierro del autor de vuestros días, esperar que solamente este favor compense todos sus males... ¿A dónde queréis que vaya sin haberos visto? Debilitado por mi desesperación, extraviado por mi amor, ¿qué será de mí, ¡ay!, sin el consuelo que ansío? O no me habéis amado jamás o lo obtendréis de vuestra madre. A ambas os lo pido y quiero abrazar a ambas o morir.

CARTA LXII

Madame de Blamont a Valcour

París, 20 de marzo.

A dos leguas del palacio que alojará a vuestras amigas en Orleans y Vertfeuille, en el lindero del bosque, hay una aldea que se llama Haut-Chêne. En la extremidad de esa aldea hay una pequeña colina aislada en la que hay una choza habitada por una vieja que solamente tiene consigo una hija llamada Colette... Una amiga de Aline de la que ya os hablamos el año pasado... De ahí volvíamos cuando encontramos a esa desdichada Sophie. Estad en casa de esa mujer el 15 de abril entre las tres y las cuatro de la tarde, disfrazado de cazador... Ella estará sobre aviso. Allí veréis a las dos personas que más os quieren en el mundo... dos amigas que ceden a vuestras peticiones a pesar de todos los peligros que las rodean... Salimos el día primero del mes próximo... Hasta entonces el mayor silencio... Dejad París cuanto antes, el peligro aumenta de día en día... Poneos en camino antes de pasar por el lugar que os indicamos y de allí salid de Francia sin perder un instante. Adiós.

CARTA LXIII

Aline a Valcour

París, 20 de marzo.

¿Debo amar a esta madre encantadora, debo quererla eternamente? Ved lo que ha hecho por mí. Voy a veros... Y todo es obra de ella... A ella debemos este favor y el alma de vuestra dulce Aline, henchida de amor y de agradecimiento a la vez, no sabrá a qué sentimiento entregarse en ese dichoso día... Pero, amigo mío, ¡qué breve será esta alegría... y qué espantosos tormentos seguirán quizás a esta dicha! ¡Ah!, creed que esta separación cruel me alarma tanto como a vos. Estoy de acuerdo que desde hace mucho tiempo deberíamos estar acostumbrados a vivir el uno sin el otro, pero respirábamos el mismo aire, vivíamos en el mismo país. ¡Y qué horribles barreras van a tenderse ahora entre nosotros!

¡Oh! ¿Cómo soportar este alejamiento?... Cuanto más pienso en ello, menos capaz me imagino... ¡Cuántas cosas pueden pasar durante una ausencia tan prolongada! Aunque estemos separados el uno del otro, cuando estáis cerca de mí me siento con más fuerzas... Sufro con más resignación... Pero ahora, ¿quién me infundirá el valor? ¿Quién será el alma de mi vida... y el báculo de mis desdichas? ¡Oh, Valcour! No me comuniquéis vuestros presentimientos... Otros igualmente crueles acuden asimismo a destrozarme... Alejémoslos... Partid ya que es preciso, partid, seguro de mi amor... Os seguiré... Mi corazón volará sobre vuestras huellas. Mis ojos, siempre fijos sobre los Alpes, franquearán, como mis deseos, sus cimas que se elevan hacia las nubes. Cuando lleguéis a la más alta de las cúspides volved vuestra mirada sobre esta tierra en la que habéis dejado a vuestra Aline y decid: ahí respiran dos criaturas que me aman que se interesan por mí, que cuentan mis pasos y ordenan mis días, que desean con tanto ardor como yo que llegue el instante en que pueda reunirme con ellas... El instante de esa dicha tan dulce...

¡Oh!, amigo mío, si estuviese escrito en los cielos que jamás habremos de disfrutar de esa dicha... Si todos nuestros proyectos fueran quiméricos... ¿Haríamos mal en fijar en ese caso nuestras ideas, como en algunas ocasiones os he dicho, exclusivamente sobre esa felicidad celestial que necesariamente ha de alcanzar la virtud?

Qué dignos de compasión son, amigo mío, quienes no cuentan en sus penas con la halagüeña esperanza de la religión, quienes, viéndose abrumados por los hombres, no puedan decir en el fondo de su corazón: hay un Dios justo y bueno que me compensará de lo que me han hecho sufrir, su seno, abierto a los desgraciados, recogerá mi alma afligida y mereceré su compasión confortadora a cambio de los males que me hayan hecho.

Sí, si me lo permitís, el conocimiento de un Ser supremo es uno de los más dulces presentes que la naturaleza nos ha dado. No hay un solo instante en la vida en la que esta idea no sea querida y preciosa. No hay uno solo en que no nos depare un torrente de delicias... ¿Quién es lo bastante bárbaro como para poder imaginar que cabe arrebatárselo a los hombres? ¡El muy cruel, privándose a sí mismo de la esperanza más dulce de la vida, ¿no se ha dado cuenta de que estaba aguzando el hierro del tirano... armando el brazo de la iniquidad... que, al mancillar el premio de todas las virtudes, estaba abriendo la puerta a los vicios y que estaba cavando, finalmente, el abismo al que acabarían arrojándole sus sistemas?... ¿Qué clase de hombre es el desdichado que nos arrebata la idea del Ser justo que recompensa el bien y castiga el mal? ¿Es opulento? ¿Domina a sus semejantes? Que tiemble... Que se estremezca, roto el freno de aquel a quien quiere atar, aburrido de sus cadenas, indignado por el yugo que le oprime, al no existir Dios, ¿qué puede perder ese esclavo infortunado? ¿Qué peligro corre al hundir el puñal en el pecho del déspota orgulloso que quiere dominarle?... ¿Es inferior o pobre ese impío sectario de las siniestras quimeras del ateísmo? ¿Quién le socorrerá en su miseria? ¿Quién salivará sus tormentos? ¿Quién le ofrecerá una mano compasiva cuando arrebata a los hombres la esperanza de ser recompensados por el bien que hayan hecho? Pero esa servidumbre de que se queja, esas calamidades que le descorazonan, ¿por qué no se multiplicarían, ya que el tirano que las ocasiona no ha de temer a un vengador? No sirve, pues, para nada ese sistema espantoso y triste. ¿Qué digo? Es peligroso para los hombres de todas clases, fatal para el opresor, siniestro para el oprimido. La verdadera filosofía debe contemplar el momento en que este sistema se apodera de los espíritus como esos años de desolación en que el aire infectado de un veneno pestilente viene a aniquilar sordamente a las generaciones que pueblan la tierra.

¿Perdonaréis, amigo mío, este pequeño arrebato racional de vuestra Aline? Temo que me encontréis melancólica... Ese matiz lúgubre emana a mi pesar. Oscurece todo lo que pienso y todo lo que imagino. Creo iluminarlo un instante cuando os hablo y los trazos que dibuja mi mano están impregnados de pena en contra de mi voluntad. Las lágrimas corren a borrar mis líneas a medida que las escribo... ¿Por qué manan?... ¿Por qué se escapan? Mi madre me ama... mi enamorado me adora, está próximo el momento en que voy a verle y, no obstante, lloro... Un tupido velo parece extenderse sobre el porvenir. Mis tristes ojos no pueden penetrarlo. Si mis dedos lo rasgan un instante, todos los atributos de la muerte se me presentan detrás de él...

¡Oh, amigo mío!... ¡Si llegaseis a perder a esta Aline a quien tanto queréis! ¡Si, aunque muy joven aún, el cielo quisiese disponer de ella!... ¿Tendríais el valor de soportar esta pérdida?... ¿Encontraríais en vuestra alma la fuerza necesaria para no caer abatido?... Cuando nos veamos exigiré de vos que me juréis que pase lo que pase... Soportareis esta desgracia con resignación. ¡Valcour! ¿Quién puede responder de un momento de la vida?... Frágiles criaturas, respiramos aquí durante un abrir y cerrar de ojos; el día que nos ve nacer es contiguo al que nos extingue. Y esta serie de instantes fugaces que nada fija, que nada detiene, se precipita al abismo de la eternidad como el caudal de un torrente impetuoso lo hace en las inmensas llanuras del océano. Si son breves esos instantes en que respiramos, si son fáciles de destruir, esto puede suceder en cualquier momento. ¿Por qué entregar entonces todo nuestro amor a criaturas tan frágiles?...

Si, amigo mío, quisiera que, impregnado de estas razones, os convirtieseis más bien en el amante de esa alma que ha de seguirme que en el de estos perecederos atractivos que un soplo puede marchitar al instante. A menudo os he reñido por poner un precio demasiado elevado a estas bellezas efímeras y lo vuelvo a hacer ahora.

¡Oh, Valcour! Ama en mí solamente aquello que no puedas perder. Quiere solamente a esta alma a la que la tuya habrá de unirse un día... Créeme, renuncia a todo lo demás antes de que los hombres o la muerte te obliguen a hacerlo... Percibe bien la acusada diferencia entre los dos objetos que ofrezco a tu amor: si estuvieses quince años sin verme, te desafiaría a que me describieses, por el contrario, las emociones de mi alma, los pensamientos que te expresa no saldrán jamás de tu memoria. Prefiere, pues lo que puedas conservar perpetuamente a aquello que se escapa con rapidez.

Piensa que, amándome así, me añorareis mucho menos si me pierdes. ¿Qué importa que desaparezca lo perecedero cuando tenemos la deliciosa certeza de que lo que no ha de alterarse nunca no podremos perderlo jamás? ¿Qué amarás de mi persona, te pregunto, cuando esta masa, convertida en polvo, deje solamente en el fondo del féretro los restos de un esqueleto? Suponiendo incluso que estos atractivos desfigurados puedan reconstruirse bajo tus sentidos, solamente reaparecerían para tu desesperación. Mientras que las expresiones de esta alma que yo quiero que prefieras vendrán a gravitar sobre la tuya para expandirla y vivificarla.

Y hay más, me parece que yo te amaría más aún si consintieras en no amarme más que así. Purificaría tanto los sentimientos del alma que es el origen de tu felicidad que el culto que ella te rindiese sería entonces absolutamente semejante al que ofrece a su Dios... Ya no habría separación... Ni nada que pudiese turbarnos, dividirnos o extinguirnos y nuestro amor, al residir entero en el ser que nunca perece, duraría tanto como ese Dios.

Te dejo... De nada vale que deponga o que vuelva a coger la pluma... Embebida siempre, a pesar mío, en la hiel de la melancolía, en vez de fortificar tu espíritu, lo alarma. No consigo consolarte y lo único que hago es afligirme más.

CARTA LXIV

Del presidente Blamont a Dolbourg

París, 29 de marzo.

Es preciso que te vea... ¿Lo creerías? Esa Augustine... Tiembla cuando ha llegado el momento de actuar... Cualquiera diría que estamos exigiéndole cosas extraordinarias... Yo creía que tenía presencia de ánimo... No la tiene... Es una imbécil... Qué cierto es que, cuando se trata de cosas importantes,solamente se puede confiar en personas importantes: ella pretende que yo vaya a Vertfeuille... Dice que actuaría en mi presencia, con más valor... ¡La muy tonta! Te das cuenta, como yo, de la necesidad de enderezar ese espíritu débil. Es preciso que cene con ella en tu casita de las afueras, lo más tarde mañana por la noche, ya que salen al día siguiente, y allí triunfaremos, espero, sobre sus necios escrúpulos. En ocasiones he visto la necesidad de que el temperamento encienda la estrecha cabeza de una mujer para que haga esta clase de cosas. Es inaudito lo que se puede obtener de ellas en esos momentos de embriaguez. Su alma, más próxima al estado de maldad para el que las ha creado la naturaleza, acepta entonces con más facilidad todos los horrores que sea preciso proponerles. Claro está que ni tú ni yo vamos a encargarnos de esa burda tarea: nuestros principios sobre el placer, nuestra edad, nuestra manera de ser, en una palabra, todo eso no concuerda con las desmedidas exigencias de una muchacha de dieciocho años a la que hay que trastornar el seso... Pero tengo un ayuda de cámara que es único en ese tipo de justas... Actuará sobre lo físico sin sospechar nada de nosotros... Al recibirla ya encendida de sus manos, trabajaremos con éxito su moral.

Nada hay peor que esta clase de oscilaciones. Y, sin embargo, hay que estar preparado para ello cuando se emplea a mujeres en asuntos como el presente. Tímidas por naturaleza, en ellas el ingenio es siempre el resultado de los síncopes del corazón. Hace ya mucho tiempo que afirmo que las mujeres sólo son buenas en la cama y ¡aun en eso!... En lo demás no se puede contar con ellas para nada. Falsas o débiles, pérfidas o descuidadas si tenemos la desgracia de encomendarles un proyecto... Lo hacen abortar por desidia o lo traicionan por maldad. Seguramente se refería a ellas Maquiavelo cuando dijo que, o bien había que evitarlas como cómplices o bien era urgente deshacerse de ellas en cuanto hubiesen actuado[39]. Lamento mucho que no hayamos encargado este trabajo a ese capellán sinvergüenza que me ha servido durante tres años... Emprendedor... Bribón... Diestro... Hipócrita... Hubiera puesto en la operación tanto vigor como falsedad. Nunca he visto nada tan seguro como los principios de ese truhan. Solamente a él debo más aventuras de las que a mí, como juez, me bastarían para enviar a treinta tunantes al cadalso. Ya sabes, querido amigo, la gran diferencia que entre nosotros existe entre lo que nos vemos obligados a defender y lo que nos gusta hacer. La equidad con que nos adornamos se funde, como la cera sometida a los ardientes rayos del sol, ante nuestros hirvientes arrebatos. Pero eso no es motivo para que no censuremos lo que adoptamos, ni para que dejemos de castigar lo que nos gusta. Solamente ostentando con escrúpulo esa rigidez para con la moral de los demás conseguimos ocultar artísticamente toda la depravación de la nuestra. En realidad, solamente se trata de engañar: ya que no podemos hacerlo con nuestras virtudes al menos que sea con nuestros rigores.

Estoy desesperado de que hayan fallado con Valcour... Sin embargo, eran unos canallas bien hábiles, capaces de otras mil gentilezas... a los que hice absolver a condición de que se encargasen de ésta... ¡Los muy

---

[39] El presidente adopta aquí solamente para las mujeres una opinión abominable que figuraba en *El Príncipe* de Maquiavelo aplicada con carácter general a todos los cómplices.

imbéciles!... Sea como fuere ya nos hemos librado de él, le habrá entrado tanto miedo que seguramente no se atreverá a volver a asomarse hasta que todo esto esté decidido.

No te veré esta tarde... Es el día destinado a la despedida conyugal y ya te imaginas por qué quiero que sea especialmente dulce... Cuando dos personas se separan... *Por un cierto tiempo...* ¡Qué idea tan agradable! Estoy encantado de haberla imaginado...

A menudo es placentero ver hasta dónde puede llegar la propia alma. No te imaginarias lo contento que estoy de la mía. Todo esto me aporta una sensación que no está del todo desprovista de placer... ¡Qué cosa tan extraña es el análisis del corazón humano! Ahora estoy perfectamente seguro de que se hace con él todo lo que se quiere. Fácil receptor de las impresiones de la mente, no tarda en rechazar todo lo que no sean sus emociones y así se va gangrenando uno voluptuosamente de un extremo a otro sin que nada se oponga a la circulación del veneno.

Apresurémonos... Te lo advierto... Todo retraso podría ser funesto. Desconfío de la presidenta y, a pesar de las cláusulas firmadas, apostaría a que está actuando bajo cuerda con su adorable protector... Ese conde encantador... ¡El otro día pretendía aturdirme! No hay nada que me divierta tanto como esos seres bonachones que creen engañar a desalmados profesionales como nosotros. Por lo que dicen el ascendiente de la virtud nos aplasta, peor si esa virtud es una quimera, si la contemplamos siempre como tal, entonces el choque no puede ser ya muy peligroso.

Adiós, tierno y delicado esposo: ya me parece verte en los brazos del himeneo, robando besos... Quizás inundados de lágrimas, al principio, pero que, secadas pronto gracias al ardor de tu llama, perderán, bajo el delirio de tus besos, toda la acritud de la resistencia.

No te pongas celoso, te lo suplico. Hay que renunciar a esa extravagancia que en otra época nos impedía mezclar nuestros placeres y nuestras amantes. Acuérdate de que una de las cláusulas del contrato es que yo *presto* sin *ceder...* Es lo menos que me debes por todas las preocupaciones que me he tomado desde hace tanto tiempo para la satisfacción de tus deseos. No te imaginas, amigo mío, las ganas que tengo de poseer a esa querida Aline: creo que ha de tener unos detalles sumamente picantes... ¡Qué delicia *poseerla* entre lágrimas! ¡Sophie estaba bien, pero Aline!... Y además no llegaremos con esta tan lejos como con la otra... a la sangre. A la virtud se le debe una especie de consideración. Sin embargo, no juremos nada, porque los efectos del extravío, en mentes como las nuestras, son, como sabes, *incalculables.*

CARTA LXV

Valcour a Déterville

Dijon, 20 de abril.

He llegado aquí y salgo mañana, quizás hubiera ido inmediatamente a Saboya si mi salud lo hubiera permitido, pero necesito unos días de descanso.

¡Oh! Mi querido Déterville, ¡qué funesta separación!... El horror que la acompañó, mis heridas mal curadas... La espantosa agitación de mi alma... Los horribles presentimientos, consecuencia de los detalles de este cruel adiós... Todo... Todo, amigo mío, me hace imposible proseguir. Y antes de que vaya más lejos es preciso que vierta un momento en tu corazón toda la voraz tristeza que atormenta el mío.

Escucha las lúgubres circunstancias de esta última entrevista y dime si no ves en ella, como yo, *la sentencia del cielo escrita con trazos de sangre*.

Después de haberte abrazado el día ocho por la tarde, para disimular aún mejor mi salida de París, decidí salir con el traje de cazador que me había sido propuesto para la cita. Así fue como viajé solo y a pie hasta Orleans, mientras que mi lacayo, escoltando mi equipaje, iba a esperarme a Montargis. No sabía exactamente qué camino debía tomar para ir desde Orleans al pueblo indicado, pero imaginaba no obstante que disponía de más tiempo del necesario para encontrarme allí a la hora prescrita. Salí de la ciudad el día quince a las siete de la mañana... Pero cuál no sería mi sorpresa, después de haber andado por el bosque hasta mediodía... Cuando al preguntar a un leñador si estaba lejos de Vertfeuille, me dijo que no conocía ningún lugar con ese nombre...

¡Cielos! Me dije, ellas van a esperarme... Al ver que no acudo su inquietud será terrible. Y eso bastó para que yo mismo me viese impregnado de toda la inquietud que sus almas sensibles iban a dignarse sentir por mí... ¿Qué hacer en semejante circunstancia? En tres leguas a la redonda no había una casa en donde pudiese obtener la más insignificante brizna de información... Me encontraba en el centro de un bosque, en una región que no conocía... Hubo un momento en que quise volver a la ciudad... Un instante después esta idea se desvanecía y renacía la esperanza de encontrar a alguien mejor informado. En esta cruel alternativa rogué al campesino que acababa de interrogar que me condujese a la casa más próxima.

—Me guardaré mucho de hacerlo, me respondió... ¿Sois cazador furtivo, no es cierto? Y la casa a la que queréis que os conduzca está llena de guardias que no os lo perdonarían. No, yo no seré el causante de vuestra pérdida... Más vale que os alejéis, es lo mejor que podéis hacer.

Entonces comprendí que este disfraz que no tenía ningún peligro en los alrededores de Vertfeuille, no resultaba tan inocente en otros sitios y sobre todo ante la imposibilidad de identificarme. Me despedí de mi hombre y caminé aún cuatro leguas orientándome como pude sin encontrar a nadie cuando súbitamente el cielo se oscureció. Como no veía nada en los alrededores y viajaba siempre al azar de los caminos apartados del bosque, no me quedó más remedio que subirme a un árbol si quería ver un poco más lejos y observar si no había algún refugio... No vi ninguno... Sin embargo, mis fuerzas se agotaban... La cruel agitación de mi alma me impedía sentir hambre, pero estaba destrozado por la fatiga. Me di cuenta de que me resultaba imposible ir más lejos y, como no quería dormir en el camino, me adentré en el espesor del bosque... Apenas hube llegado cuando la noche más oscura extendió sus velos por todos los rincones del bosque. Poco a poco la bóveda atmosférica se cubrió de nubes que aumentaron el espanto de la oscuridad. Aunque la estación era ya un poco avanzada, los relámpagos que surcaban la nube me anunciaron una horrible tormenta. Los vientos soplaban... Su prodigioso esfuerzo rompía los árboles a mi alrededor... El fuego celeste brillaba por doquier... Veinte veces cayó a mi lado... Veinte veces me creí tan afortunado que había llegado a mi última hora, cuando súbitamente el sonido de una infinidad de lúgubres campanas vino a añadir a esta dolorosa escena todo el horror de que era susceptible. Negras quimeras terminaron de extraviar mi razón... Este desencadenamiento de toda la naturaleza... Ese silencio espantoso solamente interrumpido por el mugido del aire, por los estallidos del relámpago y por ese ruido majestuoso del bronce, tristemente proyectado hacia el cielo, me hizo temer que no era el único que ese día se veía amenazado por la cólera divina...

¡Desgraciado! Exclamé... Está muerta. Y ese siniestro tañido, cuyos lastimeros acentos martirizan mis oídos, se refiere a mi Aline... Entonces parecía que mil fantasmas estuviesen revoloteando a mi lado... Entre ellos creí distinguir el espíritu querido que idolatro y cuando quise precipitarme hacia ella, un torrente de llamas la envolvió y la hizo desaparecer ante mis ojos... Rodé por tierra, quise que ese suelo inundado que me sostenía se abriese para recibirme. Mi razón me abandonó completamente y permanecí el resto de la noche en esa actitud de dolor y desesperación.

Finalmente se calmaron los vientos, brillaron las estrellas... El cielo se iluminó... Y mi alma, que acababa de ser juguete de los airados elementos, como los robles que me rodeaban, se atrevió a renacer a la esperanza, al igual que sus ramas, curvadas bajo el impetuoso aquilón, se alzaban, majestuosas, hacia el cielo.

Me puse en camino, con el único proyecto de retornar a la ciudad... Llegué a ella el dieciséis a las seis de la madrugada. Habiendo descansado un poco, volví a salir a las ocho acompañado por un guía que se comprometió a llevarme en menos de cinco horas al pueblo de Haut-Chêne.

Llegué, en efecto, a él sin novedad y, como no quería que ese hombre presenciase lo que iba a hacer, lo despedí en cuanto me mostró la aldea.

—¡Oh!, señor, me dijo la madre de Colette en cuanto me vio entrar en su casa, ¡con qué impaciencia os esperaron ayer esas damas! Les habéis causado mucha inquietud. No se fueron hasta la noche y envueltas en llanto. Y estoy segura de que no llegaron a casa antes de la tormenta... Corre, corre, Colette, añadió dirigiéndose a su hija a avisarles, hija mía. Ya sabes qué encarecidamente lo pidieron. Quítate los zuecos para ir más deprisa... y vos, buen hombre, descansad mientras tanto... ¡Ay! Continuó esa buena mujer ofreciéndome todo lo que tenía, somos muy pobres, señor, y no podemos ofreceros gran cosa, pero lo hacemos de todo corazón. ¡Ah! Sin la caridad de la señora y de la señorita, haría quizás mucho tiempo que no estaríamos en este mundo ni mi hija ni yo, pero ¡son dos personas tan buenas, señor! Hay gente que espera que el desdichado se acerque a ella para socorrerle. Pero éstas lo buscan. No vivirían si no lo confortasen... También hay que ver lo que nosotros las queremos. Si necesitasen nuestra sangre, la derramaríamos inmediatamente hasta la última gota y aún pensaríamos no haber hecho nada.

Mi corazón se ensanchaba al escuchar tales palabras... Dulces lágrimas inundaban mis ojos... ¿Hay una felicidad más viva que la de oír las alabanzas de las personas amadas?

Finalmente llegó Colette jadeando. ¡Había hecho las cuatro leguas corriendo y en menos de dos horas!

—Vienen detrás de mí, dijo la pobre niña cubierta de sudor... Vienen detrás de mí, señor. Les he dado una buena alegría. Madre, añadió arrojándose al cuello de la anciana, están tan contentas que la señora me ha dicho que me iba a dar las diez ovejas que necesito para casarme con Colas. Me casaré con él, madre, me casaré con él ¿verdad?

No pude resistir la inocente alegría de esa jovencita.

—Sí, sí, os casareis con él, mi niña, le dije, tomad diez luises, es todo lo que llevo encima, reservadlos para el ramo de novia. Es justo que comparta la gratitud por un servicio que es para mí aún mucho más precioso que para las amigas que me anunciáis...

Apenas hube pronunciado estas palabras cuando entraron esas damas...

Madame de Blamont se arrojó a mis brazos y Aline, envuelta en llanto, le siguió poco después. Después de haber estrechado contra mi corazón a esas personas tan queridas, después de haber colmado a ambas de deliciosas caricias que prodiga el alma y que la mente no puede describir, la conversación se hizo más tranquila... Nos sentamos... Esa madre respetable me dio los mejores y más sensatos consejos... me comunicó sus esperanzas y sus proyectos para hacerlas realidad. Me dijo todo lo que había hecho... Las posibilidades que aún percibía... las medidas a adoptar para alcanzar el éxito... En una palabra, a juzgar por lo que decía debía considerar que mi dicha era segura para este otoño... Me ordenó que volviese entonces... Arreglamos el intercambio de correspondencia, lo decidimos sobre el mapa teniendo en cuenta las ciudades por las que debía pasar... Ambas me hicieron prometer ser puntual en mis respuestas. Quise hablar un instante a madame de Blamont sobre mis temores por el interés que ella se tomaba por mí. ¿No podía eso acarrearle nuevas desgracias?... Se podía temer cualquier cosa de un marido furioso a quien tanto enojaban los sentimientos que en mí despertaba su hija. Y le describí de la manera más viva mi inquietud por todos los males que padecía por mi culpa. Ella volvió hacia mí sus bellos ojos inundados de lágrimas...

—¿Qué importa, amigo mío, me dijo, que importa ser un poco más o menos desdichada? Lo sería igualmente sin vos. Al menos tengo el consuelo de que lo soy por serviros...

Una de sus manos estrechó la mía mientras pronunciaba estas palabras y mi boca se imprimió sobre esa boca adorada y grabó en ella los besos de la amistad y de la más viva gratitud...

—Amigo mío, me dijo Aline, atrayéndome hacia sí, ¿me prometéis escribirme... Me prometéis ser muy puntual?

—¡Cielos! ¿Acaso podéis dudarlo?...

—¡Pues bien!, continuó esa muchacha adorada entregándome una soberbia cartera... Tened, quiero que esto sólo sirva para mis cartas... os prohíbo que lo empleéis para otra cosa...

Cogí ese precioso objeto... Lo besé... Lo devoré, saltó un resorte y el retrato de mi Aline vino a embriagar a la vez mi alma y mis ojos. En la parte inferior de ese adorado retrato, su sangre... La sangre de la divinidad que idolatro había trazado dos líneas que inmediatamente se grabaron en mi alma. De ahí las recojo, de ese santuario en donde reina para siempre su imagen con el fin de ofrecerlas a tu mirada: PENSAD SIEMPRE EN MÍ Y QUE ESTA IDEA SEA LA BASE DE TODAS VUESTRAS ACCIONES. Éstas son esas líneas queridas, éstas son, Déterville. Que la mano del Eterno me convierta en polvo en el instante en que su contenido no sea la ley de mi vida.

—La sangre que he utilizado para escribir estas palabras procede de aquí, me dijo Aline poniendo mi mano sobre su corazón, son las expresiones de este corazón que os adora grabadas por la sangre que lo agita... Deseo que todo esto os resulte grato amigo mío, y no olvidéis a una desdichada muchacha que, a los pies de su madre, os jura que sólo vivirá para vos...

Con esas palabras cayó de sus hinojos y esa madre respetable, conmovida, al igual que todos los de allí estábamos tomó la mano de su hija; la puso en la mía... y me dijo:

—Sí, Valcour... Es vuestra, que el cielo sea testigo de que mi consentimiento no será jamás para otro.

Inmediatamente me arrojé a los brazos de esas dos amigas tan queridas y en este punto, mi silencio, más elocuente que mis palabras les convenció de que mi alma encendida se unía a las suyas para residir allí hasta el último día de mi vida.

No obstante, la noche se nos echaba encima... Había que separarse. Madame de Blamont creyó tener la fuerza para señalar el momento. Se levantó sin mirarme... Su hija la oyó... Quiso hacer lo mismo... Sus rodillas fallaron y cayó en su silla entre sollozos... Entonces madame de Blamont le dijo con noble firmeza:

—Pierdo, como vos, un amigo, hija mía... Me sostiene la esperanza de volverlo a ver y tengo valor para separarme de él.

Pero Aline ya no escuchaba nada, se había abandonado entre mis brazos. Mezclaba sus lágrimas con las mías y ya no dejaba oír más que los amargos gritos de dolor y los sollozos de la desesperación...

Madame de Blamont se volvió a sentar... Tomó una mano de su hija y la besó arrebatada. Esta intensa caricia produjo inmediatamente en el alma de Aline la diversión prevista por esa mujer espiritual y sensible... Se volvió hacia su madre... Se escondió en su seno, allí derramó un nuevo torrente de lágrimas... Y madame de Blamont levantándose enseguida... Llevándola en sus brazos, por decirlo así intentó franquear el umbral de la puerta; mientras tanto, a una señal suya, yo desaparecí en otra habitación... Sagrado impulso de un alma impetuosa... Cruel presentimiento que aún impregna la mía de confusión y de hielo: esa niña adorada se volvió hacia el lugar donde habíamos estado, suponiéndome aún allí... Al no verme, se liberó de los brazos de su madre, franqueó de un salto el espacio que nos separaba, llegó como el rayo a la habitación en donde me escondía y cayó inerte a mis pies...

Entonces estalló mi corazón... No había ya ninguna consideración que pudiese calmar su efervescencia... Me precipité sobre esta querida amiga, la estreché contra mi pecho... Nuestros cuerpos, unidos como nuestras almas, parecían formar una masa que ningún esfuerzo podría separar y mi razón no retornó sino por el deseo de devolver a la vida a quien está destrozando la mía... a quien suspende, a través del dolor, todas las facultades de mi existencia.

—¡Huid! Dijo madame de Blamont, mientras hacía que tendiesen a su desdichada hija sobre una cama... Huid, más vale que al volver en sí no os vea ya... Marchad, divino amigo, continuó ella tendiéndome la mano... Acordaos de esta escena, recordad cómo se os ama y si creéis que quiero a mi hija, persuadíos... Que, o bien me quitan la vida o bien sólo será vuestra.

Después de prosternarme ante esta mano adorada, después de haberla bañado con las lágrimas de mi gratitud y de mi cariño, me atreví a alzar los ojos una vez más sobre el ídolo adorado de mi corazón. Le dirigí sin ser oído, las últimas expresiones de mi amor y corrí hacia el bosque, con la intención de llegar a Orleans esa misma tarde... Ellas me contarán, espero, las consecuencias de esta triste separación. Te ruego que obtengas para mí su relato con el mayor detalle... Terminemos con lo que me concierne.

No había andado dos leguas cuando la noche, que cayó de golpe, me hizo temer que me perdería, como el día anterior. Además, el estado en que me encontraba no permitía a mi espíritu la posibilidad de guiarme, por lo que decidí esperar al pie de un árbol que el astro, al venir a consolar a la tierra, devolviese, si esto era posible, un poco de calma a mi agitado corazón. Me tendí al pie de un añoso roble y, perdiéndome en mis ideas, abandonándome a la lúgubre melancolía que parecía lastrar a la vez todos mis sentidos, encontré, a través de la misma violencia de mi pesar, la posibilidad de un instante de reposo... Que, de haber estado mi alma menos destrozada y siendo más leve la presión del dolor, no hubiera alcanzado.

Me dormí... Apenas lo hube hecho cuando inmediatamente un espantoso fantasma se ofreció a mis sentidos desencadenados... Aún lo veo... Digo que soñaba, pero no me atrevería a sostenerlo... La impresión fue demasiado viva... No, amigo mío, no soñaba... Yo vi ese fantasma... Iba vestido de negro... Tenía un aspecto que describiría sin vacilar... El del padre de Aline... En su mano... Perdona el desorden... Sostenía por los cabellos la cabeza de esa hija querida... La sacudía sobre mi pecho... Mezclaba el torrente de sangre que de ella manaba con la que fluía de mis heridas, de nuevo abiertas... Mientras me ofrecía este espantoso espectáculo me decía... Sí, amigo mío, me lo decía... Sus palabras llegaron a mis oídos, no estaba dormido... Me decía el muy cruel: —«Aquí está a la que quieres como esposa... Tiembla, ya no la verás más». Lancé mis brazos contra ese fantasma, quise arrebatarle esa preciosa cabeza y llevarla, ensangrentada, a mis labios, pero mis manos sólo agarraron una sombra. Todo desapareció en un instante. Sólo el terror y la desesperación seguían siendo reales.

Me levanté presa de una agitación mortal... Proseguí mi camino al azar. Diferentes sombras gigantescas, producidas por los reflejos de la luna sobre los árboles que me rodeaban, parecían conferir aún más realismo a la visión lúgubre que acababa de tener. En ese momento cruel hubiera dado mi vida por oír aún una sola palabra de mi Aline, por retener un instante su mirada. Emocionado a un tiempo por mil pensamientos diferentes... Presa de mil diversos tormentos, ora quería volver sobre mis pasos, ora quería poner fin a mis días para no sobrevivir, cuando menos, a aquella que mi imaginación me había pintado muerta... Finalmente salió el sol y guiado más por el azar que por la imprecisión de mis vacilantes pasos, volví a la ciudad de donde salí al cabo de unas pocas horas para ir a reunirme con mi criado en Auxerre y llegar como pude a Dijon, desde donde te escribo... De donde saldré asimismo pronto para abandonar finalmente Francia y merecer, a través de la exacta ejecución de las órdenes recibidas, la estima y la confianza de las dos sinceras amigas que han tenido a bien dármelas. Adiós, larga carta es ésta y llena de detalles atroces, pero para calmar los propios males es preciso verterlos en el pecho de un amigo. No tardes en ir a ver a esos dos objetos de mi ternura, infórmame de su suerte... refiéreles la mía... Tráeme hasta sus más insignificantes pensamientos y piensa que los verdaderos desvelos de la amistad consisten en servir al amor desesperado.

CARTA LXVI

Aline a Valcour[40]

Vertfeuille, 22 de abril.

¿Por qué es preciso que la primera carta que os escriba después de vuestra marcha haya de ser escrita con mano temblorosa? ¡Oh, no! ¡Jamás las expresiones de mi corazón llegarán hasta vos sino entre sollozos, siempre habrá un torrente de lágrimas que las acerque hasta vos! Pero pasemos a los detalles del instante fatal en que os separasteis de vuestras desdichadas amigas. El espantoso estado en que me encontraba obligó a mi madre a dormir en casa de Colette. Ella pasó la noche conmigo. Enviamos recado al palacio, para que no se inquietasen y regresamos a él al día siguiente para la hora de comer... Esa protegida de mi padre, esa Augustine de la que os he hablado en ocasiones, pareció ser la más sorprendida por esa breve ausencia y, ni mi madre ni yo pudimos dejar de observar que en sus preguntas había mucha más curiosidad que interés... A partir de ese momento no tuvimos ya dudas de que era la vigilante que el presidente había colocado a nuestro lado... No obstante, nos abstuvimos de despedirla, mi madre quiere ser fiel a lo convenido... Pero desconfiamos de ella... No sé... Desde que estamos aquí... Observo que esa criatura tiene la mirada perdida... Posee unos ojos soberbios y, sin embargo, causan horror. Antes tenía candor... Una especie de decencia y honestidad en el porte que aumentaban el brillo de sus atractivos... De todo eso no queda hoy más que el orgullo, la indecencia y la inmodestia... ¡Oh! ¡Cómo afea el vicio! Esa desdichada, cuando era sensata era bella... Sigue teniendo la misma cara y ya resulta imposible mirarla sin repugnancia... Esa es, pues, la obra de la seducción... Del desenfreno. Y el carácter del crimen es hasta tal punto enemigo de la naturaleza que, allí donde se impriman los odiosos rasgos del primero, todos los atractivos de la segunda desaparecen o se marchitan.

---

[40] Todas las cartas siguientes, a partir de ésta, fueron dirigidas a Chambéry en donde se había convenido que Valcour estuviese por el momento.

Todo permaneció tranquilo hasta el dieciocho, ese día, hacia las tres, mi madre se sintió indispuesta... Al día siguiente tuvo fiebre, acompañada de dolores de cabeza, pesadez y un poco de irritación en las entrañas. El veinte se encontró mejor, su médico dijo que no era nada. Al no ver peligro de ninguna clase, se limitó a prescribir los remedios indicados para un poco de empacho y se fue. Durante todo el día veintiuno reinó la calma... Hoy se renuevan los dolores, a pesar de que ha observado el régimen más estricto... La fiebre es más fuerte que el primer día... Los dolores de cabeza más agudos, los dolores de las entrañas, más vivos. Esperamos al médico... Pero la hora del correo me obligará a echar esta carta antes de que haya podido comunicaros el resultado de esta visita.

Acaban de entregarle un billete muy cariñoso de mi padre... Hace poco, dice, se había enterado de su estado... Su inquietud es extrema. A no ser por el temor de violar lo convenido, acudiría a su lado... Le pide permiso para no escuchar, en este momento, más que a su corazón. He respondido, en nombre de mi madre, que era dueño de hacer lo que quisiera, pero que ella suponía que su indisposición era demasiado ligera como para que eso valiese la pena de obligarle a hacer un viaje.

¡Oh, Valcour!, ¡en qué confusión se encuentra vuestra Aline! ¿Os imagináis el tormento que la agita?... ¡Suponéis el estado de su alma? Afortunadamente nada me anuncia aún la desgracia que me hace temblar, pero ¡si alguna vez llegase!, ¡si hubiese de perder a esa dulce amiga!... ¡si la mano del cielo fuese a romper los más tiernos lazos de mi vida! Vais a reñirme... Lo merezco... Vais a decirme que mi imaginación, siempre lúgubre, vuela por delante de las desgracias y que las realiza a su antojo.

¡Pues bien! Pensad lo que os plazca, pero no las tengo todas conmigo cuando escribo estas líneas, un involuntario estremecimiento guía las palabras que traza mi mano... Me las dicta o las veta...

Amigo mío, ¿creéis que yo pueda sobrevivir a la autora de mis días?... ¿Vos, que sabéis como la amo, podéis suponerlo por un instante? Si a través de esta horrible pérdida me viese privada a un tiempo de la esperanza de consagrarle mi vida y de la de pasarla con vos... Imagináis que... ¡Oh, no, no! Estar seguro, os lo juro de que no sobreviviré un solo minuto... Preferiría interrumpir el curso de una vida que ya no podría ofrecerme más que dolor.

No creo, amigo mío, que haya mal alguno en poner fin a sus días cuando ya no pueden servir a nuestra felicidad ni a la de los demás. ¡Ah! ¡La vida ya no es entonces más que un fardo que hemos de arrastrar bien a pesar nuestro! Esa alma... Imagen del Dios que la ha creado, al liberarse un poco antes de sus ataduras, no dejará de volar pura al seno de su Padre. Si las almas están cerradas durante unos instantes en nuestros cuerpos sólo para languidecer, si su verdadero destino está cerca del Dios del que emanan, ¿por qué no reunirlas allí? ¿Acaso el afán de unirse con su autor puede ser jamás tachado de crimen? Solamente aquel que crea que todo muere con él... Aquel cuya pobre imaginación no pueda elevarse hasta el dogma sublime de la inmortalidad del alma, debe temer la muerte y ha de estremecerse ante la idea de dársela. Pero quien contempla la grosera envoltura que encierra esa brillante porción de su Dios como una prisión en la que nada le obliga a permanecer, puede destruir los lazos cuando estos se hacen demasiado dolorosos... Quien no ve esta vida más que como un tránsito puede regresar al hospicio cuando han sembrado su camino con espinas... ¿Qué daño recibe entonces ese alma inmortal? ¿Acaso pueden perjudicarle los golpes que la liberan? Desorganizan un poco de materia cuya forma es igual a la naturaleza. ¿Qué importa que los elementos que nos componen existan de tal o cual manera? No está en nuestra mano el destruirlos. No aniquilamos nada al darnos la muerte; solamente hacemos variar las modificaciones y este derecho que nos confiere la naturaleza no contraría ninguna de sus leyes ya que no atenta contra sus fundamentos... Esos elementos indestructibles que ella misma modifica cada día bajo mil formas diferentes.

Pero supongamos por un momento que yo me encontrase en semejante situación, que me fuese imposible vivir sin ser la causa de una multitud de crímenes y sin poder evitar ser obligada a cometerlos yo misma. ¿Creéis, amigo mío, que ese estado perpetuo de desorden y de desesperación no irritaría bastante más a la divinidad que el leve daño que causaría dándome la muerte? Y, en todas las suposiciones posibles... Un crimen, si queréis considerarlo como tal, ¿no es preferible a doscientos? Y si no cometo ninguno al matarme, estoy firmemente convencida de que ha de ser lícito que me libere de mis cadenas cuando me molestan, mientras que la acción que me sustrae a millones de crímenes ciertos, ¿no es, por el contrario, loable? ¿No se convierte en un título merecedor de las bondades del Eterno? ¿Es tan preciosa nuestra existencia como para que una criatura de más o de menos en el universo pueda ser considerada como algo realmente importante?

En nombre de un Dios de paz un general del ejército podrá sacrificar a veinte mil hombres en un solo día, volverá de esta carnicería cubierto de honores y de laureles, ¿y cargareis de censuras y de oprobio al infeliz que perjudicándose sólo a sí mismo... Que, deseoso de gozar de la luz celestial... Que, ansioso de abandonar rápidamente esta morada de la falsedad, el egoísmo, el libertinaje y el crimen, haya destruido su frágil existencia para volar cuanto antes junto a su Dios? ¿A quién puede pertenecer mi vida sino a mí? ¿Quién podrá disponer de ella si no soy yo? Si esta vida es un don de Dios, no puede exigir que considere o que respete ese don como conveniente para mí, más que en la medida en que nada me impida considerarlo así. Pero cuando este presente se hace oneroso, cuando pesa en lugar de ser útil, puedo devolverlo sin temor a quien me lo dio. Sería, sin duda, una ingrata si, al querer disfrutar de este don, mancho de crímenes este camino que sólo es lícito seguir para glorificar a Quien me ha colocado en él. Pero si, por el contrario, el temor de verme expuesta a cometerlos me obliga a devolver el don que profanaría al conservarlo, a buen seguro de que no obro mal al deshacerme de él.

Amigo mío, perdonadme estas ideas... Un poder más fuerte que yo me las inspira... Si esa voz que me las dicta fuese a obligarme a seguirlas... Si fuese a dejaros sobre la tierra... Si fueseis a perder a quien tanto habéis amado, ¿adoraríais siempre su memoria?... ¿Os ocuparíais de esta dulce Aline? ¿Viviría ella siempre en vuestros pensamientos? ¿Sería sin cesar el alma de vuestra vida... El elemento de vuestra existencia?

¡Oh! Mi querido Valcour, si el Dios a quien imploro se dignase escucharme... Le pediría la gracia de que el aliento que otrora animó el cuerpo de la que amasteis pueda acudir de vez en cuando a agitar el vuestro. Y si obtengo ese favor, observad los días en que me améis mejor... Estad atento los días en que os parezca más presente... Esos días, amigo mío, serán aquellos en los que el alma de vuestra Aline haya conseguido revivir en vos, aquellos en que sólo estaréis animado por ella...

Mi madre llama... Había aprovechado un momento de reposo para escribiros... Se despierta... ¡Dios! Está peor que nunca: escalofríos... Vómitos... Desgraciada de mí... Ya no hay nada oscuro para mí en el futuro. Ya se ha desgarrado ese velo oscuro que separaba mi vida, todos los horrores que adivinaba detrás de él avanzan hacia mí bajo la guadaña de la muerte... El ángel de las tinieblas entreabre el féretro y vuestra desdichada Aline sólo ha de dar un paso para descender a él.

CARTA LXVII

Déterville a Valcour[41]

Vertfeuille, 6 de mayo.

Pasaron ya los días felices en que mi mano, ocupada en transmitirte hechos interesantes, empleaba días enteros en disipar tus penas distrayéndote con los mismos relatos que hacían las delicias de los objetos de tu cariño. Contempla ahora los trazos de esta pluma fúnebre como otras tantas serpientes crueles que han de destrozarte el corazón. Tiembla al abrir este paquete. No te diré que te armes de valor... No te induciré a consolarte. Te conocería mal o te tendría en poco si esos fuesen los acentos de la voz que te habla... No... *Lee y muere*... No te retengo ya en una existencia demasiado cruel para ti después de las pérdidas que acabas de padecer...

[41] Todas las cartas siguientes, excepto la última, iban en el mismo sobre.

Renuncia a la vida, Valcour, ya sólo puede ofrecerte espinas. Une tu alma a las de tus amigas... Una vez más te digo, lee y desciende a la tumba.

Apenas me hube enterado del estado de madame de Blamont, corrí a Vertfeuille. Me habían enviado un hombre a caballo para rogarme que no perdiese un instante. El mismo correo me traía una carta para el conde de Beaulé a quien invitaban a venir conmigo. Acababa de salir el día anterior para realizar unas inspecciones urgentes en las costas. Puse su carta en el correo dentro de una carta mía y el día veinticuatro llegué solo. Encontré, como te imaginarás, a todo el mundo presa de la más extrema desolación. El accidente de nuestra respetable amiga revestía suma gravedad. La recaída del veintidós había presentado síntomas tan regulares como espantosos y el médico me dijo en voz baja que, si no había una evolución favorable al día siguiente, no respondía de la enferma ni tres días más. Me guardé mucho de anunciar esta noticia a tu Aline, los presagios de su corazón eran más que suficientes. Como, según me dijeron, su madre me esperaba con impaciencia, me acerqué inmediatamente a ella para recibir sus órdenes y manifestarle mi preocupación por su estado. En cuanto me vio me tendió su mano y estrechándomela dijo:

—¡Oh! Amigo mío, temo que vayamos a separarnos.

Pero cuando vio que la tranquilizaba:

—Bueno, sea como fuere, respondió, he querido veros para confiaros mis últimas voluntades.

—Esa preocupación es aún inútil, ¿por qué ensombrecer la imaginación cuando aún hay tantas esperanzas?

—Eso no mata a nadie, amigo mío... Eso no mata a nadie y tranquiliza.

Diciéndome estas palabras me entregó un papel y me rogó que lo leyese.

Como ese escrito contiene muchas cláusulas que, sea cual fuere el interés que puedas tener en esta noble mujer, son, sin embargo, de poca importancia, sólo mencionaré las más importantes.

Casada, separada de bienes y pudiendo disponer de lo que tenía, dejaba todo a su hija Aline bajo la estricta condición de que se casase contigo. Como única y última gracia pedía a su marido no contrariar la voluntad de su hija en un asunto del que dependía absolutamente la felicidad o la desdicha de su vida. En el caso en que Aline fuese obligada a realizar otro matrimonio, no la privaba de sus bienes, pero quería que fuese ella sola quien dispusiera de ellos y esos bienes no entrarían a formar parte de la comunidad... Fundaba un hospital de seis camas en Vertfeuille destinado exclusivamente a los habitantes del lugar, el dinero necesario para la creación de este establecimiento se encontraba en poder de su notario... Pedía un entierro sumamente simple en la parroquia del lugar, pero deseaba que todos los pobres que hubiese en el ámbito de sus posesiones, fuesen alimentados durante nueve días, mañana y tarde y servidos por sus criados en la sala grande del palacio... Quería que una cajita que contiene su retrato engarzado en pedrería por un valor de quince mil francos te fuese enviada inmediatamente desde el día siguiente a su muerte... Quería que sus soberbios cabellos fuesen cortados y entregados a su hija... Dejaba una joya de doce mil francos a Léonore y a Sainville otra hermosa caja de su retrato.

Este escrito terminaba con sabios consejos para su Aline, consejos repletos de moral y de piedad. A continuación, suplicaba a esa dulce hija que no eligiese nunca una sepultura distinta a aquella en que reposaba su madre... Me nombró ejecutor testamentario de sus legados y voluntades y, en nombre de la amistad que siempre nos había unido, me exigió la más completa exactitud en el cumplimiento de todas las cláusulas contenidas en el escrito que me entregaba.

En cuanto vio que lo hube leído me preguntó ansiosamente si le juraba cumplir lo que me pedía...

Se lo prometí estrechando sus manos.

Me sonrió, me dijo que esto era una prueba de mi amistad, y que, segura de esto, se encontraba mucho más tranquila.

Efectivamente durmió cerca de tres horas durante la noche del veinticuatro al veinticinco. Pero al despertarse hacia las dos de la madrugada llamó a Aline, que nunca quiso separarse de la cabecera de su cama, la estrechó contra su pecho y le dijo que se encontraba peor.

Esta dulce hija rompió en llanto. Entonces madame de Blamont se contuvo para no afectar excesivamente a aquella que tan cruelmente compartía sus dolores. Le suplicó que se tomase unos instantes de descanso, le aseguró que yo la sustituiría. Pero Aline no quiso ceder a nadie la satisfacción que experimentaba al cuidar a su madre. Dijo que no confiaría en nadie... Que los hombres no entendían este tipo de cosas y, ni ruegos, ni súplicas, ni órdenes pudieron hacer que abandonase su sitio.

¡Qué atractiva resultaba, amigo mío, en el cumplimiento de sus sagrados deberes!... Pálida... Ojerosa... Despeinada, con una pobre bata de tela... Rodeada de un gran delantal de doncella... Parecía que la piedad filial quisiera disputar a las Gracias el deber conmovedor de embellecerla.

Pero al aumentar el dolor madame de Blamont no pudo seguir fingiendo... El médico, que no había abandonado su puesto, me dijo, acercándose a mí después de haberla observado:

—Esto es lo que me temía, está perdida.

—¡Oh! ¡Cielos!, respondí espantado... ¿Perdida... a esta edad... con tantos recursos... tanta sensatez y tanta salud?

—Está perdida.

—¿Cuál es entonces su enfermedad? ¿Cuál es la causa de este accidente imprevisto?

—Una causa ante la que fracasarán todos los secretos del arte: *ha sido envenenada...*

—¡Envenenada! ¡Santo cielo!

—Sí, envenenada. Decid, ¿qué queréis que haga?

—Escribir a su marido y ocultárselo cuidadosamente a ella, a su hija y a toda la casa. Esto es lo que me parece más prudente...

El médico certificó, firmó su opinión y la carta salió secretamente, encomendada a un correo especial.

No obstante, los dolores de las entrañas oscilaron varias veces durante el día... En una de las crisis más violentas, Aline hizo brotar las lágrimas de todos los presentes. Fue a arrojarse a los pies del médico.

—¡Oh! Señor, dijo en un espantoso acceso de dolor, ¡Oh! Señor, ¡salvad a mi madre! Todo lo que poseo es vuestro, os lo doy públicamente.

Pero cuando vio que el médico retrocedía, cubriéndose los ojos con un pañuelo y sin responderle, volvió a precipitarse a los pies del lecho de su madre... Invocó al Eterno con una compunción, con un fervor tan ardiente que la violencia de la emoción terminó con sus fuerzas y la hizo caer en mis brazos sin sentido...

La llevamos a una cama... Cuando hubo recuperado el conocimiento, le hice comprender lo mejor que pude que debía calmarse, que el abandono al que se entregaba perjudicaría su salud y que dañaría incluso la de su madre: creí observar que esos razonamientos la tranquilizaban un poco, quise intentar prepararla para el terrible acontecimiento que la amenazaba. Pero me interrumpió violentamente a la primera frase.

—¡Santo cielo!... Exclamó, ¿está muerta?...

Y escapándose de mis brazos, salió disparada de la cama en donde yo intentaba retenerla hasta los pies de la de su madre en donde cayó de rodillas y con las manos juntas.

Madame de Blamont, que se encontraba un poco mejor hizo que se levantase y la riñó dulcemente por haberse exaltado tanto y besándole los ojos le dijo:

—¿Es que no quieres que charlemos tranquilamente las dos?

—¡Oh, mi querida y dulce madre! Respondió Aline entre lágrimas, ¿acaso no sabéis cuánto os amo? ¿Ignoráis hasta qué punto vuestra suerte está irrevocablemente unida a la mía?

—Si me amas, pruébalo calmándote...

—Bueno, bueno, estoy tranquila, mamá, estoy tranquila...

Entonces madame de Blamont, que quería olvidar sus males y los de su hija, hizo que le trajesen los diamantes a su cama y jugó con ellos durante dos horas poniéndoselos ella o aderezando a Aline, pero, más propensa a caer en el lado lúgubre de sus ideas que a realizar el proyecto de aliviarlas por un momento, me dijo:

—Mirad, Déterville... ¡qué bien hubiera estado mi Aline el día de su boda!... Así es como la hubiera enjoyado...

Y esa idea desgarradora hizo que ambas derramasen sendos torrentes de lágrimas.

Sin embargo, en toda esta casa, que en otras ocasiones había sido tan tranquila, tan deliciosa, sólo había dolor, sólo afloraban la tristeza y la inquietud... Por todas partes se veía gente que venía, se informaba, se iba... La desolación era general.

En medio de la multitud que circulaba por las habitaciones vimos entrar súbitamente a una muchacha con los brazos alzados y la cara inundada de llanto... Era la pequeña Colette en cuya casa os despedisteis. Quisieron contenerla, pero ella se resistió.

—¡Dejadme, dejadme! Dijo, quiero ir a ver a la protectora de los pobres, quiero ir a ver a mi buena madre...

Se arrojó de rodillas a los pies de la cama, suplicó a su querida señora que le diese su bendición, besó la tierra y se retiró entre lágrimas.

—¡Bien!, dijo esa mujer adorable una vez que hubo salido la joven, ¿no es cierto que se encuentran satisfacciones haciendo el bien? ¿No creéis que el homenaje del pobre vale tanto como todas las caricias de la fortuna?

Como se sintiese fatigada el veinticinco por la tarde, nos retiramos antes de medianoche. Pero por mucho que rogué a Aline, no quiso dejar a su madre. Me pidió que me encargase de todos los cuidados exteriores, que ella se encargaría de los interiores. La ayudaban dos mujeres de Vertfeuille que se relevaban por turnos. Todas se disputaban este honor, no había una sola, ni siquiera entre las más acomodadas, ni en el pueblo ni en los alrededores, que no solicitase como un favor la gracia de velar a esa mujer angelical.

¡Oh, amigo mío! ¡Esos son los efectos de la beneficencia, esos son los deliciosos frutos de la compasión y la prudencia! Parece como si el Eterno, deseoso de recompensar al hombre, quisiese hacerle saborear en la tierra la imagen de los placeres celestes que premiaran sus virtudes.

El veintiséis, desde el alba, día espantoso, amigo mío, día en que la voluntad de Dios permitió que la inocencia sucumbiese bajo el crimen, para probar a los hombres o para humillarlos... Nos anunciaron ya por la mañana que Augustine acababa de evadirse... que no había dicho nada a nadie y que no podían imaginarse qué había sido de ella. En ese momento se rasgó el velo... ya no podía dudar... Recomendé que se guardase el máximo secreto y me abstuve de toda investigación.

Debía mirar por el honor de Aline. ¿Iba a emprender algo que no salvaría la vida de su madre y que daría con su indigno padre en el cadalso?... Subí... La noche había sido terrible, espasmos... Convulsiones... Todos los síntomas de un fin tan cruel como próximo indujeron al médico a decirme que mi deber era advertir a madame de Blamont... Me acerqué a la cama de la enferma... Había escogido un momento en que Aline había ido a buscar unos papeles por orden de su madre y había encargado al médico que la retuviese a la vuelta para que yo tuviese tiempo de actuar...

Madame de Blamont sonrió al verme... ¡Sublime tranquilidad de un alma honesta y apacible!... ¡Oh, dulce reposo de una conciencia pura!

—¿Estoy muy mal, no es cierto, amigo mío? Me dijo... ¿No veré nunca la felicidad de mi hija? ¡Ay! Sólo deseo la vida para hacer su felicidad... no la disfrutaré nunca... El cielo no lo quiere...

En ese momento pensé que nada sería tan expresivo como mi silencio... bajé los ojos y me callé.

—¿No me respondéis, Déterville?...

Tomé una de sus manos y la acerqué a mis labios.

—¿No me respondéis? Replicó una segunda vez...

En este punto, la naturaleza pudo más que el valor. Tuvo una violenta crisis y, tendiéndome los dos brazos, exclamó:

—Estoy preparada, amigo mío... Estoy preparada... Pero esa querida Aline... ¿Voy a abandonarla entonces?... ¡Voy a dejarla desamparada en medio de los peligros que la rodean!... No hubiese creído que el cielo lo permitiera... No importa, no soy yo quién para examinar esas órdenes, sólo he de acatarlas...

Entonces me rogó que hiciese venir a su confesor y que me encargase por completo de Aline durante dos horas, sin permitirle que entrase.

Ese encargo no era fácil... Envié enseguida a que llamasen al cura y, asegurando a Aline que su madre estaba mejor, le supliqué que viniese conmigo a dar un paseo por el jardín, y que debía decirle algo absolutamente esencial... Pero ya sabía yo que no era fácil manejar un carácter como el suyo. Me respondió decididamente que no iría antes de haber visto a su madre, que hacía ya más de una hora que la había dejado y que después de tanto tiempo no confiaría más que en sus ojos para saber cómo se encontraba. Subió a llevarle los papeles que ésta le había pedido. Bajó poco después. Me di cuenta de que madame de Blamont no le había dicho nada y que, sin duda se había limitado a recomendarle que viniese a hablar conmigo.

Al principio y con frases imprecisas me la llevé mucho más allá del jardín y cuando finalmente llegamos a un bosquecillo, le supliqué que me escuchase.

—¡Bien! Me dijo sin sentarse y presa de una terrible excitación... ¿Qué tenéis que decirme?... Ya veo que hacéis mucho misterio... ¿Voy a perderla?...

—Quizás no, le dije, ¿pero si llegase esa desgracia?...

—No sería la única víctima y no tardaría en compartir su suerte.

—¡Oh, cielos! ¿Es esto lo que se ha de esperar de una piedad y una virtud como las vuestras? ¿Pensáis en lo que os debéis a vos misma, en lo que debéis al hombre que os adora?

—¿Valcour?... Ya lo he perdido... ¿Cómo podéis pensar que pueda ser suya algún día? Pero no me habléis de eso, os lo ruego, ni siquiera el sentimiento de lo que debo a Dios prevalecería hoy sobre lo que sólo corresponde a mi madre. No quiero pensar más que en ella, sólo quiero ocuparme de ella. No hay una sola idea que pueda vencer a la suya en mi corazón... ¿Es eso todo lo que tenéis que decirme? Añadió emprendiendo la huida como si hubiese contado todos los momentos que la separaban del objeto de su idolatría.

Pero, reteniéndola por una mano y viendo que con un alma como esa más valía dar la mala noticia enseguida que emplear consideraciones que sólo servirían para destrozarla, exclamé:

—¡Aline!... ¡Mi querida Aline!... Esa madre que adoramos... Ese dulce objeto de nuestras mutuas inquietudes... Vamos a perderla irremisiblemente...

El golpe había caído sobre la parte más sensible de su alma y, por así decirlo, la había petrificado. Clavo sus ojos en mí... De pronto su mirada se extravió, la estupidez apareció en su rostro, su respiración se hizo viva y pesada y su cabeza se trastornó completamente...

Me arrepentí de haber sido tan brusco. Reconocí que no estaba en forma alguna preparada y que, a pesar de sus palabras, siempre se había hecho ilusiones... Me acerqué a ella, me rechazó con un gesto furioso y, extraviándose más y más... Me dijo balbuciente que fuese a buscar a su madre... Que la comida estaba servida en el bosquecillo donde nos encontrábamos... ¡Ay! Desgraciadamente era el mismo que solíamos emplear antaño para estos menesteres...

—Sé perfectamente que no acudirá, continuó... Luego, señalando el suelo, añadió, quiere ir allí... Allí, allí, pero no se irá sin mí... Déterville, id a buscarla, ya veis que la estamos esperando...

Entonces, inundado con mis propias lágrimas, la estreché contra mi pecho.

—¡Oh dulce niña!, exclamé, recuperad vuestra razón y vuestros sentidos. Reconoced al más sincero de vuestros amigos y escuchadle...

Pero liberándose bruscamente de mis brazos, me dijo, siempre extraviada, que ya que no quería ir a buscar a su madre, iba a hacerlo ella misma...

—No, le dije, reteniéndola... Está cumpliendo unos piadosos deberes que no debéis estorbar. Estas palabras golpearon de nuevo su alma, porque, por crueles que fuesen no destruían completamente la esperanza... Estas palabras, decía, la retornaron a la realidad... La razón volvió, pero como el choque había trastornado excesivamente sus nervios, cayó víctima de un violento ataque de convulsiones. Cayó a tierra... Se revolcó... Todos sus miembros temblaban... Quizás hubiese sucumbido en ese instante fatal si un diluvio de lágrimas no la hubiese aliviado... Contento al verla llorar, le tendí los brazos... Se lanzó a ellos...

—¡Oh, amigo mío! Me dijo, ¿es preciso entonces que me sea arrebatada? ¿He de perder el consuelo de mi vida... La amiga preferida de mi corazón... El árbitro de mi destino... La que yo adoro... Cuya dulzura hacía toda mi felicidad... Y que podía haber conservado aún durante cincuenta años? ¿Y queréis que yo la sobreviva?... ¡Ah! ¿Qué será de mí en este mundo cuando ya no esté conmigo? No, no, no me pidáis tal sacrificio... No me lo exijáis, amigo mío, no podría prometéroslo.

Al verla más afligida, sin duda, pero no obstante algo más razonable, destaqué los motivos de consuelo que nos podía dictar la prudencia... Todo en vano... Cuanto más intentaba resignarla más se me escapaba; lo que debería calmarla, la sublevaba casi de inmediato, y no llegaba a su alma abatida más que para agravar su desesperación. Sin embargo, ella se impacientaba; ardía en deseos de acudir al lado de su madre... Me vi obligado a llevarla allí y a dejar incompleta la tarea que se me había encomendado. Madame de Blamont había terminado con la suya... Entramos... Aline se lanzó a los brazos del dulce objeto de su corazón, le preguntó por qué las habían separado durante tanto tiempo.

—Ciertas obligaciones...

—Esas obligaciones no son necesarias aún, respondió Aline enojada, aún no ha llegado el momento...

Entonces madame de Blamont, abrazando cariñosamente a su hija, le dijo entre amargas lágrimas:

—Aline, Aline, *hemos de separarnos.*

Y ambas abrazadas se quedaron así, sin moverse, durante varios minutos. Pero cuando Aline se deshizo del abrazo, volvió a caer sobre la cama de su madre presa de un nuevo ataque de espasmos que nos hizo temer por su vida. Sin embargo, a fuerza de cuidados y como esa dulce hija no quería perder los últimos momentos que le quedaban, se calmó y el médico permitió a madame de Blamont que tomase un poco de crema de arroz que parecía desear.

Aline, más tranquila, porque siempre se ilusionaba cuando no estaba desolada, compartió estos últimos alimentos pegada al pecho de su madre.

¡Qué cuadro, amigo mío! Nunca vi nada más conmovedor y mis lágrimas son demasiadas como para que intente describírtelo.

A las tres nuestra enferma se sintió horriblemente debilitada. Solamente pudimos volverla en sí gracias a los más violentos cordiales... En cuanto volvió a abrir los ojos pidió que la dejaran sola durante media hora con su hija y conmigo. El médico, al ver que podía hablar, la fortaleció con unas gotas más de esencia y nos dejó:

Ella hizo que ambos nos colocásemos cerca de su cama, pero Aline sólo quiso escucharla de rodillas... En esta postura, apoyó sus manos en las de su madre e inclinando su cabeza sobre la cama, la escuchó con el más santo respeto.

—Amigos míos, nos dijo esa divina mujer, estoy ya dispuesta a separarme de vosotros para siempre. A los treinta y seis años debería tener una vida más prolongada, pero con las desgracias que gravitaban sobre mí, dudo que hubiese sido más útil para la salvación de mi alma. El momento que he de vivir es cruel, una no se acostumbra a contemplarlo de una manera suficiente en este mundo y sea cual fuere nuestra conducta, cuando llega, nos asusta. Plenamente convencida de la existencia de un Dios justo, me atrevo a volar sin temor a sus brazos. Le pido sinceramente perdón por mis ofensas. Me hubiera gustado llevarle un corazón más puro... Al menos se lo ofrezco sin crimen. Sin embargo, os engañaría si os dijese que no he cometido muchas faltas: ¡con cuánta impaciencia soportaba el yugo que tuvo a bien echar sobre mis espaldas! Fui sacrificada muy joven y sabéis lo que he sufrido. Me quejé y no debí hacerlo. Debí contemplar lo que me sucedía como la voluntad del cielo... Cada despecho era una rebelión de la que debería acusarme como de un crimen... Quizás también sea culpable de demasiado amor propio, pero la culpa la tiene esta querida Aline... Durante mucho tiempo me sentí orgullosa de haberla traído al mundo y, como todo mi cariño era suyo, también coloqué en ella mi orgullo. El excesivo amor que he tenido por esta hija me distrajo sin duda del que debía a Dios. Su felicidad era mi única ocupación. Contemplé la posibilidad de conseguirla como un consuelo de todos mis males... No pude hacerlo. Debía cargar también con esta cruz, era preciso que apurase hasta las heces la copa del dolor. Ahora la acechan peligros que me hacen temblar por ella... y ya no estaré yo para apartarlos de su camino... Mi mano no podrá enjuagar las lágrimas que derrame su corazón... ¡Oh, hija mía, ahora hemos perdido toda esperanza! El último consejo que he de darte es que obedezcas a tu padre y que aceptes ciegamente lo que él te dé...

Y como viese que Aline hacia un gesto de horror.

—¡Bien! Continuó, ya que temes los crímenes que inevitablemente acompañarían a semejante unión, te queda la alternativa del convento. Arrójate a los brazos del Esposo sin mancha, los placeres celestiales que Él te promete son mucho más valiosos que las engañosas alegrías de un mundo en el que solamente encontrarás contrariedades... En ese caso, Déterville, sería preciso hacer que mi marido reconociese a Léonore y todos mis bienes serían suyos. Léonore, protegida por un esposo que la ama no tendría nada que temer de un padre vicioso y cruel y, al desaparecer todas las razones que hubieran podido legitimar un arreglo... Que no dejaba de ocasionarme muchos remordimientos, al desaparecer estas razones, decía, si mi Aline se entrega a Dios, sería necesario devolver a su hermana la existencia que le corresponde y hacerla renunciar a los bienes que hoy reclama que quedarán generosamente recompensados por los míos y los de su padre. Os confío esta tarea, Déterville, dependiendo de la decisión que adopte Aline y, de acuerdo con esta decisión introduciréis los cambios necesarios en el acta que os he entregado. Os autorizo plenamente...

Luego, levantándose con gran trabajo:

—Se acerca el momento, amigos míos, continuó... Dentro de poco compareceré a los pies del Eterno... Dentro de poco intercederé ante Él por mi Aline... Levántate, hija mía, levántate... ¿No es una gran dicha que tenga la suerte de expirar en tus brazos?... ¿No ha podido serme arrebatada? Déjame que te bendiga y que te abrace... Déterville, os la confío. Adiós.

Entonces arrojó sus brazos alrededor de su Aline, la estrechó fuertemente contra su pecho... Sufrió una ligera convulsión... y el alma más pura que haya salido de las manos del Ser supremo voló de nuevo hacia su autor.

Renuncio a describirte mi estado, Valcour, ya te lo imaginas... Apenas si tenía fuerzas para levantar los ojos. Pero había importantes ocupaciones que me exhortaban a tener valor, mi primera preocupación fue correr hacia Aline, estaba inclinada sobre su madre. ¡Ay! Era difícil saber cuál de las dos vivía aún. Esa querida niña carecía de pulso, de respiración y de calor y cuando, con grandes esfuerzos, conseguí arrancarla de los brazos que la enlazaban, cayó sobre la cama sin conocimiento. Acudieron, se dividieron los cuidados, pero la infortunada madre ya no los necesitaba... Se encontraba ya en la morada que el Eterno destina a la virtud... Ya la adornaba.

Llevaron a Aline a su habitación confiada a los cuidados de su querida Julie y del médico... Al cabo de una hora volvió en sí y, al verme en la cabecera de su cama, me preguntó por su madre... Extraviada me dijo que era yo quien se la arrebataba... Que yo le impedía verla y que apelaría ante el tribunal de Dios por todas las injusticias de las que era objeto.

La cogí en mis brazos y ella se esquivó, volviendo enseguida emocionada, me pidió mil perdones por los reproches que me dirigía. Me dijo que había perdido la cabeza, que sabía de sobra la horrible pérdida que acababa de experimentar, pero que, si la amaba, le permitiría la dicha de abrazar una vez más a su dulce madre.

Diciendo esto se escapó y, a pesar de los esfuerzos de Julie, se hubiera abalanzado infaliblemente sobre el cadáver que acababa de ser expuesto sobre el lecho mortuorio si afortunadamente Julie, corriendo el riesgo de ser derribada, no le hubiera opuesto su cuerpo, no la hubiera cogido y conducido sin tardanza a su cama.

Entonces sus lágrimas manaron copiosamente. Profirió gritos de dolor que hubieran desgarrado el alma del más insensible mortal... Pero, como una silla de postas llegaba al patio, me vi precisado a abandonarla, después de haberla confiado a Julie y hube de ocuparme en otras cosas.

Esa silla era la del presidente, con él solamente había un criado. Se paró en la primera sala y por los lúgubres acentos que hirieron sus oídos... por los gemidos... Por los llantos generales, pudo comprobar que su abominable fechoría se había consumado... Que el ángel no estaba ya en el templo, y que el Eterno lo había llamado a su seno...

Lo abordé... Me abrazó con la mayor serenidad... Agradeció mis cuidados, dándome a entender hábilmente que mi presencia en el palacio era ya inútil. Yo hice como que no comprendía, como tenía en mi cartera lo necesario para justificar mi presencia. Permití que dijese lo que quisiera... Me rogó que le llevase al lugar en donde reposaba su mujer, lo llevé a la sala mortuoria y, como estaban amortajando el cuerpo, éste estaba desnudo, cubierto solamente por un velo que se habían apresurado a echar por encima cuando nos oyeron entrar. Hizo señas de que se retirasen.

Cuando estuvo solo conmigo... se acercó a la cama, y, levantando el velo, el muy monstruo dijo como Nerón cuando quiso mancillar a Agripina:

—¡En verdad que está bella aún!

Quizás hubiera seguido hablando si no me hubiera visto estremecerme de horror... Se acercó... Miró con atención el rostro...

—Pero no veo ningún síntoma de veneno, dijo... ¿Qué es lo que pretende vuestro médico? Es un loco o un hombre peligroso que merecería que lo hiciese castigar. Eso supone un perjuicio para todas las personas honradas entre las que ha muerto... Y vos mismo no deberíais haberlo consentido.

—¿Yo? No solamente lo he consentido, sino que he ordenado que os escribieran.

—No veo que eso sea un signo de vuestra prudencia.

—Quizás no haya tenido más en toda mi vida.

Y conteniéndome, añadí.

—¿A quién había que quejarse? ¿A quién había que comunicar un hecho *cierto* sino a aquel que debe vengarlo?

—¿Cierto? No; y ya que no lo era hubiese valido mucho más no decir nada; eso es lo que yo llamaría prudencia.

—Una muchacha se ha escapado.

—¿Qué?

—Augustine.

—¡Bueno, esa es una zorra! La conozco bien. Ha sido seducida por uno de mis criados, no le gustaba su ama... Enferma o no, ha decidido escaparse de todas formas... Ambos están muy lejos. Imaginaréis que he despedido al criado. ¿Son esas vuestras pruebas?

—Podría reunir más.

—Vamos, vamos, dejemos todo esto. Estos horrores no deben suponerse jamás en una casa, creer en ellos es comprometer a todas las personas que la habitan. ¿Dónde está Aline?

Contento de cambiar de tema y como no quería ir más lejos de acuerdo con las firmes decisiones que había adoptado, le describí el estado de esa querida niña y le dije que consideraba prudente dejarla tranquila durante algunos días.

—¿Algunos días? Me dijo socarronamente. Sin embargo, cuento con llevármela mañana. Dolbourg la espera en Blamont y vamos a dar fin a este asunto inmediatamente.

—¿Qué me dice, señor? Estando aún abierta la tumba de su madre.

—¡Bueno! ¡Eso son pequeñeces! Una mujer que acaba de morir no impide que se ponga a otra en condiciones de dar la vida... Por el contrario, es una especie de reparación que debemos a la naturaleza y cada minuto de retraso es una infracción de sus leyes. Una madre es sagrada, si queréis... Cuando vive... Cuando está muerta ya no es nada... Mirad, acabo de venir de París y ayer por la tarde sucedió algo muy semejante, aunque no exactamente igual, pero que, sin embargo, os hará ver que, cuando se trata de cosas serias, no hay que pararse en sentimentalismos estúpidos que solamente están hechos para el pueblo. Monsieur de Mezane que tiene un asunto pendiente con la Audiencia de Aix y esa Audiencia es una de las más prudentes, más íntegras y mejor compuestas del reino[42] no quiso arreglarse con la familia de su mujer, por lo que la única alternativa era una prolongada detención, monsieur de Mezane, decía, se escondía desde hace años, pero movido por la *estúpida delicadeza* de acudir a París a prodigar los últimos cuidados a una madre agonizante, acudió a pesar de los peligros. Apenas había puesto el pie en la casa de la difunta cuando la familia de su mujer le hizo detener. Protestó contra ese procedimiento... Se rieron de él en sus propias narices y lo arrojaron a un calabozo de la Bastilla en donde *tranquilamente* puede deplorar a la vez la pérdida de su libertad, la muerte de su madre y la bárbara estupidez de sus parientes. Me parece que, si el Gobierno nos da semejantes ejemplos, podemos seguirlos.

—¡Oh! Señor, lo que decís me horroriza, dije, sin duda el hombre de quien habláis era culpable de alta traición.

---

[42] En sus registros se encuentran, desde hace cien años, veinte asesinatos parecidos al de Calas. Bajo el reinado de Francisco I incendió ochenta pueblos de Provenza. Durante este mismo tiempo costó la vida a ochenta mil ciudadanos. En diferentes épocas abrió tres veces las puertas de la ciudad al enemigo. También en este mismo momento (1787) trastorna toda la comarca. Es perfectamente lógico que semejante asamblea merezca los elogios del monstruo que hace temblar a nuestros lectores. *(Nota del Editor)*

—No, por cierto, algunos escritos contra nosotros... Contra los reyes, *predicciones,* algunas aventuras de juventud, bien perdonables a los veintisiete años. Cosas que hacemos nosotros mismos todos los días, pero que no queremos que hagan los demás.

—En ese caso, señor y permitidme que os lo diga, me parece una atrocidad incurrir en tal crimen para castigar un delito ordinario. Porque entonces la virtud no ha ganado nada y una execrable fechoría más viene a aumentar la masa de los errores del Estado[43].

Y el muy indigno, desviando la conversación, prosiguió:

—¿Sobre qué basáis la legitimidad de ese dolor que sentimos al perder a los seres queridos? ¿Qué utilidad puede tener un sentimiento que no aporta ninguna variación al estado de quien ya no existe y que trastorna o desarregla la salud del que queda?

—Esas cosas no se razonan, señor, se sienten y ¡ay de quien no las sienta!

—No, señor, todo debe someterse al análisis, lo que no es susceptible de ello, es falso. Ahora bien, decidme, os lo ruego, si, de acuerdo con mis sistemas materialistas... Si, de acuerdo con la perfecta certeza que poseo de que la muerte termina con todos nuestros males y no debemos temer ninguno más, si, de acuerdo con esto, decía, mi mujer, que no era en absoluto feliz en este mundo, no se encuentra ahora en un reposo preferible al estado de perpetuo dolor en que vivía aquí abajo... ¿Y si es así, por qué habría de lamentarlo yo? Mi pena sería como decirle: deploro que ya no seáis desgraciada... Me desespera ver que ya no vais a sufrir más, ¿y esta pena... Os pregunto... Os parece delicada? Renunciando por un momento a mis sistemas, si adopto los vuestros, si creo que mi mujer está en un mundo mejor, mi pena por no verla más en este en que sufría ¿no es insultante ya que soy yo su único objeto? Me concederéis que este egoísmo es repugnante... Me enfado porque me veo privado de ella y mi única aflicción es por la pérdida que experimento al no tenerla ya, sin pensar en la ganancia que para ella supone no tenerme más. Si actúo de esta forma sólo pienso en mí... Y en modo alguno en ella y parece como si consintiese tácitamente en que ella perdiese el bien que posee para que viniese a devolverme el que pierdo yo. Por lo que concluyo que es una grave injusticia lamentar la muerte de los seres queridos, porque, al quedar excluido el infierno, o no son nada, lo cual no es un estado peor o están mejor, lo que supone un estado más agradable. Y en ambos casos es un error desear que vuelvan a la vida, lo que supondría un empeoramiento. Por eso no hemos de extrañarnos de que haya países enteros en donde reine la costumbre de reunirse para regocijarse por la muerte de los parientes y lamentar el nacimiento de los niños. No conozco costumbres mejores que

[43] Monstruos capaces de semejantes horrores, palidecéis al reconocer a vuestra víctima. Tranquilizaos, ella os perdona; fuera de vuestras garras ha sido éste el primer placer de que ha querido disfrutar.

éstas[44]. Hay que compadecer a quienes nacen al dolor, hay que imitarlos y llorar como ellos cuando ven la luz del día. Cuando nos abandonan son afortunados, sin duda, y no debemos afligirnos.

—Pero supongamos por un momento que ese dolor sea solamente para nosotros el instinto delicioso de un alma sensible, ¿no sería bárbaro resistirse?

—La verdadera filosofía se acostumbra a las privaciones y no debe resultar afectada por ninguna. Además, no estoy de acuerdo con vos en que esa exagerada sensibilidad sea un bien. Quizás me resultase muy fácil probaros lo contrario. Lo que es seguro es que, si esa emoción es una dicha, al menos no lo es para todo el mundo, porque os aseguro que no la he experimentado jamás... ¡Ay! Señor, ¡es tan fácil volver a llenar el vacío que deja una mujer, una querida, un pariente o un amigo! Si su pérdida nos afecta tan intensamente es por la idea que tenemos de que jamás podremos encontrar en otra persona las cualidades que se nos escapan en aquel que nos arrebata la muerte. Esta idea no solamente es personal, sino que es quimérica. Es la costumbre, que nos ata mucho más que esa relación o esa conveniencia de cualidades y, si nos preocupásemos, advertiríamos que la pena experimentada con la pérdida es solamente la sensación física de un hábito interrumpido. Luego el hombre más desgraciado es, sin duda aquel que, al no conocer el arte de revolotear igualmente sobre todos los placeres... de probarlos todos sin apegarse a ninguno, se crea un hábito tan fuerte en algunas cosas que ya no puede renunciar a ellas sin dolor. Usemos todo y no nos apeguemos a nada y entonces las pérdidas no nos afectarán jamás, un amigo nuevo reemplazará al antiguo, una nueva querida, a la que acabamos de perder y el torbellino de los placeres nos arrastrará sin darnos tiempo a pensar y no tendremos que experimentar jamás el dolor de lamentar la pérdida de las cosas que sepamos reemplazar con tanta prontitud.

—Ese vacío es espantoso, su sola idea produce horror, eso supone embrutecer nuestra alma, supone sofocar en ella la más dulce de las facultades. ¡Oh! Señor, sea cual fuere el placer que podáis ofrecerme ahora, ¿existe uno sólo que pueda comparar con lo que para mí supone la sensación de llorar a la amiga que acabo de perder?

---

[44] Los escandinavos y los germanos lloraban en el nacimiento de los hijos. En cuanto nacía un niño, se sentaban alrededor de la cuna y allí cada cual representaba, tan patéticamente como le era posible, las miserias de la vida humana y se compadecía de los males que el recién nacido habría de padecer durante su estancia en este mundo. Esos mismos pueblos se regocijaban con motivos de la muerte de sus amigos o de sus parientes. Todos los asistentes a la ceremonia sólo hablaban del glorioso cambio a través del cual el difunto había abandonado una vida sujeta a tantas miserias para entrar en la perfecta felicidad. Seguidamente tocaban música, cantaban y comían durante tres días. Aún quedan vestigios de esta costumbre en casi todas las ciudades del norte de Alemania.

—Pero si amáis vuestro dolor, este se convierte en un placer y en ese caso, me concederéis que el placer que consuela es mucho mejor que el que aflige.

—El uno corresponde a un alma de hierro, el otro, a un corazón delicado y sensible.

—¿Y de dónde sacáis, señor, que valga más estar organizado en vuestro sentido que en el mío, si ambos experimentamos placeres?

—Los míos son los de la virtud, los vuestros conducen a todos los crímenes.

—Ahora habría que saber (dejando de lado las convenciones sociales) qué proporciona más placer, si el vicio o la virtud.

—¿Cómo puede discutirse una cosa semejante?

—Os devuelvo la pregunta, porque si caracterizáis al placer, esa sensación excitante recibida por el alma y debida a una causa cualquiera, esa conmoción, mucho más violenta cuando es causada por el vicio, dará infaliblemente origen a más placer que la que fuese efecto de la virtud. Y en ese caso el hombre perfectamente feliz podría ser perfectamente quien, derribando todas vuestras ideas sociales, convirtiese vuestros vicios en virtudes y todas vuestras virtudes, en vicios.

—Señor, dije enfurecido al no poder aguantar más esos sofismas tan crueles, mandaríais colgar, y con razón, al desdichado que pensase como vos.

—De acuerdo, respondió ese desalmado, pero la felicidad de estar por encima de los demás confiere el derecho de no pensar como ellos. Ese es el primer efecto de la superioridad. El segundo consiste en abusar de ellos, para dirigir las propias acciones de acuerdo con la picante singularidad de los propios sistemas filosóficos. Esto es lo que permite que un hombre traicione al Estado, amase una fortuna y abandone el ministerio diciendo que está arruinado[45], que otro destruya el comercio interior de Francia po que su absurdo proyecto le costó dos millones[46], que cien otros se pongan de acuerdo para atraer hacia sí la sustancia del pueblo y para hacer morir de hambre a continuación a ese mismo pueblo vendiéndole diez veces por encima de su valor ese alimento que acaban de robarle. ¿Creéis que esas gentes son menos felices por no haber amado, como vos, ese fantasma ideal de la virtud?

—¿Felices? No pueden serlo; la verdadera felicidad solamente reside en la virtud y los remordimientos de los sinvergüenzas de que habláis deben vengarnos de todos sus crímenes ya que no lo hace la espada de Themis.

—¿Remordimientos? No me hagáis reír. Creedme que el hábito del mal los ha debilitado hace ya tiempo en semejantes almas. Si alguno de

[45] Esa fue la mentira del abominable Sartine.
[46] Así actuó el malvado Le Noir.

ellos volviese a tener una recaída es un tonto a quien sus compañeros deberían despojar al instante y que, al menos, es objeto de sus bromas más crueles, si es que no se atreven a molestarlo en forma diferente. Pero mirad, señor, ya veo que no nos vamos a poner de acuerdo en toda la tarde. Ordenad, os lo ruego, que nos sirvan la cena, yo no he almorzado para venir más deprisa y tengo un hambre feroz. Ya filosofaremos a los postres si lo deseáis...

Di las órdenes y él se sentó a la mesa y cenó con una tranquilidad que me hizo comprender que era preciso que ese desalmado hubiera adquirido un arraigado hábito en el crimen para que pudiese permanecer tan tranquilo después de cometerlos. Como imaginarás, yo no comí, me contenté con hacerle compañía levantándome de vez en cuando para ocuparme de los detalles propios de mi cometido, pero no fui a la habitación de Aline a quien mi presencia irritaba en lugar de calmar y a quien no quería informar si no al día siguiente de la cruel continuación de sus desdichas.

El médico no se había ido aún, estaba descansando un poco. El presidente quiso verle, le preguntó descaradamente que cuál era la causa de la muerte de su esposa.

—El veneno, respondió audazmente éste.

—Pero, doctor, ¿acaso pensáis?...

—Hay una forma segura de convenceros, señor, cuando queráis procederemos a abrir el cuerpo.

—No, por favor, esas operaciones me han disgustado siempre. No son seguras y además opino que tienen algo de cruel... No disequemos, enterremos.

Un poco sorprendido por esta respuesta, el médico le preguntó si no creía conveniente formular una denuncia en regla.

—¿Contra quién?, dijo el presidente.

—Pero, señor, esas cosas no deben quedar impunes. Vos, que castigáis hasta la más leve sospecha, debéis saber mejor que nosotros la necesidad que hay de perseguir estos horrores.

—De acuerdo, dijo el presidente, pero como no admito en absoluto vuestra sospecha, que al ser formulada compromete inevitablemente a todas las buenas personas que ha habido alrededor de mi mujer desde hace tres meses y como, desprovistos como estamos de pruebas, sólo conseguiríamos armar mucho ruido y no dar un escarmiento, estoy plenamente convencido de que lo más sensato es permanecer en silencio y concluir, como yo, que un crimen así, sin fundamentos y sin motivos, es inadmisible.

Inmediatamente cambió el tema de la conversación evitando, con el mayor cuidado hablar de Augustine. Después de cenar fue a acostarse... Pero para colmo de horror... ¿Por qué es preciso que haya de revelar aún esta última torpeza, por qué una carta que solamente dedicaría a la tristeza ha de verse manchada por relatos infames?

El presidente no viaja jamás sin uno de esos sirvientes, celosos de los placeres de su amo que, para procurárselos, sacrifican todo, deberes, religión, honor y todas las virtudes que caracterizan a un hombre honrado. En cuanto el patrón está en alguna parte, este famoso agente lanza inmediatamente sus ojos a su alrededor y descubre con una habilidad y presteza singulares el objeto que pueda convenir a los sucios deseos de quien lo emplea. El lugar, las circunstancias, el dolor general... Esa impresión de profundo respeto grabada profundamente en todos los que allí estaban, nada consideraron sagrado estos dos monstruos. Uno ordenó acción y el otro trabajo. Y entre todas las jóvenes campesinas atraídas por la piedad y el agradecimiento a los pies de su respetable señora, una, más débil o menos afectada, se atrevió a escuchar las proposiciones que se le hicieron. Se trataba de una joven huérfana de catorce años que está casi sola en el mundo. El celoso sirviente se la mostró a su amo, éste aprobó la elección. Por la tarde se la llevó a las habitaciones de este horrible esposo y el traidor se atrevió a consumar la fechoría junto a los restos, aún palpitantes de esa desdichada mujer cuyos días acababa de abreviar de forma tan odiosa. Se quedó con ella durante toda la noche. Yo me enteré solamente después de su marcha... En verdad que no lo hubiera tolerado de haber sido advertido.

En cuanto se retiró me ocupé de los tristes deberes que me habían sido encomendados. Lo que más me preocupaba era la manera en que prevendría a la pobre Aline de las nuevas desgracias que la esperaban.

La orden era precisa, el presidente me la había repetido antes de que nos separásemos. Y cuando le hube mostrado las últimas voluntades de su mujer al respecto, dijo que no eran más que desatinos a los que, por compasión, se podía prestar oídos en el momento en que ella los dictaba, pero que después había que reírse de ellos...

—Por lo que hace a los bienes muebles e inmuebles, nada tengo que reclamar, señor, me dijo, todo pertenece a mi mujer y ella pudo adoptar las disposiciones que le pareciesen convenientes. Pero por lo que respecta a mi hija, ésta me pertenece. Os ruego que la advirtáis que es preciso que salgamos mañana sin falta.

Debía prepararla, pues. Para no turbar su sueño, que ya imaginaba muy intranquilo, no fui a sus habitaciones hasta el alba. Ella no se había desvestido ni acostado. Sus accesos de dolor habían sido crueles... y tanto más por cuanto su desesperación era muda. Sus lágrimas al no poder encontrar el camino hacia el exterior, volvían a caer sobre su corazón en forma de gotas de sangre. Pedía incesantemente ir a besar a su madre y se irritaba violentamente ante la obligada resistencia que se le oponía. Cuando me vio se recuperó un poco. Me pregunto por qué la había dejado sola durante tanto tiempo. Me disculpé hablándole de los deberes correspondientes a mi situación y, después de haber concedido todo lo que me fue posible a la aflicción que embargaba su alma, intenté adueñarme de ella.

Se le escapó un gesto de amistad... La cogí... La estreché en mis brazos y lloró...

—¡Oh, amiga mía!, le dije entonces... Armaos de valor... Debo notificaros nuevas desgracias...

Me miró con un gesto de espanto que me hizo temblar... Y todas sus ideas se dirigieron hacia ti.

—¡Oh, cielos!, exclamó, ¿Valcour está con mi madre? ¿Han sido derribados por el mismo golpe?

En semejantes circunstancias es agradable que la persona a quien se ha de dar una noticia espantosa vaya más allá de la verdad, cogí una de sus manos y, sonriéndole amistosamente, le dije:

—No, Valcour está perfectamente bien y estoy seguro de que solamente se ocupa de vos, pero lo que he de deciros es quizás más cruel que lo que temíais... Vuestro padre está aquí... sale hoy mismo con vos y quiere que os convirtáis inmediatamente en la esposa de Dolbourg...

En mi vida he visto una emoción tan violenta como la que embargó a esa muchacha valerosa a infortunada a la vez...

—¡Oh, amigo mío!, me dijo levantándose, ¡ya no hay nada en el mundo que pueda impedirme que me reúna con mi madre!

—Sentaos Aline, le respondí, creí encontrar en vos la fuerza y solamente me mostráis la desesperación. Nada puede revocar las decisiones de vuestro padre, pero os quedan medios para escapar a los lazos que os destina.

—¿Cuáles son?

—Escuchadme y, sobre todo, calmaos.

Se sentó y me prestó toda su atención.

—No os aconsejaría la reclusión en un convento, le dije entonces, vuestro intento sería en vano, a buen seguro se os negaría, pero esto es lo que os dicta la amistad. En primer lugar, vuestra sumisión debe doblegar a vuestro padre, durante el viaje mostradle obediencia y respeto. Una vez en el castillo intentad hablar a solas con Dolbourg, mostradle enérgicamente la insuperable aversión que experimentáis por este matrimonio. Describidle las desgracias que con toda seguridad se derivarán para ambos, interesadle, en fin. Emplead todo: la naturaleza os ha conferido gracias, una elocuencia suave y persuasiva a la que resulta difícil resistir. Como es menos violento que vuestro padre, no me extrañaría que se rindiese. Si esto sucede, como supongo, convencedle con el mismo ardor para que rompa lo que quizás haga. Pero pongamos las cosas en lo peor y supongamos que no encontrarais ningún medio de evitar la suerte que os ha sido destinada. Vuestra fiel Julie irá con vos, eso ya está decidido. Escapad con ella. Tomad cien luises que os doy para los gastos que esto origine. Acudid a casa de madame de Senneval, estará sobre aviso, irá a esperaros expresamente a su propiedad cercana a París que ya conocéis. Desde allí me avisaréis.

Eugénie y yo nos encargaremos de vos. Os sacaremos de Francia, os llevaremos a los brazos del esposo que os destinaba vuestra madre y haremos que disfrutéis allí en paz la fortuna que os deja.

¡La más ligera apariencia de felicidad es tan halagadora para un corazón desesperado! Esa querida niña cayó en una dulce entonación, le pregunté que le pasaba.

—¡Oh, Déterville!, me dijo, vuestros procedimientos me confunden, pero permitidme una reflexión, amigo mío, si es cierto que tenéis ganas de librarme de los males que me amenazan, como me han demostrado vuestras conmovedoras bondades ¿por qué no comienzan aquí vuestras atenciones? ¿Por qué no me evitáis ese horrible viaje con mi padre?

—¿Es eso posible?, respondí yo con dulzura, vuestro padre está aquí en este momento, estáis en su poder... Si desaparecierais significaría que yo os he raptado y, sin que esta gestión sirva para salvaros, perderéis con ella al mejor amigo de que podíais disponer. Si salís de Blamont, ninguna sospecha puede recaer sobre mí, vuestra huida será obra exclusivamente vuestra y las atenciones que tengamos seguidamente para con vos no serán ya el fruto de una seducción, sino la protección que os concedemos, un servicio que os prestamos. En ese caso vuestro padre habrá incurrido en faltas reales de las que simplemente no querréis ser víctima, mientras que hasta el momento sus faltas hacia vos no justifican la huida. Aquí sólo ha habido malas maneras, en Blamont hay horrores. Escaparos de aquí es, en una palabra, una decisión violenta. Hay decisiones más simples que pueden tener éxito y una ley de la prudencia aconseja no emplear jamás métodos excesivos más que cuando los otros no ofrezcan ninguna esperanza.

Ella volvió a sumirse en sus reflexiones... Luego al cabo de un tiempo me dijo:

—Déterville, me siento más fuerte de lo que hubiera imaginado. Vuestras bondades me han conmovido y voy a aprovecharlas... Sí, amigo mío, voy a aprovecharlas, continuó levantándose, en donde me resulte imposible... Luego añadió con violencia... Pero posible o no, no seré jamás la esposa de Dolbourg.

Y cogiéndome ambas manos:

—Ahora decidme, amigo mío, si creéis que hay en el mundo una criatura más desdichada que yo.

—Seguro que sí, le dije, y si bien es verdad que vuestra desgracia es desesperada quizás haya que compadeceros hoy menos de lo que hubiera creído ayer.

—Amigo mío, dijo volviéndose hacia la ventana, es de día. Lo más probable es que nos separemos pronto. ¡Mi querido Déterville!, exclamó lanzándose a mis brazos, este nuevo golpe será terrible para mí, pero antes de que me destroce no me neguéis el favor que voy a pediros.

—¿Qué queréis, Aline? ¿No conocéis los derechos que tenéis sobre mi corazón?

—Quiero besar una vez más a mi madre... O no me habéis amado jamás o me concederéis este consuelo.

—Os temo, le dije, vuestra mente es demasiado viva, vuestro corazón, demasiado apasionado... Ese espectáculo es doloroso, no podréis soportarlo jamás...

Pero conteniéndose con un valor que me resulta imposible describir, respondió:

—No, os equivocáis, es un santo deber y no voy a marcharme sin cumplirlo. Pero no temáis nada, la religión y la piedad combatirán el dolor. Mi alma, abatida por un número excesivo de choques, encontrará en medio de la multitud de sacudidas la fuerza que cada una de ellas le arrebató... Vayamos... Guiad mis vacilantes pasos y no temáis.

Luego, sin darme tiempo para responder, cogió mi brazo y avanzamos hacia la cámara mortuoria.

Madame de Blamont estaba sobre una cama de damasco azul en donde había hecho que la prepararan convenientemente ya que quería que al día siguiente los habitantes de sus posesiones tuviesen la satisfacción de verla, cosa que pedían entre torrentes de lágrimas. Llevaba un vestido de gros de Tours blanco, sus cabellos, en su color natural, estaban debidamente peinados bajo un gran gorro, su cabeza reposaba sobre una almohada adornada con encaje y su actitud era la de una mujer que duerme. Alrededor de la cama ardían ocho cirios y las cortinas de ésta estaban sujetas con grandes lazos de cinta blanca. Dos curas modestamente recogidos recitaban oraciones en voz baja.

Desde la puerta por la que entramos pudimos contemplar todo el cuadro... Tu desdichada Aline, en cuanto lo advirtió, dio un paso atrás y cayó en mis brazos... Pero la convicción de que no disponía más que de un momento, el temor de perderlo, la extrema resignación que la embargaba, todo la sostuvo y avanzamos. Los curas se retiraron un instante. Aline, más libre, se arrojó a los pies de su madre y los besó con respeto... Se levantó, fue a ambos lados de la cama, cogió cada una de las dos manos e imprimió en ellas sus labios con la compunción que confiere el más vivo dolor... Se acercó a la cabecera, contempló un instante la calma pura que emanaba de los rasgos de esa mujer... Admiró la belleza que aún la adorna...

En este instante su alma se desgarró. Lanzó sus brazos al cuello de esa madre adorada, la regó con sus lágrimas, la colmó de besos y le dirigió palabras tan dulces... Le hizo preguntas tan conmovedoras que el temor de verla sucumbir ante este exceso de sensibilidad hizo que me acercase a ella y que la suplicara que no se abandonase así. Pero como ella se resistía, como no escuchaba... ya que sólo tenía oídos para su dolor, acudió el cura y le hizo las mismas súplicas.

Entonces temió haber faltado al respeto. Esa dulce niña, perpetuamente consciente de sus deberes y que siempre sacrifica las pasiones más ardientes de su alma, se retiró con los ojos bajos y se arrodilló a los pies de la cama para compartir un instante las oraciones con los honrados eclesiásticos que se ocupaban de esta tarea. En ese momento le anuncié en voz baja el legado de los cabellos que le había hecho su madre. Le dije que iba a cortarlos para entregárselos enseguida. Esta noticia la reconfortó.

—Ella me da sus cabellos, dijo, esa buena madre... Esa dulce madre... Ha pensado en mí... ¡Ah!, dádmelos... dádmelos enseguida... Los conservaré toda mi vida...

Me acerqué a la cama para proceder a esta operación... Pero Aline se volvió, no quiso ver como actuaba, le agradaba la idea de poseer sus cabellos, pero le enojaba que fuesen cortados. Parecía que esto fuese para ella una prueba más de la muerte de su madre y quizás alimentase en este momento la ilusión de creerla dormida. Además, en cierta forma esto significaba desarreglar ese cuerpo que ella idolatraba. Todas estas ideas ensombrecieron sin duda el triste placer que le causaba este regalo y cuando se lo entregué lo recibió al principio con un estremecimiento... Sin embargo, enseguida lo cubrió de besos y, volviéndose para abrir su vestido, los colocó debajo del pecho izquierdo prometiendo a los pies de su madre que jamás los pondría en otro lugar.

—Mi querida amiga, dije al cabo de media hora de esta cruel visita, debemos irnos. Este momento ha de aumentar vuestra aflicción, más valdría que no hubiésemos venido.

Ella se estremeció y se hubiera dicho que yo estaba arrancando la parte más sensible de su alma, pero siempre firme y valerosa, después de haber renovado una vez más sus besos en las manos y en la frente, se inclinó respetuosamente y salió llorando con la cabeza escondida en mis brazos. Yo la abracé en cuanto estuvimos fuera.

—Estoy mucho más contento de vos de lo que hubiera creído, le dije, esto me llena de esperanzas para el porvenir... ¡Oh!, mi querida amiga, habéis de ser fuerte, prudente, sagaz... y estad segura de que todo saldrá bien.

Volvimos a su habitación. Me preguntó dónde sería enterrada su madre con una especie de emoción que me alarmó. Le conté las últimas disposiciones de la difunta y cuando vio que madame de Blamont deseaba expresamente que su hija fuese colocada un día en su mismo féretro, dijo:

—¡Ah! ¡Cómo me consuela eso! ¿Se hará así, no es cierto, Déterville? ¿Se hará así? Nadie puede oponerse, ¿no?

—No, ciertamente, le dije...

Luego, como distraída, añadió:

—¿Os encargareis vos de ello, amigo mío?

—Niña adorable, respondí, la naturaleza no va a modificar sus leyes para que yo me ocupe de esa tarea. Pensad que tengo doce años más que vos.

—¡Oh! Qué importa, se puede morir a cualquier edad. Prometedme que si me sobrevivís os encargareis de ponerme junto a mi madre.

—Os lo juro, pero a condición de que nos ocupemos de otra cosa.

—¡Oh! De todo lo que queráis después de esa promesa.

—¡Pues bien!, exijo que toméis algún alimento.

—Sí, crema de arroz, como ayer, con aquella que he perdido. ¿No es así, amigo mío, como ayer?

Y, ligeramente extraviada...

—¡Pero ella ya no estará aquí... ya no será con ella... ya no la veré más!

Sin responder directamente dije:

—¿Queréis que vaya a buscaros algún alimento ligero?

—No, de verdad.

Y, no obstante, a fuerza de insistir, le obligué a tomar un huevo fresco en el que había batido unas gotas de elixir. Empleamos seguidamente el poco tiempo que nos quedaba en asegurar nuestras medidas. Convine con ella que, en cualquier caso, Julie me contaría detalladamente lo que pasase en el castillo de Blamont desde que Aline entrase en él. Aline me prometió por su parte escribirme con la mayor frecuencia posible y observar con exactitud lo que había sido convenido entre nosotros. El tiempo apremiaba, se vistió. Cuando le presentaron el vestido negro lo besó arrebatada.

—¡Ah!, amigo mío, dijo mirándome, este será el último color que lleve en mi vida...

Apenas estuvo preparada cuando el presidente me avisó que me esperaba en las salas de abajo y que me rogaba que llevase allí a su hija.

—¡Bien!, le dije, ¿cómo va ese corazón?

—Mejor de lo que hubiera creído, me respondió ella tomando mi brazo, pero, sobre todo, amigo mío, no me dejéis hasta que haya subido al coche.

Se lo prometí y bajamos... En cuanto oyó la voz del presidente que hablaba con algunos habitantes de Vertfeuille, se estremeció.

—Valor, le dije, respeto y silencio.

Entró, saludó a su padre sin decir una palabra. Monsieur de Blamont se acercó a ella y la exhorto fríamente a que se consolara. Le dijo que el luto la sentaba de maravilla y que jamás la había visto tan bonita. Ella continúo de pie con los ojos bajos sin responder ni una palabra.

—Como ejecutor testamentario todo esto va a daros mucho trabajo, me dijo el presidente. Hizo bien en escogeros, pienso que nadie lo haría mejor que vos... ¿Ha comido mi hija?

—Sí señor, dije, seguro de que esta respuesta complacería a Aline. ¿Habéis ordenado que os sirvan?

—Sí, he dicho que pongan dos perdices. Me gustan con locura las perdices de Vertfeuille, son mucho más sabrosas que las de Blamont. ¿Tomaréis una, Aline?

—No, padre mío.

—El viaje será largo, es una travesía de veinticinco leguas. Haremos seis relevos, no nos pararemos. Tendremos galletas en el coche, pero eso no alimenta.

Sirvieron, el presidente comió sus dos perdices, bebió otras tantas botellas de vino de Borgoña y habló con las diferentes personas que llenaban la sala mientras que Aline y yo nos fuimos a un rincón a hablar aún durante un momento.

Terminé de fortalecer su corazón. Ella me prodigó mil caricias... y como, al abrirse a la amistad, su corazón estaba a punto de derrumbarse, yo hice que no veía nada. Me rogó que te escribiese y apenas hubo aflorado tu nombre en sus labios cuando sus ojos se inundaron... Puse término una vez más a esas nuevas efusiones, temía una horrible crisis. Cuando llegó el momento de salir no vi, para evitar ese trance, más alternativa que afligirla con mi frialdad. Me estaba destrozando a mí mismo al obrar así, pero era preciso. Abordé al presidente, ella me oyó y se contuvo...

Vinieron a avisar que los caballos estaban preparados... Vi cómo se estremecía, pero no me acerqué más a ella... El presidente salió... Seguidamente Julie... Ella salió en último lugar. En cuanto la vieron la gente formó dos hileras en medio de las cuales se vio obligada a pasar.

Allí ese ángel celestial recibió involuntariamente los homenajes de todos los presentes. Unos elevaban sus manos al cielo deseándole toda suerte de prosperidades... Otros lloraban y se volvían como para no ver como se la arrebataban, finalmente otros se arrojaban a sus pies, le daban las gracias por los favores que habían recibido e imploraban su bendición... Ella atravesó la multitud mirando al suelo y sin reflejar en su frente más que no fuese el dolor y la humildad.

El presidente subió al coche, Julie le siguió... Entonces Aline volvió sus ojos hacia mí para dirigirme un adiós cruel que hubiera abierto la fuente de lágrimas que yo me esforzaba por contener... Pero al no poder distinguirme ya, por las precauciones que había tomado, aunque yo no la perdía de vista, ella se metió súbitamente en el coche. Éste se alejó con la rapidez de un rayo... y yo confundido... Anonadado... Creí que el astro desaparecía para siempre de los cielos y que el mundo iba a verse condenado a vivir eternamente en las tinieblas.

Entré en la casa seguido por el pueblo que lloraba incesantemente. Como no quería enterrar a madame de Blamont hasta que hubiesen pasado treinta y seis horas, de acuerdo con los reiterados deseos de su hija, hice abrir la habitación en que se encontraba expuesta, después de haber tomado la precaución de rodear la cama con una balaustrada cubierta de paño negro. No hubo nadie que no viniese a prosternarse a los pies de aquella persona que tanto habían amado, todos la bendijeron y la adoraron...

¡Oh, gentes del siglo! Vosotros que vivís como el monstruo que la sacrifica, ¿obtendréis semejantes homenajes cuando la Parca ponga fin a vuestros días?... ¿Tendréis, como esta divina mujer, en el seno del Padre, en donde la han colocado sus virtudes, el dulce consuelo de vivir aun en el corazón de los hombres y de verlos ofreceros el sagrado tributo de su amor y su agradecimiento?

Estas tareas ocuparon todo el día veintisiete. Al día siguiente a las diez de la mañana vino el cortejo para tomar el cuerpo y llevarlo a su última morada. Todo el mundo se disputaba el honor de llevar esa preciosa carga y sus gentes acabaron cediéndola a duras penas a los seis más notables del lugar.

Se la llevaron y llegó a la parroquia al triste son de las campanas... Armonioso murmullo que hacían aún más lúgubre los llantos y los gemidos de todos los que la acompañaban. Pero la desesperación se hizo tan violenta cuando la vieron desaparecer y hundirse en las entrañas de la tierra... Los gritos de dolor fueron tales, que las bóvedas del templo se estremecieron. Se hubiera dicho que todos los allí presentes hubiesen estado unidos a ella por algún lazo... Parecía que todos fuesen sus hijos, todos la lloraban como a una madre.

Yo volví y pasé sin duda el día más cruel de mi vida: liberado de las tareas más importantes ya sólo tenía oídos para mi dolor.

¡Oh, amigo mío, qué espantoso fue! La obligación de contenerme reprimiendo hacia mi corazón las lágrimas que yo mismo me negaba había derribado todos sus resortes, la máquina se había derrumbado... Me paseaba solo a grandes zancadas por esas habitaciones en donde antaño había reinado la decencia, la dulce alegría y la honestidad y sólo encontraba un vacío horrible y señales de luto.

Ya se ha ido ella, me decía, la que hacía la felicidad de los demás. El cielo no quiso dejarla más que un instante sobre la tierra... Sólo ha estado aquí para hacer el bien... Y le apliqué esas soberbias palabras que inspiró a Fléchier la célebre duquesa D'Aiguillon[47]: «Sólo ha sido grande para servir a Dios, rica, para asistir a los pobres, ha vivido para prepararse a morir».

Esa es, mi querido Valcour, la primera parte de las desdichas que he de notificarte. Omito los detalles que me mantuvieron ocupado los días siguientes para llegar cuanto antes al triste relato que he de transmitirte y que no destrozara más tu corazón de lo que destrozó el mío cuando lo leí.

El 3 de mayo por la tarde volvía de la iglesia a donde no he dejado de ir a llorar dos horas al día sobre la tumba de mi desdichada amiga desde

---

[47] Sobrina del cardenal Richelieu.

que tuvimos la desgracia de perderla, cuando me advirtieron que un hombre a caballo solicitaba insistentemente hablar conmigo. Acudí corriendo al lugar en donde me dijeron que estaba con el corazón palpitando de espanto. Encontré a un desconocido que me entregó al instante un paquete de cartas... Lo abrí precipitadamente... Pregunté... Leí sin comprender, finalmente reconocí la letra de Aline precedida de un diario exacto escrito por Julie. Te lo envío todo... Lee, Valcour, y respira, si puedes, hasta la última línea.

CARTA LXVIII

Julie a Déterville

Desde el castillo de Blamont, 1 de mayo.

Ejecuto vuestras órdenes y las de mi señora. Ojalá podáis leer estos tristes caracteres que mis lágrimas borran a medida que mi mano los traza. Exigís los detalles por dolorosos que sean, yo obedezco.

El señor presidente se durmió en cuanto el coche se puso en movimiento y sólo se despertó en la primera parada. Hizo algunas preguntas a su hija que solamente le respondió con monosílabos, entonces le preguntó con un tono severo si pensaba seguir de mal humor.

—Solamente tengo tristeza, señor, respondió ella, pienso que mis desgracias me confieren ese derecho.

A eso el señor presidente respondió que la mayor de todas las locuras era apenarse y que era preciso saber elevar el alma a una especie de estoicismo que nos haga contemplar con indiferencia todos los acontecimientos de la vida. Que él, lejos de afligirse de nada, disfrutaba con todo. Que si se examinaba con atención lo que, a primera vista, debiera apenarnos cruelmente, se percibiría enseguida un lado agradable. Que se trataba de captar éste, de olvidar el otro y que con ese sistema se llegaría a convertir en rosas todas las espinas de la vida... Que la sensibilidad era simplemente una flaqueza de fácil curación rechazando con violencia todo lo que pretendiese afectarnos de muy cerca y reemplazando rápidamente con una idea voluptuosa o consoladora las estocadas con que la tristeza pretendiese alcanzarnos... Que ese pequeño ejercicio era cosa de pocos años al cabo de los cuales uno conseguía endurecerse hasta un punto en que nada le podía afectar. Y aseguró a la señorita que sería siempre desgraciada mientras no adoptase esa prudente filosofía...

Aline no respondió nada y el señor, volviéndose hacia mí, me hizo en alta voz preguntas sumamente indecentes sobre la señorita.

Cuando vio que yo bajaba los ojos sin responder me increpó enojado. Me dijo que me irían mal las cosas si yo también quería hacerme la mojigata. Que el tono de su casa era bien distinto al de la que yo dejaba y que había que acomodarse a él o hacerse a la idea de no permanecer en ella durante mucho tiempo. Seguidamente me repitió las preguntas indiscretas que acababa de hacer sobre su hija, añadiendo que, ya que iba a casarla, era preciso que conociese esos extremos, que era esencial que supiese *si la mercancía carecía de defectos*. Pero que ya que yo me negaba a decírselo... Él registraría *los fardos por sí mismo para apreciar su valor*. Y después de esto dijo a la señorita que hacía mucho calor y que le aconsejaba que se quitase todos los tocados y manteletas que la agobiaban.

Pero Aline, que había preferido viajar en el transportín, estaba inclinada sobre la portezuela con la cabeza escondida entre sus manos y no respondía a nada...

Entonces el señor presidente me pidió que le proporcionase los mismos informes que quería que le diese sobre la señorita y acompañó sus preguntas con gestos tan deshonestos... Con acciones tan indecentes que le amenacé con llamar o con saltar fuera del coche. Me dijo que ya sabría hacerme entrar en razón. Que me equivocaba ampliamente si pensaba que me llevaba consigo para agradar a su hija y que a buen seguro me hubiera dejado a no ser por mi juventud y mi bonita figura; que, ya que yo me hacía la difícil, esperaría, pero que me advertía que sería preciso llegar ahí y que en Blamont contaba con medios infalibles para vencer la resistencia de las muchachas.

Poco después volvió a dormirse y no volvió a hablar en casi todo el día. Cuando estábamos casi a un cuarto de legua de Sens se rompió una rueda y llegamos como pudimos al albergue de la posta en donde debíamos pasar la noche bien a pesar nuestro. El señor habló él mismo a la dueña de la casa y, poco después subimos a una habitación con dos camas a donde hizo llevar el equipaje de noche de la señorita diciéndome que esa era su habitación y la de su hija y que yo no tenía más que pedir una para mí. Pero Aline me tomó por el brazo y dijo que iba a pedir una para ella y para mí, porque no podía prescindir por la noche de su doncella de cámara.

—¡Bueno!, dijo el presidente, pondrán aquí una tercera cama, pero vos no pasaréis la noche en otro sitio.

—Os pido perdón, padre, dijo Aline abriendo bruscamente la puerta y saliendo conmigo al pasillo.

Entonces llamó a la dueña de la casa y le pidió una habitación. Esa mujer, guiada por los ojos del presidente que consultó enseguida, respondió que no podía ofrecerle más cama que la que se encontraba en la habitación del presidente y que su casa estaba llena.

—¿Pero alojaréis a esta muchacha en algún sitio?

—Sí, señorita, pero esa habitación no es digna de vos.

—No importa, no importa, dormiré con ella. Todo es bueno siempre que sea decente y nada lo es menos, señora, que hacer que una hija duerma en la habitación de su padre.

—Sin embargo, eso nos sucede todos los días.

—Espero que no os importe que conmigo no sea así.

La posadera no se atrevió a replicar y abrió un cuartito bastante malo en el otro extremo del pasillo y entramos en él sin que el presidente, que nos observaba desde su puerta, se atreviese a pronunciar una sola palabra.

La señorita pidió un caldo para ella y un pollo para mí. Pidió insistentemente a la posadera que guardase ella misma la llave de nuestra habitación y que no nos abriese al día siguiente más que cuando su padre quisiese salir.

Apenas estuvimos encerradas recordé a Aline la conducta de su padre durante este día y le dije que, con todos los peligros que corríamos con un hombre semejante, quizás fuese prudente intentar huir de donde estábamos. Le recordé que una vez en el castillo quizás no dispusiéramos de los medios que encontrábamos en ese momento.

Pero la señorita, que no se acordaba en absoluto del castillo de Blamont, a donde sólo había ido una vez con su madre cuando era niña, me dijo que le parecía imposible que no encontrásemos allí los mismos recursos que aquí; que esperaba doblegar a Dolbourg, obtener de él la renuncia a sus proyectos y que, favorecida por monsieur Déterville, no quería apartarse en nada de los consejos que había recibido.

—Señorita, le dije, monsieur Déterville, que habló delante de mí, dijo, según me parece, que para legitimar vuestra huida era preciso que vuestro padre cometiese alguna falta. Lo que ha dicho... Sus proyectos de hoy... ¿No anuncia todo esto los horrores que nos esperan?

—Julie, dijo esa inestimable ama, ¿no sabes lo que es acusar a un padre? No sientes lo que a un alma como la mía le cuesta divulgar las faltas de esta clase cometidas por aquel que me dio la vida. Preferiría morir que atreverme a algo semejante. Y además en todo esto no hay aún nada real que yo pueda probar y nada que él no pueda combatir... ¡Oh, mi querida amiga! Esperemos, quizás las cosas transcurran mejor de lo que crees, tengo gran confianza en Dolbourg... Sea como fuere, añadió cogiendo mi mano con un gesto que me hizo estremecer, no temas nada, Julie, no traicionaré jamás a aquél que amo, jamás haré una elección distinta a la de mi madre y si esos monstruos necesitan una víctima, esta es la mano que abrirá su costado...

Seguidamente se tendió en la cama sin desvestirse y pasó la noche llorando.

Al día siguiente por la mañana vinieron a avisarnos para seguir viaje. Salimos enseguida y fuimos a colocarnos ante la puerta de la habitación del señor sin entrar en ella. Apareció, bajamos con él y ocupamos en el coche las mismas plazas que la víspera.

El señor no dijo una sola palabra. Nosotras imitamos su silencio y llegamos hacia el mediodía al castillo de Blamont cuyos alrededores tenebrosos y aislados sorprendieron y asustaron a la señorita que, como acabo de decir, no se acordaba ya de su situación. El coche entró hasta el patio interior y allí encontramos a monsieur Dolbourg que ofreció su brazo a la señorita para que bajase del coche. Ella aceptó esa cortesía y le hizo una reverencia llena de dulzura.

El coche se retiró y entramos en la sala de la parte inferior. Todo es triste en ese horrible castillo, en él todo ensombrece la imaginación, todo inspira el terror. Y esa horrible casa tiene más el aspecto de una fortaleza que la de una casa de campo. Sólo se ven bóvedas, rejas y gruesas puertas.

En cuanto hubimos entrado, el señor me dijo que llevase el equipaje de su hija a la habitación que se me indicase, pero la señorita me detuvo y pidió encarecidamente a esos dos señores que permitiesen que yo estuviera siempre con ella.

—¡Oh!, pardiez, dijo bruscamente monsieur de Blamont, sin embargo, ella no va a comer y dormir con vos. Me parece que una muchacha está segura cuando está con su padre y con el esposo que le ha sido destinado.

—No tenéis nada que temer, señorita, dijo monsieur Dolbourg, creedme, por favor y permitid que se vaya vuestra Julie...

Aline no se atrevió a resistir. Yo fui a hacer lo que me habían ordenado y volví enseguida al salón. La señorita estaba sentada entre los dos señores y pude averiguar que, excepción hecha de algunas palabras fuera de lugar, porque era imposible que personas como esas no las profiriesen, solamente se había hablado en esa entrevista de cosas indiferentes. En cuanto Aline vio que yo volvía, pidió permiso para retirarse. Le fue concedido, el señor le ofreció el brazo para conducirla a su habitación. Cuando ella entró allí y al ver que solamente había una cama pidió encarecidamente que instalasen otra para mí.

—Eso es imposible, le respondió el presidente, pero estará cerca de vos y aquí están las campanillas que utilizaréis cuando sea preciso.

Dicho esto, se retiró y nos instalamos en esa habitación. Al revisar los diferentes rincones pudimos ver en el hueco de la ventana la siguiente inscripción hecha a lápiz: *Aquí fue donde la desdichada Sophie...* La frase estaba inacabada...

—¡Oh, cielos!, dijo Aline asustada... Entonces fue aquí a donde trajo a esa pobre chica. Yo no lo sabía, me habían dicho que estaba en un convento... ¿Y qué ha hecho con ella? ¿Por qué la trajo a este castillo?... ¿Por qué no pudo terminar de escribir esta línea?... ¡Oh, Julie! Todo esto me hace estremecer...

Estábamos así cuando vinieron a avisar a la señorita de que el almuerzo estaba servido. Segura de que la forzarían a presentarse, no se atrevió a poner excusas. Se repuso como pudo de su turbación y bajó.

Entonces vio que el grupo se componía de los dos amigos, una señora mayor, una joven de quince a dieciséis años, bastante bonita y un joven abad. La conversación fue general mientras los criados sirvieron, pero cuando fueron despedidos después de los postres, adoptó un tono muy diferente.

—Aline, dijo el presidente, esa joven que veis ahí es la hija de esta señora. Es mi querida, os la recomiendo, espero que os llevéis bien con ella... Ese tunante de Dolbourg fue mi rival durante un cierto tiempo, pero ahora que está atado por el sacramento, me ha prometido que sólo encenderá los fuegos del amor en los brazos del himeneo. Esta hermosa niña y su madre serán los testigos de vuestra boda y la celebrará el señor abad, circunstancia a la que ha pensado oponerse Dolbourg, porque el abad es un conquistador y vuestro anciano marido es celoso como un italiano.

La señorita, con los ojos constantemente bajos, no respondió una sola palabra. Se levantaron de la mesa y en cuanto hubieron salido, saludó respetuosamente a su padre y se retiró. Pretextó estar fatigada a fin de dispensarse de la cena y después de haber revisado ambas todos los rincones de la habitación para asegurarnos de que nadie podría entrar allí por sorpresa, se encerró conmigo y pasó la noche poco más o menos como la anterior, pero más agitada aún a causa de esa línea imperfecta escrita por la mano de Sophie cuyo sentido no podía descifrar. Esa fue la historia del veintiocho.

Al día siguiente el presidente llamó a las nueve. Le abrimos, me ordenó que me retirase y, después de decir a su hija que le escuchase con atención, le preguntó si estaba decidida a obedecerle y a casarse con Dolbourg.

La señorita le dijo que no podía recuperarse de la sorpresa que la embargaba al ver que se le hacía semejante proposición antes de que su madre estuviese siquiera enterrada. El señor, viendo que dominaba a su víctima, respondió con términos duros que se reía de esas consideraciones, que quería ser obedecido y que venía a pedirle su palabra de que lo haría así o de lo contrario la arrojaría a un calabozo del que no saldría en toda su vida.

La señorita no se alarmó, su valor fue enorme. Dijo que confiaba demasiado en la bondad de su padre como para temer ser tratada así. Pero ya que se exigía de ella un sacrificio tan cruel, pedía encarecidamente poder hablar con Dolbourg a solas. Ese favor no le fue negado.

El presidente salió y monsieur Dolbourg entró poco después... No hubo nada que Aline dejase de hacer, nada que no utilizase para alejarlo de ese himeneo. El amor y la desesperación conferían energía a su discurso, al que era imposible resistir... Dolbourg fue inquebrantable. Finalmente, esa muchacha admirable se arrojó a los pies de su tirano anegada en llanto a fin de rogarle que renunciase a sus proyectos... Todo fue inútil... Le dijo fríamente que se levantase... Que se haría lo que se había decidido... Que no quería de ella más que su *persona*... En forma alguna su corazón y que, una vez convertida en su mujer, sabría vencer sus repugnancias o reírse de ellas si aumentaban... Que respecto al odio que ella le manifestaba, era la cosa del mundo que menos le asustaba. Que la haría vivir en tal soledad y en una subordinación tan completa que no tendría por qué temer los efectos de su antipatía. Dijo que eso le recordaba a su primera esposa a quien se había visto obligado a *tomar al asalto,* como ya veía que tendría que hacer con ella y que, a pesar de toda la altivez del carácter de esa mujer, a pesar de la invencible repugnancia que ella sentía por él, había sabido reducirla en pocos meses a la mayor sumisión. Que se acordaba perfectamente de los medios empleados y que, por violentos que fuesen, sabría servirse de ellos...

Entonces la señorita, confundida por haberse rebajado hasta la súplica con semejante monstruo, le dijo altivamente

—Bien, señor, ya se ha dicho todo, mi padre puede venir a buscar mi palabra, seré vuestra mujer mañana.

Cuando regresó monsieur de Blamont ella repitió delante de Dolbourg las mismas promesas con una expresión firme y tranquila. Le pidió como única gracia que no se la obligase a bajar y que se la dejase sola durante veinticuatro horas para prepararse a una acción que le costaba tanto.

El presidente vaciló, dijo que no correspondía al esclavo dictar las leyes a sus amos.

—Ya veis, respondió ella con presteza, que solamente os pido una gracia.

—Sí, sí, dijo Dolbourg, llevándose al presidente, dejémosla enfadarse durante veinticuatro horas ya que eso la divierte. Además ¿acaso no hay cosas en que haya de ocuparse necesariamente una muchacha que va a dejar de serlo?, continuó con un tono de chanza tan impertinente como ridículo... Sí, sí, niña mía, añadió intentando cogerla por la barbilla, sí, sí, haced todo eso y que yo sólo pueda alabar la casa cuando tu papá me dé las llaves.

Entonces el señor, pretendiendo mantener ese tono de broma grosera, dijo que lo normal era barrer las habitaciones antes de admitir en ellas a un huésped nuevo, que, cuando menos, era preciso orearlas y que esa tarea le incumbía solamente a él.

—Es verdad, dijo Dolbourg, no soy celoso, ya lo sabes. Haz lo que quieras, amigo mío. Aunque te comas la ostra no puedes evitar que yo encuentre la concha y eso es todo lo que precisa un esposo examinador y que desdichadamente no es nada más que eso.

Animado por estas palabras insulsas y odiosas, el presidente avanzó impúdicamente hacia su hija y tomándola de un brazo, le dijo:

—Salvaje criatura, ya no hay defensa que valga, ya no tienes una madre en cuyo seno puedas refugiarte.

Ante esas crueles palabras la señorita cayó boca arriba sobre un sofá y sus lágrimas y sollozos la hubieran sofocado infaliblemente si Dolbourg, mucho más asustado que su amigo, no me hubiera llamado enseguida. Yo, que estaba escondida en un rincón fuera de la habitación y no había perdido nada, acudí. La señorita estaba sin conocimiento, aflojé inmediatamente los lazos de su vestido... Pero los muy malvados... Me estremezco al escribir estas indignidades... Se atrevieron a posar sus ojos en ese seno de alabastro, agitado por los suspiros del dolor... Inundado por las lágrimas de la desesperación... Se atrevieron a... ¡Oh!, señor, no exijáis más detalles, sus execraciones no conocieron límite... Entretanto me sujetaron.

La señorita, al recuperar el conocimiento, se dio cuenta de todo.

—¡Ah! Mi querida Julie, exclamó, ¿Qué han hecho esos señores?

—¡Ay!, respondí yo, deshaciéndome en lágrimas, ese es el precio que exigen por concederos las veinticuatro horas...

—Bueno, respondió ella con una firmeza que me sorprendió, no necesito más tiempo.

Y acercándose a la ventana, consideró su altura, la midió con sus ojos, era de más de ochenta pies y debajo había un foso de tres toesas de ancho y completamente lleno de agua...

—Bueno, Julie, me dijo después de haber reflexionado un poco, ya ves que nuestros proyectos son imposibles.

—Más de lo que pensáis, respondí yo con dolor, se nos observa por todas partes, eso es lo que hace que nuestra suerte sea horrible... Mirad, le dije, mostrándole el otro lado del foso, observad que hay allí dos hombres que nunca pierden de vista nuestra ventana y si ando por la casa hay otros dos que me siguen a todos lados. Nuestra situación es espantosa.

—Ya me doy cuenta, respondió Aline, de forma que sólo me queda una cosa que hacer...

Como no comprendí lo que quería decir, me atreví a decirle que, dadas las circunstancias en que nos encontrábamos, la única alternativa era obedecer... Pero sin escuchar más me rechazo airada.

—Creía que eras mi amiga, me dijo, pero ya veo que no lo eres. ¿Ya te has vendido a mis tiranos? ¿Son ellos los que te obligan a hablarme así? ¿Estoy ya sola en el mundo? ¿Me han abandonado? ¿Estoy rodeada de enemigos por todas partes?...

—¡Oh, cielos!, exclamé arrojándome a sus pies, ¿cómo habéis podido concebir semejante sospecha? ¿Traicionaros yo... Abandonaros yo? ¡Podéis contar conmigo hasta la muerte!

—¡No tardaré en saber si lo que me dices es cierto y ya verás si el último recurso que me queda no me libera de mis perseguidores!

—¡Qué! ¿Pensáis escaparos?

—Sí, dijo ella sonriendo con un gesto que he recordado después y que no me chocó excesivamente entonces, sí; Julie, voy a escaparme... Volveré a la casa de mi madre... No es cierto, como han dicho, que su seno no me servirá ya de refugio... Me servirá, Julie... Me servirá aún.

Y después de dar dos veces la vuelta a la habitación a gran velocidad, me pidió un vaso de agua.

—Este es, dijo al tomarlo, el último alimento que voy a tomar en Blamont.

—Señorita, dije yo, que creía que se había recuperado un poco y suponiendo que, tenía los medios para huir y que me los iba a comunicar, esa comida no os dará muchas fuerzas si queréis ir muy lejos.

—Ciertamente, me dijo con un talante abierto y libre, ciertamente, mi buena amiga, me iré muy lejos. ¡No se puede huir demasiado lejos de semejante morada!...

Me pidió su escritorio, se lo entregué... Me dijo que la dejase tranquila hasta que llamase.

Obedecí y escribió hasta las siete... Entonces me hizo entrar y después de haberme dicho que me sentara:

—Mira las señas de estas cartas, me dijo...

Las leí. En una decía: *A mi mejor amigo.*

—Apuesto, le dije, que esta es para monsieur Déterville...

—Así es...

Leí la otra, decía: *A aquel que idolatraré incluso más allá de la tumba...*

—¡Oh! a esta, le dije, le pondré el nombre cuando queráis.

Ella sonrió...

La tercera decía: *A los manes de mi madre.*

—¿Quieres entregar esta?, me dijo.

—¡Oh, señorita!

—¡Bueno!, ya la llevaré yo, niña mía... La entregaré yo misma...

Se levantó presa de una agitación prodigiosa... ¡Oh! ¿Por qué se me escaparon esas emociones... Todas esas palabras?...

Poco después me dijo que, desde que habíamos salido de Vertfeuille, no nos habíamos acordado de rezar un instante por su madre.

—Es cierto, le dije.

—Reparemos eso, Julie.

Se puso de rodillas y me ordenó que adoptase la misma postura y que recitase en mi libro el Oficio de Difuntos lentamente y de forma que pudiese seguirme y oírme. Cumplió este deber con un fervor... una compunción que hizo que se me saltasen las lágrimas. Seguidamente quiso que recitásemos juntas el salmo veinticuatro, *Dominus, illuminatio mea,* cuyo sentido es que, sea cual fuere el número de enemigos que nos acosen, no se ha de temer nada cuando Dios es nuestro protector y la vida eterna nuestra esperanza. Pero cuando llegó al tercer versículo: *Mi padre y mi madre me han abandonado sólo el Señor se ocupa de mí,* sus ojos se llenaron de lágrimas... Y ella se sumió en el más profundo dolor. Poco después se levantó.

Ahora estoy más tranquila, me dijo, es inaudita la satisfacción que experimenta un alma sensible al rezar por los que ama. Esa pobre madre; esa dulce madre... ¡Cómo me amaba, cómo me cuidaba cuando era niña!... ¡Más adelante mi felicidad era su única preocupación!... ¡Cómo me estrechaba entre sus brazos unas horas antes de expirar! ¡No me queda nada, he perdido todo en este mundo, he perdido todo, Julie! No me queda nada...

Y prorrumpió de nuevo en llanto. No obstante, eran casi las once. Me preguntó si quería velar con ella... Era lo que yo quería y acepté.

—Bueno, me dijo, sin embargo, no pasaremos toda la noche, un poco antes de que vengan a buscarme me apetecería tomarme unas horas de descanso. Quiero estar bonita para la ceremonia... *Quiero estar tan bonita como me lo permita la naturaleza...* ¡Ah!, me dijo después de un instante de reflexión... Están cenando... Están sumidos en la alegría y los placeres... No me oirán, dame la guitarra...

La cogió, la afinó e improvisó a continuación los versos que siguen imitando la romanza de Nina:

Melodía: *Romanza de Nina*

Madre adorada en un momento
la muerte te aleja de mi cariño.
Tú estás vivo, ¡oh mi amor!
Vuelve a consolar a tu amada.
¡Ah! Que venga (bis) ¡Ay! ¡Ay!
Pero el bienamado no vuelve ya.
Como la rosa en la dulce primavera
se abre al soplo del céfiro
ante estos suaves acentos
mi alma se abriría al delirio.
En vano escucho ¡Ay! ¡Ay!
El bienamado no habla ya.
Vos que vendréis a llorar
sobre la tumba en que repose
gimiendo sobre mis dolores
decid al amante que los causa
que fue siempre ¡Ay! ¡Ay!,
el bienamado hasta la muerte.

En cuanto hubo terminado:

—¡Vete, dijo rompiendo enfurecida su guitarra contra el muro, vete lejos de mí, instrumento inútil! Después de haber cantado por última vez a aquel que amo no debes servir ya para nada.

No me atrevía a hablarle porque la veía sumamente turbada y agitada... Ora se levantaba y cruzaba la habitación a grandes zancadas, ora se volvía a sentar y, sumiéndose en su dolor, sólo dejaba oir gritos y gemidos.

Sonaron las once... Contó las campanadas.

—Solamente me quedan esas horas... Vendrán a las diez. Y reuniendo sus cartas las puso en un sobre con vuestra dirección.

—¿No te pidió Déterville, me preguntó, un diario exacto de todo lo que pasase aquí?

—Sí, señorita.

—Pues bien, tienes que hacerlo y, cuando se lo envíes, no te olvides de enviarle también este paquete.

Me lo dio y me hizo jurar que os lo enviaría sin falta.

Hecho esto, se calmó. Hablamos dos o tres horas tranquilamente. Parecía inquieta por la suerte de Sophie. No comprendía cómo había llegado al castillo ni por qué su nombre estaba escrito en esta habitación. Como no conocía la huida de Augustine ni las espantosas sospcchas que esa aventura nos había inspirado, continué ocultándoselas de acuerdo con vuestras órdenes. Hablamos de temas sin importancia, pero ella entremezclaba siempre en sus palabras alusiones siniestras que me asustaron mucho. En ocasiones me preguntó durante cuánto tiempo se conservaba intacto un cuerpo después de haber exhalado el último suspiro... o si creía que una persona que se abriese las venas tardaría mucho en morir. Otras veces si pensaba que, en el caso en que muriese en Blamont, su padre le negaría la gracia de ser colocada junto a su madre. Si creía que Valcour se enojaría mucho al saber su muerte... Y otras mil cosas semejantes a las que no presté toda la atención que debiera.

Finalmente dieron las tres, se estremeció...

—Cómo pasa el tiempo, dijo; cuando se acerca un gran acontecimiento, parece que los instantes transcurran con más rapidez. Cuando hoy por la tarde suene esta misma hora habrán pasado muchas cosas.

Luego, volviéndose hacia mí, me miró durante algún tiempo sin decir nada. Seguidamente contó los años que habían transcurrido desde que estábamos juntas. Observó cariñosamente que yo estaba con ella desde que tenía uso de razón.

—Eras tan niña como yo, me dijo, ya me acuerdo... Eres una buena persona, continuó mientras me abrazaba, y nunca he podido hacer nada por ti... Hubiera remediado esto si me hubiese casado con Valcour... Te confío a Déterville...

Estas palabras fueron de las más fuertes que me dijo, en ellas su proyecto parecía traslucirse mejor sin que ella se diese cuenta.. ¡Funesta voluntad del cielo! Esto no bastó para que tomase precauciones, estaba convencida de que quería escaparse y que solamente atentaría contra su vida si ese proyecto se frustraba. Entonces me decidí a no perderla de vista. Ella recordó todo lo que había hecho desde que estuvimos juntas, sus esperanzas, sus temores, sus inquietudes, sus deseos, sus penas, sus momentos de dicha... No olvidó nada...

—Oh, me dijo cuando hubo terminado, ¡qué corta es la vida!... Parece que todo esto no haya sido más que un sueño.

Dieron las cuatro.

—Sal con cuidado, me dijo entonces, vete a ver si es posible huir. Examina el camino hasta las puertas del castillo. Si está libre ven a buscarme y nos escaparemos.

—¿Pero no sería mejor, señorita que vinieseis conmigo?

—No, si nos vigilan, irían a decir que queríamos escaparnos y ellos vendrían enseguida para someterme a nuevas violencias...

Salí... Apenas había llegado a la esquina del pasillo, siempre bien iluminado, cuando dos hombres de la casa se presentaron, bruscamente ante mí y me preguntaron a dónde iba, qué pretendía y por qué estaba aún levantada. Pretexté la necesidad de tomar el aire. Me dijeron, mientras me empujaban hacia atrás que esas no eran horas y que debía volver inmediatamente o que despertarían al señor.

Volví a contar a la señorita el triste resultado de mi misión.

—Vamos, mi buena amiga, hay que resignarse... Que se haga la voluntad de Dios... Ve a tomarte unas horas de descanso, a mí no me molestaría dormir un poco...

Luego, con la mayor tranquilidad (y esto fue lo que me despisto):

—Van a venir a las diez, entrarás a mi habitación a las nueve, necesito por lo menos una hora para arreglarme...

Sin embargo, me opuse a esta atención hacia mí. Le dije que no necesitaba en absoluto descansar y que prefería quedarme y cuidar de ella.

—No, no, me dijo, llevándome hacia la puerta, eso no me dejaría dormir. Estamos hablando y no terminaríamos nunca... Vete, amiga mía, vete y sobre todo no dejes de entrar una hora antes que ellos, ya te imaginarás que no deseo que me encuentren en la cama.

Ya iba a plegarme a sus deseos cuando ella se dio cuenta de que olvidaba sobre la mesa su paquete de cartas. Volvió a cogerlo llena de inquietud y lo escondió en mi pecho.

Salí... Ella me detuvo... Pasó sus brazos alrededor de mi cuello y me estrechó contra sí envuelta en llanto. No tardó en darse cuenta de que ese acceso de dolor me afectaba con demasiada violencia, entonces se contuvo, continuó llevándome suavemente hacia la puerta mientras me pedía que no olvidase nada de lo que me había dicho.

Me retiré... Pero se apoderó de mí una inquietud que no podía dominar. Me fui a mi habitación en donde, como imaginareis, no dormí nada... Varias veces fui sigilosamente a su puerta a escuchar, dispuesta a entrar si escuchaba el menor ruido. Pero nunca oí nada y cuando dieron las nueve me precipité hacia su habitación con una inquietud inexpresable.

¡Oh, señor!... ¡Qué espectáculo!... Me resulta imposible describirlo... Esa ama querida... Ese ángel del cielo que lloraré toda mi vida... Estaba en el suelo... Estaba bañada en sangre... Tenía delante de sí las trenzas de los cabellos de la señora, en medio de las cuales había colocado el retrato en miniatura que poseía de esa madre respetable. Al parecer se había apuñalado ante estos objetos, tan próximos a su corazón y, a medida que la pérdida de sangre le iba privando de sus fuerzas, había caído hacia atrás sobre sus rodillas. En esa postura la encontré. El arma que había empleado era el brazo de unas largas tijeras de las que se servía para su toilette. Había separado este brazo del otro y lo había hundido tres veces en su seno izquierdo. La sangre había manado en abundancia por estas tres heridas y encharcaba la habitación. Las ganas de socorrerla, si es que aún había tiempo, prevalecieron sobre mi miedo. Volé hacia ella, pero ya estaba fría, las sombras de la muerte oscurecían ya los rasgos de su hermoso rostro, sus ojos se habían cerrado ya a la luz. El mundo había perdido ya su adorno más bello. La tomé en mis brazos regándola con mis lágrimas y la extendí sobre la cama. Al poner mis ojos sobre la mesa encontré en ella el siguiente escrito que copié rápidamente en mis tablillas antes de hacer subir a nadie... Lo transcribo palabra por palabra:

«Pido humildemente perdón a mi padre por la acción que voy a cometer en su casa y por el enojo que le he causado con mi resistencia a sus órdenes. Era preciso que los motivos que justificasen esa resistencia fuesen muy violentos, ya que prefiero la muerte a lo que me estaba destinado. Como última gracia imploro que me coloquen junto a mi madre, como ella lo deseó y que pongan conmigo en el féretro este retrato y estos cabellos en donde se imprimen mis labios al perder la vida».

Aline de Blamont.

Después de copiar el billete, llamé... El señor presidente llegó. ¿Lo creeríais, señor?... ¿Podrá vuestra alma sensible imaginar los excesos de inhumanidad de este hombre?... Ese cuadro lúgubre solamente inspiro su ira... Pero fue terrible... La tomó conmigo. Me llenó de invectivas... Me arrojó por los suelos y mientras me pateaba, me decía que yo había matado a su hija... Hundida en mi dolor, soportándolo todo sin encontrar fuerzas para responder le mostré con el dedo el billete que estaba sobre la mesa. Lo leyó rápidamente y, obligado a justificarme, pareció despreocuparse de mí. Se paseó a grandes zancadas por la habitación sin que el dolor se reflejase nunca sobre su frente, sin que pudiese verse otra cosa que el furor y la ira.

Al cabo de algunos minutos volvió a bajar y enseguida reapareció con Dolbourg... Este se estremeció... Leyó el billete... Volvió a poner sus ojos sobre Aline... Y rompió en llanto... Luego, dirigiendo altivamente la palabra al presidente, le dijo:

—Señor, esto es demasiado. Este suceso espantoso me abre por fin los ojos sobre los desórdenes de mi vida. Solamente por mis vicios he inspirado el horror a esta desdichada. Ya estoy cansado de no ser más que un objeto de horror y de desprecio en este mundo. Los últimos rayos de esta virtud sin tacha llaman a mi corazón, lo iluminan y lo desgarran. ¡Oh, hija celestial! Continuó tomando una de las manos de mi ama y cubriéndola con sus lágrimas, perdona el crimen que he provocado. Dígnate interceder ante el Eterno, a quien ahora glorificas por entero, para que me lo perdone también. Voy a expiarlo en el dolor. Voy a llorarlo el resto de mi vida... Adiós, señor, ya no compartiré vuestras orgías. A partir de este momento voy a enterrarme en un severo retiro para siempre... No me sigáis y no volváis a verme en vuestra vida.

Después de decir esto salió y una hora después estaba lejos del castillo.

Pero el espíritu de monsieur de Blamont no se conmovió con tanta facilidad. Estaba aún más furioso por la pérdida de su amigo que por la de su hija y la tomó de nuevo conmigo. Me dijo que si hubiese vigilado a Aline esto no hubiese tenido lugar. Le rogué que recordase que me había prohibido dormir en la habitación de la señorita y que, no obstante, había pasado en ella parte de la noche a pesar de sus órdenes y que esa desgracia había sucedido de madrugada, en un momento en que Aline me había pedido expresamente que me retirase.

Salió furioso y poco después subió con la señora mayor y con el abad. Este dijo melindrosamente y pellizcando su camisa que eso era horrible, pero que era importante seguir el hilo de esta aventura, que a buen seguro había ramificaciones de todo esto que no se descubrirían jamás si no detenían a la cómplice y habló en voz baja con el presidente.

Mientras tanto la señora, muy conmovida, leía el billete y contemplaba a la señorita. Se acercó al presidente:

—Señor, le dijo, si hacéis caso de mis consejos, creo que lo más prudente y honrado que podéis hacer es meter a Aline en un ataúd y enviarla a Vertfeuille para ser enterrada allí junto a vuestra esposa, como ella desea y hacer que la acompañe con la mayor discreción esta pobre chica que a buen seguro no es culpable. Os ruego que me perdonéis, señor, pero si decidís otra cosa, imitaré a Dolbourg y ni mi hija ni yo permaneceremos un minuto más en vuestra casa.

—¡Está bien! ¡Iros todos al diablo!, dijo el presidente enfurecido... Pero estamos ante un crimen cierto y quiero conocer su origen. Esta criatura es la única que puede esclarecerlo y se niega a decírmelo. No veo más recurso que ponerla en manos de la justicia.

—Seguro, dijo el abad, no hay otra alternativa, esto es lo razonable y lo prudente.

—No lo creo, dijo la señora con mucha fuerza y sangre fría, porque esta muchacha no ha hecho nada y no confesará nada. Una vez fuera de vuestras manos se quejará y aireará un suceso terrible que tenéis gran interés en silenciar.

Ante estas palabras el presidente, sin responder, salió refunfuñando. Le siguieron y me quedé sola sumida en mi dolor y mi inquietud.

Estas son, señor, todas las cosas horribles que había de referiros. Ahora solamente voy a ocuparme de la forma de hacer que os lleguen estas cartas, terminaré la mía en el momento en que crea que puedo enviárosla sin contratiempos.

Post scriptum de Julie

El consejo de la señora prevaleció sin duda, todo se prepara para la salida. Aline será conducida a Vertfeuille en un coche cerrado que se me confiará a mí y a un criado que llevará los caballos. Pasará como un coche de muebles que el señor envía a las tierras de la señora y va dirigido a vos. El señor, que sabe que os escribo y que me ha proporcionado los medios para que os llegue mi carta os ruega que nos esperéis y que no abandonéis Vertfeuille hasta después de haber satisfecho respecto a Aline los mismos deberes que tuvisteis a bien asumir respecto a madame de Blamont. De forma que volveréis a ver a vuestra desdichada amiga... Pero ¡en qué estado! ¿Lo habríais imaginado?

Tenía preparada otra carta menos detallada. La hubierais recibido si el señor presidente hubiese querido ver lo que yo escribía, pero no me lo ha pedido. Os envío el verdadero diario...

Adiós, señor, el dolor me sofoca y sólo me queda manifestaros mi respeto.

JULIE.

Post scriptum de Déterville

La espero... Para bañar su féretro con las amargas lágrimas de mi desesperación y para ocuparme de los últimos cuidados. Te envío este funesto diario, así como sus cartas póstumas. Que estos crueles escritos alimenten eternamente tu dolor. Si eres capaz de sobrevivir a aquella que te supo amar así... Al menos añórala perpetuamente, que aliente todos los pensamientos de tu vida y conságrale cada momento de tu existencia. No te permito más distracciones que las que pueda ofrecerte la piedad... Pero si alguna vez, sean cuales fueren los consejos que ella te dé, el mundo te vuelve a ver después de semejante pérdida, diré: Valcour no era digno de Aline y tampoco lo es de Déterville.

CARTA LXIX

Aline a Déterville[48]

Desde el castillo de Blamont, 29 de abril.

Os sorprenderá la decisión que he tomado, señor, pero tened la certeza que no me queda otra ya que me he visto obligada a adoptar ésta. Creed que si hubiese podido aprovechar vuestras amables ofertas lo hubiera hecho sin duda. Julie os dirá que la huida solamente fue posible en un momento en que no estaba de acuerdo ni con vuestros consejos ni con mi deber.

Pido muy encarecidamente ser colocada junto a mi madre, recordad su voluntad. Si la crueldad de quienes ahora me albergan llegase hasta la negación de esta gracia, reclamadme, señor, os lo ruego. Pensad que he sufrido demasiado en esta vida como para que no me sea otorgado cuando menos este favor después de mi muerte.

Este paquete os llegará antes de que hayáis recibido mis tristes cenizas, os ruego que hagáis poner en el féretro de mi madre la carta que le está dirigida y de hacer llegar la otra a Valcour. Decidle, señor que muero para conservarme para él... Su delicadeza me entenderá. No me queda más alternativa que la que adopto o la de ser una criatura infame... ¿Podía vacilar?

Os ruego que tengáis a bien evocar mi recuerdo ante mi querida Eugénie y su respetable madre. Si me condenan, vos me defenderéis, confío todos mis derechos a la amistad, a ella le ruego que me excuse sin comprometer sobre todo a aquel a quien la naturaleza me obliga a respetar sean cuales fueren sus errores.

¡Cuántas bondades habéis tenido para mi madre y para conmigo, señor! ¡Y cuánta indiscreción por nuestra parte haberos causado tantas molestias! Sin embargo, os ruego que no me neguéis vuestras últimas atenciones. Os lo ruego en nombre de ese sentimiento puro que tantas veces me habéis jurado.

¿Os acordáis de esas encantadoras veladas de algunos de nuestros inviernos en París entre vos, mi madre, vuestra familia y Valcour en las que me decíais que sería yo la que os sobreviviese a todos y que a mí me correspondería el epitafio del grupo? Ese pronóstico me entristeció, os acordaréis. ¡Qué felizmente se ha desmentido!... Sí, señor, digo felizmente. La persona que, quedándose sola en el mundo, se ve en situación de tener que llorar a los seres queridos debe ser considerada como la más digna de compasión... El que muere lo es mucho menos y, conociendo vuestra sensibilidad, me aflijo mucho más por vos que por mí. Pero no me lloréis, señor, la felicidad a la que ahora me atrevo a aspirar está muy por encima de la que me esperaba en este mundo. Dignaos emplear estos argumentos para consolar a Valcour, temo sus primeras reacciones... ¡Ojalá estuvieseis con él para

[48] Esta carta y las dos siguientes son las cartas póstumas de Aline y estaban incluidas en el paquete que Déterville enviaba a Valcour junto con el diario de Julie.

prodigarle vuestros cuidados! ¡Oh!, señor, tengo pocas cosas, pero al menos nadie puede quitarme lo que es mío. Quiero, pues, que mis pequeñas labores y mis dibujos sean enviados a Valcour porque sé que le gustan. Este regalo le complacerá. Y a vos, señor, os ruego que aceptéis mis libros. Por lo demás os suplico que repartáis el resto de mis pertenencias y mi dinero entre los pobres de Vertfeuille y Julie. Os confío a esa muchacha, haced que participe en los legados píos de mi madre, lo merece tanto por su conducta, como por todas las atenciones que ha tenido conmigo hasta el último momento.

Adiós, señor, acordaos alguna vez de Aline, nunca tuvisteis una amiga mejor ni más sincera.

CARTA LXX

Aline a los manes de su madre

Desde el castillo de Blamont, 29 de abril.

¡Oh, vos que me disteis la vida!... ¡Vos, cuyos restos mortales beso al trazar estos últimos caracteres... Querida sombra que adivino... Que oigo... y que me inspira el valor de reunirme con vos, dentro de pocas horas estaremos juntas!... En la paz del seno materno, los crímenes y las crueldades de los hombres no podrán alcanzar ya a vuestra desdichada hija. Allí encontrará la calma y el reposo que no ha podido encontrar en el mundo... Abrid los brazos, madre mía, abridlos para recibirme... Dignaos acoger a vuestra hija en el asilo en que reposáis... Muramos juntas ya que no hemos podido vivir así...

¡Los muy bárbaros! Quisieron inmolarme sobre vuestra tumba... Aún no se habían enfriado vuestras cenizas cuando el crimen ya anidaba en sus corazones... ¿Qué digo? ¡Quizás cortaron ellos el hilo de vuestra vida para seguir mejor el de su odiosa trama!...

Resistí, madre mía y, sin embargo, ya no soy digna de vos. Nuestras carnes van a reposar y a marchitarse juntas... Por muy poco me habréis precedido en el abismo de la eternidad... yo me sumerjo en él tras vos llena de confianza en la bondad del Eterno junto al cual os encontráis ya... Me atrevo a esperar que no me castigará por mi falta. Llego a su lado sostenida por vuestras virtudes: ellas ganarán para mí la compasión que no me atrevería a esperar en su ausencia.

Sí, sois vos, madre mía, sois vos quien me conducirá ante el trono de Dios... Le diréis: «He aquí una víctima de los hombres, pero su corazón fue siempre vuestro templo. Habéis querido que muera como Moisés, vuestra voluntad la transportó a la montaña[49] y la hizo ver la tierra prometida que no habitó jamás. Feliz por haber visto extinguida la llama de su vida justo en el momento en que se alumbraba, no le reprochéis, señor, por haberse

[49] Alusión a la casa de Colette situada sobre una colina en donde Aline vio a su enamorado por última vez.

atrevido a apagarla... No la castiguéis por haber roto los lazos de una vida perecedera para pediros una vida eterna en donde la dicha de serviros no será interrumpida por las lágrimas».

¡Oh, Dios mío! Esta alma, pura cuando salió de vuestras manos, ¿estará manchada por haber estado durante algún tiempo en el cuerpo frágil en que la encerrasteis? Allí no conoció otra cosa más que la desesperación y el llanto... se escapa de ellos para volar de nuevo hacia vos... Quizás sea una debilidad... Quizás le falte valor... En vez de rebelarse contra las cadenas... En vez de sublevarse contra su freno, si os hubiese llamado en medio de sus tribulaciones quizás hubiese obtenido vuestra ayuda... No la castiguéis por su debilidad, tuvo más amor que esperanza, más deseos de reunirse con vos que fuerzas para pedíroslo... Son estos los crímenes de un alma dulce, dignaos no castigarlos. Cuando la creasteis a vuestra imagen el don de amar fue la primera virtud que imprimisteis en ella. No la castiguéis por haberse entregado a él... no la condenéis al dolor por haber temido esas sensación, haced, por el contrario que repose en la gloria porque ha deseado conocer la vuestra y ha querido franquear rápidamente el abismo profundo de las miserias humanas para encontrarse cuanto antes en la inmensidad de vuestra gloria. ¡Oh, Dios mío! ¡No hagáis nada por mí! Concededme vuestro perdón solamente por las lágrimas de esta madre adorada que nunca dejó de conoceros y de serviros. Miradnos como dos flores desecadas por el veneno de la serpiente que el soplo puro de vuestra alma celestial puede reanimar en el seno de la inmortalidad.

CARTA LXXI

Aline a Valcour

Desde el castillo de Blamont, 29 de abril.

El tiempo de mi permanencia sobre la tierra ha terminado; soy como la tienda del pastor que ya recogen para su traslado.

Ezequías, Cánticos.

Se ha desvanecido esa dulce ilusión, se ha disuelto como el humo que arrastra el aire... Has perdido a la que amabas, *sus días han huido como la sombra y se ha secado como la hierba*[50].

¡Engañosa alegría! ¡Esperanza frívola! ¡Sólo habéis entretenido su corazón para hacer que vuestra privación resulte más cruel! ¡Oh, Valcour! Ya no existe la que te habla, su voz frágil, elevándose del seno de los sepulcros es como esos meteoros que escapan al ojo que los sigue... ¿Me equivocaba al pedirte que despreciaras este vaso de arcilla que solamente debía durar un instante? Que tus ojos penetren la nube de muerte que ahora me envuelve, que vean estas facciones, antaño queridas, desfiguradas por los horrores de

[50] Salmo 101.

la disolución y en las que solamente persiste el sello del sentimiento indestructible que mi alma imprimió en cada una... Pero si todo ha desaparecido, si ya no queda de mí más que el polvo, esta alma que te amó subsiste; si no fuese ya inmortal por la pureza de su esencia, lo sería como obra de tu llama y el ser que supiste animar en Aline, que creó... Que vivificó tu amor, debe ser eterno como éste. Verás ese alma enamorada, cobrará realidad en tus vigilias... Aparecerá en tus sueños... Revoloteará a tu alrededor e, identificándose a la tuya, regulará sus emociones, como la mano de Dios dirige los astros en las inmensas llanuras del espacio.

¡Oh, amigo mío! ¡Cuántos cambios han aportado unos pocos días a nuestra situación! Hace tres semanas forjábamos nuestros planes de placeres, proyectos, intercambio de correspondencia... Esa madre dulce que yo he perdido y que tú idolatrabas se ilusionaba al vernos unidos y nos permitía creerlo con ella... Frágiles juguetes de los decretos supremos... ¡Qué enorme intervalo acaban de poner entre nosotros esos pocos instantes! Como el piloto insensato que se alegra de ver puerto y que el impetuoso huracán arroja inmediatamente sobre el arrecife que creía haber evitado... Nos imaginábamos próxima ya la felicidad cuando lo cierto es que jamás existirá para nosotros. ¡Así son los proyectos de los hombres! ¡Éstos son los tristes resultados de sus vacilantes decisiones! Sus impotentes deseos, como los débiles rayos del sol bajo los helados signos del Zodíaco van a destruirse ineficaces contra las voluntades del Eterno, al igual que aquellos se disipan sin calor entre las ondas condensadas del aire.

Pero supongamos que todo nos hubiese salido bien, admitamos por un instante que nuestros días hubiesen transcurrido en un jardín de delicias en donde las rosas hubieran nacido bajo nuestros pasos, en donde el cedro perfumado siempre nos hubiese ofrecido su sombra al borde de arroyos de leche y cerca de frutos de la palmera...

¿Somos inmortales, amigo mío, no tendríamos que abandonar como Eva esa dulce morada de la felicidad? ¿Te imaginas que esa separación no hubiese sido más cruel entonces que lo que hoy nos parece, cuando nuestros pasos solamente han tropezado con espinos? Nuestros lazos se hubieran multiplicado y el incremento de nuestro amor, al hacer que cada día nos pareciesen más queridos, ¿no hubiera hecho horrible la necesidad de romperlos? Agradezcamos al Eterno que nos haya presentado el cáliz antes de que fuese más amargo. Hubieras tenido que llorar a la vez a la esposa querida, a la amiga complaciente y dulce y a la madre de esos tiernos frutos que tu amor hubiera hecho surgir en mi seno. En cambio, hoy derramas tus lágrimas por una amante que apenas conoces... ¿Quién sabe si por el ardiente deseo de agradarte, no hubieran nacido en mí algunas virtudes nuevas que, encadenándote con más fuerza aún, te hubieran hecho más dolorosa mi pérdida...?

¡Ah, amigo mío!, permíteme que me detenga con complacencia sobre una idea que mi desdicha me arrebata en el mismo instante en que la concibe mi corazón... Si esas prendas sagradas de las que hablo hubiesen venido a estrechar nuestros nudos, ¡con qué encanto hubiera dirigido yo esos tiernos frutos de tu cariño y del mío! ¡Con qué alegría hubiera imbuido en sus almas inocentes ese fuego divino que tú me haces sentir! ¡Cómo me hubiera gustado ver que te dirigiesen a ti las expresiones de mi amor! ¿Qué tenían de condenables esos placeres dulces y puros que Dios se complace en arrebatarme?... Pero no escrutemos sus designios... No habíamos nacido el uno para el otro... Adorémosle y sometámonos.

¡Oh, Valcour! Ahora debería justificar ante tus ojos el recurso criminal que empleo para dejar esta vida... ¡Ah! Si he adoptado esta terrible alternativa... Si me he visto obligada a destrozar tu ídolo en el templo en que tú lo adorabas, créeme que ninguna otra solución me hubiera librado de la infamia. Infórmate antes de condenarme y no me censures sin escuchar lo que al respecto han de decirte... ¡En qué estado habría de encontrarme para renunciar al bien más querido de mi vida y para provocar la pena más grande de la tuya?... Sí, he preferido la muerte a la certeza de no ser nunca el uno para el otro... He preferido la cesación de mi vida al doble oprobio que debía mancillarla. Esta alternativa es horrible, sin duda, ya que nos separa para siempre... *¡Para siempre!* ¡Qué palabra, amigo mío! Es demasiado verdadera... Estamos separados *para siempre*. Ahora es imposible que nunca seamos el uno del otro. Los años se acumularán... Las generaciones presentes y futuras se derrumbarán en el abismo del tiempo... Los crímenes y las virtudes se mezclarán, se cruzarán, se multiplicarán sobre la faz de la tierra. Todo variará, todo renacerá, todo se destruirá bajo la bóveda de los cielos, sin que ninguna de esas circunstancias pueda conducirnos a la que haya de devolver Aline a Valcour.

No, amigo mío... Todas las gotas de agua del océano multiplicadas cien millones de veces por sí mismas no darían aun ni la más pálida idea de la multitud de siglos que han de constituir el inmenso intervalo que va a separarnos. Y mientras dura este horrible intervalo, no hay una sola combinación, ni un solo acto de autoridad, aunque emanase de Dios, que pudiera reanudar esos lazos terrestres en que teníamos la locura de complacernos.

Pero junto a esta idea, ¡con qué dulzura viene a presentarse la del Ser infinito en cuyo seno han de reunirse nuestras almas!... Hay, pues, una forma de volver a verte y esta forma, concebida por la existencia de ese Ser adorable, ¿no hace que sea para nosotros más querido y más precioso?... Sí, Valcour, te esperaré a sus pies... No precipites el instante de esta reunión deseada, llora sobre mi falta, pero no la imites. Déjame que prepare a ese santo Ser para que se digne recibirte un día. Déjame implorarle por ti y pedirle un sitio para ti en medio de todos los Ángeles que le alaban. No me arrebates la halagadora esperanza de imaginar que mis oraciones contribuirán quizás a tu eterna felicidad. He de intentar obtenerla en el cielo ya que no he podido hacerlo en la tierra. Tú... Continúa ejerciendo esas virtudes que te ganaron mi corazón. Cada una de ellas, en cuanto sea recogida por tu Aline, será presentada al sagrado tribunal de este gran Ser.

Dios todopoderoso, me atreveré a decirle, está borrando, a fuerza de buenas acciones, el crimen de la que le amó. No lo alejéis de vuestro seno y que a través de sus buenas obras obtenga a la vez de vos mi perdón y su felicidad... Os amaremos... Os querremos... Os glorificaremos... Juntos tejeremos las coronas de mirtos que depositaremos a vuestros pies... Osaremos hacer resonar juntos las azules bóvedas de vuestro templo, *cantaremos en Sion el nombre del Señor y en Jerusalén publicaremos sus alabanzas*[51].

No, amigo mío; no me compadezcas, no me compadezcas. Piensa en lo poco que pierdes, piensa en lo que puedes encontrar... en lo que te espera en el seno del Eterno. Pero, para merecer ese fin celestial, no te alejes del mundo, Valcour. Estás hecho para ser su adorno y yo no te condeno a abandonarlo. Solamente exijo de ti que continúes viviendo en él honestamente. Cuantas más ocasiones de caída nos ofrezca nuestra permanencia en él más bello es no manifestar más que virtudes. En medio de este mundo perverso hay una soledad profunda... Es el corazón de un hombre prudente... Allí desciende, en él se recoge y en él encuentra las fuerzas para resistir a la corrupción. ¡Que mi imagen embellezca esa soledad a donde te exilo! Haz que reine incesantemente en ella, amigo mío, aún tengo suficiente orgullo como para creer que servirá de dique al vicio y que jamás nada vergonzoso podrá penetrar en el santuario erigido a esa imagen querida. Cuando el verdadero cristiano quiere ejercitar en sí mismo actos de amor por el Dios que adora, cuando quiere oponer ese amor que le abrasa a la tentación que le seduce, pone sus ojos en la imagen doliente de ese Dios bueno que se inmoló por él... Recuerda los dolores de ese Dios. Se dice: *murió por mí.* Si ese pensamiento no basta para mantener tu alma en el camino del bien, si, por bello que sea, no puede llenarla... Posa tus ojos sobre el retrato de Aline y, mirándolo, repite: *Y ella que me amó, también murió por mí, se inmoló para evitar el crimen. Muera yo, si es preciso mil veces antes que cometerlo*. Con esta fe y con esta fuerza nos volveremos a ver, amigo mío, reviviremos de nuevo en la eternidad. Unidos por la mano del Ser supremo, los rasgos envenenados de la maldad de los hombres, humillados sobre sus propios pechos, no serán ya para nosotros más que lo que, en otro tiempo, fueron los del Príncipe de las tinieblas contra el dios que le precipitó.

Hemos de separarnos, Valcour, y esta separación es muy diferente de la que hace tan poco tiempo vivimos sobre la colina de Colette. Entonces esperábamos volver a vernos, nos separábamos solamente para reunirnos... Y ahora es para *siempre*... Esta Aline de la que estabas tan orgulloso no se presentará ya a tus ojos, inmersa en la oscuridad de las tumbas, dentro de poco ya sólo se hablará de ella como si nunca hubiese existido... Ya sólo vivirá en tu corazón. Al recibir estas letras, al bañarlas con tus lágrimas, tu imaginación, afectada por quien las escribe quizás la represente aún ante tus sentidos, pero no existirá ya. Hará entonces mucho tiempo que se halle sumergida en el abismo y si tu ilusión te la presenta ya no será más que como

---

51 Salmo 101.

los rayos de luz que colorean aún las cimas de los Alpes, aunque el astro se haya sumergido ya en las ondas.

Ámame, Valcour, ámame... Quiere siempre a aquella que prefirió la muerte al deshonor y permanécele fiel hasta el último instante de tu vida... El mundo te ofrecerá criaturas más bellas, pero no serán más dulces... Ninguna de las caricias que te embriaguen en los brazos de otra se podrá comparar con un suspiro del ardiente amor de tu Aline y en el mismo instante que las recibieras quedarías destrozado por los remordimientos... Acuérdate a menudo de nuestros antiguos amores e intenta encontrar en el recuerdo de los placeres pasados la fuerza necesaria para soportar los males presentes...

¡Adiós, Valcour! Ha llegado el momento de pronunciar esa palabra... Mis lágrimas fluyen... Mi sangre se hiela al escribirla... Mis ojos se vuelven hacia ti... Te buscan y ya no te encuentran... Soy como el joven cervatillo que arrancan al seno de su madre... ¿Cómo es que tu mano no descarga el golpe fatal? ¿Por qué no puedo expirar entre tus brazos? ¿Por qué al exhalar el alma, ésta no puede unirse inmediatamente a la tuya a través del ardor de mis últimos suspiros?... ¿Por qué he de morir fríamente y sola en medio de mis enemigos?... ¿Por qué mi cuerpo, que quizás profanen sus indignas miradas, no tiene al tuyo como escudo? ¿Por qué las últimas palabras que profiero, impresas en tus labios, no son las más exaltadas expresiones de mi cariño?... No puedo... No... Pero muero por ti y esta idea me da las fuerzas que mi amor me iba a arrebatar... Adiós.

CARTA LXXII
y última
Valcour a Déterville

17 de mayo de 1779.

¡He leído estos funestos escritos... Los he leído y aún respiro! El sentimiento de mi amor es tan vivo que incluso al perder a la que es su objeto, me resulta imposible truncar una vida que ella anima y que inflamará hasta el último momento... Haré mucho más que morir, viviré, Déterville, me alimentaré con las serpientes de la vida... Beberé la hiel que exhalan. El sacrificio es más espantoso que si me inmolase a mí mismo. El que no puede soportar las desgracias que se abaten sobre él y escapa de ellas privándose de la vida ¿no es infinitamente más débil que el que consiente en vivir en medio de los males y de los tormentos? El uno teme el dolor y se somete a él, el otro lo afronta y se resigna... No es que, al decir eso desapruebe la horrible decisión adoptada por Aline: me arrebata lo que más quería... y, sin embargo, no podría reprochárselo... Pero mi postura es diferente, me permite la elección de los medios y prefiero el que debe mantener mi dolor que el que me obligaría a perderlo. Un profundo retiro me va a enterrar para siempre, me arrojaré a los brazos de Dios... Me arrojaré a ellos... Y sólo adoraré a mi Aline.

Abandonado desde mi infancia y habiendo vivido solamente para sufrir... Habiendo conocido solamente el infortunio, sin ver brillar en cada instante de mis malhadados días nada que no fueran las siniestras luces de la antorcha de las Furias, debería saber perfectamente que ninguna de las horas de mi vida podría transcurrir sin contratiempos... Pero no esperaba este... No había lugar en mi corazón para admitirlo un solo minuto... ¿Qué asilo iré a buscar? ¿Dónde podré ir para escapar? ¿Qué lugar no me ofrecerá su imagen?... La veré en todas partes... me perseguirá en mi retiro, se me presentará bajo los rasgos de ese Dios en cuyo seno yo hubiera esperado la felicidad...

¡Oh, amigo mío! Ábreme la tumba que la encierra... Solamente allí puedo vivir. Déjame que vaya a regarla cada día con las amargas lágrimas de mi desesperación. ¿Quién sabe si esa alma ardiente y sensible, abrasada solamente por el fuego del amor, no volverá a encenderse con toda la violencia del mío? Ábreme su féretro, te digo, para que la devuelva a la vida o para que muera... Dejo de escribir... Mi razón se extravía. Mi amargura es demasiado violenta y pronto sería estúpido o cruel... Adiós... Quiéreme... olvídame y, sobre todo, no intentes jamás saber dónde estoy. Si, a pesar de todas mis precauciones... tu amistad descubre mi retiro, contemplaré tu recuerdo como una prueba de desprecio antes que como una muestra del cariño que ya no debes a aquel que abjura, a partir de ahora mismo y para siempre, de todo lo que pueda recordarle un mundo al que la feroz mano del destino sólo le arrojó para el llanto.

NOTA DEL EDITOR

La correspondencia termina aquí y nos resultaba muy difícil transmitir al lector la continuación de esta historia. Pero el vivo deseo de agradarle, el interés que suponemos que tiene por los personajes con los que acaba de vivir y la información que nos ha facilitado monsieur Déterville, nos han permitido proporcionar algunas aclaraciones que esperamos sepan agradecernos.

El 2 de mayo, por la tarde, el cuerpo de Aline salió misteriosamente del castillo de Blamont escoltado por Julie a quien el presidente impuso el más riguroso silencio. Llegaron a Vertfeuille el 6 de mayo y Aline fue enterrada inmediatamente, de acuerdo con sus deseos, en la misma tumba que su madre.

Déterville tomó a Julie en su casa en donde aún se encuentra, junto a su mujer, con una renta de cien pistolas y la seguridad de que terminará allí sus días. Pero no se conformó con estas pequeñas atenciones. Otros asuntos más importantes le ocuparon enseguida. Pensando que los crímenes del presidente eran demasiado horribles como para quedar impunes, devorado por el deseo de vengar a esas dulces amigas, en cuanto hubo despachado sus asuntos en Vertfeuille salió a buscar al conde de Beaulé a donde su deber le había retenido a pesar suyo. Este oficial lleno de mérito y que gozaba de fuertes influencias juró a Déterville que lo ayudaría a vengarse del monstruo que acababa de privarles a ambos de dos mujeres a quienes tanto querían. Volvieron enseguida a París. Su primera preocupación fue encargar que se hiciesen las más exactas pesquisas sobre el paradero de Augustine, cómplice de las fechorías de monsieur de Blamont. La encontraron en otra finca de ese desalmado, en Champagne, en donde esperaba tranquilamente la recompensa de sus indignos servicios. El conde y Déterville, decididos ambos a no provocar ningún escándalo a causa de Léonore, a quien, de acuerdo con los deseos de madame de Blamont, deseaban hacer entrar en posesión de los bienes que le destinaba su verdadero nacimiento, renunciando a aquellos otros sobre los que no tenía ningún derecho, se contentaron con hacer interrogar secretamente a Augustine ante personas designadas por el ministro. Ésta confesó todo y fue condenada al instante a ser recluida de por vida, podrá llorar durante mucho tiempo los horribles extravíos de su juventud.

Como el cuerpo del delito contra monsieur de Blamont estaba completo gracias a las declaraciones de Augustine y a través de las de los testigos designados por la muchacha y que fueron escuchados en secreto como ella, el ministro expidió sin más tardanza, una orden para detenerlo. Ese hombre, que había sido siempre tan vigilante como astuto y criminal, no había contemplado las gestiones de los amigos de su mujer sin maniobrar igualmente. No había sido lo bastante afortunado como para interrumpirlas, pero había sido lo suficientemente hábil como para adelantarse. Se había evadido.

El conde pensó que no era conveniente llevar las cosas más lejos. Una vez que se habían deshecho de este indigno mortal ya sólo se ocuparon de hacer entrar a Sainville y a Léonore en posesión de los bienes de la casa de Blamont, legitimando el nacimiento de Claire, al probar, por medio de todas las actas que poseían, que era realmente la hija de monsieur y madame de Blamont y no de la condesa de Kerneuil, a cuya sucesión renunció públicamente, cosa que no afligió a los colaterales. Estos esposos se encuentran ahora en posesión de las tierras de Vertfeuille, que han convertido en su más agradable morada, y, gracias a los dos millones que el rey de España devolvió a cambio de los lingotes de Sainville y a la fortuna considerable de la casa de la que ahora forman parte, es claro que son infinitamente ricos. Pero la humanidad ya no se ofenderá por el empleo que esa joven haga desde ahora de sus riquezas.

El horrible destino del padre, de la madre y de la hermana de Léonore han conmovido más a ese carácter duro y altivo que todas las desgracias que le acaecieron durante sus viajes. Y el primer efecto de su vuelta a la beneficencia fue hacer buscar con el mayor cuidado el refugio de su padre. Lo descubrió en Estocolmo y mandó decirle que tomase una residencia fija, en donde le haría disfrutar de unos bienes que ella había aceptado solamente para ocuparse de él, mejorar su situación y disfrutar del delicado placer de transferirle anualmente las rentas... Cosa que hizo con la mayor exactitud.

Y el presidente, que no se había corregido, pero que, sin duda, será más prudente, gozó en paz durante algunos años de una renta de más de cincuenta mil libras en Londres, que había escogido como residencia. Pero el cielo, que nunca deja impune el crimen, permitió que ese malvado fuese asesinado por unos ladrones cuando se dirigía a visitar el norte de Inglaterra.

Sainville, siempre honrado y sensible, quiso compartir de otra forma la piedad filial de su querida esposa. Hizo erigir a Aline y a su madre un soberbio mausoleo en la iglesia de Vertfeuille cuyos atributos son la Constancia, la Piedad, la Fe conyugal y el Amor colocando coronas de mirtos y de rosas sobre las cabezas de estas dos mujeres infortunadas que se estrechan mutuamente en los brazos.

Dolbourg, completamente arrepentido de sus desmanes, vive en un pueblecito, lejos de París, en donde lleva una vida de lo más regular con una fortuna muy mediocre ya que dejó todo lo que poseía a sus parientes y a los pobres. Monsieur Déterville, su querida Eugénie, madame de Senneval y el conde de Beaulé continúan yendo, como en otro tiempo, a pasar una parte del verano a Vertfeuille, contentos de haber vengado, sin derramar sangre a personas a quienes tanto querían. Disfrutan tranquilamente de la grata compañía de los nuevos habitantes de Vertfeuille a donde no van jamás sin ofrecer un nuevo tributo de lágrimas y de oraciones a los manes de esas dos mujeres virtuosas que todos amaron y respetaron.

En cuanto a monsieur de Valcour, después de unos horribles arrebatos de desesperación, después de haber estado seis semanas entre la vida y la muerte, se arrojó a los brazos de Dios y terminó sus días, al cabo de dos años, en la abadía de Sept-Fonds, en donde dio ejemplo de una resignación, un candor y una austeridad de las más severas. Solamente cuando murió fue descubierto su retiro. Ninguna de las gestiones de monsieur de Déterville había podido dar con él hasta entonces y quizás siguiese siendo un misterio de no ser porque monsieur de Valcour, al expirar, le dirigió una carta en la que le encomendaba sus últimas disposiciones. Gracias a esta carta supo monsieur de Déterville donde estaba su amigo cuando era demasiado tarde para socorrerle. Ese amante dulce y delicado no había dejado nunca de llevar sobre su corazón el retrato de su amada: allí lo encontraron cuando murió.

Clementine sigue en Vizcaya, es feliz con su marido y escribe regularmente a Léonore a la que viene a ver cada dos años. Ignoramos la suerte de los demás personajes. Excepto por Sophie, de la que nos duele no poder decir nada, no creemos que los demás tengan una importancia suficiente como para que el lector lamente no ser informado de sus andanzas, a no ser por Zamé, que, sin duda, después de una prolongada carrera, habrá muerto en medio de un pueblo que le idolatraba, llevándose consigo a la tumba la añoranza, la estima, el amor y el agradecimiento de todos los que estaban a su alrededor, halagadoras recompensas de la virtud, del hombre de bien y del legislador.

ÍNDICE